조지프 콘래드

현대영미소설학회 작가총서

03

조지프 콘래드
Joseph Conrad

왕은철 편

도서출판 동인

일러두기

1. 주석은 내주를 원칙으로 하되, 불가피한 경우에 한하여 미주를 사용하였다.
2. 문단 내 인용의 경우 큰따옴표를, 강조하고자 하는 경우 작은따옴표를 사용하였다. 강조에 이어 영어 원문을 밝히고자 할 때에는 괄호 안에 병기하였다.
3. 긴 인용문에서 중략은 [...]로 표기하였다.
4. 작가 및 등장인의 표기는 대부분 외래어 표기법을 따랐으나 필자의 표기를 따른 것도 있다.
5. 콘래드의 작품집 제목을 아래와 같이 통일하기로 하였다.

Heart of Darkness 『암흑의 심장』

An Outcast of Islands 『섬의 낙오자』

The Nigger of the Narcissus 『나르시스호의 검둥이』

Tales of Unrest 『불안의 이야기들』

Lord Jim 『로드 짐』

Youth and Other Stories 『청춘』

Typhoon and Other Stories 『태풍』

Nostromo 『노스트로모』

The Mirror of the Sea 『바다의 거울』

The Secret Agent 『비밀요원』

Under Western Eyes 『서구인의 눈으로』

A Personal Record 『개인적인 기록』

Victory 『승리』

조지프 콘래드(Joseph Conrad, 1857-1924)의 소설은 더 이상 설명이 필요 없을 만큼, 영문학에서, 아니 영문학을 넘어 세계문학에서 정전 중의 정전이 되어 있다. 그런데 그가 워낙 이채롭고 경이로운 삶을 살았던 작가이기에 그가 살았던 삶의 굽이굽이를 상세한 것까지 다 열거할 수는 없더라도 간략하게나마 짚고 넘어가는 건 필요한 일이 아닐까싶다. 그것이 그의 소설세계를 이해하는 데 도움이 되기에 더욱 그렇다.

콘래드는 1857년 베르드조프(Berdyczow)에서 태어났다(베르드조프는 전에는 폴란드의 영토였는데 그가 태어날 당시에는 러시아에 속해 있었고 지금은 우크라이나의 일부가 되어 있다). 그의 이름은 유제프 테오도르 콘라드 날레츠 코르제니오브스키(Jozef Teodor Konrad Nalecz Korzeniowski)라는 기다란 이름이었다. 아버지는 독립운동을 하다가 1862년, 그러니까 콘래드가 다섯 살일 때 가족과 함께 러시아의 볼로그다로 유배를 갔다. 그리고 1865년, 그의 어머니가 유배생활 중 죽었다. 그로부터 4년 후인 1869년, 그의 아버지도 크라쿠프에서 죽었다. 결국 고아가 된 콘래드는 외삼촌인 타데우슈 보브로브스키(Tadeusz Bobrowski)의 보호 하에 살다가 1874년, 열여섯의 나이에 폴란드를 떠나 마르세이유로 가서 선원이 되었고 4년 후에는 영국 상선을 탔다. 그리고 1886년에는 영국시민이 되었다. 그는 1895년, 첫 소설인『올메이어의 어리석음』(*Almayer's Folly*)을 조지프 콘래드라는 이름으로 발표했다. 요약하자면, 그는 20년에 가까운 세월을 바다에서 보내다가 이후 30여년을 오직 글을 써서 '먹고 살았다'. 그랬다. 글은 그에게 사치도 아니고 낭만도 아니었다. '먹고 사는' 것이 걸린 치열한 생존의 문제였다.

이상과 같은 간략한 소개를 통해서 어렵지 않게 유추할 수 있는 것처럼, 콘래드는 아웃사이더였다. 열여섯 이후로, 아니 부모를 잃은 후로 그는 아웃사이더이지 않은 적이 한 번도 없었다. 그래서 그는 그 자신의 표현을 빌리면, "이중안"(二重人, homo duplex)이었다. 자아의 단일성에 의문을 제기하며 자신을 "이중안"이라고 했던 보들레르처럼, 콘래드는 내면이 찢긴 인간이었다. 그는 영국인도 될 수 없었고, 그렇다고 폴란드인으로 남아있을 수도 없었다. 이는 그가 1903년 12월 5일, 프랑스에 살고 있는 폴란드 친구(Kazimierz Waliszewski)에게 보낸 편지에 잘 드러난다. "바다에서나 육지에서나 내 시점은 영국적이었네, 그러나 그것으로부터 내가 영국인이 되었다는 결론을 끌어내서는 안 되네. 그렇지 않으니까 말이네. 이중인은 내 경우에 하나의 의미 이상이라네."[1] 이 편지는 그가 영국과 폴란드를 향해 느끼는 양가적인 감정을 적나라하게 드러낸다. 이렇듯 콘래드는 늘 "이중적"일 수밖에 없었다. 그리고 소속에 대한 불안감에 언어에 대한 불안감까지 겹쳐지면서 그의 삶은 더욱 이중적이 되었다. 그런데 놀랍게도 그는 그 불안감을 역으로 이용하여 창작의 원천으로 삼았다. 그래서 T.E. 로렌스가 말한 것처럼 그의 글에는 "일종의 굶주림", 즉 "자신이 말하거나 행동하거나 생각할 수 없는 어떤 것에 대한 암시"[2]가 있다. 이 "굶주림"을 콘래드처럼 심오하게 주제화한

1) Frederick R. Karl and Laurence Davies, ed. *The Collected Letters of Joseph Conrad*. vol. 13(1903-1907). Cambridge: Cambridge UP, 1988. p. 90.

작가는 영문학을 통틀어도 찾아보기 힘들다. 그의 미학은 굶주림에서 연유한 굶주림의 미학이었다. 그에게서 조이스나 나보코프에게서 찾아볼 수 있는 언어유희를 찾아보기 힘든 건 이런 이유에서다. 그렇게 할 현실적, 심리적 여유가 그에게는 없었던 것이다. 그는 늘 진지하고 심각했다. 언어적으로도 그랬고 이념적으로도 그랬다. 육십이 다 됐을 때도 그랬다. 이방인이 자기의 것과 다른 언어로 창작을 하면서 생긴 근원적인 불안감, 그리고 그것에 따르는 굶주림 탓이었다. 『서구인의 눈으로』에 나오는 언어선생처럼, 그의 경우에도 "말은 리얼리티의 큰 적"이었다. 그가 위대한 건 이러한 불안감과 굶주림에도 불구하고, 아니 오히려 그것 때문에, 원어민작가들이 소홀히 하기 쉬운 언어에 대한 자의식과 기표와 기의의 거리를 치열하게 내면화하고 주제화함으로써 영국소설을 한 차원 더 높은 곳으로 끌어올렸다는 데 있다. 영국소설, 아니 영국문학, 아니 영어가 콘래드 때문에 더욱 풍요로워졌다고 해도 과언은 아닐 것이다. 그러고 보면, F.R. 리비스가 그를 "위대한 전통"에 포함시킨 건 현 시점에서 보아도 탁견 중의 탁견이었다.

콘래드의 소설이 대부분 영국 외의 지역을 배경으로 하고 있는 것은 20여년에 걸친 그의 선원생활과 평생 아웃사이더일 수밖에 없었던 그의 삶이 어우러진 결과였다. 그리고 영국을 포함해 유럽, 러시아, 아시아를 거쳐 아프리카까지 이어지는 콘래드 소설의 거대한 캔버스가 광범위하게 진행되고 있는 문화연구나 (탈)식민 논의의 집중적인 조명을 받고 있는 것은 아웃사이더로서의 콘래드의 위상과 그의 소설이 갖고 있는 풍요로움 때문이다.

영국문학은 모더니즘에 이르기까지 콘래드만큼 제국주의나 식민주의, 혹은 정치적인 문제를 심도있게 파헤친 작가를 배출한 적이 없었다. 영국문학은 콘래드에 이르러서야 제3세계 사람들의 희망과 염원을 담아내고 그들에게 목소리를 부여할 수 있었다. V.S. 나이폴의 말처럼, 콘래드는 "19세기 소설에서는 배경에 지나지 않았고" "개인으로서는 존재하지 않는 거나 마찬가지였던 아시아인들"을

---

2) David Garnett, ed. *The Letters of T.E.* Lawrence. London: Cape, 1938. p. 302.

비롯한 제3세계 사람들을 "최대한도로 진지하게 바라볼 수 있었던" 유일한 작가였다.[3] 물론 그들을 바라보는 작가의 시각과 그들의 목소리를 담아내는 작가의 이데올로기적 입장이 현 시점에서 보면 다소 미진하고 불만족스러운 것일 수도 있지만, 그것은 콘래드가 살았던 시대적 상황을 감안하면 놀라운 성취였다. 그리고 그것은 그가 변방인 폴란드 출신의 작가였기에 가능한 일이었다(폴란드의 역사는 고통과 수난으로 점철된 역사였다. 폴란드는 1772년 오스트리아, 프러시아, 러시아에 의해 셋으로 분할되고, 1793년 다시 분할되고, 1795년 다시 분할되는 수난을 당했던 불행한 나라였다.).

그런데 놀랍게도, 아웃사이더였던 콘래드는 1924년에 켄트에서 삶을 마감할 당시, 이미 전설이 되어 있었고 그 전설은 지금까지 이어지고 있다. 앙드레 지드, 토마스 만, T.S. 엘리엇, 그레이엄 그린, 어니스트 헤밍웨이, 스콧 피츠제럴드, 윌리엄 포크너, 이탈로 칼비노, 나이폴, 응구기 와 시옹오, 호르헤 루이스 보르헤스를 포함한 수많은 작가들이 그로부터 영향을 받았다.[4] 콘래드보다 몇 세대 뒤에 태어난 현대작가인 J.M. 쿳시도 예외는 아니다. 예를 들어, 그의 소설 『나라의 심장부에서』(In the Heart of the Country)는 콘래드의 소설과 상호텍스트적인 관계에 있다. 제목에 있는 'heart'는 콘래드 소설(Heart of Darkness)의 'heart'와 무관하지 않다. 아프리카를 배경으로 한 그린의 소설(The Heart of the Matter)에 나오는 'heart'도 이 점에서는 마찬가지다. 이렇듯 콘래드는 동시대 혹은 후대 작가들에게 해럴드 블룸이 말한 "영향력에 관한 불안감"을 느끼게 만든 위대한 작가였다. 소속과 언어에 대한 불안감에 시달리던 아웃사이더 작가가 인사이더 작가들에게 불안감을 느끼게 만드는 작가가 된 것이었다. 그가 그처럼 심오한 영향을 행

---

3) 무어는 콘래드가 이후의 예술가들에게 얼마나 심오한 영향을 행사했는지에 대해서 다음 글에서 자세하게 논하고 있다. Gene M. Moore, "Conrad's Influence," *The Cambridge Companion to Joseph Conrad.* ed. J.H. Stape. Cambridge: Cambridge UP, 1996. p. 223-241.

4) Bharati Mukherjee & Robert Boyers. "A Conversation with V. S. Naipaul," *Conversations with V. S. Naipaul.*, ed. Feroza Jussawalla, Jackson: UP of Mississippi, 1997. p. 80.

사할 수 있었던 것은 다른 작가들이 대적할 수 없을 정도로 폭넓은 경험을 하고 그것을 빼어나게 형상화했기 때문이다. 특히 그의 심오한 아이러니는 독자들의 시선을 사로잡는 콘래드 문학의 백미라 해도 과장이 아닐 듯싶다. 이제 그의 소설들은 명실상부하게, 영어권 국가의 중고등학교와 대학교, 그리고 비영어권 국가의 대학교에서 단골로 가르치는 교재가 되어 있다. 비단 교재로만 사용되는 게 아니라, 비영어권은 차치하고라도 영어권에서만 수천 편에 달하는 논문이 쓰였다.[5]

총서를 만들면서 확인해 보니, 국내의 콘래드 연구도 상당히 활발한 편이었다. 학술지만을 따지자면, 콘래드에 관한 논문은 60년대에서 80년대까지는 다 합해야 십여 편에 불과했지만, 90년대에 들어서는 그 수가 세 배로 증가했고, 2000년대에 들어서는 이전에 발표된 것의 두 배가 넘는 90여 편이 발표되었다. 이 통계는 주요학술지에 발표된 것만을 근거로 한 것이어서, 여타의 학술지나 저서에 수록된 것까지 합하면 그 수가 훨씬 더 많을 것으로 추정된다. 그런데 국내의 연구는 소수를 제외하고 『암흑의 심장』, 『로드 짐』, 『노스트로모』, 『비밀요원』, 『서구인의 눈으로』에 국한되어 있었다. 그 중에서도 특히 『암흑의 심장』에 집중되어 있었다. 전체 논문 중 3분의 1을 상회해 2분의 1에 근접할 정도의 비중이었다. 이는 일차적으로는 힐리스 밀러의 말대로 "반드시 읽어야 하는" 정전 중의 정전인 『암흑의 심장』이 갖고 있는 위상 때문이겠지만, 부차적으로는 에드워드 사이드의 "오리엔탈리즘" 이후로 학문의 큰 줄기를 형성해온 탈식민 연구에 대한 국내학자들의 관심과 무관하지 않은 듯했다.

이 총서는 국내학자들에 의한 콘래드 논문 중 극히 일부를 선별하여 묶은 것이다. 초기 논문들을 선별하는 과정에서 함께 작업을 했던 고부응 교수에게 감사드린다. 편저자로 이름을 같이 올려야 하는데 아쉬움이 남는다. 더 많은 논문을 수록하지 못한 것에 대한 아쉬움도 크다. 영어로 발표된 논문들 중에도 좋은 논문

---

5) 여기까지는 제프리 마이어스(Jeffrey Meyers)의 콘래드 전기(*Joseph Conrad: A Biography*)를 우리말로 번역한 왕(은)철의 『콘라드: 고독한 영혼의 항해사』(서울: 책세상, 1999)에 실린 해설("콘라드의 삶과 문학을 조명하며", 617-42)을 부분적으로 차용한 것이다.

들이 있어 번역해줄 것을 필자들에게 요청했으나 여의치 않았다. 또한 편자의 안목이 부족하고 또 게으른 탓에 미처 찾아내지 못한 좋은 논문들도 다수 있을 것이다.

또 한 가지, "Heart of Darkness"의 우리말 번역에 대해서 잠시 짚고 넘어가야 할 듯싶다. 여기에 수록된 논문들은 처음에는 "암흑의 핵심" "암흑의 심장" "암흑의 심장부" "어둠의 속" "어둠의 심장" "어둠의 심연" "어둠의 핵심" "어둠의 한가운데" 등으로 다양하게 제목을 표기하고 있었다. 필자들의 개별적 특성을 감안하여 그냥 놔둘까도 생각했지만, 다른 소설들의 제목을 통일할 바에야 이 소설도 같이 통일하는 게 좋을 것 같아 "암흑의 심장"으로 통일하기로 했다. 번역을 하면서 원치 않는 부대적 의미가 따라붙거나 의미가 축소되는 것이 마땅치 않았지만, 어떻게든 통일을 해야 해서 heart와 darkness를 한자어인 '심장'과 '암흑'으로 번역했다. 이렇게 통일함으로써 필자들이 의도한 의미가 일부 손상되거나 뉘앙스가 달라졌을 수 있겠다. 양해를 부탁드린다.

총서의 서두에 배치한 전수용의 논문은 콘래드가 외국인으로서 글을 써야 했던 특수성을 감안하여, 언어에 대한 자의식과 이데올로기의 상관관계에 주목하는 글이다. 그는 소설과 자전적인 글에서 찾아볼 수 있는 언어에 대한 콘래드의 "사유"를 정리하고 그것이 "허위적 이데올로기의 언어"를 어떻게 "노출"시키는데 활용되고 있는지를 논한다. 이어지는 길혜령의 논문은 영국으로 귀화한 콘래드의 문학작품에 조국 폴란드에 대한 생각이 어떻게 형상화되어 있는지 논한다. 그는 "자유주의적 이상과 억압적 현실의 모순"에 주목하며 그것을 서구 제국주의에 대한 콘래드의 "이중적인 태도"와 관련시킨다.

배종언의 논문은 인상주의 소설가로의 콘래드와 단편소설을 논한다. 그는 『암흑의 심장』이나 『로드 짐』과 긴밀하게 연결되어 있는 「청춘」을 논하면서, 콘래드가 헨리 제임스와 마찬가지로 리얼리즘의 "한계"를 인식하고 "미술의 인상주의"에서 대안을 찾았다고 주장한다. 원유경의 논문도 콘래드의 단편소설을 중심에 놓고 있다. 그는 「카레인」, 「문명의 전초기지」, 「에이미 포스터」에 나타난 제국주의의 문제를 분석하며 콘래드를 "제국주의 이데올로기가 인간에 미치는 영향을 다각적으로 검토하고 성찰한 포괄적 시각의 능숙한 작가"라고 평가한다.

이후에 실린 다섯 편의 논문은 『암흑의 심장』에 관한 주제를 나름의 시각에서 분석하고 있는데, 다섯 편이나 싣게 된 것은 앞에서도 언급했지만 이 소설에 대한 논문들이 압도적으로 많은 탓이었다. 신문수의 논문은 콘래드의 소설에 나타난 인종주의의 문제를 재점검한다. 그는 "제국주의를 시대에 앞서 비판한 점을 앞세워" 콘래드를 옹호하는 비평가들은 작가를 "탈역사화함으로써 결과적으로 그를 곡해할 수 있다"고 주장한다. 이에 반해, 박상기의 논문은 다소 상반된 주장을 펼친다. 그는 『암흑의 심장』을 "세기말적 허무주의와 식민주의의 만남이 야기한 이중의 의미 상실"을 기초로 하는 작품이라며, 콘래드에 대한 아체베의 비판을 "양자택일이 불가능해진 당시 세기말적 허무주의의 시대 상황을 간과"한 것으로 평가한다. 이석구의 논문은 콘래드의 "식민 소설"에 나타난 "성 담론"을 분석해 "콘래드 당대의 제국주의와 부권주의"의 상관성에 주목한다. 그는 콘래드의 소설을 "제국주의와 부권주의, 인종편견과 성 담론 간의 공모 관계가 은밀히 작동하는 작품"이라고 평가한다.

왕은철의 논문은 상호텍스트적인 시각에서 『암흑의 심장』과 『강의 한 굽이』를 분석한다. 그는 콘래드의 소설이 "그 안에 배어 있는 인종적 상투성에도 불구하고 제국주의의 위선과 폭력성을" 효과적으로 고발하는 데 반해, 나이폴의 소설은 "아프리카의 부정적이고 상투적인 이미지를 재현하거나 반복하는 데 그치고" 말았다고 평가한다. 김종석의 논문도 『암흑의 심장』과 그로부터 영향을 받아 만들어진 코폴라 감독의 『지옥의 묵시록』을 상호텍스트적인 시각에서 분석한다. 그는 두 작품을 "당대의 역사적, 문화적, 정치적 상황"과 연계시켜 "코폴라가 콘래드 텍스트와의 대화를 통해 미국에 가하는 윤리적인 이데올로기적인 비판이 『리덕스』에서 어떻게 형상화되는가"를 논한다.

박선화의 논문은 『로드 짐』에 나타난 상징기법을 분석하고 있다. 그는 "동물과 색조의 이미지를 통한" 상징기법이 소설에 "암시적이고 함축적인 의미를 부여하고" "작품을 더욱 풍부하게 표현하는 데 기여하고 있다"고 논한다. 그리고 이우학의 논문은 콘래드가 "19세기의 지배 이데올로기이며 동시에 거대담론의 하나인 진보적 역사를 어떻게 비판하였으며 역사에 대한 다양한 관점들이 그의 서사담론 속에서 어떻게 재현되며 평가되고 있는지" 논한다. 그는 콘래드가 『노스트로모』를 통해 "다양한 목소리와 투쟁전략을 담고 있는 사회적 담론을 수용하는데 기존의 역사 담론이 한계가 있음"을 보여준다고 평가한다. 성은애의 논문은 콘래드를 "멜로드라마의 해체와 활용이라는 차원에서 디킨즈의 계승자로 부를 수 있다"고 전제하고, 멜로드라마가 "디킨즈와 콘래드의 실험을 거쳐 정치 풍자와 사회 비평이라는 영역과 만나는 과정을 검토"한다. 그는 『비밀요원』이 "대중적인 멜로드라마의 설정을 차용하면서도" 그것을 "실험적으로 해체하고 있다"고 평가한다. 마지막으로 이만식의 논문은 콘래드가 『승리』에서 "『노스트로모』, 『비밀요원』, 『서구인의 눈으로』 등의 정치소설들에서 성공적으로 제시한 제국주의와 투기 자본주의에 대한 비판을 넘어서서 새로운 형태의 탈식민 공동체를 구체적으로 재현할 수 있을 가능성을 발견했다"고 평가한다.

총서를 만드는 일이 이런저런 이유로 상당히 지체되었다. 처음에 생각했던 것보다 손을 대야 할 일이 많았다. 특히 작업의 막바지에 일이 몰렸다. 여하튼, 인내심을 갖고 묵묵히 기다려준 필자들과 이 총서를 기획한 현대영미소설학회에 감사의 마음을 전한다. 모쪼록 이 비평선집이 콘래드 연구자들에게 조금이나마 도움이 될 수 있으면 좋겠고, 우리 학자들에 의한 콘래드 연구도 더욱 활성화되기를 기대한다.

왕은철

차례

1.

콘래드의 언어
― 언어의 탈이데올로기적 기능

전수용

1. 머리말

외국어인 영어로 글을 써야 한다는 특수한 여건 때문인지 몰라도 콘래드는 작가의 작업의 재료라고 할 수 있는 언어에 대하여 특별히 강한 자의식을 드러낸다. 그의 대표적 화자인 말로우가 선원들이 무료한 시간을 메우기 위하여 하는 이야기의 구전전통을 차용하고 있는 것 외에도, 콘래드의 작품에는 글쓰기와 말하기를 비롯하여 편지, 신문, 대중적 소설, 역사책, 소문, 신화, 외국인의 서툰 영어 등 온갖 언어매체가 등장하며, 콘래드는 이 매체들의 차이점을 십분 활용하여 서술적 효과를 창출한다. 또한 그는 그의 작품 이외에도, 자전적 글, 소설, 편지 등에서 언어가 세상을 움직일 수 있는 힘, 사람들을 미혹하고 기만할 수 있는 힘, 진실을 왜곡할 수 있는 힘, 그리고 동시에 언어가 이런 왜곡을 반성하고 통찰할 수 있는 힘 등에 대하여 끊임없이 논평을 하고 있다. 그의 언어에 대한 통찰은 닫혀진 체계로서의 언어에 대한 구조주의자들의 통찰, 텍스트성을 벗어날 수 없는 인간인식의 한계, 텍스트의 다의성 혹은 불안정성, 그리고 텍스트생산에 대한 권력과 이데올로기의 개입에 대한 후기구조주의자들의 통찰에 익숙한 현대의 독자들에게 유사한 문제의식의 단초를 보여준다. 특히 그가 비판을 시도했던 제국주의, 자본주의, 물질주의 등의 이데올로기와 비판적 거리를 유지하는데 그의 언어관 및 언어사용이 어떤 역할을 하고 있는가 하는 문제는 흥미로운 주제이다. 그는 후기구조주의자들과 유사하게 언어가 외부의 현실을 투명하게 재현하는 도구라는 전통적 믿음에는 많은 회의를 가지면서도, 이데올로기의 언어에 특히 극심하게 나타나는 왜곡과 과장을 문학적 언어를 통하여 견제해 보려는 노력에 심혈을 기울였다. 언어는 그에게 권력의 강력한 도구이지만, 그 도구의 지배력을 벗어날 수 있는 방법을 제공하는 도구이기도 했다. 즉 그는 텍스트에 의하여 상당부분 결정되는 인간의식의 한계를 인정하고, 언어가 수사성으로부터 자유로울 수 없음을 무의식적으로 인정하면서도, 진실에 좀 더 다가갈 수 있는 언어의 용법과, 진실을 은폐하고 왜곡하는 언어의 용법을 구별하고 있다. 그리하여 언어의 본질적 수상성은 그에게 있어서 인간을 텍스트성 안에 가두는 역할만을 하는 것이 아니라 개념어가 은폐하는 진실의 모습에 도달할 수 있는 도구가 되기도 한다.

우선 언어에 지배되는 존재로서의 인간에 대한 통찰을 우리는 『서구인의 눈 아래서』의 화자인 언어선생의 논평에서 발견할 수 있다.

> 말이란 잘 알려져 있듯이 현실의 커다란 적이다. 나는 구년 동안 언어선생이었다. 이 직업은 보통 사람이 가지고 있는 상상력, 관찰력, 그리고 통찰력에 대하여 마침내는 치명적인 효과가 있다. 언어선생에게 언젠가는 세상이 많은 언어로 이루어진 장소에 불과하고 인간이 앵무새보다 더 나을 것이 없는 그저 말하는 동물로 보이게 되는 때가 온다.

> Words, as is well known, are the great foes of reality. I have been for many years a teacher of languages. It is an occupation which at length becomes fatal to whatever share of imagination, observation, and insight an ordinary person may be heir to. To a teacher of languages there comes a time when the world is but a place of many words and man appears a mere talking animal not much more wonderful than a parrot. (*Under Western Eyes* 1)

그는 또한 러시아인들이 특별히 언어의 힘에 매료되어 열광적으로 자신의 심경을 토로하는 버릇이 있다고 지적하는데, 언어를 너무 적절히 사용하여 "마치 아주 말을 잘하는 앵무새처럼 진실을 정말로 이해하고 있지 않을까 하는 의혹을 떨쳐버릴 수 없다"(*Under Western Eyes* 2)고 표현한다. 그리하여 언어의 유창한 사용이 꼭 진실의 이해를 의미하는 것이 아님을 시사한다. 그런가 하면 주인공 라주모프(Razumov)가 이중적 생활 때문에 아무에게도 자신의 심경을 토로할 수 없을 때 일기로 남긴 기록에 대해서는 말이 비록 자기 자신과의 대화에 불과한 경우에도 심경의 평화에 도달하는 방법으로서 위안의 힘이 있다(*Under Western Eyes* 2-3)

고 기술하여 말의 공허함에 대한 회의적 유보에도 불구하고 말이 현실에서 해결되지 않는 문제들을 해소하는 힘이 있음을 암시하기도 한다. 이와 같이 콘래드에게서 언어는 미혹의 힘과 해소의 힘을 동시에 지닌 강력한 도구이다.

그는 지나친 웅변과 수사에 대해서는 회의적 태도를 보인다. 생생한 언어의 구사력은 도덕적으로 의심스럽거나 무모한 사람에게서 종종 발견된다는 지적(*THe Mirror of the Sea,* 102)이 있는가 하면, 값싼 웅변이 사람들의 공포심을 부추겨 분노, 증오, 폭력을 유발하여 종종 전쟁에 이르게 했다(*The Mirror of the Sea* 149)는 그의 주장은 말의 남용이 가져오는 파괴적 가능성에 대한 인식을 보여준다. 또한 『개인적인 기록』(*A Personal Record*)의 서문에서 그는 "나에게 올바른 말과 올바른 억양을 다오, 그러면 나는 세상을 움직일 것이다"("Give me the right word and the right accent and I will move the world")(*A Personal Record* xii*)*라고 말하여 언어가 가지는 웅변적, 선동적 가능성을 지적하고 있다. 아래서 좀 더 자세히 논하겠지만 콘래드에게 있어서 집단의 믿음체계에 기초한 이데올로기의 언어는 집단적 이해관계에 맹목이 되어 전쟁을 선동할 수도 있고, 영웅심을 불러일으켜 세상을 움직일 수도 있는 언어로 발전할 수 있다. 반면에 작가의 언어란 그러한 영웅적이고 선동적인 언어가 아니라, "적에게 자신을 내어줄 수도 있고, 친구들을 실망시킬 수도 있는" 진지하고도 겸손한 언어이다(*A Personal Record* xiii). "적에게 자신을 내어줄 수도 있고, 친구들을 실망시킬 수도 있는 언어"란 자신의 이해관계나 당파성을 떠난 반성적 사고를 담은 언어란 의미로 해석할 수 있다. 이러한 반성의 기능을 위해서는 이성적 거리두기와 수사적, 미학적 언어구사가 모두 동원된다. 그 외에 콘래드가 자주 언급하는 바람직한 언어로는 항해일지나 배의 선원들이 작업시 의사소통을 위하여 사용하는 절제되고 사실적인 언어가 있다. 그러나 이 언어들조차도 투명한 사실적 언어이기보다는 수사성을 아주 간결하고 효과적으로 사용한 언어로 볼 수 있는 증거가 있다. 그러니까 그는 언어를 다음과 같이 세 종류로 구분하고 있다고 볼 수 있다.

1) 선동과 수사를 통하여 사람들을 행동으로 몰고 갈 수 있는 힘이 있지만, 그 속에 생산적 가능성과 기만적 가능성이 동시에 존재하는 언어 — 이데올로기의 언어

2) 작업의 현장에서 사용되는 절제되고 사실적으로 보이는 언어 — 그러나 실상은 간결하고 효과적인 수사의 언어

3) 선동적 언어와는 구별되는 성찰의 언어인 작가의 언어 — 이성적 거리두기와 미학적, 수사적 효과를 모두 동원한 언어

그는 언어가 수사성으로부터 자유로울 수 없다는 데리다의 통찰을 무의식적으로 공유하면서도 이데올로기의 언어가 가진 과장되고 허황된 수사와, 문학적 언어가 가지고 있는 통찰과 반성의 힘을 가진 수사를 구별함으로써 언어의 헝클어짐을 언어로 풀어낸다. 즉 이데올로기를 만드는 것도 언어이고, 그 이데올로기의 환상을 허무는 것도 언어인 것이다. 또한 그가 이상적 언어의 한 표본으로 칭송하는 항해의 언어 역시 수사성으로부터 자유로울 수 없는 성격을 드러내어, 그의 언어에 대한 의혹은 수사성 자체에 대한 의혹이 아니라 수사성의 남용에 대한 의혹임을 볼 수 있다. 본 논문에서는 콘래드의 『개인적 기록』, 『바다의 거울』(*The Mirror of the Sea*)을 비롯한 콘래드의 자전적 기록과 『암흑의 심장』(*Heart of Darkness*), 『태풍』(*Typhoon*), 『로드 짐』(*Lord Jim*), 『노스트로모』(*Nostromo*), 『비밀요원』(*The Secret Agent*), 『서구인의 눈으로』(*Under Western Eyes*), 『승리』(*Victory*) 등의 작품에서 그가 표명하고 있는 언어에 대한 사유들을 정리함으로써 그가 각각 다른 언어들 사이에 어떤 관계를 설정하였으며, 그가 소설의 언어로써 어떻게 허위적 이데올로기의 언어를 노출시키고 있는가를 살펴보고자 한다.

특히 언어의 문제가 콘래드의 이데올로기 문제를 다루는 데 있어서 관건이라 생각할만한 근거는 선행연구의 성과에서 찾을 수 있다. 콘래드의 언어와 이데올로기 문제에 대한 선행연구로는 제러미 호손(Jeremy Hawthorn)의 『조지프 콘

래드: 언어와 소설적 자의식』(*Joseph Conrad: Language and Fictional Self-Consciousness*), 마이클 그리니(Michael Greany)의 『콘래드, 언어 그리고 서사』(*Conrad, Language, and Narrative*), 아론 포겔(Aaron Fogel)의 『말하기에 대한 강요 · 콘래드의 대화의 시학』(*Coercion to Speak Conrad's Poetics of Dialogue*), 그리고 프레드릭 제임슨(Fredric Jameson)의 『정치적 무의식』(*The Political Unconscious*)에 실린 콘래드 비판 등이 주목할 만하다. 이들은 언어에 대한 형식주의적 관심과 사회문제에 대한 관심을 균형 있게 유지하면서, 콘래드의 언어에 대한 치밀한 고찰을 통해 사회의 지배적 구조, 그 구성원리인 이데올로기가 안고 있는 모순의 여러 가지 증상에 대한 통찰력 있는 진단에 이른다. 이에 반하여 이러한 언어에 대한 통찰 없이 직접적으로 이데올로기의 문제를 다루고 있는 베니타 페리(Benita Parry)의 『콘래드와 제국주의: 이델올로기적 경계와 몽상적 변경』(*Conrad and Imperialism: Ideological Boundaries and Visionary Frontiers*)은 그의 작품에서 형식적 요소와 사상적 요소가 가지는 역학관계를 무시한 채 제국주의에 대한 콘래드의 연루에 대한 성급한 결론에 도달하고 있다. 본 연구에서는 좀 더 생산적인 연구방법으로 판단되는 전자의 방법을 따르고자 한다.

2. 이데올로기의 언어

위에서 콘래드에게 있어서 이데올로기의 언어는 선동과 수사를 통하여 사람들을 집단의 이해관계에 봉사하는 행동으로 몰고 갈 수 있는 언어라고 잠정적으로 규정하였다.

레이몬드 윌리엄즈(Raymond Williams)는 이데올로기를 다음과 같은 세 가지 의미로 정의한다.

(i) 특정한 계급이나 집단의 특징을 이루는 신념의 체계

(ii) 진실하고 과학적인 지식에 대조될 수 있는 가공의 믿음들의 체계 - 허위적 사고나 허위의식

(iii) 의미와 사고를 생산해 내는 일반적인 과정(Williams 55)

콘래드는 그의 작품에서 제국주의(『암흑의 심장』, 『로드 짐』, 『노스트로모』, 『비밀요원』, 『승리』) 및 그에서 촉발되는 인간의 도구화나 약육강식의 논리 등이 인간관계를 왜곡하는 모습을 그리고 있다. 자연히 그의 이데올로기 인식은 중립적인 개념이라기보다는 집단의 이해관계를 대변하는 신념체계라는 쪽으로 기울고 있어 (i)이나 (ii)의 범주에 해당한다고 할 수 있다. 제러미 호손이 『조지프 콘래드: 언어와 소설적 자의식』(Joseph Conrad: Language and Self-Consciousness 24-25)에서 펼치는 주장에 의하면, 이데올로기는 거리를 두고 생각할 때는 그럴듯하게 보이는 신념체계들이지만 현장의 구체적 진실에 접하게 되면 그 허위성과 파괴성이 드러나는 체계들이다. 언어라는 것은 현실과 분리됨으로서 현실을 관조하고 반성할 수 있는 힘을 주고, 미래를 예측할 수 있는 도구가 되기도 하지만, 똑같은 이유로 쉽사리 기만과 은폐와 맹목의 도구가 될 수 있기 때문이다.

우선 호손은 언어가 인간과 동물을 구별하는 중요한 기준으로서, 인간으로 하여금 당면한 상황을 벗어날 수 있게 해주어 인간에게 성찰의 힘을 주는 언어의 특징은 동시에 그 상황을 허위적으로 왜곡할 수도 있는 힘도 부여한다고 본다. 언어의 왜곡을 피할 수 있는 상황이란 다른 사람들과의 끊임없는 교류를 통하여 자신의 오류를 수정하거나, 노동의 현장에서 공동의 구체적 목표를 위하여 노력하고 있을 때이다. 또한 즉각적인 상황이 주는 감각적 상태와 맹목성을 벗어나서 상황의 전체적 의미를 이해하는 것이 필요한데, 콘래드 소설의 액자구조가 이런 이해를 가능하게 한다고 호손은 주장한다. 공동체의 윤리, 노동의 가치, 이성적 이해의 중요성 등 그의 맑시스트적 가치들이 그의 분석을 결정하는 잣대가 된다.

그는 제국주의의 문제나 자본주의의 문제 혹은 물질주의의 문제가 아이디어와 현장성 사이의 거리에서 발생한다는 유용한 통찰을 제공한다. 예를 들어 그는 『암흑의 심장』에서 현실로부터 격리된 커츠의 약혼자의 맹목성을 제국주의 이데올로기를 생산해 내는 사람들의 맹목성을 상징하는 것으로 본다. 이들은 현장에서 그것이 어떤 형태로 구체성을 띄는지에 대해서 전혀 알지 못함으로써, 현실과 분리된 언어로 짜여진 사유를 생산해 내고, 결국 이들의 말은 제국의 현실을 창조하게 된다는 것이다. 이들이 생산해낸 언어는 총알과 같이 누군가를 맞히게 되지만 이들은 밀림을 향하여 함포사격을 하는 프랑스 군함처럼 자신들의 언어가 자져오는 참상을 알지 못한 채 언어의 생산만을 계속하고 있다는 것이다. 호손은 콘래드가 그리는 제국주의의 모습을 이렇게 간추린다.

제국주의란 원하지 않는 수신자에게 낯선 의미를 부과하는 것이다. 기호에 의해서 지배되는 사회나 세계의 특징 중의 하나는 그 현실로부터 유리된 채로 불쾌한 행위를 시작하는 것이 아주 쉽다는 것이다. 식민주의와 제국주의는 항상 그 실천에 있어서 이러한 비인도적인 질서를 원하지 않는 수신자에게 부과할 것을 요구해온 것으로 보인다. 그리고 이 부과는 언어의 기만성에 많이 의존한다. 식민주의와 제국주의의 끔찍함은 상당하여 이것을 주도하는 사람들은 그 본성에 대한 완전한 지식으로부터 스스로를 차단해야만 한다.

"Imperialism is the imposition of alien meanings on an unwilling recipient . . . One of the things about society or a world dominated by signs is that it is very easy to initiate unpleasant activities while remaining cut off from their realities . . . Colonialism and imperialism have in practice always seemed to demand the imposition of such inhumane order onto unwilling recipients, and it is an imposition that relies heavily on linguistic duplicity . . . The horrors of colonialism and imperialism are such that those intiating the deeds have to cut themselves off from full knowledge of their nature." (*Language and Self-Consciousness* 24-25)

말로우는 이러한 본국 사람들의 안락한 꿈의 세계를 굳이 깨지 않기 위하여 커츠의 약혼녀에게 거짓말을 하지만, 이러한 거짓말을 목격하는 독자는 말과 현실 사이의 거리가 창조할 수 있는 문제점에 대한 이해에 이르게 된다는 것이 호손의 주장이다. 그는 현실에 대한 즉각적이고 감각적인 이해의 한계성이 액자구조에 의하여 극복되면서 이성적 판단을 가능하게 한다고 주장한다. 그런데 콘래드의 언어는 사실 거리 두기에 의한 이성적 성찰과 감각성의 활용에 의한 낯설게 하기의 양날을 모두 사용하여 이데올로기를 해체한다는 사실을 그는 간과한 것 같다.

　　현실과 유리된 이데올로기의 속성은 샌프란시스코에 앉아서 코스타구아나(Costaguana)의 현실과 유리된 채 투자된 자본의 안전한 증식을 기원하며 자신의 세계지배욕망을 도덕적으로 정당화하는 홀로이드(Holroyd)의 수사에서도 드러나고, 물질적 이익의 추구 위에 새로운 사회질서를 건설할 수 있다는 굴드(Gould)의 믿음에서도 나타나며, 코스타구아나에서 서구식 자유주의를 실현시키려는 드쿠(Decoud)의 논설문에서도 발견된다. 또한 권력에 따라오는 물질적 부에 욕심을 내면서 민족주의와 포퓰리즘에 호소하는 몬테로 형제들의 반란의 구호도 이데올로기의 수사에 의존하고 있다. 커츠가 암흑대륙의 현실과 만나기 전에 소책자에서 펼치고 있는 야만인들을 문명화하기 위해 식민사업이 필요하다는 주장, 그리고 짐에게 이국적 배경에서의 영웅적 행위를 꿈꾸게 하는 제국의 대중문학, 혹은 벌록(Verloc)에게 전시용 테러를 지시하는 블라디미르(Vladimir)의 보수주의 수사도 이데올로기의 언어적 특징을 드러낸다. 그런가 하면 이런 속성은 인간을 도구화하는 자본주의의 생활원리에 안주하며 한쪽으로는 혁명의 수사를 펼치는 무정부주의자들의 과장된 언사에서도 보인다. 『서구인의 눈으로』에 등장하는 러시아제국의 옹호자들, 그리고 라주모프를 단죄하고 벌하지만, 그 자신들도 기만과 착취의 혐의를 벗을 수 없는 혁명가들의 언어사용도 역시 수사의 남용에 의존한다. 깊은 성찰 없이 행동의 열기로 세상을 움직여 나가는 사람들에게서 발견되는 이데올로기적 언어의 특성은 보수와 진보의 진영에 관계없이 언어의 웅변적 사용으로 현실을 은폐하거나 스스로를 호도하는데 있다.

이러한 이데올로기의 언어에 사로잡혀 있는 인간들은 현실과 접했을 때, 그 의미를 액면 그대로 파악하는데 어려움을 겪는다. 혹은 이데올로기의 언어는 유아론적이고 몽상적인 개인에게 가장 호소력을 가지는 언어이다. 『로드 짐』에서 짐이 겪는 고질적인 의상소통의 문제는 그가 객관적 현실인식이 박약하며, 유아론적 환영에 사로잡히기 쉬운 존재임을 보여준다. 그의 이러한 기질은 그로 하여금 대중문학에서 흡수한 제국주의적 이데올로기에서 파생된 영웅적 지도자라는 자아상의 환영에 맹목적으로 사로잡게 만든다. 짐은 청각과 시각이 제공하는 감각적 데이터들을 자기중심적으로 밖에는 해석할 수 없는 한계를 지닌다. 파트나호가 부유물과 충돌하여 물이 새어 들어오고 있는 당혹스런 상황에 직면하여 정신이 나가있는 짐에게, 아픈 아이에게 물을 먹이기 위하여 물을 찾는 파트나호 승객의 "물"이라는 외침은 배가 물에 잠겼다는 사실을 승객들이 알아차렸다는 징후로 해석되서 그를 공포심에 사로잡히게 한다. 그는 "물"이라고 외치며 매달리는 이 승객을 램프로 강타하기까지 하는 극단적인 반응을 보인다. 또한 파트나호 재판이 끝난 후 재판정 바깥에서 누군가가 실존하는 똥개를 보고 "똥개"라고 한 말을 자신에 대한 비난으로 오해한 그는 말로우의 동료가 이 말을 했다고 생각하여 말로우에게 달려들며, 짐과 말로우의 첫 만남은 이처럼 짐의 유아론적 듣기의 문제로 인해 발생한 오류를 계기로 이루어진다. 짐의 시각 또한 그를 자기합리화로 현혹하는 도구에 불과하다. 파트나호에서 자신의 탈출을 합리화하고자 하는 짐에게 어두운 폭우 속에서 파트나호의 불빛이 사라진 것은 파트나호의 침몰로 안이하게 해석된다.

좀 더 타락한 이데올로기의 현혹적 언어의 예는 『승리』에서 볼 수 있다. 하이스트(Heyst)가 은둔하고 있는 삼부란(Samburan) 섬에 그가 보물을 숨겨두었을 것이라는 호텔 주인 숌버그(Schomberg)의 모함을 믿고 보물을 약탈하러 가는 악당 존스(Jones) 일당은 삼부란의 화산에서 나오는 불길과 연기를 모세를 인도하던 불과 연기의 기둥이라는 성서적 의미로 읽는다. 즉 약탈을 신이 내린 사명으로 오독하는 자기기만의 극단적 형태이다. 이런 믿음은 소규모이긴 하지만 어쨌든 조운스 일당이라는 한 범죄 집단의 이해관계를 대변하는 신념체계라는 측면에서 이데올로기의 특성을 지닌다 하겠다.

『비밀요원』에서 무정부주의자 칼 윤트(Karl Jundt)의 언어사용법도 타락한 이데올로기의 언어의 한 예가 될 수 있다. 칼 윤트는 과학이라는 이름 아래 당대의 골상학자 롬부르스코(Lombrusco)가 타락한 인간형, 범죄적 인간형을 분류한 것은 그가 약자들을 범죄자로 낙인찍는 것이라고 항변한다. 그의 이러한 논의는 별 문제가 없지만, 그는 낙인찍는 과정을 "붉고 뜨거운 것을 더러운 피부에 갖다 대는 것 . . . 여기서 대중들의 두꺼운 가죽이 타서 지글거리는 냄새와 소리를 느낄 수 없나?"라고 적나라하게 표현한다. 그는 은유적 언어를 다시 문자 그대로 재현하면서 시각과 후각을 동원하여 충격적 이미지를 전달하고 있다. 이러한 과장된 수사는 마음이 여리고 순진한 스티비(Stevie)를 자극하여 발작에 이르게 하는데, 화자는 이것을 대중을 선동하는 웅변도 못되고, 단지 질시와 고통에 사로잡힌 사람들에게 사악한 충동을 부추겨 반항하도록 하는 언어라고 비하하고 있다(*The Secret Agent* 47-48). 극도로 타락한 이데올로기의 언어에 대한 콘래드의 혐오감을 나타내는 장면이라고 하겠다.

3. 작업의 현장에서 사용되는 절제되고 "사실적"인 언어

이데올로기의 과장된 수사에 대한 혐오와 더불어 콘래드는 선박에서 작업 중 사용하는 언어의 과장 없는 사실성과 절제된 아름다움에 대한 칭찬을 아끼지 않는다. 예를 들면 항해일지에는 바다가 잔잔하다든가 항해속도라든가 배의 항해 경로든가 하는 사실들(*Typhoon* 26)만이 기록되며 석양이 아름다웠다든가 하는 항해자의 주관적 느낌은 전혀 기록되지 않는다. 또한 때로 풍랑과 사투를 벌이며 작업을 해야 하는 선원들에게 절제되고 규칙에 맞는 언어의 사용만이 의사소통을 가능하게 한다. 개인적 느낌을 강하게 전달하는 표현은 의사소통을 방해하기 때문이다. 호손에 의하면 이 작업현장의 언어는 이데올로기의 현혹적 수사로 가려지지 않은 진솔한 현실인식을 나타내는 언어이다.

　　이러한 콘래드의 언어에 대한 견해는 서구의 전통적인 언어모델로 설명될 수 있는 듯이 보인다. 전통적으로 서구의 대학에서는 언어훈련을 위하여 "논리", "문법", "수사"의 세 교과목이 있었고, 그 이외에 이 세상의 원리를 설명하는 네 개의 교과목(대수, 기하, 천문학, 음악)이 있었는데, "논리"와 "문법"은 언어의 영역을 세계를 다루는 영역과 연결시키는 고리라고 생각되었다(de Man 341). 그러니까 세계의 원리를 설명하는 데는 '논리'와 '문법'으로 족하지만 이것을 좀 더 효과적으로 전달한다든가 설득력을 증폭시킨다든가 아름답게 꾸민다든가 하기 위하여 수사가 필요하다는 생각이다. 이런 맥락에서 보면 콘래드가 말하는 항해의 언어는 '논리'와 '문법'만 있고 '수사'는 없는 언어인 듯이 보인다.

　　그런데 사실 이 같은 정의는 후기구조주의의 담론이론과 언어이론에서는 부인되고 있는 정의이다. 폴 드만은 "The Fall of Hyperion"이라는 구절을 예로 들어서 이 구절은 문법과 논리를 다 지켜서 해석한다고 해도 "하이페리온의 추락"으로 해석할 수도 있고 "하이페리온이 떨어지고 있는 그 행위 자체"를 가리킬 수도 있고, 키츠(John Keats)가 『하이페리온의 추락』 이전에 썼던 『하이페리온』이란 작품의 실패를 뜻할 수도 있음을 지적하면서, 각 단어의 수사적. 위상(하이페리온이란 고유명사가 신화의 주인공을 뜻하는가 혹은 같은 주인공을 그린 작품의 이름인가, 그리고 Fall이라는 단어를 문자 그대로의 떨어짐으로 이해할 것인가, 혹은 전반적 파멸의 의미를 담고 있는 추락으로 이해할 것인가, 혹은 실패라는 은유적 의미로 이해할 것인가)에 따라 이 구절의 의미가 결정됨을 주장한다(de Man 344). 즉 언어의 논리성과 문법의 영역까지 지배하게 되는 수사의 편재성을 보여주고 있다. 데리다(Jacques Derrida)도『백색신화』("White Mythology")에서 일상적 언어표현에 수사성이 편재해 있음을 설명하고 있다. 우리는 "파악하다" (grasp)라는 말을 인식과정을 의미하는 추상적 용어로 여기지만, 이 말은 원래 "손에 쥐다"라는 뜻을 은유적으로 차용한 것이다. 은유는 처음 사용되었을 때는 그 신선함 때문에 수사적 효과를 가지지만 그것이 오랜 세월이 지나서 마모되면 동전에 부조된 형상들이 닳아서 없어지듯이 그 수사적 효과는 없어지고, 사람들은 그것을 개념어로서 지각하게 된다고 한다("White Mythology," *Margin of Philosophy* 225).

그런데 콘래드가 들고 있는 훌륭한 항해언어의 사례들을 보면, 그가 이미 이러한 통찰을 무의식적으로 인지하고 있었던 듯하다. 콘래드가 뛰어나게 적합하다고 생각하는 선박용어중의 하나는 "밧줄의 자라남"(growth of a cable)이라는 표현이다. 닻을 거둬들일 때, 밧줄이 물위로 당겨져 올라오는 모습을 묘사하는 이 표현은 사실 선박용어의 사실성이나 직접적 지시성보다는 감각적 인상에 근거한 효과적인 은유적 수사성을 대표하는 표현이라고 할 수 있다. 그러니까 콘래드는 가장 감각적인 수사적 표현이 적절히 사용될 때 그것이 사실적 투명성을 가진 것처럼 보인다는 사실을 직관적으로 알고 있었던 것 같다. 또한 예로 그는 나이 많은 항해사가 서른도 채 안된 선장을 "저이가 우리 영감이야"("That's my old man")라고 말하는 것을 보고 깊은 인상을 받은 사실을 기록하고 있다(*The Mirror of the Sea* 16). 여기서 영감은 문자 그대로 나이 많은 사람이 아니고, 배의 위계질서상의 어른이라는 의미인 것을 말할 것도 없다. 그러니까 항해의 언어는 문자 그대로의 표현과는 차이가 있으며 사실은 상당히 관례적인 언어임을 알 수 있다. 또한 풍랑이 심하여 돛을 내리고 밤새 배를 운행하지 않고 쉬게 할 수밖에 없다는 뜻으로 한 선장은 "바람이 그때까지 바뀌지 않으면, 우리는 앞 돛을 내리고 배의 머리를 밤새 날개 속에 묻어 버릴 수밖에 없지"라고 표현하며 콘래드는 이 언어사용의 적절성을 한껏 칭찬한다. 이것은 배가 휴식하는 모양을 바닷새들이 날씨가

험할 때 머리를 날개 아래 묻고 휴식을 취하는 모양에 비유한 것이다(*The Mirror of the Sea* 90). 그러니까 콘래드는 사실적 언어(논리와 문법의 언어)와 심미적 언어(수사의 언어)는 배타적인 범주가 아니라 서로 협력할 때 최대의 효과를 발휘하는 범주들임을 무의식중에 받아드리고 있었다. 단지 수사법의 사용은 적절하여 폐부를 찌를 때도 있고, 과장된 허풍일 때도 있음을 구별하고 있을 뿐이다.

『태풍』이란 작품에서 콘래드는 언어의 수사성을 대표하는 1등 항해사 주크스(Jukes)와 언어의 직설성을 대표하는 맥훠(MacWhirr)선장이라는 설정을 통하여 수사성과 직설성이라는 요소를 정면으로 대립시키고 있다. 여기서도 수사적 언어와 사실적 언어는 협력을 필요로 하는 보완적 관계에 있음을 볼 수 있다. 언어의 감각적 수사에 탐닉하는 주크스와, 배의 일지에서 사용하는 언어처럼 수사가 전혀 없이 사실의 정확한 묘사만을 고집하는 맥훠(MacWhirr) 선장은 인간의 인내심의 한계를 초월하는 태풍과의 싸움을 요구하는 상황에 공동으로 직면하게 된다. 콘래드는 태풍 속을 뚫고 배를 몰아 엉망진창이 된 배를 예정대로 항구에 대는 맥훠 선장의 우직함과 정직성에 경의를 표하기는 하지만 그 둔탁함에 대해서는 또한 비판적 거리를 두고 있다. 또한 태풍을 우회하여 가야한다고 주장하며 태풍이 오기 전의 답답한 대기의 느낌을 표현하는 데만 관심을 가지는 주크스의 현실 우회적 태도가 지닌 문제성도 간과하지 않는다. 콘래드는 주크스의 우회적 태도와 문자 그대로 배를 부셔져라 몰아서 항구에 대는 맥훠 선장의 직선적 태도 양자에 대하여 모두 비판적 거리를 가지면서도 양자의 미덕을 감싸 안고 있다. 실제로 태풍과 싸우는 과정에서 맥훠가 확실한 의사소통을 위하여 주크스의 머리를 얼싸안고 명령을 전달하는 장면이 있는데, 이것은 두 가지 언어의 불가분성 혹은 두 가지 언어의 공조적 역할을 상징한다고 볼 수 있다.

맥훠 선장의 무딘 사실적 언어는 위기를 극복하는 데는 큰 힘이 되지만, 선장부인으로 하여금 남편이 처한 현실의 험난함을 전혀 느끼지 못하게 한다. 맥훠 부인은 선장을 자기가 마음대로 쇼핑을 나갈 수 있도록 돈이나 벌어다 주는 수단

정도로 생각하고 있다. 반면에 수사의 왕자인 주크스는 배가 질풍노도에 휩싸였을 때, 승객인 쿨리들의 소지품인 은화가 든 돈 궤짝들이 열려 쏟아지자 미친 듯이 은화를 쫓아다니는 쿨리들의 난동을 제압하면서 바깥의 태풍과 싸워야 했던 숨막히는 순간들을 유창하고 실감 있는 언어로 대서양을 항해하는 상선에서 일하는 동료에게 전달하고 있다. 당면문제를 해결하는데 맥훠의 언어가 좀더 유효하다였다면, 이 경험을 전달하여 공유하는 데는 주크스의 언어가 더 효과적이다. 콘래드는 사실적 언어와 수사적 언어간의 갈등을 작품으로 육화시키기는 과정에서 두 가지 언어 사이의 복합적인 관계를 무의식중에 드러내고 있음을 알 수 있다. 사실적 언어밖에는 구사할 줄 모르는 맥훠는 작업의 현장에서 문제를 해결하는데 성공하지만, 자신의 일생의 동반자인 부인이 대영제국의 현실에 대하여 맹목인채 제국이 주는 소비생활의 특권에만 탐닉할 수 있도록 방치하고 있는 셈이 된다. 반면에 주크스의 심미적 언어는 현실의 모습을 생생하게 전달하여 지리적, 상황적 거리가 가지는 은폐성을 극복하는 힘이 있다. 그러니까 제국주의적 환상을 극복하는 언어가 작업현장의 사실적 언어라는 호손의 지적과는 달리, 주크스의 심미적 언어가 이 기능을 대신하고 있다. 작업현장의 언어는 작업당사자에게는 현실의 의미를 정직하게 인식하도록 만들지만, 제국이 창조한 이데올로기와 현실의 거리를 메꾸기에는 부족하다.

사실적 언어와 수사적 언어가 보완적 관계에 있듯이, 콘래드에게 있어 미적 가치와 실용성이 배타적 가치가 아님은 다른 예에서도 볼 수 있다. 범선의 항해가 인간에게 가르쳐주는 교훈의 가치에 대한 콘래드의 설명을 보면 콘래드에게서 미적 보상은 실용적인 작업의 완성 끝에 오는 것으로, 그에게서 사실적인 노동현장의 언어와 심미적 언어가 서로 보완적 기능을 가지는 것은 이상할 것이 없다.

근면함의 도덕적인 측면이란, 그것이 생산적인 것이든 비생산적인 것이든 간에 기술자 측에서 가장 고도의 솜씨를 획득하고 유지한다는 것이다. 이런 기술의 솜씨는 정직함 이상이다. 이것은 정직함과 우아함과 규칙을 고양되고도 명확한 느낌 속에 포괄하는 좀 더 큰 무엇이다. 이것은 전적으로 실용적인 것이 아니며, 노동의 명예라고 부를 수 있는 것이다. 이것은 개인의 자긍심에 의하여 유지되어온 축적된 전통으로 전문적인 의견에 의하여 정확하게 표현되며, 좀더 고차원의 예술처럼 분별 있는 칭찬에 의하여 자극되고 유지되는 것이다.

Now the moral side of an industry, productive or unproductive, the redeeming and ideal aspect of this bread-winning, is the attainment and preservation of the highest possible skill on the part of the craftsmen. Such skill, the skill of technique, is more than honesty; it is something wider, embracing honesty and grace and rule in an elevated and clear sentiment, not altogether utilitarian, which may be called the honour of labor. It is made up of accumulated tradition, kept alive by individual pride. (*The Mirror of the Sea* 24)

4. 미학적 언어와 자기성찰의 언어

위의 두 가지 언어의 논의에서 얻은 결론은 콘래드가 과장된 수사적 언어에 의한 기만과 선동에 대해서는 혐오감을 가지지만은 사실성과 수사성, 실용성과 심미성을 균형 있게 결합한 언어, 즉 오랜 성찰과 숙련에서 나오는 최고의 솜씨와 기술을 결합한 언어는 이상적으로 생각하는 것을 알 수 있다. 그런데, 앞에서 지적한 바와 같이 호손의 경우 감각적 혹은 미학적 언어를 자기 성찰의 언어와 분리하여, 자기성찰의 언어는 거리 두기, 이성, 개념 같은 것들을 속성으로 하는 언어로 보고 있음을 알 수 있다. 즉 호손은 콘래드의 작품에서 감각적 언어는 현실에 대한 저항의 수단이면서도, 이데올로기에 봉사하여 현실을 은폐하고 현실로부터 도피하는 도구로 보고 있다. 그러나 필자의 생각은 콘래드에게 있어서 감각적, 미학적 언어는 이렇게 단순한 기능을 하는 것이 아니라 도덕적 성찰의 또 하나의 도구로서 이데올로기의 맹목성을 노출시키는 수단이 된다는 것이다. 즉 미학적 언어는 엄숙한 성찰과 동떨어진 유희의 언어가 아니라, 성찰의 일부를 구성하는 원리인 것이다.

제임슨(Fredric Jameson)은 『포스트모더니즘, 혹은 후기자본주의의 문화논리』("Postmodernism or the Cultural Logic of Late Capitalism" *The Jameson Reader* 188-232)에서 모더니스트들에 대해서 언급하면서, 모더니즘 예술이 이미 산업사회에서 인간소외의 증상을 강하게 드러내면서도, 그 소외로부터 상상적 탈출을 모색하고 있다고 진단한다(194). 다시 말하자면, 그는 모더니즘을 후기자본주의 사회의 소비를 위한 꼭두각시로 주체가 전락하기 전에 주체의 주체다운 몸부림을 마지막으로 하고 있는 예술로 이해하고 있다고 할 수 있다.

제임슨은 모더니스트들이 정치적 도덕적 문제를 은폐하는데 심미적 경험을 사용하였다고 본다. 모더니스트들은 자본주의가 가져온 인간소외를 직접적이고 사실적으로 다루는 대신에 이러한 소외가 사람들에게 가져오는 좌절과 불만을 미학적 유토피아의 현시를 통하여 보상하고 해소하고자 한다고 주장한다. 예를 들면 고흐의 『신발 한 켤레』(*A Pair of Boots*)라는 그림이 있는데, 이것은 낡아빠진 농부의 신발을 그린 것이다. 이 그림이 암시하고 있는 현실은 농민들의 비참한 생활의 세계, 즉 "삭막한 시골의 빈곤, 등이 휘는 농부의 노동으로 대표되는 원초적인 인간 세계 . . . 가장 모질고, 위협받고 있으며, 원시적이고도 주변화된 상태로 환원된 세계"이다. 그런데, 제임슨은 고흐가 이런 척박한 농촌의 삶을 표현한 그림에서 이 세계를 감각적으로 미화시켜 표현하고 있다고 한다. 사실 이 그림을 살펴보면 갈색과 주황색, 청회색이 멋진 조화를 이루고 있으며, 뒤집혀진 한쪽 신발 바닥의 징들이 이루는 패턴, 바로 서있는 나머지 한 켤레 신발의 멋들어지게 젖혀진 혀, 그리고 구불구불 풀려있는 신발 끈이 그림 안에서 분방한 유희를 창조하고 있는 것이 사실이다. 또한 제임슨은 고흐가 그린 시골그림에 있는 사과나무는 환상적인 색채의 폭발을 보이고 있으며, 찌들고 비참한 농부들의 얼굴은 붉은 색과 푸른색으로 화려하게 덧칠되어 있다고 지적한다("Postmodernism" 194). 모더니스트들은 노동이 자본주의사회에서 극단적으로 분업화되듯이 인간의 생활도 분업화시켜, 미적 영역을 따로 고립시킨 후에 소외된 삶에서 느끼는 모든 좌절을 미적 영역에서의 탐닉을 통하여 해소한다는 것이다. 모더니즘 예술은 이와 같이 현실에서 잃어버린 유토피아의 꿈을 감각의 영역에서 보상받고자 한다고 제임슨 주장한다.

그는 『정치적 무의식』에서 이러한 분석틀을 문학으로 옮겨 모더니즘 작가였던 콘래드 비판에도 사용한다. 제임슨은 초기 모더니즘 작품인 『로드 짐』 안에 "노동과 역사와 원형적인 정치적 갈등"을 다루는 구식 리얼리즘의 잔재가 억압된 상태로 존재하며, 동시에 파트나 사건을 다루는 모더니스트적 텍스트와, 콘래드 자신이 짐의 모험소설 취향에서 풍자하고 있는 소비를 위한 대중소설(포스트모던 문화를 예견하는)적 텍스트인 파투산 부분이 공존하고 있다고 진단한다(*Political Unconscious* 206-07). 모더니스트적 텍스트는 대중적 소비를 위하여 만들어진 것은 아니지만 역시 현실을 이미지화 하여 심미적 소비의 대상으로 만든다고 그는 주장한다. 콘래드는 인간생활의 기초를 이루는 생상관계와 제국주의의 경제적 현실을 직접적으로 대상화하기를 거부하고 인상파와 같은 감각적 언어로 이것을 은폐하며 심미적 소비의 대상으로 만든다는 것이다. 노동과 생산의 현실(무역과 제국주의 지배의 매개수단인 배, 증기선을 움직이는데 필요한 화부들의 노동)이 간간이 드러나긴 하지만, 멀리 배 밑바닥에서 들려오는 소리라는 감각적 데이터로 처리되고 있을 뿐 그 개념적 윤곽은 드러나지 않는다는 것이다.

> 잠을 자고 있는 무리들 위로, 미약하고 인내심 많은 한숨이 때때로 부유하였다. 이것은 불안한 꿈에서 비롯되는 날숨이었다. 배의 깊은 곳에서 갑자기 터져 나오는 짧은 금속성의 쨍그랑 소리, 삽이 바닥을 긁는 날카로운 소리, 용광로의 문이 격렬하게 닫히는 꽝소리가 모질게 파열음을 내었다. 마치 뱃바닥에서 신비한 물건들을

다루는 사람들이 사나운 짐승들을 분노로 가득 차게 한 것 같았다. 그러는 동안 증기선의 날씬하고 높은 선체는 흔들리지 않고 앞으로 나아갔다. 돛을 올리지 않은 돛대에 조금 치의 동요도 없다, 그리고 하늘의 꿰뚫을 수 없는 고요함 아래에 있는 물의 거대한 잔잔함을 지속적으로 가르면서 . . .

Above the mass of sleepers, a faint and patient sigh at times floated, the exhalation of troubled dreams; and short metallic clangs bursting out suddenly in the depths of the ship, the harsh scrape of the hovel, the violent slam or a furnace-door, exploded brutally, as if the men handling the mysterious things below had their breasts full of fierce anger: while the slim high hull of the steamer went on evenly ahead, without a sway of her bare masts, cleaving continously the great calm of the waters under the inaccessible serenity of the sky. (*Lord Jim* 19)

그리하여 콘래드의 미학적 언어―"무슨 이유에서이든 세계와 그 세계의 자료를 준 자율적 행위로서의 감각으로 재약호화하거나 다시 쓰기를 추구하는 전략을 구사하는 언어"―는 자본주의의 발전과정에서 잃어버린 모든 것에 대한 유토피아적 보상을 구성하는 모더니즘 전략에 동참한다고 제임슨은 주장한다. 즉 점점 계량화되어가는 사회에서 질적인 것이 자리할 수 있는 장이 되며, 시장체계의 비신성화 가운데 고풍적인 것과 감성적인 것이 설 수 있는 장이 되고, 측정할 수 있는 길이와 기하학적 추상성의 회색 가운데서 순수한 색채와 강렬함을 펼칠 수 있는 장이 된다는 것이다(*Political Unconscious* 236-37). 물론 콘래드의 텍스트에는 사실주의적 관심사가 억압된 채로 내재하고 있어, 그것을 순수한 감각의 향연으로만 받아들일 수는 없을 것이다. 그러나 콘래드의 언어와 이데올로기에 대한 제임슨의 진단은 언어의 심미화를 통해 자본주의적 분업화와 소비에 협력함으로써 결국은 그 이데올로기에 봉사하고 있다는 것이다. 물론 이 언어의 심미화 자체가 자본주의의 발달로 파편화, 비인간화해 가는 세상에 대한 저항의 일부이긴 하지만 이것은 수용을 전제로 한 김빼기용 저항이라고 할 수 있을 것이다. 그러나 콘래드에 대한 그의 제한된 이해는 콘래드가 심미적 언어를 소비재로만 이용하지는 않는다는 사실을 간과한다.

제임슨은 콘래드의 문체의 핵심적 특징을 파악하고 있는 것이 사실이다. 그의 문체는 그 자체의 자율성에 탐닉하고 지칭의 대상으로부터 달아나는 특징을 가지고 있다. 뱃바닥에서 나고 있는 소리를 "마치 뱃바닥에서 신비한 물건들을 다루는 사람들이 사나운 짐승들을 분노로 가득 차게 한 것 같았다"고 묘사하는 것은 분명히 노동의 현실이나 식민주의의 현실을 탄젠트 각으로 비껴가면서 소리 자체의 심미적 지각을 향유하고 그것을 소비하도록 부추기고 있다. 또한 『태풍』에서도 질풍노도 가운데 맥휘 선장이 벗어놓은 신발들이 두 마리의 강아지처럼 서로 뛰놀고 있다고 묘사를 하는가 하면, 역시 폭풍 속에서 우의를 잡기 위하여 애를 쓰고 있는 맥휘 선장의 동작을 콘래드는 펜싱을 하면서 상대방을 찌르는 동작과 비슷하다고 묘사하기도 한다(*Typhoon* 36). 또한 기관실에서 눈 위에 석탄검댕을 묻히고 배를 조정하기 위하여 기를 쓰는 3등 기관사를 보고서는 눈 화장을 한 여자같이 이국적이고 매혹적으로 보인다고 엉뚱하게 희화화된 묘사를 한다 (*Typhoon* 68). 위기 속에서 사투를 벌이고 있는 심각한 상황으로부터 콘래드는 거의 희극적인 언어로 탄젠트 각을 세워 탈출하고 있는 느낌을 준다. 이것은 바흐친이 말하는 대화적 상상력이 내용과 문체라는 서로 다른 차원에서 실현되고 있는 현상이라고도 볼 수 있겠다. 즉 바흐친은 고대 그리스 연극제에서 비극 삼부작을 공연한 후에 비슷한 내용을 사티로스극으로 패로디하여 비극적 정념에 침잠해 가는 관객들에게 세상을 바라보는 다른 시각— 즉 희극적 시각— 이 있을 수 있음을 환기시킨다는 사실을 지적하면서 이러한 양극적 태도를 동시에 수용하여 이들 사이에 대화적 관계를 유지하는 것을 소설문학의 위대한 특징이라고 지적하고 있다. 그러니까 제임슨에게 회피적 장치로 보이는 것이, 바흐친의 시각에서 보면 소설장르의 여유와 넉넉함의 징표가 될 수도 있는 것이다.

제임슨은 콘래드의 언어가 "개념화하기를 원하지 않는 현실을 . . . 미학적으로 혹은 감각적 인식의 차원에서 다시 쓴다"(*Political Unconscious* 215)고 비판하고 있어 개념화된 언어가 좀 더 도덕적이고 현실반영적인 언어임을 가정하고 있지만, 콘래드는 비감각적인 개념적 언어가 극히 허구적일 수 있는 위험에 대해서도 잘 알고 있었다. 말로우가 콩고를 향해 가는 길에 아프리카 대륙의 동쪽해안을 거슬러 내려오면서 목격한 프랑스 전함이 자신들의 땅에서 단지 일상의 삶을 영위하고 있을 뿐인 아프리카인들을 "적"이라고 부르며 밀림을 향하여 함포사격을 해대고 있는 장면은 아마도 『암흑의 심장』에서 가장 유명한 장면 중의 하나일 것이다. 언어의 정직성은 그것이 사실적이냐 혹은 감각적이고 수사적이냐 하는 잣대로 판정할 수 있는 것이 아님을 알 수 있게 해 주는 장면이다. 많은 이데올로기의 언어들은 결코 감각적이지도 수사적이지도 않지만 능히 현혹적일 수 있다. 반면에 제임슨이 현실회피의 혐의를 두는 미학적 언어는 유토피아적 보상보다 좀 더 직접적인 방법으로 개념화된 세계, 이데올로기로 구조화된 세계를 공략하는 도구가 될 수 있다. 콘래드는 무구한 아프리카인들을 "범죄자"라고 분류하여 사슬로 묶어 강제노동을 시키는 문명사회의 개념어의 허구성을 폭로한 후에 ,감각의 언어로 철도건설을 위한 노예노동과, 극심한 노동과 영양실조로 죽어가는 원주민들의 모습을 그리고 있는데, 이 묘사는 개념화의 틀을 벗어버린 채 다시 순수한 감성을 통하여 세계의 모습을 인지하게 함으로써, 문명의 타락상에 대한 도덕적 분노를 가지는 것을 가능하게 만든다.

검은 형상들이 웅크리고, 눕고, 앉아 있었다. 그들은 나무에 기대거나, 땅을 껴안거나, 침침한 빛 속에서 절반은 드러나고 절반은 지워진 채로 온갖 고통과 버림받음과 절망의 자세로 있었다. 절벽 위에서 지뢰가 하나 또 터지고, 뒤이어 나의 발밑에서 약간의 진동이 느껴졌다. 작업이 진행되고 있었다. 작업이라! 그리고 이곳은 그 작업의 보조자들이 죽기 위하여 은퇴한 곳이었다. 같은 나무 부근에 또 다른 두 개의 예각의 꾸러미들이 무릎을 세운 채 앉아있었다.

Black shapes crouched, lay, sat between the trees, leaning against the trunks, clinging to the earth, half coming out, half effaced within the dim light, in all the attitudes of pain, abandonment, and despair. Another mine on the cliff went off, followed by a slight shudder of soil under my feet. The work was going on. The work! And this was the place where some of the helpers had withdrawn to die . . . Near the same tree two more bundles of acute angles sat with their legs drawn up. (*Heart of Darkness* 31-32)

콘래드는 "작업"이라든가 "보조자"라든가 하는 개념어가 가지는 건설적이고도 중립적인 의미가 열대의 식민지에서 어느 정도까지 왜곡되고 허구화될 수 있는가를 보여주기 위하여 아주 천천히 감각의 언어로 작업의 보조자들이 죽어가고 있는 구체적 모습들을 묘사한다. 그리고 영양실조와 병으로 뼈만 앙상하게 남은 노예들의 몸을 "예각의 꾸러미"(bundles of acute angles)라는 제유(synecdoche)적 이미지로 묘사하고 있다. 콘래드가 학대받는 흑인들을 하나의 인격체로 인식하지 못하고 파편화된 이미지로밖에는 이해하지 못함을 보여주는 증거로 사용되기도 하는 이 제유적 이미지는 사실 "낯설게 하기 효과"가 극대화 된 묘사로서 수탈이라든가 학대라든가 착취라든가 하는 개념어가 전달할 수 있는 것보다 더 섬뜩한 방법으로 시각적 인상을 세밀하게 그림으로써 아프리카를 문명화시키기 위하여 진출하였다는 백인들의 작업현장의 진실을 보여준다. 이 미학적 언어는 개념어보다 더 자극적으로 도덕적 분노를 유발한다. 또한 "절반은 드러나고 절반은 지워진 형태"로 묘사되어서 임의로 지워버릴 수 있는 텍스트와 같이 묘사된 이들의 모습, 그리고 파편화된 이들의 형상을 아체베는 인종주의자 말로우나 콘래드의 인식을 반영하고 있는 것으로 읽고 있다. 그러나 이 묘사는 제국의 시각에 의하여 분해되고 비인간화된 이들의 실상의 재현으로도 볼 수 있는 가능성이 있다.

심미적 효과를 극대화시킨 언어가 도덕적 분노를 유발하는 아주 강력한 장치가 될 수 있음은 "낯설게 하기"를 개념화시킨 러시아 형식주의자 슈크라프스키(Victor Shklovsky)가 이미 무의식적으로 드러내고 있는 인식이다. 슈클라프스키에 의하면 시어, 혹은 문학적 언어의 목적은 경제성이 아니라 비경제성이다. 즉 시어는 대상의 지각을 손쉽고 기계적으로 하는 대신에 일상적인 대상이라도 그것을 "낯설게 만드는 것, 지각의 난이도와 지각에 소요되는 시간을 연장하는 것"이라고 했다. "지각의 과정은 그 자체가 심미적 목적이므로 이것은 연장되어야 한다"고 그는 주장한다. "예술이란 대상의 예술성을 경험하는 방법으로서, 대상은 중요하지 않다"는 발언 속에 그의 비평적 입장이 요약되어 있다(Shklovsky 12).

그는 대상에 대한 지각의 과정을 연장하는 방법으로 낯설게 하기 효과(alienation effect)에 대하여 언급한다. 즉 우리가 익숙해 있는 사물에 대해서도 그것을 처음 보는 것처럼 묘사하여 대상의 예술성을 경험할 수 있다는 것이다. 그런데, 그는 낯설게 하기의 예로서 톨스토이가 태형의 야만성에 반대하여 쓴 글을 인용한다. "법을 어긴 사람의 옷을 벗기고, 그들을 바닥에 내동댕이친 다음에 그들의 엉덩이를 회초리로 두들긴다. . . . 그들의 벗은 엉덩이를 이리저리 매질한다"(Shklovsky 13). "태형"이라는 말 한마디로 간단히 표현할 수 있는 내용을 마치 그 광경을 처음 보는 사람의 입장에서 기술하듯이 그 행위의 단계를 하나씩 풀어 두 줄의 문장으로 표현한 것을 볼 수 있다. 그런데 이와 같이 개념어를 탈피하여 눈앞에 벌어지는 시각적 데이터를 그대로 옮겨놓은 감각적 언어는 독자의 인식을 대상에 대한 심미적 지각에 머물게 하는데 그치는 것이 아니라, 이 심미적 장치를 통하여 연장된 대상에 대한 지각은 이러한 행위의 정당성에 대한 반성을 불러일으키고 이것은 도덕적 회의와 분노로 자연스레 연결된다.

5. 맺음말

심미적 언어는 분명 그 고립된 미학성의 향유나, 세계로부터의 소외를 극복하기 위한 유토피아적 환상으로만 작용하는 것이 아니라, 아주 효과적이고도 직접적인 윤리적 도구로도 작용할 수 있다. 이데올로기의 개념어들이 조성하는 허구를 탈피하기 위해서는 때로 미학적 언어의 개념해체적 과정을 통과할 필요가 있으며, 이런 과정은 인식의 변화를 가져오고, 인식의 변화를 통하여 세상을 바꿀 수 있는 중요한 도구가 될 수 있음을 제임슨은 간과하였다. 점진적 효과(progression d'effet) 혹은 지연된 효과(delayed effect)라고도 불리는 콘래드의 전형적 묘사법의 핵심인 개념어를 탈피한 심미적 지각과정은 바로 이러한 인식의 와해와 재구축을 위한 도구라 할 수 있다.

호손의 경우에도 제국주의의 의미는 즉각적인 삶의 감각으로부터 느낄 수 있는 것이 아니고 그 상황을 좀 더 넓은 맥락에서 바라봄으로써 제대로 인식할 수 있다고 지적한다. 그런데, 제국의 편견과 착취를 꿰뚫어 보는 작업은 실상 콘래드에서는 양방향으로 다 이루어지고 있는 것을 볼 수 있다. 즉각적인 상황들을 기록한 장면들의 종합을 통해서도 이루어지지만 위에서와 같이 개념어를 배제한 감각적 묘사에 의해서도 이루어지고 있다.

『구조』(The Rescue)의 한 장면에서 콘래드는 도피자들의 섬에 피신하고 있는 말레이 왕자 하심(Hassim)과 공주 이마다(Immada)의 모습을 그릴 때, 남자라든가 여자라든가 말레이인이든가 하는 개념들을 사용하지 않고 여명의 하늘에 윤곽이 겨우 드러난 두 형체로 묘사하고 있는데, 그 효과는 인종이나 문화를 초월한 두 인간의 외로움에 대한 연민을 불러일으키는 효과를 낸다(The Rescue 62). 그러니까 인상주의적인 감각적 묘사를 한 가지 효과를 창출하는 효과로만 보는 시각에는 반론의 여지가 많다고 생각된다.

물론 콘래드는 순간적으로 다가오는 감각적 인식의 호도성을 여러 군데서 지적하고 있는 것도 사실이다. 위에서 지적한 짐의 착시와 환청, 혹은 조운스 일당의 환각적 현실인식 등은 영웅적 지배의 환상과 약탈이라는 제국주의적 욕망에 사로잡힌 사람들의 자기기만에서 나오는 증상들이다. 이런 경우 감각적 언어의 사용은 인물들의 유아론적 폐쇄성을 노출시키는 장치로 사용되고 있는 셈이다. 그러므로 감각적 혹은 미학적 인식과 이성적 인식을 이분화 하여 그 우열을 가리려는 시도는 재고되어야 하며, 이데올로기의 한계를 노출시키는데 감각적이고 미학적인 언어는 다각적으로 중요한 공헌을 하고 있음을 인지할 필요가 있다.

인용 문헌

Conrad, Joseph. *Heart of Darkness and Other Tales*. Oxford: Oxford UP, 1998.

_____. *Lord Jim* Ed. Thomas C. Moser. New York/London: Norton, 1996.

_____. *The Mirror of the Sea and A Personal Record*. Oxford/New York: Oxford UP, 1998.

_____. *Nostromo*. Oxford/New York: Oxford UP, 1994.

_____. *Typhoon and Other Tales*. Oxford/New York: UP 1986.

_____. *The Rescue*. London: Penguin Books, 1981.

_____. *The Secret Agent*. Harmondsworth: Penguin Books, 1981.

_____. *Victory*. Oxford/New York: Oxford UP, 1986.

de Man, Paul. "The Resistance to Theory" *Modern Criticism and Theory*. Eds. David Lodge with Nigel Wood. Harlow/New York: Pearson Education(Longman), 2000.

Derrida, Jacques. "White Mythology: Metaphor in the Text of Philosophy." *Margins of Philosophy*. Chicago: The University of Chicago Press, 1982. 207-71.

Greany, Michael. *Conrad, Language, and Narrative*. Cambridge: Cambridge University Press, 2002.

Fogel, Aaron. *Coercion to Speak Conrad's Poetics of Dialogue*. Cambridge/London: Harvard University Press, 1985.

Hawthron, Jeremy. *Joseph Conrad: Language and Self-Consciousness*. Lincoln: The University of Nebraska Press, 1979.

Jameson, Fredric. *The Political Unconscious*. Ithaca: Cornell University Press, 1981.

_____. "Postmodernism or the Cultural Logic of Late Capitalism" (1984). *The Jameson Reader*. Eds. Michael Hardt and Kathrin Weeks. Oxford: Blackwell, 2000. 188-232.

Parry, Benita. *Conrad and Imperialism: Ideological Boundaries and Visionary Frontiers*. London/Basingstoke: Macmillan, 1983.

Shklovsky, Victor. "Art as Technique." *Russian Formalist Criticism: Four Essays*. Trans. Lee T. Lemon and Marion J. Reis. Lincoln: U of Nebraska P, 1965. 3-24.

Williams, Raymon. *Marxism and Literature*. Oxford: Oxford UP, 1990.

■ 이 글은 『근대영미소설』 11권 1호(2004)에 실린 글을 수정, 보완한 것이다.

2.

폴란드 민족에 대한 콘래드의 "사라지지 않는 희망"
― 서구의 이상과 동구의 현실

길혜령

1.

　폴란드 출신의 영국작가인 조지프 콘래드의 작품에는 러시아제국의 일부였던 조국 폴란드의 문화와 정치적 전통이 담겨있다. 단편 「로만공작」("Prince Roman")을 제외한 콘래드의 작품 어디에서도 폴란드에 대한 언급이 전혀 없다는 사실은 콘래드가 폴란드 출신이라는 것을 믿기 어렵게 한다. 그러나 영국에 귀화한 후에도 콘래드는 "나는 폴란드 사람이다"(Jean-Aubry 2: 59)는 것을 강조하였으며, 이는 그의 작품이 지리적 폴란드가 아니라 상징적 폴란드에 대한 서사라고 보면 충분히 설명된다. 그의 작품 속에 나타난 폴란드는 낭만적이며 이상주의적이고 급진자유주의적인 서유럽의 국가이며, 러시아 전제주의의 지배하에 있는 억압적인 '동구(동유럽 혹은 아시아)'의 현실에 대항한다. 실제 19세기 유럽에서의 폴란드는 당대 폴란드인들의 가슴속에만 존재하였다. 18세기 말에 러시아와 프러시아 그리고 오스트리아에게 완전히 분할되었기 때문이다. 그러므로 하팜(Geoffrey Galt Harpham)이 논의한 바와 같이, "콘래드의 작품에 폴란드가 작용하는 힘은 작품 속 폴란드의 실제적 부재에 직접적으로 비례한다"(12). 즉 콘래드의 작품에서 폴란드는 가장 억압된 주제임과 동시에 가장 강력한 서사라는 것이다. 이러한 배경에서 커츠(Kurtz)에서부터 라주모프(Razumov)에 이르는 콘래드의 정치소설의 주인공은 극단적으로 개인주의적이고 명예를 소중히 한 결과로 무정부상태에 이르게 되는 폴란드의 전통을 대변한다.

　폴란드의 이러한 이상주의적 전통은 콘래드의 시대에 이르기까지 폴란드의 현실을 황폐하게 해왔다. 16세기에 이미 폴란드는 리투아니아(Lithuania)와 연합하여 '폴란드 공화국'을 수립하였으나 급진적 민주주의의 전통으로 인해 18세기 말 공화국은 주변 강대국들에 의해 분할되고 콘래드 가문의 출신지인 리투아니아는 러시아에 합병되었다. 「분할의 범죄」("The Crime of Partition")에서 콘래드가 주장하듯이, 1569년 폴란드와 리투아니아의 연방공화국의 건립은 두 "주권국가들의 자발적이고 완전한 결합"으로서 "지극히 자유주의적인 행정 연방주의의 유일한 실제적 사례"(Conrad, *Notes* 120)였다. 폴란드 공화국은 '무제한 거부권'(*liberum veto*)이라는 극단적인 형태의 민주주의를 표방하면서 콘래드와 같은 폴란드 귀족 '슐라흐따'(*szlachta*) 개개인의 법적인 평등을 보장하였다. 다른 유럽국가의 경우 1-2퍼센트에 해당하는 귀족의 수에 비하여 인구 당 비중이 훨씬 높았던 폴란드 귀족의 수는 전 인구의 8-12퍼센트에 이르렀으며, 이들의 급진적 민주주의는 지나치게 이상주의적이어서 종종 혼란에 빠졌을 뿐만 아니라 평민의 완전한 예속에 기반을 두고 있는 사회에서 평민의 현실과는 괴리가 심한 것이었다(Davies, *Heart* 261). 폴란드 공화국의 자유주의적 이상과 독재주의적 현실의 모순은 러시아 전제주의 치하에서 더욱 악화되었으며, 이러한 모순은 이상주의적인 주인공과 그에 상반되는 현실의 충돌을 묘사하는 작가 콘래드의 상상력의 근원이 된다.

콘래드의 작품에서 자유주의적 이상과 억압적 현실의 모순은 주로 식민지를 배경으로 서술되는데 이러한 모순은 '동구'에서 영국으로 귀화한 작가로서 콘래드가 '서구(서유럽 혹은 유럽)'의 제국주의에 대하여 취하는 이중적인 태도와 관련된다. 이는 또한 '동구'의 제국주의로 인해 고통을 겪는 폴란드인의 특성이기도 하다. 슬라브족으로서 폴란드인들은 동유럽에 속하면서도 항상 문화적으로는 압도적으로 로마 가톨릭의 영향권 안에 있는 서유럽을 지향해왔고, 콘래드가 "폴로니즘"(Polonism)을 "서구세력의 전초기지"이며 "슬라보니즘"(Slavonism)(Conrad, *Notes* 137)의 일부가 아니라고 하는 것은 이러한 사실에 기인한다. 폴란드인들은 비록 "로마로부터 잉태되지도 않았고, 기독교에서 태어나지도 않았지만"(Zamoisky 7), 서유럽의 전통을 열정적으로 수호하여 르네상스와 종교개혁 그리고 계몽주의의 전통을 따름으로써 정작 그들이 가진 '동구'의 현실은 고려하지 않았다. 그럼에도 불구하고 서유럽은 폴란드의 존재를 무시하였고, 그 결과 19세기에 일어난 폴란드의 모든 봉기는 계속 실패할 수밖에 없었다. 폴란드의 혁명적인

'슐라흐따'는 유럽의 여러 혁명에 참여하여 싸웠지만, 마치 콘래드의 주인공이 그가 몸 바쳐 일한 사람들로부터 잊혀지며 버려지는 것처럼, 슐라흐따는 그들이 필요할 때는 정작 서유럽으로부터 외면당하였다. 폴란드인들은 서구로부터 그리고 자신의 현실로부터 철저히 고립된 상태에서 '서구'의 이상을 추구하였던 것이다. 이러한 현실에 대한 부정은 폴란드 민족의식의 핵심이 되었으며 피식민지 폴란드의 "이상주의" 혹은 "반란"(Davies, *God's* 2: 30)으로 형상화되었다.

폴란드의 서구 민주주의적 전통은 1791년의 헌법에 가장 잘 나타나 있다. 유럽 최초의 성문법인 폴란드 헌법은 칼 막스(Karl Marx)가 "중앙유럽에서 지금까지 만들어진 것 중에 자발적으로 만들어진 유일한 자유에 관한 법"이라고 칭송하였지만 "그 실제적 의미는 전혀 없었으며"(Davies, *God's* 1: 535 재인용, 534), 결국 폴란드의 두 번째 분할을 초래하였다. 1794년의 민족적 봉기는 세 번째이자 마지막 분할로 이어졌고, 19세기에 일어난 모든 봉기 역시 러시아 전제주의의 억압을 강화하는 결과를 가져왔다. 다시 말하면 폴란드 공화국은 슐라흐따의 반복적인 개혁시도에 의해 점진적으로 파멸에 이르렀다고도 할 수 있다. 이는 서구적 이상에 의거한 슐라흐따의 개혁이 러시아라는 장애를 안고 있을 뿐만 아니라 그들이 현실적으로 이행할 수 없는 것이었기 때문이었다. 폴란드의 귀족들이 농노를 해방하여 러시아에 대한 그들의 반란에 동조하도록 설득하였다면 폴란드의 봉기는 성공했을지도 모른다. 그러나 브로스(Addison Bross)의 논의처럼 폴란드의 슐라흐따 봉기군은 "그들이 표방하는 민주주의 원칙과 그들 계층의 전통 혹은 경제적 이익 간의 불일치를 간과하기 일쑤였으며"(75), 결과적으로 폴란드의 독립이라는 궁극의 목표를 이루지 못하였다. 이러한 관점에서 보면, 콘래드의 작품에서 특히 동구나 남구의 오지에서 자기 혼란에 빠진 초기소설의 주인공들은 서구의 이상주의자라기보다 독재적 현실과 평등주의적 이상 사이에서 모순을 겪는 폴란드의 슐라흐따를 재현한다.

콘래드의 작품을 폴란드 작가의 것으로 이해하는 것은 탈식민주의적 해석과 불가분의 관계에 있다. 이는 콘래드의 출신지 폴란드가 러시아에 의해 강점되어 있었기 때문이다. 즉 러시아령 폴란드는 동구적 제국의 서구적 식민지였으며, 이러한 폴란드의 피식민지상황은 서구적 제국의 동구적 식민지상황과 반대되는 것이었다. 바로 여기에 작가 콘래드의 아이러니가 근거한다. 피식민지 폴란드의 독특한 상황은 콘래드와 같은 상황에 처한 폴란드인(슐라흐따)으로 하여금 서구제국에 대하여 이중적인 태도를 취하게 하였다. 이들은 자신의 문화적 배경이 서구제국과 동일하다고 믿었던 것이다. 그렇지만 콘래드는 말레이제도(동남아시아 혹은 인도네시아제도)와 아프리카 콩고에서 동구제국주의에 못지않게 억압적인 서구제국주의의 처참한 현실을 목격하였다. 따라서 그의 단편 「진보의 전초기지」 ("An Outpost of Progress")에서 분명히 드러나는 것처럼, 그는 어떤 형태의 제국주의에 대해서도 확실하게 비판적이었다. 이러한 관점에서 『암흑의 심장』(*Heart of Darkness*)에서 가장 강하게 드러나는 그의 제국주의에 대한 회의적인 태도는 다음과 같이 정리될 수 있다. 첫째로, 제국주의에 대한 콘래드의 저항은 그 어떤 제국보다도 폴란드를 살해한 (동구의) 러시아제국을 대상으로 하였다. 둘째로, 콘래드에게 서유럽의 제국주의는 적어도 부분적으로는 서구의 진보적 이상을 상징하며 또한 폴란드 슐라흐따의 민주적 이상과 동일시되었다. 그의 작품에서 이해할 수 없는 동구의 어둠은 서구 지배하의 동구식민지라기 보다 서구적 폴란드를 집어삼킨 러시아를 상징하는 것이다.

러시아 전제주의는 "절대주의보다 더 절대적"(Davies, *God's* 2: 87)이어서 민주주의 전통을 고수하던 폴란드 귀족에게는 이해가 불가능한 것이었다. 러시아 전제주의는 러시아에게도 "저주"였으며 러시아를 "동구와 서구 사이에 크게 입을 벌리고 있는 틈, 그리고 바닥을 알 수 없는 깊은 어둠 속"(Conrad, *Notes* 98, 100)으로 떨어뜨렸다. 그러므로 "폴란드의 분할 이후"(116) 유럽의 강국으로 성장하던 러시아는 아시아와 유럽 혹은 동구와 서구 사이에서 정체성의 충돌로 인한 소용돌이에 빠지게 된다. 『서구인의 눈으로』(*Under Western Eyes*)에서 할딘

(Haldin)과 라주모프가 각기 대변하는 러시아의 미래에 관한 두 이념은 19세기 러시아에서 '허무주의자'(Nihilist)라고 알려진 지식인 인텔리게찌아(*intelligentsia*)가 주장하던 슬라브주의(Slavophilism)와 서구주의(Westernism)라고 할 수 있다. 서구주의자의 한 사람으로서 서유럽의 업적을 바탕으로 러시아만의 전통을 창조해야 한다고 주장하였던 차다예프(Peter Chaadaev)는 「철학 서한」("A Philosophical Letter")에서 다음과 같이 통탄한다. "세계에서 유일하게 우리 민족만이 아무 것도 이룬 것이 없다. . . . 모든 논의에도 불구하고 우리의 지적인 업적은 무의미하다"(Riha 2: 306). 차다예프의 탄식은 "러시아 전제주의의 그늘에서는 아무 것도 자랄 수 없다"(Conrad, *Notes* 97)는 콘래드의 러시아에 대한 비난에서 되풀이 된다. 반면에 슬라브주의자들은 러시아가 서구의 영향으로 약해지기 전에 평민의 전통과 정교(Orthodox)의 신앙을 되찾아야 한다고 주장한다(Walicki 99). 이러한 배경에서, 동구와 서구 사이에서 전제주의라는 저주와 싸우는 러시아 인텔리겐찌아와 저주스러운 전제주의에 대항하여 봉기한 폴란드 슐라흐따는 19세기 전반기에 "당신들과 우리의 자유를 위하여"(For Your Freedom and Ours)(Davies, *God's* 2: 348)라는 슬로건을 내걸고 함께 투쟁하였다. 『암흑의 심장』에서 "어릿광대" 같은 러시아인과 그의 "생각을 넓혀준"(54) 커츠가 황야에서 "마치 두 척의 배가 서로 가까워지면 서게 되듯이 필연적으로 하나가"(55) 된 것은 서구주의를 주창하던 러시아 인텔리겐찌아와 낭만주의적 폴란드 슐라흐따의 동맹을 상징한다. 폴란드의 낭만주의는 1830년의 '11월 봉기' 후에 낭만주의 시인 미키비치(Mickiewicz)와 슬로바스키(Slowacki)에 의해 활발해졌다. 콘래드의 아버지 코르제니오프스키(Korzeniowski)는 1863년 '1월 봉기'의 실패로 유배생활을 하면서 어린 콘래드에게 낭만주의와 "폴란드인으로서의 의식"(Polishness)을 동시에 각인시켜주었다(Najder 396). 그 결과 콘래드는 낭만주의 전통의 모순적인 현실을 인식하면서도 낭만주의적이 될 수밖에 없었다.

그러나 19세기 후반에 이르러 크림전쟁(Crimean War, 1853-56)에서 패한

러시아에 범슬라브주의(Pan-Slavism)가 팽배해지면서, 폴란드의 낭만주의적 혁명
가들은 러시아 혁명가들과 노선을 달리하게 되었다. 오스트리아제국과 오토만제
국으로부터 슬라브족의 해방을 내세우는 러시아의 민족주의적 범슬라브주의는
폴란드의 낭만주의적 독립운동과 합일점이 없었으며, 이에 대하여 콘래드의 외삼
촌인 보브로프스키(Bobrowski)는 이렇게 경고하였다. "러시아의 범슬라브주의는
다른 모든 슬라브족의 러시아인으로의 동화와 정교로의 개종을 의미할 뿐이다. .
. . 우리는 무엇보다도 우리의 개별성을 지키고 보호해야 한다"(Jean-Aubry 1:
66-67). 또한 폴란드에서도 낭만주의적 봉기의 실패는 "경제적 발전과 점령국과
의 협력"을 촉구하는 실증주의자들(Positivists)과 "폴란드 역사에 대한 신화적 해
석을 부정"하고자 하는 크라코 학파(Krakow school) 사학자들을 등장하게 하였
고, 이로 인해 "폴란드 역사에 대하여 서로 타협할 수 없는 두 견해(실용주의적이
며 물질주의적인 해석과 낭만주의적이며 이상주의적인 해석)"에 대한 논쟁이 시
작되었다(Bross 61). 결과적으로 폴란드 낭만주의는 범슬라브주의(러시아의 식민
지로서 폴란드의 외양적 현실)와 싸우면서 또한 실증주의(폴란드의 내재적 현실)
와 충돌하였고, 이것이 또한 폴란드의 낭만주의적 작가인 콘래드의 집요한 주제
였다는 것이 그의 편지에서도 잘 나타나 있다. "우리는 우리가 크게 잘못 평가되
고 있으며 다른 민족들이 인식하지 못하고 또한 앞으로도 결코 인식하지 못할 어
떤 위대함을 가지고 있다고 생각하는 민족이다"(Jean-Aubry 1: 148). 이와 비슷한
생각은 "우리는 뛰어난 민족이다. 그런데 우리의 운명은 항상 . . . 착취당하는 것
이었다!"(Conrad, *Nostromo* 147)는 데쿠드(Decoud)의 코스타구아나(Costaguana)에
대한 설명에서도 보인다. 브로스가 지적하듯이, '1월 봉기' 후 폴란드에서 일어난
실용주의 운동에 대한 "콘래드의 침묵"(74)은 폴란드 문제에 대한 그의 태도가
"시대착오적"인(82) 것처럼 보이게도 한다. 그러나 콘래드가 폴란드의 '내재적 현
실'을 공식적으로 거론하지 않은 것은 거론하는 것보다 더 중요한 의미가 있다.
그만큼 폴란드의 실증주의적 현실과 낭만주의적 이상 사이의 갈등이 심각하다는

것이다. 실증주의자들은 폴란드와 러시아의 현실을 다르게 생각하지 않았으며 이 것이 이 갈등의 근원으로서 타협을 불가능하게 하였다. 폴란드와 러시아의 동일한 현실은 단지 두 나라가 모두 러시아의 전제주의로 인해 고통을 겪는다는 것만이 아니라 두 나라의 절대 다수가 똑같이 농노제도로 억압을 당한다는 것이었다. 실증주의자였던 보브로프스키가 주장하듯이, "러시아만이 아니라 폴란드도 소작민을 착취해왔으며, 지주의 소망과는 다르게 소작민은 폴란드 슐라흐따에 대해서 아주 적대적"(Bross 77 재인용)이었다. 다시 말하면 낭만주의적 폴란드는 그들의 독립을 용인하지 않는 범슬라브주의적 러시아와 싸워야 했으며, 또한 그들의 현실을 그러한 러시아의 현실과 동일시하는 실증주의자들의 입장을 도저히 받아들일 수가 없었고, 그 결과 무시할 수밖에 없었다.

국민의 '절대적' 예속을 요구하는 전제주의로 인해 고통을 겪는 러시아 제국과 그 식민지 폴란드 사이의 갈등은 슬라브주의자인 도스토옙스키(Dostoevsky)와 폴란드인 콘래드의 차이를 통해 설명할 수 있다. 특히 콘래드의 작품 『서구인의 눈으로』에서 도스토옙스키의 영향은 학계에서도 이미 논의된 바 있다. 이 두 슬라브 작가의 주인공들은 위대한 개인의 '절대적' 자유라는 낭만주의적 이상을 어느 정도 공유한다. 그 이상은 도스토옙스키의 "미래의 인물"(227)이나 콘래드의 "위대한 전제군주"(*Under* 37) 혹은 "완벽한 무정부주의자"(*Secret* 84)와 같은 인물을 통해 표현된다. 그러나 한편으로 러시아 슬라브주의자의 주인공은, 예를 들어 라스콜니코프(Raskolnikov)는, 궁극적으로 고통의 삶을 전제주의의 현실로 인정하며, 솔랄(Harry Sewlall)의 표현처럼, "희생을 통한 구원이라는 정교사상론"(225)을 받아들인다. 이와 달리 폴란드인 콘래드의 주인공은, 예를 들어 짐(Jim)은, 그의 "최고의 자부심"(*Lord* 251)을 손상시키지 않은 채, 즉 무법의 전제적 현실에 굴복하지 않은 채 사멸한다. 폴란드의 낭만주의적 이상과 실증주의적 현실과의, 즉 러시아의 현실과 동일한 상황으로서 폴란드 현실과의, 상호화해의 가능성은 『서구인의 눈으로』에서야 비로소 나타난다. "위대한 전제군주"라는 고귀한 이상을 지닌 라주모프가 마침내 혁명가들의 잔혹한 현실을 인정하고, 또한 혁명가들이 라주모프의 전제주의에 대한 신념을 인식하게 될 때, 작가 콘래드의 조국 폴란드의 이상과 현실의 타협점이 보이게 되는 것이다. 이는 또한 미래의 폴란드 민족의 탄생을 의미한다고 할 수 있다. 이러한 관점에서 볼 때 라주모프의 "나는 독립적입니다"(298)라는 주장은 콘래드의 초기작품 속 주인공들의 개인주의가 야기하는 것만큼 "절망적인 결말"(Sewlall 226)으로 귀결되지는 않는다.

콘래드의 유럽 제국주의에 대한 모순적 태도는 폴란드의 피식민지 역사를 배경으로 이해할 필요가 있다. 폴란드에서는 지배자인 동구와 피지배자인 서구의 관계가 다른 서구제국의 동구식민지에서의 관계와 역전되었다는 것을 인식할 필요가 있는 것이다. 유럽 제국의 식민지에서 억압에 시달리는 동구에 대하여 콘래드가 분명한 입장을 취하지 않는 것은 동구(러시아) 제국주의에 대한 그의 저항의식에서 비롯된다. 동시에 "충실함"(*Personal* 9)의 대상으로 그가 소중히 했던 서구의 이상(폴란드 낭만주의)에 대한 묵시적 존경을 의미한다. 콘래드는 바바(Homi Bhabha)가 논한 식민지 주체적 현실의 '양가성'(ambivalence) 혹은 '혼종성'(hybridity)의 좋은 예가 된다. 그러나 콘래드의 '양가성'은 영국의 자유주의적 식민주의자로서 보다 피식민지 폴란드인으로서의 정체성에 그 뿌리가 있다. 사이드(Edward Said) 또한 식민지 텍스트에 대하여 "대위법적 읽기"(contrapuntal reading)(66)를 주장하면서도 콘래드의 작품은 그 양가성이 아닌 제국주의적 행위의 재현으로 해석한다. 이와 같은 탈식민주의 비평가들은 콘래드가 이중적 시각을 지닌 망명자일 뿐만 아니라 동구(러시아)제국 출신의 망명자라는 사실을 간과한다.

러시아 치하 폴란드는 그 현실에 대한 인식을 통하여서만이 폴란드 민족의 재탄생을 꿈꿀 수 있다. 바로 그 현실이 콘래드가 그의 이상주의적인 주인공들을 파멸시킴으로써 우리에게 "보도록"(see) 하는 것이다. 그의 낭만적인 주인공이 재현하는 폴란드의 서구적인 이상이 무참하게 좌절되는 것은 폴란드 공화국과 낭만주의적 봉기의 실패를 상징한다. 중요한 것은 주인공의 파멸이 전제주의적 현실의 승리라기보다 낭만주의적 이상의 현실 속 패배를 의미한다는 것이다. 달리 말하면 커츠의 "무서워"(Horror)라는 말이 드러내는 자신에 대한 "어렴풋한 진실"(*Heart* 69)은 그가 현실에 의해서라기보다 스스로에 의해 파멸에 이른 "놀랄만한"(61) 이상주의자라는 것이다. 이상주의적인 주인공의 사멸은 그의 이상이 바꿀 수도 없고 받아들일 수도 없는 현실로부터 완전히 분리되어있다는 데에 그 원인이 있다. 이러한 관점에서 볼 때 콘래드는 그의 주인공도 그리고 현실도 인정하지 않는 것이며, 따라서 그의 텍스트의 중심은 양자의 "상호 상쇄"(mutual cancellation)(Eagleton 138)로 비어 있게 된다. 콘래드 텍스트의 "중심의 부재"(central absence)(137)는 낭만주의적 이상과 전제주의적 현실로 나누어진 피식민지 폴란드의 진실을 보여준다. 이는 "제국주의 이념을 비판하면서 동시에 재생산하는"(Said xix) 콘래드의 혼합적인 경험이 폴란드인으로서 그가 지배적인 서구와 피지배적인 동구의 "식민지 혼종"(Bhabha, "Signs" 112)이라기보다 지배적인 동구와 피지배적인 서구의 혼종이라는 것을 의미는 것이다. 다시 말하면 폴란드는 혼종적 민족이며 "항상 하나도 되지 못하면서 둘인"(always less than one nation and double)(피식민지의 권력을 단지 재생산할 뿐이며 동시에 그에 대한 동화는 저항하는) 민족으로서 동구와 서구의 차이가 "결코 없어지지는 않는다"(Bhabha, "DissemiNation" 168). 바바는 피식민지 권력에 대하여 종속적 관계에 있는 "하나가 아닌"(not-one) 민족은 "근원의 부재"(minus in the origin)(245)라는 문제를 안고 있으며, 그 문제는 지배권력에 의해 억압되고 묻힌 피식민지화 이전의 과거라는 것을 지적한다. 그러나 폴란드의 경우는 예외이다. 폴란드의 낭만주의적 슐라흐따가 폴란드 민족을 재창조하는 과정에서 부딪히는 어려움은 "근원의 부재"가 아니라 오히려 근원의 잉여라고 할 수 있으며, 이는 그들에게 분할의 역사 이전에 폴란드 공화국이라는 그들 고유의 민족이 존재했다는 사실에서 비롯된다.

새로운 폴란드 민족을 잉태하기 위해서는 슐라흐따가 폴란드의 현실을 '동구적'이며 '러시아와 같은' 현실로서 인식해야 한다. 이는 그들 가슴 속에 살아있는 폴란드 공화국, 그 '서구적' 전통을 변화시켜야 한다는 것을 의미한다. 그러나 충실한 낭만주의자들은 이상주의적인 민족의 과거를 잊을 수 없으며, 현실적인 민족의 미래를 창조하기 위하여 잔혹한 피식민지의 현재를 극복하지 못한다. 동구제국의 식민지로서 강한 공화주의적 전통을 지닌 폴란드의 특수성은 콘래드의 소설이 낭만적이며 개인주의적인 이상과 억압적인 공동체의 현실 사이에서 그 충돌을 특징적으로 다루게 한다. 그 양자 간의 화해가 어렵게나마 이루어질 때 고립된 이상과 전체적인 현실의 통합을 통하여 폴란드 민족이 창조되며, 이것이 콘래드의 "사라지지 않는 희망"(Conrad, *Notes* 8)이라고 할 수 있다.

2.

폴란드의 낭만주의적 전통은 "낭만적"(*Lord* 129)이라고 묘사되는 짐을 통해서 가장 강렬하게 드러난다. 콘래드의 모든 주인공들은 낭만적인 이상주의자이며 그들 자신의 이상에 의해 고립에 빠지고 자기파멸에 이를 정도로 무법적이지만, 특히 짐의 자신의 꿈에 대한 추구는 낭만주의자의 궁극적 자기파멸을 보여준다. "파괴적인 요소에 빠져들라! . . . 꿈을 따르라, 그리고 또 따르라― 그리하여― 항상― *끝까지 계속*(usque ad finem) . . ."(203). 서구문명의 법인 "진보와 질서의 법보다도 강한" 짐의 "신념"(206)은 낭만주의적 전통의 결과로서 무법의 동구가 돼버린 폴란드의 현실을 상징한다. 모르프(Gustav Morf)가 지적하듯이 "폴란드인의 본질적인 기질은 동구적이라고 널리 알려져 있다"(116). 그러므로 파투산(*Patusan*)의 민주적 지배자인 짐이 "동구의 신부"(Eastern bride)처럼 베일을 쓴 "어슴푸레한 품행의 이상"(a shadowy ideal of conduct)(*Lord* 253)을 충실하게 따르는 것은 결국 원주민들로 하여금 "짐이 모든 악의 씨앗이다"(252)라는 인식에 이르게 한다. 짐이 이룩한 민주적인 파투산의 현실은 그의 연인 쥬얼(Jewel)을 통해서 드러난다. 그녀는 그 섬 전체에서 유일한 백인여성으로 그 "암흑"의 눈동자는 짐이 뛰어든 "엄청나게 깊은 우물의 바닥"처럼 그 "깊이를 알 수가 없다"(187). 짐은 그러한 그녀를 버리고 불확실한 이상의 상징인 "동구의 신부"를 택한다. 쥬얼은 유럽이라는 "외부 세계"에서 "배신당한 어떤 여성"이 "파투산으로 데리고 온"(187) 아이로 짐의 현실과 또한 서유럽으로부터 배신당하고 고립된 낭만주의적 폴란드의 현실을 대변한다. 낭만주의적 폴란드는 분할과 함께 러시아라는 "우물 속으로− 영원한 깊은 구멍 속으로 뛰어든"(68) 것이다.

낭만주의적 이상에 의해 버림받은 폴란드의 현실을 상징적으로 가장 잘 나타내는 인물은 『나르시스호의 검둥이』(The Nigger of the "Narcissus")의 흑인 제임스이다. 파투산의 영국인 짐이 동구가 집어삼킨 폴란드의 낭만주의적 전통을 대변한다면, 그 짐과 이름까지 같은 흑인 지미는 서구에 둘러싸인 폴란드의 현실을 보여준다. "완전히 죽지도 살아있지도 않은"(Nigger 92) 그 병든 흑인처럼, 폴란드는 생매장 당한 채 "전제주의의 묘비"(Notes 86) 밑에서 살아나려고 발버둥친다. "악몽보다도 더 끔찍한"(Nigger 27) 지미는 '나르시스호'의 선원들이 "경멸"할 수도 없고 "연민"(45)을 가질 수도 없는 존재로서, 피식민지 폴란드가 유럽에서 "골치거리"(Notes 119)로 취급되었던 것과 동일하다. 폴란드는 그들의 파멸을 "잊지 않기 때문에 반드시 잊혀야만 하는 것의 상징"(17)이었다는 하팜의 논의처럼 지미 또한 "죽은 사람보다 더 잊히게 된다"(Nigger 82). "그리스와 로마 그리고 유럽의 백인 문화"를 상징하는 '나르시스'호에서 흑인 지미는 "백인의 짐"(White Man's Burden)을 상징한다. 이 "짐"은 "유색인을 구원하고 문명화"하는 과업의 의미로서 "백인의 짐"이라기보다 유색인에 대한 백인의 "두려움과 죄의식"(Redmond 363-64)의 의미로서 "짐" 혹은 "부담"이라고 할 수 있다. 또한 그 "부담"은 폴란드에 대한 유럽의 태도이기도 하다. "폴란드를 분할한 후에 비로소 유럽은 근대적 정치체제를 확립할 수 있었기 때문이다"(Harpham 15). 결국 흑인

지미의 현실은 백인유럽에게 "부담"이 되는 폴란드의 현실과 동일하게 재현되며, 그의 숨이 끊어지는 순간에야 비로소 지미는 그 현실이 "말할 수 없이 무서운 것"(*Nigger* 94)이라는 것을 깨닫는다. 지미의 깨달음은 『암흑의 심장』에서 커츠가 "모든 것을 알게 되는 최후의 순간"에 깨닫게 되는 그 "무서움"(*Heart* 68)을 예시한다.

폴란드의 동구적 현실과 동떨어진 서구 낭만주의적 이상은 콘래드의 최초 작품 「올메이어의 어리석음」("Almayer's Folly")에서 피식민지 보르네오의 유럽인 올메이어를 통해 형상화된다. 콘래드는 올메이어(Almayer or Olmeijer)라는 사람을 실제로 만난 사실에 대해 다음과 같이 강조한다. "내가 올메이어에 대해서 잘 알지 못했다면 아마 틀림없이 이 세상에 내 글은 단 한 줄도 나오지 않았을 것이다"(*Personal* 88). 콘래드의 모든 작품이 올메이어와의 만남으로 인해 시작되었다는 것은 놀랄만한 일이 아니다. 폴란드의 서구적인 문화를 대변하는 올메이어는 그가 처한 동구적인 현실과 대조를 이룬다. 이는 올메이어가 "주변의 미개인들과 아주 흡사하다"("Almayer's" 17)는 주장과 그의 딸 니나(Nina)가 "그의 모든 잠재된 위대함"(117)의 화신임에도 불구하고 말레이 미개인과 결혼하여 미개인으로 산다는 사실로 입증된다. 니나가 혼혈로서의 현실을 받아들이는 것은 그녀의 아버지가 '백인'의 꿈과 '미개인'의 현실 사이에서 겪는 모순을 화해시킨다. 존스(Susan Jones)가 지적하듯이, "아버지에 반항하여 자신의 인생을 스스로 책임지는" 니나는 콘래드 아버지의 낭만적 애국주의에 희생된 "어머니의 삶을 새롭게 창조하고자 하는 콘래드의 욕구"(41)를 대변한다. 이러한 관점에서 볼 때 니나는 짐의 쥬얼과 달리 폴란드의 서구적 이상과 동구적 현실의 통합을 상징한다.

그러나 『암흑의 심장』에서는 폴란드의 낭만적 이상과 황량한 현실의 갈등이 심각해진다. 문명이라는 제국주의적 이상으로부터 소외된 콩고 자유국의 피식민지 현실은 콘래드로 하여금 폴란드 낭만주의라는 "특수한 전통"(special tradition)(*Personal* 42)을 따라 선원이라는 낭만적인 일에 종사하던 그의 의식을 일깨우는 역할을 한다. 콘래드의 러시아 치하 폴란드의 어둠만큼이나 어두운 콩고로의 여행은 "폴란드의 삶을 영국문학 속에서 표현하고자 하는"(Jean-Aubry 2: 87) 그의 욕구를 유도했다. 『암흑의 심장』에서 서구의 제국주의적 이상과 동구의 피식민지적 현실 사이의 불화가 강조되면서 작가의 유럽 제국주의에 대한 태도는 그만큼 모호해진다. 그러나 허황된 이상으로서의 제국주의에 대한 콘래드의 비판은 단편 「진보의 전초기지」에서 확실하게 드러난다. "어두운 세상에 빛과 믿음과 상업"을 전해주는 "문명의 권리와 의무"(73)는 '위대한 문명화 회사'(Great Civilizing Company)를 향해 "불경스럽게도" "부풀어 오른 혀를 내밀고 있는"(89) 영업소장의 시체에 의해 조롱받는 것으로 표현된다. 백인의 시신에 대한 이러한 아이러니한 묘사는 『암흑의 심장』에서 문명화라는 "우스꽝스러운" 꿈을 향해 미소 짓는 흑인들의 "장대에 꽂힌 머리"(57)를 예고한다. 여기서 죽은 자들의 조롱하는 듯한 입은 제국주의의 말과 생각이 죽은 것임을 상징하며 이는 곧 식민지 확장의 이상이 환상이라는 것을 의미한다. 이 때문에 「진보의 전초기지」의 영업소장이나 커츠와 같은 식민주의자들은 스스로 "세상에서 떨어져 나와"("Outpost" 65) 어두운 "무덤"(88) 속으로 뛰어들게 된다. 『암흑의 심장』에서 "신이 버린 황야"(16)의 현실은 "질병과 굶주림에 시달린 검은 그림자들"(20)로 가득하다. 말하자면 피식민지의 현실이 너무 어두워서 '문명화 회사' 뿐만이 아니라 식민지배에 처한 흑인들에게도 그 탓을 돌리게 된다. 폴란드 피식민지인인 콘래드는 어쩔 수 없이 모순된 입장을 취할 수밖에 없다. 커츠가 소설의 역사적 배경대로 식민지 확장을 대변한다고 가정하면 아프리카 원주민은 폴란드인들처럼 피식민지인의 입장이 되지만, 커츠가 상징적으로 서구적 이상을 지닌 폴란드를 대변한다고 가정하면 아프리카는 폴란드를 집어삼킨 동구 러시아를 상징하게 된다. 다시 말하면 콩고는 피식민지 폴란드로서는 피억압자이며 전제적 러시아로서는 억압자이고, 서유럽으로부터 고립된 커츠는 제국주의 유럽으로서는 정복자이며 공화주의 폴란드로서는 아프리카 대륙의 피정복자인 것이다.

콘래드의 소설을 러시아 전제주의 치하의 폴란드 역사에 대한 은유로 해석한다면, 서구적 폴란드의 상징인 커츠가 숨어있는 "태고의 세상"(35)은 러시아를 의미한다. 또한 말로우(Marlow)가 의심하는 유럽 백인과 "거칠고 열정적인" 아프리카 원주민 사이의 "먼 친족관계"는 서구적인 폴란드인과 동구적인 러시아인이 같은 슬라브족으로서 연결되어 있다는 것을 암시하며, 이는 폴란드 민족의 진정한 적은 낭만주의적 슐라흐따, 즉 무모한 '자기 자신'으로서 끊임없이 자기소멸의 위험에 처해있으며 슬라브적인 '타자'와 다르지 않다는 "끔찍한" "진실"(38)을 보여준다. 이런 관점에서 보면 콘래드가 "철저한 인종차별주의자이며" "먼 친족관계에 대해서보다는 친족관계를 요구하는 [죽어가는 흑인 조타쉬]에 대하여 말하고자"(257) 했다는 아체베(Chinua Achebe)의 비판은 적합하지 않다. 말로우는 그것이 아무리 "끔찍한" 것이라 할지라도 결국 원주민들의 인간성에 대한 "진실"을 깨닫기 때문이다. 말로우는 그의 배에 타고 있는 식인종들이 "여전히 원시시대에 살고 있지만" "자제"(42-43)할 줄 알며, 이는 진보의 사신인 커츠가 "자제할 줄 모르는"(66) 것과 다르다는 "사실"을 인식하는 것이다. 여기서 거친 식인종들은 열정적인 러시아 혁명가들에 비유될 수 있으며, 그들은 그 열정에도 불구하고 러시아의 혼에 "순종"할 줄 안다. 반면 폴란드의 슐라흐따를 상징하는 커츠는 『서구인의 눈으로』에서 영국인과 같은 이상주의자 라주모프처럼 동구의 혼에 대하여 "끊임없이 반항한다"(Under 27). 원주민들이 자제력이 있거나 혹은 순종할 줄 안다는 "사실"은 백인과 원주민이 친족관계라는 끔찍한 진실보다 "더 신비한 것"으로서, 이것이 진보의 이상이라는 "하얀 눈가리개"(Heart 43)에 의해 가려진 진실이며 또한 자기파멸을 예고하는 커츠의 무모함과 극명한 대조를 이루는 것이다.

커츠는 서구 이상주의의 빛을 상징한다. 그러나 사실 그 빛은 "꿰뚫을 수 없는 어둠 속에서 흘러나오는 기만적인 빛"(48)이다. 황야가 "그를 받아들여 . . . 그의 영혼을 황야에 봉합해버렸기"(49) 때문이다. 어두운 "극도의 고독" 속에서 문명이라는 이상은 어둠의 세력으로 등장하며 "모든 야만인을 멸종시키라!"(51)

고 외치는 소리가 된다. 그리하여 커츠는 폴란드 슐라흐따와 같이 '서구 회사' (Western Company)로부터 "무참히 버려지고"(58), 무법자와 같이 자신의 생각에 충실하여 "극도의 혼란"(65)에 이른다. 그의 문명화 사업을 대변하는 상아사냥 (ivory hunt)은 그것이 "물질적 열망을 위한 것만은 아님"(57)에도 불구하고 원주민 부락의 약탈로 변질된다. 이 상아사냥은 서구의 물질적 팽창주의를 대변하기보다 폴란드 민족의 삶을 황폐하게 한 낭만주의(이상주의) 운동에 비유할 수 있다. 커츠가 "속은 텅 비어있으며" "꿰뚫을 수 없는 어둠"에 먹혀버렸다는 진실, 즉 폴란드의 서구적 이상은 환상이며 러시아에 집어삼켜졌다는 진실은 마침내 커츠의 "무서워"라는 말로 드러나며, 이 말은 "이 세상에서 그의 영혼이 벌인 모험을 심판한다"(69). 커츠의 "무서워"라는 외침은 마침내 자신의 현실을 인정하는 "놀라운 사람"의 "도덕적 승리"(70)로서의 의미를 지니는 한편, 민족의 파멸을 초래한 폴란드 낭만주의에 대한 콘래드의 심판이기도 하다.

커츠의 "무서워"라는 현실 인식은 "불멸의"(*Nostromo* 183) 노스트로모 (Nostromo)가 그에 대한 "치명적"(216) 신뢰의 상징인 은괴의 저주를 깨고 마침내 스스로를 "노스트로모는 도둑"(442)이라고 고백하는 것과 같다. 짐이 베일에 가려진 "동구의 신부"의 얼굴을 결코 보지 못하는 것과 달리, 노스트로모는 "오랫동안의 도취상태에서 깨어나" "그의 충심"(333)이 배신당한 것을 깨닫는다. 그리고 "복수의 목적으로"(429) 은괴를 은밀히 차지한다. 이 점에서 노스트로모는 환상을 지닌 지배자라는 콘래드 초기작품의 주인공들과 다르다. 노스트로모는 배신당한 피지배자의 입장에서 자신의 이상에 따라 복수를 감행하는 또 다른 유형의 주인공을 시사한다. 『비밀요원』(*The Secret Agent*)과 『서구인의 눈으로』에서 무정부주의자들과 같은 후기작품의 인물을 예고하는 것이다. 또한 『노스트로모』의 굴드(Gould)는 초기와 후기작품 주인공들의 혼합이라고 할 수 있는데, 그는 "술라코(Sulaco)의 왕"(87)이며 *제국 안의 제국*(*imperium in imperio*)(117)인 은광의 소유주로서 한편으로는 "복수"(201)에 불타고 있기 때문이다. 그러므로 『노스트로모』는 콘래드의 주제가 "제국"에서 "혁명"으로 옮겨감에 따라(GoGwilt 2) 제국주의에 대한 그의 불분명한 혹은 이중적인 태도에 있어 그 변화의 씨앗을 잉태하고 있다고 할 수 있으며, 그 변화는 『비밀요원』에서 분명해진다.

　『노스트로모』에서 코스타구아나 정부의 폭정에 대항하는 술라코의 혁명은 러시아 전제주의의 억압에 대항하는 폴란드의 봉기에 비유된다. 코스타구아나에서 서구지역(Occidental province)으로 불리는 술라코는, 마치 러시아령 폴란드처럼, 코스타구아나의 다른 지역과는 "항상 다르고 서로 분리된"(154) 곳이다. 그러나 술라코에는 "굴드 채굴권"(Gould Concession)이라는 저주가 "깊게 뿌리 박혀서" "다이너마이트가 아니고서는 아무 것도"(171) 그 저주를 뽑아낼 수가 없다. 찰스 굴드의 영국인 아버지에게 코스타구아나 정부가 강제로 매각한 폐은광의 채굴권은 "아버지를 죽음으로 몰았으며"(62) "이상주의자"(178)인 찰스 또한 "산토메 은광(San Tomé mine)의 저주에 빠지게 했다"(61). "굴드 채굴권"은 "폴란드 분할"에 대한 거의 완벽한 은유이다. 찰스의 폐은광에 대한 집착은, 분할과 전제주의의 저주로 인해 서구 공화주의적 폴란드가 파멸한 이후, 그 저주가 "혹시 오해일지도 모른다"(61)는 생각을 버리지 못하는 폴란드의 이상주의적 자녀들의 집착에 비유될 수 있다. 따라서 굴드는 폴란드의 혁명적인 슐라흐따를 온전히 대변하는 인물이라고 할 수 있다. 즉 굴드는 폐은광이 저주라는 생각은 잘못된 것이며 실은 은광으로서의 가치가 있을 것이라는 그만의 "고정된 생각"(305)을 가진 술라코의 지배자인 동시에 그 폐광의 저주에 대해 은밀하게 복수를 꿈꾸는 코스타구아나의 피지배자이다. 이는 굴드가 술라코의 안전과 질서를 지키기 위하여 폐광의 물질적 가치를 창조하려는 신념을 가지고 있는 한편으로 정작 은광이 다시 강탈당할 위험에 처했을 때는 거침없이 은광을 폭파하고자 하는 데서 극명하게 드러난다. "모든 신념"은 "자기파괴적"(167)이라는 말처럼, 술라코의 번영을 위한 은광에 대한 믿음 또한 "야만과 무자비 그리고 실정"(406)의 상징으로 탈바꿈한다. 또한 노스트로모는 신뢰에 대한 그만의 "고정된 생각"을 가지고 있다. 그러나 술라코 혁명 전야에 배 한 척에 가득 실린 은괴를 바다 한 가운데로 빼돌리는 임무를 맡게 되면서 은괴의 저주에 빠진다. 굴드처럼 노스트로모도 스스로가 도둑이 될 정도로 그의 "명성"의 상징인 은괴를 이상화한다.

술라코의 분리주의 혁명이 발발한 "오월 삼일"은 앞서 논한 바 있는 1791년 폴란드의 "오월 삼일 헌법"(Constitution of the Third of May)을 연상시킨다는 데 의미가 있다. 이 헌법은 "자유롭게 살고자 하는 민족 의지"의 발현이며, 이러한 이유로 폴란드 공화국이 수복된 1918년에 "5월 3일"은 국경일로 채택되었다 (Davies, *God's* 1: 534). 이 헌법이 폴란드의 두 번째 분할을 야기한 것과 마찬가지로, 술라코 혁명은 비록 성공하기는 하였지만 은괴의 저주에 더욱 불을 붙인다. "위대한 인물" 노스트로모를 믿는 술라코 사람들이 "'시민에게 부를'(the wealth for the people)이라는 새로운 구호 아래" 다시 "모의를 꾸미게"(*Nostromo* 406) 되는 것이다. 이는 전제주의의 저주 아래 낭만주의적 슐라흐따가 '무제한 거부권'의 전통을 "무제한 모의권의 형태로"(Bross 73) 따르는 것과 유사하다. 노스트로모와 굴드는 은괴의 저주라는 어둠 속에 고립되어 그 저주의 현실인 자신의 진실을 보지 못한다. "위대한 인물" 노스트로모는 "도둑"에 불과하다. 영국인 굴드는, 마치 폴란드 공화국에서와 같이, "동키호테와 산초 판자"의 충돌로 그들의 "제도를 조롱감"(144)으로 만들어버리는 "무용"(futility)의 저주에 빠진 코스타구아나인들 보다도 "더 코스타구아나 사람"(52) 같은 모순에 처해 있다. 굴드는 짐과 같이 끝까지 현실을 인식하지 못하지만, 노스트로모는 커츠와 같이 최후의 순간에 "노스트로모는 도둑"이라고 말하면서 자신의 진실을 어렴풋이 깨닫는다.

동구의 현실에 대항하는 폴란드의 서구 낭만주의적 이상의 "비극적 소극" (tragic farce)(*Nostromo* 293)은 『비밀요원』에서 동구의 현실 자체가 서구 수도의 현실로 나타나면서 "굉장한 익살"(an immense joke)(*Secret* 224)이 된다. 고귈트 (Christopher GoGwilt)가 논의한 바와 같이, '서구'라는 개념은 실상이 아니며, 제국주의적 유럽의 쇠퇴한 현실을 어쩔 수 없이 '동구'라는 이름으로 외면하고 위장하기 위한 허상에 불과하다. 실제로 자유주의적인 서구는 현상(*status quo*)을 유지하는 데 있어 동구만큼 보수주의적이며 단지 보다 효율적일 뿐이다. 이는 변화에 대하여 말만 하고 행동하지는 않는 영국의 "가짜"(shams)(Jean-Aubry 2: 60) 무정부주의자들이 입증한다. 런던의 무정부주의자들은 서구라는 허상에 대해 그들이 저항하는 만큼 믿고 있다. 그들은 서구의 제도를 "수호하는 경찰과 똑같이 그 제도의 노예"(Conrad, *Secret* 64)인 것이다. 실제로 무정부주의는 전제주의의 산물로서 자유든 통제든 절대적인 것을 원한다는 점에서 공통성이 있다. 그런 의미에서 콘래드는 1885년 영국의 총선거에서 자유당이 승리하자 이렇게 두려움을 표한다. "사회주의는 반드시 필연적으로 전제주의(Caesarism)로 치닫게 된다." 이는 영국을 "무정부상태"로 이끌고 있는 "사회민주주의의 물결"이 전제주의가 지배하는 "대륙의 뒷골목"에서 시작된 것이기 때문이다(*Collected* 1: 16). 이는 영국의 무정부주의자들은 가짜일 수밖에 없다는 것을 의미한다. 전제정치로부터의 절대적인 자유라는 이상으로서의 무정부주의는 오히려 전제주의를 부추기는 환상에 불과하며, 그만큼 민주주의와 대립하는 서구 무정부주의자들은 전제주의와 싸우는 동구의 무정부주의자들만큼 진실할 수가 없는 것이다. '서구'와 '무정부주의'라는 이중의 환상에 빠져있는 "가짜"들은 민주주의의 현실을 보지 못한다. 민주주의는 서구라는 이상 속에 효율적으로 편입되어 있으며 그 "지긋지긋하게도 전혀 상관없다는 식"(infernal don't-care-a-damn way)(*Secret* 208)의 악명 높은 영국적 무관심으로 그 기반이 다져져있기 때문이다. 그러므로 그리니치 공원(Greenwich Park)의 폭발과 같이 서구의 가공된 현실을 파괴한다는 환상을 지닌 "가짜" 무정부주의자들의 "파괴적 행위"는 "무정부주의적인 행위가 절대로 아니다"(118). "가짜" 무정부주의자들의 행위는 가정문제로 발생한 "한편의 가정극"(181)이거나 혹은 작가의 장난이라고 볼 수 있다.

　이러한 익살스러운 요소에도 불구하고 『비밀요원』은 러시아와 폴란드에 대한 콘래드의 태도가 "변함"(8)을 드러낸다. 이는 그가 1905년에 「독재와 전쟁」

("Autocracy and War")을 발표하면서 예고되었다. 짐과 커츠와 같은 자유주의적 통치자라는 주인공이 위니(Winnie)나 러시아 혁명가와 같이 저항하는 피통치자로 변한 것이다. 1905년에 일어난 러시아의 역사적 사건들은 러시아인들뿐만 아니라 러시아 치하의 폴란드인들에게도 중요한 의미가 있었다. "피의 일요일"(Bloody Sunday)이라고 불리는 비극적 사건으로 시작하여 노일전쟁에서의 패배로 불이 붙게 된 "1905년 러시아 혁명"은 "10월 선언"(October Manifesto)으로 이어졌으며, 이로써 러시아 내의 모든 사람들에게 기본적 자유를 보장하는 헌법이 탄생한 것이다(Ragsdale 158-62). 콘래드의 「전제주의와 전쟁」은 이러한 역사적 배경에서 저술되었다. 그는 이 글을 통해 최초로 공공연하게 러시아를 비난하며, "만주(Manchuria) 전쟁은 러시아 전제주의를 종식할 것"(*Notes* 93)이라고 믿었다. 폴란드의 깰 수 없는 저주인 전제주의가 "일 년 전에는 [그 종식을] 결코 살아서 보리라고 믿지 못했던"(Jean-Aubry 2: 28) 것이지만 이제 그 죽음이 목전에 있는 상황에 이르자 콘래드는 그 저주에 대해 공공연하게 말할 수 있었던 것이다. 그리하여 그의 이어지는 소설 『비밀요원』과 『서구인의 눈으로』에서는 그 저주가 이전보다 직접적으로 그리고 정치적으로 다루어지게 된다. 『비밀요원』과 이전 소설의 차이점은 주인공의 정체성이 변화한 것과 또한 주요 인물들의 파멸이 스티비(Stevie)의 죽음으로 시작된 연쇄작용에 의해 이루어진다는 것이다. 이러한 파멸은 서구의 "식인적"(cannibalistic)(50) 현실에 대한 "극히 느닷없는 깨달음" (179)을 통해서 일어나며 그 현실은 "식인종의 축제에서 날것의 재료를 쌓아놓은 것"(77)과 같은 스티비의 유해로 상징된다. 이러한 깨달음과 파멸의 연쇄작용은 *"광기에 사로잡힌 절망스러운 행위"*의 *"꿰뚫을 수 없는 신비"*(249)로 인해 혁명가로서의 경력이 끝나버린 오시폰(Ossipon)에서 끝나지 않는다. 무정부주의자이며 비밀요원인 남편 벌록(Verloc)을 살해한 위니가 이후에 자살하는 것이다. 오시폰이 "완벽한 무정부주의자"인 "교수"에게 넘겨주는 벌록 부부의 "유산"(248)은 그 연쇄작용이 계속되게 한다. 동구 전제주의의 현실과 유사하게 "시커먼 심연의 바닥"(218)과

같은 서구의 현실은 이로써 그에 대한 저항의 가능성이 열려있게 된다. 이러한 맥락에서 『비밀요원』은 이상주의적인 주인공이 현실에 대한 깨달음을 통해 완전히 파멸되지는 않는 『서구인의 눈으로』를 예측한다.

　　이상과 현실의 갈등은 콘래드 마지막 정치소설인 『서구인의 눈으로』에서 라주모프의 전제주의적 이상과 혁명가들의 무정부주의적 현실이라는 서로 대립적인 힘의 정면충돌을 통하여 거의 결말에 이른다. 사실 혁명가이며 암살자인 할딘과 라주모프는 국민의 "절대적"인 자유와 전제군주의 "절대적"인 지배라는 전제주의의 상호 모순적인 두 이상을 상징한다. 즉 이 두 이상은 러시아의 서로 다른 두 현실을 말하는 것으로서, 무정부상태와 전제주의 그리고 전제정치와 무정부주의라는, 각각의 현실에 상충하는 각각의 이상이 "똑같은 요람으로부터" (*Under* 212) 나왔다는 것을 보여준다. 이에 대해 작가는 "전제정치는 . . . 완전한 도덕적 무정부주의에 기초하고 있으며 . . . 순수한 유토피아적 혁명주의를 야기한다"(8)라고 말한다. 이는 라주모프와 할딘은 서로 상반되는 관계에서 각기 러시아의 이상과 현실을 모두 대변한다는 것을 보여준다. 라주모프의 진보적 서구주의 혹은 개화된 전제주의라는 이상과 할딘의 무정부적 현실의 충돌은 전자의 전제적 현실과 후자의 혁명적 슬라브주의라는 이상의 투쟁으로 대체될 수 있는 것이다. 즉 라주모프와 할딘은 모두 폴란드의 서구적 혁명가 슐라흐따를 상징하는 것이다. 라주모프는 "위대한 미래의 전제군주"의 "절대적 권력"에 대한 그의 믿음에도 불구하고 "자유주의에 대한 개인적인 애착"(37)을 지닌 서구 자유주의자이다. 앞서 언급한 러시아의 서구주의자 차다예프와 같이, 라주모프는 러시아를 "상상 할 수도 없는 역사의 기록을 기다리는 비어있는 거대한 책장"(a monstrous blank page awaiting the record of an inconceivable history)(35)으로 생각한다. "전형적 영국인"(25)처럼 "끊임없이 반항하는 사상가"(27)인 라주모프는 '무제한 거부권'의 전통을 지닌 폴란드 귀족에 비유될 수 있다. 할딘 또한 "외국의 자유주의"(178)를 바탕으로 한 러시아의 미래는 거부한다. 그럼에도 불구하고 할딘은 "프랑스나 독일의 어떤 사상"(81)에 기초한 서구 혁명주의를 상징한다. 낭만주의적 슐라흐따와 같이 "자유에 대한 열광적인 찬미자"(49)인 할딘은 러시아 전제주의 치하에서는 혁명이 아닌 "개혁은 불가능하다"(116)고 믿는다.

폴란드의 현실을 대변하는 러시아의 진실은 다음과 같이 할딘의 누이 나탈리(Nathalie)의 말을 인용한 『서구인의 눈으로』의 서문에서 간결하게 표현된다. "나는 자유라면 누구의 것이든 굶주린 이가 빵조각을 낚아채듯이 거머쥘 것이다." 동구적 현실은 서구적 이상의 "하얀" 빛을 배경으로 한 전제주의라는 "검은" 베일(293)로 인해 어둡게 보인다. 그러나 그 현실은 "운명과의 거래"(117)로 만들어진 서구 민주주의보다는 "더 나은 어떤 민족적 자유의식"(some better form of national freedom)(95)에 대한 좌절할 만큼의 갈구와 두려운 희망으로 가득하다. 그러므로 라주모프는 "나탈리에게서 빛나는 진실"을 인식하면서 그 진실에 의해 다시 "그가 지닌 진실"(298)을 드러낸다. 혁명가들에게 전제주의에 대한 그의 신념을 고백하는 것이다. 라주모프의 진실은 오로지 "위대한 전제군주"의 "독자적인 의지만이" 국민을 무정부상태에서 이끌어낼 수 있다는 "러시아의 냉정한 진실"(37)이다. 이 진실은 자유에 대한 국민의 희망이라는 진실과는 "독립적"인 것으로서 이 또한 나탈리가 "마침내 눈이 뜨이면서"(310) 인식하게 되는 진실이다. 라주모프의 고백은 영국인 교사의 "서구적 시각"으로는 "알아채지 못한"(310) 것이다. 그 고백은 라주모프가 무정부적 동구의 현실에 대해 깨닫게 되고 나탈리는 전제적 동구의 현실에 대해서 깨닫게 된 것이라는 점에서 의미가 있다. 또한 그 고백은 개인주의적인 이상을 위해 공동체의 현실을 부정하고 그 이상으로 인해 빚어진 악행에 대해 죽기 직전에야 은밀히 고백하는 초기의 주인공들과 라주모프는 다르다는 것을 보여준다. 이들과 달리 라주모프는 그의 개인주의적인 오류를 공동체 앞에서 공식적으로 고백한다. 그러면서도 그가 독립성을 버리지 않는다는 것이 공동체와 개인의 진실이 공존하는 혼란을 야기하지만 바로 그 때문에 라주모프는 살아남는다. 동구의 현실에 대하여 그 진실을 인식하는 것은 동구 민족의 재건을 위한 필수조건이라는 것이 분명하다.

　폴란드 귀족의 서구 개인주의적 전통과 동구 전제주의적 현실의 갈등은 마침내 『서구인의 눈으로』에서 거의 결말에 이른다. 미진한 갈등은 그 직후에 저술된 단편 「로만 공작」에서 해소된다고 볼 수 있다. 이후 제1차 세계대전 중에 「폴란드 문제에 관한 글」("A Note on the Polish Problem")과 같은 민족주의적 글들이 뒤이어 발표되었기 때문이다. 개인주의적인 이상과 피억압적인 공동체 현실의 화해는, 비록 그것이 두려운 것일지라도, 예술가로서 콘래드의 "사라지지 않는 희망"을 표현한다고 할 수 있다. 그 화해는 폴란드 민족의 탄생을 의미한다. 초기작품의 주인공들은 폴란드의 서구 공화주의적 이상의 구체화로서 그들의 현실로부터 너무 멀리 떨어져 있다. 그러나 1905년에 러시아의 일본에 대한 패배와 러시아 혁명은 전제주의의 저주가 풀리는 것처럼 보이도록 하였거나 혹은 적어도 그 저주에 대한 투쟁 혹은 혁명을 지지하도록 하였다. 따라서 작품의 주인공은 자유주의적 통치자에서 혁명적인 피통치자로 변신한다. 후기작품의 주인공은 그 저항적인 이상이 폴란드의 동구 전제주의적 현실에 더 적합하며 따라서 현실과 화해하고 민족을 창조할 가능성이 더 커진다. 폴란드 민족은 러시아 전제주의의 묘지에서 되살아나기보다 새롭게 태어나게 되는 것이다.

인용 문헌

Achebe, Chinua. "An Image of Africa: Racism in Conrad's *Heart of Darkness*." *Heart of Darkness*. Ed. Robert Kimbrough. 3rd ed. New York: Norton, 1988. 251-62.

Bhabha, Homi K. "DissemiNation: Time, Narrative and the Margins of the Modern Nation." *The Location of Culture*. London: Routledge, 2001. 139-70.

_____. "Signs Taken for Wonders: Questions of Ambivalence and Authority under a Tree Outside Delhi, May 1817." *The Location of Culture*. London: Routledge, 2001. 102-22.

Bross, Addison. "The January Rising and Its Aftermath: The Missing Theme in Conrad's Political Consciousness." *Conrad and Poland*. Ed. Alex S. Kurczaba. Conrad: Eastern and Western Perspectives 5. Boulder: East European Monographs, 1996. 61-88.

Conrad, Joseph. "Almayer's Folly." *Tales of the East and West*. Ed. Morton Dauwen Zabel. Garden City: Hanover House, 1958.

_____. *The Collected Letters of Joseph Conrad*. Eds. Frederick R. Karl and Laurence Davies. 3 vols. Cambridge: Cambridge UP, 1983.

_____. *Heart of Darkness*. Ed. Robert Kimbrough. 3rd ed. New York: Norton, 1988.

_____. *Lord Jim*. Ed. Thomas C. Moser. New York: Norton, 1968.

_____. *The Nigger of the "Narcissus."* Ed. Robert Kimbrough. New York: Norton, 1979.

_____. *Nostromo: A Tale of the Seaboard*. New York: The New American Library, 1960.

_____. *Notes on Life and Letters*. New York: Doubleday, Page & Co., 1924.

_____. "An Outpost of Progress." *Tales of Unrest*. Ed. Anthony Fothergill. London: Dent, 2000.

_____. *A Personal Record*. Marlboro: The Marlboro Press, 1988.

_____. *The Secret Agent: A Simple Tale*. London: Penguin, 1994.

_____. *Under Western Eyes*. New York: Penguin, 1980.

Davies, Norman. *God's Playground: A History of Poland*. 2 vols. New York: Columbia UP, 1982.

_____. *Heart of Europe: The Past in Poland's Present*. Oxford: Oxford UP, 1984.

Dostoevsky, Fyodor. *Crime and Punishment*. Trans. Constance Garnett. London: Bantam Books, 1982.

Eagleton, Terry. *Criticism and Ideology: A Study in Marxist Literary Theory*. London: Verso, 1998.

GoGwilt, Christopher. *The Invention of the West: Joseph Conrad and the Double-Mapping of Europe and Empire*. Stanford: Stanford UP, 1995.

Harpham, Geoffrey Galt. *One of Us: The Mastery of Joseph Conrad*. Chicago: The University of Chicago Press, 1996.

Jean-Aubry, G. *Joseph Conrad: Life and Letters*. 2 vols. Garden City: Doubleday, 1927.

Jones, Susan. "Conrad's Women and the Polish Romantic Tradition." *Conrad and Poland*.

Ed. Alex S. Kurczaba. Conrad: Eastern and Western Perspectives 5. Boulder: East European Monographs, 1996. 33-60.

Morf, Gustav. *The Polish Heritage of Joseph Conrad*. New York: Haskell House, 1965.

Ragsdale, Hugh. *The Russian Tragedy: The Burden of History*. Armonk: M. E. Sharpe, 1996.

Redmond, Eugene B. "Racism, or Realism? Literary Apartheid, or Poetic License? Conrad's Burden in *The Nigger of the 'Narcissus.'*" *The Nigger of the "Narcissus."* Ed. Robert Kimbrough. New York: Norton, 1979. 358-68.

Riha, Thomas, ed. *Readings in Russian Civilization*. 3 vols. Chicago: The University of Chicago Press, 1969.

Said, Edward W. *Culture and Imperialism*. New York: Alfred A. Knopf, 1994.

Sewlall, Harry. "Crime Becomes Punishment: An Intertextual Dialogue between Conrad's *Under Western Eyes* and Dostoevsky's *Crime and Punishment*." *A Return to the Roots: Conrad, Poland and East-Central Europe*. Ed. Wieslaw Krajka. Conrad: Eastern and Western Perspectives 13. Boulder: East European Monographs, 2004. 211-32.

Walicki, Andrzej. *A History of Russian Thought: From Enlightenment to Marxism*. Oxford: Clarendon Press, 1980.

Zamoyski, Adam. *The Polish Way: A Thousand-Year History of the Poles and Their Culture*. New York: Franklin Watts, 1988.

■ 이 논문은 "Conrad's 'Undying Hope' of the Polish Nation: Western Ideal and Eastern Reality"이라는 제목으로 *Mosaic, a Journal for the Interdisciplinary Study of Literature* 39.2 (June 2006), 1-18에 게재된 논문을 번역한 것임.

3.

콘래드의 인상주의와 「청춘」

배종언

1.

E. M. 포스터는 콘래드의 수상집 『삶과 문학에 대한 노트』(*Notes on Life and Letters*)를 읽고, 콘래드의 글은 "가장자리뿐 아니라 속도 안개 같으며 그의 재능의 비밀상자는 보석이 아니라 증기(vapor)를 포함하고 있다"(Forster 135)고 평하였다. 말하자면 안개 같은 콘래드의 글 표면 속에 비밀스럽게 감추어진 귀한 내용이 있는가 했는데 그곳도 모호하고 사실은 비어 있더라는 비판이다. 포스터가 대상으로 삼은 글이 비록 수필과 비평문이지만, 아무리 읽어도 "저자의 성격이 선명하게 드러나지 않고 소설에서보다 더 모호하다"(134)라 말하는 것을 보면 이 언급이 콘래드의 소설을 전제로 하고 있음을 알 수 있다.

포스터가 가져온 "비밀상자"와 "보석"은 애초부터 잘못 선택된 비유인 것 같다. 왜냐하면 콘래드가 소설을 쓰는 목적은 속에다 보석을 담는 것이 아니라, 안개와 같이 모호하고 유동적인 삶 그 자체의 모습을 보여주고 느끼게 하는데 있었기 때문이다. 그런 면에서 포스터의 "안개"와 "증기"는 "보석"을 찾지 못한 실망을 나타내기 위해 사용한 이미지이지만, 스스로 의도한 바와 달리 정곡을 찌른 셈이다. 콘래드의 특유한 서사방식은 『암흑의 심장』에서 콩고여행을 회고하면서 자기 이야기의 성격을 설명하는 말로우(Marlow)가 잘 대변하고 있다.

> 선원들의 이야기는 직접적이고 단순해서 전체의 의미가 깨뜨린 견과류의 껍질 속에 들어 있지요. 그러나 말로우의 이야기는 (이야기를 짜 내는 경향을 제외하면) 전형적이지 않습니다. 그에게 에피소드의 의미는 핵심부에 들어 있는 것이 아니라 이야기를 둘러싼 바깥에 있어서 백열이 뿌연 빛을 뿜듯 의미가 발산되지요. 마치 달빛의 스펙트럼 광채에 의해 이따금씩 보이는 안개 같은 달무리의 모습과 같지요.
>
> The yarns of seamen have a direct simplicity, the whole meaning of which lies within the shell of a cracked nut. But Marlow was not typical (if his propensity

to spin yarns be excepted) and to him the meaning of an episode was not inside like a kernel but outside, enveloping the tale which brought it out only as a glow bring out a haze, in the likeness of one of these misty halos that, sometimes, are mede visible by the spectral illumination of moonshine. (*HD* 9)

말로우가 언급하는 안개, 뿌연 빛, 달빛, 스펙트럼, 달무리는 포스터가 기대했음직한 과학적 정확성과 명료성에 대비되는 콘래드 특유의 문학적 성질이며, 그것은 19세기 리얼리즘과 결별하는 모더니즘의 핵심적 기표이다.

문학작품에서 모호성은 "불확실성과 혼돈과 낭패감(vexation)"(Muller xi), "회의주의"(xiv)로 특징지어지는 현대의 정신적 상황을 그리기 위한 모더니즘 작가들의 불가피한 선택이다. 그들은 새로운 심리학의 영향으로 인간의 의식과 무의식의 기능에 대해 새로운 인식을 함으로써 이전과는 다른 등장인물을 창조하게 된다. 즉 등장인물을 그릴 때 인간의 외면, 행동의 일관성, 질서정연한 세계 대신에 내면의식과 예측 불가능한 행위, 혼돈스러운 세계에 관심을 두게 된 것이다.

화이트(Allen White)는 『모호성의 효용』(*The Uses of Obscurity*)에서 다음과 같은 말로우 서두를 시작한다. "가장 이른 시기부터 모더니즘의 목소리는 패배당한 독자들의 한탄이 메아리치도록 했다. 왜 그토록 모호한가? 왜 그토록 어려운가?" 이어서 그는 모호하고 어려운 이 초기 모더니스트 소설가로 메러디스(George Meredith), 헨리 제임스, 콘래드를 들고 "깊이 뿌리내린 담론적인 규칙성(명료성, 일관성, 진지성, 객관적인 재현)이 깨어지고 미끄러지던 1870-90년대의 그 중대한 변화에 이들이 개입되어 있다"(1-2)고 말한다. 그리고 이들의 작품은 현대적인 회의와, 작가의 정신적 상태, 그리고 이데올로기적, 심리적 갈등의 표현이므로 징후적으로 읽어야 한다고 주장한다. 그가 말하는 "징후적 읽기"(symptomatic reading)는 문학적 언술을 직접 말할 수 없는 것의 표면적인 기호, 즉 징후로서 다루는 것을 의미한다. 그는 징후적 읽기가 징후적 글쓰기에서 비롯하며, 새로이 등장한 이 모호한 글쓰기와 역시 새로운 징후적 읽기는 리얼리즘 소설의 깨어진 틈 사이로 함께 나타났다고 말한다(2-5).

말로우가 비유로 삼은 안개와 달무리, 그리고 분위기의 강조는 또한 그의 담론이 인상주의적임을 말해준다. 인상주의는 안개처럼 모호한 모네(Claude Monet)의 그림 『일출』(*Impression, Sunrise*)에서 시작된다. 항구의 아침풍경을 그린 이 그림은 밝음과 어둠, 햇빛의 오렌지색과 안개가 섞여 전체적으로 뿌연 분위기를 형성한 속에 세척의 배는 검은 그림자로 처리되어 형체와 색깔은 용해되어 있다. 여기서 강조되는 빛의 순간적인 효과와 찰나적인 느낌은 그림을 모호하게 만들어 구체적이고 선명한 실체의 묘사를 기대하는 관람자를 좌절시킨다. 인상주의자들에게 인상은 "지각의 근본적인 사실"이고, 그것은 "완전히 형성된 지각이 아니라 지식과 경험이 개입되지 않은 감각에 대해 세상이 주는 순수한 충격"(스미스 22)이다.

말로우의 비유는 또 대표적인 모더니스트이자 인상주의적 작가인 버지니아 울프의 유명한 글("Modern Fiction")을 상기시킨다. 그녀는 당대의 리얼리즘의 거장인 웰스, 베넷, 골즈워디를 정신보다는 하찮은 육체를 진실인 것으로 여기는 "물질주의자"(materialists)라 부르고 자신이 보는 진정한 삶의 모습을 이렇게 묘사한다.

> 내면을 들여다보십시오. 삶은 전혀 그와 같지 않습니다. 일상적인 어느 날 어느 평범한 사람의 마음을 잠시 살펴보십시오. 마음은 사소하고, 환상적이고, 찰나적인 또는 강철의 예리함으로 각인된 무수한 인상들을 받아들입니다. 그 인상들은 사면팔방으로부터 엄청나게 많은 원자의 끊임없는 소나기로 들어옵니다. 그것들이 떨어져 내리고, 월요일 또는 화요일의 삶을 형성할 때, 강조점을 옛날과는 다른 곳에 둡니다.
>
> · · ·
>
> 삶은 균형 있게 배열된 마차등불이 아닙니다. 삶은 환한 달무리이며, 의식의 처음부터 끝까지 우리를 에워싼 반투명의 피막입니다.

Look within and life, it seems, is far from being like this. Examine for a moment an ordinary mind on a ordinary day. The mind receives a myriad impressions — trivial, fantastic, evanescent, or engraved with the sharpness of steel. From all sides they come, an incessant showers of innumerable atoms; and as they fall, as they shape the life of Monday or Tuesday, the accent falls differently from of old;

. . .

Life is not a series of gig lamps symmetrically arranged; life is a luminous halo, a semi-transparent envelope surrounding us from the beginning of consciousness to the end. (Woolf 1996)

흔히 모더니즘 문학의 선언으로 인정되는 울프의 이 글에서 주목되는 것은 주장의 핵심으로 제시된 환한, 달무리, 피막 등 어휘가 소개한 말로우의 것과 같거나 비슷하다는 점이다. 울프가 그러한 표현을 콘래드에게서 가져왔는지는 확인되지 않고 있으나 두 사람이 문학을 같은 방향으로 바라보고 있음은 분명하다. 또하나는 울프가 진정한 모습이라고 믿는 모호하고 유동적인 삶이 일상에서 무수하게 접하는 "인상"이라고 하는 "원자"에 의해 형성된다고 보는 대목이다. 그것은 곧 모더니즘 문학의 가장 두드러진 특징이 문학적 인상주의라고 주장하는 거나 마찬가지다. 실제로 멀러(Herbert Muller)는 울프의 위의 글 일부를 인용하고 나서 이렇게 말한다.

"간단히 말해 그녀는 인상주의자이다. 그런 식으로 해서 그녀는 프랑스 화가들의 방식을 문학에 확장시켜 넣은 콘래드, 프로스트, 로렌스를 포함하는 큰 집단에 참가하게 된다. 그 방식이란 표면의 문자적인 재생 혹은 그 저변에 깔린 것의 지적인 분석을 반대하고 예술가의 직접적인 감각적 인상을 투사시키는 일이다. 인상주의자들은 생활목록을 섬세한 분위기의 환기로 바꾸고, 분석을 감각의 직접적인 묘사로 대체한다. 그들은 객관적 진실보다는 경험하는 자아와 더 큰 친밀관계를 이루려하고, 경험의 단순한 이해보다는 그것의 완전한 "실감"을 주고자 노력한다.

She is, in short, an impressionist; and as such she joins the large company, including Conrad, Proust, and Lawrence, who have extended into literature the method of the French painters: a projection of the artist's immediate sense impression as opposed to a literal reproduction of the surfaces or an intellectual analysis of what underlies them. The impressionists substitute the subtle evocation of atmosphere for inventory, the direct rendering of sensation for analysis; they strive to achieve a greater intimacy with the experiencing self rather than with objective reality, to impart a full *realization* instead of a mere comprehension of experience. (Muller 40-41)

콘래드가 모더니즘의 선구자적 소설가라는 것은 정설로 되어 있다. 그러한 평가를 받는 이유로 시간전도, 다중시점, 한계를 지닌 상대적 관점의 서술자와 삶에 대한 내면적, 주관적 인식의 강조, 인물의 심리적 탐색과 인간존재에 대한 궁극적인 불가해의 깨달음, 그리고 앞에서 논한 모호성과 회의주의 등이 주로 거론된다. 다수의 콘래드 연구자들은 그의 문학적 특징이랄 수 있는 이런 제 경향들이 인상주의에서 출발하거나 그것에 바탕을 두고 있다는데 동의한다.

지금까지 인상주의 소설가로서 콘래드를 연구한 학자는 대단히 희소한 편이고, 작품분석에 있어서도 『암흑의 심장』과 『로드 짐』에 국한되는 경향을 보인다. 사실 이 두 작품은 자타가 공인하는 콘래드의 대표작일 뿐 아니라 인상주의적 색체가 가장 두드러지게 나타나는 소설이기도 하다. 본 논문에서는 콘래드의 인상주의적 문학 기법을 「청춘」("Youth")을 대상으로 삼아 논하고자 한다. 「청춘」은 여러 가지 면에서 『암흑의 심장』, 『로드 짐』과 긴밀한 연결성을 지닌 작품이다. 두 작품 직전에 씌어졌고, 서술자인 말로우가 처음으로 등장하여 말로우 연작소설(Marlovian series)의 시작을 알리고, 그를 중심으로 한 이야기의 상황 설정과 서사의 전개가 비슷하며, 인상주의에 있어서도 두 작품에 나타나는 보다 복합적이고 세련된 기법의 초기 모습을 보여주고 있다. 글의 전개 순서는 먼저 인상주의에 관한 일반적 논의를 살피고, 콘래드의 인상주의가 지닌 특징을 논하며, 끝으로「청춘」을 분석할 것이다.

2.

인상주의는 1874년 모네가 전시한 작품『인상, 해돋이』를 보고 기자인 르루와(Louis Leroy)가 비꼬기 위해 붙인 이름에서 유래한다. 1878년 뒤레(Theodore Duret)는 모네가 고정되고 불변하는 풍경에 머무르지 않고, 눈앞에서 빠르게 지나가는 인상을 잡아내어 탁월한 감각으로 생동감 있게 그림으로 전달했다(스미스 8)고 칭찬했다. 인상주의 작품전시를 계기로 하여 프랑스 미술사는 과거와 결별하고 현대적 방향으로 전환하게 되는데, 아주 다양한 실험이 이루어졌으므로 일률적으로 규정하기는 힘들지만 인상주의의 기본적인 공통점은 시각(angle of vision)의 강조와 경험에 대한 화가의 순간적이고 주관적인 반응과 인지이다. 매티노(John Rocco Mattino)는 미술에서 인상주의자들이 강조하는 것은 네 가지로서 "직접적인 시각적 인상의 묘사, 빛과 색체의 효과를 보여주고, 어떤 분위기의 효과를 달성하기 위한 '외광'(plein eir)의 사용, 각기 다른 관점의 사용, 명확한 의미를 결여시키고 그림의 인지와 이해에 대한 새로운 방법을 고취시키는 미완성의 성질(unfinished quality) 사용"(1)을 든다.

19세기 말은 "현대정신"(Muller xi)이라고도 일컬어지는 새로운 변화가 생겨나고 있었다. 즉 인간의 삶을 대하는 시각이 절대주의보다는 상대주의, 확실성보다는 불확실성, 객관주의보다는 주관주의의 관점으로 전환함에 따라 실증주의는 회의주의로 대체되고, 빅토리아조의 진보적 낙관주의는 세기말적 비관주의로 바뀌고 있었다. 그것은 진화론에 의한 종교적 신앙의 약화, 삶의 유동성과 변화를 주장한 베르그송의 철학, 니체의 허무주의, 프로이트의 심층심리학, 켈빈의 엔트로피 등 새로운 사상과 학문과도 밀접한 관련이 있다. 이런 정신적인 풍토에서 헨리 제임스 같은 선구적 소설가들은 종래 삶의 실체라고 표현했던 것들이 거짓이고 환상임을 깨닫는다.

> 실체를 믿는다는 것이 얼마나 유치한가. 왜냐하면 우리는 자신의 생각과 생체기관 속에 스스로의 실체를 지니고 다니니까. . . . 우리 각자는 스스로 세계에 대한 환상을 만들어 낸다. 그 환상은 자기 천성에 따라 시적이거나, 감상적이거나, 즐겁거나, 우울하거나, 불결하거나, 음울하다. 작가는 자기가 배워서 터득한 예술의 모든 기교를 가지고 다름 아닌 그 환상을 충실히 재생하는 것이다. . . . 위대한 예술가는 인간들이 자신의 특유한 환상을 받아들이도록 만드는 사람들이다.

> How childish, moreover, to believe in reality, since we each carry our own in our thoughts and in our organs. . . . Each one of us therefore forms for himself an illusion of the world, which is the illusion poetic, or sentimental, or joyous, or melancholy, or unclean, or dismal, according to his nature. And the writer has no other mission than reproduce faithfully the illusion, with all the contrivances art that he has learned and has at his command. . . . The great artists are those who make humanity accept their particular illusion. (White 65)

초기 모더니스트들은 이렇듯 변화하는 시대적 상황과 그 속에 처한 자아를 표현하기에 전통적인 리얼리즘만으로는 한계를 느끼고, 새로운 표현양식을 모색하는 가운데 미술의 인상주의에서 그 가능성을 발견한 것으로 보인다.

　문학적 인상주의에 관한 연구를 살펴보면 초기에는 그것이 미술의 인상주의에 영향을 받았거나 미술의 양식을 문학에 그대로 적용했다는 주장이 대부분이었다. 그리고 그 주장이 감각적 인상을 강조한다는 공통점에만 바탕을 둔 한두 페이지의 단순한 언급으로 그쳤다. 그러나 근래에 와서는 문학적 인상주의가 미술과 기본적인 성질을 공유하지만 그 발상과 적용이 서로 다르다는 시각 또한 적지 않다. 매티노에 따르면, 문학적 인상주의는 감각적 인상을 주된 요소로 사용하고, 삶을 실제로 일어나는 감각의 흐름대로 제시하며 (그래서 인과관계와 연속성이 깨어지고), 시각적 혹은 회화적 순간을 강조하며, 사물과 인물과 장면 위에 작용하는 빛과 색체를 포착함으로써 순간의 진동을 묘사하고, 이동하는 시각을 사용하며, 인지의 중심적 역할을 지닌 의식이 존재하고, 파편화되고 변화하는 세계를 묘사한다.

매츠(Jesse Matz)는 미술과 문학에서 인상주의가 공유하는 것은 관점의 강조와 함께, 주관적인 인지에 있고, 객체(대상)부터 주체로의 이동이 두 예술로 하여금 찰나적인 효과, 인지적인 경험에 대한 근본적인 충실, 그리고 그 결과로 예술의 구조적인 문제에 대한 무관심을 포함하게 만든다(45)고 말한다. 또 피터스(John G. Peters)는 인상주의의 핵심은 실체를 지나치게 단순화하는 과학적 실증주의에 대한 반발이며(13), 인상주의와 리얼리즘이 현실을 정확히 그리려 한다는 데에는 다름이 없으나 인간의 경험에 대한 근본적인 가설이 다르다고 주장한다. 즉 리얼리즘은 모든 사람이 동일한 대상을 경험한다는 식으로 재현하는 것을 강조하지만(보편성), 인상주의는 의식과 그 대상은 주체와 대상 양자의 존재에 의존함을 강조한다는 것이다(개별성). 대상은 특정 장소에서 특정한 시간에 특정한 사람에 의하지 않고는 경험될 수 없다(21). 그는 문학적인 인상주의가 주체와 대상 간의 다리를 놓는 것과 마찬가지로 리얼리스트와 의식의 흐름 문학 사이에 다리를 제공한다(34)고 본다.

콘래드와 인상주의의 관계에 대해 눈을 돌리게 될 때 가장 먼저 거론할 사람은 포드(Ford Madox Ford)이다. 그는 『내 기억의 조지프 콘래드』(*Joseph Conrad: A Personal Remembrance*)에서 자신이 콘래드와 함께 당시 불량한 것으로 인식된 인상주의를 받아들이기로 했다면서, "삶은 이야기를 하는 것이 아니고,

우리의 뇌리에 인상을 남기며", 그래서 "사람들에게 삶의 효과를 생성시키려면 이야기할 것이 아니라 인상을 부여해야"(194-95) 한다고 생각했다고 회고한다. 콘래드가 직접 인상주의를 언급한 것은 1897년 서로 지기로 사귀었던 크레인(Stephen Crane)을 가리켜 "그는 유일한 인상주의자이고 단지 인상주의자일 뿐이다"[1] 라고 썼을 때이다. 인상주의를 칭찬하면서도 그 한계를 지적한 이 평문을 쓸 당시는 인상주의가 단지 피상적인 감각에만 의존하고 그 이상은 없는 걸로 폄하되고 있었다. 크레인에 대한 그의 비판도 인상주의에 대한 그러한 인식에서 비롯했을 것이다. 그러나 그의 소설은 본인이 의식했던 안했던 인상주의적이거나 인상주의에서 발전된 서사방식이 핵심적으로 사용되고 있다는 것이 근래 학자들의 주장이다. 예를 들면, 피터스는 "콘래드가 인상주의란 칭호를 싫어했지만 작품 속에 인상주의적이라는 증거가 숱하고, 대부분의 해석자들 또한 그 용어가 그의 글들을 기술하는데 적절하다고 주장한다"(31)고 말한다.

콘래드의 인상주의적 문학관 혹은 예술관은 『암흑의 심장』에서 말로우가 스스로의 서사를 달무리에 비유한 대목에서 나타나지만 『나르시호의 검둥이』서문에서도 찾아볼 수 있다. 관련이 될만한 부분을 뽑아보면, "예술은 가시적인(visible) 우주의 면면마다 그 바닥에 깔린 진실에 빛을 가져다줌으로써 최고의 정당성을 부여하려는 시도로 정의될 수 있고", 그것은 "형체, 색깔, 빛, 그늘, 사물과 인생사의 면면 속에서 근원적이고 지속적이고 본질적인 존재의 진실을 밝히려는 시도이다"(145) "소설은 기질에 호소하며", "그 호소가 효과적이려면 감각을 통해 전달되는 인상이어야 한다"(146). "내가 글을 통해 달성하려고 하는 업무는 독자들을 듣고, 느끼게 하는 것 ― 무엇보다도, 보게 하는 것!(make you see!) 그것이고, 더 이상은 없다. 그것이 전부다"(147).

위의 발췌에서 강조되는 감각, 그 중에도 시각, 인상, 기질, 형체, 색깔, 빛,

---

1) Edward Garnett, ed., *Letters from Conrad, 1895-1924* (London: Nonesuch Press, 1928) 107. "He is *the only* impressionist and *only an* impressionist."

그늘은 기본적으로 인상주의적 인식방법과 표현기법에 맞닿아있는 어휘들이다. 그러나 콘래드가 그러한 표면을 통해 밑바닥에 깔린, 근원적이고 지속적이고 본질적인 존재의 진실을 비추고자 한다는 말은 왜 크레인을 "단지 인상주의자일 뿐"이라고 했는지 짐작게 한다. 그가 보기에 인상주의는 표면적인 제시에 그치므로 한계를 지니지만 자신의 포부는 그것을 넘어선 진실을 드러내는데 있다는 것이다. 콘래드의 궁극적인 목표가 삶의 근원적 진실을 드러내는 것이었음에는 틀림없지만, 최근의 비평가들은 그가 감각적인 체험과 내면과 주관성, 그리고 주체와 대상 간의 상호작용을 중시하므로 인상주의자로 보고 있다.

구체적인 작품분석을 통해 콘래드의 인상주의를 밝힌 최초의 학자는 와트(Ian Watt)이다. 그는 『암흑의 심장』이 개인적인 이해가 제한되고 양의성을 띠며, 추구된 이해가 내면적이고 경험적이기 때문에 본질적으로 인상주의 작품(174)이라고 말한다. 그리고 『암흑의 심장』을 쓰기 훨씬 전부터 콘래드는 인지로부터 의미를 끌어내는 방식에 직접적인 서사적 표현을 부여하는 방법을 찾으려 노력했는데, 그 중 하나가 감각적 인상을 제시하고 그것을 명명하거나 의미에 대한 설명을 나중으로 보류하는 장치이다. 그렇게 함으로써 독자는 주인공의 의식 속에서 개인적인 인지와 그 원인 사이의 간격이 나중까지 닫혀 있음을 목격하게 된다. 와트는 이런 서사방식을 지연된 해독(delayed decoding)이라 이름 짓는다.

> 『암흑의 심장』을 쓰게 될 즈음 콘래드는 시각적 감각을 직접적으로 묘사하려는 인상주의 화가의 시도와 언어적으로 동등한 하나의 서사기법을 개발했다. 그는 주인공의 직접적인 감각을 제시하고 독자로 하여금 인상과 이해의 간극을 알도록 만들었다. 그 간극 메우기의 지연이 사건과 그것에 이어지는 관찰자의 사건 이해 사이의 분리를 성립케 한다.
>
> By the time Conrad came to write *Heart of Darkness*, then, he had developed one narrative technique which was verbal equivalent of the impressionist painter's

attempt to render visual sensation directly. Conrad presented the protagonist's immediate sensations, and thus made the reader aware the gap between impression and understanding; the delay in bridging the gap enacts the disjunction between the event and the observer's trailing understanding of it. (Watt 177)

와트가 『암흑의 심장』의 분석을 통해 제시하는 몇 가지 지연된 해독의 예 중 하나는 말로우의 배가 원주민으로부터 공격당하는 장면이다. 요약하면 말로우가 커츠를 찾아 강 상류로 운항하는 항해 중에 갑자기 수심을 재던 선원이 바닥에 엎드리고, 화부가 몸을 피하고, 어딘가에서 작은 막대기들이 날아오는 것을 보게 된다. 그러나 그는 주변 상황변화의 의미를 알지 못한 채, 배가 좌초될까봐 신경을 쓰면서 강의 수심과 앞쪽의 암초를 살피다가, 한참이 지나 강변의 숲을 보고서야 날아오는 막대기가 화살이고 자신들이 공격을 당하고 있음을 깨닫게 된다.

그런데 위의 경험을 이야기할 때 말로우가 상황변화와 그것의 이해 사이의 간격을 길게 늘이고 공격과 상관없는 말로우의 운항이야기를 상세하고도 느린 템포로 묘사하기 때문에 그의 서술에 따른 독자의 의미해독 과정도 꼭 같이 먼 거리로 분리된다. 다시 말하면 말로우가 인상과 해독과정을 실제경험 그대로 서술하는 동안 말로우의 서술을 받아들이는 독자의 인상과 해독지연도 꼭 같이 재현된다는 것이다.

페터슨(Torsten Pettersson)은 모든 개인은 외부세계를 약간씩 다르게 해석하는데 그럼에도 소통의 공통적인 바탕은 제공이 되며, 콘래드는 감각적인 인상에 대한 강조를 통해 작가와 독자의 의식 사이에 간격을 이으려고 시도한다고 보고, 그것을 "묘사적 인상주의"라 명명한다.(47)

피터스는 와트의 최초의 감각적 인상과 지연된 해독을 원초적 인지(primitive perception)와 문화적 인지(cultural perception)로 나눈다. 그의 주장에 따르면 원초적 인지는 관찰자가 과거의 경험과 일치되는 의미로 조직화되기 이전

최초의 감각적 인상이고, 문화적 인지(civilized perception)는 관찰자가 최초의 경험을 조직화하여 그것에 의미를 부여한 이후의 인상을 나타낸다. 그리고 원초적 인지를 문화적 인지로 전환하는데 중재적 영향을 끼치는 주체의 과거경험은 공적인 과거, 사적인 과거, 혹은 둘 다일 수 있다. 콘래드는 모든 현상은 인간의 의식을 여과한다는 것을 보여주기 위해 작품 속에서 특히 원초적 인지를 강조한다(Peters 37).

페터슨은 장면중심의 묘사적 인상주의(descriptive impressionism)와 함께 콘래드의 작품에서 독자가 작품전체의 의미를 이해하는 과정에서 발생하는 인상주의적 기법이 있다고 주장하고, 그것을 "서사적 인상주의"(narrative impressionism)라 부른다. 시간전도가 극심한 『노스트로모』를 예로 들면, "소설의 처음 삼분지 일은 사건들이 뒤섞인 순서로 나타나서, 독자가 대하는 것은 인간의 조직화와 해석 이전의 실체를 형성하는 무의미하고 형체가 없는 감각적 인상의 덩어리와 꼭 같다. 그러다가 읽어 감에 따라 사건들 간의 관계를 성립시킬 수 있게 되면서 당황감은 점차 통찰로 바뀐다"(45).

이상을 정리하면 콘래드의 인상주의에 관한 연구는 초기의 감각에만 의존한 단편적인 언급에서 시작하여 최근에는 장면묘사뿐 아니라 텍스트 전체의 서사방식과 의미추구과정이 인상주의적이거나, 인상주의와 관련이 있다는 주장이 대세를 이룬다.

3.

「청춘」은 콘래드가 『나르시스호의 검둥이』 직후, 그리고 『암흑의 심장』 직전인 1898년에 쓴 단편이다. 논자에 따라 의견의 차이는 있지만 웨스턴은 이 작품을 "『암흑의 심장』과 『로드 짐』 같은 대표작으로 나아가는 결정적인 단계를 보여줄 뿐 아니라 자체로 복합성을 지니는 걸작이라"(293) 말한다. 이 작품에는 중년의 나이인 서술자 말로우가 젊은 시절의 항해경험을 네 명의 친구들에게 들려주는 회고형식의 이야기로 되어 있다. 당시 스무 살인 말로우는 방콕으로 석탄을 운송하는 주데아(Judea)호를 타고 2등 항해사로서 첫 출발을 하게 된다. 그러나 도중에 하물에 불이 붙어 하는 수 없이 배를 버리고 구명정으로 자바에 도착하게 된다.

이 작품에서 인상주의는 두 가지 측면에서 살펴 볼 수 있다. 하나는 감각적 인지가 강조되면서 그것의 의미해독이 지연되는 장면의 묘사이고, 또 하나는 청년 말로우와 중년 말로우가 각기 다른 시각과 주관성에 의해 서로 다르게 항해경험을 받아들이고 의미를 발견 혹은 이해하는 과정이다.

먼저 지연된 해독의 예는 강풍을 만나 거대한 파도로 덮쳐드는 물을 퍼내면서 벌어진 장면에서 볼 수 있다.

> "어느 날밤 우리는, 돛대에 몸을 묶은 채, 바람에 귀가 멍멍하고, 스스로 죽고 싶어 할 기운도 없이, 뱃전을 강타하는 무거운 바닷물에 휩쓸리면서 펌프질을 하고 있었다. 숨을 쉴 수 있게 되자 내가 의무감에 '계속해!'라고 소리쳤을 때 뭔가 단단한 것이 갑판에서 날아와 장딴지를 때리는 것을 느꼈다. 그것을 잡으려고 했으나 놓치고 말았다. 너무 어두워서 한 인치내의 얼굴도 서로 알아볼 수 없을 정도였다.
>
> 한방 맞고 난 후 배가 잠시 조용하더니 그 물건이, 뭔지는 모르지만, 다시 다리를 쳤다. 이번에는 그것을 잡았다. 스튜냄비였다. 처음에는, 지치고 펌프질 외에는 아무 생각도 하지 않아 멍청해져서, 내가 손에 무얼 쥐고 있는지 이해를 못했다. 갑자기 생각이 떠올라 소리쳤다. '상갑판 실이 사라졌다. 펌프질 그만두고 요리사를 찾아라.'

> "One night when tied to the mast, as I explained, we were pumping on, deafened with the wind, and without spirit enough in us to wish ourselves dead, a heavy sea crashed aboard and swept clean over us. As soon as I got my breath I shouted, as in duty bound, 'Keep on, boys!' when suddenly I felt something hard

floating on deck strike the calf of my leg. I made a grab at it and missed. It was so dark we could not see each other's faces within a foot — you understand.

    After that thump the ship kept quiet for a while, and the thing, whatever it was, struck my leg again. This time I caught it — and it was a sauce-pan. At first, being stupid with fatigue and thinking of nothing but the pumps, I did not understand what I had in my hand. Suddenly it dawned upon me, and I shouted, 'Boys, the house on deck is gone. Leave this, and let's look for the cook.' ("Youth" 16)

원래 상갑판 실에는 요리사 침대와 선원들의 침대가 있었다. 강풍에 날아 갈까봐 선원들은 미리 객실로 옮겼으나 요리사는 겁이 나서인지 고집스럽게 자기 침대에서 떨어지지 않으려고 했다. 위의 장면은 상갑판 실이 강풍에 박살이 날 때 벌어진 사건으로 선원들이 요리사를 찾으니 산산조각 부서진 쓰레기 더미 가운데 두 개의 기둥에 묶인 침대만 남았고 요리사는 그 위에 기적적으로 살아있다.

    위의 인용에서 강풍 속에 뭔가가 장딴지를 때리고, 날아가다 말로우의 손에 식기가 잡히는 일련의 사건은 감각적인 인지이고, 피터스가 일컬은 원초적 감각이며, 그것이 의미하는 것은 "상갑판이 사라졌다"이다. 그러나 말로우는 손에 잡힌 것이 요리사의 상용기구임을 알면서도, 물론 어두운 탓도 있지만, 스스로 밝히듯이 지치게 만드는 강풍과 파도와 펌프질에 정신이 팔려 그 의미를 얼른 알아채지 못한다. 이렇게 감각적인 인지와 의미해독이 분리됨으로써 얻는 서사적 효과는 강풍과 마구 덮쳐드는 파도와 끊임없는 펌프질과 느닷없이 장딴지를 때리는 알 수 없는 물건 등 혼란스럽고 혼동된 감각적 경험의 강조이다. 이해하지 못하는 가운데 겪는 인상적 경험이 알면서 겪는 것보다 훨씬 더 감각적으로 생생하고, 직접적이고, 즉시성이 강하며, 마지막에 깨닫게 되는 의미는 더 갑작스럽고 충격적으로 느껴진다. 이 장면이 인상주의적 묘사라 할 수 있는 또 하나의 이유는 그러한 감각적인 경험과 이해가 모두 말로우의 주관적인 인식과정으로 서술되어 있다는 것이다.

감각적 경험과 이해의 분리가 더욱 두드러지게 나타나는 장면묘사는 하물로 실은 석탄에 불이 붙어 연기가 나오다가 결국은 폭발이 일어날 때이다.

"다음 날 8시에서 10시까지는 내가 갑판에서 보초를 섰다. 아침식사 때 선장이 말했다. '(연기)냄새가 객실을 떠나지 않고 있다니 이상한 일이야.' 열시 쯤, 항해사는 선미에 있고, 나는 주갑판으로 잠시 내려갔다. 주 돛대 뒤에 있는 목수의 벤치에 기대어 파이프를 빠는데, 목수가 한 젊은 친구와 내게 다가와 말을 걸었다. '우리 일을 아주 잘 했지요?' 그때 나는 그 바보가 벤치를 기울이려 하는 것을 감지하고 화가 나서, 퉁명스럽게 '그러지 마'라고 말했다. 그리고는 즉시 인식하게 된 건 이상한 감각, 터무니없는 착각이랄까― 아무튼 내가 공중에 뜬 것처럼 보인 것이다. 내 주위에서 막혔던 호흡이 터진 듯한 소리가 들렸다― 마치 천 명의 거인들이 동시에 푸우! 라고 말한 것처럼― 그리고는 갑자기 갑비뼈에 통증을 가져오는 둔한 충격을 느꼈다. 틀림없었다. 나는 공중에 있었고, 내 몸은 짧은 포물선을 그리고 있었다. 그러나 짧았지만 몇 가지 생각이 들어올 시간은 있었다. 기억하는 바로는 이런 순서로: '이건 목수가 아닌데― 뭐지?― 무슨 사고― 해저 화산?― 석탄, 가스!― 맙소사! 폭발했구나― 다 죽었구나― 해치(hatch)로 떨어지는 구나― 속에 불이 보이네.'

"Next day it was my watch on deck from eight to twelve. At breakfast the captain observed, 'It's wonderful how that smell hangs about the cabin.' About ten, the mate being on the poop, I stepped down on the main deck for a moment. The carpenter's bench stood abaft the mainmast: I leaned against it sucking at my pipe, and the carpenter, a young chap, came to talk to me. He remarked, 'I think we have done very well, haven't we?' and then I perceived with annoyance the fool was trying to tilt the bench. I said curtly, 'Don't, Chips,' and immediately became aware of a queer sensation, of an absurd delusion,― I seemed somehow to be in the air. I heard all round me like a pent-up breath released― as if a thousand giants simultaneously had said Phoo!― and felt a dull concussion which made my ribs ache suddenly. No doubt about it― I was in the air, and my body was describing a short parabola. But short as it was, I had the time to think several thoughts in, as far as I can remember, the following order: 'This can't be the carpenter — What is it? — Some accident — Submarine volcano? — Coals, gas! — By Jove! we are being blown up — Everybody's dead — I am falling into the after hatch — I see fire in it.' (23-4)

위의 예문에서 말로우는 먼저 공중에 뜬 느낌과 거대한 폭음에 이어 실제로 공중에 뜬 자기 몸을 발견하는 감각적인 경험에서 시작하여, 순간적으로 이어지는 일련의 "내면적 인상"(interior impression)[2])을 거쳐, 마침내 "폭발"에 이르는 이해과정을 거친다. 중요한 것은 그것이 객관적인 사건의 묘사가 아니라 순전히 말로우의 개인적이고 주관적인 인식과정으로 기술되어 있다는 것이다. 해독이전의 주관적인 인상 단계이기 때문에 말로우는 목수가 벤치를 뒤집어서 자기 몸이 공중에 뜬 것으로 터무니없는 착각을 하는 코믹한 상황도 연출된다. 그리고 앞의 예문과 마찬가지로 해독에 이르기까지의 감각적인 경험의 구체적이고 생생한 묘사는 보다 강한 즉시성과 현장성을 독자에게 전달하고, 일련의 상황변화가 갑자기 그리고 영문도 모르는 가운데 일어나기 때문에 마지막의 "폭발"이라는 의미발견이 보다 충격적이다.

「청춘」에서 장면묘사를 통해 살펴볼 수 있는 이러한 감각적 인지와 이해의 분리는 다른 작품에서도 상당 수 발견될 수 있다. 이러한 단일 장면의 인상주의적 서술기법과 더불어 콘래드는 말로우가 겪는 전체 항해의 의미도 인상주의적인 방식으로 전달한다. 콘래드가 『나르시스 호의 검둥이』서문에서 예술가의 임무는 "근본적이고, 지속적이고, 본질적인", "존재의 바로 그 진실"(145)을 발견하려는 시도라고 했을 때, 그는 장면묘사뿐 아니라 작품전체를 통한 삶의 진실 표현이라는 예술적 목표를 가리킨 것이다. 매티노가 "크레인의 인상주의는 경험의 시각적

---

2) 매티노는 감각적 인지에서 완전한 이해에 이르기 전에 마음속에서 일어나는 일련의 느낌 혹은 생각을 "내면적 인상"이라 부른다. 위의 예문에서는 '이건 목수가 아닌데 — 뭐지? — 무슨 사고 — 해저 화산? — 석탄, 가스!'가 그것에 해당될 것이다(Mattino 138).

성질을 강조하는 반면에 콘래드의 인상주의는 시각적 경험과 마찬가지로 해석적인, 지적인, 그리고 추론적인 차원을 포함한다"(95)고 말한 것은 그러한 이유 때문이다.

텍스트 전체의 의미와 이해에 대한 문제는 주제와 관련이 되기 때문에 그것에 관한 기존의 연구를 먼저 간략하게 살펴볼 필요가 있을 것 같다.

「청춘」의 주제는 낭만적인 청년 말로우와 회의적인 중년의 말로우가 동양여행 경험을 보는 시각의 차이에 모아진다. 핵심적인 쟁점은 개안소설(initiation story)로서 말로우가 과거의 경험을 통해 성장을 이루었는가 하는 문제인데, 항해 경험을 이야기 하는 말로우의 환멸에 빠진 쇠약한 모습에 근거하여 부정적인 견해를 지닌 비평가도 있고, 비우스(Paul Biuss)의 주장처럼 말로우가 항해의 시련과 환멸을 통해 선원정신을 터득함으로써 동양에 대한 낭만적 접근에서 벗어나 항해를 리얼리스틱하게 대처하는 성장을 이루었다고 보는 사람도 있다.3)

앞 장에서 페터슨이 전체작품에 대한 독자의 인지와 의미발견 과정을 가리키는 서사방식으로 명명한 "서사적 인상주의"를 언급하였다. 와츠(Cedric Watts) 또한 와트의 지연된 해독이라는 인상주의적 서술기법을 장면묘사뿐 아니라 보다 긴 서사과정, 그리고 궁극적으로는 작품전체의 서사전략에 적용할 수 있다고 주장한다.

지연된 해독의 개념은 콘래드의 대단히 생생한 묘사적 문단뿐 아니라 보다 긴 서사적 연결과 궁극적으로는 전체 작품의 서사전략에도 적용될 수 있다는 것이 커다란 성과이다. 『암흑의 심장』의 경우, 우리는 콩고여행을 회상하면서 그 의미를 해명4) 하고 이해하기 위한 말로우 자신의 보고된 시도를 해석해야 한다. 『노스트로모』에

---

3) 말로우의 성장에 대한 학자들의 찬반논쟁은 비우스의 책 59-61쪽을 참고 바람.

4) 와트는 "decoding"은 단서만 주어지면 곧 의미가 드러나는 기계적이고 체계적인 과정이고, "deciphering"은 본래 읽기가 어렵거나 의미가 의도적으로 숨겨진, 혹은 양의성이 있거나 알 수가 없어서 의미파악이 복잡한 과정을 필요로 하는 것을 함축한다고 말한다(Watt 276).

서 독자는 텍스트의 다중시점과 뒤섞인 시간순서를 질서지우고, 통합시키고, 중재시키는 도전을 하는 위치에 놓여진다.

What is most fruitful is that the concept of delayed decoding applies not only to many of Conrad's most vivid descriptive passages but also to longer narrative sequences and ultimately to the narrative strategies of whole works: as in *Heart of Darkness*, where we have to interpret Marlow's own reported attempt to decipher and comprehend the meaning of the journey into the Congo which he is recalling, and as in Nostromo, where the reader is set the challenge of ordering, unifying reconciling the multiple viewpoints and the jumbled chronology of the text. (Watts 45)

인용에서 "보고된 시도"란 말로우의 이야기 자체가 독자에게 보고하는 자기 경험에 대한 해독과 이해의 시도이므로 독자는 그것을 다시 해석해야 한다는 의미이다. 『암흑의 심장』에서 콩고여행의 의미에 대한 말로우와 독자의 이중적이고 상대적인 해석을 가리키는 이 "보고된 시도"는 「청춘」에 그대로 적용시킬 수 있다. 즉 「청춘」에서 인상주의적 서사방식의 탐색은 동양여행에 대한 말로우의 해석에 대한 독자의 해석을 통해 가능하다는 것이다.

앞에서 문학적 인상주의의 여러 기법을 들었지만 작품에 따라 그 적용은 달라진다. 「청춘」은 단편인데다가, 세련되고 복잡한 『암흑의 심장』과 『로드 짐』의 전 단계 작품이기 때문에 인상주의적 기법도 좀 단순하게 사용되고 있다. 그러나 단순하기 때문에 오히려 근원적이라 할 수 있는데, 그 하나는 경험을 보는 시각의 다층성이고, 또 하나는 경험에 대한 해석의 주관성이다. 이 둘은 사실상 분리된 것이 아니라 서로 결합적으로 작용하기 때문에 둘 중 하나 다층적 시각을 중심으로 이야기하고자 한다.

미술에서 다층적 시각의 실험은 모네의 유명한 『노적가리』 3부작에서 볼 수 있다. 모네는 일몰의 황혼, 하늘, 빛, 눈(snow) 등 주변 분위기와 보는 각도의 차이가 자아내는 효과를 위해 자기 집 뒤의 양귀비 건초더미를 각기 다른 계절과 시간에 연작으로 그렸다. 그는 "순간성, 특히 햇빛이 도처에 퍼져 '피막'을 이룬 상태"를 묘사하기 위해 무진 노력하지만 "해가 너무 빨리 기울어서 도저히 따라갈 수 없다"고 스스로 한탄했을 정도로 살아 숨쉬는 감각적 경험에 접근하려고 평생을 노력했고, 또 인상과 감각 못지않게 개별 작품과 전체 연작의 통일성에도 지대한 관심을 가졌다(루빈 348).

문학에서 인상주의들이 사용하는 다층적 시각을 매티노는 이렇게 설명한다.

인상주의자들은, 모네나 다른 화가들의 방식으로, 삶에 대한 보다 풍부한 그림의 환상을 창출하기 위해 완곡하고 이동하는 시각을 사용한다. 그런 이동하는 시각의 효과는 몇 가지가 된다. 시점의 연속이 인지의 유동성과 실체의 일시성을 달성하고, 과거의 기억과 반쯤 용해되는 분위기와 순간의 직접성을 섞는 심리적인 시간 감각을 창출한다. 이동하는 시각은 또 존재보다는 변화의 과정으로서 삶의 느낌과, 자신의 인지에 대한 역설적인 불신, 또는 아놀드 하우저가 말하듯, "모든 표면적인 세계의 이면에 잠재적인 세계가, 그리고 모든 의식의 이면에 무의식이 숨어 있고, 모든 표면적인 획일성의 이면에 갈등이 숨어 있다는 의심"을 창출한다.

They use oblique and shifting angles of vision, in the manner of Monet and other painters, to create the illusion of fuller picture of life. The effects of such shifting angles are several: a succession of perspectives achieves a sense of the flux in perception and the transience of reality.; it creates a sense of psychological time by fusing the immediacy of the moment with the half dissolving moods and memories of the past; and . . . creates both the sense of life as a process of becoming rather than being, and a paradoxical distrust of one's own perceptions or, as Arnold Hauser puts it, ". . . the suspicion that behind all the manifest world is hidden a latent world, behind all consciousness an unconsciousness and behind all apparent uniformity a conflict." (19-20)

콘래드의『로드 짐』과『노스트로모』는 잦은 시간전도뿐 아니라 여러 인물의 각기 다른 시각이 혼재하여 독자를 한 동안 혼란스럽게 하는 작품이다. 「청춘」은 그 형식이『암흑의 심장』과 흡사하지만 보다 단순한 작품이다. 두 작품 다 여행을 중심 내용으로 하기 때문에 심한 시간전도는 불필요하고, 시작과 끝마무리 구조도 동일하다. 「청춘」에는 세 개의 시점이 존재하는데, 하나는 방콕항해에 직접 참여하는 존재로서의 청년말로우이고, 또 하나는 그 항해경험을 회고하는 42세의 중년 말로우이며, 마지막으로 작품의 초두에 말로우를 소개하고 말미에 전체서사를 마무리 짓는 익명의 서술자가 있다. 이 가운데 핵심은 중년 말로우와 청년 말로우인데 리먼-캐넌에 따르면 이 두 사람은 각각 서술자와 초점자(focalizer)5)에 해당된다. 그래서 전체서사의 내용을 형성하는 것은 동양항해과정에 겪는 사건의 묘사와 그것에 투입되어 있는 초점의 인물 말로우와 서술자 말로우의 각기 다른 정서적 반응과 판단이다.

먼저 말로우의 전체서사에서 초점자 말로우와 서술자 말로우의 주관적 생각과 정서적 반응을 제거하고 사건과 사실만 추려 요약하면 다음과 같다.

말로우가 타게 된 주데아 호는 녹과 먼지와 그을음으로 뒤덮인 400톤 급 낡은 배로서 선수 바로 밑에는 '하라 아니면 죽어라'(do or die)라는 모토가 칠이 벗겨진 상태로 그려져 있다. 선장 또한 배와 비슷하게 늙고 몸이 비틀어진 60세의 노인이며, 항해사도 나이나 성격이 선장과 별 차이가 없다. 런던을 떠나 하물을 실으러 타인(Tyne)으로 가던 배는 풍랑으로 늦게 도착하여 하물선적 순서를 놓친다. 한달을 대기하다 선적이 되었는데 이번엔 출발하기 직전에 다른 배와 충돌을 일으켜 수리하느라 3주를 보낸다. 드디어 방콕으로 출발을 하게 되었으나 강풍을 만나 배는 온통 부서지고 물이 새어 들어와 다시 수리하러 폴머스(Falmouth) 항

---

5) Rimmon-Kennan 72-73. 리먼-캐넌은 보는 자(who sees?)와 말하는 자(who speaks?)를 구분하기 위해 서술자(narrator)와 분리시켜, 원래 주네트(Gerard Genette)가 사용한, "초점자"(focalizer)란 용어를 가져온다. 초점자와 서술자는 일치할 수도 있고, 분리될 수도 있다. 회고적 구도(retrospect frame)에서는 이 둘이 분리된다.

으로 들어가 6개월을 보낸다. 마침내 출발을 하게 된 배가 인도양으로 들어섰을 때 화물로 실은 석탄에 불이 붙어 말로우와 선원들이 끄기 위해 무진 애를 쓰나 수포로 돌아가고 결국 배는 시뻘건 불덩이로 타오르다 바다 속에 가라앉는다. 사람들은 가장 가까운 자바 항으로 가기로 결정하고 세척의 구명보트에 나누어 탄다. 말로우는 가장 작은 보트의 책임자로 두 명의 선원을 태우고 무사히 항구에 도착한다.

이렇게 객관적 사실만 요약한 항해에 대해서 먼저 경험에 직접 반응하고 행동하는 청년인 초점자 말로우의 정서와 태도를 살펴보면, 자신의 젊음에 대한 자부심과 욕망 또는 야심, 그리고 신비의 동양에 대한 동경, 꿈과 이상에 사로잡히고, 현실을 모험세계로 채색하고자 하는 낭만적 경향을 보인다. 약관의 나이에 책임 있는 사관인 2등 항해사로 첫 배를 타는 말로우는 출발 전부터 흥분에 들뜨고, "거금을 준다 해도 바꾸지 않을 일자리"(10)라 자랑스레 여긴다. 그리고 실제는 너무 낡고 힘이 없어 정말로우 "죽기 아니면 살기"의 힘으로 움직여야 겨우 나아가는 주데아의 "하라 아니면 죽어라"라는 모토가 "무한하게 나의 환상을 사로잡았다"고 말한다. "그 속에는 일말의 낭만성, 뭔가 나로 하여금 낡은 것을 사랑하게 만드는, 나의 젊음에 호소하는 뭔가가 있었다"(11).

첫 강풍을 만났을 때 경험 많은 선원들과 다름없이 끝까지 버티면서 그들을 나무랄 데 없이 유지시킨 자신이 대견스러워 의기양양한 순간을 맛보았으며 말로우 표현할 수 없는 경험이었다(16)고 말한다. 그리고 무거운 짐을 실은 배의 속도가 너무나 느려서 지치자 수세기 전 더 나을 것도 없는 배를 타고 같은 길을 항해하는데 성공한 옛 사람들을 생각하고, 앞에서 기다리고 있는 야자수와 노란 모래밭과 왕이 다스리는 갈색의 나라들과 신비의 동양을 생각한다(20). 현실적으로 본다면 노역과 지루함으로 찬 긴 나날들이지만 꿈처럼 먼 옛날과 미래의 동경이라는 청춘의 낭만적 상상으로 위로를 얻고 견디는 것이다.

말로우의 모험추구와 야심이 가장 두드러지는 대목은 주데아 호를 버리고,

구명보트를 저어 자바로 가기로 결정한 때이다. 제일 작은 보트에 두 명의 선원을 배정받은 말로우는 처음으로 배를 독립적으로 지휘하는 선장이 될 기회라고 기뻐한다. 뿐 아니라 청년다운 승부욕이 발동하여, 자기가 가장 먼저 항구에 도착하리라 결심하고, 혼자 앞서나가 위험성은 잊은 채 쉬지 않고 배를 저어 선착한다.

　이상은 항해를 직접 경험하는 존재로서의 청년 말로우가 당시의 주관적 생각과 정서적 반응 및 판단이라 생각되는 부분을 뽑아 모은 것이다. 서술자 말로우는 초점자 말로우와 달리 22년이라는 세월이 흘러 중년이 되었으므로 같은 항해 경험을 이야기 하더라도 정서적 반응과 주관적 생각이 다르다. 청년 말로우의 주정서가 낭만성이라면 서술자 말로우의 주된 태도와 정조는 과거에 대한 향수와 회의이며, 항해경험에 대한 해석에는 회한이 섞여 있다.

　서술자 말로우는 과거를 회고하면서 몇 번씩 좋았던 젊은 시절을 되뇐다. 출발을 하기 전 "일생에 가장 행복한 날들"(10)이었다는 것에서 시작하여, "오!, 청춘이여!"(16, 23, 29, 33) 라는 영탄조의 청춘예찬이 여러 번 반복된다. 그에게 청춘은 오래 된 것(배)과 먼 것(동양), 미래와 모험에 대한 동경을 불러일으키는 낭만성의 원동력이고, "매력"이고, "불꽃"(29)이다. 그러나 말로우의 서술은 궁극적으로 그러한 청춘의 매력과 불꽃을 곧 사라질 삶의 덧없음에 귀결시킨다. 다음은 선원들이 구명정을 분승하고 불타 가라앉는 주데아의 최후를 보기 직전의 장면이다.

　　그래서 나는 작은 보트의 선장으로서 동양을 처음 보게 되리라는 걸 알았다. 멋지다는 생각이 들었다. 낡은 배에 충성을 한 것도 멋진 일이었고 우리는 곧 그 배의 최후를 보게 될 것이었다. 아, 청춘의 매력이여! 아 그 불꽃이여! 불타는 배의 화염보다 더 눈부시구나. 넓은 지구 위에 마술의 빛을 던지고, 대담하게 하늘로 뛰어오르고는 곧 바다보다 더 잔인하고, 더 무자비하고, 더 혹독한 시간에 의해 꺼져버린다. 꿰뚫어 볼 수 없는 밤에 둘러싸여 불타는 배의 화염처럼.

And then I knew that I would see the East first as commander of a small boat. I thought it fine; and the fidelity to the old ship was fine. We should see the last of her. Oh the glamour of youth! Oh the fire of it, more dazzling than the flames of the burning ship, throwing a magic light on the wide earth, leaping audaciously to the sky, presently to be quenched by time, more cruel, more pitiless, more bitter than the sea — and like the flames of the burning ship surrounded by an impenetrable night. (21)

불에 타서 사라지는 배의 이미지는 청춘의 메타포이다. 사람이든 배든 한 때 아무리 눈부신 매력과 불꽃을 자랑해도 곧 시간의 바닷물에 꺼져 사라지는 존재이다. 물론 청춘도 마찬가지다. 위의 인용에 이어 말로우는 화염에 휩싸인 배의 모습을 "마치 인간이 태어나 고통 받고, 바닥이 새는 배, 불에 타는 배를 탈 운명이듯" (30)이라 회상하는데, 그 서술은 주데아 호에 대한 헌사(獻詞)일 뿐 아니라 그 배를 타고 무진 고생을 하다 결국 언젠가는 배와 마찬가지로 사라질 자신을 포함한 인간의 운명에 대한 애가적인 탄식이다. 과거의 항해경험을 통해 갖게 되는 삶에 대한 이러한 회의적이고, 비관적이고, 숙명적인 태도는 중년의 서술자 말로우의 것이고, 그것은 작품의 초두에 이미 제시되어 있다.

나는 동양의 바다들을 본 적이 있네. 그러나 내가 가장 잘 기억하는 것은 첫 항해 때의 동양이네. 자네들은 삶의 예시, 존재의 상징을 나타내도록 정해진 항해들이 있음을 알거네. 뭔가를 이루어 보려고 싸우고, 일하고, 땀 흘리고, 스스로를 거의 죽이는, 때로는 정말로우 스스로를 죽이기도 하지. 그러나 이룰 수는 없고 자네들의 잘못 때문은 아니야. 그냥 자네들은 이 세상에서 아무 것도 할 수 없다는 말이지. 노처녀와 결혼도 못하고, 빌어먹을 600 톤짜리 석탄 하물도 목적지에 도착시킬 수 없다는 거지.

I have seen of the Eastern seas; but what I remember best is my first voyage there. You fellow knows there are those voyages that seem ordered for the illustration of life, that might stand for a symbol of existence. You fight, work, sweat, nearly kill yourself, sometimes do kill yourself, trying to accomplish something — and you can't. Not from any fault of yours. You simply can do nothing in the world — not even marry an old maid, or get a wretched 600-ton cargo of coal to its port of destination. (9)

말로우의 서사에는 삶의 찰나성에 대한 허무뿐 아니라 젊은 날의 어리석음과 모든 노력의 허망함에 대한 회한이 깃들어 있다. 대표적인 것은 14 피트의 작은 구명정에 단 두 명의 선원을 태우고 젊은 혈기와 승부욕에 자신이 얼마나 위험한 상황에 처해 있는지를 모르고 배를 저어갔을 때에 대한 것이다. 그 보트는 작을 뿐 아니라 돛대가 없어 노를 대신 세우고, 차양으로 돛을 달아, 배에 비해 돛이 과중해 그냥 있어도 위태로운 상태였다. 선장도 안전을 위해 가능한 한 세척의 배가 함께 가야 한다고 당부한다. 그러나 그는 무시하고 가랑잎 같은 쪽배로 예측할 수 없는 바다 위를 장장 열여섯 시간 동안 죽음의 레이스를 펼친 것이다. 중년의 말로우는 다년간의 항해경험을 겪은 후 그것이 얼마나 무모한 행동이었는가를 알고 "청춘! 모두가 청춘이었어! 어리석고, 매력적이고, 아름다운 청춘!"(33)이라 외친다.

이상 요약한 서술자 말로우의 태도가 회의와 허무를 주된 정조로 하고 있지만 청춘의 매력에 대한 향수와 과거에 대한 회한이 혼합되어 있어서 분위기가 어둡지는 않으나 모순과 애매함을 느끼게 한다. 또 중년의 말로우가 청년 말로우보다 인생에 있어 정신적인 성숙을 보여주고 있으나 청년 말로우는 순진하지만 낙천성과 순발력과 행동력을 갖추고 있어서 매력을 느끼게 하는 반면, 중년의 말로우는 삶에 환멸을 느끼고 꿈과 희망을 잃어버린 무기력한 인물로 느끼게도 한다.

동일한 인물이 동일한 항해경험을 두고 이렇게 초점 시와 서술 시에 따라 다른 해석과 때로는 상반된 태도를 보이는 것은 인간의 반응, 생각, 정서, 판단이 주관적이어서, 자신이 처한 시간적 공간적 상황의 변화에 따라 보는 시각 또한 달라지기 때문이다. 피터스는 콘래드에게 있어서 인지는 주체와 객체, 인지적 사건의 물리적 상황, 인지자의 개인적인 그리고 공적인 과거로 구성되어 있는 "맥락화"(contextualized)라 주장하고, 다음과 같이 말한다.

> 주체와 객체간의 상호작용에 관한 콘래드의 견해는 또한 인간이 지식을 얻는 방식에 대한 중요한 함의를 지니고 있다. 지식은 보편적인 것이 아니라 개인적인 현상이 된다. 각 개인은 의식의 대상과 상호작용함으로써 지식을 얻고, 한 개인의 지식은 다른 사람의 지식과 결코 꼭 같지 않으며, 심지어 시간과 공간이 다르면 자기 자신의 것과도 꼭 같게 되는 적이 없다.
>
> Conrad's view of the interaction between subject and object also has important implications for the way human beings acquire knowledge. Knowledge becomes and individual phenomenon rather than a universal one. Each person gains knowledge through interaction with object of consciousness, and one person's knowledge is never exactly the same as another's, nor even exactly the same as one's own at a different point of time and space. (Peters 4)

인지와 이해의 주관성은 상대성을 동반한다. 「청춘」에서는 익명의 서술자가 있어 말로우를 이야기 현장으로 소개하고 말로우의 서사에 대한 결말을 짓는다. 그는 서술자 말로우와 비슷한 나이에 해양경험을 공유한 인물로 친구들과 함께 이야기를 듣고 공감과 공명으로 말로우에게 반응하면서 동시에 말로우의 서사를 독자로부터 거리를 떼어놓아 상대적인 입장에 위치시킨다. 프레임 서술자인 그의 시점에서는 말로우가 초점자로 바뀌고, 말로우의 서사는 그의 주관적 인지의 대상이 되며, 따라서 독자에게도 하나의 상대적이고 주관적인 인지와 이해의 대상이 된다. 이러한 인지와 이해의 상대적인 가변성과 일시성은 우리가 삶에 대해 안다고 생각하는 어떤 것도 환상임을 일깨워 준다.

「청춘」을 집필하던 1898년 친구 그레이엄에게 보낸 편지에서 콘래드는 이렇게 쓰고 있다.

> 삶은 우리를 알지 못하고, 우리는 삶을 알지 못하네 — 우리는 심지어 자신의 생각
> 조차도 알지 못하네. 우리가 사용하는 언어의 반은 아무런 의미가 없고, 인간이 이
> 해하는 나머지 반의 단어 하나하나는 자신의 어리석음과 자부심의 양태를 따른 것
> 이네. 신앙은 신화이고 신념은 물가의 안개처럼 유동하네. 생각은 자취를 감추고,
> 단어는 입 밖을 나가면 죽어버리네. 어제의 기억은 내일의 희망처럼 그림자 같고 —
> 단지 진부한 언어의 끈만이 끝이 없는 것처럼 보이네.

> Life knows us not and we do not know life — we don't know even our own
> thoughts. Half the words we use have no meaning whatever and of the other half
> each man understands each word after the fashion of his own folly and conceit.
> Faith is a myth and beliefs shift like mists on the shore; thoughts vanish; words,
> once pronounced, die; and th memory of yesterday is as shadowy as the hope
> of tomorrow — only the string of my platitudes seems to have no end. (*Letters*
> *to Cunninghame Graham* 65)

우리가 안다고 하는 모든 것이 반은 무의미하고, 어리석은 자부심이고, 안개이고, 그림자이고, 그 표현이 진부한 언어의 끈이라면 작가로서 할 일은 "진실하고, 진정한 대상(객체)의 환상적인 모사가 아니라 환상적인 실체의 진정한 재현"(White 65) 밖에 없다. 콘래드는 헨리 제임스와 마찬가지로 인간은 스스로의 성격에 따라 환상을 만들어 내며, 위대한 작가란 사람들로 하여금 각자가 지닌 환상을 받아들이도록 깨우치는 존재이라는 사실을 알고 있었다. 삶에 대한 그의 철학을 표명한 "베틀"(knitting machine)의 비유에서 그는 그 우주의 베틀이 "시간, 공간, 고통, 죽음, 부패, 절망, 그리고 모든 환상을 짜 내지만, 문제될 것이 없다. 오히려 나는

그 가차 없는 과정을 바라보는 것이 즐거울 때도 있다. 그리고 결코 절망이 아니라 경외, 사랑, 찬미, 또는 증오를 위한 그 장관(spectacle), 그 비전만이 유일한 도덕적 목적이라'(*Letters to Cunninghame Graham* 56-57) 말한다. 이런 우주관을 통해 그는 삶이 고통이고 환상이지만 그 희로애락의 인간적인 모습을 예술적으로 관조하는 것이 바로 도덕적 목적이며, 그것이야 말로우 그가 추구하는 진실임을 주장하고 있다. 또 그것이 그가 『나르시스 호』의 서문에서 밝힌 "꿈, 기쁨, 슬픔, 포부, 환상, 희만, 공포 속에서 모든 사람들을 함께 묶는 결속(solidarity)" ("Preface" 146)이라는 예술적 목표였고, 그 목표를 달성시키는 어떤 핵심적인 예술기법을 인상주의에서 발견했다고 말할 수 있다.

4.

지금까지 논의한 것을 정리하면 19세기 말 상대주의와 주관주의, 불확실성과 회의주의의 대두로 헨리 제임스와 콘래드 같은 초기 모더니스트들은 변화하는 시대적 상황 속의 자아를 표현하기에 명료하고 객관적인 재현을 요구하는 리얼리즘만으로는 한계를 느끼고, 새로운 표현양식을 모색하는 가운데 미술의 인상주의에서 그 가능성을 발견한 것으로 보인다.

문학의 인상주의는 미술에서 영향을 받았지만 실제적인 적용과 구체적인 표현과 발전양상은 다르지만 감각적인 인상의 강조와 시점의 이동, 주관성의 특징을 공유한다.

콘래드의 인상주의의 연구에서 주목할 만한 연구의 하나는 와트의 지연된 해독으로 장면의 묘사에 있어서 감각적 인지가 강조되고, 그것의 의미 이해가 지연되는 기법이다. 몇몇 학자들은 그 기법을 작품전체의 의미 해독에도 적용될 수 있다고 주장하고, 『암흑의 심장』과 『로드 짐』의 분석을 통해 증명해 보이고 있다.

「청춘」에서 살펴 본 지연된 해독의 장면묘사는 분리된 감각적 인지와 이해의 갭이 말로우의 주관적인 인식과정으로 기술되어 있기 때문에 감각적으로 더 생생하고, 직접적이고, 즉시성이 강하며, 마지막에 깨닫게 되는 의미가 보다 충격적임을 보여준다.

「청춘」에서 서사전체의 의미는 시각의 다층성과 경험에 대한 해석의 주관성이라는 인상주의적 기법에 의해 독자에게 전달되고 있다. 세 개의 시점이 존재하는데, 하나는 방콕항해에 직접 참여하는 청년말로우, 또 하나는 그 경험을 회고하는 중년 말로우이며, 마지막으로 작품의 말로우를 소개하고 또 끝에 마무리를 짓는 익명의 서술자가 있다. 서사의 중심은 중년 말로우와 청년 말로우인데 전자는 젊음과 2등 항해사라는 자부심, 낭만성을 주된 성향으로 경험에 반응하고, 후자는 젊은 시절에 대한 향수, 정신적인 성숙과, 삶은 덧없고 찰나적이라는 회의와 다소 염세적인 허무의식이 혼합된 태도로 과거를 회고한다.

동일인이 동일한 경험을 두고 다른 해석과 태도를 보이는 것은 인간의 반응, 생각, 정서, 판단이 주관적이고, 따라서 자신이 처한 시간적 공간적 상황의 변화에 따라 보는 시각이 상대적으로 달라지기 때문이다. 더욱이 「청춘」에서는 언급한 세 시각뿐 아니라 그의 이야기를 듣는 네 명의 친구들, 그리고 독자의 시각도 존재하고 있어서 작품의 의미는 말로우의 서술로 종결되는 것이 아니라 네 개의 시각이 상대적인 위치에서 인지와 이해의 사이클을 형성한다고 볼 수 있다. 따라서 각각의 반응과 해석은 다 같이 그 다음의 시각에게 인상, 인지와 이해의 대상이 되고, 각각의 해석은 절대성, 명료성, 종결성 혹은 객관적 진리와는 거리가 먼 상대적이고, 유동적인 개인의 주관적인 견해에 머물 뿐이다.

콘래드가 삶을 환상으로 본다는 것은 이미 확인한 바이지만 그럼에도 불구하고 가시적인 세계의 이면에 숨어있는 본질적인 진실을 발견하려 노력하는 것이 그의 예술적 목표였다. 그러기 위해서 그는 자신의 내면세계로 내려가 그 긴장과 투쟁의 외로운 지역에서 영원히 지속되는 호소를 찾아야("Preface" 145) 했다. 그가 1917년판 서문에서 「청춘」을 "경험의 기록이고, 그 경험은 사실에 있어서나, 내면성에 있어서나, 외면적인 채색(colouring)에 있어 나 자신 속에서 시작되고, 끝난다"(*HD* 4) 말했을 때, 그는 삶에 대한 자신의 비전을 작품에 투영했음을 표명하고 있다. 그는 삶에 대한 탐구에 답이 없고, 불확실하지만 그것을 대하는 자신의 감각과 감정에 충실(fidelity) 할 때 어느 정도의 주관적이고 상대적인 지식은 얻을 수 있다고 믿은 것이다.

인용 문헌

루빈, 제임스 H. 『인상주의』. 김석희 옮김. 서울: 한길 아트, 1998.

스미스, 폴. 『인상주의』. 이주연 옮김. 서울: 도서출판 예경, 2002.

Billy, Ted. *A Wilderness of Words.* Texas Tech University Press, 1997.

Biuss, Paul. *Conrad's Early Sea Fiction.* Cranbury: Associated UP, 1979.

Conrad, Joseph. *"Youth" and "The End of the Tether."* Penguin, 1982.

_____. *Heart of Darkness.* New York: W. W. Norton & Company, 1963.

_____. *Lord Jim.* New York: W. W. Norton & Company, 1968.

_____. "Preface" to *The Nigger of the "Narcissus."* W. W. Norton & Company, 1979.

Ford, Ford Madox. *Joseph Conrad: A Personal Remembrance.* New York: Octagon Books. 1980 (1924).

Forster, E. M. "Joseph Conrad: A Note" *Abinger Harvest.* London: Edward Arnold, 1953.

Garnett, Edward. ed. *Letters from Conrad, 1895-1924* (London: Nonesuch Press, 1928).

Mattino, John Rocco. *Literary Impressionism in Stephen Crane, Joseph Conrad, and Henry James.* Diss. Riverside: U of California, 1986. UMI Ann Arbor 48106.

Matz, Jesse. *Literary Impressionism and Modern Aesthetics.* Cambridge UP, 2001.

Muller, Herbert J. *Modern Fiction: A Study of Values.* New York: Funk & Wagnalls Co., 1937.

Peters, John G. *Conrad and Impressionism.* New York: Cambridge UP, 2001.

Pettersson, Torsten. *Consciousness and Time.* ABO AKADEMY. ABO, 1982.

Rimmon-Kennan, Shlomith. *Narrative Fiction.* London: Routledge, 1989.

Watt, Ian. *Conrad in the Nineteenth Century.* Berkley: U of California P, 1979.

Watts, Cedric T. Ed. *Joseph Conrad's Letters to Cunninghame Graham.* Cambridge UP, 1969.

White. Allon. *The Uses of Obscurity.* London: Routledge & Kegan Paul, 1981.

Woolf, Virginia. "Modern Fiction." *The Norton Anthology of English Literature.* W. W. Norton & Company, 1986.

Weston, John Howard. "'Youth': Conrad's Irony and Time's Darkness." *Joseph Conrad: Critical Assessments.* Vol. II. Ed. Keith Carabine. Mountfield: Helm Information, 1992.

■ 이 글은 『영미어문학』(2009)에 실린 글을 수정, 보완한 것이다.

4.

콘래드의 초기 단편소설에 나타난
제국주의의 문제

원유경

1.

콘래드에 대한 연구에 있어서 가장 근본적이고 보편적인 접근 방법은 인간 조건 및 인간성에 대한 고찰이라 할 수 있다. 예를 들어 그의 대표작인『암흑의 심장』(*Heart of Darkness*)의 경우, 태초로의 여행, 무의식으로의 밤의 여행, 초월적 지식을 향한 정신적 여정을 다룬 작품, 또는 인간의 잠재된 어두운 본능에 대한 분석으로 읽혀졌다. 이와 함께 화자의 사용과 다양하고 복합적인 시점의 활용, 중첩된 서술 구조, 자유로운 시간의 이동, 추상적인 또는 부정적인 의미를 지닌 단어들의 중첩된 사용, 모호성 등 서술기법의 측면에서도 많은 연구가 이루어졌다. 그리고 1980년경부터 시작된 해체주의, 페미니즘, 신역사주의, 탈식민주의 등 비평이론의 유행과 더불어 콘래드의 작품은 이러한 이론의 분석대상으로 가장 인기 있는 작품 중의 하나가 되었다.

1975년에 아프리카 출신의 치누아 아체베(Chinua Achebe)가『암흑의 심장』같은 철저한 인종차별주의자의 작품은 대학의 강의 목록에서 빼버려야 된다고 주장한 이후, 탈식민주의 이론과 맞물려 제국주의와 반제국주의의 논쟁은 콘래드 연구에 있어 주요한 한 흐름을 형성하게 되었다.[1] 콘래드의 작품을 인간의 내면 세계에 대한 깊은 고찰로 읽던 독자들은, 아체베 이후 콘래드의 작품에서 아프리카와 아프리카 원주민들은 백인의 내면적 성장을 위한 배경이나 도구에 불과한 것으로 묘사되었다는 사실을 깨닫기 시작했다. 이와 함께 아체베에게 동조하며 콘래드가 당대 지배 이데올로기에 갇힌 제국주의자라는 주장이 대두되기 시작하였다. 이러한 주장은 문명의 진보를 가져오며 온 인류의 이익을 가져온다고 확신하던 당대의 낙관적인 작가들과 달리, 콘래드는 제국주의를 깊이 있게 비판한 작가라는 주장을 반박하게 되었고 이로 인해 콘래드와 제국주의에 대한 논쟁이 시

---

1) Robert Hamner. *Joseph Conrad: Third World Perspective*. Boulder: A Three Continents Book, 1990 참고

작되었다.

　한편 프레드릭 제임슨(Fredric Jameson)은 콘래드 작품이 모더니즘의 회의적 성찰을 통해 제국주의를 비판하는 동시에 대중 문학인 로맨스 장르에 나타나는 당대의 인종적 이데올로기의 정형을 그대로 답습하는 분열 증세를 보인다고 주장하였으며(207), 패트릭 브랜틀링어(Patrick Brantlinger)는『암흑의 심장』을 예로 들어 콘래드의 작품이 사실적인 고발문학인 동시에 제국주의 로맨스 장르의 이분법적 시각을 차용하는 모순을 보이는 작품이라고 분석하기도 한다(367-68). 베니타 페리(Benita Parry)는 콘래드가 아예 우주를 두 적대적 세력의 갈등과 대립으로 보고 의식적으로 그 이중성을 형상화한 작가라고 주장하였다(3). 이들 비평가들은 콘래드의 반(反)제국주의적 메시지를 부인하지는 않으나, 그의 형이상학적 언어와 "인상주의" 기법과 같은 미학적 장치로[2] 인해 그의 제국주의에 대한 비판의 주제가 흐려지거나 훼손되고 있음을 지적한다.

　국내에서도 콘래드의 인간조건에 대한 실존적 고찰과 그의 서술기법에 대한 분석이 제국주의와 반제국주의의 공방으로 이어져, 독자의 시각에 따라 콘래드가 제국주의의 옹호자라는 주장에서 제국주의에 대해 회의적인 작가라는 대립된 평가가 동시에 이루어져 왔다.

　그런데 콘래드와 제국주의에 대한 논쟁에 있어서, 콘래드의 어느 한 작품에 대한 분석만을 근거로 그가 제국주의자인지 반제국주자인지를 단정 짓는 것은 다소 성급하다. 안드레아 화이트(Andrea White)는 1886년 영국에 귀화하고 영국인 선장 자격증을 갖게 되었을 때 콘래드는 당시 영국의 지배적인 담론이었던 제국

---

2)『암흑의 심장』의 앞부분에 소개되는 말로우의 문체는 콘래드의 미학을 예시하는 대표적 예로 흔히 인용된다. "이야기의 의미가 씨앗처럼 안에 있는 게 아니라 밖에 있다. 마치 유령 같은 달빛에 희뿌연 달무리가 나타나듯이, 불길을 둘러싼 희미한 후광처럼 의미가 이야기를 감싸고 있다"(the meaning of an episode was not inside like a kernel but outside, enveloping the tale which brought it out only as a glow brings out a haze, in the likeness of one of these misty halos that sometimes are made visible by the spectral illumination of moonshine)(Zabel 493).

주의의 과업에 대해 수긍하고 또 영국인이라는 데 자부심을 가질 수밖에 없었다고 주장한다. 화이트는 콘래드가 전 인류에 기여하는 자유 무역의 이념을 안고 선원생활을 시작했지만, 글을 쓸 무렵에는 차차 제국의 문명화 과업을 치장하는 멋진 말들의 이면을 보기 시작했으며, 당시 신문기사, 여행기, 모험소설, 선교사들의 보고서 등에 나타난 제국주의 담론과 제국주의 현장의 실제의 간극을 보기 시작했다고 주장한다(1996: 180-83). 화이트의 주장에서도 암시되듯이 콘래드의 제국주의에 대한 입장은 단일하게 고정된 것이 아니며 미묘하고 복합적인 것이다.

우선 제국주의 그 자체의 개념부터 고정된 의미를 지닌 것이 아니라 시대의 흐름에 따라 의미가 변화했으며, 또한 콘래드 개인으로서도 영국상선을 지휘하는 선장의 입장일 때와 작가의 입장일 때가 다르다. 그리고 인상주의 기법으로 작품이 양면적이고 모호하고 불확정적인 것이 되어 한 작품에 대한 해석도 서로 다를 수 있다. 콘래드의 연구서 가운데 바로 "모순" 또는 "이중성"이라는 제목이 자주 등장하는 데서도 알 수 있듯이, 콘래드는 직설적인 편지 및 에세이와 창작품에서 상반되는 입장을 취하기도 했으며, 창작품에서는 특유의 안개나 아지랑이를 통해 작품에 반영된 작가의 목소리를 흐리게 감싸고 불투명하게 만드는 것이다. 따라서 콘래드의 한 작품을 분석하고 그에 근거하여 그의 제국주의에 대한 태도를 단정 짓는 것은 많은 오류가 따를 것이다.

콘래드의 작품 가운데 제국주의와 관련된 주제를 다루고 있는 것은 콩고 체험을 다룬 『암흑의 심장』을 비롯하여 동남아시아를 배경으로 한 초기작 『올메이어의 어리석음』(*Almayer's Folly*), 『섬의 낙오자』(*An Outcast of the Islands*), 그리고 『로드 짐』(*Lord Jim*)이라 할 수 있으며, 여기에 『노스트로모』(*Nostromo*)가 포함될 수 있다.

단편 소설 가운데는 「문명의 전초기지」("An Outpost of the Progress")가 『암흑의 심장』과 함께 아프리카를 배경으로 제국주의를 다룬 작품으로 가장 많이 분석되었으며, 그 외에 「초호」("Lagoon"), 「카레인: 추억담」("Karain: A

Memory"), 「에이미 포스터」("Amy Foster")가 포함될 수 있다. 본 논문은 콘래드의 단편소설 가운데 콘래드의 제국주의-제국 건설의 이상, 제국주의의 실상, 생생한 착취 현장, 제국주의 이데올로기-에 대한 태도가 어느 정도 반영되어 있는 세 편의 작품, 「카레인」, 「문명의 전초기지」, 「에이미 포스터」를 중심으로, 콘래드의 제국주의에 대한 태도를 분석해 보고자 한다. 『암흑의 심장』은 워낙 연구가 많이 된 작품이며 논쟁이 끊이지 않는 작품이므로 이 논문에서 제외하도록 하며, 『올메이어의 어리석음』, 『섬의 낙오자』와 같은 초기의 장편소설에 나타난 제국주의 문제는 후에 다른 논문에서 다루기로 한다. 본 논문의 목적은 주로 초기의 단편 소설을 통하여 콘래드의 제국주의에 대한 입장이 작품에 다양하게 반영되어 있음을 분석함으로써, 한 작품에 근거하여 콘래드를 제국주의 이데올로기의 도구로 성급히 단정짓거나 반제국주의자나 정치적 급진주의자로 예찬하는 것이 오류임을 밝히고자 하는 것이다. 콘래드는 다양한 작품을 통해 제국주의의 긍정적 측면과 부정적 측면을 다각적으로 검토한 신중한 예술가였던 것이다.

제국의 건설을 의미하는 제국주의는 로마시대의 지중해 연안 국가들에 대한 무력 정복으로부터 시작하여 차차 해상을 지배하게 된 영국이 세계에 교역을 확대해 나가는 것을 의미하는 개념으로 바뀌어 갔다. 하워드 와인브롯(Howard Weinbrot)은 『브리태니아의 쟁점』(*Britannia's Issue*)에서 18세기의 영국 작가들이 당시 영국 사회를 로마시대와 비교하며 그 우월성을 주장하던 사조를 분석한 바 있다. 와인브롯에 따르면 18세기 영국 작가들은 로마시대의 "팍스 로마냐"(Pax Romana)의 이면에는 소모적인 전쟁을 통한 잔인하고 야만적인 정복이 있었지만, 이와 달리 영국의 "팍스 브리타니아"(Pax Britannia)는 "호혜"(reciprocity)를 중심으로 교역을 통해 인류가 하나가 되는 것으로 도덕적으로 우월한 것이라고 주장하였다. 예를 들면 대니얼 디포우(Daniel Defoe)는 영국이 바다를 통해 전 세계로 교역을 펼쳐나가는 것을 전 세계의 혈관에 영양을 공급하여 온 인류의 행복에 기여하는 것으로 묘사하고 있으며, 알렉산더 포프(Alexander Pope)는 「윈저의 숲」

("Windsor Forest")에서 템즈강을 예찬하면서 전 세계의 군주들이 고개를 숙여 여왕을 알현하게 될 것임을 예언하고 있다(Weinbrot 237-96 재인용). 세계의 중심으로서의 영국에 대한 예찬은 이미 일찍이 16세기의 셰익스피어(Shakespeare)나 에드먼드 스펜서(Edmund Spenser)에게서도 보여진 전통으로, 19세기에 이르러 영국의 식민지 확장은 전 세계로의 영토를 정복하고 병합하는 것으로 이어지게 되었다.

그러나 빅토리아 여왕의 재위 60주년에 절정을 이루었던 영국의 제국주의는 사실상 19세기 후반 1885년의 베를린-콩고 조약을 분기점으로 하여 변화를 겪고 있었다. 제국주의에 있어서 1880년대를 기점으로 이전에는 식민지가 쟁취되는 것이 아니라 유럽 국가의 자애로운 확장의 과정에서 자연스럽게 얻어지는 것이었는데, 그 이후에는 식민지는 정치 경제적 이익을 위해 쟁취하는 것으로 바뀌게 되었다. 화이트는 1875년까지 유럽이 아프리카의 11%만을 차지하고 있었으나 1902년에는 90%까지 차지하게 되었다는 사실을 지적하면서, 베를린 조약 이후 영국과 독일, 벨기에, 프랑스, 러시아 등 무려 13개의 유럽 국가들이 아프리카를 분할한 채 치열한 경쟁체제에 들어서게 되었다고 설명한다. 1880년까지 자유무역과 이타주의를 내세우던 영국 제국주의는 1890년대에 들어서자 유럽 국가들 간의 경쟁의 강화로 시장 개척에 필사적으로 뛰어들게 되었으며 영토분할에 적극적으로 임하게 되었던 것이다(1996: 182).

그런데 경쟁적으로 식민지를 약탈하던 19세기말에 영국의 제국 건설과 관련된 여러 신화가 부각되기 시작한다. 브랜틀링어는 "아프리카의 쟁탈"이 시작된 베를린 조약 이후 자유 무역과 호혜를 내세우던 영국의 제국주의에 변화가 시작되어 아프리카를 악의 중심으로 보기 시작했으며, 아프리카의 노예제도, 인간 제물, 식인제도 등의 악마적 행위와 야만성을 정화시키는 것이 영국인들의 소명이라고 생각하게 되었다고 설명한다. "어둠의 대륙 아프리카"3)와 같은 신화는 급속도로 전파되어 제국주의를 더욱 공고히 하는 역할을 하게 되었다. 이러한 현상은 제국주의의 보다 강한 힘이 경제적, 정치적, 군사적 세력보다 오히려 제국주의 담론의 근간이 되고 있는 이데올로기에서 더욱 나온다는 것을 말해준다. 영국의 제국주의는 도덕과 종교 등을 내세운 문헌들의 출판을 통해 보이지 않는 이데올로기를 형성하고 또 그것에서 더욱 추진력을 얻게 되었던 것이다.

　19세기의 제국주의 담론을 형성하는데 큰 영향을 미친 사상으로 계몽주의의 주요 개념인 "모더니티"(modernity), "휴머니즘"(humanism)과 그리고 허버트 스펜서(Herbert Spencer)의 "사회적 진화론"(Social Darwinism) 등을 들 수 있다. 계몽주의의 모더니티는 신성을 숭배하던 과거에 대해 합리적 인간 정신에 대한

---

3) 이 시기에 대표적인 담론 가운데 스탠리가 만들어 낸 "어둠의 대륙 아프리카"(Africa as a Dark Continent)에 대해 브랜틀링어는 「어둠의 대륙이라는 신화의 계보」(The Genealogy of the Myth of the Dark Continent)라는 글에서 다음과 같이 설명한다.: "어둠의 대륙이라는 신화는 주로 빅토리아 시대에 만들어진 것이다. 그 신화는 제국에 대한 보다 큰 담론의 일부로, 정치적이고 경제적인 압력에 의해 형성되었으며, 또한 아프리카인을 비난하면서 유럽인들 자신의 가장 어두운 본능을 비난 대상인 희생자들에게 투사하려는 심리에 의해 형성된 것이기도 하다. 노예폐지로부터 식민지 쟁탈로의 이행 또는 가치변화에서 비롯된 어둠의 대륙이라는 신화는, 노예제도를 부족의 야만성에서 결과된 것으로 규정짓고 백인 탐험가와 선교사들을 어둠의 세력을 물리칠 기독교 십자군의 지도자로 묘사했다. 최초의 노예폐지론자가 주로 유럽인들의 탓으로 돌렸던 노예무역에 대한 비판이 19세기 중반에 이르자 아프리카인들에게로 전이되었던 것이다. 이러한 전이가 식인주의, 마법, 부도덕해 보이는 성적 관습에 대한 선정적인 보도와 합쳐져, 빅토리아 시대의 아프리카에 어둠의 장막을 드리우게 되었으며, 빅토리아사람들은 이를 사실로 받아들이게 되었다. . . . 아프리카의 관습과 신앙은 미신으로 단죄되고, 사회 조직은 경멸받고, 땅은 전유되었다"(The myth of the Dark Continent was largely a Victorian invention. As part of the larger discourse about empire, it was shaped by political and economic pressures, and also by a psychology of blaming the victim through which Europeans projected onto Africans their own darkest impulses. The product of the transition or transvaluation from abolition to Scramble, the myth of the Dark Continent defined slavery as the offspring of tribal savagery and portrayed white explorers and missionaries as the leaders of a Christian crusade that would vanquish the forces of darkness. Blame for the slave trade, which the first abolitionists had placed mainly on Europeans, had by midcentury been displaced onto Africans. This displacement fused with sensational reports about cannibalism, witchcraft, and apparently shameless sexual customs to drape Victorian Africa in that pall of darkness which the Victorians themselves accepted as reality. . . . African customs and beliefs were condemned as superstitions, the social organizations despised and demolished, their land. . . . appropriated. . . .)(195-96).

강조를 통해 현대의 우월성을 주장하는 개념이라 할 수 있다. 그런데 모더니티는 과거에 갇힌 진보 이전의 원시적인 사회보다 근대화되고 문명화된 유럽의 우월성을 강조하는 유럽중심주의로 이어지게 되었으며, 나아가 정지되어 있는 원시사회를 문명화하는 것이 유럽 열강의 권리이자 의무라는 식민주의 담론으로 이어지게 되었다. 합리성의 개념은 특히 유럽의 사상이지만 확대되어 일반적인 문명화된 행동을 의미하게 됨으로써, 유럽에 국한된 사상이 아니라 비서구 사회에까지 적용되면서 "유럽 제국주의의 문명화 사명"을 정당화시키는 구실이 되었다.

로버트 영(Robert Young)은 프란츠 파농(Frantz Fanon)과 싸르트르(Sartre)의 글을 인용하여 계몽주의에서 출발된 유럽의 미덕 가운데 하나인 휴머니즘이 사실은 식민주의의 이데올로기라고 비판한다. 휴머니즘은 서구식민주의 시대에 형성된 인간애 정신이라고 할 수 있는데, 이것이 오히려 유럽인의 가치를 주장하여 비유럽인의 문화를 탄압하는 비인간화로 이어지게 되었다는 것이다. 파농은 유럽의 식민주의가 원주민을 탄압하고 인간 이하로 전락시키는 행위를 저지르면서 서구 휴머니즘에서 그 정당성을 찾고 있다고 비판한다. 브랜틀링어가 검은 대륙의 신화가 아프리카 문화를 어둠, 야만으로 규정짓고, 그것에 문명의 횃불을 전파한다는 사상이 결국 아프리카 문화와 풍습의 탄압으로 이어졌다고 설명하듯이, 로버트 영도 식민주의와 동시대 사상인 휴머니즘이 원래는 인간에게는 영원한 근본적인 속성이 있다는 서구의 사상일 뿐인데, 보편성이라는 이름 아래 타자들의 문화, 언어, 전통을 탄압하는 것이 되었다고 주장한다. 싸르트르가 휴머니즘은 꿀에 발린 말과 감상적인 얼굴을 내세운 채 유럽인들의 약탈을 정당화하며 침략과 공격에 대해 무혐의의 알리바이를 제공하고 있다고 비판하였듯이, 로버트 영은 휴머니즘이 다양한 이국적 차이를 말살하고 서구적 가치를 인간의 보편적이고 근본적인 속성으로 강요하는 불의에 다름 아니라고 주장한다.

이와 아울러 19세기말의 사회적 진화론 사상은 백인의 우월성을 주장하는데 크게 기여하였다. 진화론은 마치 어른이 아이보다 진보된 상태인 것처럼 유럽인이 흑인이나 아시아인보다 더 진보된 상태로서 더 우월하며, 백인이 진보가 덜 된 열등한 야만인을 이끌고 통치하는 것이 "백인의 의무"(White Man's Burden)라는 주장으로 이어졌다.

계몽주의의 모더니티, 휴머니즘, 진화론 등의 사상은 정치적 경제적 제국주의와 결탁하여 지배 이데올로기를 형성하고 이는 다시 그 시대의 문헌에 반영되었다. 당시의 베스트셀러였던 탐험가와 선교사들의 여행기, 보고서, 제국주의 로맨스 등의 긴 목록을 보면4) 그것이 16세기 셰익스피어와 스펜서, 그리고 18세기 대니얼 디포우, 알렉산더 포우프의 글에서부터 그 전통을 이루어가던 영국의 제국주의의 이데올로기의 흐름의 한 지류로서 19세기 후반에 홍수를 이루고 있다는 느낌을 갖게 된다. 당대 유행했던 신문 기사, 모험 소설, 여행기, 제국주의 로맨스 등 당대에 널리 즐겨 읽혔던 문헌들의 공통된 주제는 "상업과 기독교를 통해 아프리카를 활짝 열어놓고 문명화하자"는 데이비드 리빙스턴(David Livingston)의 주장으로 요약될 수 있다(Brantlinger 181). 이 문헌들은 또한 공통적으로 백인이 미개한 대륙에 가서 외로운 투쟁을 벌인 후 정신적으로 성장하거나 부를 축적한 후 다시 유럽으로 복귀하는 플롯을 이루고 있다. 이런 문헌들의 영향은 콘래드의 작품에서도 상당히 나타나고 있어 안드레아 화이트, 패트릭 브랜틀링어, 린다 드라이든(Linda Dryden), 존 매클루어(John McClure) 같은 여러 비평가들의 논쟁을 이끌어냈다. 캡틴 메리어트(Captain Marryat), 러드야드 키플링(Rudyard Kipling) 등의 작품에서 한창 꽃피웠던 모험 소설의 플롯이 『암흑의 심장』을 비롯하여 콘래드의 여러 작품의 플롯을 이루고 있는 것이 사실이다. 그러나 제국 건설을 예찬했던 다른 작가들과는 달리 콘래드가 때로는 비관적으로 때로는 아이러니컬한 시각으로 이 플롯을 변형하여 제시하는 것 또한 사실이다.5)

---

4) Brantlinger, 180 참고.

5) 맥클루어는 19세기에 제국주의의 팽창에 열광하던 사상가와 작가들이 20세기에 들어서자 기형이 되어버린 제국주의적 통치의 편협성, 맹목성, 잔인성 등을 비판하게 되었음을 지적하며, 콘래드의

예를 들어, 산디아 셰티(Sandya Shetty)는 콘래드가 유럽의 제국주의적 사고에 의해 형성된 아프리카의 신화에 부합되게 아프리카를 상상적이고 신화적인 공간으로 묘사한 점을 조목조목 지적하며 그가 당대 이데올로기의 틀에 갇힌 작가라고 주장한다. 셰티에 따르면 콘래드는 겉으로 제국주의 비판을 내세우지만, 사실은 당대 유행한 정형을 그대로 답습하고 있을 뿐이다. 당시 제국주의자들은 아프리카의 역사적이고 지리적인 구체적 상황을 배제하고 아프리카를 어두운 원시의 땅이라는 신화로 오도하였는데, 이는 바로 유럽의 진화론적 인류학에 근거한 인종 차별적 태도, 곧 "이분법적 시각"(manichean vision)을 드러내는 것이며, 제국주의 이데올로기의 신비화 작업에 동참하는 것이다. 콘래드는 문학텍스트의 모순, 불일치, 모호성, 비연속성, 불확실성 등을 통해 감추려고 하지만, 그 역시 아프리카를 탈역사화 시키며 당대 유럽의 아프리카에 대한 신비화 작업을 폭로하기는커녕 오히려 다시 이용하고 있다는 비난을 면하기는 어렵다는 것이다.

　그러나 한편 이와 대조적으로 우간다 출신인 피터 나자렛(Peter Nazareth)은 콘래드를 "정신적 해방자"라고 부르고, 케냐의 응구기 와 시옹오(Ngugi Wa Thiong'o), 가나의 윌슨 해리스(Wilson Harris)와 월 소잉카(Wole Soynka) 등은 콘래드를 당대의 담론에 "다시 쓰기"(write back)를 시도한 탈식민주의 작가로 평가하며 그의 영향을 긍정적으로 인정하였다(White 1996: 197-98). 요약하자면, 셰티의 비판처럼 콘래드가 당시 유행한 문헌들의 영향을 받아 아프리카를 신비화된

작품은 이같은 현상을 기록하고 있다고 설명한다(153-54). 린다 드라이든은 로맨스와 모험의 전복이 콘래드의 주제 가운데 하나라고 설명하면서, 콘래드가 과거 로맨스 장르를 답습하는 것이 아니라 19세기 말 제국주의자들의 현실적인 도덕적 갈등을 효과적으로 드러내기 위하여 낭만적 장르의 한계와 맹점을 이용하고 있을 뿐이라고 설명한다(139-40). 브랜틀링어는 19세기 말에 초기 빅토리아 제국주의의 순진하고 영웅적인 모험성이 그 종말을 고했다고 지적하며, 이것이 콘래드의 작품에 반영되어 있다고 설명한다(41). 화이트는 제국주의 주체를 형성하는데 기여하던 모험소설 장르가 20세기 초에 이르자 안으로는 모더니즘의 등장으로 장르 자체의 변화가 발생하였고, 밖으로는 보어 전쟁(Boer War)의 영향으로 제국주의 지지자들이 회의에 빠지게 됨으로써, 안팎으로 도전 받기 시작했다고 지적한다(6).

상상적 공간으로 묘사한 것은 사실이다. 그러나 그를 제국주의 담론에 갇힌 작가로 비판하는 것은 지나치다. 아무리 정치적 역사적 현실이 형이상학적이고 신비적인 틀로 감싸져 식민지의 공간이 탈역사화 되어있다 하더라도, 아프리카에 대한 동정, 공감과 아울러 제국주의에 대한 문제 제기가 분명히 드러나 있기 때문이다.

2.

콘래드의 단편소설6) 가운데 초기작 『불안의 이야기들』(*Tales of Unrest*)에 수록된 「카레인: 추억담」과 「문명의 전초기지」는 콘래드의 제국주의에 대한 시각을 일별해 볼 수 있는 흥미로운 작품이다.7) 이 두 작품은 아시아와 아프리카를 배경으로 식민지와의 교역을 위해 유럽에서 진출한 문명의 사도들이 겪는 체험이 대조적인 시각으로 제시되어 있다. 「카레인」은 일인칭 화자가 낙관적이고 단순한 시각으로 영국인의 합리적 사고가 미신의 노예가 된 말레이 원주민 추장의 공포와 고통을 어떻게 치유해주었는가를 서술하고 있고, 「문명의 전초기지」는 야만의

---

6) 콘래드의 단편작품은 모두 여덟 권으로 출판 순서로 보면 다음과 같다. 1898년에 *Tales of Unrest*("The Lagoon", "The Outpost of Progress," "Karain," "The Return," "The Idiots")가 출판되었으며, 1902년에는 *Typhoon and Other Stories*("Typhoon," "Amy Foster," "Tomorrow," "Falk")와 *Youth and the End of the Tether*("Youth," "The End of the Tether")가 출판되었다. 그 외에 1908년에는 *A Set of Six*("The Brute," "The Informer," "Gaspar Ruiz," "Il Conde," "The Duel")가 출판되었고, 1912년에는 *Twixt Land and Sea*("The Secret Sharer," "A Smile of Fortune," "Freya of the Seven Isles"), 1915년에는 *Within the Tides*("The Planter of Malta," "The Partner," "The Inn of the Two Witches," "Because of the Dollars"), 1921년에는 8편의 에세이와 2편의 단편이 실린 *Notes on Life and Letters*("The Roman Prince," "The Warrior's Soul"), 1925년에 유고작으로 *Tales of Hearsay*("The Black Mate," "The Tale")가 발표되었다. 그 외에 미완성으로 남은 초기작 "The Sisters"가 있다.

7) 「카레인」과 「문명의 전초기지」의 인용은 펭귄판 『불안의 이야기들』(*Tales of Unrest*)을 사용하였으며, 앞으로 인용문 뒤에 쪽수만 기입할 것임.

대륙에 빛을 던져주기 위해 아프리카에 진출한 두 백인이 아프리카의 사악한 어둠의 힘에 의해 어떻게 정복되고 파괴되어 가는가를 전지적 시점의 화자가 아이러니컬한 시각으로 묘사하고 있다.

세 번째 단편집인 『태풍』(*Typhoon and Other Stories*)에 수록된 「에이미 포스터」는 동유럽에서 미국 이민을 위해 배를 탔다가 조난당한 한 젊은이의 비극적 생애를 묘사한 작품이다.[8] 이 작품에서는 영국 촌부들의 배타적이고 비인간적인 태도에 소외당한 채 도태되고 만 외지인 얀코의 이야기가 합리적이고 과학적인 동시에 인도적인 영국인 의사 케네디의 회상과 사색적이고 추상적인 일인칭화자의 서술을 통해 제시된다.

「카레인」

「카레인」은 말레이 군도의 한 부락의 추장인 카레인의 사랑과 배신, 그리고 고통과 좌절에 대한 이야기와 함께, 이 이야기를 듣게 된 백인들의 반응과 변화가 바깥의 틀을 이루고 있는 액자소설의 구조를 지니고 있다. 화자는 단순하고 낙천적인 영국 상인으로 교역을 위해 아시아 대륙에 나온 제국 건설의 일원이다.

카레인은 가까운 친구의 여동생이 네덜란드인과 사랑의 도피행각을 벌이자, 그 친구가 부족의 명예를 되찾기 위해 무작정 백인과 여동생을 추적하는 험하고 먼 방랑의 길을 떠나는데, 이에 동행하게 된다. 그러나 카레인은 그녀의 아름다움에 매혹되어, 부족의 복수를 하려는 친구를 배신하고 그녀 대신 친구를 총으로 쏘고 만다. 결국 카레인은 죄의식에 시달리며 그 친구의 유령에 쫓겨 고통 받게 된다. 카레인의 이야기는 「초호」와 마찬가지로 남성을 파멸시키는 요부를 둘러싼 남성간의 우정과 배신에 관한 것이다. 그런데 동양인들은 구체성과 역사적 현실감이 배제된 채 상징화되어 원주민 여성은 요부,[9] 원주민 남성은 이성이 없는 본

---

8) 「에이미 포스터」의 인용은 모튼 D. 자벨(Morton D. Zabel)이 편집한 『휴대용 콘래드 작품집』 (*The Portable Conrad*)를 사용하였으며, 인용문 뒤에 쪽수만 표기할 것임.

능적 존재로 제시된다.

화자는 당대에 유행하던 제국주의 이념에 투철한 인물로 말레이 부락을 구체적인 사회 경제적 현실이 배제된 상상의 공간, 바깥 세계와 차단된 텅 빈 영역으로 묘사한다. 그리고 인물들 역시 정형화되어 있다. 예를 들어 말레이인 카레인은 전쟁 영웅이자 로맨스의 주인공인 동시에 미신에 고통받는 무지한 원주민으로 묘사되어 있다. 그리고 그는 백인들을 신뢰하며 이들에게 의존하는 어린애처럼 단순한 인물이기도 하다. 화자는 원주민과 백인들 사이에 우정과 이해의 바람직한 인간적 유대가 설정될 수 있다고 주장하는데, 백인에게 의존적인 원주민, 그리고 원주민과 우정을 나누는 백인 또한 식민소설의 관습 가운데 하나였다. 헌트 호킨즈(Hunt Hawkins)는 "식민주의의 심리학"(The Psychology of Colonialism) 에서 당대 모험 소설에서 원주민의 특성으로 흔히 "의존 심리"(dependency complex)가 지적되었다고 설명한다. 이는 원주민들이 조상에게 의존하며 조상들을 숭배하는데, 이 특성이 우수한 인종인 백인에 대한 의존 심리로 자연스럽게 이어진다는 것이다(83-85).

결국 일인칭 화자는 문명/야만, 빛/어둠, 이성/미신, 합리/광기의 획일적인 이분법의 틀에 갇힌 채, 우정을 나누는 친구라고는 말하지만 원주민인 카레인을 대하는 데 있어 당시의 문헌들에 관습적으로 사용되던 인종적 편견을 그대로 따르고 있는 것이다. 카레인은 한 개인으로보다는 "그들"로 묘사되며, 백인 화자는 카레인이 내보이는 인내심과 예견력에 대해 원주민에게 인종적으로 불가능한 특성이라고 주장하며 카레인의 특징으로 어린애 같은 영특함, 어두운 폭력성을 지적한다. 그는 인종을 추월한 우정과 믿음의 이야기를 하면서 한편으로는 인종적 변별성을 강조하고 있는 것이다.

---

9) 린다 드라이든은 제국주의 로맨스에서 이국적 동양과 원주민 여성은 흔히 남성을 유혹하여 파멸로 이끄는 요부를 상징하였다고 설명한다(In the popular romance the exotic East is alluring but dangerous, threatening to draw the white male into a sensual self-forgetfulness which will undermine his white middle-class Christian values)(155).

단순하고 낙천적인 영국인 화자의 인종이데올로기와 당대 유행한 제국주의 로맨스 플롯의 원용은 이 작품이 당대 담론을 그대로 따르고 있음을 보여준다. 그런데 무엇보다 카레인이 두려워하는 유령을 퇴치하는 데 영국 여왕의 초상이 새겨진 동전을 사용한다는 점은 더욱 이 작품을 영국 제국의 찬양으로 보이게 한다. 백인 동료인 홀리스(Hollis)는 무지한 원주민을 도와주기 위해서 속임수를 쓰는 것이 정당화될 수 있다고 주장한다. 홀리스는 카레인의 유령을 없애기 위해 영국 여왕의 이미지를 절대적 힘을 상징하는 부적으로 사용하는데, 이 속임수는 성공적이다. 카레인은 자신의 어머니의 모습과 유사한 영국 여왕의 초상에 감동되어 어둠과 미몽 상태에서 벗어날 수 있게 된다. 홀리스는 합리적이고 이성적인 영국인들이 무지하고 어리석은 원주민을 고통으로부터 구원해주었다고 믿는다.

> 우리는 말썽을 일으키게 될지, 한바탕 웃게 될지, 혹은 안도의 한숨을 내쉬게 될지 알 수가 없었다. 홀리스가 깜짝 놀란 것처럼 일어선 카레인에게 다가가 동전을 들어 올리며 말레이 어로 말을 꺼냈다
> 그가 엄숙하게 "이건 위대한 여왕님의 초상이요. 백인에게 알려진 것 가운데 가장 힘이 있는 것이지요."라고 말했다.
> 카라인은 칼 손잡이에 살짝 잡아 경의를 표하며 왕관을 쓴 여왕의 얼굴을 응시했다. 그는 "무적, 신성함"이라고 중얼거렸다.

> We did not know whether to be scandalized, amused, or relieved. Hollis advanced towards Karain, who stood up as if startled, and then, holding the coin up, spoke in Malay.
> "This is the image of the Great Queen, and the most powerful thing the white men know," he said, solemnly.
> Karain covered the handle of his kriss in sign of respect, and stared at the crowned head.
> "The Invincible, the Pious," he muttered. (51)

그러나 이 일화는 무지한 원주민을 구원한다는 미명 아래, 거짓말을 정당화하는 백인들의 모습을 보여준다. 백인들이 야만 상태의 원주민을 미몽 상태에서 구원해준 이 일화는 홀리스의 용기와 기지, 그리고 화자의 우정과 인간애를 통해 영국 제국의 변경에 위치한 아시아의 한 부락에서 영국인들이 문명화의 사명을 얼마나 성공적으로 이행하고 있는가를 보여주는 것이다.

그런데 작품 결말에서 화자가 영국에서 만나게 된 "우리 중의 하나"였던 잭슨(Jackson)은 이같은 작품의 해석을 전복하는 역할을 한다. 잭슨은 카레인 사건의 영향에서 벗어나지 못한 채 눈에 보이는 현실보다 비가시적 세계의 존재를 믿는 인물로 변해있다. 일인칭 화자는 이러한 잭슨을 보며 그가 문명과 야만의 경계선에서 여전히 방황하는 것은, 영국이라는 안전, 빛, 상식, 이성의 땅에서 너무 오래 동안 멀리 떨어져 있었던 탓이라고 결론짓는다. 「에이미 포스터」에서 저주받은 우울한 땅으로 묘사된 영국이 「카레인」에서는 상식, 합리성, 이성, 문명, 안전, 빛의 땅으로 제시되어 있다. 따라서 이 영국 땅에서 멀리 떨어진다는 것은 곧 미신와 어둠의 세계에 끌려갈 가능성이 높아지는 것을 의미하는 것이다. 세기말에 유럽인들은 열등한 식민지 인종과 그곳의 풍토에 오래 접촉하면 정신적 신체적으로 퇴행할 지도 모른다는 생각, 즉 "현지인처럼 변하기"(going native)[10]에 대한 두려움이 유행하였는데, 커츠(Kurtz)가 그 대표적 예이며, 말로우도 비슷한 체험을 한 바 있다. 이 작품에서 화자는 잭슨이 그 같은 변화를 보인다고 우려하는 것이다. 일인칭 화자의 의식은 영국 중산층의 안정된 의식을 대변한다. 화자는 문명/야만의 경계선에서 방황하는 잭슨에게 영국 사회라는 현실에만 집착하라고 충고한다.

그러나 잭슨의 눈에 비친 영국사회는 왜소하기 짝이 없다. 볼품없는 스트랜

---

10) 이는 나아가 인종간의 잡혼으로 백인의 순수 혈통이 오염되어 문명인의 퇴행과 종식이 도래할 지도 모른다는 불안으로 이어지기도 했다(Ashcroft 115). 그리고 제국 건설의 현장에 나가 있는 유럽인들은 야만인에게 오염되어 야만적으로 변할 수 있으니 야만들과의 접촉을 피하고 야만인들을 행정적으로 더 통제해야 한다는 주장까지 나왔다(White 186).

드(Strand) 시의 영국인들의 생활은 거지와 경찰 등의 모습과 함께 꾀죄죄한 문명 사회의 한 단면으로 제시되어 있다. 잭슨은 카레인의 세계가 영국 사회 못지않게 현실적이라고 대답한다. 잭슨의 반응은 영국 예찬, 영국 여왕의 찬양에 대해 반론을 제기하는 것이 결코 아니며 오히려 그 힘에 대해 긍정하는 것으로 볼 수 있다. 그는 영국적 사고의 한계, 상식과 합리성의 한계를 지적하면서, 빛만 지향하는 반쪽짜리 상식 세계에 대해 반성하고 있다고 할 수 있다. 잭슨이라는 인물의 설정은 작가가 빛/어둠의 경직된 이분법에 빠져있는 백인들의 의식에 대한 반성을 촉구하며, 나아가 백인의 의식의 완성을 추구하는 것으로 볼 수 있는 것이다. 그렇게 볼 때 잭슨은 원주민에게는 실질적인 관심이 있는 것이 아니며, 그저 일인칭 화자와 마찬가지로 잭슨도 원주민을 미신, 광기, 암흑, 무지, 어리석은 존재로 볼뿐이다. 단지 원주민의 의식세계를 일별한 후 백인 의식의 한계에 대한 의문제기와 반성으로 이어지는 철저히 백인 중심주의적인 태도를 벗어나지 못한 것으로 볼 수 있다. 원주민의 의식은 백인의 의식의 확장, 완성을 위한 도구로 쓰였을 뿐인 것이다.

그렇게 볼 때 이 작품은 카레인의 체험 자체보다 세 백인이 보인 반응을 더 부각시키고 있다. 이 작품은 카레인의 이야기라기보다 홀리스, 잭슨, 그리고 화자의 체험담인 것이다. 가장 안전한 인물 홀리스, 그 다음 타협적인 일인칭 화자, 그리고 야만의 대륙에 영향 받고 불안정하게 흔들리는 인물 잭슨은 백인의 세 가지 유형을 대변한다. 홀리스는 거짓말을 사용해서라도 원주민의 몽매함을 구해야 한다는 사명감이 투철한 문명의 사도이다. 일인칭 화자는 별 의식 없이 원주민 사회에서는 그쪽에 동조하고, 백인사회에 복귀하면 예전의 일은 모두 편리하게 잊어버린다. 잭슨은 문명사회의 한계에 대한 의문을 품고 경계선 상에서 갈등하는 존재로 의식의 변화가 가능한 인물이다. 이렇게 볼 때 이 작품은 미개한 대륙에 진출하여 비가시적 세계와 사랑과 복수, 그리고 배신과 고통이라는 선정적인 세계를 일별한 후 의식이 확대된 백인의 이야기로 볼 수 있다.

그런데 화자는 카레인의 이야기를 아지랑이 같은 모호한 분위기 속에 우주에 편재한 부조리한 인간 조건으로 형상화시켜 전달한다.[11] 화자는 삼라만상, 분위기, 어조, 자세 등 모든 것이 이야기에 어떤 인상을 조성한다고 말한다. 화자가 인상이라는 모호한 분위기를 통해 당대의 신화에 따라 원주민들을 신비화하면서 제국주의의 유색인종에 대한 차별과 착취라는 현실적 쟁점을 묻어버리고, 이 작품의 주제를 사랑과 배신의 영원한 비극 또는 인류의 유대관계의 형성으로 끌어올린다는 점에서 현대의 독자들에게 달리 해석되기도 하지만,[12] 이 작품은 분명 제국주의 이데올로기를 예찬하고 적극적으로 전파하는 작품인 것이다.

「문명의 전초 기지」

「문명의 전초 기지」[13]는 제국주의를 예찬하는 「카레인」과 대조적으로, 전

---

11) 이안 와트(Ian Watt)에 의해 "인상주의"(impressionism)라 불리는 콘래드의 모호한 문체는 모더니즘 미학의 일환으로 설명되기도 하며, 해럴드 블룸 같은 비평가에 의해 부재한 기원에 대한 끝없는 욕망으로 설명되기도 하며, 리차드 러플 같은 당대 유행한 모험소설 전통과 콘래드 작품을 비교한 비평가에 의해 미지의 세계에 대한 당대의 상투적인 묘사 방법으로 설명되기 하였으며, 브랜틀링어에 의해 모순된 가치관을 은닉하기 위한 고의적인 흐릿하게 하기 장치로 설명되기도 하였다.

12) 세 백인 남성들은 원래 카레인에게 무기와 화약을 공급하는 무기상이다. 이들은 원주민들을 위험하고 폭력적인 특성을 지녔다고 이야기하고 말레이 군도는 내분과 전쟁이 그치지 않는 야만의 땅이라고 이야기 하지만, 결국 이러한 백인들 신화의 이면에는 이들에게 무기를 공급함으로써 전쟁을 더욱 부추기는 백인들의 모습이 숨겨져 있다. 그리고 자국민의 보호라는 이름 아래 말레이 군도 해상에 정박해있는 유럽의 군함들, 명예와 고결함의 가치를 중시하는 원주민들의 문화를 이해하지 못하고, 정혼한 추장의 딸을 데리고 도주하여 원주민 사회를 파멸로 이끄는 백인들의 모습은 문명의 횃불로 야만의 땅을 비춘다는 제국주의의 화려한 수사를 반박하는 것이다. 무엇보다 잭슨은 영국 제국주의의 이데올로기에 충실한 화자의 이야기에 대해 의문을 제기한다. 잭슨은 영국사회의 현실만큼 그들이 거짓말로 기만했던 원주민들의 부조리한 정신 세계, 초자연적 세계 또한 현실로 인정하게 된다고 말한다. 일인칭 화자는 잭슨이 너무 고국을 떠나 있었기 때문이라고 한정짓기는 하지만, 잭슨을 통해 지적되는 문명사회의 한계, 이성적 사고의 한계는 표층의 이야기와 다른 또 다른 심층에 감추어진 작가의 의도를 잠깐 생각해보게 한다. 화자의 한계는 서술의 표층에서 예찬된 영국 제국주의의 문명과 계몽의 이데올로기가 사실은 허위와 기만일 수 있다는 사실을 암시한다고 할 수 있다.

13) 브라이언 셰퍼(Brian Shaffer)는 이 작품을 『암흑의 심장』의 "원 텍스트"(Ur-text)라고 부르며,

지적 화자가 제국 건설의 현장을 적나라하게 파헤치는 작품이다. 이 작품은 문명 사회의 변방에 머무르던 평범한 칼리에(Carlier)와 케이어츠(Kayerts)라는 두 백인 이 한 무역회사에 취직이 되어 문명의 사도, 식민지 교역의 주체라는 미명 아래 아프리카의 한 소외 지역에 보내진 후에 실제 체험하게 되는 추한 상황을 전지적 시점의 화자가 아이러니컬하고 냉소적인 어조로 제시하는 작품이다. 이 작품은 한편 문명사회의 안전장치가 사라졌을 때 불가해한 원시적 자연 앞에서 인간이 겪는 불안과 무기력함을 형이상학적 문체로 묘사한 것으로 볼 수 있지만, 무엇보 다 어리석고 무능한 백인들이 제국주의 이데올로기로 무장한 채 아프리카에 배치 된 후에 아프리카 자연과 원주민에 의해 도태되고 마는 상황을 냉소적으로 묘사 한 것으로도 볼 수 있다. 이 두 백인은 "위대한 문명화 회사"(Great Civilizing Company)의 과장된 주장과 웅변에 감동되고, 제국주의 이념을 전파하는 도구라 할 수 있는 신문과 낭만적 모험 소설에 몰입한 채 제국주의의 이상을 따르는 문명 의 사도로서의 역할에 도취되고, 한편으로는 그 대가로 돌아올 금전적 이익을 계 산해보는 모순된 모습을 보인다. 그러다가 아프리카에서 홀로 남겨져 원시 자연 과 대면하게 되었을 때 이 두 백인이 겪는 현실은 문명의 담론과는 거리가 멀다. 한 원주민에게 정신적, 신체적으로 의존한 채 제국주의 담론에 힘겹게 매달려 있 던 두 백인은 설탕 한 조각을 계기로 생존에 부적합한 인종으로서 아프리카에서 도태되고 만다.

이 작품은 호킨즈가 지적하는 원주민의 특성인 "의존 심리"를 백인의 특성 으로 뒤집어 제시하고, 당시 유행한 인종간의 우열 관계를 전복함으로써 아프리 카와 아시아를 개선한다는 제국주의 이데올로기를 비판하는 작품이 되고 있다. 따라서 이 작품은 「카레인」의 맹목적인 영국 제국에 대한 예찬과 달리, 제국 찬양 의 이면에 놓인 식민교역자들의 비참한 실상을 묘사하고, 제국주의 담론을 회의

인물묘사와 화자의 차이는 있으나, "진보와 문명, 그리고 그 장점들"의 가면을 벗기고 실체를 드러내는 이 작품을 『암흑의 심장』과 연관하여 연구할 필요성을 역설한다(219-20).

적이고 아이러닉한 시각에서 비춰보는 작품이다. 이 작품은 제국주의에 대한 비판, 문명과 진보에 대한 회의적 성찰을 보여주는 작품인 것이다.

한편 이 작품에는 원주민을 착취하는 현실과 함께, 형이상학적으로 백인을 압도하고 정복하는 어두운 세력, 즉 불가해한 수수께끼의 아프리카 자연이 가져오는 절대적 고독감, 무기력함, 존재론적 불안이 백인들을 정복하고 파괴하는 과정이 제시되어 있다. 또한 마콜라(Makola)라는 흑인의 묘사는 겉보기에 그를 백인보다 우월한 인물로 묘사함으로써, 흑인과 백인, 문명과 야만의 이분법을 전복시킨 것처럼 보이지만, 사실 마콜라는 또 다른 흑인에 대한 신화를 보여준다. 마콜라는 행복한 가정을 중요시하는 문명인 같지만, 실은 야만인으로 악마를 숭배하는 미개인인 동시에 백인에게 아첨하지만 백인을 조종하는 교활하고 영악한 존재로 묘사되어 있다. 이렇게 볼 때, 전지적 화자는 두 백인을 냉소적인 거리를 두고 묘사하지만, 근본적으로는 식민지에 던져진 평범한 백인들이 겪는 애환, 그들에게 주입된 제국주의의 이상과 무기력한 현실 사이의 간격이 가져오는 비극에 초점을 맞추는 것으로도 볼 수 있다. 이 작품 역시 아프리카 대륙을 백인에게 어둡고 불가해하며 그럼으로써 사악하고 위험한 것으로 묘사하고, 원주민은 아예 단순한 아이 같거나 아니면 마키아벨리적인 인물로 제시하는 등 당대 문헌의 관습을 답습하고 있는 것이다. 그리고 아프리카와 아프리카 원주민에 대한 구체적 역사적 현실의 묘사보다는 주로 백인의 파괴되어 가는 의식에 초점이 맞추고 있다. 이 작품은 바로 원시사회에 던져진 평범한 두 백인의 의식의 변화, 백인들의 적응의 노력과 실패의 과정, 식민과업의 뒤안길의 일별과 그것을 통한 바람직한 식민정책의 모색과 같은 백인중심적 주제에서 벗어나지 못한 작품으로 볼 수 있는 것이다.

그러나 「문명의 전초기지」에서 백인들은 원주민을 "짐승", "야만인" 등으로 부르며 경멸하지만, 실제로 이들에게 무기력하게 노출되어 있으며 음식부터 구체적 교역 행위에 이르기까지 이들에게 전적으로 의존하고 있음을 보여준다. 유럽의 신문 기사, 낭만적 모험소설, 상관의 격려사 등은 이들이 언제 무너질지 모르는 상황에서 이들의 무기력하고 위험한 현실 상황을 감추고 외면하게 하는 위험하고 불안정한 것으로 풍자의 대상이 되고 있다.

아프리카의 한 가운데서 그들은 리슐리외에 대해 알게 되고 달타냥, 매의 눈, 고리오 영감에 대해서도 알게 되었다. 이 모든 허구 속의 인물들이 마치 살아있는 친구들인 것처럼 얘깃거리가 되었다. . . . 그들은 또한 오래된 자기 나라의 신문 한 부를 찾아냈다. 그 신문은 의기양양한 언어로 소위 '우리의 식민지 확장'이란 것을 논하고 있었다. 그 신문은 문명국가의 권리와 의무, 문명화 작업의 신성함을 높이 사고, 지구상의 어두운 지역에 빛, 그리고 믿음과 상업을 가져오려고 애쓴 사람들의 공적을 찬양하고 있었다. 칼리에와 케이어츠는 읽고 의아해하다가 자신들을 높이 보기 시작했다. 칼리에는 어느 날 밤에 손을 흔들며, '백년 후면 아마 여기에 도시가 하나 생기게 될 거야. 부도, 창고, 막사, 그리고 당구장. 이보게, 문화와 미덕 ─ 그 모든 것 말이네. 그러면 사람들은 케이어츠와 칼리에라는 두 훌륭한 친구가 바로 이 지역에 살았던 최초의 문명인이었다는 사실을 읽게 되겠지'. 케이어츠는 고개를 끄덕였다. '그래. 그 생각을 하니 좀 위로가 되는군.'

In the center of Africa they made acquaintance of Richelieu and of d'Artagnan, of Hawk's Eye and of Father Goriot, and of many other people. All these imaginary personages became subjects for gossip as if they had been living friends. . . . They also found some old copies of a home paper. That print discussed what it was pleased to call 'Our Colonial Expansion' in high-flown language. It spoke much of the rights and duties of civilization, of the sacredness of the civilizing work, and extrolled the merits of those who went about bringing light, and faith and commerce to the dark places of the earth. Carlier and Kayerts read, wondered, and began to think better of themselves. Carlier said one evening, waving his hand about, 'In a hundred years, there will be perhaps a town here. Quays, and warehouses, and barracks, and ─ and ─ billiard-rooms. Civilization, my boy, and virtue ─ and all. And then, chaps will read that two good fellows, Kayerts and Carlier, were the first civilized men to live in this very spot!' Kayerts nodded, 'Yes, it is a consolation to think of that.' (90)

안드레아 화이트는 19세기말에 20만 부 이상 읽히던 『그래픽』(*The Graphic*) 지에 실린 "리빙스턴 박사와 스탠리가 중앙 아프리카에서 신문을 받아보다"(Dr Livingstone and Mr. Stanley Receiving Newspapers in Central Africa)라는 제목 의 기사에 화보로 신문 묶음과 신문을 거꾸로 든 원주민 아이와 몇몇의 원주민들 을 배경으로 리빙스턴과 스탠리가 신문을 읽고 있는 사진이 함께 실렸는데, 이 기 사는 신문은 곧 진리이며 백인만이 이 진리에 접할 수 있다는 인식 효과를 가져온 다고 지적한다. 그녀는 신문이 백인에 의한 제국의 확장의 당위성을 전파하는 제 국주의 이데올로기의 효과적인 도구로 작용하고 있음을 지적하면서, 콘래드가 문 명의 전초기지에서 케이어츠와 칼리에를 통해 소설이나 신문 기사를 읽고 스스로 어둠의 대륙에 햇불을 밝히는 문명의 사도라는 확대된 자아상에 도취되고 있는 백인의 모습을 풍자하고 있다고 주장한다(1993: 152).

콘래드는 당대 유행한 모험소설이나 탐험기의 주인공들을 희화화한 두 백인 이 아프리카의 오지에 배치된 후 시간이 흐름에 따라 이들이 갖고 온 백인 우월 사상이 어떻게 변하는가를 추적한다. 5개월 정도 지날 무렵 체격이 당당한 낯선 원주민들의 등장으로 문명의 전초기지에 이식된 두 백인의 표층적 안정에 위기가 닥치게 된다. 마콜라는 두 백인들을 무시한 채, 스스로 낯선 원주민들과 은밀한 부도덕한 매매행위를 하고 효율적인 교역을 통해 회사에 기여하였다고 주장한다. 비누로 깨끗이 손을 씻고 프라이스 부인(Mrs Price)과 아이들을 거느린 채 애완견 을 키우는 자칭 헨리 프라이스(Henry Price), 즉 마콜라는 모든 사람들에게 술을 먹인 뒤 은밀히 이곳에 기거하고 있던 원주민 일꾼들 10여명을 상아 6개와 교환 한다. 이 와중에 이웃 부락, 즉 고빌라(Gobilla) 추장의 부락민 한 사람이 살해된 채 발견된다. 두 백인 케이어츠와 칼리에는 처음에는 이 일이 불법으로 규정된 비 인간적인 노예매매 행위라고 분노하지만, 마콜라는 침착한 태도로 이들에게 그렇 게 분노하면 초대 소장처럼 열병으로 죽을 거라는 간접적인 협박을 한다. 결국 두 백인은 마콜라에게 정신적으로 정복되어 그에게 동조하게 된다. 차차 이들은 그 부도덕한 행위에 대해 침묵하고 타협하게 되며, 은밀히 그 매매에서 오는 수익까지 따져보게 되는 것이다. 이들의 침묵과 타협은 제국주의의 문명화 과업의 뒤안길에 어떻게 식민지의 추하고 잔인한 실상이 은닉되고 묻혀버리는 지를 드러내 보이는 역할을 한다.

마콜라는 이웃 부족 추장인 어린애 같은 온화한 고빌라와 대조적인 또 다른 유형의 원주민을 대변한다. 게일 프레이저(Gail Frazer)는 무역회사의 냉혹한 물질 추구를 상징하는 마콜라는 야만과 문명의 기괴한 결합을 보여주는 인물로 묘사되어 있다고 설명한다(160). 결국 백인들은 문명사회의 보호막이 사라진 상태에서 황야와 생경한 대면 상태에 놓이게 된 채, 적이 되어버린 고빌라의 부락으로부터 음식 공급까지 끊기게 되자 정신적 신체적 고통을 겪으며 서서히 쇠퇴해간다. 마콜라의 공범이 된 두 백인은 문헌 등을 통해 기록되고 전파되는 제국주의의 담론과 식민지 현장에서의 실제 상황 사이의 간격을 체험하고 갈등하며 도태되는 과정을 겪는 것이다. 케이어츠와 칼리에는 얼마 남지 않은 비상식품 설탕 한조각을 가지고 다투다가 상대방을 위선자며 노예상인이라고 비방하게 되고, 이 일은 서로에 대한 본능적인 혐오감으로 이어지고 결국은 서로 쫓기고 쫓으며 상대를 살해하기에 이른다. 살아남은 케이어츠는 아프리카의 오지에서 일어난 부조리한 사악한 상황에 절망과 공포를 느낀다. 그의 고뇌는 『암흑의 심장』에 등장하는 커츠의 "끔찍해"라는 단말마와 유사하다.

칼리에가 케이어츠의 총에 맞아 죽은 것을 목격한 마콜라는 칼리에가 "열병으로 죽었다"고 말한다. 마콜라의 거짓말은 콘래드의 작품에서 문명 사회의 진보와 유지를 위해 "구원의 거짓말"(saving lie)로 정당화되어온 수많은 위선과 기만을 폭로하는 것이다. 케이어츠는 그 거짓말이 구성되는 과정을 직접 겪으면서 동시에 그 이면의 공포를 체험한 인물이다. 그러나 케이어츠는 그 공포를 이겨내지 못해 결국 자살을 택하고, 그가 목격하고 인식한 진실은 영원히 마콜라와 지배인에 의해 은닉되고 만다. 이 두 백인은 제국주의의 적극적 전파자들에 의해 이제 이전의 초대 소장처럼 열병으로 희생된 문명의 사도로 미화될 것이다.

결말에서 화자는 초대 소장의 무덤에 꽂힌 십자가에 매달린 케이어츠의 시신이 회사의 지배인을 향해 조롱하듯이 혀를 내물고 있었다고 묘사한다.[14] 「문명의 전초기지」는 냉소적이고 비관적인 전지적 화자가, 「문명의 희생자」("A Victim of Progress")라는 원래의 제목에서 볼 수 있듯이, 백인 우월 신화에 갇혀 있다가 희생되고 만 두 백인을 통해 유럽의 문명화 과업 이면에 놓인 추하고 잔인한 실상을 충격적으로 비판하는 작품이다. 빅토리아 여왕의 재위 60년을 기념하며 여왕의 위대함은 곧 세계 지배의 위대함이며 제국의 성장을 의미한다고 예찬하던 당대의 분위기에 반하는 이 작품은 문명의 진보, 계몽, 도덕을 내세운 백인들의 맹목적 신념, 즉 당대의 제국주의 담론에 대한 철저한 비판인 것이다.[15]

요약하자면, 이 작품은 인종간의 우열관계를 전복한 점에서 아프리카 신화와 인종 이데올로기의 해체를 시도하고 또 문명과 진보의 이면에 은닉된 제국주의의 추하고 혐오스러운 실상을 폭로하는 작품이다. 그러나 한편으로는 아프리카의 자연과 아프리카의 원주민을 사악한 존재로 묘사함으로써, 그 신화를 다시 복원하고 있는 작품으로 볼 수 있다.[16] 그리고 콘래드 특유의 "인상주의" 기법, 즉 이 작품에 자주 등장하는 모호하고 형이상학적인 추상적 문체는 이 작품을 제국주의 담론의 기만과 식민지의 구체적인 현장에 대한 고발이라기보다는, 문명화의 사명을 띠고 아프리카에 온 백인들이 문명의 안전장치가 사라진 황야의 고독과 소외 가운데 존재론적 불안을 느끼며 결국 파멸되어간 이야기, 백인 중심적인 인

---

14) 게일 프레이저에 의하면 콘래드는 제국주의 이데올로기의 꼭두각시의 실체를 드러내는 효과를 높이기 위해 케이어츠의 시신의 묘사를 공포와 희극이 공존하도록 여러 차례 수정했다(162).

15) 안드레아 화이트에 따르면 『콘힐』(The Cornhill)지에 이 작품과 함께 「여왕의 통치」("The Reign of Queen")라는 글이 나란히 실렸다(1996: 163).

16) 셰퍼 참고: "『암흑의 심장』은 그저 1890년대의 인기 있었던 이국적 이야기의 하나로 읽힐 수도 있다. '야만'의 땅에 마주치게 된 문명인의 '허황된 신비로운 이야기'의 하나로 말이다"(Heart of Darkness can be read merely as one more popular exotic story of the 1890s - as one more 'extravagant mystery' of a civilized individual's encounter with a "savage" land)(227).

간조건의 부조리를 다룬 작품으로 보이게 한다. 따라서 아체베와 같은 현대의 독자들은 콘래드가 아프리카와 원주민을 배경이나 도구로 이용하면서 결국은 제국주의의 일원인 다양한 백인들 자체의 문제점을 고찰하고 있으며, 안개와 아지랑이 같은 미학적 장치를 통해 그 비판의 목소리를 추상화하고 있다는 비판을 할 수 있다. 그럼에도 불구하고 이 작품은 콘래드가 당대 담론에 갇힌 백인들의 적나라한 식민지 체험을 폭로하며 제국주의 이데올로기를 냉소적인 어조로 철저하게 풍자하고 비판하는 작품이다.

「에이미 포스터」

「에이미 포스터」는 일인칭 화자가 친구인 케네디(Kennedy)의 초대로 영국의 한 바닷가 마을에 왔다가 듣게 된 한 조난자에 관한 이야기이다. 케네디는 얀코 구럴(Yanko Goorall)과 에이미 포스터의 이야기를 "차이"와 이해하지 못하는 것에 대한 공포에서 초래된 인간의 보편적 비극이라고 설명한다.

> 다른 비극도 있다. 화해할 수 없는 차이점이나 우리 모두의 머리 위에 드리워져 있는 이해할 수 없는 것에 대한 공포에서 빚어지는 덜 요란하지만 훨씬 미묘하게 통렬한 그런 비극들. . . .

> There are other tragedies, less scandalous and of a subtler poignancy, arising from irreconcilable differences and from that fear of the Incomprehensible that hangs over all our heads — over all our heads. . . . (462)

통찰력이 뛰어나며 과학적인 지성과 호기심을 갖춘 시골 의사 케네디는 화자에게 에이미 포스터를 소개하는데, 에이미는 수동적이며 상상력의 여유도 없어 보이는 여성으로 짧은 팔에 얻어맞은 듯이 붉은 뺨, 그리고 숱이 적은 갈색머리를 땋아 내린 채 빨래를 하고 있는 모습으로 제시된다. 화자는 케네디에게서 들은 에이미의 성장과정, 성격 등을 장중한 어조로 서술한다. 에이미는 말을 더듬고 누가 언성을 높이면 당황하여 꼼짝 못하는 우둔한 여성이지만, 본능적으로 친절하고 모든 살아있는 것에 인정을 베푸는 여성이다. 그러나 그녀는 아이러니컬하게도 분별력이 없이 심지어 쥐까지도 동정하며, 소심하여 위기에 전혀 대처하지 못하는 근시안적인 여성이다. 케네디는 에이미에게 고통을 이해하고 동정을 느끼는 정도의 상상력은 남아있어 외지인인 얀코에게 어떤 매력을 느끼고 사랑에 빠지게 되지만, 그 사랑은 언어, 종교, 풍속에 있어 많은 차이가 있는 다른 인종에 대한 무지와 공포로 인해 다시 무너지고 말았다고 설명한다.

화자는 비관적인 어조로 우울한 분위기를 조성하며 인간은 숙명적이고 비극적 존재라는 주장을 전개한다. 저녁 일몰 광경을 보며 케네디는 땅에 가장 가까운 농부들이 마음이 족쇄로 채워진 듯 발걸음도 무겁고 촌스러운 듯이 보이는 점에서 땅이 저주받은 것 같다고 말한다. 이 땅은 영국을 의미하며 영국인은 외지인에게 냉혹한 비타협적 민족으로 묘사된다. 이 작품에서 영국인들은 우울한 인간형으로, 동유럽 출신의 청년은 유연하고 경쾌한 존재로 묘사되어 서구와 동구의 대조적 특성이 지적되어 있다.

고향에서 땅과 소를 팔아 황금의 땅으로 불리던 미국을 향해 모험을 떠났다가 조난을 당해 영국이라는 낯선 문화권에 들어선 얀코를 맞이한 것은 아이들의 돌던지기, 마부의 채찍질, 여성들의 발작적 공포뿐이었다. 이러한 영국인들이 얀코의 눈에 이해할 수 없을 정도로 배타적이며 비관적이고 생명이 없는 냉정한 존재들로 비친다.

> 아! 그는 남달랐다. 순수한 마음과 넘치는 호의를 지닌 이 사람, 다른 행성에 이주한 사람처럼 자신의 과거로부터 공간적으로 뚝 떨어지고 미래를 전혀 짐작할 수 없는 이 조난자를 원하는 사람은 아무도 없었다.

Ah! He was different; innocent of heart, and full of good will, which nobody wanted, this castaway, that, like a man transplanted into another planet, was separated by an immense space from his past and by an immense ignorance from his future. . . . I believe he felt the hostility of his human surroundings. (476)

얀코는 다른 주민들에게 소외당하던 자신에게 빵 한 조각을 건네주었던 에이미와 결혼하게 되는데, 이 사건은 영국 내에 편재한 잡혼(miscegenation)에 대한 혐오감을 드러낸다. 마을 사람들은 이 결혼에 대해 외국인은 결국에는 여성에게 해를 끼치고 말 것이라며 외면하고, 여성들은 에이미를 수치스러운 바람둥이로 부르며 경멸한다. 얀코와 에이미는 주민들의 반대와 혐오감에도 불구하고 결혼에 성공하지만, 아이가 출생한 후 에이미는 모성 본능으로 인해 얀코에게 적대적인 태도를 보이기 시작한다. 얀코는 아이에게 자신의 문화와 언어를 전수하고 싶어하며, 그것을 이해하지 못하는 에이미는 얀코의 종교와 풍습을 이단자의 해로운 주문으로 간주하여 두려워함으로써, 이들 사이의 차이와 간격은 극복할 수 없을 정도로 커진다. 결국 얀코는 영국의 기후와 풍토에 적응하는 데 실패하여 우울증과 함께 열병을 앓게 되며, 에이미는 얀코에 대해 더욱 공포와 적대감을 갖게 된다. 밤새 고열에 시달리던 얀코는 자국어로 물을 달라고 소리치고 에이미는 겁에 질려 아이를 안고 도망쳐 버린다. 버림받은 기분에 뒤따라 나온 얀코는 물구덩이에 쓰러져 있다가 케네디에 의해 발견된 순간 "왜?"라는 절규와 함께 심장이 멎는다. 얀코의 죽음에 대해 에이미의 아버지는 차라리 잘된 일이라 하고 에이미를 포함한 마을 사람들 모두 그의 존재를 완전히 잊은 것으로 보인다. 케네디는 아이를 보면서 자신만은 난파당하고 몰이해 속에 죽어간 얀코의 외로움과 절망을 생생하게 기억한다고 말한다.

동유럽의 한 오지 출신으로 항해를 떠났다가 바다에서 조난당한 얀코는 당대의 모험과 탐험에 대한 열광의 희생자이다. 얀코는 가짜이민업자에게 사기당한 순진한 청년이지만, 낯선 대륙을 향해 과감히 고향과 가족을 떠난 점에서 모험가로 묘사된다. 영국 제국주의 로맨스의 전통[17]은 모험을 장려하여 자국민을 식민지로 내보내어 명예와 부를 획득하게 함으로써 식민지 확대에 기여하게 하는 제국주의 이데올로기를 반영한 장르이다. 리차드 러플은 「에이미 포스터」를 세기말에 유행했던 리차드 해거드와 러드야드 키플링으로 대표되는 식민지 모험소설의 전통을 답습하는 작품이라고 설명한다. 그리고 얀코는 난파되어 낯선 섬에 오르게 된 또 하나의 로빈슨 크루소이다. 러플은 이어서 얀코와 에이미의 관계 또한 제국주의 로맨스의 한 전형적 플롯으로 이국에서 순간적으로 치명적 사랑에 빠졌다가 혐오감으로 끝나게 되는 "매혹/혐오의 역학"(attraction/repulsion dynamic)을 그대로 따르고 있다고 설명한다(127-28). 이 플롯은 당시 제국주의 국가들의 백인과 원주민과의 잡혼에 대한 불안과 혐오가 형상화된 것이다. 그런데 백인 남성이 원주민 여성에게 유혹되어 사랑에 빠졌다가 혐오감과 공포와 함께 깨어나는 제국주의 로맨스의 플롯이, 이 작품에서는 유연하고 발랄한 동유럽 출신의 청년이 영국에서 영국의 원주민 여성과 사랑에 빠졌다가, 이 여성의 외국인에 대한 혐

---

17) 린다 드라이든(Linda Dryden)은 제국주의 로맨스의 플롯을 다음과 같이 요약한다: "로맨스의 머나먼 나라는 발견되지 않은 제국의 식민지일 전초기지일 수도, 이교도 '야만인'들이 살거나 매우 '단순한' 문화가 자리한 잃어버린 에덴 동산 같은 세계일 수도 있었다. 로맨스는 이국적인 모험을 보여주며, 공기는 질식할 것 같고 거리는 빽빽하게 늘어선 19세기 후반 도시의 지루하고 단조로운 삶으로부터의 도피를 제공해 주었다. 로맨스는 영국이 펼치는 제국주의 과업을 증명하는 중산층과 상류층의 백인 주인공들을 창조해냈다. 동방과 아프리카의 막대한 부가 마음대로 가져가라는 듯이 거기 놓여 있고, 로맨스의 주인공은 아무 거리낌 없이 약탈했다. 이들은 승리를 기뻐하며 영국으로 돌아왔다. 식민지에서 모험을 겪는 동안 쟁취한 부를 통해 주인공들은 상류층으로서의 미래를 확보하게 되었다"(The far-off lands of romance could be undiscovered outposts of the Empire or lost Edenic worlds peopled by heathen 'savages' or by curiously 'simple' civilisation. . . . The romance offered exotic adventure, escape from the dull treadmill of late nineteenth-century city life with its suffocating air and thronging streets. It created white middle-class and upper-class heroes who were proof of England's imperial enterprise. The vast wealth of the East and Africa were there for the taking and the hero of romance plundered it without compunction. The return home was triumphant. The hero's upper-class future was secured through the riches acquired during his adventures in the Empire)(141).

오감과 공포감에 의해 도태되어 버리는 이야기로 바뀌어 제시된다. 그런 점에서 이 작품은 제국주의 모험소설을 희화화한 작품으로 볼 수 있다. 원제가 「남편」("The Husband"), 「조난자」("The Castaway")인 이 작품은 19세기판 로빈슨 크루소라 할 수 있는 얀코의 모험을 조난과 비극으로 끝냄으로써, 결국은 제국주의 이데올로기와 모험소설 전통을 풍자하고 비판하는 작품으로 볼 수 있는 것이다.

난파선에서 겨우 혼자 생존하여 추위와 허기와 공포에 떠는 얀코를 학대한 영국은 비인간적이고 냉혹하며 배타적인 민족의 저주받은 땅이다. 그리고 선한 영국인의 대표적인 인물인 에이미는 아이러니컬하게도 못생기고 우둔한 여성으로 묘사되어 있다. 영국인 가운데 선을 대표하는 인물이 하필 에이미처럼 열등한 체형과 정신을 지닌 하층민 여성이라는 사실에는 콘래드가 영국인에 대해 지닌 감정이 숨겨져 있다고 할 수 있다. 이는 작가가 제2의 고향이자 은인인 영국에 대해 갖고 있던 양면적 감정이 드러난 것으로 보인다. 결국 에이미를 포함한 시골 주민들은 낯선 문화권에 적응하며 동화되려는 얀코를 냉대함으로써 결국 그를 도태시킨다. 유럽의 백인들이 아프리카에 가서 적응에 실패하고 그 야만의 세력에 정복되어 파멸되었듯이, 동구의 얀코는 영국에 가서 적응에 실패하고 그 비인간적 세력에 파멸된 것이다. 이와 같이 「에이미 포스터」에는 유럽의 지배 담론이었던 인종적 변별성이 뒤집혀 제시되어 있다. 이 작품은 제국주의의 주요 신화 가운데 하나인 "백인의 우월성"이라는 신화, 즉 무기라는 완력을 통해서 식민지를 정복하는 사실을 은닉하고 인종 자체가 원주민보다 천부적으로 우월하기에 이들을 정복한다는 주장을 조롱하듯이, 인종적 우열관계를 뒤집어 영국인의 열등함을 부각시키고 외지인인 얀코를 신체적으로나 정신적으로 우월한 인종으로 묘사하고 있는 것이다. 그리고 또 아프리카나 아시아 대륙이 아니라 영국이 바로 미개하고 저주받은 땅으로 제시되어 있다. 인종적 변별성을 왜곡되게 주장하고 집착하는 영국인들이 오히려 열등한 인종으로서, 그들의 집단에 우연히 들어온 우수한 인종 얀코를 무지하고 잔인한 집단 행위를 통해 도태시키는 것이다. 영국인들의 휴머니즘을 대표하는 인물이 바로 에이미인데, 그녀는 과학자, 탐험가, 의사로서 당대 지성을 함축한 케네디의 과학적이고 인류학적인 분석에 의해 우둔하고 진화가 덜 된 모습으로 제시되어 있다. 에이미/얀코의 관계는 영국의 제국주의 이데올로기의 근간인 진화론과 휴머니즘의 개념을 다시 생각해보게 하는 것이다.

그런데 이 작품은 합리적이면서 인간적인 의사 케네디와 형이상학적이고 염세적인 일인칭 화자의 서술이 바깥의 틀을 이루는 액자소설이다. 일인칭 화자는 역사적 현장의 사실적 이야기가 될 수 있는 얀코의 조난과 죽음의 이야기를 하면서 아지랑이와 안개로 흐릿하게 채색하여 철학적이고 형이상학적인 이야기로 변형시킨다. 그런 까닭에 현대의 독자들은 화자가 에이미와 얀코의 이야기를 막연한 비극적 인간조건의 일환으로 묘사하여 영국인의 살인적 행위를 형이상학적 차원으로 치환하고 있다고 지적하기도 한다. 따라서 러플은 이 작품에 대해 제국주의에 대한 철저한 비판으로서 강도가 약하고, 영국의 외국인 혐오와 문화적 쇼비니즘에 대한 아이러니컬한 성찰에 그치고 마는 한계가 있다고 주장하기도 한다 (131).

그럼에도 불구하고, 모험과 탐험을 예찬하던 당대의 담론들의 이면에 감추어진 사기 이민과 조난자들의 비참한 현실을 드러내고 영국인의 배타적이고 잔인한 태도를 형상화한 점에서, 이 작품은 당대의 제국주의 이데올로기를 철저히 비판하는 작품이다.

이와 같이 세 작품의 주제는 영국의 제국주의에 대한 콘래드의 태도를 일별하게 해준다. 「카레인」과 「문명의 전초기지」는 제한된 시점의 낙천적 화자와 전지적 시점의 아이러닉한 화자의 대조적인 시각으로, 아시아와 아프리카라는 원시 대륙을 배경으로 이곳에 편재한 어둠의 세력이 문명화의 사명을 갖고 이곳에 온 유럽인들의 의식에 미친 영향을 다루고 있다. 이 두 작품이 당대 담론의 틀에 갇혀 문명/야만의 이분법적 사고를 지닌 채 문명과 진보 그리고 교역을 위해 미개한 대륙에 온 유럽인들이 식민지에서 실제로 겪게 된 낯선 상황을 다루었다면, 「에이미 포스터」는 영국사회에 이입된 외지인이 원주민의 위치에 있는 영국인들의 고정관념과 편견에 의해 희생되고 마는 이야기, 문화권 사이의 차이에 대한 몰이해와 단절에서 빚어지는 비극의 주제를 다루고 있다.

콘래드는 「카레인」에서 당대 문헌에 유행하던 신화와 관습을 그대로 답습하고 있다. 그러나 그 담론에 갇혀 있는 것은 작가가 아니라 다양한 등장인물들이다. 작가는 다양한 담론의 주역들을 제시하면서 그 담론을 다각적으로 검토하고 성숙한 태도로 성찰한다. 결말부분에서 잭슨이라는 인물을 통하여 그 이데올로기의 허상을 드러내 보이고는 있지만, 「카레인」에서 콘래드는 당대 담론의 이데올로기를 믿고 의지하며 적극적으로 전파하는 인물들을 긍정적으로 묘사함으로써 제국주의 이데올로기에 기여하는 영국인들의 모습을 제시하고 있다. 「문명의 전초기지」는 아프리카에 대한 신화를 어느 정도 원용하고 있지만, 제국주의 담론의 희생자인 인물들을 제시하여 당대 이데올로기를 한껏 조롱하고 풍자한다. 「에이미 포스터」에서 익명의 일인칭 화자가 비관적인 어조로 사건을 인간 조건의 비극, 존재론적 불안과 같은 인류에 보편적인 문제로 환원하는 경향이 있지만, 콘래드는 영국인의 어둡고 배타적이며 비인간적인 특성에 대한 철저한 비판과 폭로를 통해 당대 담론의 근간을 이루는 진화론과 계몽사상을 전복시키고 있다.

이 세 편의 작품에서 볼 수 있듯이, 콘래드는 아시아와 아프리카에 유입되어 온 백인들을 중심으로, 또는 영국에 표류해온 동구인을 중심으로, 제국주의 이데올로기가 인간의 의식과 인간의 삶에 미치는 영향을 예리하게 분석하고 있다. 비록 아체베를 포함한 제삼세계 출신의 비평가들에 의해 아프리카의 고유한 언어와 문화를 전적으로 외면한 점에서 제국주의의 옹호자라는 비판을 받기도 했으나, 화이트의 주장처럼 콘래드는 제삼세계 작가들이 제국에 대해 "다시 쓰기"를 시작하기도 전인 19세기 후반, 20세기 초반이라는 이른 시기에, 제국주의 이데올로기에 깊은 회의를 제기하며 타자의 시각으로 제국 건설의 문제를 보도록 유도했던 선구적 작가로 평가된다. 결국 콘래드는 당대 담론의 틀에 갇힌 작가가 결코 아니며, 그렇다고 이데올로기를 초월한 작가도 아니다. 콘래드는 당대의 이데올로기의 틀에 안주한 채 그 신화를 원용하는 한편, 때로 회의적 시각으로 의문을 제기하면서 제국주의 이데올로기가 인간에 미치는 영향을 다각적으로 검토하고 성찰한 포괄적 시각의 능숙한 작가였던 것이다.

인용 문헌

Ashcroft, Bill and Gareth Griffiths, Helen Tiffin. *Key Concepts in Post-Colonial Studies.* New York: Routledge, 1998

Brantlinger, Patrick. *Rule of Darkness.* Ithaca: Cornell UP, 1988.

Conrad, Joseph. *Tales of Unrest.* Harmondsworth: Penguin Books, 1898. rpt. 1978.

Dryden, Linda. "An Outcast of the Islands: Echoes of Romance and Adventure." *The Conradian.* Vol. 20, No. 1 & 2 (Spring/Fall 1995): 139-68.

Frazer, Gail. "Conrad's Irony: 'An Outpost of Progress' and *The Secret Agent*." *The Conradian.* Vol. 11, No. 2 (Nov. 1986): 155-69.

Hamner, Robert. *Joseph Conrad: Third World Perspective.* Boulder: A Three Continents Book, 1990.

Hawkins, Hunt. "Conrad and the Psychology of Colonialism." in *Conrad Revisited: Essays for the Eighties.* U of Alabama P, 1985.

Jameson, Fredric. *The Political Unconscious.* Ithaca: Cornell UP, 1981.

McClure, John A. *Kipling and Conrad.* Cambridge: Harvard UP, 1981.

Parry, Benita. *Conrad and Imperialism.* London: Macmillan, 1983.

Ruppel, Richard. "Yanko Goorall in *The Heart of Darkness*: 'Amy Foster' as Colonialist Text." *Conradiana.* Vol. 28, No. 2. 1996 Summer: 126-32.

Shaffer, Brian W. "'Progress and Civilization and All the Virtues': Teaching Heart of Darkness via 'An Outpost of Progress.'" *Conradiana: A Journal of Joseph Conrad Studies.* Vol 24, No. 3 (Autumn 1992): 219-31.

Shetty, Sandya. "*Heart of Darkness*: Out of Africa Some New Thing Never Comes." *Journal of Modern Literature.* Vol 15, No. 4. 1990: 461-74.

Young, Robert. *White Mythologies.* New York: Routledge, 1990.

Weinbrot, Howard H. *Britannia's Issue.* Cambridge: Cambridge UP, 1993.

White, Andrea, *Joseph Conrad and the Adventure Tradition.* Cambridge: Cambridge UP, 1993.

_____. "Conrad and Imperialism" in *Cambridge Companion to Joseph Conrad.* ed by J. H. Stape. Cambridge: Cambridge UP, 1996.

Zabel, Morton D. *The Portable Conrad.* Harmondsworth: Penguin Books, 1975.

■ 이 글은 『현대영미소설』 8권 1호(2001)에 실린 글을 수정, 보완한 것이다.

5.

반제국주의 속의 어둠
―『암흑의 심장』에 나타난 인종주의

신문수

서구 사회가 제국의 경영과 팽창에 인종주의를 활용한 것은 분명하다. 그러나 사회적 실천의 장에서 그 연관성은 간단히 일반화 없을 정도로 착잡한 것이다. 예컨대 19세기 말 미국의 팽창주의자들은 필리핀과 하와이의 합병을 우수한 백인 문명의 소명으로 정당화했는데, 합병반대론자들 또한 열등한 인종과의 통합이 백인의 우수성을 훼손할 수 있다는 논거로 그에 맞섰다. 시기를 더 거슬러 올라가 미국의 텍사스 합병이나 1848년 멕시코와의 전쟁 후 영토 확장 과정에서 인종주의가 하나의 걸림돌이었음을 상기할 필요가 있다.[1] 인종과 제국주의의 연루는 이처럼 역사적 맥락에 따라 복잡한 양상을 보이기 때문에 단선적 시각이나 조건 없는 인과적 상관성은 경계해야 마땅하다. 제국 내의 인종적 정체성도 마찬가지이다. 파농(Frantz Fanon)이나 바바(Homi Bhabha)와 같은 탈식민주의 학자들이 상기시키는 것처럼 식민자/피식민자의 양분도 의식 현실의 차원에서는 결코 선명한 것이 아니다. 피식민자이든 식민자이든 그 혼종적 의식이 제국주의의 효과임은 물론 부인할 수 없다. 또 그 혼종성의 차이도 간과해서는 안 될 것이다. 그러나 제국의 현실을 "두텁게" 기술하고자 한다면 이 같은 의식의 착종성에 대한 주목 또한 필요한 일이다. 그 자신 제국주의 열강의 침탈을 당한 폴란드 출신이면서 대영제국의 신민으로서 작품 활동을 한 콘래드의 경우 제국과 인종주의의 연루는 흥미로운 복잡성을 보인다. 이 글은 이런 시각에서 『암흑의 심장』을 사례로 제국주의와 인종주의의 연관성을 특히 그 역사적 맥락에 초점을 맞추어 검토해보고자 한다.

1899년에 발표된 『암흑의 심장』(*Heart of Darkness*: 이하 *HD*로 약칭)은 20세기 영국 소설 중에서 아마 가장 빈번히 또 가장 지속적으로 논의된 작품의 하나일 것이다. 길지 않은 중편임에도 불구하고 이 소설에 쏟아진 이런 관심은 역

---

1) 흑백분리와 흑인에 대한 인종차별은 짐 크로우 시대에 이르러 극점을 이룬다. 이 시기는 또한 미국의 제국주의적 야망이 고조된 때이기도 하다. 미국 팽창주의 정책의 궁극적 동력을 대내적 인종주의로 보는 시각이 지금까지 대세를 이루어 왔지만, 근래에 이런 시각의 문제점을 지적하는 목소리도 적지 않다. 보다 자세한 논의는 Love 1-26 참조.

사적 현실의 체험이 구체적이면서도 또한 다원적 지평으로 열려있고 이와 함께 형상화 방식에 대한 진지한 성찰을 담고 있기 때문일 것이다. 프레드릭 제임슨 (Fredric Jameson)은 콘래드 소설이 문학적 인상주의를 지향하는 문체에의 의지 와 통속화된 고딕 로맨스 양식의 차용이라는 자기분열상을 특징적으로 노정한다 는 지적과 함께,『로드 짐』을 예로 들어 그것은 로맨스적 모험담, 인상주의적 문 체, 신화비평, 프로이트적 정신분석, 윤리 비평, 자아심리, 실존주의, 니체적 해체 주의, 그리고 구조주의적 시각 등, 적어도 아홉 가지 시각에서 분석할 여지를 제공 하는 작품이라고 주장한 바 있다(*Political Unconscious* 206-80).『암흑의 심장』 에 대해서도 같은 말이 가능하다. 이른바 '탐색 로맨스'(quest romance) 플롯을 연상시키는 대륙의 오지를 찾아가는 모험의 여정이 여러 명의 화자에 의해 특유 의 액자 소설의 기법으로 서술되고 있는『암흑의 심장』은 주제와 형식에서 여러 모로 제임슨이 말하는 '분열적'(schizophrenic) 글쓰기에 더 근접해 있기 때문이 다. 그 수용사를 대충 일별하더라도 그 점은 확인된다. 서구 제국주의에 대한 비 판, 인상주의 기법의 문학적 수용, 언어의 한계와 그 가능성을 모색한 모더니즘의 전범, 자아 발견을 위한 인간 내면의 탐구, 서사적 재현의 알레고리, 서양과 아프 리카의 만남의 우화 등 얼른 눈에 띄는 주제적 관심사만으로도『암흑의 심장』이 얼마나 다양한 시각에서 논의되었는지를 알 수 있다.

발간 이후 지속적인 비평적 조명 속에서 정전의 지위를 누려온『암흑의 심 장』의 탈식민주의 비평과의 조우는 그 수용사의 중요한 계기를 이룬다.2) 그 단초

---

2) 콜리츠(Terry Collits)는 문학 전통에 큰 영향을 끼친 정전 작가로서의 콘래드의 위상을 네 개의 '국면'(Conradian moment)로 나누어 살핀 바 있다: 첫째 국면은 소설이 처음 발표되었을 당시; 두 번째 국면은 1930년대 리비스와 같은 비평가들에 의해 영문학의 전통을 잇는 위대한 작가로 평가된 시기; 세 번째 국면은 변혁의 시대인 1960년대부터 탈식민주의 비평이 부상하는 시기. 이 국면에서 제국주의에 대한 콘래드의 입장이 분분한 논쟁의 대상이 되면서 콘래드의 초상은 상당 히 다른 면모를 띠게 된다; 넷째는 비평적 조명으로 누적된 콘래드의 이미지를 전반적으로 재검토 할 필요가 있는 현재의 국면. 이 국면들이 반드시 시간적 계기만을 함의하는 것이 아님도 주목할 필요가 있다(Collits 3).

를 제공한 것은 나이지리아 출신의 소설가 치누아 아체베(Chinua Achebe)이다. 아체베는 1975년 매사추세츠 대학에서 행한 강연, 「아프리카의 이미지: 콘래드의 『암흑의 심장』에 나타난 인종주의」("An Image of Africa: Racism in Conrad's *Heart of Darkness*")에서 콘래드를 "지독한 인종주의자"(a bloody racist)라고 비난하고, 인류의 큰 몫을 차지하고 있는 한 인종을 인간 이하의 존재로 비하하는 소설이 뛰어난 예술작품으로 상찬되고 있는 것은 어불성설이라고 주장한다. 아체베는 그 후로도 여러 차례 다른 지면을 통해 콘래드의 인종주의적 편견을 비판하는 발언을 이어갔는데, 그의 비난은 콘래드를 옹호하는 비평가들의 반박을 촉발시켰고, 이들을 재반박하는 또 다른 글들이 잇따라 발표되면서 콘래드의 인종주의 문제는 탈식민주의 논의의 장에서 뜨거운 쟁점이 되었다. 이 논쟁은, 이를 정리한 바 있는 호킨스(Hunt Hawkins)도 지적하고 있듯이, 제국주의와 인종 문제만이 소설의 전적인 관심사라는 인상을 줄 정도로 시작된 지 30년이 흘렀는데도 가라앉을 기미가 없이 지속되고 있다.3) 그 까닭은 일차적으로는 콘래드의 문학사적 중요성 때문이겠으나, 그에 못지않게 탈식민주의 비평의 등장을 재촉했던 신식민주의적 상황이 지속되고 있고 그것을 정당화하는 이데올로기 기제로 봉사해온 인종주의가 직접적으로 혹은 위장된 형태로 오늘날에도 여전히 사람들의 의식의 한자락을 점령하고 있기 때문일 것이다.

---

3) Hawkins 365 참조; 2006년에 개정 발간된 『암흑의 심장』 Norton 제4판은 거의 전적으로 인종문제를 중심으로 편집된 것이고, 근래에 출판된 퍼초우(Peter Edgerly Firchow)의 *Envisioning Africa: Racism and Imperialism in Conrad's Heart of Darkness* (2000)나 판(Regelind Farn)의 *Colonial and Postcolonial Rewritings of "Heart of Darkness": A Century of Dialogue with Joseph Conrad* (2004)도 그것을 주제로 한 단행본 연구서이다; 이 논쟁의 역사적 의의와 향후 콘래드 연구의 전망에 대해서는 류춘희 참조.

1. 콘래드의 아프리카 여정과 역사적 배경

콘래드의 많은 소설이 그렇듯이 『암흑의 심장』도 그의 자전적 체험을 바탕으로 한 소설이다. 콘래드는 벨기에 무역회사 소속으로 아프리카의 콩고강을 오르내리는 증기선의 선장으로 채용되어 1890년 6월에서 12월까지 콩고에 체재했다. 콩고는 그 당시 벨기에 국왕 레오폴드 2세의 개인 식민지로 콩고 자유국(État Indépendant du Congo; Congo Free State)으로 불렸다. 1876년부터 아프리카에 식민지를 세울 생각을 품고 있던 레오폴드 왕은 아프리카 내륙지방으로 탐험을 떠난 후 종적이 묘연했던 리빙스턴(David Livingstone)을 찾아내 탐험가로 명성을 얻은 스탠리(Henry Morton Stanley)를 초빙해 콩고 지역 탐사를 맡겼다. 스탠리는 1880년부터 레오폴드 왕을 대행하여 수차례 콩고강 유역을 답사하여 1884년까지 강 연안에 22개의 주재소를 설치했다. 레오폴드 왕은 1884년 11월에서 1885년 2월까지 비스마르크가 소집한 베를린 회의에서 유럽 제국주의 열강들로부터 콩고를 독립된 식민지로 공인받고서 본격적으로 콩고의 식민화에 나서게 된다. 베를린 회의는 이른바 '아프리카 분할'(Scramble for Africa)에 대한 논의가 매듭지어진 회의였다. 이를 기점으로 유럽 열강들은 경쟁적으로 아프리카 침탈을 가속화하여 콘래드가 콩고를 찾은 1890년에 말에 이르러 전 대륙의 90%가 이미 식민지로 분할된 상태에 있었다.

콘래드의 콩고 여행은 요컨대 유럽 제국주의 열강의 식민지 침탈이 절정기에 달한 시점에서 행해진 것이었다. 『암흑의 심장』에서 말로우의 입을 빌어 말하고 있듯이, 콘래드는 어린 시절부터 아프리카 여행을 동경해 왔었다. 그는 어릴 적 꿈을 실현한다는 흥분 속에서 기대를 걸고 브뤼셀을 떠나 콩고에 도착했으나 결국 짙은 환멸 속에서 지치고 병든 몸으로 6개월 만에 유럽으로 돌아왔다. 그가 콩고에서 무엇을 보고 느꼈을 것인지는 이 당시에 쓴 편지와 일기, 그리고 무엇보다 『암흑의 심장』을 통해 짐작할 수 있으나, 어쨌든 기대를 배반하는 형언할 수 없을 만큼 충격적이었던 것이었음이 분명하다. 만년에 쓴 에세이 「지리학과 탐험가들」("Geography and Some Explorers")에서 콩고강 항해의 종착지인 스탠리 폴즈에서 느꼈던 심경을 콘래드는 이렇게 쓰고 있다.

> 음울한 심사가 엄습해왔다. 그렇다, 여기가 바로 그곳이다. 그러나 이 거대한 야생지의 밤에 내 옆에 있어줄 변변한 친구 하나도 없고 머리에 남아 있을 추억거리도 없다. 다만 자극적이었던 신문 기사에 대한 씁쓸한 회억과 인간의 양심과 지리적 탐험의 역사 전체를 망가뜨렸다고 할 수 있는 가장 사악한 약탈행위를 알게 된 끔찍한 역겨움뿐이다. 한 소년이 꿈꾸었던 이상화된 현실이 이렇게 종언을 고하다니!
>
> A great melancholy descended on me. Yes, this was the very spot. But there was no shadowy friend to stand by my side in the night of the enormous wilderness, no great haunting memory, but only the unholy recollection of a prosaic newspaper "stunt" and the distasteful knowledge of the vilest scramble for loot that ever disfigured the history of human conscience and geographical exploration. What an end to the idealized realities of a boy's daydreams! (*HD* 278)

여기에 시사되어 있는 대로 이상의 배반은 『암흑의 심장』의 중요한 주제의 하나이다. 소설은 그것을 개인적 차원에서만이 아니라 사회 전체가 관련되어 있는 역사의 악몽으로 제시하고 있다. 이념은 현실에서 검증 받을 수 있을 때 삶을 의미 있게 만드는 계도적 좌표가 될 수 있다. 소년 콘래드를 먼 미지의 세계에 대한 동경으로 이끌었고, 그가 위 에세이에서 언급한 멍고 파크(Mungo Park), 리차드 버튼(Richard Francis Burton), 존 스펙(John Hanning Speke), 데이비드 리빙스턴(David Livingstone)과 같은 지리적 탐험가들을 사회적 영웅으로 만들었던 제국의 이념은 소설의 화자인 말로우의 표현일 빌면, "죽음과 교역이 춤추는"(*HD* 14) 제국의 전선에서 현실과 동떨어진 공허한 수사로 변질되어 있었다. "경이로움에 대한 욕망과 . . . 상상의 유희"(「지리학과 탐험가들」, *HD* 274)를 자극했던 지리학이 폭압과 수탈의 정치경제학에 의해 밀려난 현실인 것이다. 그의 첫 소설이 될 『올메이어의 어리석음』(*Almayer's Folly*)의 원고를 휴대하고 콩고 여정에 올랐던 콘래드는 암흑대륙의 오지에서 루카치(Georg Lukács)의 표현을 빌린다면 '추상적 이상주의의 악마성'(demonism of abstract idealism)을 절실히 체험하고,[4] 그것을 원체험으로 간직하며 본격적인 소설쓰기의 길로 들어서게 되는 것이다. 6개월에 불과했지만 콘래드의 콩고 체험은 이렇게 그로 하여금 인간 의식의 어두운 저편을, 그것이 닻을 내리고 있는 사회의 복잡한 세력 관계와 그 이면의 질서를 새롭게 인식하는 계기를 제공했다. 훗날 편집자인 가넷(Edward Garnett)에게 보낸 편지에서 콘래드는 콩고에 가기 전까지 "나는 한 짐승에 불과했다"고 술회한 적이 있다(Firchow 31).

콘래드는 콩고 체험 후 9년 만에 『암흑의 심장』을 발표했다. 그동안 문명화라는 "성스러운 사명"과 박애주의를 표방하면서 콩고의 고무와 상아의 수탈에 혈안이 되어 있던 레오폴드 식민 체제의 폭정을 고발하는 적지 않은 글들을 접하고서 그가 직접 느낀 인상이 더욱 강화된 상태에서 소설에 착수했다고 볼 수 있다. 레오폴드는 콩고 식민지를 16개 지역으로 나누고 각 지역을 관장하는 행정관을 임명하여 식민지를 관리했다. 지역행정관들은 전통적인 족장 제도를 무력화시킴으로써 콩고의 토착적인 사회구조를 와해시키고 원주민에게 각종 세금을 부과했다. 세금을 낼 수 없는 절대 다수의 콩고인들에게 대신 고무와 상아를 채집하는

---

4) 루카치는 『소설의 이론』(*Theory of the Novel*)에서 서구 소설을 네 가지로 유형화한 바 있다. 『동키호테』가 대표하는 추상적 이상주의 소설, 플로베르의 『감정교육』으로 대변되는 낭만적 환상 소설, 『빌헬름 마이스터의 수업시대』가 예시하는 독일 교양 소설, 톨스토이의 소설에서 전범을 찾을 수 있는 사회적 형식을 초월하는 소설이 그것이다. 추상적 이상주의 소설의 경우 주인공은 현실이 자신이 추구하는 이념과 다르다는 것을 인식하고 그 이념의 실현이 가능한 곳을 찾아 모험을 떠난다. 주인공의 이념에 대한 믿음은 종종 광기에 가깝거나 편집광적 망상을 드러낸다. 중요 인물인 말로우와 커츠 역시 이런 편린을 보인다는 점에서 『암흑의 심장』도 추상적 이상주의 소설의 맥락에서 논의해 볼 수 있다.

노역이 부과되었고, 이들이 약정된 수량을 채우지 못하거나 일을 게을리 하면 사지를 절단하거나 여럿을 함께 쇠사슬로 묶거나 살해하는 가혹한 형벌이 뒤따랐다. 원주민들은 사실상 노예나 다름없는 처지였다. 이처럼 처참한 식민지 현실은 콘래드가 콩고 여행을 떠나기 이전부터 간헐적으로 전해졌으나 문명화 과정의 불가피한 부작용으로 간과되곤 했다. 가령 최근에야 주목받고 있는 미국의 흑인 목사 윌리엄스(George Washington Williams)의 레오폴드 왕에게 보낸 공개서한이나 미국 남부 장로교회의 선교사 셰퍼드(William Shepherd)의 선교보고서도 그런 경우이다. 콩고의 문명화가 아프리카의 노예제도를 종식시킬 것이라는 희망을 품고 콘래드와 같은 해에 콩고를 둘러본 윌리엄스는 기대와 달리 레오폴드의 문명화 사업이 "거짓, 사기, 강도행각, 방화, 살해, 약탈, 잔혹한 정책"으로 점철되어 있음을 발견하고 이의 해명을 요구했다.[5]

콩고 식민 체제의 무자비한 착취와 인종 학살은『암흑의 심장』이 출판된 무렵에는 유럽 사회에 꽤 널리 알려졌고, 급기야 1903년 영국 의회는 여론을 반영하여 콩고의 학정에 대해 조사하고 열강의 협의가 필요하다는 결의안을 채택한다. 이어 1904년 콩고 주재 영국 영사였던 로저 케이스먼트(Roger Casement)의『콩고 보고서』(*The Congo Report*)가 발표되고, 뒤이어 모렐(Edmund D. Morel)을 중심으로 콩고 식민지의 비인도적 폭정을 개선시키자는 운동이 전개되고 이를 위한 콩고개혁협회(Congo Reform Association)가 조직된다. 여기에는 마크 트웨인(Mark Twain), 코난 도일(Arthur Conan Doyle)과 같은 소설가들도 참여하여 콩고 자유국의 비인간적 식민 정책을 규탄하게 된다. 콘래드는 1903년 케이스먼트의 요청을 받아들여 콩고 식민 행정은 "원주민 흑인들에 대한 무자비하고 조직적인 잔혹행위"의 기조 위에 펼쳐지고 있다는 요지의 공개편지를 쓴다. 그는 이 편지를 쓴 것 이외에는 콩고개혁 운동에 적극적으로 참여하지는 않았으나 그의 편

---

5) Parry 2005, 45 참조; 윌리엄스의 공개서한은 *HD* 120-131에 수록되어 있다.

지와 더불어 운동의 주역인 모렐이 "이 문제에 대해 씌여진 가장 강력한 글"로 평가한 바 있는『암흑의 심장』은 운동의 큰 활력소였다.6) 유럽의 여론 악화는 물론 자국인 벨기에 내에서까지 이는 비판적인 목소리에 레오폴드 왕은 1908년 결국 자신의 사적 식민지를 벨기에 국가 관리로 넘긴다. 콩고는 이후 1960년까지 벨기에의 식민지로 남아 있게 된다.

2. 제국주의 비판

『암흑의 심장』이 처음 발표되었을 때 당대 독자들은 그것을 키플링 류의 식민지 소설로 이해했고, 소설에 표명된 반제국주의 정서도 그런 시각에서 주목했다. 1899년 3회로 분재될『암흑의 심장』첫 회분을『블랙우드』지에서 읽고, 콘래드의 친구이자 열렬한 사회주의자였던 커닝햄 그레이엄(Cunninghame Graham)은 그의 제국주의 비판에 공감을 표시했다. 콘래드는 그레이엄이『암흑의 심장』을 반제국주의 소설로 평가한데 대하여 만족하면서도 후속되는 부분에서는 그것이 표면에 드러나지 않고 다른 생각들 속에 감싸여 있을 것이기 때문에 전체를 읽고 판단할 것을 주문하는 응답을 보냈다(Collits 105). 콘래드는『올메이어의 어리석음』의 서문에서 자신의 소설이 "먼 나라의 햇살이 눈부신 해안가의 야자수 아래에서" 한가롭게 빈둥거리는 "낯선 사람들"에 관한 "탈문명화된 이야기"로 읽혀질 것을 경계하기도 했다(Firchow 35). 다시 말해 그는 해외 식민지를 배경으로 하고 있으나 그 전형성에서 벗어난 소설을 의도하고 있었던 것이다.『암흑의 심장』에서 제국주의에 대한 콘래드의 비판적 시각도 특유의 복합적인 양상을 띠고 있다. 이와 연관하여 자신의 콩고 체험을 바탕으로 하고 있으면서도 이 소설에서

---

6) 케이스먼트의『콩고보고서』는 *HD* 131-60 참조; 콘래드와 콩고 식민지 개혁 운동에 관해서는 Hawkins; Simmons; Brantlinger 257-61 참조.

콩고강이나 아프리카가 직접적으로 언급되고 있지 않다는 사실도 주목할 만하다. 소설의 제목 또한 구체성을 띠면서도 추상적이고 일반화된 양면성을 보인다. 그것은 지리적 위치를 암시하면서도 또한 인간 의식의 심연 혹은 도덕적·종교적 미망을 연상시키기 때문이다(『블랙우드』지에 연재될 때의 제목은 "*The* Heart of Darkness"였다[7])).

　　『암흑의 심장』에서 콘래드의 제국주의 비판은 무엇보다 그 허위의식의 폭로에 초점을 둔다. 소설의 서두에서 말로우는 직설적으로 서구 제국주의 열강의 식민지 병합은 "피부색이 다르고 우리보다 코가 좀 납작한 사람들에게서 땅을 빼앗아 오는 것에 불과한 것"이라고 힐난한다. 그는 식민지의 행정이란 곧 "착취"에 다름 아니고, 그것을 가능하게 하는 힘도 "상대방이 약한 데서 오는 우연의 결과에 불과한 것"이니 자랑할 만한 것이 못된다고 말하면서 제국의 경영이란 한마디로 "폭력을 동원한 강도짓이고 무지한 대규모의 집단 살해이고, 그것도 맹목적으로 그런 짓을 저지르는 것"(7)이라고 비판한다. 제국의 팽창을 문자 그대로 몽매한 야만족을 문명화시키는 고귀한 사명으로 믿어 의심치 않았든 당시의 일반 사람들에게, 특히 보수적인 『블랙우드』지의 독자들에게, 말로우의 이런 비판은 당혹스러운 것이었을 것이다.[8] 말로우의 비판은 아프리카 현지의 무역상들, 스스로

---

7) 패리의 다음과 같은 말은 참고할 만하다. "If in abandoning the provisional title, "*The* Heart of Darkness," Conrad freed the fiction of temporal and spatial constraints, history and geography remain inscribed in rhetoric, tropological design, and structure"(Parry 2005, 43).

8) 배철러(John Batchelor)에 따르면 『암흑의 심장』이 연재된 『블랙우드』의 독자들은 주로 "군대의 장교들, 제국의 행정관리들, 중산층 영국인"들로 자신들과 비슷한 사람들에 관한 이야기들을 통해 "자기 존중감이 강화되갈" 바라는 사람들이었다(94). 넬리 호 선상의 말로우는 물론 그의 이야기를 듣고 있는 다른 네 사람, 곧 화자를 포함하여 무역회사의 중역, 변호사, 계리사는 모두 해외무역과 연관된 인물들이라는 점에서 바로 『블랙우드』 독자층과 유사하다. 그렇기 때문에 『암흑의 심장』의 첫 장면은 20세가 넘어서 배운 이방의 언어로 글쓰기를 시작한 콘래드가 자신의 잠재적 독자들을 선상에 끌어 모아 그의 소설을 이야기로 시연하여 그것에 대한 반응을 타진해보는 듯한 인상을 준다. 자주 지적되어 온 바이지만, 이들과 동일한 직책을 수행하는 인물들이 말로우에 의해 재현되는 콩고의 식민지 현지에서 재등장한다.

를 '엘도라도 원정대'라고 자칭하며 내륙으로 들어가 유럽의 싸구려 물품을 주고 값비싼 상아를 얻어내고자 하는 무리들을 "야비한 해적"(30)들이나 다름없다고 매도하는 데서 더욱 고조된다.

이들은 배짱도 없으면서 무모하고, 담대하지도 못하면서 탐욕스럽고, 용기도 없으면서 잔인한 무리들이지. 그들 누구에게서도 미래에 대한 예견이나 진지한 뜻은 단한 톨도 찾아 볼 수 없었어. . . . 대륙의 내부로부터 재화를 탈취해내는 것이 그들의 욕망이지. 허지만 금고를 쳐부수는 강도와 마찬가지로 그 욕망의 배후에는 도덕적인 목적이란 조금도 없었어.

There was not an atom of foresight or of serious intention in the whole batch of them, . . . To tear treasure out of the bowels of the land was their desire, with no more moral purpose at the back of it than there is in burglars breaking into a safe. (*HD* 30)

제국의 중심부에서 흔히 문명의 사도로서 상찬되어온 이들에게서 거기에 걸맞은 사명감이나 도덕의식을 찾아볼 수 없다는 이 진술은 결국 제국주의 이념의 공소함과 기만성을 폭로하고 있는 셈이다. 제국의 첨병이라고 할 수 있는 무역회사의 관리들의 행태 또한 이들과 크게 다르지 않다. 그들은 오직 "상아를 얻을 수있는 주재소를 맡아 수수료를 챙길 욕망"에 젖어서 "서로를 헐뜯고 중상하면서 시간을 보낼"(24) 뿐이다. 그들에게 상아는 물신화된 욕망의 표상이다. "'상아'라는 말은 공중에 울려 퍼지고, 속삭이고, 한숨을 토해내는 대상이었지. 사람들이 상아를 향해서 기도를 드리고 있다고 생각될 정도야. 어리석은 탐욕의 기운이 시체에서 풍기는 냄새처럼 진동하고 있었어"(23). 그렇기에 말로우는 이들을 공허한 이념에 홀린 그러나 이제 "신념을 상실한 순례자"(23)라고 형용한다. 콘래드의 제국주의 비판은 이처럼 브랜틀링거(Patrick Brantlinger)가 적절히 지적한 대로 "이상이 우상으로 전락한"(Brantlinger 262) 현실을 겨냥한 것이다.

원주민 흑인들은 이렇게 "폭력의 악귀, 탐욕의 악귀, 걷잡을 수 없는 욕망의 악귀"(16)로 전락한 백인들의 고삐 풀린 욕망의 희생물이 된다. 원주민 마을과 숲은 아주 사소한 일로 걸핏하면 폭격을 해대는 제국주의 군대의 무력시위로 폐허가 되고, 관리들에게 붙잡혀 노역에 끌려온 사람들은 피로와 굶주림에 지쳐 죽어간다. 말로우가 검은 대륙에 도착한 직후 주재소 인근에서 본 쇠사슬로 묶인 원주민 노동자들의 비참한 현실은 "지옥의 음울한 서클"(16)를 연상시키기에 족한 것이다.

> 그들은 조금씩 죽어가고 있었지. 분명한 일이었어. 그들은 적도 아니고, 죄수도 아니고, 아니 이 세상의 존재라기보다는, 음울한 녹음 속에 아무렇게나 드러누워 있는 질병과 기아의 검은 그림자 이외의 아무 것도 아니었네. 해안의 여기저기 마을로부터 합법을 빙자한 온갖 기한부 계약으로 끌려나와 낯선 환경에서 얼이 빠지고, 생소한 음식을 먹고, 그러다가 병들어 일하기 어려워지면, 내팽개치다시피 해서 죽어가는 거였네.

> They were dying slowly—it was very clear. They were not enemies, they were not criminals, they were nothing earthly now,—nothing but black shadows of disease and starvation, lying confusedly in the greenish gloom. Brought from all the recesses of the coast in all the legality of time contracts, lost in uncongenial surroundings, fed on unfamiliar food, they sickened, became inefficient, and were then allowed to crawl away and rest. (*HD* 17)

원주민들은 문명화라는 미명을 앞세운 제국주의자들에 의해 철도 건설, 상아 수집, 그리고 나중에는 고무 채집에 강제로 동원되어 수없이 희생되었다. 일례로 콘래드가 콩고 여행을 한 해인 1890년에 착공되어 1898년에 완공된 마타디-킨샤사 철도 건설 공사의 초창기인 1890-91년 사이 약 4개월 동안 900명의 원주민 노동자가 사망했는데. 이들은 동원된 전체 흑인 노동자의 17%에 이르는 수치였다(Gann and Duignan 71; Firchow 161에서 재인용). 레오폴드 왕의 개인 식민지로 있던 기간 동안 콩고는 이렇게 강제 동원, 질병, 기아, 처형, 집단 학살 등으로 대략 300만에서 1,000만 명이 사망한 것으로 집계되고 있는데, 이들과 폭정을 피해 이웃 나라로 탈주한 수를 합치면 백인 문명이 침투해 들어온 뒤 한 세대 동안 콩고의 인구는 대략 1/2로 급감한 것으로 보고되고 있다.9)

이런 맥락에서 커츠가 '야만 풍속 방지를 위한 국제 위원회'(International Society for the Suppression of Savage Customs)를 위해 쓴 팸플릿의 말미에 휘갈겨 써 넣은 "야만인을 모두 절멸시켜라!"(Exterminate all the brutes!)라는 구절은 많은 평자들이 지적한 대로 낙서 이상의 의미를 지닌다. 말로우는 실제로 내륙 주재소의 커츠의 숙소 앞 화단에서 원주민 머리를 각기 매단 여섯 개의 장대가 마치 장식물처럼 꽂혀 있는 것을 발견한다. 커츠를 우상처럼 숭배하는 러시아인 젊은 이는 이들을 "반군"(rebel)이라고 말하고 있으나, 현지의 실상을 지켜 보아온 말로우는 그의 말을 액면 그대로 받아들일 수 없었다. 그들이 다만 커츠의 탐욕스러운 상아 채집에 적극적으로 협조하지 않아서 본보기로 처형된 원주민 노동자들일 뿐이라는 것을 잘 알고 있었기 때문이다. 그들 역시 원주민들을 짐승처럼 부려 식민지의 재화를 최대한 갈취해내고자 한 제국주의 체제의 수많은 희생자의 일부인 것이다. 문제는 이들을 자의적으로 처단하고 "불타는 고상한" 언어로 "존엄한 박애정신"(50)과 문명의 사명을 논한 글의 말미에 자신도 모르게 원주민들을 몰살시키라고 쓴 커츠의 의식에 새겨 있는 흑인 원주민에 대한 태도이다. 커츠에게, 그리고 그가 대변하는 백인 제국주의자들에게, 아프리카의 원주민은 동류의 인간이라기보다는 "짐승"(brutes)과 같은 존재일 뿐이다. 말하자면 그들은 백인 식민자들에게 도움이 되지 않거나 일에 방해가 되면 죽여도 괜찮은 동물로 간주된 것

---

9) 콩고의 인구 급감은 조직적인 인종학살의 결과는 아닐지라도 그것을 방불케 하기 때문에 흔히 나치의 유태인 학살과 견주어 지고 있다(Firchow 148-65; Brantlinger 257 참조).

이다. 원주민의 막대한 희생은 단순히 노동조건의 가혹함이나 그로 인한 질병뿐만 아니라 흑인을 보는 백인의 뿌리 깊은 인종주의적 편견 때문이기도 한 것이다.

『암흑의 심장』은 사람들이 별 의식 없이 받아들이는 고정 관념, 인습적 시각, 상투적인 언어를 전복시킴으로써 제국주의의 기만성과 폭력성을 노정시킨다. 패리가 지적하고 있듯이 제국주의적 상상력은 마니교적 이분법에 입각해 있다. 콘래드는 흑/백, 빛/어둠과 같은 분명한 대비가 되는 허다한 이미저리를 병치시키면서 그것들이 각기 표상하는 상례적인 함의를 전도시킴으로써 제국주의를 어둠을 밝히는 고귀한 사명으로 보는 일반화된 시각을 뒤흔든다(Parry 1983, 21-23). 전통적으로 흰색이나 빛은 순수함, 미덕, 명료함. 진실성을 표상한다. 그러나 콘래드의 소설 속에서 그것은 오히려 타락, 악, 혼란과 거짓을 상징한다. 예컨대 말로우에게 제국의 중심 브뤼셀은 수많은 죽음을 부른 탐욕의 발원지로서 "흰색 무덤"(a whited sepulchre, 9)으로 비치고, "검은 양털실"로 뜨개질을 열심히 하며 사람들을 안내하는 그곳 무역회사 사무실의 여직원은 마치 관 덮개를 뜨면서 "어둠의 문"(11)을 지키는 문지기처럼 보인다. 커츠의 백인 약혼녀는 "아름다운 머리"와 "순수한 이마"를 지녔지만 그녀는 "차갑고 기념물처럼" 하얀 대리석 벽난로와 잘 닦은 관처럼 보이는 거대한 피아노가 놓여 있는 어두운 방에서 거짓된 이미지를 사실로 착각하는 망상 속에서 산다. 첫 주재소 인근에서 말로우가 본 지쳐 쓰러져 죽어가는 한 흑인 소년의 목을 감고 있는 "바다 건너 온 흰 털실"(17)의 이미지는 이 전도된 흑백의 대비들 중에서 가장 통렬한 것으로, 질식되어 죽어가는 아프리카인의 참상을 고발하고 있다. 검정색 또한 야만성과 미개함, 타락과 혐오감만을 표상하는 것이 아니다. 말로가 처음 본 아프리카 해안가에서 보트를 젓는 흑인들은 "야성의 생명력과 강렬한 활동 에너지"(14)의 상징으로 보이고, 아프리카의 야생적 환경은 문명의 침투를 물리치고 오히려 커츠와 같은 백인들을 유혹하여 야수적 본능에 탐닉하게 만드는 불투명성과 신비성을 지닌 것으로 강조된다.

그러나 『암흑의 심장』이 제국주의적 행태를 시종일관 비판만 하는 것은 아니다. 여기에서도 콘래드 특유의 애매성과 이중성이 노정되고 있으니, 그것은 우선 말로우가 '식민자'(colonist)와 '정복자'(conqueror)를 구분하는 데서 엿볼 수 있다. 말로우는 소설의 첫 머리에서 브리튼 섬을 식민화한 옛 로마 제국을 언급하면서, 그들은 식민자가 아니라 폭력적인 힘을 앞세운 정복자일 뿐이라고 말한다. 그는 이 구분에 앞서서 "우리를 구원해 주는 것은 효율성 – 효율성에 대한 열성"(6)이라고 언급하고,[10] 뒷 대목에 가서는 "이념에 대한 사심 없는 믿음"(7)을 말하기도 한다. 문맥상 이 말은 오늘의 대영제국은 효율적인 식민지 관리를 하고 있는 '식민자'로서 식민 이념에 사심 없이 헌신하고 있다는 점에서 정복에 급급했던 옛 로마 제국과 구별된다는 것으로 들린다. 실제로 콘래드는 편집자 윌리엄 블랙우드에게 보낸 편지에서 『암흑의 심장』은 "아프리카에서 문명화 작업의 수행이 정당한 것으로 여겨졌던 시기에 비효율성과 순수한 이기심의 범죄성"의 문제를 다룰 것이라고 쓴 바 있다(Parry 1983, 20에서 재인용).

이는 말로우가 브뤼셀의 회사 사무실에 걸려 있는 열강의 아프리카 식민지 분할을 서로 다른 색으로 표시한 지도를 보면서, 영국의 식민지를 나타내는 "방대한 빨간 색 부분"은 "그곳에서 진정한 사업이 이루어지고 있다는 것을 알기에 어느 때 보더라도 흐뭇하다"(10)고 말한 것을 상기시킨다. 다시 말해 말로우에게 본래적 이념에 헌신하여 효율적으로 제국을 관리함으로써 토착민 사회를 진보시키는 영국의 '좋은' 제국주의는 상찬의 대상이다. 이런 점에서 말로우가 비판하는 것은 본래의 사명을 도외시하고 폭력을 앞세워 식민지의 수탈에만 혈안이 되어 있는 벨기에 식의 제국주의 행태이지 제국주의 그 자체는 아니다. 이는 또한 콘래드의 입장이기도 하다. 케이스먼트에게 보낸 편지가 드러내듯이 콘래드 또한 원

---

10) 효율성은 제국주의 이데올로기를 구성하는 핵심어이기도 하다. 백인 식민자들의 아프리카인 혹사에 대한 말로우의 비판이 윤리적 시각에서라기보다는 "어리석음"(wanton stupidity)이라는 관점에서 행해지고 있음에 주목할 필요가 있다. 콘래드의 효율성 개념에 대한 보다 자세한 논의는 Firchow 218, n12 참조.

주민에 대한 폭정을 비판한 것이지 원주민과 백인의 평등성이나 식민 통치의 종식을 요구한 것은 아니었다. 퍼초우도 지적하는 바이지만 콘래드는 자신의 소설이 우회적으로라도 영국 제국주의에 대한 공격으로 읽혀지는 것을 원하지 않았고 그럴 의도도 없었다(Firchow 155). 콩고 식민지 개혁 운동의 주창자들이나 심지어 앞에서 언급한 흑인 목사 윌리엄스의 입장도 이 점에서는 마찬가지다. 이들은 무능하고 비효율적인 벨기에 제국주의를 비판한 것이지 제국주의 그 자체의 폐기를 요구한 것은 아니었다. 말로우가 제국주의에 대한 비판의 목소리를 높이고 있으나, 그는 결국 19세기말 유럽 제국주의를 뒷받침한 자유주의적 인본주의 이데올로기의 대변자로서 문명화의 사명, 일의 윤리, 유럽 문명의 우수성과 같은 생각들을 신봉하고 있다는 점은 자주 지적되어 온 것이기도 하다(Collits 99 참조), 이처럼 제국주의의 경영 방식과 식민지 현실에 대해서는 비판적이지만 제국주의 이념 그 자체에는 동의한다는 점에서 콘래드의 제국주의 비판은 분명한 한계가 있다.

3. 제국주의와 인종주의

1884년 베를린 회의 이후 유럽 열강의 제국주의 침탈은 날로 가속화된다. 이들은 아프리카는 물론 아시아와 태평양 지역에서 경쟁적으로 식민지 병합에 나선다. 제국주의 이론가 홉슨(J. A. Hobson)이 제시한 통계 자료에 따르면, 제국주의의 절정기라고 할 수 있는 1900년도 당시, 영국의 식민지는 보호령, 신탁통치령을 포함하여 50개, 프랑스는 33개, 독일은 13개, 미국은 6개이다. 특히 해가 지지 않는 제국을 건설한 영국의 경우, 해외 영토 총 면적은 1160만 평방 마일 (본국 12만), 인구는 3억 4천 5백만 (본국 4천만)에 이르렀다(Hobson 22-23). 이런 수많은 식민지를 효과적으로 경영하기 위해서는 무엇보다 원주민의 적절한 통제와 관리가 중요했다. 주지하듯 식민자와 원주민의 근본적 차이를 강조하는 인종주의는 가장 유용한 도구적 이데올로기로 적극 활용되었다. 예컨대『암흑의 심장』과 같은 해에 발표된 키플링의「백인의 부담」("The White Man's Burden")이라는 시는 식민자들이 "반은 악마, 반은 어린아이"와 같은 원주민들을 "이집트의 밤"과 같은 노예상태에서 구해주었으나 돌아오는 보답은 불평과 증오심일 뿐이라고 읊고 있다. 1899년 앵글로 색슨의 후예인 미국이 필리핀을 병합하여 새로운 식민지를 건설하는 것을 찬양하기 위해 쓰인 이 시는 백인을 성숙한 어른으로, 식민지 타자를 원시적인 유아로 설정하고 식민화는 불평을 일삼는 어린아이를 돌보는 어른의 책무와 같은 것이라는 생각을 담고 있다. 이와 같은 인종주의적 사고는 사회도 적자생존의 법칙에 따라 진보한다고 주장하는 당대의 사회적 진화론과 연횡하여 19세기 말 서구 제국주의의 이념적 지주 역할을 수행했다.

제국주의와 인종주의의 유착이 그렇다고 한결같거나 필연적인 것은 아니었다. 그 관계는 역사적 시기나 사회적 정황 혹은 개개인의 이념적 정향에 따라 서로 다른 양상을 띠었다. 그렇기 때문에 그 정도와 세목의 분별은 필요한 일이다. 원주민들의 교화 문제만 해도 그들이 워낙 열등하고 미개하기 때문에 문명화가 불가능하다는 주장에서부터 훈련과 교육을 통해 몽매에서 벗어나 문명의 대열에 낄 수 있을 정도로 향상이 가능하다는 주장에 이르기까지 편차가 다양했다. 역사를 되돌아보면 인종주의를 신봉하면서도 제국주의에 비판적인 경우도 많았다. 열등한 원주민들과의 접촉이 장기적으로 득이 될 것이 없고 백인들이 선천적으로 적응하기 어려운 열대 지방의 식민화는 희생이 크다는 논거에서이다. 프레드릭슨 (George Fredrickson)이 지적하고 있듯이 19세기 중엽 생물학적 인종주의를 주창한 영국의 로버트 녹스(Robert Knox)나 프랑스의 고비노(Joseph Arthur Comte de Gobineau)도 제국주의의 팽창에 대해서는 회의적이었다. 미국이 필리핀을 점거했을 때, 남부의 분리주의자들 중에는 국내의 열등한 종족들이 야기한 문제들도 산적되어 있는데 해외로 눈 돌릴 여유가 없다는 이유로 필리핀 병합을 반대한 자들도 상당수 있었다. 나치 인종말살의 주역인 히틀러도『나의 투쟁』에서 아프리카 분할에 독일이 참여한 것을 비판했다. 열등한 흑인들은 영국에 맡겨두고 독일은 동쪽으로 눈을 돌렸어야 했다는 이유에서였다(Fredrickson 109).

콘래드가 인종주의자라는 아체베의 비난도 이런 복합적 시각에서 살필 필요가 있다. 1975년 아체베의 비판이 있기 전까지는『암흑의 심장』에 대한 비평에서 인종주의 문제는 거의 거론되지 않았었다. 서구 제국주의 비판이 중요한 이슈인 소설에서 인종에 대한 시각도 당연히 진보적일 것으로 여겨졌거나 설사 인종적 편견이 눈의 띄었더라도 다른 문학적 이슈에 가려 지나쳐 버렸거나 아니면 일반적인 기준으로 보아 그것이 유별난 것이 아니기 때문에 논의거리가 되지 않는다고 생각했기 때문일 것이다. 그러나 앞서 본 것처럼 극단적인 인종주의자가 반제국주의적 입장을 취할 수도 있고 칸트나 제퍼슨처럼 자유주의 전통의 주류에 속해 있으면서도 인종주의의 사슬을 떨쳐버리지 못한 경우도 있는 것이다. 아체베도 콘래드가 "제국주의적 착취의 사악함"(349)을 비판한 것은 인정한다. 그럼에도 불구하고 그는 아체베의 통렬한 지적 그대로 그 도구적 이데올로기로 봉사한 인종주의에 대해서는 기묘할 정도로 둔감했다고 볼 수밖에 없다.

콘래드에 대한 아체베의 비판은 개인적 편견의 차원이라기보다는 서구문화 전체의 문제라는 시각에서 행해진다. 그 비판은 "아프리카를 서구 문화를 돋보이게 하는 대자적 존재로 이용하고자 하는 욕망 혹은 필요"를 겨냥한다. "아프리카는 멀면서도 동시에 막연히 친숙한 느낌을 주는 장소, 그 대비를 통해 유럽의 정신적 은총 상태가 명백해지는 그런 결여의 장소"(337)로 설정되어 왔다. 아체베는 이런 주장을 촉발시킨 두 가지 체험을 소개하며 말문을 열고 있다. 하나는 자신이 아프리카 문학을 가르치는 교수라는 말에 아프리카에도 문학이 있느냐고 반문한 백인 노인을 만난 경험이고 다른 하나는 그의 소설『모든 것은 무너진다』(*Things Fall Apart*)를 읽고 아프리카 부족의 관습과 미신에 대해 알게 되어서 기쁘다는 한 고등학생의 편지를 읽은 경험이다. 사소해 보이는 이 개인적 체험에서 아체베

는 미국과 서구 사회에 일반화되어 있는 아프리카에 대한 심각한 편견을 읽어내
는데, 전자는 아프리카는 문화와 역사가 없는 미개한 곳이라는, 후자는 아프리카
는 부족들로 구성된 원시 사회라는, 생각이 각각 그것이다. 아체베는 이런 편견이
일반화되어 있는 것은 개인적인 무지나 정보의 부족에서 기인한다기보다는 서구
사회의 우월성을 확인해줄 타자적 존재를 필요로 하는 사회적 요구에 의해 그것
이 끊임없이 재생산되고 유포되고 있기 때문이라고 생각한다. 아체베가 『암흑의
심장』을 문제 삼는 것도 이런 관점에서이다.

　　아체베는 『암흑의 심장』이 영문학사에서 "여섯 손가락 안에 꼽히는 걸작 단
편"(337)으로 강단에서 지속적으로 읽히고 논의되어 온 점을 특히 주목한다. 모더
니즘의 대표적 스타일리스트로 간주되는 작가가 쓴 이 소설은 서구에서 고전으로
상찬되고 있으나, 아체베가 보기에 그 자신 제국주의 열강의 침탈을 당한 폴란드
출신임에도 불구하고 아프리카를 인종적 타자로 격하시키는 서구중심주의적 사
고에 젖어 있기는 마찬가지이다. 『암흑의 심장』이 투사하고 있는 아프리카의 이
미지는 "인간의 지성과 문명의 세련이 동물적 야만성에 의해 조롱되는 곳, 곧 유
럽의, 따라서 문명의, 안티테제로서 유럽과 구분되는 타자의 세계"(338), 바로 그
것이다. 그러나 뛰어난 순문학 작품이라는 평가의 광휘에 가려 독자들은 물론 전
문 비평가들도 소설에 새겨 있는 인종적 편견을 읽어내지 못해왔다. 그리하여 아
프리카에 대한 부정적 이미지는 사실적인 것으로 혹은 당연한 것으로 세간에 유
포되어 지속적으로 재생산된다. 이 점이 콘래드의 인종주의를 비판하면서 아체베
가 더 중시하고 있는 문제인 것이다. 그러나 몽기아(Padmini Mongia)도 지적하고
있듯이, 그 후속 논쟁에서 국지적인 세부에 집착한 나머지 문학 작품이 인종주의
를 유포시키는 중요한 매체라는 이 사실이 진지하게 다루어지지 못한 아쉬움이
있다(Mongia 161).

　　세부의 논의에서 아체베는 콩고강과 템즈강, 커츠의 콩고인 정부와 브뤼셀
의 약혼녀의 묘사를 대비시키고, 전자가 후자의 대자적 이미지로 제시되어 있다

고 주장한다. "세계의 시원으로서" 콩고강은 침묵의 공간 혹은 원주민들의 "정신 없는 광란"의 배경으로 그려져 있는 반면, 한 때 지구상의 가장 어두웠던 장소로 여겨졌던 템즈강은 이제는 밝고 평화로운 곳으로 그려져 있다는 것이다. 마찬가지의 시각에서 브뤼셀에 남아 있는 커츠의 백인 약혼녀가 세련된 문명인의 풍모를 띠고 있는 반면 그의 콩고 원주민 정부는 이와 대자적인 시각에서 야만인으로 그려져 있다고 아체베는 지적한다. 아체베의 주장은 국지적으로 보면 타당하지만 콘래드의 독특한 대위법적인 구성방식이나 유럽과 아프리카 혹은 중심부와 주변부의 상응하는 대상을 병치시키면서 대비에만 머무르는 것이 아니라 상호 교차시키는 서사전략을 구사하는 점을 간과하고 있는 점도 있다. 예컨대 브뤼셀의 약혼녀가 문명인의 풍모로 그려져 있을지는 몰라도 그녀를 감싸고 있는 것은 죽음의 이미지이다. 그에 비해서 원주민 여자는 "야만적이면서도 당당했고, 눈매가 부리부리하지만 장엄한"모습의 야성미가 넘치는 건강한 여자로 제시되어 있다. 다시 말해 유럽/아프리카, 빛/어둠, 문명/야만과 같은 상례적 대비가 콘래드의 경우 아체베의 주장처럼 이분법으로 고착되어 있지만은 않은 것이다.

아체베는 또한 아프리카 인들이 익명적 집단으로 그려져 있거나 아니면 "검은 팔다리" 나 "구르는 눈동자"와 같은 환유적 형상으로 제시되어 있는 점, 또 주재소 인근의 언덕에서 일하는 흑인들을 "개미처럼 움직인다"(15)고 형용하는 것을 필두로 하여 그들을 개, 말, 하이에나 등과 같은 동물적인 이미지를 빌려 형상화되고 있는 점에도 인종적 편견이 작용하고 있다고 지적한다. 아체베는 또한 원주민을 거친 소리를 지르거나 "격한 혀짤배기 말"을 토해낼 뿐 언어 능력이 결여된 존재로 묘사하고 있는 점도 주목한다. 흑인들은 소설 전체를 통하여 말하는 기회가 두 번 주어질 뿐이다. 배에 탄 원주민의 우두머리가 굶주림 속에서 식인 의사를 표명하는 짧은 단문으로 된 말과 커츠의 죽음을 알리는 흑인 하인의 비문법적인 말이 그것이다. 말이라기보다는 제스처에 가까운 이 짤막한 의사 표시는 아프리카 흑인들은 언어 능력이 결여된, 따라서 이성적 사유와 거리가 먼 존재라는 오랜 상투적 이미지에 입각한 것이라고 볼 수 있다. 이는 "유럽 전체가 그를 만드는 데 기여했다"(49)고 말로우가 특기한 바 있는 커츠가 언어의 화신으로 설정된 것과 대조가 된다. 이런 구도는 아프리카는 인간 이성을 기반으로 한 문화와 역사가 부재하는 미개 사회라는 서구의 오랜 고정관념을 차용한 인종주의적 태도의 소산이다.

『암흑의 심장』에서 흑인에 대한 인종적인 편견은 무엇보다도 말로우가 원시적 자연 속에서 "광란의 소리를 지르고, 뛰고, 달리고, 무시무시한 얼굴앾" 원주민이 자신과 같은 동류의 인간이 아니라고 말할 수 없었다고 하면서, 이 야만적 존재와 자신이 멀게나마 인척 관계가 있다는 생각에 "소름이 끼치고", "추악한"(36) 생각이 들었다고 말하는 대목에서 뚜렷이 드러난다. 말로우는 흑인을 동류의 인간으로 인정하면서도 결국 이들을 인류의 먼 시원적 조상인 원시인에 가깝다고 생각한다. 전임 선장으로부터 훈련을 받아 배의 보일러들 돌보는 원주민 화부의 모습을 "바지와 깃털 모자를 쓴 개가 뒷발로 걷고 있는 것"(36)과 흡사하다고 비하하는 것도 이의 발로이다. 이는 흑인을 인간과 동물의 사이에 끼어 있는 아인간적 존재로 간주한 19세기 말의 일반화된 인종주의적 사고의 결과이다. 그리하여 아체베는 아프리카에 대한 이런 제반 이미지는 콘래드 개인의 발상이라기보다는 서양인의 상상력을 오랫동안 지배해오던 고정 관념에서 비롯된 것이라고 지적한다(347).

콘래드의 인종주의적 사고는 콩고강을 거슬러 올라가는 것을 시원적인 세계로의 여행에 비유하는 데서도 드러난다. 소설의 도처에서 아프리카는 "선사시대의 지구"(prehistoric earth, 35), "창세기의 밤"(in the night of first ages, 36)과 같은 곳으로 묘사되고 있다. 고셋이 지적하듯이 진화론의 영향으로 인종이 인류의 문명 발달의 각 단계를 표상한다는 생각은 19세기 말 유럽사회에 널리 퍼져 있었다. 가령 인류학자 루이스 모간(Lewis H. Morgan)에 따르면 인간사회는 야만(savagery), 미개(barbarism), 문명화(civilization)의 단계로 발전되어 가는데, 여기에서 백인이 진화의 스케일에서 가장 발달된 문명의 단계에 있다면 흑인은 진화의 가장 낮은 단계인 야만 상태에 있다고 여겨졌다(Gossett 144). 사회진화론자들은 이런 생각의 연장에서 진화의 초기단계에 있는 원시 인종은 발육이 정지된 유아와 흡사하다는 논리를 펴기도 했고, 프로이트 류의 정신분석학에 영향을 받은 문화론자들은 흑인을 인간 내면의 어두운 심연, 곧 통제하기 어려운 본능의 세계에 탐닉하는 사람들로 규정짓기도 했다. 소설의 제목에 암시되어 있지만 아프리카를 암흑의 대륙, 곧 어둠과 죽음이 지배하는 검은 대륙으로 그리는 것 자체가 빅토리아조 제국주의자들의 상투적인 인종주의적 사고의 발현인 것이다.

4. 콘래드의 인종주의와 그 수용의 문제

콘래드는 예술가를 제국주의자에 비유한 적이 있다. 그는 『개인적인 기록』(*A Personal Record*)에서 소설가는 "경찰도, 법도, 자신을 구속하는 상황의 압력이나 세간의 두려운 평판이 없는 곳에서 상상의 모험을 떠난다"고 썼다(Brantlinger 273). 그러나 인간의 의식을 주형해 온 이데올로기의 세계 밖으로 나가는 것은 거의 불가능한 일이다. 콘래드는 말로우의 입을 빌어 서구 열강의 비인간적이고 수탈적인 제국주의 행태에 대해 준엄한 비판을 가하고 있으나, 사이드(Edward Said)의 지적처럼 제국주의 세계로부터 벗어나 독자적인 삶을 사는 원주민 세계에 대해서 상상할 수 없었다. 다시 말해 폭압적인 제국주의 체제에 맞설 수 있는 대안적인 사회적 비전이 그의 인식의 지평에는 부재했다. 그리하여 콘래드는 제국주의 이념과 현실의 괴리를 언어와 현실의 근본적 간극의 문제로 수렴시키는 행보를 취한다(Said 29-30). 언어의 불투명성과 서사 형식에 대한 그의 집요한 관심은 이런 점에서 제국주의의 효과인 것이다.[11] 다시 고쳐 말한다면 제국

---

11) 제임슨은 제국주의 질서의 총체상의 재현불가능성 자체가 제국주의 효과라고 주장하면서 제국주

주의에 대한 그의 비판은 시대의 지배적인 인종주의의 틀, 곧 백인의 우수성/ 흑인의 열등성이라는 고정 관념으로부터 벗어나지 못했던 것이다. 제국주의적 상상태를 구성하고 있는 흑/백, 빛/어둠의 이분법을 차용하면서 동시에 그 내포를 뒤집음으로써 제국주의적 환상을 전복시키는 소설의 방식은 대단히 인상적이다. 그러나 패리가 지적하고 있듯이 소설은 아프리카와 아프리카인의 묘사에 이르러 결국 그 마니교적인 양극의 세계로 선회하고 만다(Parry 1983, 23). 이 내적 모순은 콘래드의 한계이면서 동시에 시대의 한계이기도 하다.

콘래드가 제국주의를 시대에 앞서 비판한 점을 앞세워 그를 옹호하고자 하는 비평가들은 흔히 1890년대에 출판된 작품에 새겨져 있는 인종주의를 현재의 시각으로 평가하는 것은 부당하다는 주장을 펴기도 한다. 이런 주장은 비단 콘래드에게만 국한된 것이 아니다. 사해동포주의를 주장하고 인간을 수단으로 대하지 말라고 한 칸트의 인종주의에 대한 비판이나 만민의 평등을 확고한 정치적 신념으로 삼았던 제퍼슨과 같은 계몽주의자의 흑인에 대한 인종주의적 편견에 대한 비판이 늘 부딪치는 반론도 오늘의 첨예해진 인종적 감수성으로 과거를 비판하는 것은 공정하지 못하다는 것이다. 콘래드가 『암흑의 심장』을 출간한 세기의 전환 무렵에 인종주의(racism)란 용어 자체가 존재하지 않았던 것은 사실이다.[12] 그렇다고 인종차별 현상이 없었던 것은 결코 아니다. 타 종족을 인종의 관점에서 생각하는 것이 빅토리아조에는 지극히 일반화된 사회적 관행이어서 부정적 함의를 담은 인종주의란 용어가 구태여 필요하지 않았을 뿐이다.[13] 콘래드를 옹호하는 이

의 현실을 간과하고 형식 실험에 열중했던 모더니즘의 형식이 실상 제국주의 이데올로기라는 점을 지적하고 있다(Jameson, "Cognitive Mapping," 278-79). 이글턴(Terry Eagleton)도 『비평과 이데올로기』(Criticism and Ideology)에서 문학텍스트가 당대의 지배 이데올로기를 초월할 수 없는 전범적인 사례의 하나로 『암흑의 심장』을 검토한 바 있다(Eagleton 130-40).

12) 와트(Ian Watt)는 '인종주의'(racism)란 용어가 옥스퍼드 영어사전 1983년도 증보판에 비로소 등재되었음을 상기시키면서 콘래드는 이 용어에 대해 알지 못하고 있었다고 지적하고 있다(Watt 6).

13) 아체베 또한 『암흑의 심장』의 인종주의가 간과되어온 이유의 하나로 인종주의적 태도가 당시의

런 주장이 시대에 앞선 콘래드의 제국주의 비판을 높이 사고자 하는 충정의 발로
일 수 있음도 이해할 수 있는 일이다. 그러나 이런 주장은 과거에 대한 우리의
이해란 결국 그것의 현재적 의미를 묻는 역사의식의 문제라는 근본적인 전제를
몰각한 소치이다. 우리가 과거에 대해 관심을 기울이는 것은 근본적으로 그것의
현재성, 곧 그것이 오늘의 우리의 삶에 던지는 시사점 때문이다. 이런 주장의 또
다른 문제점은 그것이 해당 인물을 탈역사화함으로써 결과적으로 그를 곡해할 수
있다는 점에 있다. 콘래드에 대한 아체베의 비판으로 인해 콘래드는 오히려 시대
의 맥락 속에 더욱 확고하게 착근됨으로써 그 시대의 문화에서 말해질 수 있는
것과 말해질 수 없는 것에 대한 우리의 이해를 더욱 깊게 해준다. 이런 바탕 위에
서 동시대 다른 작가들과 콘래드와의 비교도 보다 내실 있는 것이 될 수 있고,
그의 상상력과 사고의 폭도 보다 분명히 가늠해 볼 수 있는 것이다. 따라서 콘래
드의 인종주의적 태도에 대한 비판을 시대착오적인 것으로 본다든지 '정전의 전
쟁'(Canon War) 여파로만 보는 시각은 편협한 단견일 뿐이다.

인용 문헌

류춘희. 「『어둠의 핵심』에 대한 탈식민주의 시각 읽기: 말로우와 콘라드」. 『현대영미소설』
　　　15.1 (2008 봄): 7-32.
박지향. 『제국주의: 신화와 현실』. 서울: 서울대학교출판부, 2000.
Achebe, Chinua. "An Image of Africa: Racism in Conrad's *Heart of Darkness*." *Heart of*
　　　Darkness: A Norton Critical Edition (4th Ed.). 336-49.
Batchelor, John. *The Life of Joseph Conrad: A Critical Biography*. Oxford: Blackwell, 1994.
Brantlinger, Patrick. *Rule of Darkness: British Literature and Imperialism, 1830-1914*. Ithaca:
　　　Cornell UP, 1988.

　영국 사회 전체에 편재해 있어서 그것이 당연한 것으로 받아들여졌을 가능성을 제시하고 있다
(Achbe 343).

Collits, Terry. *Postcolonial Conrad: Paradoxes of Empire*. London: Routledge, 2005.

Conrad, Joseph. *Heart of Darkness: A Norton Critical Edition* (4th Ed.). Ed. Paul B. Armstrong. New York: Norton, 2006.

_____. "Geography and Some Explorers." *Heart of Darkness: A Norton Critical Edition* (4th Ed.). 273-78.

Eagleton, Terry. *Criticism and Ideology: A Study in Marxist Literary Theory*. London: Verso, 1976.

Farn, Regelind. *Colonial and Postcolonial Rewritings of "Heart of Darkness" A Century of Dialogue with Joseph Conrad*. Boca Raton, Fl: Dissertation.com, 2005.

Firchow, Peter Edgerly. *Envisioning Africa: Racism and Imperialism in Conrad's Heart of Darkness*. Lexington: UP of Kentucky, 2000.

Fredrickson, George M. *Racism: A Short History*. Princeton: Princeton UP, 2002.

Gann, Lewis H. and Peter Duignan. *The Rules of Belgian Africa*. Princeton: Princeton UP, 1979.

Hawkins, Hunt. "*Heart of Darkness* and Racism." *Heart of Darkness: A Norton Critical Edition* (4th Ed.). 365-75.

Hobson, J. A. *Imperialism: A Study* (3rd Ed.). London: Unwin Hyman, 1938.

Hochschild, Adam. *King Leopold's Ghost: A Story of Greed, Terror, and Heroism in Colonial Africa*. Boston: Houghton Mifflin, 1998.

Jameson, Fredric. "Cognitive Mapping." *The Jameson Reader*. Ed. Michael Hardt and Kathi Weeks. Oxford: Blackwell, 2000. 277-87.

_____. *The Political Unconscious: Narrative as a Socially Symbolic Act*. Ithaca: Cornell UP, 1981.

Love, Eric T. L. *Race over Empire: Racism and U.S. Imperialism, 1865-1900*. Chapel Hill: U of North Carolina P, 2003.

Lukács. Georg. *The Theory of the Novel*. Trans. Anna Bostock. Cambridge: The MIT Press, 1971.

Mongia, Padmini. "The Rescue: Conrad, Achebe, and the Critics." *Conradiana*. 33.2 (2001): 153-63.

Parry, Benita. *Conrad and Imperialism: Ideological Boundaries and Visionary Frontiers*.

London: Macmillan, 1983.

_____. "The Moment and Afterlife of Heart of Darkness." *Conrad in the Twenty-First Century: Contemporary Approaches and Perspectives*. London: Routledge, 2005.

Said. Edward W. *Culture and Imperialism*. New York: Alfred A. Knopf, 1993.

Simmons, Alan. "Conrad, Casement, and the Congo Atrocities." *Heart of Darkness: A Norton Critical Edition* (4th Ed.). 181-92.

Watt, Ian. "Conrad's *Heart of Darkness* and the Critics." *North Dakota Quarterly* 57.3 (1989): 5-15.

■ 이 글은 『영어영문학』 55권 1호(2009)에 실린 글을 수정, 보완한 것이다.

6.

콘래드의 독특한 아프리카 재현

박상기

치누아 아체베(Chinua Achebe)는 『암흑의 심장』(*Heart of Darkness*)의 작가 콘래드를 인종주의자라고 비판한다. 그에 의하면 콘래드는 당시 인종주의를 따라 아프리카인을 개인성과 언어를 갖지 못한 야만인으로 그린다(5-9). 그러나 실제로 소설에서 콘래드는 죽음과 가식에 찬 유럽인과 대조적으로 아프리카인을 생명력과 진정성을 가진 것으로 긍정적으로 재현하기도 한다(40). 물론 아체베가 주장하듯이 소설에서 표현된 것은 아프리카의 현실이 아니라 콘래드의 눈에 비친 아프리카의 "이미지"다. 그러나 그것은 그가 주장한 것과 달리 인종주의에 근거한 것이 아니고 당시 콘래드가 겪었던 세기말적 허무주의에 근거한 것이다. 그것은 세기말적 허무주의에 빠져있던 유럽인이 매우 낯선 아프리카에 왔을 때 겪은 일종의 "문화 충격"이다. 아체베는 콘래드가 아프리카를 유럽 "문명"의 "반명제"로서 "야만"으로 재현했다고 비판한다(3). 이런 주장은 아프리카의 민족주의를 주장하기 위하여 제국주의의 문명과 야만의 이분법을 전제하고 답습한 것일 뿐이다. 유럽인은 19세기 말 유럽에서 기존 가치관의 붕괴와 그것에 대한 대안의 부재로 인하여 인식론적 위기를 겪는다. 이런 상태에서 유럽과 전혀 "다른 세계"인 식민지 아프리카에 왔을 때 그들이 경험한 극심한 혼란을 소설은 재현한다. 폴란드 출신 콘래드가 소설에서 재현한 식민지 경험은 영국 문학사에서 매우 독특한 것이다. 그는 산업화된 유럽과 대조하여 아프리카를 '장구한 시간'과 '광활한 대지'로 표현한다. 이것은 문명과 야만의 이분법으로 표현할 수 없는 것이다. 세기말적 허무주의에 더해진 식민지의 이질성은 유럽인에게 더욱 혼란스러운 것이 된다. 그 경험은 아무 해결책을 제시할 수 없는 상황에 관한 것이기 때문에 그것의 내용보다 표현 자체가 더 중요하게 된다. 콘래드는 유럽 문명과 전혀 다른 아프리카의 이질성을 자신의 독특한 표현 방식을 통하여 문학적으로 재현한다.

1. "이중의 의미 상실"

콘래드는 세기말적 허무주의에 시달리는 유럽인이 매우 낯선 아프리카에서 겪은 이중의 의미 상실을 역설적으로 재현한다. 물론 그가 재현한 것은 아프리카의 실제가 아니라 유럽의 대표적 지성인 커츠를 통해 경험한 아프리카의 이질적 이미지다. 어느 것의 우위도 허용하지 않는 세기말적 허무주의의 영향 하에서 아프리카는 유럽보다 열등한 것이 아니라 그것과 전혀 다른 것으로 재현된다. 콘래드가 재현한 식민지의 경험은 프레드릭 제임슨(Fredric Jameson)이 모더니즘을 식민주의와 연관시켜 논한 "이중의 의미 상실"에 의해 설명될 수 있다. 제임슨에 의하면 모더니즘 문학은 주로 유럽의 도시에서 경험한 것을 재현한다. 이 경험은 산업화와 도시화로 인하여 유럽인이 물화되는 과정에서 겪은 의미 상실을 드러낸다. 이 물화 과정에서 모든 인간적 의미는 추상적 양화로 전환된 경제적 가치에 의해 대체되어 의미의 상실을 겪는다. 또한 제임슨에 의하면 대부분 모더니즘 문학은 유럽의 도시 문명에 기여한 경제적 배경인 식민지의 경험이 직접적으로 언급되지 않기 때문에 항상 무엇인가 설명되지 않은 미완의 상태로 끝난다. 결국 모더니즘 문학은 그런 "공간적 분리"에 의해 발생한 미지의 무한한 공간으로 열린 채 끝나고 그 경계를 넘어선 곳에 표현되지 않은 "부재의 공간"으로서 식민지가 존재한다(50-51).

콘래드의 『암흑의 심장』은 모더니즘 작품과 비슷하면서도 다른 특성을 보인다. 제임슨에 의하면 모더니즘 작품은 유럽의 산업화와 도시화의 결과인 물화 과정(reification)에 기인한 첫 번째 의미 상실이 재현된 것이다. 그리고 모더니즘의 작품에 나타난 미완의 결말은 식민지의 낯선 문명과 만났을 때 생기는 혼란을 나타내는 두 번째 의미 상실을 나타낸다. 한 마디로 말하면 모더니즘에 나타난 "이중의 의미 상실"은 산업화와 식민화의 합작품이다. 19세기 말에 쓴 콘래드의 작품은 제임슨이 설명한 모더니즘 소설과 달리 유럽의 도시 문명 자체를 본격적으로 다루지 않는다. 소설에서 제국주의의 중심지인 브뤼셀은 문명화로 발생한 죽음과 가식이 가득한 도시로 표현되고 아프리카에 대조되는 보조 역할을 한다. 영국의 템스강 역시 주무대인 콩고강에 대조되고 마치 그림의 액자 역할을 하듯이 소설의 시작과 끝에서 화자의 배경으로 반복하여 등장할 뿐이다. 20세기 초의 모더니즘 소설에서 표현되지 않은 식민지와 대조적으로 콘래드의 소설에서 아프리카는 소설의 주무대로 등장한다. 물론 아체베가 주장하듯이 소설에서 아프리카는 그곳에 온 유럽인의 "배경" 역할을 한다(3). 그러나 민족주의적 관점에서 제국주의를 비판할 때 아체베가 단지 배경으로 치부함으로써 간과한 것은 세기말적 허무주의를 겪고 있는 유럽인이 식민지에 와서 경험한 것을 독특하게 재현한 매우 이질적인 아프리카의 이미지다.

또한 콘래드의 소설에서 제임슨이 설명한대로 낯선 식민지의 경험이 의미의 상실을 가중시킨다. 그러나 소설에서 첫 번째 의미 상실은 제임슨이 언급한 산업화와 도시화로 인한 물화에서 발생한 것일 뿐만 아니라 당시 유럽에 만연한 세기말적 허무주의에 기인한 것이다. 세기말적 허무주의의 상황에서 대부분 유럽인은 아프리카에 오기 전에 이미 기존 가치관의 붕괴로 인해 의미 상실을 경험한다. 이런 의미 상실의 시대에 살고 있기 때문에 말로우가 아프리카에서 추구했던 의미의 회복은 그에게 매우 중요한 것이다. "[그 땅을 정복하는 것을] 구원하는 것은 단지 그 의미다"(32). 그는 아프리카에서 의미를 상실하고 방황하는 많은 유럽인을 목격하고 유럽의 아프리카 진출이 가진 의미를 밝히려 한다. "이 모든 것이 무엇을 의미하는지를 내 자신에게 종종 묻곤 하였다"(52). 화자인 말로우를 아프리카로 보내면서 브뤼셀의 의사는 많은 유럽인이 아프리카로 가서 정신 질환을 겪는다고 말한다. 그는 과학적 연구를 추구함에도 불구하고 그 정신 질환의 원인을 밝히지 못한다. 이것 역시 당시 제국주의의 근거인 계몽주의가 세기말적 허무주의와 제국주의적 침탈에서 봉착한 한계를 잘 나타낸다. 제국주의가 식민지를 침탈하는 과정에서 행하는 이유 없는 폭력은 모든 존재 의미를 파괴하기 때문에 세기말적 허무주의로 인해 유럽인이 겪고 있는 의미 상실을 더욱 악화시킨다. 이중의 의미 상실은 소설에서 내용보다 표현 방식에 관심을 기울이게 한다. 식민지의 역설적 상황은 합리적으로 이해될 수 없는 것이기 때문에 콘래드는 이성에 근거한 기존의 리얼리즘적 표현 방식보다 인상주의나 상징주의의 표현 방식을 사용한다.

2. "지연된 해독"과 "역사적 인상주의"

이안 와트(Ian Watt)는 콘래드의 표현 방식을 흄(Hume)의 경험주의와 연결지어 "지연된 해독"으로 설명한다. 흄에 의하면 인간의 지각은 "인상"과 "개념"으로 구성된다. 인상은 일차적인 "본원적 감각-인상"을 의미하는 반면에 개념은 그것에 대한 반성의 결과인 이차적인 "덜 생생한 지각"을 나타낸다(171). 와트의 지연된 해독은 일차적 감각-인상이 그것에 관한 이차적 지각-개념으로 전환되는 과정에서 발생하는 시간적 지연을 의미한다. 와트에 의하면 무엇보다 인간의 시계(視界)는 개별적 관찰자에 의해 제한된다. 또한 시계는 관찰하는 순간 관찰자의 내적이고 외적인 환경에 의해 통제된다. 이런 제한 외에도 인간의 마음은 일반적으로 관찰하는 순간에조차 다른 것들에 의해 바쁘게 된다. 항상 관심을 기울일 수 있는 것보다 더 많은 것을 시계에 두게 되어서 결정적인 순간에 가장 중요한 것을 놓치게 된다. 또한 인상의 해석이 일상적으로 습관적 기대에 의해 왜곡된다. 이런 제한과 왜곡 때문에 감각 인식과 그것에 관한 이해 사이에 시간적 지연이 발생할 수밖에 없다. 와트에 의하면 콘래드는 지연된 해독의 표현 방식을 통하여 감각적 경험의 이해에 선행하는 "사건과의 강력한 감각적 접촉"을 보여주려 한다(178). 와트는 콘래드의 작품에서 감각적 지각의 이해보다 그 원인인 감각적 인상 자체를 중시하는 "문학적 인상주의"를 발견한다.

브루스 존슨(Bruce Johnson)은 와트의 지연된 해독에 근거한 문학적 인상주의를 비판한다. 대신에 그는 와트의 문학적 인상주의보다 더 포괄적인 "역사적 인상주의"를 주장한다. 문학적 인상주의처럼 역사적 인상주의는 감각에 기인한 인상이 개인적 관점과 문화적 편견에 의해 개념화되는 과정을 다룬다. 그런 까닭에 와트처럼 존슨은 흄의 경험주의와 크레인의 자연주의적 문학을 언급한다. 그러나 와트와 달리 존슨은 역사적 인상주의를 "시대 정신"으로 설명하기 위하여 논의를 로크와 후설 그리고 색상 인지의 과학적 연구로 확대한다. 이런 논의의 확대보다 더 중요한 차이점은 존슨이 와트의 지연된 해독이 전제하는 암호화와 해독의 과정에서 전제된 합리적 확실성을 비판하는 것이다(349). 존슨은 와트보다 더 철저하게 경험과 이해의 가변성과 상대성을 주장한다. 그런 까닭에 존슨은 19세기 말에 "추상적인 전통적 언어와 범주의 붕괴"를 경험하면서 콘래드가 개인적이든 사회적이든 왜곡하는 습관이나 관습이 개입되지 않은 순간의 "완전히 생생한 감각 인자"의 상태를 재현하려 했다고 설명한다(357). 존슨은 와트의 지연된 해독이 합리성에 근거하여 콘래드의 작품을 설명했다는 한계를 드러내는 데 기여한다. 그러나 감각 인지의 원초적 상태를 후설(Husserl)의 "판단 중지"와 연결시켜 설명할 때 존슨은 아직도 이성을 중시하는 합리적 전통에서 충분히 벗어나지 못한다. 또한 존슨의 역사적 인상주의는 콘래드 작품에 중요한 상징주의적 특성을 설명하지 못하는 한계를 보인다. 사실 이런 상징주의적 특성 때문에 콘래드는 후설보다 오히려 20세기의 철학자 하이데거(Heidegger)에 더 가깝다. 콘래드는 후에 하이데거가 그랬던 것처럼 대상을 고정시키고 부분적으로 분석하는 합리적 이해의 한계를 넘어 변하는 인생을 전체적으로 느끼려 한다. 콘래드가 "글의 함"을 통해 이루려는 것은 독자로 하여금 "듣고, 느끼고, 무엇보다 *보게* 하려는 것이다"(225). 또한 하이데거처럼 그는 동적 깨달음을 "인삭"이 아닌 "선물"로 설명함으로써 그것의 수동성을 강조한다. 그런 까닭에 그는 모든 것을 대상화하고 분석하는 합리주의 전통이 보이는 지적 오만함을 경계하면서 작가에게 "노력과 포기의 경건함" 같은 역설적 주문을 한다(228). 이런 수동과 능동의 결합은 후에 하이데거와 밀접한 실존주의 철학에서 삶의 두 가지 구성 요소, 즉 성별 같은 이미 결정된 "피투성"과 미래에 대한 실천을 반영한 "계획성"으로 표현된다.

와트는 콘래드의 인상주의적 특성을 강조하면서도 그를 인상주의와 구별한다. 그는 콘래드가 크레인(Crane)의 단편소설 「열린 배」("Open Boat")를 평하면서 그를 "단지 인상주의자"라고 폄하한 사실을 언급한다. 콘래드에게 중요한 것은 단지 순간적 인상이 아니라 그 배후에 숨겨진 의미를 추구하는 것이다. 그런 까닭에 와트는 위대한 화가 밀레(Millet)가 농부에게 했던 것을 자신이 수부에게 하려한다는 콘래드의 주장을 언급한다(173). 여기서 와트는 콘래드가 단지 "인생의 표면"이 아니라 그것의 의미에 관심을 기울임으로써 인상주의와 구별된다고 주장한다. 라몬 페르난데즈(Ramon Fernandez)를 인용하면서 와트는 콘래드가 "인간에 앞선 실제"가 아니라 "실제에 앞선 인간"을 추구하였다고 설명한다. 또한 콘래드가 인상주의를 "인간에 관한 지식"에 적용함으로써 "위대한 창의성"을 나타냈다고 주장한다(179-80). 이런 인간의 의미 추구에서 콘래드는 인상주의의 한계를 넘어 상징주의로 나아간다. 와트에 의하면 인상주의 한계의 극복은 그것을 상징주의와 결합시킴으로써 가능해진다. 그는 인상주의와 상징주의의 관계를 "공생적 관계"로 규정한다. 그는 인상주의를 표현 방법의 "감각적" 요소로, 상징주의를 표현 내용의 "추상적" 요소로 설명한다(180-81). 여기서 상징주의는 인상주의와 달리 표현 방식이 아닌 표현 내용을 의미하게 된다. 다른 곳에서 와트는 콘래드가 상징주의의 "무한성"을 인상주의의 "유한성"으로 변형시켜 "가시적" 형태로 표현한다고 설명한다. 그런 까닭에 상징주의에는 "과학"과 "관찰"보다 "종교"와 "상상"의 요소가 많다(183).

와트의 설명은 순간에서 영원을 찾으려 했던 보들레르(Baudelaire)의 현대성에 관한 견해를 따른 것이다. 그러나 상징주의가 반드시 추상적일 필요도 없고 또한 반드시 무한의 문제를 다룰 필요도 없다. 엄밀한 의미에서 내용은 형태 없이 표현될 수 없기 때문에 그 둘을 분리하는 것은 불가능하다. 표현 방식이 내용의 성격을 결정하는 것 또한 사실이다. 표현 방식과 내용의 상호의존성은 상대성 이론 이후에 과학에서 공인된 시간과 공간의 분리가 불가능한 "공시간"(spacetime)의 개념에서 주체와 대상의 분리가 불가능한 것으로 설명된 것과 같다. 사실 콘래드가 소설에서 보여준 것은 변하는 사회 환경 속에서 살아가는 인간의 구체적 삶에 대한 인상주의적 표현과 그것의 숨겨진 의미에 관한 추상적 성찰을 위한 상징주의적 표현의 절묘한 결합이다. 인간의 사고에서 중요한 역할을 하는 추상화는 구체적 대상을 추상화하는 사고의 과정이다. 예를 들면 일차적으로 "까마귀처럼 검은"이란 표현은 구체적 대상에 비유하여 색상을 설명한다. 이차적으로 "검은 까마귀"는 대상에서 색의 추상적 개념을 찾아낸 것이다. 삼차적으로 구체적 대상과 무관하게 "검은 색" 자체의 추상적 개념을 다룰 수 있다(Aleksandrov, 8). 이렇게 추상적 사고는 구체적 대상에서도 찾을 수 있는 상대적 개념이다. 그런 까닭에 와트의 "감각적" 표현 방법과 "추상적" 표현 내용의 대조는 적절치 못한 것이다. 즉 와트의 사고는 현대적 사고에 맞지 않게 충분히 상대적이지 못하다. 상징주의적 표현은 삶의 의미를 생각하게 하기 위하여 의도적으로 모호하게 하는 경우도 있다. 그러나 콘래드의 소설에서는 상징주의가 사회적으로 급변하는 삶의 불확정성에 더해진 세기말과 식민화의 결과인 이중의 의미 상실에서 발생한 성격이 강하다.

콘래드는 인생을 철저히 가변적이고 상대적인 것으로 설명한다. 비평가들이 자신의 문학관에 대해 질문할 때 그는 자신의 문학이 인생의 변화에 적합하도록 주제나 표현 방식에서 계속 변할 수밖에 없음을 강조한다(231). 그런 까닭에 그는 어떤 관습에도 얽매이지 않은 사고와 표현의 자유를 중시한다. 그는 19세기 말에 허무주의 시대 상황을 인정하면서도 허무주의 자체를 받아들이지 않는다. 무엇보다 허무주의는 희망 같은 긍정적인 면보다 비관주의 같은 부정적인 면을 부각시키기 쉽다. 또한 그는 계몽주의나 공리주의처럼 허무주의나 비관주의가 포함하는 경직된 사고와 그것에 관련된 오만함을 비판한다(228). 그런 점에서 콘래드는 모든 독선적이고 경직된 사고를 철저히 부정하면서 당시 유럽에 영향을 끼쳤던 불교적 특성을 드러낸다. 그는 심지어 혁명까지도 반대한다. 혁명은 사소한 일에서 벗어나 중요한 일에 관심을 갖도록 사고를 자유롭게 하는 장점이 있다. 그럼에도 불구하고 그것의 "절대적 낙천주의"가 "광기"와 "비관용" 같은 경직된 생각을 포함하기 때문에 혁명을 반대한다(218). 가변적이고 상대적인 인생을 표현하기 위하여 보편적 이성에 근거한 리얼리즘 전통보다 더 자유로운 사고와 표현 방식이 필요하다. "삶의 진실에 충실하고자 하는 작가는 낭만주의, 리얼리즘, 자연주의 등 인간에게 신적 역할을 하는 모든 경직된 사고에 얽매이지 않는다"(227). 콘래드는 변하는 삶에 충실하고자 하기 때문에 이런 경직된 사고에 비해 비교적 자유로운 "예술지상주의"를 긍정적으로 평가한다. 그런 점에서 그는 19세기 후반에 "신은 죽었다"는 도발적 발언을 통하여 "신적 역할"을 하려는 모든 경직된 형이상학적 사고를 거부한 니체(Nietzsche)와 비슷한 경향을 보인다.

콘래드는 인상주의를 중요한 표현 방식으로 사용한다. 그러나 그것이 중요한 것은 와트가 주장한 "사건과의 강렬한 감각적 접촉"이나 존슨이 강조한 "완전히 생생한 감각 인지" 때문이 아니다. 무엇보다 콘래드가 인상주의적 표현 방식을 중시하는 이유는 세상이 가변적이고 상대적이기 때문이다. "변화된 관점의 효과를 유발하는 변하는 집합 (연속)과 변하는 빛에 의존하기 때문에 예술 작품은 유동적이다"(234). 콘래드는 빛의 변화와 그것의 결과인 인상의 변화가 세상의 변화를 잘 나타낸다는 점에서 인상주의에 관심을 보인다. 그러나 그에게 중요한 것은 인상에 따른 감각 인식 자체보다 "살아있고 고통 받는 인간의 세계", 즉 인간의 감각을 통해 "보이고 만져지는 세계"에 관한 구체성이다(223). 경직된 사고가 변하는 세계를 설명할 수 없듯이 추상적 사고는 구체적 세계를 설명하는 데 한계를 갖는다. 그가 작품에서 재현하려는 것은 초자연의 세계가 아니라 인간의 삶에 실질적 토대가 되는 "자연의 세계"다. 콘래드에게 소설은 구체적인 "인간의 역사"여야 한다. 그러나 동시에 소설은 역사 이상의 것이어야 한다. 그에 의하면 본질적으로 "인간 경험"의 "보존자"이고 "해설자"라는 점에서 소설가와 역사가는 같은 것이다. 그러나 역사는 문서화된 자료, 즉 "이차적 인상"에 근거한다. 반면에 소설은 "형태의 실체"와 "사회 현상"의 "관찰"에 근거하기 때문에 "더 견고한 근거" 위에 존재한다(230). 콘래드는 존슨이 주장한 원초적 감각 인상에 관심이 있는 것이 아니라 인간의 실질적 삶과 그것의 관찰에 근거한 구체적 표현에 관심이 있다. 그런 까닭에 그는 기록된 과거의 문서에 근거한 역사보다 실질적 삶의 관찰에 근거한 소설이 진실에 더 가깝다고 주장한다. 이런 주장은 문학이 역사보다 더 보편적 진리를 다룬 것이라고 주장하는 문학 옹호론과 대조를 이룬다. 그러나 동시에 콘래드는 소설이 단지 피상적인 감각적 인상에 머물러서는 안 된다고 주장한다. "모든 창조적 예술은 마술이다. 그것은 존재 조건에 의해 속박되어 있는 인간이 현실의 가장 중요한 변화에 관하여 진지하게 생각하도록 만들기 위해 보이지 않는 것을 불러내는 것이다"(229). 콘래드는 예술이 인생을 구체적으로 보이게 만든다는 점에서 인상주의 경향을 보인다. 그러나 동시에 "보이지 않는 현실의 가장 중요한 변화", 즉 합리적으로 설명될 수 없는 인생의 신비에 관하여 생각하게 만든다는 점에서 상징주의 경향을 나타낸다.

콘래드는 인상주의의 한계를 극복하고 상징주의를 향해 나아간다. 그가 상징주의적 표현 방식을 중시하는 이유는 와트가 설명하듯이 인상주의적 유한성을 통해 상징주의적 무한성을 표현하기 때문이 아니다. 콘래드에게 인상주의적 표현 방식은 변하는 세상에 관한 구체적 표현 방식으로 필요하다. 그러나 존슨이 주장하듯이 인상 자체가 중요한 것도 아니다. 콘래드는 "명시성"이 예술 작품의 매력을 창조하는 "암시성"과 "환상"을 파괴한다는 점에서 치명적이라고 설명한다 (232). 그는 예술의 상징주의적 특성을 강조하기 위하여 예술을 사상이나 과학과 비교하여 설명한다. 그에 의하면 사상가는 사고에, 과학자는 사실에 몰두한다. 그들의 주장이 존경 받는 이유는 "마음의 양육"이나 "몸의 적절한 관리" 같은 "비중 있는 문제"에 관심을 기울이기 때문이다(223). 반면에 예술가는 세상의 "신비로운 광경"에 접했을 때 "고통과 투쟁의 외로운 영역", 즉 자신의 내면에 들어가 "전쟁 같은 생존조건" 때문에 잘 드러나지 않는 능력, 즉 "덜 요란하고 더 심오하며 덜 명료하고 더 감동시키고 - 더 빨리 잊어지는 것"에 호소한다. 그러나 "그 효과는 영원히 지속된다"(224). 이런 역설적인 설명 방식은 가변적이고 상대적인 세계를 표현하는 데 적절하다. 콘래드에 의하면 세상이 변하기 때문에 인간의 지혜가 변하고 그 결과 그것에 의존한 사고와 사실이 변한다. 반면에 인간의 존재에 근거한 예술은 심오한 감동을 통해 더 지속적인 것이 된다. 예술가가 표현하려는 것은 사상가나 과학자가 추구하려는 사고와 사실처럼 고정된 객관적인 것이 아니다. 그것은 갈등적 세상을 반영하는 것으로서 투쟁하는 개인의 주관적 세계다. 또한 이런 인생에 관한 깨달음은 객관적 이성이 아닌 주관적 감성에 의해 전달되는 것이다. 그것은 의식적으로 빨리 잊어질 수 있으나 무의식적으로 더 지속적일 수 있다. 콘래드는 인생이 "신비극" 같은 것이기 때문에 그것이 부분적으로 이해되는 것이 아니라 전체적으로 느껴져야 하는 것이라고 주장한다. 이런 사고는 19세기 후반에 변화하는 삶을 부분적으로 고정시키는 합리적 사고를 비판하는 "생의 철학"(Lebensphilosophie)의 전통과 연관된다. 이런 전통에서 콘래드는 그의 비평가 와트나 존슨보다 더 철저하게 합리주의적 전통의 한계를 극복하려 한다. 그런 까닭에 이해할 수 없는 허무주의적 의미 상실의 상황을 재현하려 할 때 합리성에 바탕을 둔 리얼리즘보다 인상주의와 상징주의의 표현 방식이 더 적절하다. 콘래드는 소설에서 내용과 표현의 밀접한 관계를 명백히 밝힌다.

3. 역설적 상황의 심미적 표현

세기말적 허무주의와 제국주의적 침략이 야기한 이중의 의미 상실은 비록 완전히 분리시켜 설명할 수 없지만 콘래드의 소설에서 내용 자체보다 표현 방식을 더 중요하게 만든다. 와트는 소설의 역설이 제목 "암흑의 심장"에서 어떻게 나타나는지를 다음과 같이 설명한다. "어떻게 암흑처럼 비유기적인 것이 생명과 느낌의 유기적 중심을 가질 수 있을까?" 그는 암흑 같은 "형태가 없는 것"이 심장 같은 형태를 가진 것으로 표현될 수 없다고 주장한다. 또한 그는 어떻게 "심장 같은 '좋은' 것"에서 "암흑 같은 '나쁜' 것"이 나올 수 있는가 질문한다. 그는 이런 역설적 결합이 "시각화"와 "논리" 모두를 불가능하게 한다고 주장한다(200). 사실 콘래드는 유기체와 비유기체, 구상과 비구상, 선과 악 등 이분법적 논리가 설명할 수 없고 양자택일이 불가능한 사회 상황을 설명하려 한다. 객관적 진실의 재현이 불가능한 역설적 상황은 20세기 초에 이르러 의사소통 불가능이나 부조리 등으로 표현된다. 그렇기 때문에 화자인 말로우는 커츠가 추구했던 진실 자체보다 그 과정에서 그가 보여주었던 표현의 "유창함"에 매료됨을 소설의 여러 곳에서 강조한다. "그 후 오랜만에 내가 다시 들은 것은 그의 목소리가 아니다. 그것은 수정의 면처럼 투명하게 순수한 영혼에서 내게 전해진 그의 위대한 유창함의 반향이다"(113). 물론 커츠의 유창한 화법은 제국주의의 문명화 담론을 합리화하기 위해 사용된다. 그러나 결국 자신이 발견한 끔찍한 진실에 압도되어 죽음을 맞이한 순간에 그가 할 수 있었던 최후의 발언은 그리 유창하지 못한 단지 반복된 두 마디의 비명에 가까운 절규로 끝난다.

소설은 세기말적 허무주의의 갈등적 상황을 다루기 때문에 기존의 리얼리즘이 추구하듯이 합리적으로 명료하게 표현될 수 없다. 합리성을 강조하는 리얼리즘의 관점에서 많은 비평가들은 "설명이 불가능한", "이해할 수 없는", "신비로운" 같은 불분명하고 감성적인 단어들이 콘래드의 소설에 만연해 있음을 비판한다. 그러나 그런 단어들이야말로 유럽의 세기말적 허무주의를 경험하고 매우 이질적인 아프리카에 온 유럽의 지성인이 겪은 가중된 인식의 혼란을 가장 적절하게 표현한 것이다. 패트릭 브랜틀링거(Patrick Brantlinger)는 역사주의적 관점에서 콘래드가 "허무주의"에 대해 너무 집요하게 성찰함으로써 "제국주의"와 "인종주의"라는 중요한 문제를 간과했다고 비판한다(270). 이런 주장 역시 리얼리즘적 합리성을 전제한 주장이다. 그러나 콘래드가 사용한 역설의 논리는 제국주의와 인종주의가 근거로 주장하는 합리성에 내재하는 모순을 소설에서 다양한 방식으로 드러낸다. 소설에서 대부분의 유럽인은 이상을 잃어버린 채 단지 돈에 대한 욕망에 사로잡힌다. 이와 대조적으로 이상을 추구하는 소수의 여인들은 삶의 현실을 파악하지 못한다. 돈이 아닌 일에서 의미를 추구하는 말로우는 돈을 위해 파괴적이 된 일에서 의미를 발견하지 못한다. 예외적으로 인간의 본질적 욕망을 철저히 추구한 커츠 역시 그것의 통제할 수 없는 파괴력에 압도당한다. 이런 세기말적 갈등의 상황에서 근본적 해결책이 제시될 수 없다. 아프리카의 이질성에 의해 가중된 인식적 혼란은 리얼리즘의 이성적 언어보다 인상주의나 상징주의의 감성적 언어에 의해 더 적절히 표현될 수 있다.

세기말의 역설적 상황에서 합리적 설명이 불가능할 때 콘래드는 새로운 표현 방식을 찾는다. 소설에서 화자인 말로우는 자신이 전하는 이야기가 일반 수부들이 전하는 모험담과 다르다고 말한다. 한편으로 대부분의 유럽인이 단지 물질적 이익을 추구하기 위해 아프리카로 오는 것과 대조적으로 말로우는 유럽의 아프리카 진출이 가진 근본적 의미를 밝히려 한다. 그런 점에서 현상 뒤에 숨겨진 진실을 합리적으로 설명하려는 전통적 계몽주의를 계승하는 듯하다. 그러나 그는 세기말적 상황에서 그런 계몽주의적 진실 추구가 불가능해진 사실을 보여준다. 그런 까닭에 말로우는 자신이 추구하는 것이 계몽주의에서 주장하는 현상 뒤에 숨겨진 진실을 드러내는 것과 다르다고 설명한다. 소설에서 많은 인물들이 드러내듯이 식민지 아프리카의 침탈에서 생존하기 위하여 그들은 속이 빈 인물이 된다. 이와 대조적으로 인간의 극한을 뛰어넘어 주인공 커츠가 궁극적으로 발견한 진실은 초월적 가치의 부재다. 소설에서 살아남기 위해 내장을 비워버려 생명을 잃어버린 인형같이 되거나 초월적 진실을 추구하다 그것의 부재를 깨닫게 되거나 둘 다 합리적 이해의 선택이 불가능하다. 이런 모든 것을 목격한 화자 말로우는 자신의 경험을 통해 전하려는 것이 "호두 껍데기 속의 알맹이" 같은 이야기의 내용을 추구하는 것이 아니라고 주장한다. 오히려 "달빛의 희미한 반영을 통해 생긴 안개 낀 달무리"처럼 이야기를 전달하는 형식이 중요함을 강조한다(30).

  제국주의의 문명화 담론에서 계몽주의의 빛이 미신적 암흑을 밝힌다고 주장한다. 이와 대조적으로 말로우의 이야기는 불꽃 없는 희미한 빛의 반영에 의해 생긴 아지랑이 같은 것이다. 소설에서 희미하게 반복된 커츠의 마지막 절규의 반향이 점점 더 깊어가는 어둠 속에 잠긴다. 소설에서 중요한 것은 궁극적인 깨달음 자체보다 그것에 이르는 과정에서 드러나는 심미적 표현이다. 가부좌를 튼 화자가 깊어가는 어둠 속에 잠기는 것을 보여줌으로써 콘래드는 대안 없는 끔찍한 진실 앞에서 다른 형태의 계몽인 불교의 해탈 역시 불가능함을 보여준다. 결국 커츠, 그의 약혼녀, 화자 모두의 목소리는 아무것도 설명하지 못하고 역설적 상황의 어둠 속에 여운만 남긴 채 잠긴다. 콘래드가 재현하려는 식민지 아프리카에서의 경험은 기존의 리얼리즘적 표현 방식으로 표현될 수 없는 것이다. 유럽에서 19세기 중엽까지 주류를 이루었던 리얼리즘은 합리적 설명을 통해 점진적 전개를 표현한다는 점에서 계몽주의적 발전을 전제한 표현 방식이다. 이런 합리적이고 점진적인 표현 방식은 세기말적 허무주의와 식민지 경험에 의해 가중된 혼란을 설명하기에 효과적이지 못하게 된다. 그런 까닭에 콘래드는 대상을 명확하게 만드는 직접적 설명보다 은유, 직유, 상징 등 간접적 표현을 주로 사용한다. 또한 그는 점진적 설명보다 마치 설명하지 못하는 대상을 설명하려는 듯이 반복적 표현을 채택한다. 이런 간접적이고 반복적인 표현은 결국 궁극적인 허무에 대한 커츠의 순간적 깨달음을 드러낸다. 순간적 깨달음은 합리적 이성을 바탕으로 시작에서 끝까지 점진적으로 설명하는 리얼리즘의 설명 방식과 다른 것이다.

　전통적 모험담에서 모험을 통해 무엇인가를 깨닫고 그것을 통해 성숙되는 것이 중요하다. 이런 점에서 모험담은 합리적 이해를 바탕으로 점진적 발전을 추구하는 계몽주의 전통을 따른다. 전통적 문명화 담론에서 정지는 이미 발전을 기준으로 한 유럽 중심적 사고로 설명한 것이다. 여기서 정지는 그 자체가 의미를 갖지 못하고 발전하던 것이 멈춘 발전의 결핍을 의미한다. 19세기의 전형적인 발전론적 설명에서 동양을 대표하는 중국은 한때 문명적으로 매우 발전했으나 오랫동안 발전이 정지된 결과 지금은 낙후된 문명으로 그려진다. 이와 대조적으로 유럽 문명은 끊임없이 발전하여 선진적 문명을 이룩한 것으로 자랑스럽게 표현된다. 물론 19세기 중엽 이후에 서양의 발전론에 대한 자기비판이 이미 존재하였다. 예를 들면 디킨스(Dickens)는 『어려운 시절』(*Hard Times*)에서 공리주의적 교육을 주장하는 그랫그라인드와 자신의 자수성가를 꾸며대는 바운더비를 통해 발전지상주의의 폐해를 고발한다. 또한 엘리엇(Eliot)은 『미들마치』(*Middlemarch*)에서 도로시를 통해 비록 개인적으로 뛰어나고 숭고한 동기를 가졌을지라도 당시 여성이기 때문에 겪어야 하는 사회발전에 대한 기여의 한계를 드러낸다. 그러나 이런 비판은 발전 자체를 부정하는 것이 아니라 단지 발전과정에서 나타난 부작용이나 한계를 지적한 것이다. 그러나 19세기 말에 『암흑의 심장』에서 콘래드는 당시의 세기말적 허무주의의 역설적 상황을 경험하면서 계몽주의와 공리주의에 바탕을 둔 서구의 발전론에 더 근본적인 의문을 제기한다.

　합리성을 바탕으로 한 점진적 계몽과 달리 커츠의 깨달음은 불교의 돈오같이 순간적으로 이루어진 것이다. "사람은 종종 순간의 통찰을 경험한다. 이런 일의 본질은 내 능력을 넘어서 표면 밑에 깊숙이 숨어 있다"(72). 이런 심오한 통찰은 내 능력을 넘어선 것으로 내게 순간적으로 주어진 "선물" 같은 것이지 나의 노력을 통해 이루는 점진적 이해가 아니다. 이를 통해 콘래드는 제국주의의 문명화 담론에서 발전이 상대적이고 반전될 수 있다는 비판보다 더 근본적인 비판을 가한다. 템스강의 과거에 관한 회상과 유럽인의 잊었던 과거에 대한 기억은 과거가 더 이상 현재와 구별될 수 없이 밀접한 것이라는 새로운 시간관을 반영한다. 아체베의 주장과 달리 콘래드는 단순히 발전된 유럽과 정지된 아프리카의 대조를 비판하는 것에 그치지 않는다. 콘래드가 주장하는 순간적 깨달음은 세상이 상대적이고 끊임없이 변한다는 생각이 전제되어 있다. 세상의 상대성과 가변성은 발전이 전제하는 객관성과 지속성을 부정한다. 가변적 세상에서 점진적 이해보다 순간적 통찰이 더 중요하다. 더구나 순간적 통찰의 경험은 아무나 할 수 있는 것이 아니다. 소설에서 대부분의 유럽인과 다르게 유럽 문명의 총아인 커츠만 그런 깨달음에 도달할 수 있다. 그러나 그 깨달음은 커츠의 절규하는 비명이 드러내고 그것을 옆에서 목격하는 말로우가 전해주듯이 불교적 해탈에서 느낄 수 있는 마음의 평화를 가져다주지 못한다. "완전한 진리의 지고한 순간"은 그것을 경험할 수 있는 소수의 사람에게도 "지울 수 없는 후회의 수확"의 형태로 "너무나 늦게" 다가온다(112). 이런 뒤늦은 느낌은 엇박자의 느낌과 함께 하디(Hardy)가 19세기 후반의 허무주의적 상황을 표현하기 위해 자주 사용한 정서다. 그런 느낌을 사용하여 콘래드는 낯선 식민지에서 유럽인이 겪는 역설적 상황을 나타낸다.

콘래드의 표현 방식을 모더니즘의 대표 작가 조이스(Joyce)가 주장한 "현현"(epiphany)의 표현 방식과 비교하여 생각할 수 있다. 브랜틀링거는 콘래드가 "모더니즘적 문체에 대한 의지"를 철저히 자기성찰을 위해 사용함으로써 그 소설이 표현하지 못한 "도덕적 이상주의"에 관하여 생각하게 만든다고 주장한다(274). 그러나 콘래드의 "모더니즘적 문체에 대한 의지"는 나타낼 수 없는 "도덕적 이상주의"를 표현하기 위해 사용된 것이라기보다 도덕적 판단이 불가능해진 허무주의적 상황에서 발생한 결과다. 콘래드는 19세기 말에 아프리카에 간 유럽인의 세기말적 허무주의의 상황을 역설의 표현 방식을 통해 재현한다. 이와 대조적으로 조이스는 20세기 초에 유럽에서 식민지 상태에 있는 조국의 절망적 상황을 『더블린 사람들』(Dubliners)에서 모더니즘의 표현 방식을 통해 표현한다. 콘래드는 대안이 없는 갈등적 상황을 표현하기 위해 간접적이고 반복적인 표현 방식을 채택한다. 반면에 조이스는 식민지가 된 조국의 절망적 상황을 나타내기 위해 의미 없어 보이는 자세한 묘사를 누적하는 표현 방식을 사용한다. 조이스는 잘 아는 식민지 상태의 유럽 도시를 자세히 사실적으로 표현하는 데 중점을 둔다. 반면에 콘래드는 잘 알지 못하는 식민지 아프리카를 인상적이거나 상징적으로 재현하는 데 주력한다. 이런 차이점에도 불구하고 이들의 공통점은 점진적인 전개를 강조하는 리얼리즘과 달리 의미의 깨달음에서 전혀 진전이 없어 보이다가 결정적 순간에 전체의 부정적 정서를 깨닫게 하는 것이다. 콘래드의 독특한 역설적 표현 방식은 세기말적 허무주의와 식민화에서 발생한 이해하거나 설명할 수 없는 이중적 의미 상실의 상황에 매우 적절한 것이다.

4. 장구한 시간

콘래드의 소설에서 서구 발전론에 대한 비판은 세기말적 허무주의에 기인한 것이지만 이질적 아프리카에 관한 경험 역시 그런 비판에 결정적으로 기여한다. 콘래드는 어둠에 휩싸인 템스강을 콩고강과 연결시켜 그곳도 한 때 로마인에 의해 정복당한 "야만"의 과거를 가졌음을 언급한다. 또한 아프리카인의 괴성에서 유럽인은 자신의 무의식에 잠재된 원초적 과거를 회상하고 그것을 통해 거부할 수 없는 인간으로서 그들과 "친족성"을 느낀다. 이런 회상의 예가 보여 주는 것은 서구의 전통적인 발전론적 시간관과 전혀 다른 시간관이다. 과거는 더 이상 현재와 구별되고 이미 지나갔으며 현재와 미래에 자리를 내어준 수동적인 것이 아니다. 브뤼셀에 돌아가 커츠의 약혼녀를 만났을 때 화자 말로우는 커츠에 대한 그녀의 절망적 신념이 그에 관한 자신의 기억을 생생하게 되살리는 경험을 한다. "우리가 악수를 할 때 그녀의 얼굴에 너무 끔찍한 절망의 표정이 떠오르고 그 결과 나는 그녀가 시간의 노리개가 아님을 깨달았다. 그녀에게 [커츠]는 단지 어제 죽었다" (117). 이런 새로운 시간의 개념은 20세기 초에 모더니즘 작가에게 중요한 것으로 인식된다. 그것은 현재에 지속적으로 영향을 끼치고 간섭하는 능동적인 과거로 표현된다. 19세기 후반부터 등장한 새로운 시간관은 프로이트가 밝히듯이 과거가 단순히 잊어지는 것이 아니라 "무의식"의 형태로 인간의 기억 속에 어떤 식으로든 축적되어 현재에 크고 지속적으로 영향을 끼친다. 이런 새로운 시간관은 20세기에 베르그송(Bergson)이 분리되고 단절되는 기계적 시간을 비판하면서 분리될 수 없는 생명 현상으로서 연속적으로 누적되는 "지속" 개념으로 발전시킨다. 이런 문화적 전통에서 살펴보면 콘래드가 주장하듯이 과거는 현재 속에 축적되는 것이지 잊어지는 것이 아니다. "인간의 마음은 모든 것이 가능하다. 왜냐하면 모든 것, 모든 과거와 미래가 그 안에 있기 때문이다"(69). 과거는 기억을 통해, 미래는 희망을 통해 현재에 존재한다. 결국 아체베가 주장하는 것과 달리 아프리카가 연상시키는 원초적 과거는 단지 문명과 대조되는 야만으로 거슬러 올라가는 것을 의미하지 않는다. 오히려 그것은 세기말적 허무주의의 상황에서 이질적인 식민지에 간 커츠가 경험한 것으로서 과거와 현재의 단절을 전제하는 서구의 발전론을 근본적으로 비판한다.

유럽인이 아프리카에서 겪은 방향 감각의 상실은 낯선 지형에서 생기는 것일 뿐만 아니라 유럽 문명과 전혀 다른 시간관에서 오는 것이다. 콘래드는 아프리카인이 "시간의 시작에 속해 있기" 때문에 "시간에 관한 명확한 개념" 자체가 없다고 설명한다(75). 소설에서 콩고강으로 가는 여행은 종종 인간의 원초적 시간으로 회귀하는 여행으로 표현된다. "나는 대륙의 중심부로 가는 것이 아니라 지구의 중심부로 여행을 떠나는 것 같았다"(39). 무엇보다 계몽주의와 산업혁명의 발전 때문에 앞으로만 전진했던 유럽인에게 뒤로 거슬러 올라가는 시간의 여행은 매우 혼란스러운 것이다. 특히 개인이 아닌 인류의 내면에 잠재하고 있는 원초적 과거로 회귀하는 것은 개인적 발전을 추구했던 유럽인에게 큰 혼란을 일으킨다. 이런 원초적 시간으로의 회귀는 후에 모더니즘에서 발전의 폐해에서 도피하려는 욕망의 표현인 원시주의나 합리주의의 억압에서 벗어나려는 무의식적 욕망의 표현인 초현실주의의 형태로 나타난다. 아프리카에 오기 전에 세기말적 허무주의를 겪고 있는 유럽인은 식민지의 이질성에 기인한 혼란을 감당하기 힘들게 된다. "그 곳에 무엇이 있었는가? 기쁨, 두려움, 슬픔, 헌신, 용기, 분노─누가 말할 수 있는가?─그러나 진실─시간의 옷이 벗겨진 진실"(69). 유럽의 발전적 시간이 불가능해질 때 진실은 "시간의 옷이 벗겨진 진실"처럼 전혀 새로운 형태를 띤다. 이질적인 시간에 의한 혼란의 경험은 아무 설명도 제시하지 못하고 꼬리에 꼬리를 무는 질문과 그것들을 연결하는 파편화된 단어들의 나열로 표현된다. 이런 표현은 직선적으로 전진하는 합리성에 근거한 리얼리즘의 화법과 대조되는 것이다. 가중된 의미 상실은 발전을 불가능하게 하는 시간의 단절을 의미하고 그런 의미에서 비록 다른 원인에 의한 것이지만 제임슨이 포스트모더니즘 상황으로 설명한 "의미 사슬의 단절" 같은 효과를 낸다. 콘래드는 아프리카의 시간을 너무 멀리 떨어져 의식적으로 기억할 수 없는 인류의 무의식에 오랫동안 잠재된 원초적 과거의 시간으로 표현한다.

커츠가 아프리카 오지에 들어가 혼자가 되어 경험한 것은 유럽의 발전적 시간과 전혀 다른 아프리카의 "장구한 시간"이다. 이런 시간의 개념은 다윈(Darwin)이 진화론을 설명할 때 사용했던 매우 오랜 시간에 걸쳐 누적된 "지질학적 시간"과 비슷하다. 그러나 다윈의 시간은 아직도 전형적인 서양적 시간의 테두리 안에 존재하는 진화론적 발전의 시간이다. 이와 대조적으로 아프리카의 시간은 유럽의 계몽주의와 산업화가 추구한 직선적 발전을 의미하지 않는다. 그것은 그런 발전의 경험이 전혀 없이 태고부터 변함없이 반복되는 과거, 현재, 미래의 구분이 없는 마치 영원히 정지한 것 같은 원시적 시간이다. 물론 이런 아프리카의 시간관은 커츠와 말로우의 경험을 통하여 콘래드가 표현한 시간이다. 유럽 문명의 총아로서 "보편적 천재"인 커츠는 아무도 가지 못한 아프리카의 오지에 들어가 홀로 광활한 대지를 대면할 때 변함없이 정지된 것 같은 아프리카의 장구한 시간을 경험한다. 매순간 모든 것이 변하는 산업화된 유럽 도시와 다르게 아프리카의 광활한 대지에는 변함없이 정지된 것 같은 시간이 존재한다. 그곳에서 인간을 포함한 만물은 단지 계절에 따라 순환하는 자연의 시간에 맞춰 살아간다. 이런 순환적 시간관은 시계의 발명과 산업화의 결과로 생긴 유럽의 직선적 시간관과 대조를 이룬다. 물론 유럽에서도 산업화 이전에 순환적 시간관이 존재했었다. 그러나 19세기 후반에도 아프리카는 산업화 과정을 전혀 겪지 않고 농경, 목축 그리고 수렵이 아직도 주를 이루고 있다. 또한 아프리카의 광활한 대지에는 인구가 집중되어 있는 유럽의 산업화된 도시와 대조적으로 인구가 분산되어 있다. 그 광활한 대지에서 유럽인은 자연의 순환적 시간을 경험하고 그 변함없이 반복되는 시간을 더욱 정지된 것처럼 느낀다.

콘래드는 단지 문명과 야만의 유럽 중심적 위계질서를 전복할 뿐 아니라 그런 차이 자체를 세기말적 허무주의와 이질적 시간관을 통해 무의미하게 만든다. 소설 여러 곳에서 그는 순환적인 아프리카 시간의 "장구함"을 강조한다. 이런 장구한 시간에서 보면 모든 인간의 발전적 차이는 하찮은 순간에 불과한 것이 되고 과거는 항상 현재에 함께 존재한다. 장구한 순환적 시간에서 보면 유럽인이 주장하는 아프리카의 암흑에 대한 서양의 문명적 우월성은 너무 가까운 것이 되어 그 차이가 그리 중요하지 않게 된다. 이런 맥락에서 콘래드는 당시 제국주의의 맹주인 영국이 한 때 로마의 식민지였음을 회상하면서 발전적 차이가 지구의 장구한 시간에서 단지 순간에 불과함을 강조한다. "우리는 순간에 산다. 오랜 지구가 도는 한 그것은 지속되리라. 그러나 암흑은 어제 이곳 [영국]에 있었다"(30). 문명발전론이 주장하는 것과 달리 인간의 삶은 오랜 지구의 지속적이고 순환적인 운동 속에서 단지 순간에 불과하다. 또한 반복된 순간으로서 영국이 한 때 로마의 식민지였듯이 아프리카는 지금 영국의 식민지가 되었다. 이런 아프리카의 장구한 시간에서 보면 유럽인이 자신의 업적으로 자랑하는 문명 역시 그 발전적 차이가 매우 미미해질 뿐이다. 유럽인이 자신들의 익숙한 환경에서 "단절되고" 매우 낯선 환경에 노출 되었을 때 극심한 혼란을 겪는다. "우리는 태초의 시대를 여행하였다. 그것은 아무 이정표를 남기지 않고 사라진 시대다. 그 때로부터 너무 멀리 떨어져 있기 때문에 우리는 그것에 관한 기억이 전혀 없고 그것을 이해할 수 없다"(69). 17세기 데카르트(Descartes)의 해석기하학은 좌표 설정을 통하여 운동의 위치를 설명하는 데 기여한다. 그런 합리적 전통에 근거해 설명된 유럽의 발전적 시간과 대조적으로 아프리카는 아무런 "이정표"를 남기지 않은 태고로의 여행 같은 것이다. 아프리카가 보여주는 극도의 이질성은 유럽인이 전혀 이해할 수 없는 것으로서 대상에 대한 기본적인 이해를 전제하는 제국주의가 주장하는 문명과 야만 같은 상대적 우월성을 불가능하게 한다. 결국 유럽인에게 아프리카는 시간적으로 너무 멀리 떨어진 것이기 때문에 무의식적으로 막연히 느낄 수는 있으나 의식적으로 명확히 이해할 수 없는 것이 된다.

5. 광활한 대지

콘래드는 서구의 발전적 시간과 대조되는 장구한 시간의 개념을 소설 여러 곳에서 공간적으로 설명한다. 광활한 아프리카의 대지에서 유럽인의 침략은 매우 하찮은 조그만 공간을 차지할 뿐이다. "밖에서 대지에 정리된 티끌만한 장소를 에워싼 침묵하는 광야는 이 환상적인 침략이 지나가기를 인내하며 기다리는 악이나 진실처럼 무엇인가 거대하고 정복할 수 없는 것으로 내게 느껴졌다"(52). 여기서 자연은 다윈이 주장한 신의 의도를 파악할 수 없게 된 생존 경쟁의 공간에서 한 발 더 나아가 모든 것을 혼란스럽게 하는 의미 상실의 공간이 된다. 그 광활한 대지는 유럽인에게 "악"인지 "진실"인지 의미를 알 수 없는 "침묵"으로 다가오고 "거대하고 정복할 수 없는" 압도하는 힘으로 존재한다. 아프리카의 자연은 그들의 폭력에 반응하지 않고 그들이 물러날 때까지 장구한 시간 안에서 오랫동안 묵묵히 참고 기다린다. 광활한 대지는 유럽인이 침략할 때 아무 저항 없이 그들에게 길을 열어준다. 그러나 일단 그들이 들어오면 곧바로 되돌아 갈 수 없게 하려는 듯이 그 길을 막아 버린다. "며칠 안에 엘도라도 탐험 원정대는 참고 기다리는 광야로 들어갔다. 그것은 잠수부를 뒤덮는 바다처럼 그들을 에워쌌다"(66). 자신들의 문명적 발전에 대한 주장에도 불구하고 아프리카 대지의 압도하는 광활함에 직면했을 때 유럽인은 끝없이 펼쳐진 숲의 바다 속에 묻히는 너무나 왜소하고 무기력한 존재로 전락한다.

　　오랫동안 침묵하는 인내를 나타내는 자연의 반복적 등장을 대면할 때 유럽인은 광활한 아프리카에 들어가 그곳에 대해 이해하지 못하고 그곳에 무기력하게 갇히게 된다. 유럽인은 지배자로서 아프리카에 오지만 그들의 광기어린 침략은 아무 저항 없이 그들이 지나가기를 묵묵히 기다리는 광활한 대지에 의해 큰 혼란에 빠진다. 그것은 유럽인이 세기말의 역설적 상황에서 이질적인 아프리카에 왔을 때 겪는 오도 가도 못하는 가중된 혼란의 상황을 표현한 것이다. 스티븐 컨(Stephen Kern)은 19세기 말 콘래드의 동시대에 발표된 올리브 슈라이너(Olive Schreiner)의 『아프리카 농장 이야기』(*Story of an African Farm*)를 소개하면서 끝없이 펼쳐진 아프리카의 광활한 숲을 처음 대면한 영국 여인의 경험을 다음과 같이 설명한다. "'아 그것은 너무 끔찍하다! 너무나 많이 있다! 너무 많다!'"(166) 이런 혼란스런 경험은 콘래드가 재현한 광활한 아프리카 대지의 "압도하는" 특성을 잘 나타낸다. 그러나 컨은 광활한 아프리카의 대지를 설명할 때 "빈 공간"과 "암흑의 장소"를 동일시하는 과오를 저지른다. 전자는 단지 아무것도 없는 물질적 공간인 반면 후자는 비록 무엇인가가 있을지라도 선과 악 같은 가치판단이 불가능해진 이해할 수 없는 인식된 공간을 포함한 것이다. 말로우는 어린 시절에 "즐거운 신비감"으로 채우곤 했던 아프리카의 "빈 공간"이 탐험과 식민지화를 통해 "암흑의 장소"로 변한 것을 토로한다. 암흑의 장소는 식민지화로 피폐하게 된 아프리카 대륙을 나타내기도 하고 유럽의 문명적 억제력이 상실된 상태에서 본원적 욕망이 분출된 장소를 상징하기도 한다. 그러나 무엇보다 그것은 유럽인이 도저히 이해할 수 없는 아프리카 대지의 이질성을 의미한다.

아프리카의 광활한 대지는 그 자체가 압도적이기 때문에 유럽인에게 아프리카인보다 훨씬 더 위협적으로 다가온다. 유럽이 자랑하는 문명의 이기들은 문명 발전론을 비웃기라도 하듯이 마치 죽어 부패한 동물의 시체처럼 여기저기 나뒹굴어져 있다. 제국주의의 침탈을 가능하게 한 무기는 아프리카인에게 공포감을 일으켜 그들을 지배하는 중요한 수단이 된다. 그러나 프랑스 군함의 거대한 함포는 광활한 아프리카 대지에 조그만 연기만 만들고 곧바로 사라질 뿐 그리 큰 위협이 되지 못한다. "펑하고 6인치포의 포탄이 발사된다. 작은 불꽃이 피었다 사라지고 작은 흰 연기가 사라진다. 작은 탄도는 희미한 소리를 내고 아무 일도 일어나지 않는다"(41). 반복적으로 사용된 형용사 "작은"은 광활한 아프리카의 대지에서 인간의 문명이 별다른 영향을 끼치지 못하는 왜소함을 드러낸다. 물론 이것은 19세기 말에 콘래드가 경험한 것을 문학적으로 재현한 것이다. 유럽인을 압도하는 광활한 아프리카는 과학과 기술의 발전에 의해 자연 생태계의 파괴가 심각한 문제로 대두된 21세기 초의 상황과 다른 것이다. 당시의 아프리카 대지는 유럽인에게 19세기의 산업화된 유럽의 도시와 전혀 다른 공간으로 다가선다. 변함없는 숲으로 끝없이 펼쳐진 공간은 너무 광활한 것으로 느껴지기 때문에 유럽인은 그곳에서 방향 감각을 상실하고 방황하게 된다. 소설에서 유럽인으로서는 예외적으로 커츠만이 그 광활한 대륙의 극단인 오지에 들어갈 수 있다. 그의 본거지에 접근해 갈 때 말로우는 짙은 안개에 싸인 콩고강에서 배가 방향을 잃고 난파될 위기에 처한다. 이것은 세기말적 허무주의로 인해 유럽인이 겪고 있는 방향 감각의 상실을 반영한 것이다. 이런 방향 감각의 상실은 또한 유럽의 도시와 다르게 아무 이정표도 없고 변함없이 광활하게 펼쳐진 아프리카 대지에서 유럽인이 경험하는 가중된 혼란을 상징한다. 이렇게 혼란된 위기 상황에서 선장 말로우가 할 수 있는 일은 단지 유럽인이 자랑하는 문명의 이기인 자신의 배가 돌부리나 나무부리에 걸려 좌초되지 않기를 바라는 것뿐이다. 그의 배는 전에 이미 커츠에게 가려던 사람들의 부주의로 인해 깡통처럼 힘없이 찢겨져 침몰한 적이 있다. 그런 의미에서 침략자인 유럽인의 궁극적인 적은 그들에게 저항하는 아프리카인이 아니라 침묵 속에서 그들이 죽거나 물러가기를 묵묵히 기다리는 의인화된 아프리카의 광활한 대지인 것이다.

　　광활한 아프리카의 대지에서 방향 감각을 상실할 때 유럽인들은 세기말적 허무주의에서 발생한 자신들의 의미 상실이 가중됨을 느낀다. 여기에 덧붙여 세기말적 허무주의에서 유럽인이 겪는 의미 상실은 식민지 침탈 자체가 지닌 폭력성에 의해 가중된다. 제임슨이 주장하듯이 유럽인은 산업화 과정에서 인간적 가치가 경제적 가치에 의해 대체될 때 일차적 의미 상실을 경험한다. 여기에 식민지화는 지배자 유럽인조차 철저하게 경제적 가치에 종속시킴으로써 의미 상실을 심화시킨다. 유럽인은 식민지에 와서 아프리카인의 "이해할 수 없는 광기"를 경험한다. "선사시대인은 우리에게 욕을 하고 애원하며 환영한다. [그들의 말을] 누가 알 수 있을까?"(68). 사실 유럽인이 식민지에서 경험한 아프리카인의 이해할 수 없는 광기는 아체베가 주장하듯이 아프리카인의 비인간화에서 발생한 것이 아니다. 그 것은 세기말의 혼란을 겪은 유럽인이 이질적인 아프리카에 왔을 때 경험한 이중의 의미 상실을 나타낸 것이다. 지배자 유럽인 역시 의미 상실을 일으키는 심각한 "비인간화" 과정을 경험한다. 그 냉혹한 현실은 콩고강을 따라 거슬러 올라가면서 짐짝처럼 부려지고 그 과정에서 희생되는 군인과 상인의 운명을 통해 잘 드러난다. "몇몇은 파도에 익사했다고 들었다. 그러나 그들이 죽든 말든 아무도 관심을 갖지 않는 것 같다. 그들은 그곳에 내팽개쳐지고 우리는 계속 갔다"(40). 물론 지배자들이 지나간 자리에는 초토화된 마을이 보여주듯이 더 많은 아프리카인의 희생이 반복적으로 일어난다. 변화 없는 광활한 대지는 배의 진전을 전혀 못 느끼게 한다. "마치 우리가 움직이지 않기라도 하듯이 매일 강변은 같은 것처럼 보였다. 그러나 우리는 그랜 바삼, 리틀 포포 같은 사악한 장막 앞에서 행해지는 더러운 희극에나 속할 이름을 가진 여러 무역소를 지났다"(40). 식민지화의 부당함을 나타내는 무역소에 붙여진 천박하고 우스꽝스런 이름은 아프리카인과 무관하게 유럽인에 의해 일방적으로 붙여진 것이다. 그것은 아프리카인이 이해할 수 없는 것으로 그들에게 반복적으로 가해지는 폭력을 상징한다. 그것은 유럽인 자신의 이름 "엘도라도 탐험 원정대" 만큼이나 무의미하고 우스꽝스런 것이다. 아프리카에서 이중의 의미 상실을 경험할 때 유럽인은 심각한 존재의 위협을 느끼고 피해망상증에 시달린다. 그들이 그곳에서 할 수 있는 일은 단지 그곳에 비이성적인 폭력을 행사하는 것이다.

아체베는 콘래드가 『암흑의 심장』에서 아프리카와 아프리카인을 왜곡했다고 주장한다. 그는 콘래드가 식민지의 참상을 표현했다는 점에서 반제국주의자라고 설명한다. 그러나 동시에 콘래드가 아프리카인을 "비인간적"으로 재현했다는 점에서 인종주의자라고 비판한다. 그러나 아프리카 민족주의적 편견 때문에 아체베는 양자택일이 불가능해진 당시 세기말적 허무주의의 시대 상황을 간과한다. 유럽 문명의 "보편적 천재"인 커츠는 전혀 이질적인 곳에서 그 문명의 한계를 극단으로 밀고 간다. 이런 극단적 상황은 발전적이고 합리적인 설명을 전제하는 리얼리즘의 표현 방식으로 재현될 수 없다. 그런 극단의 상황에서 모든 의미는 상실되고 그 결과 소설에서 표현 내용보다 표현 방식이 더 중요하게 된다. 커츠를 통해 경험한 극단적 상황을 적절하게 표현하기 위하여 콘래드는 간접적이고 반복적인 역설의 표현 방식을 채택한다. 이런 역설적 표현 방식은 계몽주의에서 유래한 직접적이고 점진적인 이해를 전제한 리얼리즘의 표현이 불가능해진 극심한 혼란의 상황을 재현하는 데 더 적합한 것이다. 콘래드는 허무주의와 식민주의에 의해 가중된 혼란의 상황에서 모든 것이 상대적이고 가변적이기 때문에 오직 순간적 깨달음이 중요함을 강조한다. 이런 특수한 시대 상황을 간과한 채 아체베는 단지 제국주의의 전제인 문명과 야만의 대조에 근거하여 콘래드의 소설을 설명한다. 실제로 콘래드가 소설에서 재현한 것은 세기말적 허무주의를 겪고 있는 유럽의 대표적 지성 커츠가 전혀 낯선 곳인 아프리카에 왔을 때 경험하는 극심한 혼란이다. 콘래드는 아프리카를 산업화된 유럽의 도시와 전혀 다른 장구한 시간과 광활한 대지를 가진 곳으로 재현한다. 콘래드의 작품은 세기말적 허무주의와 식민주의의 만남이 야기한 이중의 의미 상실을 바탕으로 한다. 그것은 유럽인이 경험한 아프리카의 이해할 수 없는 이질성을 인상주의와 상징주의를 절묘하게 결합한 독특한 표현 방식을 통하여 재현했다는 점에서 문화사적 의미를 가진다.

인용 문헌

Achebe, Chinua. "An Image of Africa: Racism in Conrad's *Heart of Darkness*." *Hopes and Impediments: Selected Essays*. New York: Anchor Books, 1989.

Aleksandrov, A. D., A. N. Kolmogorov, and M. A. Lavrent'ev, eds. *Mathematics: Its Content, Methods, and Meaning*. Trans. S. H. Gould and T. Bartha. Vol. 1. Cambridge, MA: MIT, 1981.

Brantlinger, Patrick. *Rule of Darkness: British Literature and Imperialism, 1830-1914*. Ithaca: Cornell UP, 1990.

Conrad, Joseph. *Heart of Darkness*. Ed. Paul O'Prey. London: Penguin, 1989.

_____. Conrad's essays in *Heart of Darkness*. Ed. Robert Kimbrough. 3rd Ed. New York: Norton, 1988.

Jameson, Fredric. "Modernism and Imperialism." *Nationalism, Colonialism, and Literature*. Eds. Terry Eagleton, Fredric Jameson, and Edward Said. Minneapolis: U of Minnesota P, 1990.

Johnson, Bruce. "Conrad's Impressionism and Watt's 'Delayed Decoding'." *Heart of Darkness*. Ed. Robert Kimbrough. 3rd Ed. New York: Norton, 1988.

Kern, Stephen. *The Culture of Time and Space: 1880-1918*. Cambridge, MA.: Harvard UP, 1983.

Watt, Ian. *Conrad in the Nineteenth Century*. Berkeley: U of California P, 1979.

■ 이 글은 『영어영문학』 51권 2호(2005)에 실린 글을 수정, 보완한 것이다.

7.

『암흑의 심장』에 나타난 인종 담론과 성 담론

이석구

1. 머리말

콘래드의『암흑의 심장』(*Heart of Darkness*, 1899)은 빅토리아조 후기를 특징짓는 식민 언술의 표본으로서 연구 가치가 있는 작품이다. 본 연구는『암흑의 심장』이 식민 문학이라는 전제에서 출발하여, 식민 문학에 나타난 제국주의와 가부장적 이데올로기의 상호관계에 주목한다. 제국주의에 대한 기성 연구에서 제국주의의 태동이 단순한 영토 확장욕 외에도 제국 내의 사회·경제적인 문제를 해결하고자 하는 동기에서 출발하였다는 주장이 일찍이 제기된 바 있다(Hobson 142). 이러한 의견에 동의한다면, 제국주의를 지원하는 식민 문학 역시 동일한 양면적 맥락에서 고찰해 볼 필요가 있다.『암흑의 심장』은 화자 말로우(Marlow)의 냉철한 시각을 통하여 아프리카에 진출한 서구 제국의 부정적 현실을 고발하였다는 점에서 이전의 식민 문학과는 성격을 달리하는 듯하다. 그러나 이러한 문제 제기가 종국에는 제국주의적 '이상'의 옹호로 귀결되며, 또한 유럽 열강들로부터 영제국을 변별함으로써 앵글로 색슨족의 우수성을 강조한다는 점에서,『암흑의 심장』은 제국주의를 선별적으로 변호하기를 기도하였다는 의혹을 준다.

『암흑의 심장』에서 유럽 제국주의의 이상과 현실 사이의 괴리를 충격적일 정도로 문제화하는 담론을 찾기는 어렵지 않다. 그러나 제국주의의 문제성에 대한 직접적이고도 명시적인 논의와는 대조적으로, 당대의 또 다른 지배적 관심사였던 '여성 문제'에 대한 거론을『암흑의 심장』에서 찾기란 사실상 불가능에 가깝다. 그러나 마쇼레(Pierre Macherey)가『창작 이론』(*A Theory of Literary Production*)에서 개진한 "작품의 이해에 있어 정작 주목해야 할 부분은 종종 그 작품이 명확히 말해 주지 않는 바로 그 부분"(87)이라는 주장을 염두에 둔다면, 우리는 콘래드의 텍스트가 당대의 중요한 사회적 의제 중의 하나였고 주류 정치권의 주요 비판 대상이었던 여성 운동가들에 대하여 보여주는 이상하리만큼 일관된 침묵을 의심해 볼 필요가 있다. 예컨대, 남성의 권위에 반대하는 백인여성 등장

인물이 전혀 보이지 않는 것은 차치하더라도, 텍스트에서 주변화된 여성의 존재
는 단지 제국주의 소설이 "남성적" 장르로서 갖는 특성 때문이라는 이유만으로
설명하기에는 석연찮은 점이 있다. 아프리카의 묘사에 사용된 반(反)여성적 언어
나 커츠(Kurtz)의 정부(情婦)로 흔히 간주되는 흑인여성의 남성적인 외양과 그녀
가 담당하는 상징적 기능을 콘래드 당대에 성행하였던 반여성 담론과 대조하여
볼 때, 여성 문제에 대한 콘래드의 침묵이 불러일으키는 의구심은 더욱 커진다.
본 연구에서는 콘래드 당대에 정치·경제적인 위상을 격상시키기 위해 가부장적
사회와 대결하기를 두려워하지 않았던 "신여성"(the New Woman)에 대한 후기
빅토리아조 사회의 불안을 『암흑의 심장』에서 작가가 '은밀히' 다루려고 하였던
사안으로 간주한다.

　　식민 문학에 등장하는 여성인물이나 여성적 비유는 기성의 탈식민 문학비평
에서 독자적인 의미를 부여받지 못하는 경우가 많았다. 사이드(Edward Said)의
『오리엔탈리즘』(Orientalism)조차도 그러한 점에서는 예외가 아닌데, 식민지 여
성의 몸에 대한 언술이 단순히 인종적 타자에 대한 은유로 이해되거나, 제국주의
의 남성적 세계관을 입증하는 증거로만 사용된 감이 있기 때문이다. 이러한 독법
은 사이드가 주창하는 "오리엔탈리즘은 세상에 대한 남성적 사유"(208)라는 논지
가 잘 요약한다. 본 연구에서는 콘래드의 식민 소설에 원용된 성 담론을 분석함으
로써 콘래드 당대의 제국주의와 부권주의(父權主義) 간의 관계에 주목할 것이다.
본 연구는 궁극적으로 제국주의적 텍스트에서 '여성 문제'가 어떠한 경로를 거쳐
제기되고 결국 '해결'되는지를 드러내고자 한다.

2. 인종 담론과 "신여성"에 대한 불안

　　먼저 콘래드의 소설에 사용된 인종 담론을 자세히 살펴보자. 커츠의 정부로

흔히 간주되는 아프리카 여성에 대한 말로우의 묘사를 주의 깊게 살펴보면, 이 여성은 사랑스럽고 따뜻한, 유순한 성격을 소유한 "이상적인" 연인과는 거리가 먼 것을 쉽게 알 수 있다. 그녀는 불길한 인상을 발하는 인물로서 "야생적이고도 화려한, 유령 같은 여성"(61; 132)[1]이자, "야만적이었으면서도 화려했고" 동물들에게서 볼 수 있는 "야성적인 눈초리를 한"(62; 132) 것으로 묘사된다. 말로우의 표현을 빌자면, 이 아프리카 여성의 "비여성적"이며 어떻게 보면 비인간적이기까지 한 모습은, 아프리카의 본질이 육화된 것이며, 광대한 원시의 "어둡고도 정열적인 영혼을 닮은 형상"(62; 133)이다. 논의를 더 진전하기 전에 먼저 이 여성이 본질을 구현한다고 하는 아프리카 대륙이 소설에서 어떻게 묘사되는지를 알아보자. 유럽을 출발하여 아프리카로 가까이 여행하는 말로우에게 이방의 대륙은 호객 행위를 하는 일종의 '창녀'로 다가온다. "눈앞에 그것이 있었네 — 미소 짓고, 찌푸리고, 유혹하며, 장엄하고, 야비하게, 밋밋하거나 야만적인 모습으로 '한번 와서 알아내 봐요'하고 속삭이듯 항상 말없이"(13; 29-30). 말로우는 아프리카의 이러한 유혹적 손짓이 단순히 관능적이지만은 아님을 곧 발견하게 된다. 그 부름은 매우 "불길한 음조"를 띠고 있어 말로우는 그것이 "호소를 하는 것인지 아니면 위협을 하는 것인지도"(27; 59) 명확히 판단할 수가 없어 혼란스러움을 느낀다.

말로우가 아프리카의 내륙으로 깊이 들어가면 갈수록, 아프리카는 점점 더 야수적이며 악마적인 형상을 띤다. 일례로, 오지에 자리 잡은 무역소로 항행하는 도중 말로우는 가벼운 열병을 앓게 되는데, 이 때 그는 자신의 병을 "야생의 장난기 어린 앞발짓, 때가 되면 전개될 본격적인 공격의 전초전"(43; 91)에 비유한다. 여기에서 드러나듯, 말로우의 의식에서 아프리카의 자연은 야수로 인식된다. 시간이 경과함에 따라, 이 무시무시한 짐승의 이미지는 흡혈귀적인 형상을 가진 것으로 발전한다. 커츠가 아프리카에서 겪었던 정신적 변화를 묘사할 때에도 말로우

---

1) 첫 번째 쪽수는 노튼판 원서를, 두 번째 쪽수는 졸역, 『어둠의 심연』 번역본을 지시함.

는 이를 흡혈귀와 그의 "응석받이" 간의 파멸적인 육체적 관계로 이해한다.

> [원시 자연]이 그를 포로로 만들었고, 사랑했고, 껴안았으며, 그의 핏줄에 흘러들었고, 그의 육체를 소진시켰으며, 상상할 수도 없는 악마적인 입회식에 의해 그의 영혼을 자기의 것으로 봉인해버렸다네.

> [The wilderness] had taken him, loved him, embraced him, got into his veins, consumed his flesh, and sealed his soul to its own by the inconceivable ceremonies of some devilish initiation. (49; 105)

말로우의 관찰에 의하면, 아프리카에서 활동하는 다른 유럽인들도 원시 자연을 접촉한 결과 정도의 차이는 있으나 비슷한 정신적인 희생을 대가로 치른 것으로 보인다. 말로우 그 자신도 예외는 아니다. 문명의 세계로 돌아오는 여행 도중 아프리카의 유혹에 대항하여 자신의 도덕성을 지키는 치열한 투쟁을 하게 되기 때문이다. 아프리카와의 접촉이 유럽인의 정신과 생명에 치명적인 영향을 미친다는 이러한 발상은 유럽이 아프리카를 분할 통치하였던 19세기말에서 20세기 초의 기간 동안 특별히 강화되어 온 견해였다. 특히, 이는 19세기 말에 유행하였던 영국의 통속 모험소설에서 흔히 발견되는 상투적인 식민 담론의 한 유형이었다. 아프리카에 대한 이러한 인종 담론의 전통은 유럽인의 아프리카 탐험기, 선교사들의 선교 일지와 인류학과 고고학의 문헌 등에서 발원한 것이다. 리드(Winwood Reade)가 아프리카를 유혹적이면서도 동시에 추악하고 파괴적인 여인의 형상(383)에 비유한 것이나 킹슬리(Mary Kingsley)가 아프리카 대륙을 "냉혹한 여성"("a Belle Dame Sans Merci" 11)이라고 부른 것이 그 원형적인 예라고 하겠다.

아프리카 여인과 아프리카를 야생성이나 야만성, 동물성 그리고 원시성을 상징하는 대상으로 부각시키는 콘래드의 묘사는 인종적 편견이라는 비판을 피할 수 없지만, 본 연구의 관심사는 이러한 인종 담론의 이면에 숨겨져 있다고 여겨지는 어떤 것이다. 그렇다면 인종적 편견의 배후에 은폐되어 있는 것은 무엇인가? 다시 물어, 아프리카와 관련하여 콘래드가 사용한 인종 담론은 유럽인의 눈에 불가사의하게 비친 한 흑인 여성과 이국적 환경을 내러티브에서 재현하는 데 필요한 상징이나 은유를 제공함으로써 기능을 다 수행한 것일까? '고결한' 유럽인을 타락시키는 흑인 유혹녀를 보여주는 것이 콘래드가 사용한 제국주의적 언술이 갖는 목표의 전부인가? 본 연구에서는 빅토리아조에 널리 알려져 있었던 비서구 민족들에 대한 편견이 콘래드 당대에 유행하였던 반여성 담론의 형성에 어떻게 이용되었는지를 간략하게 살펴봄으로써 이러한 질문에 대한 답변을 찾기를 제의한다. 우선 지적할 것은, 여성에 대한 편견의 역사가 기독교 문명의 발생기까지 거슬러 올라간다는 것이 주지의 사실이나, 세기말에 유행한 성 담론은 이러한 고전적인 여성 편견과 궤를 같이하면서도 인종적인 편견을 유용하였다는 점에서 이전의 담론과는 구분이 된다.

세기말에 두드러진 반여성적인 논의는 19세기의 저명한 진화론자들에 의해 먼저 이루어졌으며, 이 여성적 편견이 과학 담론의 형태를 취하였기에 유포 과정에서부터 과학의 권위를 휘두를 수가 있었다. 19세기의 진화론자 다윈(Charles Darwin)과 스펜서(Herbert Spencer) 그리고 당시의 두상 연구가 같은 유사 과학자들이 이러한 편견에 과학적 권위를 부여한 집단에 속한다. 예컨대, 다윈은 인류의 진화에 관한 저서에서 "적어도, 일부 여성의 정신적 능력은 저등한 인종과 과거 문명의 미발전 단계의 특징을 그대로 보여준다"(22: 586)고 주장하였으며, 스펜서는 『사회학 연구』(The Study of Sociology)에서 성장의 마지막 단계에 나타나는 "정신적 발달의 중지가 남성보다 여성에 있어 먼저 나타남을 발견하였다"고 주장하였다(341). 여성과 야만족 사이의 관련에 대하여 보다 더 노골적인 견해를 피력한 이들도 상당수 있었다. 예컨대, 『인간에 대한 강연』(Lectures on Man)에서 두상 학자 보그트(Carl Vogt)는 "여성의 두개골은 여러 가지 면에서 어린이의 두개골과 유사한 점이 있으며, 또한 어린이의 두개골보다는 오히려 저등한 인종의 두개골과 훨씬 더 유사하다"(Dijkstra 166-67 재인용)는 주장을 서슴지 않았다. 이처럼 진화론적, 생물학적 담론에 의해 '과학적'으로 입증이 된 여성에 대한 편견은 단순히 지적 열등성을 주장하는 데 머물지 않고, 보다 노골적으로 비서구 민족들에 대한 인종 담론의 골간을 이루었던 관능성과 야수성을 여성의 본성으로 지적하게 되었다. 빅토리아조 후기의 여성들이 "집안의 천사"라는 '이상적인' 여성상에서 점차적으로 이탈하게 되고, 남성들이 남녀 간의 역학 관계에서 발생하는 변화와 위협을 감지함에 따라 여성에 대한 비하는 가속화되었다. 이러한 관점에서 '과학과 권력'에 대한 푸코(Michel Foucault)의 안목에 굳이 의지하지 않더라도 우리는 19세기의 진화론이 과학과 가부장적 권력 사이의 유착 관계를 잘 드러내 주는 담론의 예임을 알 수 있다.

반여성 담론과 인종 편견의 협력 관계에 대한 논의를 더 진전하기 전에 빅토리아조 말기의 주요 사회적 현안이었던 여성 문제에 대해 일견을 해 보면 다음과 같다. 1986년에 밀(John Stuart Mill)이 하원에 여성의 법적 권리를 인정해 줄 것을 청원하였고, 이어 스미스(Barbara Leigh Smith), 데이비스(Emily Davies)와 개럿(Elizabeth Garrett) 등과 같은 여성 지도자들이 등장함에 따라, 여성의 참정권 운동이 본격화되었다. 영국의 대도시에서는 투표권을 요구하는 여성들의 대규모 집회가 자주 열려 여성 해방 운동의 열기를 고조시켰다. 이러한 치열한 투쟁의 결과, 1870년과 1883년 사이에는 여성에게 투표권을 주는 입안이 1880년을 제외한 매년 국회에 상정되었다. 1884년에 상정된 3차 투표권 개정안에 여성의 참정권을 추가시키려는 진지한 시도가 있어 여성들의 꿈이 이루어지는 듯하였으나, 이도 수상 글래드스톤의 강력한 반대에 부딪혀 무산되었고, 이후 여성 참정권 운동의 열기는 상당히 식는 듯하였다. 그러나 사실 정부의 이러한 강경한 반대에도 불구하고 여성의 참정권을 요구하는 법안은 국회에 여전히 계속 상정되었으며, 1883년과 1896년 간에 있었던 대부분의 중요한 정치 집회에서 여성의 참정권 요구는 지지를 받았다(Blackburn 9-10장). 여성 참정권론자들이 투표권을 얻기 위해서 싸왔다면, 다른 여성 인권 운동가들은 교육을 포함한 일련의 개혁 운동에 헌신함으로써 빅토리아조의 부권주의에 또 다른 저항을 시도하였으며, 이는 상당한 성공을 거두고 있었다. 예컨대, 1870년, 1874년 그리고 1882년 각각에 기혼 여성의 재산권을 점차적으로 인정하는 법안이 통과되어, 결혼과 동시에 남편에게 예속되었던 여성의 재산 소유권이 법의 보호를 받게 되었다(Pugh 8). 또한 1870년대와 1880년대에는 버틀러(Josephine Butler)의 지휘 아래, 여성 인권 운동가들이 당시 빅토리아 가부장 사회의 도덕성의 이중적 성격을 단적으로 드러내었다고 할 수 있는 전염병에 관한 법률의 폐지를 위해 싸웠다. 1866년에 제정되고 1869년에 개정된 이 문제의 법은 현장에서 체포된 '거리의 여성'을 포함하여 '거리의 여성'이라 의심되는 이를 모두 강제 연행하여 정기 건강 진단을 받게 하였으며, 병이 발견되면 구금시키는 것을 골자로 하였다. 남녀 모두가 책임이 있는 행위에 대해 여성만을 조사와 처벌의 대상으로 삼았다는 점에서 이 법안은 여성 인권 운동가들의 거센 반발을 받았다.

전통적 결혼 제도와 인습적 성의 굴레를 과감히 벗어 던지려고 한 빅토리아조의 신여성은 문학에서는 일찍이 슈라이너(Olive Schreiner) 같은 페미니스트 작가에 의해 문학 작품에 등장되었다. 슈라이너의 『아프리카 농장 이야기』(*The Story of an African Farm*)에서 여주인공 린달(Lyndall)은 전통적 결혼관과 성도덕을 과감히 부정한다. 자신에게 구혼하는 연인에게 한 그녀의 대답을 들어보면, "나는 당신과 결혼할 수가 없어요. [...] 왜냐하면 나는 속박될 수 없으니까요. 그러나 만약 당신이 원한다면, 당신이 원하는 곳으로 나를 데리고 가서 아껴 줄 수는 있겠지요. 그리고 언젠가 우리가 더 이상 서로를 사랑하지 않게 되었을 때에 그냥 헤어지면 되겠죠"(239). 자신의 자유를 지키기 위하여, 결혼 제도와 가정이 제공하는 "남성의 보호"나 정신적·경제적 안정을 거부한다는 점에서 린달은 빅토리아조 말기에 모습을 드러낸 신여성을 대표한다.

신여성이 추구한 정치·경제적 남녀 평등과 성적 자유는 빅토리아조 사회의 근간인 전통적인 가족 제도에 심각한 도전을 하였다. 뿐만 아니라 남성에게 의존하는 존재에서 남성의 잠재적 경쟁자로서 이들이 보여준 사회적 변모는 전통적인 행위 규범을 혼란스럽게 만들었다. 즉, 새로운 사회적 위상을 확립하기 위한 투쟁의 과정에서 신여성의 일부는 빅토리아조의 '이상적' 여성상을 구성하는 전통적인 가치에서 과감히 탈피하였던 것이다. 이러한 이반은 근본적으로 당대 가부장 사회를 움직인 성 이데올로기의 정당성을, 대립적이며 위계적인 사회적 성별화(gender construction)의 합법성을 질문에 부치는 행위였다. 정치·경제·문화의 제반 사회적 영역에서 남성의 주도권 행사를 가능케 한 부권적 이데올로기에 대한 이러한 도전은 당대의 남성들뿐만 아니라 전통적 가치관을 고수하는 여성들로부터도 심각한 우려와 더불어 매서운 비판을 자아내었다.

여성 해방 운동가들 중에서도 여성 참정권론자들이 사회적 비판의 주요 대상이 되었는데, 흥미로운 점은 그들에게 퍼부어졌던 비판의 상당 부분이 개인의 인격에 관한 것이었다는 사실이다. 예컨대, 신여성은 "공격적"이며, "남성적"이고, "악의에 차 있으며", "성적으로 무절제"하며, "도덕적으로 타락"하였다는 것이다. 특히 신여성의 남성화에 대한 우려는 빅토리아조 말기의 보수적 정치인과 문인의 입에서 흔히 들을 수 있을 만큼 사회에 팽배하여 있었다. 이러한 비판과 우려의 예를 간략히 들어보면, 1889년에 『포트나이트리 리뷰』(*Fortnightly Review*)에 실린 「여성 문제에 관한 글」("Plain Words on the Woman Question")에서 알렌(Grant Allen)은 "여성 해방 운동이 남녀의 '자연스러운' 성적 구분을 무시하고 여성의 남성화를 기도한다"(258)고 비난하였으며, 1891년에 『19세기』(*Nineteenth Century*)에 실린 「사회적 반항아로서의 사나운 여성들」("The Wild Women as Social Insurgents")이라는 글에서 린튼(Eliza Lynn Linton)은 "'신여성'이 공격적이고, 사회 불안을 야기하며, 권위에 저항적이며, 자신이 뜻대로 할 수 있는 이에게는 압제적"이라는 말로 신여성의 "비여성적인" 경향에 대하여 경악감을 표출하였다(604). 여기서 주목할 사실은 전술한 바 있는 신여성의 남성화에 대한 우려가 세기말 사회에 팽배해 있던 염세주의적 불안과 무관하지 않다는 것이다.

빅토리아조 말기에 팽배하였던 사회적 불안을 야기하였던 요소들 중 주요한 두 가지를 든다면, 그중 첫째는 독일, 프랑스, 러시아와 같은 후발 제국들과의 치열한 영토 경쟁과 더불어 어려워져가는 경제 사정에 기인하는 영국의 제국주의 헤게모니의 약화이며, 둘째는 인류가 야만의 상태로 퇴행할지도 모를 '역(逆)진화'의 가능성이었다. 여성 해방 운동을 이끌었던 전투적인 여성들 때문에 위협을 받고 있었던 빅토리아조 남성들은 당시 이 여성 참정권론자들에게 제국의 불안한 미래에 대한 책임을 돌렸다. 예컨대, 「여성 참정권」("Women's Suffrage")이라는 글에서 빅토리아조 후기의 유력한 정치 지도자인 사무엘 스미스(Samuel Smith)는 앵글로 색슨족의 미래에 대한 불안을 다음과 같이 전가하였다.

> 만약 우리가 앵글로 색슨족의 조심성을 잊고 여성에게 참정권을 부여하는 것과 같은 무모한 실험적인 행동에 뛰어든다면, 이 나라의 앞날에 어두운 먹구름이 끼이지나 않을까, 몇 세기에 걸쳐 계속되어 온 찬란한 사회적 발전이 끝장나지 않을까 심히 두렵다.

> If we abandon the caution of the Anglo-Saxon race, and plunge into wild experiments like women's suffrage, I much fear that dark days will befall this nation, and that the splendid fabric of centuries will totter to its fall. (433)

여성은 또한 인류의 도덕적 퇴행의 가능성이라는 세기말적 불안에 대하여 책임 있는 것으로 간주되었다. 남성과 여성의 성적 변별화를 진화의 과정으로 여기는 진화론자들의 눈에는 여성의 남성화가 이러한 변별화가 역행되고 있는 '과학적' 증거로 비쳐지기도 하였다.

도덕적 퇴행에 대한 사회적 불안에 관하여 언급을 좀 더 하자면, 이 세기말의 현상은 다윈에 영향을 받은 것으로서 오늘날의 인간의 모습이 조물주의 이미지대로 창조된 것이 아니라 동물의 상태에서 진화해 온 결과라면, 그 진화의 운동 방향이 역행할 수도 있으며, 따라서 인류가 원시 야만의 상태로 퇴행할 지도 모른다는 우려를 그 내용으로 갖는다. 백인의 도덕적 우수성과 서구 문명의 진보에 대한 이 심각한 회의는 후기 빅토리아조 사회에서 신비주의와 점성술, 텔레파시, 심령학과 같은 반과학적이고도 유사 종교적인 문화를 유행시켰다. 예컨대 19세기 말의 대표적 제국주의 문인이었던 키플링(Rudyard Kipling)과 해거드(H. Rider Haggard)도 신비주의와 텔레파시, 환생론에 심취하였으며, 1902-1905년 간 영국 수상을 역임한 보수당 출신 발포어(A. J. Balfour) 같은 저명인사도 심령학회 회장을 역임한 바 있다.

브랜틀링거(Patrick Brantlinger)가 『어둠의 통치』(*Rule of Darkness*)에서 주장하듯, 세기말의 반과학적인 회의주의는 백인이 원시 습속으로 귀화한다거나 백인 내부에서 야수성이 출현한다는 것과 같은 도덕적 퇴행의 주제를 문학에서 유행시켰다. 뿐만 아니라 비이성적이고 악마적인 세력이 서구 문명국을 침공하는 알레고리가 각광을 받게 되고, 이를 통해 도덕적 퇴행의 이슈를 인류 전체의 문제로 거시화한 작품들이 등장하게 되었다. 스티븐슨(Robert Louis Stevenson)의 『팔레사의 해변』(*The Beach of Falesa*)이나 『썰물』(*Ebb-Tide*) 등과 같은 '제국주의 로맨스'나 동일 작가가 쓴 『지킬 박사와 하이드씨』(*Dr. Jekyll and Mr. Hyde*) 같은 고딕 소설이 개인적 수준에서의 도덕적 퇴행의 주제를 다루었다고 한다면, 영제국 내에 흡혈귀로 구성된 악의 제국을 건설하려는 기도를 그린 스토커(Bram Stoker)의 『드라큘라』(*Dracula*)는 인류가 도덕과 문명의 수호를 위하여 악마적 세력에 대항하여 투쟁을 벌인다는 진화의 시나리오가 극화된 대표적인 예이다.

특기할 점은 이러한 사회적 맥락에서 '남성의 유혹녀'라는 고전적인 반여성적 비유가 새롭게 진화론의 옷을 입고 등장하게 되었다는 점이다. 그리하여 세기말의 여성이 야수적이고 관능적인 존재로 담론에서 구축된 반면, 동시대의 남성은 이성적이고 정신적인 존재로 이상화되었다. 그 결과 선악과로 유혹하는 이브의 이미지 대신, 여성은 이지적 남성을 '성적 유혹'을 통해 자신의 동물적이며 관능적 수준으로 타락시키는 악녀의 이미지를 부여받게 되었다. 세기말의 문학, 미술 등 문화 제분야에서 널리 사용된 이미지인 '사이렌'이나 '반인 반수의 식인 녀' 등 성적인 매력을 지닌 야수적인 악녀상은 도덕적 퇴행에 대한 불안과 관련하여 여성을 사회적 희생양으로 만드는 데 일조한 것으로 평가받는다. 세기말에 유행한 악녀적 여성상과 인류의 도덕적 퇴행에 대한 불안에 대하여 다익스트라(Bram Dijkstra)는 다음과 같이 요약한다. 세기말의

여성은 정신적 완성을 추구하는 19세기 남성을 가로막고 관능적 아름다움을 이용하여 동물적인 유혹을 할 준비가 항상 되어 있는 존재, 아마득히 먼 인류의 전(前) 진화적인 과거가 악몽적인 형태로 드러난 경우로 간주되었다.

[W]oman became a nightmare emanation from man's distant, pre-evolutionary past, ready at any moment to use the animal attraction of her physical beauty to waylay the late nineteenth-century male in his quest for spiritual perfection. (240)

특히 빅토리아조 가부장들에 의하여 "거센 여자"로 취급되었던 여성 인권론자들이 흔히 이러한 야수적 이미지에 비유되었다. 다익스트라의 표현을 다시 빌면, "19세기 말의 남성들에게 있어 악마적 · 야수적 여성의 이미지는 남성들의 눈에 그들의 사회적 특권을 박탈할 것을 기도하는 것으로 비친 신여성, 모성의 의무를 저버리고, 여성의 가정적인 종속이 가져올 천상적인 조화를 파괴하려는 것으로 비친 신여성을 의미하였다"(309). 이러한 상황에서 여성의 해방은 곧, 우려되는 문명의 종말을 가속화시킬 사악한 힘이 횡행하게 될 것임을 의미하였다.

3. 야만적 여성과 이지적 남성

제국주의 언술의 주축 중의 하나를 이루었던 진화론이 빅토리아조의 가부장제를 위협한 신여성을 비하시키고 비난하는 목적을 위해 이렇게 널리 원용되었음을 고려해 볼 때, 콘래드가 진화론의 도움을 빌어 두 가지 대상을 동시에 텍스트 내에 창조하지 않았는가 하는 질문을 던져 봄직하다. 그 두 대상 중 하나는 『암흑의 심장』에서 명시적으로 묘사된 아프리카와 아프리카 여성이라고 할 수 있다. 다른 하나는 식민지의 문학적 재현의 이면에 작가가 '숨은 그림'으로 그려 넣은 빅토리아조 말기의 신여성이라고 할 수 있다. 다시 말하면, 위협적이고도 유혹적인 아프리카와 아프리카 여인에 대한 묘사는 신여성에 대한 빅토리아 가부장들의 불안과 편견을 은밀히 표출하기에 안성맞춤의 수단을 제공한 셈인 것이다. 이러한 관점에서 소설을 다시 읽을 때 아프리카와 유럽의 대결 구도, 더 나아가 야만과 문명의 대결 구도로 이해되어 온 『암흑의 심장』은 이면에 타락한 신여성과 유럽 문명의 이지적인 건설자 사이의 성 대결 구도를 내포하고 있다는 추론이 가능하다. 신여성에 대한 불안이 19세기 말과 20세기 초 영제국의 주요 사회적 현안이었음을 감안한다면, 제국주의 언술에 대한 이러한 다시 읽기는 콘래드에 국한되지 않고 콘래드 당대나 이후의 제국주의 소설가들에게까지 적용될 수 있다. 해거드의 소설 『쉬』(She)에 등장하는 가공할 위력을 소유한 아프리카의 여왕이 매력적인 미모와 마법을 이용하여 영국 남성의 영혼과 육체를 자기 것으로 만든다는 줄거리 역시 여성의 정치 참여가 남녀 사이의 지배 관계를 반전시킬지도 모른다는 빅토리아조 가부장들의 불안을 알레고리를 통하여 표출한 것이라고 볼 수 있다. 문제의 아프리카 국가가 가모장제임을 고려할 때, 그 나라 여왕이 계획하였던 영제국의 침공과 통치의 시나리오는 영국 남성들이 우려하였던 여성 시대의 도래 즉, 가부장 질서의 해체와 여권 신장이 가져올 새로운 여성의 세상을 식민지 담론을 통해 재구성한 것이라는 해석이 가능하여진다. 30년대에 출판된 캐리(Joyce

Cary)나 오웰(George Orwell)의 제국주의 소설들 역시 식민지 배경과 시대는 다소 상이하나 동일한 관점에서 해석이 가능하다.

신여성과 이지적 남성의 대결 구조라는 측면에서 『암흑의 심장』을 읽을 때, 먼저 아프리카 여인에 대한 묘사가 신여성의 상에 어떻게 부합되는지 알아보는 것이 순서이리라. 말로우에 의하면, 이 흑인 여성은 "투구처럼 모양낸 머리"(60; 132)를 하고 "황동각반과 전투용 장갑"을 착용하였는데 이 전사와 같은 모습은 빅토리아조 가부장들의 눈에 위협적으로 비친 신여성의 맹렬함, 과격한 여성 인권론자들의 전투성과 공격성 그리고 그들의 "남성적" 경향을 연상시킨다. 이 두 여성 간에는 피부색의 차이를 뛰어넘는 또다른 중요한 유사성이 있는데 이는 다름 아니라 강렬한 자존감이다. 말로우는 문제의 흑인 여성을 "도도한 정신"의 소유자라고 묘사하는데, 이러한 특질은 빅토리아조의 여성 인권 운동을 주도한 신여성이 사회적·개인적 자긍심을 회복하려고 기도하였다는 사실을 인유하는 바가 있다. 또한 "말없는 고통"과 "억누를 수 없는 슬픔", 그리고 "모종의 결심에 대한 두려움"이 뒤섞인 흑인 여성의 "비극적이고도 사나운"(60; 133) 모습은 신여성이 가부장적 사회에서 성차별의 벽에 부딪혀 수없이 느꼈던 좌절감이나 제대로 표현할 수 없었던 골 깊은 원한, 그리고 다른 한편으로는 투쟁과 투쟁의 결과에 대해 뿌리칠 수 없었던 두려움과 상통한다. 1894년 영국의 잡지사에서 신여성에 대한 일종의 글짓기 경시 대회를 개최하게 되는데, 이 때 입상을 한 시 한편은 다음과 같다. "그녀는 인간처럼 보이지 않네/남성 같은 신여성/부끄러움을 모르는 여단의 여왕"("She seems scarcely human/This mannish New Woman/This Queen of the Blushless Brigade")(Cunningham 1에서 재인용). 이 시는 말로우의 콩고 경험담 어느 한 구석에 넣어도 전혀 어색하게 읽히지 않을 만큼— 실제로 "신여성" 대신 "흑인 여성"을 대입해보라—, 서구 여성에 대한 묘사가 말로우가 본 "비인간적"이며 "남성적"이고 "전투적인" 아프리카 여성과 일치한다.

앞서 논의한 바 있는 신여성과 이지적 남성의 대결 구도라는 패러다임은

『암흑의 심장』의 제국주의적 주제에 대하여 새로운 해석을 가능하게 한다. 특히, 커츠와 말로우의 도덕적·문화적 갈등과 이 두 서구인 사이의 동맹 관계에 대하여서도 새로운 해석이 가능해진다. 세기말에 유행한 반여성 담론에 따르면, 여성의 관능적 유혹에 굴복하는 남성은 그의 남성성뿐만 아니라 도덕적 감수성도 상실하게 된다. 그리고 이러한 결과는 곧 남성의 여성화 현상이나 현존하는 양성 간의 지배 관계를 반전시키는 현상을 초래할 것이라고 믿어졌다. 이러한 반여성적 시나리오에서 상정한 타락한 남성과 말로우의 영웅 커츠를 비교해보면 재미있는 결과가 나온다. 우선, 말로우의 회상에서 커츠는 이방의 습속에 굴복한 결과 도덕성을 상실한 인물, 엄격히 말하자면, 도덕의 한계를 뛰어넘은 인물로 묘사된다. 그의 도덕적 추락은 그가 책임을 맡고 있는 오지 깊숙이 자리 잡은 무역소의 울타리 꼭대기를 장식하고 있는 해골이 증명을 해주고 있다. 흔히 논의되듯, 이 소름끼치는 울타리 장식물은 야만적 삶을 탐닉한 결과 커츠가 살인귀로 변모하였음을 드러낸다. 커츠는 또한 남성성을 상실한 인물로 드러나는데, 이러한 면모는 그의 소진된 육체가 증언한다. 말로우와의 첫 대면에서 커츠가 과거 남성적 활기와 정력으로 가득 차 있었던 유럽 문명의 총아와는 거리가 먼 외양을 하고 있기 때문이다. 다양한 육욕에 탐닉한 결과 그가 갖게 된 "유령 같은" 몰골은 보는 이를 깜짝 놀라게 만든다. 기력을 모두 빼앗긴 이 문명의 대표자는 흑인 추종자들이 마련한 들것에 의존해야 할 정도로 측은한 모습을 하고 있다. 커츠의 소진된 모습은 다음과 같이 파편적인 이미지로 표현된다. "나는 [커츠의] 야윈 팔이 명령하듯 뻗치고, 아래턱이 움직이며, 아래위로 기괴하게 끄덕이는 뼈만 남은 머리통 깊숙이에서 유령 같은 자의 눈이 음산하게 빛나는 것을 볼 수 있었다네"(59; 130). 그러나 그가 이렇게 기력을 상실하게 된 것은 병마에 시달려서가 아니다. 말로우는 커츠가 쇠약하게 된 것이 "질병으로 인하여 체력이 소진된 상태"도 아니며, 그가 전혀 "고통스러워하는 것 같지도 않았고 [...] 마치 당분간 모든 감정을 충분히 맛본 것처럼 포만하고 평온해보였다"(59; 131)고 그의 첫 만남을 기록한다. 욕정의 과도한 탐닉으로 인하여 기력이 쇠잔한 이 유럽 남성의 상태를 한 마디로 요약하면 "남성성의 상실"이다.

세기말 남성들이 우려하였던 미래 즉, 남녀의 권력 관계의 반전 현상은 기력이 쇠약해진 커츠와 아프리카 여성의 관계에서 상징적으로 드러난다. 커츠의 숭배자인 러시아 선원이 공포에 떨면서 들려주듯, 이 무시무시한 흑인 여성은 놀랍게도 신처럼 군림하는 커츠와의 관계에서 주도권을 쥐고 있는 것으로 묘사된다. 커츠와의 관계에 있어서 헤게모니를 장악한 그녀는 아무 것도 아닌 일을 가지고 "난리를 피우고" "한 시간이나 커츠에게 무시무시한 기세로 소리치는"(60; 134) 인물이다. 이 여성의 안하무인격인 행동은 동물적 관능성과 원시 본능을 무기로 삼은 이 여성과의 권력 투쟁에 있어 커츠가 패배했음을 암시한다. 이 여성에 대한 커츠의 예속화는 너무나 뿌리가 깊은 것이어서, 그는 말로우에 의해 구출되어 선상으로 옮겨진 후에도 다시 정글로 되돌아가기를 시도한다. 말로우는 이러한 커츠를 추적하여 만류하는데, 이 에피소드는 커츠가 겪은 남성성의 상실, 즉 그의 여성화가 어느 정도 진행이 되었는지를 밝혀 준다는 점에서 의미가 있다. 말로우의 저지에 직면하자, 커츠는 자신의 의지를 "남자답게" 주장하지 않고 오히려 남성에게 이해를 간청하는 여성처럼 불평과 탄원이라는 수단에 호소한다. 예컨대, 커츠는 길을 가로막는 말로우에게 자신에게는 "거대한 계획이 있다"고 투덜대며, 이러한 불평이 소용이 없자 "'위대한 업적을 막 이루려는 단계에 있는데'라며 "애원"(65; 143)한다.

지배권을 두고 남녀가 다툰다는 이러한 성대결의 패러다임은 커츠를 실은 배가 무역소를 떠날 때 아프리카 여성이 취하는 섬뜩한 무언의 몸짓에 대해서도 새로운 해석을 가능하게 해 준다. 배가 떠나갈 때, 이 여성은 "아무 것도 걸치지 않은 두 팔을 번뜩이는 어두운 강 위로 비극적으로 뻗는"(67; 147) 동작을 하는데 이는 그녀가 마치 커츠의 구출대를 포위하려 한다는 인상을 준다. 이 저지의 동작은 한 동안 자신의 소유였던, 자신의 성적 노예였던 유럽인을 생포하여 지배력을 다시 행사하려는 기도로 해석이 된다. 이 흑인 여성의 저지가 결국에는 실패로 돌아간다는 사실에 유의한다면, 이 에피소드는 텍스트가 명시적으로 들려주는 아프리카 여성과 유럽 남성 간의 '끔찍한' 로맨스에 '불행 중 다행인' 종말을 안겨주는 기능을 수행하는 것으로 해석된다. 동시에 은유적 수준에서 보았을 때, 이 에피소드는 세기말 여성이 추구한 권력에의 의지를 간접적으로 표출하고 동시에 이러한 의지의 실현을 텍스트 내에서 좌절시키는 부권적 사회의 보수 반동적인 대응을 형상화한다.

여성에게 예속됨에 따라 커츠가 우월한 문화적 전통으로부터 이탈할 뿐만 아니라, 서구 유럽 문명의 회원권과 더불어 "당연히" 갖추게 되는 도덕적 자질과 남성적 자질을 상실하게 되었다는 것은 앞서 논의한 바가 있다. 이러한 맥락에서 임종시 커츠가 지르는 단말마도 다중적인 의미를 띤 것으로 판단된다. 인종적 차원에서 해석하였을 때 커츠의 마지막 외침이 야만적 풍습에 동화됨으로써 경험하게 되는 도덕적 추락에 대한 인식과 판단을 의미하는 반면, 젠더적 차원에서 보았을 때 그의 공포어린 외침은 여성과의 권력 투쟁에서 패배했을 때 이것이 당대 남성에게 의미했을 바, 즉 남성성과 권위의 상실에 대한 자각이나 자책이라 해석된다. 소설의 결말 부분에 나타나는 커츠의 이러한 자기반성은 그것이 여성이 표상하는 부정적 가치에 대한 도덕적 판단이요, 반항이라고 해석될 수 있다는 점에서, 유혹적인 악녀와의 성대결에서 힘겹게 거둔 남성의 승리라고 해석될 수 있다. 『암흑의 심장』이 수행하는 가부장 사회에 대한 정치적 봉사는 이렇게 텍스트에서 남녀의 성대결을 재연하고 이 대결에서 남성의 손을 들어주는 데에 있다. 세기말의 영국 남성들이 은밀히 반겼을 커츠의 이러한 승리, 남성성의 재천명은 커츠혼자의 힘만으로는 이루어지지 않았음에 주목할 필요가 있다. 커츠의 힘겨운 승리 이면에는 헌신적인 두 명의 남자가 있다. 이 '커츠의 남자들'은 그가 성의 굴레로부터 해방되어 도덕적 각성을 하도록 야만적인 여성에 대항하는 공동의 보조를 취했다. 러시아 선원은 생명의 위협을 무릅쓰고 흑인 여전사가 병든 커츠를 만나는 것을 막으려고 하였으며, 말로우도 자신의 직업과 생명을 걸고 커츠 구출 계획을 실천에 옮겼다. 이러한 의미에서 이 텍스트가 보여주는 남성성의 재천명은 위협적인 여성에 대한 '남성 동맹의 승리'라고 해석된다.

4. 맺음말

여성의 동물성과 원시적 본능에 대항하여 커츠의 지성이 거둔 승리는 콘래드 당대에 팽배하여 있던 신여성에 대한 불안을 성공적으로 일소한 듯한 인상을 준다. 그러나 실상은 이 불안의 해소가 불완전하며 잠정적인 것에 지나지 않는다는 점에 『암흑의 심장』이 수행하는 이데올로기적 임무의 한계가 있다. 이러한 한계는 아프리카를 떠나 유럽으로 돌아온 이후 말로우가 커츠의 약혼녀의 순수하고도 '여성적인' 자태에서까지 아프리카의 여전사의 모습을 떠올린다는 데에서 '증후적'으로 드러난다. 다시 말하면, 말로우의 주변을 떠나지 않는 이 전투적 여성의 환영은 콘래드와 그의 동시대인이 부정하고 싶었던 강렬한 열망에도 불구하고 부정할 수 없었던 엄연한 현실로서의 신여성의 사회적 존재가 텍스트 내에 반영된 것이다. 당대의 사회적 불안을 해소하려는 기도를 한다는 점에서 콘래드의 서사는 프라이(Northrop Frye)가 정의한 '소원 성취적인' 로맨스 장르로 분류할 수 있다. 그러나 그 기도가 실은 완전한 성공으로 이어지지 않았다는 점에서 이 소설은 '미완의 로맨스'라고 불러야 한다. 결론을 내리자면, 소설 『암흑의 심장』에서 반여성 담론은 유럽 제국주의의 인종적 편견을 지원하고 있을 뿐만 아니라 제국의 내부 정치학에 관련해서도 중요한 기능을 담당한다. 식민 사업에 뒤따르는 도덕적 실추감이나 위기감, 그리고 신여성이 당대의 가부장 사회에 제기하는 위협을 동시에 해결하고자 하였다는 점에서, 콘래드의 소설은 제국주의와 부권주의, 인종편견과 성 담론 간의 공모 관계가 은밀히 작동하는 작품이라 여겨진다.

인용 문헌

이석구 역. 『어둠의 심연』. 조지프 콘래드. 을유문화사. 2008.

_____. 「조지프 콘래드의 소설에 나타난 제국주의와 여성 억압적 담론」. 『영어영문학』 제42권 1호 (1996): 65-81.

Allen, Grant. "Plain Words on the Woman Question." *Free and Ennobled: Source Readings in the Development of Victorian Feminism*. Eds. Bauer Carol and Lawrence Ritt. New York: Pergamon, 1979. 256-58.

Blackburn, Helen. *Women's Suffrage: A Record of Women's Suffrage Movement in the British Isles with Biographical Sketches of Miss Baker*. London: Source Book, 1902.

Brantlinger, Patrick. *Rule of Darkness*. Ithaca: Cornell UP, 1988.

Conrad, Joseph. *Heart of Darkness*. Ed. Robert Kimbrough. New York: Norton, 1963.

Cunningham, Gail. *The New Woman and the Victorian Novel*. New York: Harper & Row, 1978.

Darwin, Charles. *The Descent of Man, and Selection in Relation to Sex*. Eds. Paul H. Barrett and R. B. Freeman. London: William Pickering, 1989. Vol. 22 of *The Works of Charles Darwin*. 29 vols. 1986-89.

Dijkstra, Bram. *Idols of Perversity*. Oxford: Oxford UP, 1986.

Frye, Northrop. *Anatomy of Criticism*. Princeton: Princeton UP, 1957.

Hobson, J. A. *Imperialism: A Study*. 1902. Ann Arbor: U of Michigan P, 1965.

Kingsley, Mary H. *Travels in West Africa*. Intro. John E. Flint. New York: Barnes & Noble, 1965.

Linton, Eliza Lynn. "The Wild Women as Social Insurgents." *Nineteenth Century* 30(1891): 596-605.

Macherey, Pierre. *A Theory of Literary Production*. Trans. Geoffrey Wall. London: Routledge, 1978.

Pugh, Martin. *Women's Suffrage in Britain: 1867-1928*. London: Historical Association, 1980.

Reade, Winwood W. *Savage Africa*. Vol. 1. New York, 1864.

Said, Edward. *Orientalism*. New York: Vintage Books, 1979.

Schreiner, Olive. *The Story of an African Farm*. Intro. Dan Jacobson. Harmondsworth: Penguin Books, 1971.

Smith, Samuel. "Women's Suffrage." *Before the Vote Was Won*. Ed. Jane Lewis. New York: Routledge & Kegan Paul, 1987. 425-33.

Spencer, Herbert. *The Study of Sociology*. Intro. Talcott Parsons. Ann Arbor: U of Michigan P, 1961.

■ 이 글은 『영어영문학』 42권 1호(1996)에 실린 글을 수정, 보완한 것이다.

8.

나이폴과 콘래드의 대화적 관계
-『강의 한 굽이』와『암흑의 심장』에 나타난
아프리카의 이미지

왕은철

1.

크리스테바가 바흐친의 대화이론을 원용하여 도입한 상호텍스트성의 개념은 나이폴의 『강의 한 굽이』(*A Bend in the River*)와 콘래드의 『암흑의 심장』(*Heart of Darkness*)의 관계를 설명하는 데 매우 유용한 개념이 될 수 있다. 두 소설이 아주 확연하게 상호적인 관계에 있는 탓이다. 크리스테바는 상호텍스트성 이론을 다음과 같이 설명한다.

> 수평적인 축(주체-수신인)과 수직적인 축(텍스트-콘텍스트)이 겹치면서 중요한 사실이 드러나는데, 그것은 하나의 텍스트가 적어도 다른 하나의 텍스트가 읽힐 수 있는 텍스트들의 교차점이라는 것이다. 바흐친은 자신이 *대화, 양가성*이라고 명명한 이 두 축을 그의 글에서 분명하게 구분하지 않고 있다. 그러나 엄밀성이 부족한 것처럼 보이는 것이 사실은, 바흐친에 의해 문학이론에 처음으로 도입된 통찰력이다. 즉, 어떠한 텍스트든 인용의 모자이크로 구성되며, 어떠한 텍스트든 다른 텍스트의 흡수이자 변형이라는 것이다.

> [H]orizontal axis (subject-addressee) and vertical axis (text-context) coincide, bringing to light an important fact: each word (text) is an intersection of word (texts) where at least one other word (text) can be read. In Bakhtin's work, these two axis, which he calls *dialogue and ambivalence*, are not clearly distinguished. Yet, what appears as a lack of rigour is in fact an insight first introduced into literary theory by Bakhtin: any text is constructed as a mosaic of quotations; any text is the absorption and transformation of another. (Kristeva 66)

크리스테바가 말한 바대로, "하나의 텍스트는 적어도 다른 하나의 텍스트가 읽힐 수 있는 텍스트들의 교차점이다." 여기에서 크리스테바가 "적어도 다른 하나의 텍스트"라고 말하는 것은 하나의 텍스트가 존립하기 위해서는 "적어도 다른 하나의 텍스트"가 있어야 한다는 말이요, 다시 그것은 여러 개의 다른 텍스트들과의 상호적인 관계가 얼마든지 가능하다는 말이다. 바흐친의 말을 인용하면, "하나의 목소리는 아무 것도 종결시키지 않으며 아무 것도 해결하지 못하고, 두 개의 목소리는 삶을 위한 최소한의 것이며 존재를 위한 최소한의 것이다"(Bakhtin, 252). 결국 텍스트는 "다른 텍스트"를 "흡수"하고 "변형"시킴으로써 그 텍스트와 대화적 관계를 형성하게 된다는 말인데, 나이폴의 『강의 한 굽이』와 콘래드의 『암흑의 심장』이 그것의 좋은 예이다. 그렇다면 『강의 한 굽이』가 어떠한 입장에서 『암흑의 심장』을 흡수하고 변형시키는지, 그리고 그 흡수와 변형의 방식이 궁극적으로 아프리카에 대한 인식에 있어서 나이폴을 콘래드로부터 어떻게 차별화시키는지 점검해보는 것은 나름대로 의미 있는 작업일 수 있다. 특히 나이폴이 이 소설을 구상하고 집필하는 과정에서 콘래드의 소설을 염두에 두고 있었다는 점을 감안하면 두 소설의 대화적 관계를 파악하는 것은 나이폴의 소설이 갖고 있는 의미망을 파악하는 데 도움이 될 수 있을 것이다.

그렇다고 나이폴과 콘래드의 대화적 관계를 파악하기 위해 논의를 두 소설에 국한시킬 필요는 없을 듯하다. 나이폴이 소설이라는 장르가 더 이상 소설가의 "확신"이나 믿음을 전달하지 못하는 형식이 되었다("Conrad's Darkness" 227)고 개탄하면서1) 그 한계를 논픽션과 저널리즘을 통해서 극복하려 했다는 점을 고려

---

1) 소설에 대한 나이폴의 발언은 다음과 같이 길게 이어진다. "과거의 위대한 소설들을 만들어냈던 위대한 사회들은 와해되어 버렸다. 소설은 더 개인적이고, 더 개인적으로 매혹적인 것이 되어버렸다. 하나의 형식으로서의 소설은 더 이상 확신을 그 안에 담고 있지 않다. 진정한 어려움을 목적으로 하는 게 아닌 실험적인 작품은 독자의 반응을 타락하게 만들었고, 독자들과 작가들은 소설의 목적이 무엇인지 혼란스러워 하고 있다. 화가가 그러하듯, 소설가는 해석자로서의 기능을 더 이상 인정하지 않는다. 그는 그걸 넘어서고자 한다. 그리고 그의 독자는 줄어든다. 그래서 우리가 사는 세계는, 언제나 새로운 그 세계는, 점검되지 않고 넘어가 버리고, 아무런 생각도 없이 카메라에 의해 평범한 것이 되어 버린다. 진정한 경이로움을 일깨워 줄 사람은 아무도 없다"("Conrad's Darkness" 227). 나이폴이 여행기를 비롯한 논픽션에 의존하게 된 것은 따라서 불가피한 일이었다. 논픽션은 그에게 "즉각적인 환경의 탐색"인 소설보다 "더 멀리 나아갈 수 있게 해준" 장르였다. 소설은 "나의 주제로 나를 이끌어줬지만 나를 끝까지 데려다 준 것은 아니었다"(*Reading and Writing* 30-1, 38).

하면, 그가 쓴 일련의 소설 외적인 글들을 아울러 참조하는 것이 그의 소설의 의미망을 짚어내는 데 오히려 더 효과적일 것이다. 이를『강의 한 굽이』에 적용해 보면, 1979년에 발표된 이 소설은 나이폴이 1974년에 쓴 "콘래드의 어둠"("Conrad's Darkness")이라는 에세이와 1975년에 쓴 "콩고를 위한 새로운 왕— 모부투와 아프리카의 허무주의"("A New King for the Congo: Mobutu and the Nihilism of Africa")라는 두 편의 상호보완적인 에세이를 참조해야만 본연의 의미가 드러난다. 즉, 콘래드 소설의 배경을 시대만 달리 하여 다시 재현하는『강의 한 굽이』와『암흑의 심장』의 상호텍스트적 관계는 전자와 밀접한 관련이 있는 두 에세이를 참조할 때 더 확연히 드러날 수 있다는 말이다.2) 공교롭게도 나이폴이 두 에세이에서 콘래드를 구체적으로 언급하고 있는 만큼, 나이폴과 콘래드의 대화적 관계를 제대로 이해하기 위해서는 두 에세이에 투영된 나이폴의 생각을 참조할 필요가 있을 것이다.

2.

블룸(Harold Bloom)의 용어를 빌려 말하자면, 콘래드는 나이폴에게 "영향력에 관한 불안"(anxiety of influence)을 느끼게 한 작가였고 두 사람의 관계는 비유적인 의미에서 아버지(precursor)와 아들(ephebe)의 관계였다. 그것은 콘래드가 나이폴이 태어났고 청소년기를 보냈던(1932-50) 트리니다드의 정치적, 문화적

---

2) 이런 점에서 보면 콘래드의『콩고일기』(Congo Diary)와 나이폴의『콩고일기』(A Congo Diary) 도 마찬가지다. 여기에서는 나이폴의『콩고일기』를 부분적으로만 논의에 포함시킨다. "콩고를 위한 새로운 왕"과 "콘래드의 어둠"이 두 작가가 형성하고 있는 상호텍스트적 관계의 파악에 보다 유용하고 실질적이기 때문이다. 여하튼 나이폴이 콘래드와 똑같은 곳을 여행하면서 자신이 기록한 일지에 콘래드의 것과 똑같은 제목을 붙일 정도로 콘래드에 집착했다는 사실을 주목할 필요가 있다.

'모국'인 영국의 "위대한 전통"(F. R. Leavis의 용어)에 속한 "위대한" 작가였을
뿐만 아니라, 콘래드가 그의 조국 폴란드를 십대 중반에 떠나 20여년 동안 선원생
활을 하며 트리니다드와 같은 제3세계권을 두루 여행하고 그것을 바탕으로 소설
을 썼던 외국인 작가였기에 성립될 수 있었던 부자관계였다.[3]

　　나이폴은 다른 영국 작가들에게서는 "아버지"를 찾을 수 없었다. 그가 읽었
던 다른 "위대한 작가들은 고도로 체계화된 사회에 대해서 작품을 썼다." 그는 그
들과 같은 사회에 살지도 않았고 그러한 "작가들의 생각을 공유할 수도 없었다."
그들의 작품에는 그의 "세계가 반영되어 있지 않았고" 그의 세계는 그들의 것보
다 "더 혼합적이고 간접적이며 더 제한된 것이었다"("Conrad's Darkness"
213-14). 그는 "버지니아 울프나 프루스트나 우리가 숭배하는 다른 작가들이 [그]
가 떠나온 세계에 어떤 가치를 부여하는 것을 상상할" 수 없었다. 그런데 콘래드
는 그들과 달랐다. 콘래드는 "고도로 체계화된 사회"가 아니라 나이폴이 자신을
일치시킬 수 있는 제3세계를 소설의 주된 공간으로 삼은 작가였다.[4] 콘래드의 소
설에 나오는 "기후와 초목"은 나이폴이 고백한 바와 같이, 그가 태어나고 자랐던

---

3)　휴간은 1988년에 발표된 글에서 블룸의 이론을 해리스(Wilson Harris)의 『공작의 궁전』
　　(*Palace of the Peacock*)과 나이폴의 『강의 한 굽이』에 적용하고 있다. 휴간은 tessera(모난
　　유리)와 kenosis(비하)의 개념을 이용하여 해리스와 나이폴이 콘래드의 소설을 어떤 맥락에
　　서 다시 쓰고 있는지 설명한다. 여기에서 "모난 유리"라 함은 그것을 잘 다듬어 좋은 것으
　　로 만들 수 있었음에도 작가가 자신의 한계에 갇혀 "충분히 나아가지 못했다"는 인식에서
　　출발한다. 이는 해리스가 콘래드의 반제국주의적 담론을 부분적으로 인정하면서 그것이 결
　　국 제국주의적 인식론에서 벗어나지 못한 미완적인 것이라고 생각하고 자신의 소설에서
　　그걸 시정하려 했다는 말이다. 또한 "비하"라 함은 나이폴이 콘래드의 텍스트를 "비하"하
　　고 "탈신비화"하면서 콩고의 "냉혹한 경제적, 정치적 현실"(Huggan 455)을 제시하고 있다
　　는 것이다. 휴간에 따르면 나이폴은 콘래드의 "자기정당화"와 "권위적인 수사법"을 폭로함
　　으로써 "민중의 생존과 불가피한 불안정성"을 강조한다(Huggan 457). 휴간 자신이 그의 글
　　말미에서 지적한 바와 같이, 콘래드와 나이폴에 관련된 그의 논의는 나이폴을 감싸고도는
　　듯하여 자칫, 서구적 인식론에 근거하고 있다는 비판을 받을 수도 있을 듯하다.
4)　물론 그는 런던을 배경으로 한 『비밀요원』(*The Secret Agent*)이라는 장편소설을 쓰기도 했지만
　　그 소설마저도 영국에 국한된 것이 아니라 러시아와 관련된 것이었다.

트리니다드의 그것과 흡사한 것이었다(*Reading and Writing* 9). 또한 콘래드는 "19세기 소설에서는 배경에 지나지 않았던" "개인으로서는 존재하지 않는 거나 마찬가지인 아시아인들"을 비롯한 제3세계 사람들을 "최대한도로 진지하게 바라볼 수 있었던" 유일한 작가였다(Mukherjee 80). 콘래드는 그에 "앞서 모든 곳을 다녀온 사람이었다"("Conrad's Darkness" 216). 따라서 그가 "콘래드의 가치는 그가, 지금 내가 알아보는 세계 즉 나의 세계에 대해서 6-70년 전에 깊은 사유를 했다는 사실이다. 나는 이 세기의 작가들 중 다른 아무에게서도 이런 느낌을 받지 못한다"("Conrad's Darkness" 219)라고 실토한 것도 너무나 자연스러운 것이었다. 결국 나이폴은 콘래드의 소설에서 자신이 기댈 수 있는 전범을 찾았던 셈이고, 그것은 다시 광범위한 제3세계 여행으로 이어졌다. 나이폴로서는 "콘래드를 이해하기 위해서는 그의 경험에 필적할 필요가 있었다"("Conrad's Darkness" 217). 그 여행은 "변화하는 세계를 [나이폴]에게 보여줬고, [그를] 식민지적 껍질에서 나오게 해줬다. 그것은 [그]의 출신배경과 [그]의 삶의 본질이 [그]에게 거부했던, 성숙한 사회적 경험 즉 사회에 대한 깊어가는 지식에 대한 대체물이 되었다"(*Finding the Centre* x). 그는 콘래드처럼 세계를 여행하고 자신의 "식민지적 껍질" 밖으로 나오면서, 영국에 정착하여 글을 쓰기 시작할 때 느꼈던 "발밑의 땅이 움직이는 느낌"("Conrad's Darkness" 216)을 극복할 수 있었다. 이처럼 콘래드는 나이폴에게 정체성을 찾게 해준 정신적 아버지였다.

나이폴은 어렸을 때 그의 아버지로부터 콘래드의 소설을 소개받은 이래로, 콘래드의 소설을 거의 모두 읽었다. "진보의 전초기지"("An Outpost of Progress"), "카레인"("Karain") 등과 같은 단편소설들은 말할 것도 없고 『로드 짐』(*Lord Jim*), 『비밀요원』(*The Secret Agent*), 『노스트로모』(*Nostromo*), 『승리』(*Victory*) 등과 같은 장편소설까지 빠짐없이 통독했다. 특히 『암흑의 심장』은 다음의 인용이 말해주듯 그에게 심오한 영향을 미친 작품이었다.

나는 아프리카적인 배경－약탈과 허가받은 잔인성의 '타락한 땅'－을 당연한 것
으로 받아들였다. 그런 식으로 우리는 우리의 억측에 구속당할 수 있다. 지금 보면
그 배경은 그 책의 가장 효과적인 부분인 것처럼 보인다. 그러나 당시에는 그것이
내가 기대했던 것 이상은 아니었다. 야만인들에 대한 무제한적인 힘 때문에 야만주
의와 광기로 내몰리는 강 상류의 상아 책임자인 커츠에 관한 이야기는 나한테 효과
가 없었다. 그러나 나에게 직접적인 호소력을 띤 페이지가 있었다. 그것은 단순히
아프리카에 관련된 것만은 아니었다.

증기선이 커츠를 만나기 위해 강의 상류를 향해 간다. 그것은 '세계의 시원(始
原)으로 되돌아가는 것 같았다.' 오두막 한 채가 강둑에 보인다. 그것은 텅 비어
있다. 그런데 거기에 60년이 된 한 권의 책이 있다. 표지도 없이 너덜너덜 떨어졌지
만 '흰 실로 멋지게 꿰매져 있는' 『선박조종술 연구』(An Inquiry into Some Points
of Seamanship)라는 책이다. 악몽의 와중에 있는 화자에게, '도형과 불쾌한 삽화가
그려져 있어 따분하지만, 일을 제대로 하는 방법에 대한 정직한 관심과 한 가지 목
적에 대한 성실성'이 배어 있는 이 낡은 책은 '전문적인 지식 이상의 광채를 발하고
있는 것처럼 보인다.'

이 장면은 현재의 입장에서 보면, 어쩌면 내가 너무 오랫동안 마음속에 품고 다
녔기 때문에, 혹은 내가 이야기의 다른 부분에 더 민감하게 반응하기 때문에, 덜
인상적이다. 하지만 그 당시에는 그것이 내가 느끼기 시작한 정치적 혼란에 대한
해결책을 제시해줬다.

The African background — "the demoralised land" of plunder and licensed cruelty
— I took for granted. That is how we can be imprisoned by our assumptions. The
background now seems to be the most effective part of the book; but then it was
no more than what I expected. The story of Kurtz, the upriver ivory agent, who
is led to primitivism and lunacy by his unlimited power over primitive men, was
lost on me. But there was a page which spoke directly to me, and not only of
Africa.

The steamer is going upriver to meet Kurtz; it is "like travelling back to the
earliest beginnings of the world." A hut is sighted on the bank. It is empty, but
it contains one book, sixty years old, *An Inquiry into Some Points of Seamanship*,

tattered, without covers, but "lovingly stitched afresh with white cotton thread." And in the midst of nightmare, this old book, "dreary . . . with illustrative diagrams and repulsive tables of figures," but with its "singleness of intention," its "honest concern for the right way of going to work," seems to the narrator to be "luminous with another than a professional light."

This scene, perhaps because I have carried it for so long, or perhaps because I am more receptive to the rest of the story, now makes less of an impression. But I suppose that at that time it answered something of the political panic I was beginning to feel. ("Conrad's Darkness" 216)

이 인용은 적어도 세 가지 면에서 시사하는 바가 크다.

첫째, 나이폴이 리스(John Llewellyn Rhys) 기념상(1958), 몸(Somerset Maugham) 상(1961), 호손덴(Hawthornden) 상(1964), 스미스(W. H. Smith) 상(1968), 부커(Booker) 상(1971) 등을 수상함으로써 자신의 작가적 명성이 확고해진 시점(이 에세이는 1974년 7월에 쓰여졌다)에서 자신이 영국에 정착하여 소설을 쓰려고 했던 초창기(1950년대)에 느꼈던 "정치적 혼란"을 어떻게 해소했는지 고백하고 있다는 사실이 중요하다. 나이폴의 말을 그대로 옮기면, 콘래드의 『암흑의 심장』은 그가 "당시에 느끼기 시작하던 정치적 혼란에 대한 해결책을 제시해줬다." 나이폴은 『암흑의 심장』의 2장 초반부의 "그 강을 거슬러 올라가는 것은 세계의 시원(始原)으로 되돌아가는 것 같았다"라는 말로우의 말(Conrad 35)을 인용하고, 이어서 말로우가 강둑에 있는 오두막에서 찾아낸 책을 묘사한 부분을 구체적으로 거듭 인용한다. 그 책은 표지가 너덜너덜 떨어진 볼품없는 것이지만, 그 속에 깃든 저자(이 사람의 이름은 말로우에 따르면 타우슨(Towson) 혹은 타우저(Towser)이다)의 "일을 제대로 하는 방법에 대한 정직한 관심"과 "한 가지 목적에 대한 성실성"이 말로우로 하여금 "밀림과 배에 탄 사람들을 잊게 만들었다"(Conrad 39). 나이폴은 바로 이것이 자신의 "정치적 혼란에 대한 해결책"이 될 수 있다고 판단했다. 즉, "작가로서 낭만적인 삶을 꾸려갈 수 있다는 생각을 갖고 영국에 왔던" 나이폴은 아프리카와 관련된 콘래드의 소설을 읽으며 자신의 생각이 결국 "환상"에 지나지 않았다는 사실을 깨닫고("Conrad's Darkness" 216), 결국 자신의 작가적 소임은 말로우가 "세계의 시원으로 되돌아가듯" 콩고강을 거슬러 올라간 것처럼 그가 태어나 성장했던 제3세계로 되돌아가, 말로우가 찾아낸 책의 저자처럼 충실하고 정직하게 그곳을 형상화하는 것이라는 결론을 내렸다. 그는 "작가로 출발하기 위해서는 옥스퍼드와 런던을 잊고 처음으로 돌아가야 했다"(*Reading and Writing* 26). 나이폴 소설의 주된 배경은 그러한 연유로 해서, 영국과 같이 체계와 조직이 잘 잡혀있는 사회가 아니라 "새로운 정치, 제도를 훼손시키면서도 이상하게도 그것에 매달리는 사람들의 특성, 믿음의 단순성과 행동의 끔찍한 단순성, 반쯤 만들어지다 만(half-made) 상태를 영원히 면할 수 없는 반쯤 만들어지다 만 사회"("Conrad's Darkness" 216)가 된 것이었다. 그는 콘래드를 "끊임없이 만들어졌다가 다시 파괴되는 걸 반복하고 목적도 없으며, '성공적인 행동의 필요성 안에 관념의 도덕적 타락이 내재해 있는' 반쯤 만들어지다 만 사회에 대한 비전을 제시했던" 작가라고 생각하고 높이 평가하면서 그를 자신과 동일시했다. 아니, 동일시했다기보다는 자신보다 수십 년이나 앞선 아버지 같은 존재로 생각했다. 그의 초기 소설들의 주된 배경이 서인도제도이며, 아프리카를 배경으로 한 소설들 즉 『자유로운 나라에서』(*In a Free State*)와 『강의 한 굽이』가 세월이 한참 흐른 후인 1971년과 1979년에 발표되었다는 것은 따라서 전혀 우연이 아니었다. 아프리카를 배경으로 한 두 소설들은 세 번에 걸쳐서 행해진 여행(1965-66년의 동아프리카 및 자이르 여행, 1971년의 동아프리카 여행, 1975년의 자이르 여행)의 결과였는데, 이는 나이폴이 서인도제도 외의 나라들과 관련된 소설을 쓰기 위해서는 콘래드의 경험에 필적하는 광범위한 여행을 할 필요가 있음을 깨닫고 그걸 실천에 옮겼다는 걸 말해 준다. 어떤 입장에서 보면 나이폴은 자신의 "과거의 희생자"였다(Cudjoe 164). 자신이 딛고 설 안정된 사회가 없으니만큼, 부단한 여행을 통해 경험을 축적하고 그것을 바탕으로 소설을 써야 했기 때문이다. 따라서 여행은 나이폴에게 강박관념이었다.

둘째, 위의 인용은 나이폴이 1950년대에는 『암흑의 심장』의 "아프리카적 배경 즉 약탈과 허가받은 잔인성의 '타락한 땅'을 당연하게" 생각했지만, 1970년대에 가서는 그 배경을 "그 책의 가장 효과적인 부분"이라고 생각하게 됐다는 사실을 토로하고 있다는 점에서 중요하다. 이를 다른 말로 하면, 나이폴은 초창기에는 식민주의나 정치적인 배경과 같은 거시적인 것보다는 소설의 소재가 되는 미시적인 것들을 필요로 했다는 말이다. 그래서 그는 단순히, "세계의 시원으로 되돌아가듯" 콩고강을 거슬러 올라가는 말로우처럼 트리니다드로 돌아가 그곳을 창작의 원천으로 삼게 된 것이었다. 식민주의에 관련된 복잡다단한 나이폴의 담론이 『신비적인 안마사』(*The Mystic Masseur*)(1957), 『미구엘 스트릿』(*Miguel Street*)(1959), 『비스와스 씨의 집』(*A House for Mr Biswas*)(1961) 등과 같은 초기 소설들이 아니라, 『흉내내는 사람들』(*The Mimic Men*)(1967), 『자유로운 국가에서』(1971), 『게릴라들』(*Guerrillas*)(1975), 『강의 한 굽이』(1979) 등과 같은 소설들에 이르러서야 본격적으로 나타나게 된 것은 이런 이유에서 보면 당연한 것이었다.

셋째, 나이폴이 위의 인용에서 구체적으로 말하고 있지는 않지만, 그가 언급하는 『선박조종술 연구』가 다른 언어가 아닌 영어로 된 책이라는 사실이 중요하다. 말로우는 『암흑의 심장』에서 그것이 영어로 된 책이라는 걸 보고 그걸 소유한 사람이 "영국인임이 틀림없다"(Conrad 40)고 말하는데, 바바에 따르면 이는 "말로우와 콘래드가 영국적인 '자유'와 그것의 자유주의적, 보수적 문화의 이상(이념)에 지고 있는 특별한 빚을 인정하는 대목"이다. 영어로 된 그 책은 "'선사시대적인'(prehistoric) 아프리카의 '광기'와 선원의 이야기의 반경 내에서 근대 식민주의의 정신외상적인 간섭을 반복하고자 하는 무의식적 욕망에 사로잡힌" 말로우에게 "한 가지 목적에 대한 성실성"을 얘기해준다. 말로우가 아프리카의 밀림에서 느끼는 "정신착란을 문명적인 말의 담론으로 바꿔주는 것은 그 책이다"(Bhabha 148-49). 즉, 말로우에게는 그 책에 담긴 내용이나 그 책이 발견된 아프리카적인 맥락(context)보다는, 그것이 상징하는 영국 본연의 문화가 중요하며, 그것을 통해서 그의 눈에 비치는 아프리카를 담론화하는 계기를 마련한다는 것이 중요하다. 이는 "특정한" 것에 앞서 "보편적인" 진실이 존재한다는 가정이요, 아프리카보다 영국이 선행한다는 가정이다. 말로우의 눈에 비친 그 책은 바바의 말을 빌리자면 "경이로움의 표시"(Signs taken for Wonders)다. 이 점에 있어서는 말로우가 느끼는 "경이로움"을 자신의 것으로 받아들이는 나이폴도 전혀 다를 바 없다. 나이폴이 "식민지 시대 이후의 역사적 절망을 예술의 자율성을 위한 힘으로 변형시키기 위해 콘래드를 아프리카에서 카리브해로 '번역'한 것은 그가 문명성(civility)의 전통이라고 이해하는 것에 대한 특별한 감각을 보존하기 위한 것이다." 여기에서 바바가 "문명성의 전통"이라고 하는 것은 나이폴의 이분법적 인식체계 내에서, 제3세계의 문화적 부재 혹은 차용에 대치되는 영국적인 문화적 전통을 의미한다. 이말은 나이폴이 트리니다드를 비롯한 제3세계에서 소재를 찾기는 하지만, 그 세계의 "혼종적"인 역사성을 인정하고 탐색하는 것보다는 "영문학의 보편적 영역에 시선을 고정시키려는 데"(Bhabha 149) 목적이 있었다는 말이다. 또한 그것은 제3세계의 문화를 "빌려온" 것으로만 파악하려고 하는 "문화에 대한 [나이폴의] 독백적 견해"(Mustafa 5)를 반영하는 것이기도 하다.

여하튼, 이 인용이 말해주듯 나이폴은 콘래드의 소설에서 자신이 원하는 것을 찾았음이 분명하다. 그의 에세이들과 『강의 한 굽이』가 드러내주는 것처럼, "빌려온 문화"에 살다가 영국에 정착한 나이폴은 콘래드의 발자취를 따라가며 "자신이 누구이며 어디에 서 있는지"(*Middle* 73)를 확인하고자 했다. 그것은 식민지 역사를 탐색하기 위한 것이라기보다는 오히려 "심미적인" 것이었고, 그런 의미에서 영문학으로 편입해 들어가려는 정착민 작가의 "정전적인"(Mustafa 5, 3) 몸부림이었다.

3.

　나이폴은 자신보다 80여년(1890년 6월12일-12월 4일)이나 앞서 그곳을 찾았던 콘래드를 떠올리며 자신의 여행이 콘래드가 그랬던 바와 흡사하게 "여전히 무(nothingness) 속으로의 여행"임을 강조한다("Conrad's Darkness" 181). 그곳은 여전히 "암흑의 심장"이다(*A Congo Diary* 41). 콘래드의 소설에 나오는 "진보의 전초기지에 부적합한 너무 단순한 사람들"은, 당시에는 배를 타고 왔고 이제는 비행기를 타고 온다는 차이점이 있을 뿐, 아직도 콩고에 와 있으며, 그들이 가져온다고 믿었던 "문명"은 왔다가는 사라져 버리고 없다("Conrad's Darkness" 193). 콘래드 소설의 정치적 배경이 되는 벨기에의 식민통치는 1960년에 종식되었지만, 콩고5)는 여전히 정치적, 문화적, 역사적 암흑기에 들어있어서 근본적으로 변한 게 없다는 게 나이폴의 시각이다. 말로우가 "불가사의한"(inscrutable), "말할 수 없는"(unspeakable), "이해할 수 없는"(incomprehensible), "무자비한"(implacable) 등의 형용사들을 통해 부각시키고자 했던 아프리카의 암흑은 여전히 콩고를 지배하고 있다. 나이폴에 따르면 아프리카는 다시 "수풀의 땅"으로 돌아가 있다(Mukherjee 77). 여기에서 그가 말하는 "수풀"(bush)이란 문자적인 의미를 넘어, 아프리카 본연의 어떤 것을 지칭할 때 그가 즐겨 사용하는 메타포이다. 그것은 "선하고 도덕적이고 문명적인 모든 것을 말살하는 무분별하고 격세유전적인 야만성" 즉 "문명의 궁극적인 악몽"을 의미한다(Berger 149). 나이폴은 안정적인 의미의 숲을 가리키고자 할 경우에는 bush라는 말 대신 forest라는 말을 사용한다.

---

5) 나이폴이 방문할 당시에는 콩고는 자이르라는 이름으로 바뀌었다가 지금은 다시 콩고로 바뀌어 있다. 나이폴은 이 나라의 이름부터가 못마땅한 듯하다. 그의 에세이의 첫 단락은 그 점을 분명히 해준다. "벨기에 식민지였던 콩고는 이제 아프리카 왕국인데 자이르라 불린다. 그것은 자이르 사람들의 말에 따르면, 그 지역어로 '강'을 16세기 포르투갈인들이 잘못 발음한 것에서 연유한, 말도 안 되는 이름이다. 그래서 그것은 마치 타이완이 중국적 정체성을 되찾으며 포르모사(Formosa)라는 포르투갈식 이름을 나라 이름으로 삼는 것과 마찬가지로 넌센스다. 콩고강은 이제 자이르강이라 불리는데, 그것은 그 지역 화폐와 마찬가지로 가치가 거의 없는 이름이다"("A New King" 173).

이러한 수풀의 이미지는『강의 한 굽이』에 나오는 수풀의 이미지와 거의 정확하게 일치한다. 즉, 에세이에 나오는 아프리카의 부정적인 이미지가 소설에 그대로 재현되고 있는 것이다. 앞에서 인용한 파괴적 이미지를 재현하는 데 사용되는 단어들도 놀라울 만큼 반복적으로 소설에서 사용된다. 가령, "콩고를 위한 새로운 왕"의 190쪽과『강의 한 굽이』의 32쪽을 비교해보면 이러한 반복성이 우연의 일치일 수 없다는 사실이 분명히 드러난다. 전자가 나이폴이 직접적으로 서술하는 에세이의 일부인 데 반해, 후자는 소설 속 화자의 서술이다. 그런데 작가의 말과 화자이자 작중인물이기도 한 살림의 말이 일치한다는 것은 이 화자가 작가의 전폭적인 신뢰를 받고 있다는 말이고, 이는 곧 작가의 에세이에 나타나는, 식민주의자들의 것과 다를 바 없는 아프리카에 대한 냉소적인 "응시"와 "욕망"이 소설 속에 그대로 투영되었음을 의미한다. 비카라마가마게(Carmen Wickaramagamage)와 디사나야케(Wimal Dissanayake)가 적절하게 지적한 바와 같이, 제3세계 출신인 나이폴은 아이러니컬하게도 유럽인들의 여행기에 공통적으로 나타나는 "타자를 길들이기"(domestication) 하려는 "식민적 욕망"(colonial desire) — 따라서 이들의 여행기는 "제국의 확장에 대한 부속물이다" — 을 아무런 "수정 없이" 그대로 흉내내어 아프리카, 트리니다드, 인도 등의 제3세계를 바라보고 있다(Wickaramagamage 155). 따라서 작가의 시각과 화자의 시각이 중첩된다는 것은 예사로운 일이 아니다. 여행기에 투사된 나이폴의 "식민적 욕망"이 소설 속으로 전이되었을 가능성이 얼마든지 있기 때문이다. 화자인 살림이 "나이폴의 생각을 가끔 그대로 흉내내는 것처럼 보인다"(Gorra 106)는 평가는 따라서 적절한 것이다.

나이폴은 콘래드가 제1화자와 제2화자(말로우)를 내세움으로써 아프리카에 대한 직접적인 담론보다는 간접적이고 우회적인 담론을 시도한 바와 유사하게, 살림이라는 화자를 내세움으로써 자신의 여행과 관찰을 기초로 하는 아프리카 소설로부터 심미적 거리를 확보하고자 했는지 모르지만, 이처럼 화자와 자신 사이의 거리를 최대한도로 축소시키거나 아예 제거함으로써 살림이 표방하는 허무주의나 냉소, 아이러니로부터 자유로울 수 없게 된 셈이다. 아체베가『암흑의 심장』의 화자 말로우를 가리켜 "콘래드의 전적인 신뢰를 즐기는 것처럼 보인다" (Achebe 256)며 말로우의 눈에 비친 아프리카의 부정적인 이미지를 작가 자신의 것으로 단정하고 콘래드를 매몰차게 공격한 것은, 그 소설의 인상주의적이고 상징주의적인 특성을 도외시한 단순논리적인 비판이어서 논의의 여지라도 있지만,6) 나이폴의 경우에는 그것이 작가 스스로 그 거리를 좁히거나 제거한 리얼리즘적인 것이어서 아프리카를 부정적인 타자로 설정하고 있다는 비판을 피할 수 없게 된다.

가령, 나이폴이 "콩고를 위한 새로운 왕"에서 묘사하는 독재자 모부투(1965년부터 1997년에 쫓겨날 때까지 32년간 권좌에 있었다)와 관련된 광기, 무질서, 미신, 타락, 혼돈은『강의 한 굽이』에서 이름만 달리 하여 빅 맨(Big Man)이라는 인물에 거의 그대로 투사된다. 모부투가 들고 다니는 지팡이에 관한 묘사만 해도 그렇다. "콩고를 위한 새로운 왕"에는, 뱀처럼 생기고 배가 불룩 나온 인간의 형상처럼 생긴 두 마리의 새가 그려진 지팡이에 대한 묘사가 나온다. 사람들은 추장이 그것을 들고 있는 동안에는 말을 해도 되지만, 땅에 짚으면 말을 해서는 안 된다("A New King" 174). 그런데 이 지팡이는『강의 한 굽이』에서 백인여성인 이베트가 빅 맨이 그것을 땅에 짚었음에도 불구하고 그 의미를 파악하지 못하고 불쑥 말을 했다가 그의 노여움을 사게 되고, 이후에는 그 '무례' 때문에 그를 '알현'하지 못하게 되는 소설적 장치로 변형되어 나타난다(Bend 203). 이런 의미에서 보면, 모부투와 빅 맨의 지팡이는 아프리카의 비근대성에 대한 '객관적 상관물'에 다름 아니다.

결국, 아프리카는 나이폴에게 비근대적이고 '수풀'적인 타자인 것이다. 그가 "콩고를 위한 새로운 왕"을 마무리하며, "모부투의 왕권은 그 자체가 목적이 되었

---

6) 콘래드는『암흑의 심장』의 서문에서 이 소설을 가리켜 "경험"에서 우러난 것이긴 하지만, "실제적인 사실들 이상으로 약간 (약간만) 앞으로 밀어붙인 경험"(Conrad 4)이라고 말하는데, 이는 이 소설이 리얼리즘 소설일 수 없음을 확인시켜 주는 대목이다.

다. 물려받은 근대 국가는 와해되고 있다. 그러나 나라는 돌아가고 있다(work)는 사실이 중요하다. 수풀이 작동한다(work). 수풀은 언제나 자족적(self-sufficient) 이었다"("A New King" 204)고 말하는 것도 아프리카를 '수풀'적 타자로 규정하고 있기에 가능한 말이다.

『강의 한 굽이』에 나오는 나즈루딘이 자신이 구입한 개발구역을 보면서 "이 것은 재산이 아니다. 이것은 수풀일 뿐이다. 이것은 언제나 수풀이었다"(Bend 29) 고 생각하면서 그곳을 헐값에 처분하고 떠나버리는 것도 아프리카를 "수풀의 땅" 으로 인식하는 나이폴의 생각과 무관하지 않다. 그 수풀은 나이폴에게는 "무질서 하고 웃자라고 돌보지 않고, 문명이라는 정밀한 가위로 가지치기가 되지 않은, 본 래적이지만 혐오스러운 인간 조건"(Gorra 99)을 나타낸다. 이 수풀은 콩고강에 급속도로 번지기 시작하여 배가 오가는 데 장애가 되는 히아신스와 함께, 아프리카 의 이미지를 부정적인 쪽으로 몰고 간다.

수풀의 메타포는 나이폴이 즐겨 사용하는 드럼의 메타포와 같은 맥락의 것 이다. 다른 점이 있다면, 수풀은 아프리카 흑인들에, 드럼은 서인도제도 흑인들에 적용되는 메타포라는 것이다. 나이폴이 트리니다드에서 유일하게 그 가치와 실재 를 인정하는 것이 칼립소와 스틸밴드(steel band)라는 것은 결코 우연이 아니다. 트리니다드 사람들에게 문화란 음악이고 춤이며 나이트클럽과 같은 것으로서, "트리니다드 사람들이 리얼리티에 접촉하는 것은 칼립소에서만 가능하다" (Middle 75-6). 그래서 드럼과 수풀은 일맥상통하는 것이다. 더욱이 칼립소와 스 틸밴드의 주축을 이루고 있는 트리니다드 사람들이 흑인들이고, 그들이 "숲"에서 "드럼"을 두드리다 노예로 끌려와 트리니다드에 정착한 사람들의 후손이라는 점 을 감안하면, 숲과 드럼은 나이폴의 인식체계 내에서는 똑같은 것이라고 해도 과 언이 아니다.

숲과 드럼의 메타포를 통해 아프리카와 트리니다드를 바라보는 나이폴의 시 각을 보면 그가 "탐색하기보다는 미리 예정된" 시각으로 그 세계를 바라보고 있

음을 알 수 있다. 따라서 그와 역사의 관계는 "역사 서술적이라기보다는 심미적이
다"(Mustafa 5). 그는 그 세계를 새로운 정체성을 형성하려고 몸부림치는 역사적
현장이 아니라, 숲과 드럼이라는 원시적이고 고정된 정체성을 갖고 있는 것으로
판단하고 그것을 소설 속에서 제시하고 있는 것이다. 살림의 내러티브가 "세상은
있는 그대로의 것이다. 아무 것도 아닌 사람들은, 자신들이 아무 것도 아닌 존재가
되도록 하는 사람들은 그곳에 있을 자리가 없다"(Bend 9)는 문장으로 시작되는
것도 아프리카를 정지된 것으로 예단하고 그곳을 "역사화하기보다는 기억 속으로
밀어 넣으려 하는"(Mustafa 5) 나이폴의 심미적 입장을 잘 드러내준다. 『강의 한
굽이』에 나오는 역사적, 정치적 사건들이 유동적이기보다는 닫혀 있고 정지된 느
낌을 주는 것은 나이폴의 이러한 미학적, 이데올로기적 입장 때문이다. 나이폴은
콘래드를 가리켜 "콘래드 소설의 모든 주제들과 결론들이 그가 글을 쓰기 시작했
을 때 그의 머리 속에 이미 있었다"고 말한 바 있는데, 이는 아이러니컬하게도 콘
래드보다는 그 자신에게 더 어울리는 말이다. 만약 그의 말처럼 콘래드의 경우에
"경험은 과거에 있었고, 그의 작품생활은 이 경험을 들춰내는 데 있었다"면
("Conrad's Darkness" 221), 그의 경우에 작품생활은 눈앞에 보이는 것을 미리 정
해진 잣대에 맞춰 재단하는 것에 다름 아니었다.

4.

나이폴은 "다른 사람들에게는 어떤 출발점, 즉 지방사투리, 전통, 역사, 그
시대의 편견 혹은 유행 등과 같이 붙잡을 것이 있지만 . . . 나한테는 그게 없다.
나한테는 어떤 인상, 어떤 느낌이 있을 뿐이고 그것마저도 모두 퇴색해버렸다"는
콘래드의 편지글을 인용하며 "콘래드의 경험은 너무 흩어진 것이었다. 그는 많은
사회들을 외면적으로는 알았지만 어느 것에 대해서도 깊이 알지 못했다"

("Conrad's Darkness" 226)고 말한다.

그런데 나이폴의 발언의 진위와 상관없이, 그의 말은 그 자신에게 적용되는 말일 수 있다. "콩고를 위한 새로운 왕"과 『강의 한 굽이』에서 아프리카를 유럽문명에 대치되는 '수풀'적 타자로 규정하고 있는 나이폴의 시각은 콘래드의 『암흑의 심장』에 나오는 다소 피상적인 아프리카 묘사와 크게 다를 바 없다. 아니, 『강의 한 굽이』의 내러티브는, 아프리카를 텍스트에 반영하기보다는 유럽문명의 허상을 비춰보는 거울로써 아프리카를 활용하는 『암흑의 심장』의 인상주의적이고 상징주의적인 내러티브와 달리,[7] 아프리카를 잘 알고 있는 내부인 화자의 눈으로 아프리카를 바라보는 사실적인 내러티브여서 결과적인 의미에서 보면 콘래드의 것보다 훨씬 더 부정적이다. 가령, 두 소설의 화자인 말로우와 살림을 비교해 보면 그것은 자명해진다.

"이곳[템스강]도 한 때는 지구상의 어두운 지역 중의 하나였다"(Conrad 9)는 말과 함께 시작되는 말로우의 내러티브의 중심은 어쩌면, 문명을 전파하겠다는 자못 거창한 사명감을 갖고 아프리카로 갔다가 문명을 전파하기는커녕 야만인들보다 더 야만적인 사람이 돼가는 커츠의 자가당착도 아니고, 벨기에 식민주의의 야만성에 수탈당하는 흑인들의 비극성도 아니며, 오히려 커츠와 자신을 동일시하고 흑인들과의 "먼 친족관계"(remote kinship)를 암시하는 말로우가 참혹한 식민주의 현장에서의 경험을 통해 자신의 내부에 "어둠"이 도사리고 있다는 것을 깨닫는 자기인식의 과정이라고 해야 합당할 것이다. 이야기를 마친 말로우가 "명상을 하는 부처의 자세"(Conrad 76)를 취하는 것도 이와 무관하지 않다. 그렇다면 템스강의 묘사와 콩고강의 묘사가 다르고, 또 백인들에게는 목소리를 부여하면서도 흑인들에게는 목소리를 부여하지 않음으로써 흑인들을 비인간화한다는 이유로, 아체베가 그러한 것처럼 말로우를 비난하고 급기야 그것을 빌미로 콘래드를

---

7) 이런 점에서 아체베가 콘래드를 "아프리카를 유럽을 돋보이게 하는 대상으로서만 활용하는 서구적 심리"(Achebe 251)에 젖은 작가라고 공격한 것도 어느 정도 일리는 있다.

공격하는 것은 그리 온당한 게 아닐 수 있다. 커츠의 애인인 아프리카 여성이 "세련된 유럽 여인[커츠의 약혼녀]에 대한 야만적인 상대자"(Achebe 255)로 형상화되어 있다는 비난도 마찬가지다.[8]

그런데 『강의 한 굽이』의 화자인 살림은, 묘사하고 있는 대상에 대한 자기 확신이 없는 말로우와 달리, 자신이 묘사하고 있는 대상을 잘 알고 있을 뿐만 아니라 그 속에서 장사를 하면서 일종의 아프리카적 삶을 살고 있는 사람이다. 그는 아프리카인들의 정치적, 사회적, 문화적 행태를 소상히 묘사하면서 그것에 대해 판단을 내리는 화자이자 등장인물이다. 독자는 화자의 말을 들으며 "거기에 가 있는 듯한" 느낌을 받게 되는데, 이는 "강력한 미메시스"적 서술기법이다(Berger 144). 또한 그는 앞서 논한 바와 같이, "콩고를 위한 새로운 왕"에 스며있는 나이폴의 아프리카관을 그대로 흉내내고 있을 만큼 작가의 신뢰를 듬뿍 받고 있는 인물이다.

고라에 따르면, 살림은 "말로우와 달리, 자신의 내러티브의 중심적인 메타포에 충분히 관련되어 있음을 처음부터 알고 있다"(Gorra 103). 여기에서 고라가 "중심적인 메타포"라고 하는 것은 "수풀"이나 "어둠"과 같은 부정적인 이미지를 일컫는데, 이는 살림이 아프리카에 부정적인 메타포를 투사하긴 하지만 아웃사이더가 아니라 인사이더이기 때문에 자신도 그 메타포로부터 예외일 수 없다는 말이다. 이것은 분명히 살림을 말로우로부터 분리해주는 점이긴 하다. 그런데 여기에서 한 가지 유의할 점은 화자가 완전한 인사이더가 아니라는 사실이다. 화자는 인사이더임과 동시에 아웃사이더이다. 그는 동아프리카에서 태어나 살다가 콩고 내륙으로 들어가 장사를 하면서 살고 있는 사람이기에 아프리카인이라고 할 수도 있지만, 그의 조상이 인도인들이며 아프리카에 정착한 이유가 오직 상업적인 데

---

8) 물론 이러한 비난에 대해, "아프리카 여성은 진실을 직면하고 버림받은 것에 따르는 고통을 감내하지만 두 유럽 여성들[말로우의 숙모와 커츠의 약혼녀]은 유럽사회에 대한 분별없는 환상 속에서 살아간다"(Sarvan 284)고 응수하며, 부정적으로 그려진 것은 아프리카 여성이 아니라 오히려 유럽 여성 쪽이라고 반박할 수도 있겠지만 이 또한 콘래드 소설의 핵심을 비켜선 것이긴 마찬가지다.

있었다는 사실을 감안하면 아웃사이더일 수밖에 없다. 특히 그가 묘사하는 대상으로부터 가능한 한 자신을 분리시키려고 하는 것을 보면 인사이더적인 측면보다는 아웃사이더적인 측면을 더 부각시키려는 내적 충동을 갖고 있는 것으로 판단된다.

또한 살림은 응구기(Ngugi wa Thiong'o), 아체베 등과 같은 아프리카 작가들의 소설에 등장하는 인사이더로서의 흑인화자들로부터 천리만리 떨어져 있는 것처럼 보인다. 살림이 말하는 "우리"는 "아시아인들, 그리스인들, 다른 유럽인들"(Bend 60)을 지칭하고, "그들"은 독립이 되자 "식민지 시대의 축적된 분노와 모든 종류의 일깨워진 종족적 두려움" 때문에 도시를 완전히 파괴하여 폐허로 만드는 "사람들"이고 "그들 자신의 마음을 모르는 사람들"(Bend 72)이다. 또한 그의 "우리"는 빅 맨의 국유화 정책으로 인해 사유재산을 강탈당하는 일종의 부르주아 계층이요, 그의 "그들"은 "이미 태워버린 나무들의 뿌리에 숨어서 타고 있다가 탈 것이 없음에도 그슬린 땅에 다시 솟구쳐 오르는 산불 같은"(Bend 73) 분노에 사로잡혀 도시(문명)를 약탈하고 파괴한 후 "수풀"로 돌아가는 사람들이다. 결국 나이폴이 아프리카를 배경으로 한 소설에서 인도인 화자를 내세운 것은 "탈식민화에 따르는 급속한 사회적, 정치적 변화와 관련된 인도인들의 디아스포라"("A New King" 122)를 부각시키기 위한 것이다. 따라서 화자가 소설의 말미에서 "수풀"의 나라인 자이르를 떠나 런던에 정착하게 되는 것은 나이폴이 "드럼"의 나라인 트리니다드를 떠나 '모국'의 수도 런던에 정착한 것처럼 어쩌면 처음부터 예정되어 있던 것이라고 할 수 있다.9)

이러한 맥락에서 보면, 『강의 한 굽이』에 비친 아프리카의 이미지는 『암흑

---

9) 나이폴에게 런던은 "메트로폴리턴 센터"였다(Hamner 41). 그런데 그는 아프리카를 비롯한 제3세계를 혹독하게 비판했던 것과는 너무나 대조적으로, 런던으로 대변되는 영국에 대해서는 비판하려고 하지 않았다. 닉슨에 따르면, 그에게는 "영국을 그의 삶의 내러티브에서 생략(edit out)하려는 경향"이 있었다. 이는 미국에 대해서도 마찬가지였다. 그는 수십 년에 걸쳐 수많은 여행기를 통해 제3세계를 "폄하하고 조롱했지만 영국과 미국에 대해서 할애한 것은 20페이지가 채 안 됐다"(Nixon 34-5).

의 심장』에 암묵적으로 스며있는 것에 비해 훨씬 더 부정적이다. 비유적으로 얘기하면, 나이폴은 『자유로운 나라에서』에 등장하는 바비와 린다라는 백인들이 그러하듯 아프리카를 주마간산 식으로 여행하며 자신의 눈에 비친 모습만을 본 것이고, 또 그것을 크게 변형시키지 않고 소설 속에 투영시킨 셈이다. 어쩌면 나이폴은 흑인을 화자로 설정하여 내러티브를 전개하기에는, "콩고를 위한 새로운 왕"에 적나라하게 드러나 있는 것처럼 아프리카에 대한 편견이 너무 많은 작가이며, 그 편견을 감추기에는 어쩌면 너무나 '정직한' 작가인지 모른다. 그러나 나이폴이 콘래드를 깎아내리며 "많은 사회들을 알고 있었지만, 어느 것도 깊이 아는 게 없었다"고 한 말은, 인상주의적이고 상징주의적인 내러티브와 심미적 거리를 통해 유럽의 식민주의 이데올로기를 비판했으며, 커츠의 "어머니는 반 영국인이었고, 그의 아버지는 반 프랑스인이었다. 모든 유럽이 커츠를 만드는 데 기여했다" (Conrad 50)며 커츠의 야만성을 영국, 프랑스, 벨기에를 포함한 유럽의 야만성으로 환치시킬 수 있었던 콘래드보다는 그 자신에게 더 들어맞는 말이다. 이런 입장에서 보면, 『신비적인 안마사』에서부터 『인생의 반』(Half a Life)에 이르는 나이폴의 소설들에 작가의 시각이 부분적이나마 반영됨직한 흑인이 등장하지 않는 것은 결코 우연이 아니다. 1970년대의 콩고를 가리켜 "미래가 왔다가 가버린 곳에 있다"(Bend 33)고 한 살림의 말이 "아프리카에는 미래가 없다"(Hardwick 49, 재인용)는 나이폴 자신의 말과 겹치는 것 또한 결코 우연이 아니다.

　　그런데 "아프리카에는 미래가 없다"는 나이폴의 생각은 가볍게 넘길 수 있는 말이 아니다. 그것은 그가 "과거에 대한 동정심과 식민지인들이 그들의 소외받은 상태를 넘어설 수 있다는 신념을 갖고 있지 않다"는 말이기도 하고, "미래에 대한 이해력을 결여하고 있다"는 말이기도 하다. 페르디난드, 인다르 등을 비롯한 다수의 인물들이 암울한 현재에 갇혀 옴짝달싹 못하는 존재로 형상화되어 있는 것은 아프리카를 미래가 없는 일종의 '지옥'으로 규정하고 있는 작가의 부정적 시각에서 기인하는 현상이다. 나이폴에게 아프리카는, 살림의 친구인 마헤쉬가 한 말처럼, "옳고 그름이 없는 게 아니라, 옳은 게 없는"(*Bend* 99) 무정부적이며 가치가 부재한 곳이다. 따라서 나이폴의 글이 "명료하긴 하지만 현재의 영원한 유동성에 갇히는" 한계와 단점을 드러낸다는 평가는 적절한 것이다(Cudjoe 164).

결국 『강의 한 굽이』는 타자로서의 아프리카를 제대로 이해하고 반영하는 데 실패하고 있는 셈이다. 타자를 이해하고 반영하는 것은, 탈식민주의 이론이 설득력있게 제시하는 것처럼 언제나 어려운 것이며, 완전한 이해에 도달한다는 것은 어쩌면 거의 불가능한 일인지 모른다. 이는 스피박이 크리스테바가 『중국여성들에 관하여』(*About Chinese Women*)에서 중국여성들을 "기록적인 증거의 침해 없이" 지나치게 일반화함으로써 "인식의 폭력"(epistemic violence)을 가했다고 공박한 것에서 좋은 예를 찾아볼 수 있다(Spivak 137).[10]

그렇다면 2003년도의 노벨문학상 수상작가인 쿳시(J. M. Coetzee)가 말한 바와 같이 작가가 "할 수 있는 최선의 것은 그 왜곡을 최소화하는 것"인지도 모른다(Begam 425). 쿳시는 예술의 기능이 모두 "타자, 즉 틈, 도치된 것, 베일에 가려진 것, 어두운 것, 묻힌 것, 여성적인 것, 타자성(alterity) 등을 읽어내는 데 있다"(*White Writing* 81)고 말하면서, 그와 동시에 타자를 재현 혹은 "번역"하는 데 따르는 "왜곡"을 최대한도로 경계한다. "왜곡이 없는 '순수한' 번역을 할 수 없다"는 이유에서다. 쿳시와는 대조적으로, 나이폴은 왜곡을 전혀 경계하지 않고 '과감히' 번역하는 쪽을 택한다. 물론 그것이 문자적인 의미에서 전면적인 왜곡이라는 말은 아니다. 콩고의 1970년대 현실은 『강의 한 굽이』에 묘사된 바와 크게 다르지 않을 것이니 왜곡이라는 말은 다소 심한 말일지 모른다. 그러나 눈앞에 보이는 것들에 과도하게 집착하면서 발전과 미래의 가능성을 차단시킨다는 것은 거기에 숙명의 그림자를 드리우는 것이며, 따라서 그것은 왜곡으로 이어질 수 있는 것이

---

10) 스피박은 크리스테바가 기록적인 증거가 없이 중국여성들을 일반화함으로써, 중국여성들보다는 오히려 "자신의 정체성"에 관해 얘기하고 있다고 공박하며, "유럽의 타자에 대한 [유럽인들의] 간헐적인 관심은 강박관념적으로 자기중심적이다"(Spivak 137)고 말한다.

다. 그가 서구인들에게 "제3세계에 대한 예언자"(Cudjoe 166)로 비치는 것은 그의 제3세계에 대한 운명론적인 시각에 기인한 바 크다.

어쩌면 나이폴은 왜곡을 경계하기에는 자아가 너무 강한 작가인지도 모른다. "자아를 버릴 때 윤리성이 생긴다"(Levinas 85)는 레비나스의 말은 역으로 얘기하면, 자아에 대한 집착을 버리지 않은 상태에서 타자를 바라보고 해석하는 것은 비윤리적일 수 있다는 말이다. 나이폴의 아프리카관은 좋은 예가 아닐까 싶다.

5.

바흐친의 대화이론에서 대화란 우리가 흔히 말하는 오순도순한 대화의 개념이 아니라 적어도 두 개의 서로 다른 힘(목소리)들이 서로를 일방적으로 압도하지 못하는 가운데 형성되는 적대적인 몸부림이나 투쟁의 개념이다. 따라서 바흐친적 대화의 요체는 결론의 도출이 아니라 두 개의 서로 다른 힘이 팽팽한 긴장관계 속에서 이루는 역학에 있다.

이는 블룸이 작가들의 관계를 아버지와 아들에 비유하여 설명하는 것과 크게 다를 바 없는 개념이다. 블룸에 따르면, 아들(후대의 작가)은 "자신보다 터무니없이 더 살아있는 죽은 사람(선구자)이 말을 거는 것에 대해 반항하는 사람"이다 (Bloom 19). 즉, 아들은 죽었으면서도 끊임없이 자신에게 영향력을 행사하려 드는 아버지를 밀어내고 자신의 자리를 확보하려 든다. 다른 맥락에서이긴 하지만, 아체베는 콘래드에 대해서 "콘래드의 문제가 무엇이었든, 그는 이제 안전하게 죽어 있다. 정말 사실이다. 그런데 불행하게도 그가 말한 암흑의 심장은 우리를 아직도 괴롭히고 있다"(Achebe 259)고 말한 바 있는데, 콘래드를 "인종차별주의자"로 단정하는 아체베의 논의의 타당성 여부에 상관없이, 그가 영문학의 정전이 되어 수많은 사람들에게 읽히고 또 읽히는 『암흑의 심장』이라는 소설을 쓴 콘래드를,

죽었음에도 불구하고 "터무니없이 더 살아있는 죽은 사람"으로 인식하고 있다는 사실에 주목할 필요가 있다. 결국 콘래드는 아체베에게 극복의 대상인 것이다.

맥락이 약간 다르긴 하지만, 나이폴의 경우에도 그건 마찬가지다. 그는 처음에는 아웃사이더로서 느끼는 한계와 "정치적 혼란"을 콘래드를 통해 해소할 수 있었지만, 궁극적으로 차별화를 시도할 수밖에 없었다. 그렇지 않으면 콘래드의 아류가 될 수밖에 없는 상황에 처해 있었다. 블레이크, 워즈워스, 셸리, 키츠에게 밀턴의 시가 "사건"(event)이었던 것처럼, 나이폴은 콘래드의 "사건"적 소설 "이후"(belatedness)에 글을 쓰고 있다는 자의식 – "콘래드는 나보다 앞서 모든 곳을 다녀온 사람이었다" – 에 시달려야 했고, 그것은 그의 작품 속에서 콘래드에 대한 부단한 언급과 암시로 나타났다. 그는 콘래드라는 "사건"을 넘어서고자 했다.[11] 그렇게 함으로써 자신의 입지를 구축했다는 평가를 받는 창조적인 작가이고 싶었다. 다음의 인용을 보면 나이폴이 콘래드와의 관계에서 자신을 어떻게 차별화시키고자 했는지 잘 드러나 있다.

> 조지프 콘래드에게, 스탠리빌 – 1890년에는 스탠리 폴스 스테이션이었다 – 은 암흑의 심장이었다. 콘래드의 소설 속에서, 커츠가 황폐함과 고독과 권력에 의해 이상주의에서 야만상태로 전락하고, 인간의 초창기로 되돌아 가, 그의 집 둘레에 사람의 머리를 말뚝에 꽂아놓고 군림하던 곳이 그곳이었다. 그런데 70여 년이 지난 후, 강물이 굽이진 이곳에, 콘래드의 환영과 흡사한 어떤 것이 지나갔다. 그러나 "억제력도 모르고, 믿음도 모르고, 두려움도 모르는 한 영혼의 상상할 수 없는 미스터리"를 갖고 있는 사람은 백인이 아니라 흑인이었다. 그 흑인은 황폐함과 원시주의와의 접촉 때문에 미친 게 아니라, 킨샤사 급류 위쪽에 있는 응갈리에마 산에 지금 묻혀 있는 개척자들이 수립해 놓은 문명과의 접촉 때문에 미쳐버린 것이었다.

---

11) 여기에서 "사건"이라고 하는 것은 블룸이 밀턴과 낭만주의 시인들의 관계를 지칭하여 쓴 말이다. 그에 따르면 낭만주의 시인들은 밀턴의 시라는 "사건"이 있은 다음에 늦게 왔다는 일종의 콤플렉스를 갖게 된다. 이는 "영향력의 불안"이라는 개념과 그 맥락을 같이 한다. 자세한 설명은 그의 『오독의 지도』(*Map of Misreading*)의 63-80쪽("The Belatedness of Strong Poetry")을 참조할 것.

To Joseph Conrad, Stanleyville — in 1890 the Stanley Falls station — was the heart of darkness. It was there, in Conrad's story, that Kurtz reigned, the ivory agent degraded from idealism to savagery, taken back to the earliest ages of man, by wilderness, solitude and power, his house surrounded by impaled human heads. Seventy years later, at this bend in the river, something like Conrad's fantasy came to pass. But the man with "the inconceivable mystery of a soul that knew no restraint, no faith, and no fear" was black, and not white; and he had been maddened not by contact with wilderness and primitivism, but with civilization established by those pioneers who now lie on Mont Ngaliema, above the Kinshasa rapids. ("Conrad's Darkness" 195-96)

이 인용은 나이폴이 콘래드의 소설을 정확하게 이해하고 있다는 것을 증언해 줌과 동시에, 그가 콘래드와 입장을 달리하는 게 무엇인지를 적나라하게 드러내준다. 나이폴은 이 인용을 통해, 콘래드가 아체베와 같은 아프리카 작가들이나 학자들로부터 공격을 많이 받긴 했지만,[12] 그의 소설이 궁극적으로, 제국주의에 대한 비판을 목적으로 하고 있다는 사실을 이해하고 있음을 보여준다. 콘래드에게 "억제력도 모르고, 믿음도 모르고, 두려움도 모르는 한 영혼의 상상할 수 없는 미스터리"를 갖고 있는 사람은 커츠, 즉 백인이었다. 따라서 콘래드의 내러티브는 아체베가 말한 바와 같이 인종적 상투성을 벗어날 수 없었다는 한계는 있지만, 궁극적으로 식민주의의 폭력성과 부도덕성에 대한 비판이 주된 목적이었다. 나이폴

---

12) 아체베는 콘래드의 『암흑의 심장』이 아프리카를 "어둠"으로 묘사하고 아프리카인들을 희화화한다며 그를 "불량한(bloody) 인종차별주의자"라고 공격했고, 이 말을 후에 약간 수정하여 "철두철미한(thoroughgoing) 인종차별주의자"(Achebe 257)라고 했다. 그러나 아체베의 비판은 그 정도가 심해 받아들이기 어려운 부분이 없지 않다. 와츠(Cedric Watts)는 이 점을 다음 논문에서 아주 설득력있게 제시하고 있다. "'A Bloody Racist': About Achebe's View of Conrad," *Joseph Conrad: Critical Assessments*. Vol. 2. ed. Keith Carabine. East Sussex: Helm Information, 1992. 405-18. 아울러, 『암흑의 심장』과 『사물들의 와해』(*Things Fall Apart*)를 비교하며 아체베의 콘래드 비판에 문제가 없지 않음을 논한 다음 논문 참조. 왕철, "콘래드의 소설과 아체베의 소설의 대화적 관계," 『현대영미소설』(1997): 137-52.

은 억제력도 없고, 믿음도 없고, 두려움도 없는 사람은 백인이 아니라 흑인이라는 것을 강조함으로써, 아프리카에 대한 자신의 비판이 콘래드의 것과는 다르게 흑인들을 향한 것임을 분명히 하고 있다. 물론 그가 여기에서 흑인이라고 지칭하는 것은 자이르의 반군 지도자였던 삐에르 물렐리(Pierre Mulele)를 구체적으로 지칭하는 것이긴 하지만, "아프리카에는 미래가 없다"는 그의 아프리카관에 비춰보면, 물렐리 개인에 한정된 것이라기보다는 아프리카인들의 원시성과 야만성에 대한 포괄적인 공격이라고 볼 수 있다. 그는 벨기에의 국왕 레오폴드 2세가 20여년간 식민통치를 하면서 1천만이 넘는 흑인들을 죽음의 벼랑으로 몰았으며, 미국의 중앙정보국이 자이르의 초대 수상이었던 패트리스 루뭄바(Patrice Lumumba)를 자국의 이익에 부합되지 않는다는 이유로 쫓아내고 암살당하게 했으며 당시에 모부투의 독재정권을 지지하고 있었다(Nixon 100-1에서 재인용)는 사실은 언급하지 않은 채, "억제력도 모르고, 믿음도 모르고, 두려움도 모르는 한 영혼의 상상할 수 없는 미스터리" 즉 백인식민주의자에 대한 콘래드의 이미지를 아프리카인들을 위한 이미지로 전이시키고 있다.

　　물론, 아프리카 국가들의 근대사 특히 독립이후의 역사를 바라보면 나이폴의 소설이나 에세이에 나타난 아프리카의 부정적인 이미지를 꼭 잘못된 것이라고만은 볼 수 없다. 나이폴에 비판적인 학자의 말을 그대로 옮기면, "나이폴이 아프리카에 대한 묘사에서 환기하는 내전의 시나리오들, 살인적인 반목, 잔인하고 불필요한 유혈참사 등은 많은 아프리카 전문가들과, 비슷한 일들을 경험한 아프리카인들의 말을 생각나게 한다. 아프리카와 관련된 나이폴의 글 중에서 그런 면들에 이의를 제기할 사람은 거의 없을 것이다"(Gupta 53). 그런데 문제는 나이폴이 현상을 바라보고 분석할 뿐, "누구의 잘못이었는지를 찾는 것에는 관심이 없다"(Michener 64)는 입장을 취하고 있다는 것이다. 그의 말대로 하면, 그는 "냉철한"(clear-sighted) 눈으로 리얼리티를 바라보고 해석하고 있는 셈이다. 그는 그것이 설령 편견이라고 해도 비판을 가하기 위해서는 별 수 없으며, "오래 남을 작품에는 냉철함이 필요한 법이고, 그렇게 하기 위해서 몇몇 편견을 필요로 한다"(Hardwick 47)고 생각한다. 때로는 아전인수식의 논리가 되긴 하지만, 나이폴은 언제나 '정치적 올바름'보다는 자신의 생각을 과감하게 드러내는 쪽을 택했던 작가였다. 그는 "아프리카인들이 원시적이라는 것을 부인함으로써 그들을 문명화시키는 것"은 낭만주의라며,13) "그들을 문명화시키는 문제 자체도 논쟁의 여지가 있는 것이지만, 만약 아프리카를 문명화시켜야 한다면, 그 원시성을 인정하고 근절시켜야(eradicate) 한다"는 말을 서슴지 않고 할 수 있는 작가였다(Hamner 37). 이런 점에서 보면 그는 "자연주의" 계열의 작가라고 해도 무방할 것이다(Cudjoe 165). 그러나 그가 자연주의자라면, 아프리카를 만신창이로 만든 식민주의 역사, 냉전체제 하의 미국식 신식민주의 등의 복잡다단한 측면들을 포괄하여 아프리카를 제시하지 못한 근시안적인 자연주의자라고 해야 적절한 말일 것이다.

　　나이폴의 주된 공격의 대상은 닉슨이 말한 바와 같이 "식민시대 이후에 출현한 정권들"인데, 그것에 비하면 영토를 유린하고 "문화적 경제적 힘"의 "불균형"을 초래하게 만든 "식민주의 통치"에 대한 그의 비판은 "하찮고 부차적인 것에 불과하다"(Nixon 37). 즉, 나이폴은 아프리카인들의 퇴행성과 폭력성을 "수풀"만큼이나 자연스러운 아프리카인들의 본래적 속성으로 돌리면서(이런 점에서 그는 탈식민주의 이론이 경계하는 "본질주의"에 빠져들고 있다) 그것이 식민주의와 신식민주의가 이식해놓은 퇴행성이나 폭력성과 무관하지 않다는 사실을 도외시하고 있는 것이다. 1960년대와 1970년대에 자이르에서 발생한 폭력과 무정부 상태는 나이폴로서야 누구의 잘못인지 따지는 데 관심이 없었을지 모르지만, 그것은 분명히 벨기에 식민주의의 유산이었다. 벨기에가 1960년에 물러날 당시, 콩고는 물질적, 문화적, 교육적으로 초토화된 상태였다. 절대다수의 콩고인들이 교육과

---

13) 하우(Irving Howe)는 자신이 나이폴을 높게 평가하는 이유에 대해서, "원시인들의 도덕적 매력이나 잔인한 독재자들의 미덕에 낭만적인 달빛을 드리우는 걸 한사코 거부하며 글을 쓰기 때문"이라고 말한 바 있다(Howe 265).

직업훈련을 받지 못한 상태였다. 통계에 의하면 "16명만이 대학졸업생이었고, 중고등학교 과정을 마친 사람도 136명에 불과했다. 의사도 없었고 교사도 없었으며 군인장교도 없었다. 1,400개의 공직 중, 콩고인이 차지한 것은 두 자리뿐이었다. 나라는 여러 개의 지역으로 쪼개져 120개의 정당이 난립하고 있었다. 그들이 독립 후에 세계시장에서 다른 나라들과 경쟁할 가능성은 전혀 없었다"(Weiss 191). 결국 식민주의가 그들을 "수풀"적 "타자"로 만든 것이지, 그들이 처음부터 "수풀"적 "타자"는 아니었다는 말이다.[14]

이런 맥락에서 보면 불행하게도, 나이폴이 시도한 콘래드로부터의 차별화는 아프리카의 부정적이고 상투적인 이미지를 재현하거나 반복하는 데 그치고 만 불완전한 것이다. 콘래드의 『암흑의 심장』은 그 안에 배어있는 인종적 상투성에도 불구하고 제국주의의 위선과 폭력성을 고발하는 데 여전히 효과적인 작품이다. 아체베의 가시 돋친 공격과는 달리, 케냐의 대표적인 소설가이자 학자인 응구기는 오두막 둘레의 막대기에 꽂힌 두개골들에 관한 묘사를 구체적으로 지칭하면서, "어느 아프리카 작가도 그렇게 아이러니컬하고 적절하고 강력한 이미지를 창조해낸 적이 없다"(Sarvan 285)면서 콘래드의 식민주의 비판을 높게 평가했다.[15] 그런데 나이폴의 『강의 한 굽이』는 그의 여행기나 에세이와 더불어, 눈에 보이는 현상만을 묘사하는 데 그침으로써 콘래드의 소설에서는 다소 부차적인 것일 수도 있는 인종적 상투성의 문제를 전면에 부각시키고 있다. 다수의 학자들이 콘래드

14) 이런 점에서 브라운이 나이폴을 가리켜 "독단적인 어둠에 대한 종말론적인 역사인식이 낭만적인 미성숙성을 드러낸다"고 한 말은 지나치기 어려운 말이 아닐까 싶다. 나이폴의 묵시론적인 세계관에 대한 브라운의 말은 다음과 같이 이어진다. "과거에 대한 나이폴의 지식은 그에게, 모든 종말은 또 하나의 시작이며, 사람들이나 사건들은 요지부동하게 미리 운명지어진 것도 아니며, 인간의 모험은 선과 악, 어둠과 빛의 영원하고 당혹스러운 혼합이라는 사실을 깨닫게 해줬어야 한다. . . . 그러나 그는 지금까지, 세계의 종말을 예언한 예언자들이 과거에도 늘 나타났지만, 그들의 예언에도 불구하고 지나가버린 자리를 차지하기 위해 새로운 세계들이 출현했다는 사실을 충분히 알지 못하고서, 어둠이 승리한다는 쪽에 일관되게 내기를 걸어왔다"(Brown 227).

15) 나이폴은 소설에서는 이 장면을 변형시켜 흑인들이 백인 신부 후이스만을 죽이는 것으로 처리하고 있는데, 이 또한 소설에 나타난 나이폴의 인종적 편견과 무관치 않은 것으로 판단된다.

의 인종주의에 대해서는 양가적인 입장을 취하는 반면, 나이폴의 인종주의에 대해서는 예외가 거의 없을 정도로 비판적 입장을 취하는 것도 바로 이러한 이유 때문이다. 나이폴이 "아프리카니스트"(Africanist)라는 비난을 받는 것(Gorra 101)도 같은 이유에서다. 아이러니컬한 것은 아프리카와 같은 제3세계를 누구보다 더 잘 이해할 수 있는 위치에 있는 제3세계 출신의 작가가 인종적 상투성을 그의 작품 속에 투영시킴으로써 그렇지 않아도 서구인들의 식민주의에 시달려 온 아프리카를 고질적인 인식론적 폭력 속으로 밀어넣고 있다는 사실이다. 그래서 그의 소설 속에 나타난 아프리카는 "보편적인 유럽적 질서의 붕괴에 대한 상징적 황무지"이며 단테의 것에 비견되는 "아프리카식 지옥"("A New King" 122, 124)이다.

웨이스에 따르자면, "식민 상태 이후의 담론과 '검은 대륙'에 관한 이전의 식민담론은 대화적으로 연결되어 있다"(Weiss 192). 이는 식민담론은 다시 신식민담론으로 방향을 틀 뿐, 그것의 인식론적 폭력을 쉽사리 거둬들이지 않으려 한다는 말이다. 나이폴이 "검은 대륙"에 관한 서양의 신화 혹은 담론을 끌어들여 해방 후의 자이르에 들이댄 것은 따라서 신식민주의 담론에 해당한다고 할 수 있다. 결국 나이폴은 아프리카를 소설 속에 형상화하면서, 기존의 신화에 "관해서" 혹은 그 "안에서" 상투적인 아프리카 담론을 재생산하고 있는 셈이다(Weiss 192). 정착민 작가인 나이폴의 한계는 바로 여기에 있다.

쿳시가 말한 바와 같이, "나이폴이 모국[영국]에 정착하여 적응한 것은 그것의 역사적 무게를 그 자신이 충분히 알고서 선택한 행위였을 것이다"(왕은철 2004: 209). 그런데 문제는 그것이 자신의 출생지인 트리니다드를 비롯한 아프리카, 중동 등의 제3세계에 등을 돌리면서, 자신들의 책임보다는 눈앞의 현재만을 부각시키려 하는 유럽중심적인 시각을 차용하는 것으로 이어졌다는 데 있다. 특히, "나는 누구의 잘못이었는지를 찾는 것에는 관심이 없다"는 나이폴의 말은 현재를 과거와의 역학 속에서 바라보지 못하는 그의 근시안적인 역사의식이 어디에서 유래된 것인지를 잘 말해준다. "누구의 잘못이었는지"에 "관심이 없다"는 말에서 엿볼 수 있는 나이폴의 이데올로기적 입장은 아이러니컬하게도, 착취와 억압의 식민지 역사보다는 식민지 시대 이후에 발생한 폭력과 독재와 무정부 상태에 관심을 할애함으로써, 자신들의 식민사관을 정당화하거나 미화하고, 때로는 과거의 말세적 폭력을 은폐하려고 하는 유럽 식민주의자들의 그것과 크게 다를 바 없어 보인다. 이데올로기를 "왜곡과 은폐에 의해 지배 계급이나 집단의 이익을 정당화하는 것을 돕는 생각과 믿음"이라고 정의할 수 있다면(Eagleton 45), 제3세계 출신의 정착민 작가인 나이폴은 놀랍게도 바로 그 이데올로기를 작품 속에 투사함으로써 식민주의자들에 봉사하고 있는 것처럼 보인다. 그가 아랍권을 여행하고 집필한 『신자들 속에서』(*Among the Believers: An Islamic Journey*)와 『믿음을 넘어』(*Beyond Belief: Islamic Excursions Among the Converted Peoples*)에서 엿볼 수 있는, 말도 많고 탈도 많은 이슬람관도 이와 무관하지 않다.[16]

여하튼, 탈식민적인 입장에서 보자면, 나이폴은 『강의 한 굽이』에서 콘래드의 『암흑의 심장』을 제대로 '다시' 혹은 '되받아' 쓰지도 못하고, 또 극복하지도 못한 셈이다.[17] 그는 콘래드 소설의 핵심에 놓인 정의를 향한 지향성과 연민의

---

16) 그렇다고 나이폴의 소설에 식민주의 비판이 아예 없다는 말은 아니다. 그러나 그것은 그의 부정적인 제3세계관에 비교하면 극히 미미한 것이어서 형평성에 어긋나도 보통 어긋나는 것이 아니다. 하우가 말한 바와 같이, 아프리카, 이슬람을 비롯한 제3세계에 대한 그의 "혐오감"은 너무 과도한 것이어서, 그를 두둔하는 학자들마저 "불편"(uneasy)하게 만든다(Howe 265). 나이폴을 옹호하는 서구의 학자들이나 국내 학자들은 어쩌면 앞으로도 나이폴의 소설이나 비소설에 나타나는 "혐오감의 과잉" 때문에 곤혹스러울 수밖에 없을 것이다. 혐오감의 과잉이 "부드러움의 부족"으로 이어지고, 다시 그것은 인식론적인 폭력과 왜곡으로 이어질 수 있는 것이다.

17) 여기에 "탈식민적인 입장에서 보자면"이라는 전제를 다는 것은, 나이폴의 아프리카관이나 제3세계관에 대한 필자의 비판적 시각이 자칫 나이폴의 소설에 대한 폄하로 비치지 않을까 하는 우려 때문이다. 나이폴은 결코 '자격 미달'의 작가가 아니다. 노벨문학상은 그저 주어진 것이 아니었다. 나이폴이 2001년도의 노벨문학상 수상자로 발표된 직후, 필자가 쓴 글의 마지막 문장이 그의 문학성에 대한 필자의 생각을 잘 반영하고 있기에 여기에 인용한다. "나이폴의 다양한 소설들이 보여주는 화려한 예술적 성취는 제3세계에 대한 그의 보수적이고 때로는 이해하기도 힘들고 용서하기도 힘든 편향된 시각에도 불구하고, 문학사에서 후한 평가를 받으며 살아남을지 모른다. 예술의 역사는 윤리의 역사가 아니라 미학의 역사, 그것도 비정한 미학의 역사이기 때문이다. 나이폴의 이데올로기가 우리의 마음을 아무리 뒤숭숭하게 만든다고 해도, 그것이 그의 예술적 성취도를

정신을 부각시키지도 못했을 뿐만 아니라, 템스강과 콩고강을 대비시킨 콘래드와 달리 유럽의 공모성과 원죄성을 부각시키지도 못함으로써 결과적으로 콘래드를 '오독'하고 잘못 활용한 셈이 되었다.[18] 두 작가 사이의 대화적 관계가 어딘지 불만족스러우며, 발전적이라기보다는 퇴행적인 느낌을 주는 것은 바로 이러한 이유에서일 것이다.

인용 문헌

왕철. "콘라드의 소설과 아체베의 소설의 대화적 관계," 『현대영미소설』(1997): 137-52.

왕은철. 『J. M. 쿳시의 대화적 소설 ― 상호텍스트성과 탈식민주의』. 서울: 태학사, 2004.

_____. "나이폴의 소설과 트리니다드 토바고, 그 애증의 역학," 『현대문학』(2001. 11): 43-65.

Achebe, Chinua. "An Image of Africa: Racism in Conrad's *Heart of Darkness*," *Heart of Darkness*, ed. Robert Kimbrough. New York: 1988. 251-62.

Anderson, Linda. "Ideas of Identity and Freedom in V. S. Naipaul and Joseph Conrad," *English Studies* 59.6(December 1978): 510-17.

Bhabha, Homi K. "Signs Taken for Wonders: Questions of Ambivalence and Authority under a Tree Outside Delhi, May 1817," *Critical Inquiry* 12(Autumn 1985): 144-65.

Bakhtin, Mikhail. *Problems of Dostoevsky' Poetics*. ed. & trans. Caryl Emerson. Minneapolis: U of Minnesota P, 1984.

Begam, Richard. "An Interview with J. M. Coetzee," *Contemporary Literature* 33.3(1992):

폄하하고 부인하는 것으로 이어져서는 안 되는 이유가 바로 여기에 있다"(왕은철 2001: 65).

18) 닉슨에 따르면, 그린(Graham Greene)의 『지도 없는 여행』(*Journey Without Maps*), 지드(Andre Gide)의 『콩고 여행기』(*Voyage to the Congo*), 코폴라(Francis Ford Coppola)의 『지옥의 묵시록』(*Apocalypse Now*) 등과 같은 작품들은 콘래드를 "다른 문화들에서 그들의 자율적 혹은 비자율적 역사와 정체성을 박탈하고 그것들을 서구의 거대하고 계속적인 담론 속으로 흡수해버리려 하는 서구인들의 강박관념을 강화하는 수단으로" 활용하는데, 나이폴도 마찬가지다(Nixon 92-8). 이런 점에서 보면, 아체베의 "분노가 단순히 콘래드를 향한 것이라기보다는," 나이폴처럼 서구중심적인 인식론을 공고히 하기 위한 수단으로 콘래드를 '편리하게' 활용하는 "문학적, 비문학적 담론" 생산자들을 향한 것이라는 닉슨의 지적은 적절하다고 판단된다(Nixon 105).

419-57.

Berger, Roger. "Writing Without a Future: Colonial Nostalgia in V. S. Naipaul's *A Bend in the River*," *Essays in Literature* 22.1(1995): 144-56.

Bloom, Harold. *A Map of Misreading*. Oxford: Oxford UP, 1975.

Brown, John L. "V. S. Naipaul: A Wager on the Triumph of Darkness," *World Literature Today* 57(1983): 223-27.

Coetzee, J. M. *White Writing: On the Culture of Letters in South Africa*. New Haven: Yale UP, 1988.

Conrad, Joseph. *Heart of Darkness*. ed. Robert Kimbrough. New York: Norton, 1988.

Cudjoe, Selwin R. *V. S. Naipaul: A Materialist Reading*. Amherst: U of Massachusetts P, 1988.

Eagleton, Terry. *Ideology: An Introduction*. London: Verso, 1991.

Gorra, Michael. *After Empire: Scott, Naipaul, Rushdie*. Chicago: U of Chicago P, 1997.

Gupta, Suman. *V. S. Naipaul*. Plymouth: Northcote House, 1999.

Hamner, Robert D. (ed.) *Critical Perspectives on V. S. Naipaul*. Washington D.C.: Three Continents Press, 1977.

Hardwick, Elizabeth. "Meeting V. S. Naipaul," *Conversations with V. S. Naipaul.*, ed. Feroza Jussawalla. 45-49.

Howe, Irving. "Epilogue: Politics and the Novel after *Politics and the Novel*," *Politics and the Novel*. New York: Columbia UP, 1957, reprint 1992. 265-66.

Huggan, Graham. "Anxieties of Influence: Conrad in the Caribbean," *Joseph Conrad: Critical Assessments*, vol. II. ed. Keith Carabine. East Sussex: Helm Information, 1992. 447-59.

Jussawalla, Feroza, ed. *Conversations with V. S. Naipaul*. Jackson: UP of Mississippi, 1997.

King, Bruce. *V. S. Naipaul*. London: Macmillan, 1993.

Kristeva, Julia. *Desire in Language: a semiotic approach to literature and art*. trans. Thomas Gora, Alice Jardine & Leon S. Roudiez. New York: Columbia UP, 1980.

Levinas, E. "Ethics as first Philosophy," in *The Levinas Reader*. ed. Sean Hand. Oxford: Blackwell, 1994.

Mukherjee, Bharati & Robert Boyers. "A Conversation with V. S. Naipaul," *Conversations with V. S. Naipaul.*, ed. Feroza Jussawalla. 75-92.

Mustafa, Fawzia. *V. S. Naipaul*. Cambridge: Cambridge UP, 1995.

Naipaul, V. S. *A Bend in the River*. New York: Penguin Books, 1980.

_____. *A Congo Diary*. Los Angeles: Sylvester & Orphanos, 1980.

_____. "A New King for the Congo: Mobutu and the Nihilism of Africa," *The Return of Eva Peron with The Killings in Trinidad*. New York: Alfred A. Knopf, 1980. 171-204.

_____. "Conrad's Darkness," *The Return of Eva Peron with The Killings in Trinidad*. New York: Alfred A. Knopf, 1980. 205-28.

_____. *The Middle Passage: Impressions of Five Societies —British, French, Dutch — in the West Indies and South America*. New York: Penguin Books, 1969, 1975, 1978.

_____. *Reading and Writing: A Personal Account*. New York: New York Review of Books, 2000.

Nixon, Rob. *London Calling: V. S. Naipaul, Postcolonial Mandarin*. Oxford: Oxford UP, 1992.

Sarvan, C. P. "Racism and the Heart of Darkness," *Heart of Darkness*. ed. Robert Kimbrough. New York: Norton, 1988. 280-85.

Spivak, G. "French feminism in an international frame," *In Other Worlds: Essays in Cultural Politics*. New York: Methuen, 1987. 134-53.

Watts, Cedric. "'A Bloody Racist': About Achebe's View of Conrad," *Joseph Conrad: Critical Assessments*. vol. II. ed. Keith Carabine. East Sussex: Helm Information, 1992. 405-18.

Weiss, Timothy F. *On the Margins: The Art of Exile in V. S. Naipaul*. Amherst: U of Massachusetts P, 1992.

Wickaramagamage, Carmen & Wimal Dissanayake. *Self and Colonial Desire: Travel Writings of V. S. Naipaul*. New York: Peter Lang, 1993.

■ 이 글은 『현대영미소설』 11권 1호(2004)에 실린 글을 수정, 보완한 것이다.

9.

콘래드와 영화
— 『암흑의 심장』과 『지옥의 묵시록 리덕스』의
콘텍스트 읽기

김종석

1. 머리말

콘래드는 만년에 그의 친구 리처드 컬(Richard Curle)에게 "영화는 어리석은 사람들을 위한 어리석은 곡예일 뿐"(Curle 88)이라고 했을 뿐만 아니라, 그의 저작권 대리인 핑커(J. B. Pinker)에게는 영화가 "가장 저급한 형식의 오락"(Moore 7)이라고 언급한 바 있다. 그럼에도 불구하고 콘래드는 영화 제작권을 팔아서 취할 수 있는 경제적 이득에 자극을 받아서, 1920년 가을 미국의 래스키 페이머스 플레이어즈(Lasky-Famous Players)[1]의 의뢰를 받고 자신의 단편소설 「가스파르 루이즈」("Gaspar Ruiz")에 기초를 둔 무성영화용 시나리오를 집필했다. 그래서 콘래드는 "영화 시나리오를 쓴 최초의 주요 영국 소설가"(Knowles and Moore 111)로 손꼽히게 되었다. 그 이후로 콘래드의 소설은 꾸준히 영화화되어 20세기 말까지 영화나 텔레비전 드라마로 각색된 작품이 대략 90개에 이른다.

그 중에서도 가장 유명한 영화는 아마도 중편소설 『암흑의 심장』(*Heart of Darkness*)을 각색한 프랜시스 포드 코폴라(Francis Ford Coppola) 감독의 『지옥의 묵시록』(*Apocalypse Now*)일 것이다. 1899년 처음 출판된 콘래드의 『암흑의 심장』이 그의 작품세계에서 가장 잘 알려져 있는 소설인 동시에 가장 많은 논쟁의 대상이 되는 작품인 것처럼,[2] 코폴라의 『지옥의 묵시록』도 1979년 개봉된 이후로 여러 면에서 논쟁의 여지가 있는 영화로 간주되어 왔다. 『지옥의 묵시록』이 제기하는 여러 문제점들 중에서 문학 연구자의 관심을 끄는 것은 물론 콘래드의 『암흑의 심장』과 연관된 각색의 문제가 될 것이다. 이와 관련하여 바흐만(Holger

---

1) 패러마운트(Paramount)의 전신이 되는 회사.
2) 예컨대 소위 '아체베 논쟁'(Achebe controversy)은 『암흑의 심장』 비평의 역사에서 중요한 분기점 중의 하나가 된다. 1975년 나이지리아 작가 치누아 아체베(Chinua Achebe)가 콘래드를 아프리카와 아프리카인들을 비인간화한, "지독한 인종차별주의자"(Knowles and Moore 156)라고 맹렬히 비난한 이후로 비평가들의 견해는 엇갈려 왔다. 본 논문은 코폴라의 영화와 관련하여 콘래드의 반식민주의적 태도에 주된 초점을 맞추었으나, 균형 잡힌 시각을 위해서는 아체베 이후의 일련의 논쟁에도 주목해야 할 것이다.

Bachmann)이 지적한 바를 인용해 보자면, 콘래드가 『암흑의 심장』에서 인간 정신, 도덕과 윤리, 인간의 내부에 있는 어둠 등을 상징적으로 탐험하기 위한 배경으로서 벨기에령(領) 콩고의 식민주의를 이용한 것처럼, 코폴라도 『지옥의 묵시록』에서 베트남이라는 배경을 좀 더 보편적인 인간의 문제에 대한 메타포로서 이용한다(317-18). 물론 보다 일반적이고 보편적인 인간의 문제에 대해 성찰하는 계기로서 각 작품이 콩고와 베트남이라는 특정한 공간을 매체로 삼았다는 그의 지적은 타당하다. 왜냐하면 코폴라가 자신의 영화 속에서 80년 전에 쓰인 콘래드의 소설을 나름대로 각색하고 재현하는 것은 "제국의 모티브만큼이나 오래된 실책, 악의, 약탈의 모티브들이 [인간의 역사 속에서] 악몽처럼 되풀이된다는 것"을 암시하는 것이며, "반복되는 인간의 역사 속에서 이 악몽을 심미적으로 반복하는 행위"(Stewart 455)에 다름 아니기 때문이다.

이처럼 콘래드의 소설과 코폴라의 영화 사이에 존재하는 시간과 공간의 차이를 초월하여 두 작품 모두 공통적으로 인간의 보편적인 진리를 전달한다는 주장은 일견 나무랄 데 없어 보인다. 그러나 소설과 영화가 함의하고 있는 구체적인 역사성을 도외시하고 작품의 추상적이고 보편적인 성격만을 강조하는 것은 결코 균형 잡힌 접근방식이 아닐 것이다. 2001년 코폴라 감독이 전작(前作)에 49분의 장면을 복원시켜 세상에 내놓은 『지옥의 묵시록 리덕스』(*Apocalypse Now Redux*)[3]에 주목할 필요가 바로 여기에 있다. 왜냐하면 코폴라는 『리덕스』의 새롭게 추가된 에피소드를 통해서 스토리라인을 좀 더 명료하게 하는 데 만족하지 않고 그 이전 작품에서는 부족했던 역사적 리얼리티를 보강함으로써 자신의 영화를 보다 더 구체적인 맥락 안에 놓으려고 노력하기 때문이다. 마찬가지로 『암흑의

---

3) 이후 프랜시스 포드 코폴라 감독의 『지옥의 묵시록 리덕스』(*Apocalypse Now Redux*)는 『리덕스』(*Redux*)로 간략하게 표시하여 1979년의 전작과 구별하기로 한다. 1979년의 『지옥의 묵시록』을 편집하면서 잘려나간 장면들은 "어떻게 하면 영화를 짧게 만들 수 있을까를 놓고 편집자들끼리 벌인 전쟁이 낳은 사상자들이었다"고 당시 관계자들은 말한다.
(http://www.nkino.com/NewsnFeatures/article.asp?id=5983)

심장』에서 보편적인 인간조건에 대한 콘래드의 견해를 살펴보면서 잊지 말아야 할 것은 이 소설이 "실제 역사적으로 일어난 상황을 빈약하게 위장하여 묘사한 것"(Harms)이라는 사실이다. 1917년 이 소설에 붙인 「작가 노트」("Author's Note")에서 콘래드 자신도 이렇게 밝힌 바 있다. "『암흑의 심장』은 하나의 체험 이다. 그것은 독자들의 마음에 절실히 와 닿게 하려는 전적으로 정당한 목적을 위 해서 체험의 실제 사실을 약간 (아주 조금) 변형시킨 것이다"(*Heart of Darkness* 4, 이후 HD로 약칭). 본 논문에서는 콘래드의 『암흑의 심장』과 코폴라의 『리덕 스』라는 예술 작품을 당대의 역사적 · 문화적 · 정치적 상황과의 연계 속에서 조 명하고, 특히 코폴라가 콘래드 텍스트와의 대화를 통하여 미국에 가하는 윤리적이 고 이데올로기적인 비판이 『리덕스』에서 어떻게 형상화되는가를 규명하기로 한 다.

2. "거짓말 속 죽음의 냄새": 조지프 콘래드의 『암흑의 심장』

『암흑의 심장』은 1890년 6개월 동안 콩고에서의 실제 경험에 바탕을 둔 콘 래드의 자전적 소설로서, 작가의 분신이라고 할 수 있는 내레이터 말로우 (Marlow)의 도덕적, 정신적 성장이라는 주제가 중요한 비중을 차지한다. 하지만 이에 못지않게 중요한 것은 아프리카 콩고에서의 백인의 무자비한 착취정책과 도 덕적 타락이라는 주제이다. 콘래드는 콩고강을 여행하면서 목격한 탐욕스럽고 잔 인한 유럽인들에게서 인간의 악마적 속성이라는 보편적 진실을 읽어냈다. 그러나 보편적 진실로 포장되어 버리기에는 너무나도 추악한 역사적 사실이 『암흑의 심 장』의 배후에 엄연히 존재한다는 사실을 간과해서는 안 된다. 서구 지식인조차 망각해버린 이 사건은 영국의 작가 아서 코난 도일(Arthur Conan Doyle)이 "세계 역사상 최대의 범죄"(Hochschild 271)라고 규탄했던 벨기에 왕 레오폴드

(Leopold) 2세의 콩고 식민지 지배이다.

19세기 말 벨기에 왕 레오폴드 2세는 유럽의 강대국들이 벌이고 있는 아프리카 쟁탈전에 뒤늦게 뛰어든다. 그는 영국계 미국인 탐험가 헨리 모턴 스탠리(Henry Morton Stanley)를 대리인으로 고용하여 중앙아프리카에 벨기에의 76배에 이르는 거대한 영토를 개인 사유지로 만드는 데 성공하고 콩고 자유국(Congo Free State)이라는 국가를 세운다. 그러나 이름과는 달리 콩고인들에게 자유란 없었다. 그곳에서는 원주민들에 대한 온갖 착취와 약탈, 고문과 학살이 공공연히 자행됐다. 그는 군대의 무력을 앞세워 원주민들을 노예 노동에 동원하여 상아와 야생 고무를 착취하고, 그들이 할당량을 채우지 못하거나 사소한 법규를 어길 경우 손발을 자르는 처벌과 그보다 더 극악무도한 형벌과 대량 학살을 서슴지 않았다. 레오폴드 치하와 그 직후까지 콩고의 인구는 적어도 절반, 약 1,000만 명이 감소했다. 이는 2차 세계대전시 나치의 유대인 대학살의 거의 2배에 이르는 수치이다.

콘래드가 콩고강을 항해하던 1890년에는 이미 레오폴드의 폭정이 한창 진행 중이었지만 그 실상은 아직 바깥 세계에 잘 알려지지 않았던 때였다.[4] 그 중요한 이유 중 하나는 레오폴드가 이미 오래 전부터 자신의 아프리카 야욕을 숨기고 박애주의자로서 자신의 이미지를 유럽 전역에서 착실히 홍보해왔기 때문이었다. 그는 1876년 브뤼셀에서 탐험가와 지리학자 회의를 주최하면서 그 환영사에서 자신의 아프리카 식민지 계획을 미사여구로 포장한다.

아직 문명이 미치지 않은 지구상의 유일한 지역에 문명을 전파하고, 그 곳의 모든 민족들 위에 드리워져 있는 암흑을 몰아내는 것은 아마도 이 진보의 세기에 어울리는 개혁운동일 것입니다. . . . 제가 보기에 유럽 중심에 위치한 중립국 벨기에가

---

4) 미국의 흑인 저널리스트이자 역사가 조지 워싱턴 윌리엄스(George Washington Williams)는 레오폴드 통치하의 콩고 실상을 전 세계에 알리려고 애쓴 최초의 인물들 중 하나다. 1890년 벨기에령 콩고의 상황을 조사하기 위해 아프리카로 건너간 윌리엄스는 콩고를 여행하고 난 후 레오폴드 왕의 비인간적 정책을 비난하는 공개서한을 왕에게 썼다. *HD* 103-13 참조.

그런 모임을 위해 적합한 장소인 듯합니다. . . . 제가 아무런 사심 없이 여러분을 브뤼셀로 초대했다는 것을 말할 필요가 있을까요? 물론 그런 필요는 없습니다. 신사 여러분, 벨기에는 작은 나라이지만 행복하고 그 운명에 만족합니다. 저에게는 벨기에에 봉사하는 것 이외에 다른 야망은 없습니다.

To open to civilization the only part of our globe which it has not yet penetrated, to pierce the darkness which hangs over entire peoples, is, I dare say, a crusade worthy of this century of progress. . . . It seemed to me that Belgium, a centrally located and neutral country, would be a suitable place for such a meeting. . . . Need I say that in bringing you to Brussels I was guided by no egotism? No, gentlemen, Belgium may be a small country, but she is happy and satisfied with her fate; I have no other ambition than to serve her well. (Hochschild 44-45)

레오폴드는 아프리카에서 "노예무역을 폐지하고, 족장들 사이에 평화를 정착시키고, 그들에게 공명정대한 중재를 제공하는 수단으로서 호의적이고, 과학적이며, 분쟁을 조정하는 기지들"(Hochschild 45)의 위치를 정하자고 제안한다. 결국 레오폴드는 이 회의의 결과로 설립된 '국제 아프리카 협회'의 초대 의장으로 선출됨으로써 아프리카 진출의 교두보를 확보하는데 성공한다. 나중에 레오폴드는 또 다른 조직인 '국제 콩고 협회'를 만들면서 자신의 야욕을 서서히 구체화한다. 그는 런던 『타임스』에 '벨기에 특파원'의 기사로 자신의 글을 게재하면서 이 단체가 일종의 "적십자사로서 진보라는 대의를 위해 지속적으로 사심 없이 봉사하는 고귀한 목적으로 만들어졌다"고 주장한다(Hochschild 66). 이런 교묘한 선전 공세에 힘입어 레오폴드는 자신이 그 시대의 가장 위대한 인도주의적인 군주라는 이미지를 대중들에게 각인시킨다.

흥미로운 점은 레오폴드가 사용한 수사적 담론이 『암흑의 심장』의 커츠(Kurtz)를 연상시킨다는 것이다. 말로우는 중부 주재소의 지배인과 그의 숙부와의 대화를 통해서 커츠가 품고 있던 신념에 대해 우연히 엿듣게 된다. "각 주재소는 더 나은 것을 향해 가는 길 위를 밝히는 횃불과 같은 존재여야 하고 무역의 중심지뿐만 아니라 [미개한 원주민들을] 인간화하고 개선하고 가르치는 중심지가 되어야 한다"(*HD* 34). 후에 말로우는 커츠가 '국제 야만풍습 억제협회'를 위해 작성한 보고서를 읽으면서 그의 공적인 발언을 접하게 된다.

> 그[커츠]는 다음과 같은 주장으로 시작했어. 우리 백인들이 이루어 놓은 발전의 정도로 보았을 때, 우리들은 '그들 야만인들에게 초자연적인 존재로서 보여야 하고, 신의 힘을 갖고 그들에게 접근해야 한다'는 등등. '우리의 의지를 단순히 행사하기만 해도 우리는 거의 무한한 이익을 위한 능력을 발휘할 수 있다'는 등. 거기서부터 그의 어조는 고양되었고 나도 마찬가지로 되었어. 지금 기억하기는 힘들지만 그 열변은 장엄했지. 그 글은 내게 고귀한 박애정신으로 다스려지는 이국적이고 무한한 공간을 떠오르게 했어. 그 보고서를 읽으니 나도 열광적으로 흥분되더군. 이것은 웅변의 무한한 힘, 말의 힘, 열렬하고 고귀한 말의 힘이었어.

> He began with the argument that we whites, from the point of development we had arrived at, 'must necessarily appear to them [savages] in the nature of supernatural beings — we approach them with the might as of a deity,' and so on, and so on. 'By the simple exercise of our will we can exert a power for good practically unbounded,' etc. etc. From that point he soared and took me with him. The peroration was magnificent, though difficult to remember, you know. It gave me the notion of an exotic Immensity ruled by an august Benevolence. It made me tingle with enthusiasm. This was the unbounded power of eloquence — of words — of burning noble words. (50)

여기서 주목할 점은 평소에 비판적 태도의 영국인 말로우도 "온갖 이타적 감정에 감동적으로 호소하는"(51) 문서를 읽고 그 열의에 감동된다는 것이다.

콩고를 체험하기 전의 콘래드도 말로우처럼 아프리카 '문명화' 사업이라는 대의명분을 별로 의심하지 않았던 듯하다. 콘래드는 콩고로 출발하기 직전 폴란드를 여행하면서 외삼촌이자 후견인 타데우슈 보브로브스키(Tadeusz Bobrowski)를 방문하여 많은 대화를 나누었다. 그리고 얼마 후 외삼촌은 콩고에 이제 막 도착한 조카에게 최근 나누었던 대화를 상기시키듯 다음과 같은 내용의 편지를 보낸다. "너는 지금쯤 아마도 [콩고] 사람들과 풍물을 보고 있을 거고 '문명화' (빌어먹을) 사업 — 너는 그 조직 속에서 톱니바퀴의 이와 같이 작은 역을 맡고 있지 — 도 둘러보고 있을 테지. 네 견해를 표현할 수 있으려면 시간이 좀 걸릴 거야. 하지만 네 의견이 명백한 문장으로 구체화될 때까지 기다리지 말고 네가 느낀 첫 인상과 네 건강에 대해 알려다오"(Najder 124). 이 내용으로 보아 유추할 수 있는 것은 두 사람이 나누었던 대화의 주된 화제가 아프리카에서 콘래드가 곧 맡게 될 일자리에 관한 것이었으며, 대화 도중 콘래드가 당시 만연하던 '문명화' 슬로건을 선의로 해석하는 발언을 했으리라는 것이다. 이는 제국주의의 적극적인 선전 덕분에 아프리카 진출에 대한 인도주의적인 믿음이 당시의 유럽인들 사이에서 얼마나 강력한 전염력을 발휘하고 있었는지를 시사하는 일화라고 볼 수 있다.

아프리카에 가기 전에 콘래드가 제국주의적 이데올로기를 선의로 받아들이게 된 또 다른 동기가 있었다면 그것은 데이비드 리빙스턴(David Livingstone)의 영향일 것이다. 19세기 중반 30년 동안 탐험가, 의사, 선교사, 노예제 폐지 운동가로서 리빙스턴이 아프리카에서 펼친 활약은 그를 유명인사로 만들었다. "전신, 순회강연, 널리 읽히는 일간 신문들로 더욱 긴밀하게 연결된 유럽에서 아프리카 탐험가들은 오늘날의 운동선수들과 영화배우들처럼 명성이 국경을 초월하는 최초의 국제적 명사들이 되었다"(Hochschild 27). 어린 콘래드에게도 리빙스턴이 그런 존재였다. 「지리학과 몇몇 탐험가들」("Geography and Some Explorers")이라는 에세이에서 콘래드는 학창 시절에 미지의 세계를 탐험하는 사람들의 이야기에 매혹된 나머지 그의 마음속에서 어떤 탐험가들의 이미지는 세계의 특정한 지역들과 불가분의 연관성이 있었다고 회상한다. 특히 '중앙아프리카'라는 단어는 콘래드에게 위대한 탐험가 리빙스턴을 떠올리게 하는 지역이었다.

온갖 제국의 건설자들이 남긴 업적도 데이비드 리빙스턴에 대한 나의 추억을 막지 못할 것이다. '중앙아프리카'라는 단어는 내 눈앞에 다음과 같은 광경을 떠올리게 한다: 엄하지만 인정 있는 얼굴을 하고 짧게 깎은 회색의 콧수염을 한 노인이 몇 명의 흑인 추종자들을 이끌고 갈대로 둘러싸인 호수들을 따라서 지친 발걸음을 콩고강 상류에 있는 원주민의 오두막— 거기서 그는 마지막 순간에 나일 강의 수원지(水源地)를 찾고자 하는 간절한 소망이 이루어지지 않은 채 죽었다— 을 향해 옮기는 모습.

Neither will the monuments left by all sorts of empire builders suppress for me the memory of David Livingstone. The words "Central Africa" bring before my eyes an old man with a rugged, kind face and a clipped, gray moustache, pacing wearily at the head of a few black followers along the reed-fringed lakes towards the dark native hut on the Congo headwaters in which he died, clinging in his very last hour to his heart's unappeased desire for the sources of the Nile. ("Geography" 16)

콘래드에 의하면 "훌륭하고 모험적이며 헌신적인"(13) 리빙스턴이 시도한 탐험의 "유일한 목적은 [지리상의] 진리를 찾는 것"(10)이었으며, 그 의도는 순수했기 때문에 영웅으로 불리기에 손색이 없는 탐험가이다. 어린 콘래드는 리빙스턴으로 대표되는 지리상의 탐험가들에게 매혹되어, "어느 날 그때까지 백지로 남아있던 아프리카의 한복판에 손가락을 갖다대며 언젠가 거기에 가봐야지"(16)라고 소년 시절의 낭만적 환상을 표현할 정도였다. 뿐만 아니라 콘래드는 "내가 어릴 적에 지리학에 대해 느꼈던 열렬한 관심의 대상 중에서 가장 존경받는 인물"(16)이 바로 리빙스턴이었다는 진술로써, 당시에 리빙스턴이 차지하고 있던 위치를 짐작할 수 있게 해준다.5) 이렇게 리빙스턴의 낭만적이고 영웅적인 이미지가

---

5) 패트릭 브랜틀링거(Patrick Brantlinger)에 의하면 1850년대 후반에 "국가적 영웅"(a national hero)이었던 리빙스턴은 1872년 마지막 아프리카 여행이 끝날 때까지는 "국가적 성인"(a national saint)이 되었다. 그리고 1872년 스탠리가 그의 첫 베스트셀러 『내가 리빙스턴을 발견한 경위』

콘래드의 마음속에 차지하고 있던 비중을 감안해 볼 때, '중앙아프리카' 행을 결심한 콘래드가 당시의 이른바 '문명화' 사업을 긍정적인 시각으로 보았으리라는 추론은 그리 놀라운 것이 아니다.

『암흑의 심장』에서는 '문명화'라는 당대의 식민주의 이데올로기에 사로잡혀 있는 유럽인들이 등장한다. 중부 주재소의 벽돌공은 말로우에게 커츠를 다음과 같이 묘사한다. "그분은 연민, 과학, 진보, 그리고 그 밖의 여러 가지를 전파하는 사자(使者)입니다. 유럽이 우리에게 맡긴 대의명분을 진척시키기 위해서 우리는, 말하자면, 더 높은 지성, 폭넓은 공감력, 목표의 단일성을 필요로 합니다." 이에 말로우가 "누가 그런 말을 합니까?"라고 질문하자, 벽돌공은 "많은 사람들이 그렇게 말합니다. . . . 어떤 사람들은 그런 글을 쓰기도 하죠"라고 대답한다(28). 소설 속에서 "모종의 도덕적 이념"(33)으로 무장한 문명인의 이미지를 거의 맹목적으로 받아들이는 전형적인 예는 아마도 유럽 대륙에 살고 있는 말로우의 숙모가 될 것이다. 말로우가 콩고강6)에서 증기선을 모는 일자리를 숙모에게 부탁했을 때, 그녀는 곧 "그것 참 훌륭한 생각이야"라고 칭찬하면서 무역 회사의 영향력 있는 이들에게 조카를 "비범하고 재능 있는 인물"로서 추천한다(12, 15). 말로우는 자신에 대한 과대평가 때문에 마치 사기꾼이 된 듯한 기분을 느끼며 당황한다.

(How I Found Livingstone)를 출판했을 때 리빙스턴의 "신격화"(apotheosis)가 완비되었다(180).

6) 콘래드의 텍스트에는 벨기에령 콩고, 콩고강, 벨기에, 브뤼셀 등의 구체적인 지명이 언급되지 않는다. 단지 소설의 공간적인 배경이 아프리카라는 사실은 1917년 콘래드가 『청춘』(Youth: A Narrative; and Two Other Stories)에 붙인 작가노트에서 명시된다. 그에 의하면 『암흑의 심장』과 「발전의 전초기지」("An Outpost of Progress") 두 작품은 "내가 아프리카 한복판에서 가지고 나온 모든 노획물"이라고 하였다(HD 4). 그 밖의 지명들은 콘래드의 전기적 사실로부터 알아낼 수 있는 정보이다. 친구 리처드 커얼(Richard Curle)에게 보낸 편지에서 콘래드는 의도적으로 작품 속의 여러 사실들을 밝히지 않았다고 고백하면서 다음과 같은 예술관을 피력한다. "명시된 것은 예술 작품으로부터 모든 암시성을 빼앗고 환상을 깨기 때문에 작품의 매력에 치명적이다"(HD 232).

나는 또한 대단한 '일꾼' 중의 한 사람으로 소개되었던 모양이야. 빛의 사자라든지, 하급의 사도라든지 뭐 그와 비슷한 것으로 말이야. 그 무렵에는 그런 허튼 소리가 인쇄물이나 얘깃거리로 많이 떠돌고 있었거든. 그 훌륭하신 숙모도 그런 헛소리들 와중에 사시다보니 거기에 휩쓸리신 거야. '저 무지한 수백만의 원주민들로 하여금 그들의 끔찍한 풍습을 버리게 하는 것'에 대해 그녀가 이야기하는 것을 듣다보니 정말이지 굉장히 불편한 느낌이 들더군.

It appear[ed] however I was also one of the Workers, with a capital — you know. Something like an emissary of light, something like a lower sort of apostle. There had been a lot of such rot let loose in print and talk just about that time, and the excellent woman living right in the rush of all that humbug got carried off her feet. She talked about 'weaning those ignorant millions from their horrid ways,' till, upon my word, she made me quite uncomfortable. (15-16)

어떤 의미에서 말로우의 숙모는 당시 식민주의자들에 의해 유포되었던 그럴듯한 '말'(talk)과 '글'(print)로 인해 '박애주의'에 현혹된 유럽의 여성을 상징적으로 나타내고 있다. 이상의 여러 가지 예가 함축하고 있는 것은 '검은 대륙'(Dark Continent)의 '문명화' 이데올로기가 당대에 팽배하였고 지배적이었기 때문에 누구도 그 영향력으로부터 자유로울 수 없었다는 사실이다.[7]

　식민주의자들은 과장된 수사로 '인도주의적인' 의도를 공언했지만 실제로 그들이 식민지에서 벌인 일은 정반대였다. 콩고에 진출한 백인들에게 고상한 대의명분은 겉치레였을 뿐 그들의 관심은 돈, 권력, 신분의 상승이었다. 1894년 한 젊은 장교는 가족에게 이렇게 써 보냈다. "콩고 만세! 콩고 같이 좋은 곳은 없습니다! . . . [여기에서] 우리는 자유, 독립, 넓은 시야를 제공하는 생활을 누립니다.

---

[7] 브랜틀링거는 "검은 대륙의 신화"(the myth of the Dark Continent)를 19세기 제국주의 이데올로기의 산물로 설명한다. "검은 대륙의 신화는 주로 빅토리아 시대가 꾸며낸 이야기였다. 제국에 대한 더 큰 담론의 일부로서 그 신화는 정치적이고 경제적인 압박에 의해 구체화되었고 또한 유럽인들이 자신의 가장 사악한 충동을 아프리카인들에게 투사했던 심리에 의해 구체화되었다"(195).

여기서는 마음대로 행동해도 되고 사회의 노예가 되지 않습니다. . . . 여기서는 어떤 사람도 전사, 외교관, 무역업자 무엇이든지 다 될 수 있습니다! 될 수 없는 것은 없습니다!"(Hochschild 137). 백인들에게 콩고는 이른바 '실현된 꿈'(a dream come true)이었다. 콩고의 백인은 유럽 사회의 모든 제약을 벗어난 암흑대륙의 한복판에 있었기 때문에 자신의 여러 가지 욕구를 마음대로 채울 수 있었다. 『암흑의 심장』의 말로우의 표현을 빌자면, '경찰관'이 상징하는 법과 '푸주한'이 상징하는 도덕이나 여론이 콩고에는 존재하지 않기 때문에, 한때 아프리카의 야만 풍습에 대한 보고서에서 "고귀한 박애정신"과 "이타적 감정"을 설교했던 커츠 같은 백인도 보고서의 후기에 "모든 야만인들을 전멸시켜라!"라고 덧붙일 수 있으며 "입에 담기도 싫은 의식"을 거행할 수 있는 것이다(*HD* 49-51).

하지만 『암흑의 심장』에서 간과해서 안 될 것은 텍스트 곳곳에서 드러나는 말로우의 아이러닉한 어조다. 예컨대 앞서 언급되었듯이 말로우가 제국주의의 '문명화' 담론을 "허튼 소리"(rot), "거짓말"(humbug)(*HD* 15, 16)이라고 빈정대는 관점은 그가 이야기하는 시점에서 콩고에서의 과거 경험을 반추하면서 생긴 환멸감의 산물이다.8) 그렇기 때문에 말로우는 "거짓말 속에는 죽음의 냄새가 있다"(29)고 주장하는 것이다. 즉, 말로우는 콩고에서 커츠라는 인물을 통해 인도주의적 이상이 어떻게 변질되고 타락하는가를 목격하고 난 이후, 자신의 과거경험을 아이러닉한 시각으로 재해석하는 것이다. 아닌 게 아니라 말로우처럼 콘래드도 콩고의 진상을 알게 되면서 벨기에의 '문명화' 명분이 처음의 기대와는 정반대로 "헛소리"며 "거짓말"에 불과하다는 것을 깨닫는다. 특히 실종된 리빙스턴 박사를 찾기 위한 스탠리의 아프리카 내륙 탐험은 당시 "신문 특종 기사"로 보도되어 콘래드에게 한때 아프리카 탐험에 대한 낭만적인 동경심을 불러 일으켰던 사건이었으나, 콘래드가 콩고에서 환멸감을 느낀 이후에는 이 전설적인 탐험조차도 그

---

8) 또 다른 예는 말로우가 처음부터 브뤼셀을 "회칠한 무덤"(a whited sepulchre)(*HD* 13)으로 비유하는 것이다.

의 기억 속에서 의미 없는 사건으로 전락해버리고 만다. 결국 "인간 양심의 역사와 지리적 탐험의 역사를 추하게 만든 가장 수치스러운 약탈 행위"("Geography" 17)가 콩고의 백인들에 의해 자행되고 있다는 사실은 콘래드에게 일종의 정신적 외상을 남기게 된다.9)

하지만 말로우가 의혹과 환멸의 눈길로 바라본 대상은 벨기에 제국주의에 한정되지 않는다. 소설의 초반부에서 고대시대의 영국을 침략하여 정복했던 로마인들이 당시 최고의 문명인이었으면서도 이득을 위해서 "폭력을 쓰는 강도행위와 대규모의 살인행위"(HD 10)를 저질렀다는 말로우의 주장은 모든 서구 문명의 밑바탕에 탐욕과 야만이 도사리고 있다는 아이러니를 암시한다. 이는 한 걸음 더 나아가면, 소설의 도입부에서 무명의 영국인 내레이터가 19세기 말 세계 최강국인 대영제국의 찬란한 과거와 현재에 대해 느끼고 있던 자부심과 낙관론을 송두리째 뒤흔드는 발언으로 해석될 수 있다. 이렇게 역사적으로 반복되는 폭력과 야만의 맥락은 약 1세기 후 코폴라 감독에 의해 적극 수용되어 영화 『리덕스』의 베트남 전쟁까지 확장된다.

3. "반(反)거짓말 영화": 프랜시스 포드 코폴라의 『지옥의 묵시록 리덕스』

영화 『리덕스』의 크레디트에서 콘래드의 『암흑의 심장』에 대한 언급은 전혀 찾을 수 없지만, 코폴라 감독은 2000년에 출판된 시나리오 『리덕스』에 붙인 서문에서 콘래드 소설의 영향을 분명히 하고 있다. "나는 영화를 찍을 때 매일 [존 밀리어스(John Milius)의] 대본을 갖고 다니는 대신 주머니 속에 초록색 작은 페

---

9) 레오폴드의 식민정책에 대한 콘래드의 환멸과 분노는 1903년 콩고 개혁 운동을 주도하던 친구 로저 케이스먼트(Roger Casement)에게 보낸 일련의 편지에 잘 나타난다. 특히 콘래드는 1903년 12월 21일자 편지를 보내면서 콩고 개혁 운동을 위해 도움이 된다면 이 편지를 출판해도 좋다고 허락했다. Hawkins 69-71 참조.

이퍼백으로 콘래드의 『암흑의 심장』을 넣고 다녔다. 자연히 나는 대본 이상으로 그 소설을 참고하기 시작했고, 영화는 점점 초현실적으로 되었으며 위대한 콘래드 소설을 생각나게 하였다"(Introduction vii).[10] 코폴라의 대본 수정 작업은 영화와 콘래드 소설과의 연관성을 강화하기 위한 것이었지만, 소설과 영화가 모든 세부사항에 있어서 대응관계를 이루지 않는 것은 물론이다. 코폴라의 영화는 원작 소설을 스크린으로 옮기기 위해서 플롯, 대화, 배경 등을 변경한 경우이지만, 원작의 정신과 주제를 현대 시대에 걸맞게 해석했다는 점에서 충실한 각색이라고 할 수 있다. 그런데 이 경우 주목해야 할 점은 과거의 특정한 역사적 시점과 지리적 공간에서 쓰여진 소설이 영화로 각색될 때 일어나는 변화이다. 즉 코폴라의 작품에서 19세기 말이 20세기 후반으로, '영국' 소설이 '미국' 영화로 치환되면서 발생하는 사회적·문화적 요소들은 매체의 변환, 즉 문자 매체에서 영상 매체로의 변환에 수반되는 문제들만큼 중요하다.

　　사회적·문화적 관점에서 보았을 때 『리덕스』는 베트남 전쟁에 대한 영화가 아니라 베트남 전쟁을 통해 드러난 미국 혹은 미국 정부의 치부에 관한 영화다. 코폴라 감독은 2001년 제54회 칸(Cannes) 국제 영화제에서 22년 전 그에게 황금종려상을 안겨 주었던 『지옥의 묵시록』을 재편집한 신판 『리덕스』를 선보이면서 행한 인터뷰에서 "『지옥의 묵시록』 주제는 '거짓말'"이라고 말했다. 그 이유를 "미국 정부가 월남전에 대해 우리에게 끊임없이 거짓말을 했기 때문"이라고 밝힌 그는 "이 영화를 반전 영화가 아닌 '반(反)거짓말' 영화로 봐 달라"고 주문한 바 있다("인터뷰"). 19세기 말 콘래드가 『암흑의 심장』에서 벨기에 식민주의의 "터무니없이 지독한 거짓말"(Hawkins 69 재인용)을 폭로한 것처럼, 21세기 초 코폴

---

10) 피터 카우이(Peter Cowie)에 의하면, 영화의 원 각본을 쓴 존 밀리어스는 1982년 『암흑의 심장』이 영화에 끼친 영향에 대해 부인했으나 4년 후 태도를 바꾸어 다음과 같이 두 작품 사이의 연관성을 인정했다. "나의 작문 선생은 누구도 『암흑의 심장』을 능가하는 작품을 쓸 수 없을 것이라고 나에게 말한 적이 있었다. [오손] 웰즈도 시도해 보았고 누구도 그것을 능가할 수 없었다. 그 소설은 내가 가장 좋아하는 콘래드 작품이었기 때문에 내가 시도해 보기로 결심했다"(120).

라는 『리덕스』에서 베트남 전쟁에 개입한 미국의 거짓과 위선을 규명한다.

사실 미국 정부의 '거짓말'은 미국이 베트남 전쟁에 개입하는 순간부터 시작된 뿌리 깊은 현상이었으며, 코폴라가 영화를 통해 전달하려는 주제가 당대 미국의 사회적·정치적 현실을 충실히 반영하고 있다는 것을 말해준다. 베트남 전쟁과 관련하여 미국의 정치와 대중문화에서 널리 사용되던 용어 중에 '신빙성의 결여'(credibility gap)라는 표현이 있다. 이는 '거짓말'을 완곡하게 표현한 용어로서, 미국의 정치 지도자들이 베트남전과 관련된 중요한 사실이나 정보를 거짓 전하거나 알리지 않음으로써 의회, 언론, 국민을 오도한 사실을 말한다. 특히 린든 존슨(Lyndon B. Johnson) 대통령은 베트남전에 대한 거짓말을 계획적으로 5년 동안이나 지속했기 때문에 '신빙성의 결여'가 가장 심각한 대통령으로서 미국인들에게 기억된다(Orman 97).[11]

그런데 흥미로운 사실은 『리덕스』의 주요 등장인물 중의 하나인 랜스(Lance)의 이름이 "엘. 비. 존슨"(L. B. Johnson)으로 표기된다는 것이다. 이것은 도렁 브리지(Do Lung bridge)에서 우편물을 넘겨받은 셰프(Chef)가 대원들에게 편지를 나눠 줄 때 수취인의 이름을 "미스터 엘 비 존슨"(Mr. L. B. Johnson)이라고 부르는 장면에서 드러난다. 이 장면을 주의 깊게 본 미국 관객이 있다면 분명히 미국이 베트남에 결정적으로 개입하게 만든 존슨 대통령의 이름, 즉 린든 베인스 존슨(Lyndon Baines Johnson)을 기억에 떠올릴 것이다. 이것이 우연의 일치가 아니라 코폴라 감독이 의도한 것이라는 사실은 영화의 다른 장면에서 증명된다. 앞서 랜스의 이름을 통해 간접적으로 존슨 대통령을 시사했던 코폴라는 나중에

---

11) 존슨 대통령이 언론·대중에게 '신뢰성의 결여'를 드러내기 시작한 것은 아마도 통킹 만(Gulf of Tonkin) 사건이었을 것이다. 1964년 8월 초 존슨 대통령은 통킹 만에서 일어난 불확실한 사건을 이용해 베트남에서의 전면 전쟁을 시작하는 결정적인 계기로 삼는다. 나중에 밝혀진 바에 의하면 존슨 행정부는 정치적인 이유로 통킹 만 사건을 조작하여 의회로부터 월맹을 공격할 수 있는 허락을 받아 낸 것이다. 특히 8월 4일의 사건은 실제로는 일어나지도 않은 일을 조작한 것으로 드러난다. 결국 통킹 만 에피소드는 사기였으며 미국의 고위 관료들이 국민에게 거짓말한 것임이 나중에 판명된다(Zinn 466-67 참조).

커츠 대령의 입을 통해서 존슨 대통령의 이름을 직접 언급한다. 그것은 영화의 마지막 부분에서 커츠 대령이 금속 컨테이너에 갇혀 있는 윌라드에게 실제『타임』(Time)지의 베트남 전쟁 기사를 읽어 주는 장면이다.

『타임』지. 뉴스 주간지. 1967년 9월 22일, 90권 12호. 분명해지고 있는 전쟁. 미국 국민은 미국이 베트남 전쟁을 이기고 있다고 믿기가 어려울 것이다. 그럼에도 불구하고 지금까지 수집된 전투상황에 대한 가장 철저한 조사 중 하나에 의하면, 전력 증강이 시작된 지 2년 반이 지난 현재 미국 군사력이 영향력을 나타내기 시작하고 있다는 중요한 증거가 있다. 그 전력의 효과는 적이 싸움을 계속하지 못할 정도일 거라고 백악관 관리들은 주장한다.

미국 국민이 그 조사의 낙관적인 결론들을 받아들일 생각이 없다는 것을 염려한 린든 존슨은 그 조사 보고서가 자세히 공개되는 것을 결코 허락하지 않을 것이다. 그렇다 하더라도 그는 조사 결과에 충분한 인상을 받았으며 조사의 결론을 몹시 알리고 싶어 하고 조사에 참여했던 전문가들이 그것에 대해 개괄적인 말로 표현하는 것을 허락하고 싶어 한다.

Time magazine. The weekly news magazine. September 22, 1967, volume ninety, number twelve. The War on the Horizon. The American people may find it hard to believe that the U.S. is winning the war in Vietnam. Nonetheless, one of the most exhaustive inquires into the status of the conflict yet compiled offers considerable evidence that the weight of U.S. power, 2 1/2 years after the big build-up began, is beginning to make itself felt. White House officials maintain, the impact of that strength may bring the enemy to the point where he could simply be unable to continue fighting.

Because Lyndon Johnson fears that the U.S. public is in no mood to accept its optimistic conclusions, he may never permit the report to be released in full. Even so, he is sufficiently impressed with the findings, and sufficiently anxious to make their conclusions known, to permit the experts who have been working on it to talk about it in general terms. (*Redux*)

이 장면은 『리덕스』에 새로 복구된 부분으로서, "코폴라 감독은 이 장면을 통해 1979년 개봉 당시 명시하지 않았던 영화 속 현실의 시간을 분명히 함으로써 이 영화의 리얼리티를 높였다"("인터뷰"). 콘래드는 『암흑의 심장』에서 지리적 공간을 명시하지 않음으로써 자신의 작품에 '암시성'과 '환상'을 부여하려고 노력한 반면, 코폴라는 『리덕스』에서 역사적 시점을 명시함으로써 자신의 영화가 미국의 구체적인 시대의 산물임을 강조한다.

그러나 이 장면에서 좀더 눈여겨보아야 할 것은 바로 '거짓말' 주제이다. 1967년 가을은 존슨 대통령이 베트남 전쟁에서 중요한 고비를 맞고 있던 시기였다. 전쟁이 교착상태에 빠져 있다는 인식을 불식시키고 전쟁에 대한 국민의 지지를 높이기 위해서 존슨 행정부는 의회, 언론, 국민을 상대로 대대적인 홍보 캠페인을 펼쳤다. 그 주된 내용은 공산군의 세력이 약해지고 있으며 미국이 전쟁을 이기고 있다는 것이었다. 전쟁의 승리가 임박했다는 낙관적인 예상을 할 때 자주 동원된 표현들은 '[전쟁이] 고비를 넘기고 있다'(turning the corner), '크리스마스까지는 고향으로'(home by Christmas), '터널 끝에 보이는 빛'(the light at the end of the tunnel) 등이었다(Cliffe 59). 특히 언론에게는 베트남 전쟁이 제대로 진척되고 있다는 온갖 통계 자료를 제공함으로써 낙관론을 퍼뜨린다.[12] 하지만 존슨 행정부의 장밋빛 선전은 속임수라는 것이 곧 드러난다.[13] 즉, 1968년 1월 말 베트콩과 북베트남군은 베트남의 명절인 테트(음력설)에 남베트남 전역에 걸쳐 대규모 기

---

[12] 이런 홍보 캠페인이 절정을 이룬 때는 1967년 11월이었다. 존슨 대통령에 의해 워싱턴으로 소환된 베트남 주둔 미군 총사령관 윌리엄 웨스트모얼랜드(William Westmoreland) 장군은 "나는 대단히 고무되어 있습니다. . . . 우리는 [베트남 전쟁에서] 실제로 진척을 보이고 있습니다"라고 기자들에게 말했으며, "우리는 [전쟁의] 끝이 보이기 시작하는 중요한 지점에 도달했다"며 2년 내에 미군이 철수할 수 있을 것이라는 낙관론을 국회에서 피력했다(Herring 183).

[13] 어떤 이들은 미국 정부의 지나친 낙관주의가 전쟁터의 현실을 모르기 때문에 생긴 것이라고 주장하는 반면, 어떤 사람들은 정부의 낙관론이 국민을 기만하고 오도하려는 의식적인 속임수의 일부라고 간주했다. 정부 비판자들에 의하면 적의 전사자수를 부풀려서 발표한다든지, 미군의 사상자수를 국민들에게 숨긴다든지, 미디어를 통제하려고 한다든지 하는 현상은 정부의 도덕성을 의심케 하는 요소들이었다(Cliffe 59-60).

습공격을 감행한다. 비록 공산군의 '테트 공세'(Tet Offensive)는 군사적인 면에서 실패로 끝났지만, 역설적으로 공산군의 전력이 여전히 건재함을 과시한 사건이었다. 특히 공산군이 사이공 주재 미국 대사관까지 침입했다는 사실은 미국 정부의 낙관론이 거짓임을 웅변적으로 말해주었으며 존슨 대통령의 '신빙성 결여'를 심화시켰다.[14) 영화 속에서 커츠는 『타임』 기사를 읽던 도중 월라드에게 "여러 번 들어 본 소리지?"(Is this familiar?)라고 불쑥 질문을 던짐으로써, 미국 정부의 베트남 전쟁에 대한 낙관론이 얼마나 광범위하게 유포되었는지를 암시한다. 코폴라는 이 장면을 통해서 전쟁터의 추악하고 부조리한 현실과 동떨어진 낙관주의의 허구성과 정부의 언론 조작을 함께 폭로하는 것이다.

커츠가 베트남 전쟁 기사를 읽는 장면 못지않게 주의 깊게 보아야 할 장면은 코폴라 감독이 카메오로 출연하는 부분이다. 영화의 첫 전투 장면에서 텔레비전 카메라 팀의 프로듀서로 등장하는 코폴라 감독은 육지에 상륙한 월라드 일행에게 소리 지른다. "카메라 쳐다보지 마. 계속 가, 계속 움직이라니까. 카메라 보지 말고 그냥 전투중인 것처럼 지나가라니까. 텔레비전용으로 찍는 거야. 그냥 지나가. 계속 움직이라고"(*Redux*). 이 장면은 21세기의 관객들에게 대수롭지 않은 해프닝 정도로 보이겠지만 사실은 사회적·문화적으로 중요한 의미가 내포되어 있다. 이 장면은 베트남전과 텔레비전 매체와의 관계를 압축적으로 보여주고 있는 것이다. 베트남전은 텔레비전에 의하여 미국 국민들에게 방송된 최초의 전쟁이라는 의미에서 흔히 '텔레비전 전쟁'(television war)이라고 불린다. 1940년대 중반만 하더라도 미국에서 개인적으로 텔레비전을 소유하고 있는 사람들은 거의 없었지만, 1960년에는 미국 가정의 89.4 퍼센트가 텔레비전 수상기를 소유하게 된다 (MacDonald 147). 따라서 미국이 베트남전에 본격 개입하는 1960년대 중반 이후

---

14) 당시 CBS의 앵커맨이었던 월터 크롱카이트(Walter Cronkite)는 구정 공세의 소식을 처음 들었을 때 "도대체 무슨 일이 일어나고 있습니까? 나는 우리가 베트남 전쟁을 이기고 있다고 생각했는데!"(Herring 191)라고 말하면서 도저히 믿을 수 없다는 반응을 보였다.

에는 대부분의 미국인들이 거실에 편안히 앉아 텔레비전에서 방송되는 저녁뉴스를 통하여 전쟁 소식을 접하게 됨으로써, 베트남 전쟁은 '거실 전쟁'(living-room war)이라는 별명까지 얻게 된다.15) 이런 역사적 맥락에서 볼 때 영화 속의 텔레비전 카메라는 단순한 소품이 아니라 1960년대 미국의 문화적 아이콘으로 해석될 수 있다.

다른 한편으로 영화 속 텔레비전 카메라의 등장은 또 다른 카메라, 즉 영화를 찍는 카메라의 존재를 상기시킨다. 윌리엄 헤이건(William Hagen)은 이 점을 다음과 같이 적절하게 지적한 바 있다. "첫 번째 전투 장면에서 감독 자신의 카메라는 고정된 텔레비전 [카메라] 시야로부터 멀어지면서 병사들과 함께 혼란스런 소탕 장면으로 이동한다. 그것[소탕 장면]은 관객의 눈과 귀를 압도하는 현실이며, 텔레비전 수상기의 작은 화면에 담겨 있는 '현실'과는 사뭇 대조를 이룬다"(235). 바꿔 말하면 『리덕스』라는 영화가 관객들에게 보여주고자 하는 것은 텔레비전 카메라·뉴스에 잡히지 않았던 혹은 잡힐 수 없었던 베트남 전쟁의 악몽이다.16) 1960년대 『뉴요커』(New Yorker)지의 텔레비전 평론가였던 마이클 알렌(Michael J. Arlen)은 텔레비전의 이와 같은 한계를 지적한 바 있다. 그의 비유에 의하면, 미국인이 텔레비전을 통해서 베트남 전쟁을 보는 것은 마치 아이가 '열쇠 구멍'을 통해서 방 안에서 싸우고 있는 어른들의 모습을 보는 것과 같다(83). 즉, 작은 열쇠 구멍으로 기껏해야 보이는 것은 어른들 모습의 일부이고 들리는 것은 분명치 않은 목소리이기 때문에 방 안에서 벌어지는 사건의 전모를 알기 어려운 것처럼,

---

15) 마이클 알렌이 1969년에 출판한 『거실 전쟁』(Living-Room War)이라는 책의 제목에서 유래하였다. 아서 프레임(Arthur T. Frame)은 「텔레비전과 베트남 경험」("Television and the Vietnam Experience")이라는 글에서 텔레비전의 베트남 보도가 미국인에게 끼친 영향을 다음과 같이 정리한다. "1964년에서 1973년까지 [베트남] 보도는 미국 3대 주요 텔레비전 네트워크[ABC, CBS, NBC]의 저녁 뉴스에 방송되었다. 심지어 1975년 사이공 함락과 미국 대사관 지붕에서 마지막 남은 미국인들이 철수하는 장면은 수백만의 미국인들이 거실에서 지켜보았다. 시청자들은 전쟁의 목격자였으며 이것이 전쟁에 대한 그들의 견해를 정하는데 도움을 주었다"(394).

16) 코폴라의 영화가 '초현실적'이라는 평을 듣게 된 것은 아마도 이런 이유 때문일 것이다.

미국인들도 텔레비전 카메라가 제공하는 전쟁의 단편적인 이미지 이외의 것은 볼 수 없었던 것이다. 결국 영화 속 텔레비전 카메라의 존재는 전쟁 또는 진실의 전모가 아니라 편린만을 보여주는 텔레비전 보도의 한계성을 함축적으로 나타낸다.17)

　　미국의 승리를 예측하는 뉴스 보도를 커츠 대령이 조롱하는 장면과 더불어 흥미 있는 부분은 프랑스 농장 시퀀스이다. 이 시퀀스 역시 『리덕스』에 새로 복구된 에피소드로서 영화에 역사적 · 정치적 깊이를 더해주는 역할을 한다. 『암흑의 심장』에서 말로우는 강을 따라 올라가는 일을 시간을 거슬러 올라가는 여행에 비유한 바 있다. 코폴라는 이것을 차용해 베트남의 식민지 역사를 환기시킨다. "그들[윌라드 일행]이 강의 상류로 전진함에 따라 다소 기묘하기는 하지만 그들이 점점 과거로 되돌아간다는 것이 나의 아이디어였다. 우리는 베트남의 역사를 거슬러 재방문하고 있었으며 첫 번째 멈춘 곳은 [베트남의] 1950년대였다. 우리는 이제 프랑스인들과 함께 있게 되었고 그것이 바로 내가 프랑스 농장 장면에서 찾고 있던 것이다"(French 83-84). 코폴라는 이 시퀀스를 통해서 1946년에서 1954년까지 벌어진 인도차이나 전쟁의 연장선상에서 베트남 전쟁을 파악하고 있음을 보여준다. 농장의 저녁식사 장면에서 한 프랑스 식민주의자는 윌라드에게 다음과 같이 말한다. "모르겠어요? 베트콩은 말합니다 '떠나라! 가버려라!' 그러면 인도차이나에 있는 백인들은 모두 끝장입니다. 당신이 프랑스인이든 미국인이든 어느 쪽이든지 마찬가지입니다. '사라져라!' 그들은 당신들을 잊고 싶어 합니다"(Redux). 이 대사가 함축하고 있는 것은, 베트남의 독립과 통일을 위해서 전쟁을 수행하는 베트남인의 시각에서 볼 때 미국은 일본과 프랑스에 이어 등장한 또 다른 식민 세력에 불과하기 때문에 그들로부터 환영받을 수 없다는 점이다. 또한 베

---

17) 영화 속의 미디어 모티브는 다른 장면에서 변형되어 나타난다. 커츠 대령이 자신의 사진을 찍은 사진작가에게 "다시 내 사진 찍으면 너를 죽여 버리겠다"라고 위협한 것은 곧 베트남에서 자행된 미군의 수많은 잔학한 행위들이 미디어에 보도되지 않은 채 은폐되었을 가능성을 가리키고 있다(Norris 759).

트남의 식민지 통치에서 이미 실패를 경험한 프랑스인의 입을 통해 베트남전에 뛰어든 미국의 어리석음을 꼬집는 대사도 나온다. "왜 당신 미국인들은 우리로부터, 우리가 저지른 잘못으로부터 배우지 못하는 겁니까?" 결국 코폴라는 프랑스인의 입을 빌려 "당신 미국인들은 역사상 가장 무의미한 싸움을 하고 있다"(Redux)고 지적하면서 미국의 명분 없는 베트남 전쟁을 통렬하게 비판한다.

　　어떤 영화 비평가들은 『지옥의 묵시록』이 전쟁의 광기에 대한 메타포로서는 성공했을지 모르지만, 미국이 그 전쟁에 왜 개입했는가의 문제를 전혀 다루지 않았다고 지적한 바 있다(Dempsey 6, O'Nan 276). 그런데 이 문제는 『리덕스』에 새로 추가된 프랑스 농장에서의 저녁식사 장면에서 간단하게나마 언급된다. 한 프랑스인은 사이공에서 어떤 미국 정치가로부터 왜 미국이 베트남전을 수행하는가에 대한 설명을 들은 적이 있다고 하면서 다음과 같이 그 정치가의 설명을 인용한다. "자 보세요. 어제는 한국이었고, 오늘은 베트남, 내일은 태국, 필리핀, 그리고 유럽이 될 수도 있습니다"(Redux). 이것은 한 줄로 늘어선 도미노패가 잇달아 쓰러지듯 한 나라가 공산화되면 그 인접국가도 연쇄 반응으로 공산화된다는 이른바 '도미노 이론'(Domino Theory)을 설명하는 대사이다. 이 이론은 미국의 베트남 전쟁 개입을 정당화하는 냉전시대의 논리로서, 결국 동남아시아에서 공산주의의 확산을 막기 위해 베트남에 민주주의를 정착시키는 것이 미국의 주된 목표가 된다.

　　그러나 시모 채트먼(Seymour Chatman)이 예리하게 지적하듯이, 문제는 미국의 '민주주의 수호' 명분은 19세기 말 유럽의 식민주의자들이 내세웠던 '문명화 사업'(civilizing work) 명분과 크게 다르지 않다는 것이다(215). 말로우가 아프리카 콩고의 실상을 알게 되면서 벨기에의 '문명화 사업'이 '헛소리'에 그치지 않고 '미친 짓'이라는 것을 알게 되는 것처럼, 윌라드도 베트남 전쟁의 추악한 면을 목격하면서 미국의 '민주주의 수호' 노력이 거짓이고 경우에 따라서는 광기로 흐를 수 있다는 것을 깨닫는다. 그 좋은 예는 공정 부대의 지휘관 킬고어(Kilgore) 대령이다. 이름(kill+gore)이 암시하듯 그는 베트남에 주둔한 미군의 무자비와 광기를 상징하는 인물이다. 계급, 군복, 태도에 있어서 그는 미국 기병대의 영웅 조지 커스터(George Custer) 대령을 상기시키며(French 125) 그의 공정 부대는 "말을 팔아서 헬기를 사들인"(*Redux*) 기병대의 후예이다.

전쟁광 킬고어의 부도덕하고 부조리한 모습이 단적으로 드러나는 곳은 해변의 베트콩 마을을 공습하는 시퀀스이다. 그가 마을을 공격하는 이유는 그곳이 전략적인 가치가 있어서가 아니라 단지 그 마을의 해변에서 유명한 서핑 선수의 묘기를 보기 위해서이다. 킬고어의 헬기 부대가 이륙할 때 나팔수는 마치 아메리카 인디언을 토벌하기 위한 기병대의 출동을 알리듯 나팔을 불어댄다. 미군 헬기들의 공격이 시작되기 전 카메라는 잠깐 동안 전형적인 베트남 마을의 평화로운 풍경을 보여줌으로써 킬고어의 광기에 희생이 될 베트남인들을 부각시킨다. 사람들은 생업에 종사하면서 일상생활을 영위하고 있고, 학교에서는 단정한 교복을 입은 학생들이 선생님의 지도를 받고 있다. 단지 서핑이라는 오락을 위해 이런 평화로움과 질서를 깨뜨리면서 베트남 사람들을 "지독한 야만인들"(fucking savages)이라고 부르는 킬고어 자신의 모습이야말로 야만의 화신 그 자체이다. 킬고어가 베트남인을 "야만인"이라고 부르거나 경멸하는 명칭들(dinks, gooks, slopes)을 사용하는 것은 『암흑의 심장』에서 유럽인들이 아프리카 원주민들을 터무니없이 "범죄자" "반역자" "적군"(*HD* 58)이라고 몰아세웠던 것을 연상시킨다. 실제로 미군들은 베트남인을 마치 인디언처럼, 베트남 전쟁을 서부영화처럼 생각했다. "베트남의 미국 병사들이 존 웨인(John Wayne)을 영화배우로서가 아니라 모범과 표준으로서 얼마나 자주 찬성의 어조로 언급했는가는 놀라운 일이다. 베트남에 있는 모든 이들은 위험한 지역을 인디안 영토(Indian country)라고 불렀다"(Baritz 51). 특히 킬고어가 쓰고 있는 검은 색 기병대 모자는 그가 베트남인을 아메리카 인디언으로 보고 있을지도 모른다는 추측을 가능하게 한다.

이런 추측이 그리 터무니없는 억측이 아니라는 것은 나중에 미군 위문공연

장면에 등장하는 플레이보이 버니 걸들의 복장이 뒷받침해준다. 그들이 착용한 카우보이와 인디언의 복장은 앞서 이미 제시된 기병대와 아메리카 인디언의 이미지를 반복하는 셈이기 때문이다. 이렇게 각각 기병대/인디언, 카우보이/인디언의 이미지를 갖고 있는 두 장면을 병치할 때 쉽게 연상할 수 있는 것은 미군/베트콩의 관계이며, 결국 이 모든 이분법은 선과 악의 대립관계로 보인다. 그러나 미국 역사에서 백인이 저지른 인디언 대량 학살은 선과 악의 경계가 모호함을 증명할 뿐 아니라, 베트남 전쟁을 통하여 세계의 경찰 역할을 한다고 믿는 미국의 어두운 과거 역사를 환기시킨다.[18] 이런 시각에서 보면 세계 최강의 미국도 폭력과 야만의 역사 위에 세워진 국가라는 점에서 『암흑의 심장』에서 언급되는 로마 제국이나 대영 제국과 다를 바 없다는 해석이 가능하다. 말로우의 표현을 빌자면 미국의 "땅도 한때는 이 지구의 어두운 구석 중의 하나였다"(*HD* 9). 따라서 베트남 전쟁을 민주주의와 공산주의 혹은 선과 악의 대결로 단순화시키고 스스로 전자의 편에 서 있다고 믿는 미국의 냉전시대 사고방식이 얼마나 오만한가를 지적할 수 있는 것이다.

커츠 대령은 미국의 우월 의식이 베트남에서 어떻게 극단적으로 변질되는가를 보여주는 예가 된다. 커츠는 3대에 걸쳐 미 육군 사관학교 졸업생을 낸 집안

---

18) 실제로 존슨 대통령은 1965년 존스 홉킨스 대학에서 행한 연설 중에 "세계 질서를 강화하기 위해" 미국이 베트남에서 싸우고 있다고 하면서, 만약 [공산군의] 공격을 받는다면 미국에게 의지할 수 있다고 믿는 사람들이 지구 곳곳에 있으며 그 사람들의 믿음을 미국이 져버려서는 안 된다고 말한 바 있다(McMahon 211 재인용). 또한 필립 카푸토(Philip Caputo)의 베트남 전쟁 회고록은 전쟁 개입 초 미군이 어떤 이상을 품고 전쟁에 임했는가를 잘 보여준다. "우리는 환상에 가득 찬 채로 외국[베트남]에 갔다. . . . 우리는 '당신이 조국을 위해 무엇을 할 수 있는가를 물어 보라'는 케네디의 요구에 이끌렸고 그가 우리에게 일깨운 선교사적인 이상주의에 매혹되어 군복을 입었다. 미국은 그 당시 전능한 것처럼 보였다. 미국은 결코 전쟁에 져 본적이 없다고 공언할 수 있었으며, 우리의 운명은 공산주의자들의 강도짓을 막는 경찰 역할을 하는 것과 또한 우리의 정치적 신념을 세계에 퍼뜨리는 것이라고 믿었다"(McMahon 223 재인용). 결국 미군들은 미국이 세계 질서를 지키는 경찰로서 "전적으로 고귀하고 선한 일"을 한다는 신념을 은연중에 품고 베트남전에 참전한 것이다.

출신이고, 졸업생 중 수석을 차지했으며, 하버드 대학원과 공수부대를 거쳐 수많은 훈장을 타는 등 엘리트 과정을 밟은 군인이다. 윌라드가 보기에 커츠는 장군이나 참모총장 같은 군의 최고지위에까지 오를 수 있는 "완벽한" 경력의 소유자이다. 그러나 영화 초반 나트랑(Nha Trang)의 장군이 윌라드에게 설명하듯이, 커츠는 모든 면에서 뛰어나고 "인도주의적인"(humanitarian) 군인이었지만 특수 부대에 들어간 이후 그의 태도는 돌변한다. 커츠가 특수부대에 있었을 때 자신의 한계점을 넘게 되는 사건을 경험하기 때문이다. 베트남 어린이들에게 소아마비 예방접종을 했던 커츠의 부대는 베트콩들이 와서 아이들의 접종 맞은 팔을 잘라 낸 것을 목격한다. 커츠는 그 순간 "감정이나 판단 없이 죽일 수 있는 원시적인 본능"만이 이 전쟁을 끝낼 수 있음을 깨닫고, 부대를 이탈하여 자신을 신처럼 숭배하는 고산족 무리와 함께 캄보디아 국경을 넘어간다. 커츠에게 일어난 일을 나트랑의 장군은 다음과 같이 요약한다. "모든 인간의 마음속에는 이성적인 것과 비이성적인 것 선과 악이 싸우고 있지. 그런데 선이 항상 승리하는 것은 아니네. 때로 어두운 면이 링컨이 말한 바 있는 '인간 본성의 천사 같은 면'을 압도한다네"(*Redux*). 하지만 커츠의 문제는 선과 악의 경계를 넘어 스스로 신이 되고자하는 유혹을 느끼고, 그 유혹에 굴복하여 결국 "불건전하게"(unsound) 된 것이다.[19] 커츠의 사원에 도착한 셰프가 직감적으로 알아차린 것처럼 커츠가 그곳에 세운 것은 "이교도의 우상숭배"인 것이다.

커츠 대령의 이와 같은 궤적은 그를 배출해낸 미국이 베트남 전쟁을 통해서 보여준 궤적과 크게 다르지 않다. 사학자 로렌 배리츠(Loren Baritz)는 미국이 베트남 전쟁에서 패배한 이유 중의 하나로 미국 문화 속에 뿌리 깊게 자리 잡은 미국 우월주의 신화를 들고 있다. 그 신화 중의 하나는 청교도 시대부터 유래한 것으로서, 신이 미국인들을 약속의 땅으로 인도해주었기 때문에 미국이 "신의 나라"

---

19) 커츠가 베트남 전쟁을 조속히 끝내는 방법으로 제시한 것은 바로 "폭탄을 투하하라. 그들 모두를 몰살하라"는 것이다.

(God's country)라는 믿음이다. 즉, 미국은 "언덕 위의 도시"(City upon a Hill)로서 세계가 관심 있게 지켜보는 대상이며, 따라서 미국은 세계에 도덕적인 본보기가 된다는 믿음이다. 또 다른 신화는 미국이 발달된 과학 기술을 갖고 있기 때문에 "무적의"(invincible) 국가라는 믿음이다(26, 44). 이런 맥락에서 본다면, 커츠의 오만한 행보에 대한 코폴라의 비판은 곧 미국의 신화, 즉 미국이 신에 의해 선택받은 나라이며 첨단의 현대 과학기술로 무장한 세계 최강국이라는 신화에 대한 비판으로 읽힐 수 있다.

4. 맺음말

콘래드는 1904년에 쓰여진 한 에세이에서 "소설은 역사이며, 인간의 역사이다. 그렇지 않다면 소설은 아무 것도 아니다"라고 하면서 동시에 "소설은 또한 역사 이상의 것"(*HD* 231)이라며 소설과 역사를 구분한 바 있다. 그럼에도 불구하고 콘래드의 소설 중에서 "인간의 역사"에 가장 근접한 텍스트는 아마도『암흑의 심장』이 될 것이다. 왜냐하면 이 소설은 앞서 언급한 바와 같이 "실제 역사적으로 일어난 상황을 빈약하게 위장하여 묘사한 것"이기 때문이다. 그러나 콘래드는 자신의 예술 작품에 '암시성'과 '환상'을 부여하기 위해서 텍스트 안에 벨기에 식민주의라는 비판의 대상을 구체적으로 명시하지 않았다. 때문에 독자가 흔히 저지르기 쉬운 오류중의 하나는 아담 호크쉴드(Adam Hochschild)가 지적하듯이『암흑의 심장』을 "어떤 특정한 시대와 장소에 관한 책으로서가 아니라 모든 시대와 장소에 통용되는 하나의 우화로 읽는 것"(143)이다. 오히려 이 소설을 읽는 현대의 독자가 명심해야 할 것은, 콘래드가 자신이 살았던 시대와 장소의 인물임에도 불구하고 당시 벨기에의 제국주의·식민주의 이데올로기를 통렬하게 비판했다는 사실이다. 다시 말해서 "1차 세계대전 이전에 쓰여진 거의 모든 영국 소설이 제국주의를 비판하지 않았다"(Brantlinger 274)는 사실을 고려하면 콘래드가 『암흑의 심장』을 통하여 이룩한 업적을 가늠할 수 있다.

코폴라의 『리덕스』는 콘래드의 『암흑의 심장』에 묘사된 19세기 말 벨기에의 식민지 약탈의 역사에서 베트남 전쟁의 비극을 읽어내며 관객의 공감을 불러일으킨다. 마고 노리스(Margot Norris)는 『지옥의 묵시록』에 대해 논하면서, 코폴라가 영화에 모더니즘의 "신화적 방식"을 도입함으로써 베트남 전쟁이라는 역사적 사건을 "비역사화"(dehistoricizing)・"비정치화"(depoliticizing)시켰으며, 그 결과 영화의 "역사적 박진성"(historical verisimilitude)이 희생되었다고 주장한다(730-31). 그러나 이와 같은 지적은 2001년 발표된 『리덕스』에는 해당되지 않는다. 왜냐하면 이 영화에 새로 복구된 에피소드는 역사적・정치적 문맥을 제공함으로써 영화의 리얼리티를 강화하기 때문이다. 특히 미국이 "역사상 가장 무의미한 싸움을 하고 있다"(*Redux*)고 비판하는 장면은 영화의 정치적 깊이를 더해주는 강력한 메시지로 작용한다.[20] 코폴라는 영화의 스크린을 통해 미국의 과거가 지닌 누추한 진실을 폭로함으로써 약 100년 전에 콘래드가 자신의 소설로서 이루었던 업적을 업데이트한 셈이다. 콘래드 소설의 현대적 해석을 통하여 탄생한 코폴라의 『리덕스』는 '역사란 현재와 과거의 끊임없는 대화'라는 명제를 재확인시켜준다.

인용 문헌

박해현. "프랜시스 코폴라 감독 인터뷰." 『조선일보』 2001년 5월 14일 38면.

Arlen, Michael J. *Living-Room War*. New York: Viking, 1969.

Bachmann, Holger. "Hollow Men in Vietnam: A Reading of the Concluding Sequence of

---

20) 코폴라 감독이 이와 같이 정치적으로 민감한 주제를 베트남 전쟁의 여파가 여전히 남아있던 시기에 개봉된 원작에서 삭제한 것은 충분히 이해할 만하다.

Apocalypse Now." *Forum for Modern Language Studies* 34 (1998): 314-34.

Baritz, Loren. *Backfire: A History of How American Culture Led Us into Vietnam and Made Us Fight the Way We Did.* New York: William Morrow, 1985.

Brantlinger, Patrick. *Rule of Darkness: British Literature and Imperialism, 1830-1914* Ithaca: Cornell UP, 1988.

Chatman, Seymour. "2½ Film Versions of *Heart of Darkness.*" *Conrad on Film.* Ed. Gene M. Moore. Cambridge: Cambridge UP, 1997. 207-23.

Cliffe, Lionel. "Explanations: Deception in the US Political System." *The Politics of Lying: Implications for Democracy.* By Lionel Cliffe, Maureen Ramsay and Dave Bartlett. New York: St. Martin's, 2000. 56-81.

Conrad, Joseph. *Heart of Darkness: An Authoritative Text, Background and Sources, Criticism.* Ed. Robert Kimbrough. New York: Norton, 1988.

_____. "Geography and Some Explorers." *Tales of Hearsay and Last Essays.* London: Dent, 1955. 1-21.

Coppola, Francis Ford. Introduction. *Apocalypse Now Redux: An Original Screenplay by John Milius and Francis Ford Coppola.* New York: Hyperion, 2000. v-viii.

Cowie, Peter. *Coppola.* New York: Scribner's, 1990.

Curle, Richard, ed. *Conrad to a Friend: 150 Selected Letters from Joseph Conrad to Richard Curle.* New York: Russell and Russell, 1955.

Dempsey, Michael. "*Apocalypse Now.*" *Sight and Sound: International Film Quarterly* 49 (1979-80): 5-9.

French, Karl. *Karl French on Apocalypse Now.* New York: Bloomsbury, 1998.

Hagen, William M. "*Apocalypse Now*: Joseph Conrad and the Television War." *Hollywood as Historian: American Film in a Cultural Context.* Ed. Peter C. Rollins. Lexington: UP of Kentucky, 1983. 230-45.

Harms, Robert. "The horror, the real horror." Rev. of *King Leopold's Ghost*, by Adam Hochschild. *Times Literary Supplement* 27 Aug. 1999: 6-7.

Hawkins, Hunt. "Joseph Conrad, Roger Casement, and the Congo Reform Movement." *Journal of Modern Literature* 9 (1981-82): 65-80.

Herring, George C. *America's Longest War: The United States and Vietnam, 1950-1975.*

New York: Knopf, 1986.

Hochschild, Adam. *King Leopold's Ghost: A Story of Greed, Terror, and Heroism in Colonial Africa.* Boston: Houghton Mifflin, 1998.

Knowles, Owen, and Gene M. Moore. *Oxford Reader's Companion to Conrad.* New York: Oxford UP, 2000.

MacDonald, J. Fred. *Television and the Red Menace: The Video Road to Vietnam.* New York: Praeger, 1985.

McMahon, Robert J., ed. *Major Problems in the History of the Vietnam War: Documents and Essays.* Lexington: Heath, 1995.

Meyers, Jeffrey. *Joseph Conrad: A Biography.* New York: Scribner's, 1991.

Milius, John, and Francis Ford Coppola. *Apocalypse Now Redux: An Original Screenplay by John Milius and Francis Ford Coppola.* New York: Hyperion, 2000.

Moore, Gene M. "In Praise of Infidelity: An Introduction." *Conrad on Film.* Ed. Gene M. Moore. Cambridge: Cambridge UP, 1997. 1-15.

Najder, Zdzisław. *Joseph Conrad: A Chronicle.* New Brunswick: Rutgers UP, 1983.

Norris, Margot. "Modernism and Vietnam: Francis Ford Coppola's *Apocalypse Now*." *Modern Fiction Studies* 44 (1998): 730-66.

O'Nan, Stewart. "First Wave of Major Films." *The Vietnam Reader: The Definitive Collection of American Fiction and Nonfiction on the War.* New York: Anchor, 1998. 259-77.

Orman, John M. *Presidential Secrecy and Deception.* Westport: Greenwood, 1980.

Stewart, Garrett. "Coppola's Conrad: The Repetitions of Complicity." *Critical Inquiry* 7 (1981): 455-74.

Zinn, Howard. *A People's History of the United States: From 1492 to the Present.* London: Longman, 1996.

■ 이 글은 『영어영문학』 50권 3호(2004)에 실린 글을 수정, 보완한 것이다.

10.

『로드 짐』에 나타난 상징기법과 "보게 하기"

박선화

1.

콘래드는 『나르시스호의 검둥이』(*The Nigger of the "Narcissus,"* 1897)의 서문에서 예술이란 "가시적 세계를 가장 올바르게 평가하려는 시도"라고 정의하고 그러한 시도는 세계가 함축하고 있는 "모든 양상의 저변에 숨어 있는, 다양하면서도 하나인 진실"을 밝힘으로써 달성된다고 보고 있다. 그는 "소설이 조금이라도 예술이기를 원한다면 기질에 호소"해야 하며, "그러한 호소가 효과적이기 위해서는 감각을 통해서 전달된 인상이 필요하다"고 주장한다. 따라서 그는 작가가 시도하려는 일은 독자가 언어를 통해 작가가 표현한 것을 "보게 하는"(to make you see)것이라고 말한다(145-48). 여기에서 "보게 하기"는 눈으로 보는 행위만을 말하는 것이 아니라 상상력을 통하여 마음으로 "보는"(Jean-Aubry 225)것까지도 의미한다. 콘래드는 시각적 보여줌을 통해 각 작품이 갖는 의미를 그것을 보는 사람들 스스로 판단하도록 하는 편을 선호한 듯 하고 그는 이를 위하여 작품에서 열린 구조를 취하고 있다. 그것은 콘래드가 독자가 주관적 의미를 작품에 부여할 수 있도록 암시적으로 표현하고자 했다는 의미이기도 하다.

콘래드는 독자로 하여금 "보게 하기" 위해 작품에서 나타내고자 하는 내용의 암시성(suggestion)과 함축성(implication)을 가장 두드러지게 나타내는 기법으로 상징을 사용하고 있다. 그가 상징을 중요하게 여긴 것은 명시성(explicitness)은 예술 작품이 지닌 암시성을 없애고 환상을 깨기 때문에 작품의 매력을 해치는 치명적인 것으로 보기 때문이다(Wright 39). 이미 지적했듯이 그는 독자가 스스로 상상력을 발휘하여 작품에 적극 참여하도록 암시적 표현을 채택하고 있는데 그 방법 중 하나로 상징을 사용한다. 콘래드 자신은 클라크(Barret H. Clark)에게 보낸 편지에서 상징에 대한 견해를 다음과 같이 밝히고 있다.

예술 작품이 제한적으로 한 가지의 특정 의미로만 표현되는 경우는 극히 드물며 반드시 정해진 결론으로 나아간다고는 할 수 없다네. 그리고 바로 이것이 예술 작품이 예술에 근접하는 것일수록 더 많은 상징적 성격을 필요로 하는 이유이기도 하지. 모든 훌륭한 문학 작품들은 상징적 특징을 띠고 있으며, 그러한 방식으로 복잡성, 힘, 깊이와 아름다움을 성취했다고 할 수 있다네.

A work of art is very seldom limited to one exclusive meaning and not necessarily tending to a definite conclusion. And this [is] for the reason that the nearer it approaches art, the more it acquires a symbolic character. All the great creations of literature have been symbolic, and in that way have gained in complexity, in power, in depth and in beauty. (Jean-Aubry 204)

상징이 작품의 주제를 더욱 생생하고 풍부하게 표현하는데 크게 기여한다는 것을 콘래드는 잘 알고 있었던 듯하다. 그의 대표적 작품 『나르시스호의 검둥이』와 『암흑의 심장』(*Heart of Darkness*, 1899)에서 그의 상징 수법이 이미 확립되어 있음을 볼 수 있기 때문이다.[1)]

콘래드는 여러 작품에서 매우 많은 상징을 사용하고 있는데 이는 작품의 주제를 나타내는 중요한 표현 수단이다. 예를 들어, 『나르시스호의 검둥이』의 "나르

---

1) 본 논문에서 다루지는 않지만 『나르시스호의 검둥이』와 『암흑의 심장』은 콘래드가 상징 기법 뿐 아니라 다양한 기법을 사용해서 주제를 효과적으로 제시한 대표적 작품들이라 할 수 있다. 『암흑의 심장』에서 화자 말로우(Marlow)는 아프리카 여행을 통하여 도덕적 충격을 경험하게 되는데 이 여행은 말로우에게 있어 현실 세계에서 황무지로 가는 여행인 동시에 나아가 그 자신의 도덕적 발견을 향한 내면의 여행을 상징하는 것으로 볼 수 있다. 이 과정에서 말로우가 접하는 무수한 이미지들이 서로 어우러져서 조성하는 어둡고 복잡한 인상, 그리고 황무지와 커츠(Kurtz)가 던져 주는 충격적인 분위기는 콘래드가 표상하고자 하는 주제를 더 강하게 부각시키는 기능을 갖고 있다. 또 『나르시스호의 검둥이』에서 나르시스호는 단순히 항해하는 배를 의미하는 것뿐만 아니라 이 배는 인간들이 살아가는 소우주로서 인간들의 본성을 적나라하게 파헤쳐 보여 주는 장소로 설정되었다고 볼 수 있다(Karl & Magalaner 48). 즉 인간들이 주위의 다른 사회와 완전히 단절되었을 때 보여 지는 어둠의 요소를 콘래드는 망망한 바다 위에 떠 있는 배위에서 펼쳐 보이고 있다. 여기에서 바다는 사회에서 소외된 상태, 즉 인간이 자신의 내면 또는 같은 운명에 처해 있는 동료의 내면을 통찰해 볼 수 있는 장소이며, 또 인간이 서로 갈등을 일으킬 수 있고 동일성을 느낄 수도 있는 상황을 마련해 주는 상징적 무대이기도 하다.

시스"호, 『암흑의 심장』에 등장하는 열대 정글, 『로드 짐』(*Lord Jim*, 1900)에서 항해사 짐(Jim)이 침몰 위기에 처한 파트나(*Patna*)호를 버리고 뛰어내림, 『태풍』(*Typhoon*, 1902)에서 태풍, 『서구인의 눈으로』(*Under Western Eyes*, 1911)에서 루쇼(Rousseau)의 동상, 그리고 『황금 화살』(*The Arrow of Gold*, 1919)에서 리타(Rita)의 화살 모양의 머리핀 등의 상징들은 각 작품 속에서 주제와 관련되는 중요한 기능을 지니고 있어서 이야기의 전개뿐만 아니라 등장인물들의 운명에도 영향을 미친다. 이외에도 『로드 짐』에서 스타인(Stein)이 수집한 나비와 짐이 입었던 하얀 옷, 그리고 『노스트로모』(*Nostromo*, 1904)에서 은광과 은괴 등은 이미지와 색조와 관련해서 콘래드 작품의 주제의 깊이를 더해 주는데 효과적으로 사용된다.

파머(John A. Palmer)가 주장하듯이 콘래드가 사용한 상징 기법 중에서 가장 두드러진 특징으로 특정한 이미지의 상징을 세심하게 다루고 있는 점을 꼽을 수 있을 것이다(39-40). 콘래드는 위 작품 중 『로드 짐』에서 인간의 내면에 존재하는 본성을 보여주기 위해 나비, 딱정벌레, 잡종개, 거북, 올빼미 등의 이미지를 묘사하고 있으며, 이 이미지들은 때로 인간의 부패와 불길한 운명을 상징하는 이미지로 사용된다. 또한 그는 작품에서 흰색과 검은색을 사용해서 빛과 어둠, 선과 악, 그리고 삶과 죽음을 상징하고 있다. 즉 콘래드가 사용하는 동물과 색조의 이미지는 그의 여러 작품에서 이야기의 분위기를 결정짓는데 결정적 요인으로 작용한다. 다시 말해서, 그는 동물과 색조의 이미지를 사용하여 작품 속에서 독자들로 하여금 인간의 내면에 잠재되어 있는 어둠과 밝음을 "보게" 하고자 시도한다.

콘래드는 『로드 짐』에서 영웅이 되고자 하는 짐의 이상 추구와 짐의 내부에 존재하는 비겁함 사이에 존재하는 갈등을 파트나호로부터 짐이 뛰어내린 행위를 통해 상징화하고 있다. 슈나이더(Daniel J. Schneider)는 이 작품에서 "꿈과 현실" 사이의 핵심적 갈등에서 상징이 유래한다고 말한다(Schneider 44). 따라서 짐이 추구하는 이상과 파트나호에서 뛰어 내린 행위의 불일치는 콘래드가 이 작품에서 나타내고자 하는 인간의 꿈과 인간의 내면에 인간의 힘으로 제어할 수 없는 어둠의 힘이 존재한다는 것을 상징하고 있다. 따라서 본 연구에서는 "보게 하기"의 한 방식인 이미지와 색조의 상징 기법을 사용해서『로드 짐』을 살펴보고 나아가 이 기법을 통해 콘래드가 나타내고자 한 주제가 어떻게 효과적으로 제시되어 있는지를 고찰하고자 한다.

2.

콘래드가 동물 이미지를 사용해서 상징의 훌륭한 효과를 이룩한 작품이 바로『로드 짐』이다. 이 작품에서 파트나호 사건은 항해사로서의 탄탄하고 전도유망하던 짐의 인생을 송두리째 흔들어 버리고 만다. 그는 800명의 순례객을 태우고 항해하던 파트나호가 침몰 위기에 몰렸을 때 선장과 다른 선원들과 함께 승객들을 버려둔 채 구명정을 타고 도망쳐 버린다. 얼마 후에 짐은 그 배가 침몰하지 않고 안전하게 항구로 예인되었다는 소식을 접하지만 선원의 의무를 저버린 그는 법정에 서게 되고 선원 자격을 박탈당한다. 그는 항해하는 배들에게 물품을 제공하는 선구상(ship-chandler)이 되어 여기저기를 떠돌다가 파투산(Patusan)에 정착해서 새로운 삶을 시작하고 자신의 과오를 극복할 수 있을 정도로 그 섬의 원주민들의 믿음을 얻게 된다. 하지만 짐은 외부에서 들어온 해적 일당과 관련된 일로 죽음을 맞이하고 만다. 이 이야기의 전달자인 말로우는 짐의 실패는 그가 품어온 영웅적 이상의 비전을 형성하게 해준 상상력이 위기의 순간에 역설적으로 공포의 비전을 가져다주는 데서 비롯된 것이라고 말한다. 이러한 간략한 줄거리를 통해서 엿볼 수 있듯이, 짐의 파트나호 사건과 파투산에서의 행위는 상상력과 맞물린 그의 이상주의적 자세와 관련되어 있다. 이 작품에서 두드러지게 짐의 이러한 속성을 잘 대변해 주는 동물의 이미지로 나비가 사용되고 있는데 나비는 꿈 또는 이상을 상징하고 있기 때문이다(Karl 127). 짐은 우월감과 자신감이 넘치는 이상주의자로서 아무 것도 두려워하지 않고 자신의 꿈에 충실한 자아도취적인 인물이다. 그의 외모는 흠 한 점 없이 깨끗한 옷차림을 하고 위에서부터 아래로 굽어보는 그의 시선은 그가 어떤 한계도 인정하지 않는 동시에 높은 이상적 자아상을 지니고 있음을 암시해 준다.

짐은 자신이 "의무에 대한 헌신의 본보기"[2]이며, "마치 이야기책에 등장하는 영웅만큼이나 의연한"(9) 존재라는 확신을 지니고 있다. 이 같은 짐의 확신이 사실이라면 그는 용기, 의무감, 그리고 자신감으로 가득한 이상의 화신임에 틀림없다. 그러나 파트나호의 충돌 사건이 벌어졌을 때 그는 승객들을 버려두고 구명정으로 뛰어내리고 만다. 의무에 대한 헌신이나 용기라는 이상을 실현할 수 있었던 절호의 기회를 놓쳐버리고 그가 보여주는 것은 의무에 대한 배신이나 비겁함일 뿐이다. 짐은 이러한 행동으로 "무의식적 요구의 노예"(Cox 33)가 되고 마는데, 그것은 자신의 내부에 도사리고 있던 자기 보존이라는 원초적 본능에 굴복한 것임을 의미한다. 그러나 짐은 자신의 내면에 어둠의 힘이 내재해 있다는 것을 의식하지 못한다. 바로 이것이 짐을 통해 콘래드가 나타내고자 한 인간상이라 볼 수 있다. 다시 말하면, 인간은 자신의 이상을 실현하려는 꿈과 그에 맞는 합당한 능력의 부족이라는 결함을 동시에 지니고 있는 존재이므로 이상을 실현하기 위해서는 자신의 본질 속에 내재된 이러한 어둠의 힘을 인정하고 받아들여야 한다는 것이다.

비겁한 짐과 달리, 스타인은 인간이 품은 이상과 그 이상을 실현할 수 있는 능력을 갖춘 인간으로 등장한다. 지혜와 무한한 능력을 갖춘 신과 같은 존재(Karl and Magalaner 53)로 묘사된 스타인은 완벽한 아름다움과 조화를 지닌 나비를 환경과 내적 갈등으로 고통 받는 불완전한 인간과 대비시키고 있다. 스타인은 나비를 창조주의 위대함과 신이 만든 창조물의 경이로움을 느끼게 해 주는 걸작으로 본다.

---

2) Joseph Conrad, *Lord Jim*. Ed, Thomas Moser (New York: Norton, 1968), p.9 앞으로 괄호 안에 쪽 수만 기입함.

그는 나를 바라보며, "경이로운 존재야"라고 거듭 말했다네. "보라고! 이 아름다움을 말일세. 하지만 이건 아무것도 아니야. 이 정확성과 조화로움을 보게. 아주 강하지! 그리고 아주 정확하단 말일세! 이것이야 말로 자연이자 거대한 힘들이 이루는 균형이라 할 수 있지. 모든 별이 그렇고 모든 풀잎이 그렇게 서 있지. 그리고 완벽한 균형 상태를 이룬 강력한 우주가 바로 이것을 만들어내는 것이지. 이 경이로움과 위대한 예술가인 이 자연의 걸작을 보게나."

"'Marvellous!' he repeated, looking up at me. 'Look! The beauty – but that is nothing- look at the accuracy, the harmony. And so fragile! And so strong! And so exact! This is Nature- the balance of colossal forces. Every star is so-and every blade of grass stands so- and the mighty Kosmos in perfect equilibrium produces- this. This wonder; this masterpiece of Nature- the great artist.' (126)

한편, 스타인은 인간은 나비와 달리 환경과 조화를 이루지 못하고 소외되어 있는 존재라고 본다. 물론, 인간은 놀라운 존재이기는 하지만 걸작품은 아니라는 것이다(126). 즉 인간은 자신이 원하지 않는 곳에 부적절하게 던져진 존재이며 인간은 자신이 지닌 높은 이상을 실현시킬 강인한 힘이 부족하여 항상 괴로워하는 존재라는 것이다. 다시 말해서, 그는 "이 세상에 태어나는 인간은 발버둥을 치면 칠수록 바다에 빠지는 사람처럼 수면 위로 기어 나오려고 애를 쓴다면, 익사하게 되지. 그렇지 않은가? . . . 그래선 안 되지. 이봐! 사는 길은 그 물이라는 파괴적인 원소에 몸을 내어 맡기는 것이라네. 물속에서 손과 발을 움직여서 그 깊은 바닷물이 우리를 떠받쳐 주게 해야 해."(130)라고 말하면서 인간이 "자신의 참 모습이 아닌 것"(126)이 되려고 애쓰게 되면서 고통을 겪는다고 말한다. 그래서 그는 짐의 이야기를 듣고 난 후 짐을 "낭만적"(162)인 존재라고 진단한다. 평범한 인간이 그렇듯이 짐 또한 내적 욕구와 외적 현실 사이에서 갈등하는 존재로서 짐의 실패는 오직 이상화된 자아만을 꿈꾸는 이상주의자이기 때문에 비롯된 것이라고 그는 주장한다. 그럼에도 불구하고 그는 "어떻게 살면 되느냐 . . . 꿈을 추구하고, 다시 꿈을 추구하고, 그런 식으로 영원히"(131)라고 말하면서 인간의 생존 방식으로 꿈의 추구는 필요한 것이라고 역설한다. 자신의 능력과 열망의 부조화는 모든 인간이 느끼는 인간 조건이므로 자신의 능력이나 자질이 미진하다하여 스스로 꿈을 포기해서는 안 된다고 보는 것이다.

『로드 짐』에서 나비가 꿈을 상징한다면, 딱정벌레는 칼(Frederic Karl)이 지적하듯이 인간의 "영혼의 어두운 면"(127)을 상징한다. 딱정벌레는 어둠의 파괴적인 요소에 침잠하여 스스로 날개가 없음을 인정하고 땅을 기어 다니는 동물이기 때문이다. 콘래드는 『나르시스호의 검둥이』에서 이미 딱정벌레의 이미지를 사용하고 있다. 화자가 나르시스호를 검은 딱정벌레라고 보는데 이는 인간 사회의 축소판이라 할 수 있는 배 위에서 인간의 삶 속에서 빚어지는 위선, 이기심, 속임수, 허풍, 악, 고통, 번민, 죽음 등이 어우러져 있음을 상징한다고 볼 수 있다. 딱정벌레에 대한 이러한 부정적 이미지는 『로드 짐』에서 무분별한 잔인성을 지닌 해안의 악당인 브라운(Brown)의 악랄함과 결부되어 나타난다. 그는 단지 식량을 얻기 위해 짐이 머물고 있던 파투산에 들어와서 짐이 이 섬에서 이루어 놓은 가치에 도전하여 짐을 파멸로 몰고 간다. 짐은 파트나호에서의 자신의 실패를 무마하려는 듯 그리고 자신의 이상과 도덕이 외부 세계의 그것과 동등하다는 것을 증명하려는 듯이 악당 브라운에게 호의를 베푼다. 하지만 훨훨 날아다니고자 하는 이상주의자 짐은 나비가 강한 면도 있지만 연약한 면도 지니고 있으며 때로는 딱정벌레가 사는 더러운 곳에 앉아 쉬기도 한다는 점을 잊고 있다(129). 그래서 짐의 보증 하에 식량을 얻은 후 파투산의 원주민들과 추장의 아들을 살해하고 도망쳐 버린 브라운의 행위에 대한 책임을 지고 죽음에 맞서서도 "아무도 나를 건드릴 수 없다"(249)라고 주장하면서 최후까지 자신의 한계를 인정하려 하지 않는다. 여기에서 인간의 내면에 존재하는 어둠은 브라운을 딱정벌레로 보는 것에서 구체화되어 나타나기도 하지만 그것은 본질적으로 "한 인물의 내부에 숨어 있는 또 다른 자아"(Zabel 165)가 구현된 것이라 할 수 있다. 짐이 꿈을 추구하는 것은 그가 이상주의자이기 때문에 자연스러운 일이지만, 그는 자신의 내면의 어두운 힘을 인정하려 하지 않기 때문에 결국 자신의 또 다른 자아인 브라운에 의해 파괴당하고 마는 것이다. 콕스(C. B. Cox)가 지적하듯이 브라운은 "짐의 어두운 면을 반영해 주는 거울"(43)로서 두 사람은 인간의 한계를 인정하려 하지 않고 자신의 능력을 과시하고자 한다는 점에서 동일한 욕망을 지닌 자들이다. 따라서 짐이 추구하는 이상 세계가 하늘을 나는 나비로 나타난다면, 짐이 처해 있는 현실은 땅을 기어다니는 딱정벌레로 표상되어 짐의 실패를 극명하게 보여준다.

　　『로드 짐』에서 사용되는 또 다른 동물의 이미지는 짐이 파트나호에서의 뛰어내림이 자기 자신의 내부 충동에 의해 일어난 것이 아니라 다른 선원들 때문에 발생한 것이라고 보고 그들을 동물의 이미지로 부르는 데서도 나타난다. 짐은 다른 선원들이 자신을 보트의 갈고리를 사용해서 자신을 잡아당겼기 때문에 배에서 뛰어내리게 된 것이라고 말하며 책임을 전가시키고자 한다. 그는 자신이 "사악한 힘"에 조정당하고 운명의 힘에 "부끄럽게 시험 당한"(66) 것이라고 주장한다. 그래서 그는 자신의 삶에 오점을 남기게 하고 실패를 맛보게 한 "끝이 없는 깊은 구멍"(68)인 구명정에 타고 있던 선원들을 "잡종개"(72)와 올빼미들(75)이라고 부른다. 또한 같은 구명정에 탄 그들을 "거북"(77)이라고 부르면서 자신을 망치게 했다고 분개한다. 하지만 같은 구명정에 탄 "올빼미" 선원들은 위험에 직면해서 자신의 목숨부터 구하고자 한 자기 자신의 모습이기에, 『노스트로모』에서 올빼미의 울음소리가 위기와 죽음을 알리는 것이라고 알려져 있듯이(334-35), 올빼미는 짐의 운명이 파멸로 치닫는 것을 전조하는 강한 이미지로 나타나고 있다. 이러한 동물의 이미지들은 파머가 지적하듯이 짐과 선원들 그리고 인간 모두에게 잠재해 있는 "인간과 문명이 존재하기 이전의 내면의 어둠"(40)의 속성을 나타내는 것이다. 하지만 이처럼 짐의 이러한 비난을 받는 선원들이 구명정으로 뛰어내리라고 외쳤던 이름은 짐이 아니라 그들 중 한 선원이었던 조지(Geroge)였다. 조지의 이름을 자신의 이름으로 여겨 뛰어내린 것은 짐이 무의식중에 그들과 자기 자신을 동일시하고 있음을 보여준다. 짐은 배에서 구명정으로 뛰어내린 후 그들이 자신을 망쳐놓았다고 비난하지만 사실은 자신의 내면에 잠재하고 있던 본성에 굴복한 것이다.

한편 『로드 짐』에서 짐의 이야기는 화자 말로우를 비롯한 여러 화자들과 편지의 기록 등을 통해 이야기를 듣고 있는 청자들에게 전달되는 방식으로 전개되는데, 짐과 말로우의 만남이 개와 관련된 사건에서 비롯된다는 것은 짐의 순탄치 못한 인생과 잘 맞물려 있다. 말로우는 파트나호 사건으로 법정에 선 짐의 사건을 방청하고 난 후 길을 걷던 중 그의 동행자가 주위에서 어슬렁거리는 개를 보고 "저 못난 개 좀 봐요."(43)라고 말한 것을 듣는다. 마침 심문을 마치고 법정을 나서던 짐은 그 소리를 듣고 말로우에게 다가와서 자신에게 한 말이냐며 공격적으로 말을 건다. 짐은 파트나호에서 뛰어내렸을 때 자신의 명예를 실추시켰다고 선원들을 잡종개로 불렀는데, 이제 그는 심판을 받고 난 후 주위 사람들이 선원 자격을 상실한 자신을 개와 같은 존재로 저하시킨다고 하는 자격지심을 갖는다. 말로우는 자신이 한 말이 아니며 그리고 누구도 짐을 모욕하고자 하지 않는다는 사실을 알려주면서 짐의 "짙은 안개 속의 갈라진 틈으로 흘낏 보이는"(53) 한 면을 보게 된다. 이처럼 짐이 간단히 자신을 길거리에 어슬렁거리며 돌아다니는 개로 비유한 것은 그의 행위에 대한 공개적 비난이자 앞에서도 언급했듯이 그의 내면에 있는 어둠의 힘을 무의식적으로 암시해 준 것이라고 유추해 볼 수 있겠다.

3.

『로드 짐』에서 동물 이미지뿐만 아니라 색조도 짐의 복잡한 내면을 나타내는 상징으로 사용되고 있다. 이 작품에서 색조는 복합적인 의미를 띤다. 짐은 파트나호 사건 이후 파투산에서 부단한 노력에 의해 그곳에 질서와 정의를 이루고 원주민들의 신뢰와 사랑을 받으며 실추된 명예를 회복한다. 하지만 머리에서 발끝까지 차려 입은 흰색의 옷차림은 자신이 추구하는 이상이 실현될 수 있다고 확신하지만 자신의 실체를 인정하지 않으려는, 다시 말해 어둠과 타협하지 않으려는 그의 태도를 암시하기도 한다. 이러한 짐의 모습은 말로우가 파투산을 방문해서 짐을 만나고 떠날 때 뒤에 남은 짐의 모습이 점점 작아져 어둠에 묻히고 마는 것에서 보여진다.

> 그[짐]는 머리에서 발끝까지 하얀 모습이었지. . . . 내가 보기에 해변과 바다의 정적 속에 싸여 있던 그 하얀 모습이 어떤 거대한 수수께끼의 한가운데 서 있는 듯했단 말일세. 그의 머리 위 하늘에서는 황혼이 급하게 사라지고 있었고 그가 디디고 섰던 모래 띠도 어느새 가라앉아 버리더군. 그 자신은 체구가 어린이처럼 작아졌다가 다음 순간 한 점으로 화했는데, 그 작은 흰 점이 어두워진 세상에 아직도 남은 빛을 독차지하고 있는 듯 하더라고 . . . 그러자 갑자기 나는 그의 모습을 놓치고 말았지.

> He was white from head to foot. . . . For me that white figure in the stillness of coast and sea seemed to stand at the heart of a vast enigma. The twilight was ebbing fast from the sky above his head, the strip of sand had sunk   already under his feet, he himself appeared no bigger than a child- then only a speck, a tiny white speck, that seemed to catch all the light left in a darkened world. . . . And, suddenly, I lost him. (204)

이 장면은 짐이 각고의 노력 끝에 파투산에서 원주민들의 존경을 받고 있지만 스러져가는 그의 모습에서 암시되듯이 그가 부정한 어둠의 파괴적 힘에 함몰되고 말 것이라는 것을 예감해 준다. 이 예감은 악당 브라운이 파투산에서 처음 짐과 대면했을 때 그의 옷차림을 보고 첫 눈에 그를 미워하게 되는 것과도 연관된다.

그[짐]는 굶주리거나 절망하지 않았고 조금도 겁을 내는 것 같지도 않았다. 게다가 하얀 헬맷에서 캔버스 천의 각반이나 하얀 칠을 한 구두에 이르기까지 깔끔하기만 한 짐의 복장에는, 브라운의 암담하고 격분한 눈으로 보기에, 그간 자기 방식의 삶에서 그가 멸시하고 배격해 왔던 것과 관계있을 듯한 무엇이 들어 있었다.

He was not hungry and desperate, and he did not seem in the least afraid. And there was something in the very neatness of Jim's clothes, from the white helmet to the canvas leggings and the pipe-clayed shoes, which in Brown's sombre irritated eyes seemed to belong to things he had in the very shaping of his life contemned and flouted. (231)

위에서 엿볼 수 있듯이, 콘래드의 작품에서 색의 의미는 모호하게 나타나고 어둠과 빛은 함축하는 의미가 기존의 의미와 서로 다르게 제시된다. 흰색과 검은색에 대한 콘래드의 견해가 일반 개념과 다르게 나타난 또 다른 대표적 작품으로『암흑의 심장』을 들 수 있다. 이 작품에서 백인 화자 말로우는 아프리카로 여행하기 전에 원주민들을 악함을 지닌 살인자 또는 공격성과 잔인함을 지닌 야만인으로 생각하고 있었다가, 그 원주민들은 강인한 생명력을 지니고 자연과의 조화 속에 살고 있고 반면에 그들을 혹사시키고 굶주리게 하는 백인들이 바로 야만인이라는 사실을 깨닫게 된다. 이렇다면 흰색은 문명인들의 위선을 상징하고 검은색은 원주민들의 생명력과 진실을 암시해준다고 할 수 있다. 콘래드 작품에서 사용되고 있는 빛과 어둠의 이미지에 대한 틴달(William Y. Tindal)의 지적은 흥미롭다.

문명은 빛이고 숲은 어둠이다; 하지만 어둠과 빛은 항상 변하고 그 의미가 분명하지 않다. 어둠으로 보이는 것은 아마도 빛일 수도 있고 빛이라고 여겼던 것은 어둠일 수도 있으며 혹은 서로 혼합되어 있을 수도 있다.

Civilization is light and the forest dark; but darkness and light are always shifting and ambiguous. What seems dark may prove light and what seems light, dark; or else, mixed. (280)

일반적으로 흰색은 선함, 순수, 순결, 깨끗함을 상징하고 검은색은 악, 더러움, 죽음 등을 상징한다. 그러나 틴달이 지적하듯이 『로드 짐』을 비롯한 콘래드의 여러 작품에서 색의 개념은 때론 이러한 기존의 개념과는 다르게 사용되고 있다. 또 다른 예를 들어 보면, 『노스트로모』에서 은색은 흰색에 가까운 색으로 이 작품에서 은은 인간의 탐욕을 의미하는 상징으로 쓰이고 있다. 노스트로모가 은괴를 이용하여 부자가 되지만 역설적으로 은괴에 의해 마음의 평정을 잃고 그의 모든 훌륭한 자질의 순수성이 파괴당함으로써 정신적 고통을 겪게 되는 것을 본다면 노스트로모가 입은 은장식이 달린 옷과 은괴의 은색은 부정적 의미로 사용된다는 것을 알 수 있다.

틴달에 따르면 어둠이 인간의 내면에 존재하는 실체라면 빛은 그것을 은폐하기 위한 위장이라고 하는데, 그렇다면 위에서 언급했던 짐이 입고 있던 흰색의 옷은 빛과 연관되어 그의 어두운 과거를 감추려는 것을 상징하고 있다고 할 수 있을 것이다. 다시 말해 흰색의 옷은 짐의 내면에 잠재된 어둠의 요소를 은폐하려는 수단으로 볼 수 있다. 이처럼 콘래드는 여기에서 흰색을 부정적 의미로 제시하고 있다. 흰색을 부정적으로 보는 그의 견해는 『암흑의 심장』에서 회사의 외부 영업소에 근무하는 회계 주임의 모습에서도 보여지고 있다. 풀 먹인 칼라, 하얀 커프스, 눈처럼 흰 바지를 입은 회계사는 장부를 가지런히 정돈하며 자신의 임무를 훌륭히 수행하고 있지만, 동료 대리인이 병들어 죽어가는 것에는 전혀 신경을 쓰지 않는다. 흰색 옷차림의 회계사는 문명인답게 자기의 맡은 임무만을 중요시하는 이기심에 가득한 자이면서 다른 사람의 운명에 철저히 무관심하고 단지 능률만을 높여주는 자신의 환경에 주의를 기울이는 비인간적인 태도를 지니고 있다. 또한 『노스트로모』에서 흰색에 가까운 색으로서 은광과 관련된 은색과 『암흑의 심장』에서 아프리카 코끼리의 상아의 색이 인간의 이기심, 허영, 물질에 의한 인간성의 타락을 의미하는 물질주의와 연관되어 제시된다는 점도 주목된다. 이 예들은 틴달이 지적한 바와 같이 콘래드의 작품에서 색의 개념이 일반적인 개념과 다르게 쓰이고 있음을 보여주는 좋은 예들이다.

콘래드가 작품에서 자주 사용하는 어둠에 대해 휴잇(Douglas Hewitt)은 개개인에 나타난 초월적인 악으로 보고(3), 모저(Thomas Moser)는 우리에게 내재한 약점이라고 주장하며(Daishes 41), 레빈(George Levine)은 원초적인 에고이즘의 힘으로 간주한다(281). 어둠에 대한 강한 이미지는 『로드 짐』에서 짐이 파트나호에서 뛰어 내린 후 캄캄한 바다 위에 떠도는 장면에서 부각되고 있다. 그가 배에서 몸을 던져 구명정으로 뛰어 내릴 때 주위는 칠흑 같은 어둠에 싸여 있었고 바람이 몰아치며 비가 쏟아지고 파도가 밀어닥치는 등 암흑의 힘이 구체화된 것이나 다름없는 상황이었다.

제 평생에 다시는 그때처럼 추위를 느끼지 않을 것입니다. 게다가 하늘은 칠흑 같았지요. 온통 칠흑이었다고요. 별이라곤 보이지 않았고 어디에서도 한 가닥 빛을 찾을 수 없었어요. 그 망할 놈의 구명정 바깥으로 아무것도 보이지 않았고 . . .

I'll never be so cold again in my life, I know. And the sky was black, too- all black. Not a star, not a light anywhere. Nothing outside that confounded boat . . . (72)

이 칠흑 같은 어둠은 짐에게 "모든 일은 이미 일어났고 이제 끝나버렸다"(70)라고 느끼게 하는 공포를 안겨준다. 『로드 짐』에서 어둠의 힘은 짐이 파투산에서 만난 코르넬리우스(Cornelius)에서도 엿볼 수 있다. 그는 짐이 자신의 지위와 양녀인 주얼(Jewel)을 차지한 것에 앙심을 품고 있다가 악당 브라운이 나타나자 기회를 노려 복수하고자 한다. 검은 옷을 둘러 입고 다니는 그는 자신의 질투로 인해 짐의 삶을 파괴하고 만다. 또한 이러한 어둠의 힘은 안전하게 갈 수 있도록 도와준 짐의 신의를 배반하고 파투산을 쑥밭으로 만들어 버린 사악하고 비겁한 브라운에서도 구체화되어 나타난다. 말로우는 브라운이 짐의 도움을 받았으면서도 악랄한 살인을 하고 떠난 그의 행위 저변에 모든 사람에게 내재한 어두운 본성이 있다고 말한다.

> 이런 식으로 브라운은 악운에 대해 보복했다. 이 끔찍한 돌발 행위에 있어서조차 범상한 욕망의 외피 속에 정당성이라는 추상 개념을 지니고 다니는 사람에게나 있을 법한 일종의 우월성이 나타나 있었다는 사실에 주목해야 한다. 그것은 천박하고 배반적인 살육 행위가 아니었고 교훈을 주고 앙갚음하자는 것이었다. 그리고 그것은 우리의 애매하면서도 끔찍한 인간적 속성이 발휘된 사례로서, 그 속성은 표면 아래 숨어 있되 불행히도 우리가 생각하고 싶은 만큼 그리 깊이 숨어 있지는 않다.

> Thus Brown balanced his account with the evil fortune. Notice that even in this awful outbreak there is a superiority as of a man who carries right- that abstract thing- within the envelope of his common desires. It was not a vulgar and treacherous massacre, it was a lesson, a retribution- a demonstration of some obscure and awful attribute of our nature which, I am afraid, is not so very far under the surface as we like to think. (246)

이러한 브라운의 행동은 위의 여러 비평가들이 말하는 초월적인 악이자 우리에게 내재한 약점으로서의 어둠의 힘이 발휘되어 나타난 것이라 할 수 있다. 즉 짐의 건설적 이상이 결국은 자신을 파괴하는 행위로 변질되고 마는 이유는 말로우가 지적하듯이 인간의 내면에 '감추어진 약점'에 있다. 이것은 시련의 어느 순간에 감추어진 약점이 자신의 이상적 행위를 파괴하는 것으로 이것은 인간 누구에게나 잠재해 있는 인간의 보편적 약점인 것이다. 위의 인용문에서 말로우가 지적하듯이 이 약점은 우리의 내면 저변에 잠복하고 있다가 쉽게 또는 단순히 표출되는 것이다. 그러므로 이는 우리는 누구든지 한 번의 실수를 저지를 수 있는 가능성을 지니고 있다는 의미이기도 하다.

> 파트나와 같은 배에서 거의 모든 사람은 뛰어 내려 보았고 그리고 우리 대부분은 절실하고 조용하게 우리 본연의 모습과 우리가 되고자 하는 모습을 서로 절충하면서 살아가야만 하기 때문에 『로드 짐』에 나타난 보편성은 보다 분명해진다. 사실 짐은 그 사건의 옳고 그름만을 가리는 서류상의 절차만을 거쳤어도 충분했을 것이다.

> The universality of *Lord Jim* is even more obvious, since nearly everyone has jumped off some Patna and most of us have been compelled to live on, desperately or quitely engaged in reconciling what we are with what we would like to be. It may be that Jim should have required no more than that thickness of paper between the right and wrong of the affair. (Guerard 10)

게라드(Albert J. Guerard)가 언급하듯이 우리 모두는 일상에서 파트나호 사건과 같은 상황에 처하게 되고 어느 순간에 짐과 같은 비겁한 행동을 할 수도 있다. 그렇다면 짐의 행동은 우리의 피할 수 없는, 우리에게 내재된 약점이 예기치 않게 밖으로 표현된 것이라 할 수 있다. 하지만 짐에게 파트나호 사건은 순간의 사건이자 일생의 사건이 되기 때문에(Panichas 11) 그의 삶은 죽음으로 끝나고 만다. 여기에서 그의 죽음은 개인의 입장에서 보면 비극이지만, 한편으로 채수환이 주장하듯이 그의 죽음은 짐 개인의 비극적 비전으로 말미암아 파투산의 복지에 기여하는 건설적 의미를 가져다주기보다는 파투산 마을을 파괴하는 결과를 낳는다(186). 짐의 죽음이 파투산에 파괴와 혼란을 가져오는 것은 짐의 자아이상이 극히 개인적이고 영웅 숭배적 이상이기 때문이며, 짐의 이상과 파투산의 현실적 요구와 맞닿아 있지 않기 때문이라고 할 수 있다. 가령 짐은 파트나호 사건이 있은 후 자신의 과실보다는 치욕에 더욱 마음을 쏟고 있음을 보여 주는데, 이것은 왜곡된 애국심에서 나온 일종의 이기심이자 레빈이 말한 원초적 에고이즘에서 나온 것이라 할 수 있다.

이처럼 짐을 둘러싸고 있는 어둠은 그의 이기심과 맞물려 그의 인생에 불행의 큰 장막을 드리우지만, 짐의 후원자인 스타인에게 있어 어둠과 빛은 다른 의미로 다가온다. 말로우가 짐의 문제를 상담하기 위해 스타인을 만났을 때 스타인은 나비 표본을 보관하는 어두운 방에서 마치 어떤 앎의 속삭임을 통해 영감을 받은 것처럼 말로우에게 짐에 대해 진단을 내리고 인간이 어떻게 살아가야 하는지에 대해 충고를 해 준다. 그러다가 갑자기 스타인이 등불이 밝게 비치는 영역으로 들어섰을 때 말로우는 어둠속에서의 그의 근엄하고 격앙된 확신이 밝은 빛 속에서 사라진 것 같이 느꼈다고 고백한다. 이는 스타인이 "이상과 현실을 조화시킬 수 있는 능력을 가진 20세기가 요구하는 이상적 인물"(Karl and Magalanner 53)이라고 평가되고 있지만 스타인 자신도 짐과 같이 우연히 실패의 순간에 놓일 수 있는 불완전한 인간이라는 사실을 암시해 준다. 사실 나비와 같은 완벽한 표본을 수집하고 연구하며 완전함을 추구하지만 그것은 어둠 속에서만 더 빛을 발하며 빛 속으로 나오게 되면 그 의도가 퇴색하고 마는 것일 수도 있다. 그렇다면 스타인에게 있어 어둠과 빛 중에서 어느 것이 부정적인 의미를 지니는가를 논하기는 어려울 것이며 이는 틴달이 지적했듯이 어둠과 빛이 서로 혼합되어 사용되고 있는 한 예이다.

콘래드의 작품에 나타난 이러한 어둠과 빛에 대한 논의는 데이셔스(David Daishes)가 콘래드를 "비관주의적인 작가"(156)라 부르고 윌리(Paul Wiley)가 콘래드는 "부조리한 것들이 이성을 위협하는 인간적인 가치가 없는 세계에서 슬픈 마음으로 정신적인 고립을 주시했다"(16)고 주장한 것과 그리고 라우셀(Royal Roussel)이 『어둠의 형이상학』(*The Metaphysics of Darkness*, 1971)에서 콘래드가 어떻게 어둠의 문제를 확충·심화시켜 나가는지를 검토한 것과 무관하지 않다. 이처럼 콘래드와 비관주의는 어둠과 떼어낼 수 없는 불가분의 관계를 형성하고 있고 당연히 이러한 요소는 아버지의 기질적 유산, 어린 시절의 암울한 경험, 콩고여행에서 겪은 환멸과 당대의 사상과 과학이론의 영향을 받은 것은 사실이다. 무엇보다도 그의 작품에서의 어두운 요소는 폴란드에서 영국으로 귀화하면서 형성된 주변인(marginal man)과 동일시되는 그의 정체성과 존재감에서 비롯된 것이 상당 부분을 차지할 것이다. 이 주변인은 폴란드와 영국이라는 두 세계에 살면서 양쪽 모두에 이방인과 같은 존재일 수밖에 없다. 본토박이와 상반되는 이러한 주변인 같은 경계선 상에 놓인 존재는 항상 불완전하며 혼성적이다.

　　주변인과 같은 이러한 존재는 한 곳에 정착하지 못함으로써 불안을 경험할 수 있지만, 다른 한편으로 고정된 관념의 권위에 도전하는 새로운 지식이나 관점을 형성해 낼 수 있는 가능성을 지닐 수도 있다. 바로 콘래드가 이러한 존재라 할 수 있다. 그는 영국문화의 안과 밖에 위치하지만 독특한 기법을 사용해서 자신만의 작품 세계를 창조한 작가이다. 사실 그는 『나르시스호의 검둥이』의 서문에서 문학 작품의 직접적 매체가 되는 언어를 갈고 닦아, 언어는 표현된 것 이상의 의미를 담아내야 한다고 주장하고 있다(145-48). 이러한 그의 주장은 작품에서 색조의 이미지를 통한 상징 기법에서 엿볼 수 있으며 나아가 콘래드가 작품에서 사용한 어둠과 빛의 상징적 의미를 포함한 색조 기법은 그의 주제와 맞물려 있다. 다시 말해서 작가가 제시하려고 하는 주제가 복잡하고 종잡기 힘든 것일 경우에는 기존의 기법과는 다른 새로운 기법을 창안해 내야 할 필요를 느낄 수밖에 없고 그래서 콘래드는 자신의 주제에 적절한 색조 기법을 사용한 것이다. 또한 콘래드가 자신의 이야기를 "보여 주기" 위해 닫힌 소설 형식에서 벗어나 열린 형식을 사용한 것도 색조의 기법과 연관된다. 왜냐하면 콘래드는 작품에서 색조 기법을 사용해서 인물의 성격을 묘사하고 그의 행동에 대한 판단을 미결 상태로 놓아두고서 그에 대한 완성과 결정을 독자에게 유보하기 때문이다. 예를 들어, 짐은 어둠의 힘을 상징하는 전형적 인물이라 할 수 있는 브라운과 자신을 동일시하며, 『비밀 동숙자』(*Secret Sharer*, 1910)에서 선장이 레가트(Leggatt)의 탈출을 도와주었듯이, 브라운을 안전하게 파투산에서 나가도록 도와주겠다고 결정한다. 이처럼 짐이 브라운을 믿고 가도록 해 주는 것은 인간의 사악함을 믿지 않으려는 짐의 이상주의적 환상이 전제되어 있다고 볼 수 있다. 이와 같이 언어의 혼란과 변화하는 사상의 영향을 받은 이방인 작가로서의 콘래드는 어둠과 빛을 분명히 규명할 수 없는 양가성을 지닌 인물을 창조해 낼 수밖에 없었던 것이고 그 한 예가 『로드 짐』의 짐인 것이다.

4.

콘래드의 작품에서 동물과 색조의 이미지를 통한 상징은 작품의 내용에 암시적이고 함축적인 의미를 부여하고 동시에 작품을 더욱 풍부하게 표현하는데 기여하고 있다. 즉 동물이나 색조의 이미지를 통해 콘래드는 위기 상황에서 드러나는 인간의 본성을 적나라하게 파헤친다. 콘래드는 다음의 이유로서 암시적 기법을 선호한 듯하다. 첫째 그는 독자들 스스로 상상력을 발휘할 수 있는 여지를 남기고자 했으며, 둘째, "예술 작품은 단일한 의미를 지니는 것이 아니며 꼭 명확한 결론에 이르는 것이 아니다"(Wright 36)라고 믿었기 때문이다. 콘래드에게 인간이란 속을 들여다 볼 수 없는 존재이며 인간이 지닌 실체란 명시될 수 있는 것이 아니었다. 그러므로 콘래드는 이러한 그의 견해를 전달하기 위해 암시적 기법에 의존했고, 상징을 통한 이러한 암시적 기법의 사용은 독자에게 깊은 인상을 던져주고 있다.

콘래드는 작품에서 밀림이나 바다에 떠 있는 배와 같은 물리적 고립의 상황이나, 또는 자벨(Morton Zabel)이 주장하듯이 여러 사람들 속에 살면서도 주변 사람들에게서 정신적으로 고립된 상황에 처한 인간 등을 주로 다루고 있다(14). 『로드 짐』에서도 볼 수 있듯이 콘래드는 이러한 주제를 다루면서 고립된 상황에서 인간이 하게 되는 선택보다는 그 상황에서 겪는 인간의 갈등과 한 순간의 행동으로 인해 벌어진 일에 대해 그 후에 겪게 되는 정신적 고통을 보여준다. 이와 같은 주제는 콘래드가 그들이 어떠한 잘못이나 실수 혹은 죄를 저질렀든지 간에 등장인물에 대한 판단에 대해 모호한 태도를 취하고 있기 때문에 더 복잡하게 보여지고 있다.

콘래드의 이러한 모호한 태도는 짐이 선원의 의무를 저버리고 파트나호에서 뛰어내렸음에도 말로우를 비롯한 화자들이 무조건 짐의 행위를 비난하거나 적대적으로 대하지 않는 것으로 묘사된 것에서 보여진다. 이들은 궁지에 처한 고립된 짐에게 자신도 상황에 따라서는 상대방과 같은 치명적인 약점으로부터 안전하지 않다는 동정적 배려를 바탕으로 그와 소통하려 하고, 그의 내면적 갈등을 이해하려 하고, 그와 친구가 되고자 하며, 비록 성공을 거두지 못할지라도 가능한 한 그를 도우려 한다. 그래서 독자는 짐의 행위를 추적하는 말로우의 이야기를 따라가면서 짐의 소외된 운명에 대해 동정을 품게 되는 것이고 이 과정에서 이루어지는 말로우의 탐색과 행위는 짐이나 독자 모두에게 고정된 답을 제시하지 않는 열린 구조 안에서 진행된다.

콘래드는 『개인적인 기록』(*A Personal Record*, 1912)에서 인간이 존엄하게 보이는 것은 고통을 알기 때문이며 그러므로 인간의 보편적 약점을 "미소 띤 동정심"을 가지고 인정해야 한다고 말한다(219). 이는 짐의 파트나호와 파투산과 관련된 두 가지 행위를 보여주기 위해 45장에 걸쳐 이야기를 서술한 콘래드의 의도와도 일맥상통한다. 다시 말해 그는 짐의 비극적 모습보다는 짐에게서 엿볼 수 있는 우리 모두가 지닌 나약함을 제시하고, 이를 같이 보듬어 안고 나아갈 수 있는 배려를 품은 인간상인 말로우라는 화자를 사용한다. 콘래드는 인간이 비록 어두운 황무지 같은 현실에 처해 있다 할지라도 그 어둠에 함몰하거나 결코 절망하지 않고 관조하면서 자체의 의미와 가치를 발견하고 수용하는 것이 예술적, 도덕적인 승화임을 암시하고자 했을 것이다. 그렇다면 짐은 파트나호에서 뛰어내린 행위 때문에 단순히 비난받을 수는 없다. 그는 그 행위로 인해 오랜 시간 고통을 겪고,

선원 자격 상실과 죽음을 선택함으로써 자신의 행위에 대한 대가를 치르기 때문이다. 여기에서 우리는 짐의 괴로운 여정을 지켜보는 말로우를 통해 어떤 자세로 짐을 평가하고 이해하고 받아들여야 하는가라는 콘래드의 암시적 물음과 대면하게 된다. 즉, 콘래드는 『로드 짐』을 통해 짐의 행위를 둘러싸고 있는 빛과 어둠이라는 삶의 양면을 동시에 볼 수 있는 "개안"을 유도하여 우리로 하여금 스스로 작품을 판단하게 하고 있다. 이러한 작가 콘래드의 의도는 짐의 주변 인물들과 연관된 동물과 색조의 이미지의 상징 기법을 통해 효과적으로 잘 전달되고 있다 할 수 있겠다.

인용 문헌

채수환. "고전비극의 이론과 조지프 콘래드의 『로드 짐』," 『현대영미소설』, 제7권 2호, 2000, 167-90.

Conrad, Joseph. *Lord Jim*. Ed., Thomas Moser. New York: W. W. Norton & Company, 1968.

_____. *A Personal Record*. New York, London: Harper & brothers, 1912.

_____. "The Preface to the Nigger of the 'Narcissus,'" *The Nigger of the "Narcissus."* Ed., Robert Kimbrough. New York: W. W. Norton & Company, 1979, 145-48.

Cox, C. B. *Joseph Conrad: The Modern Imagination*. London: J. M. Dent & Sons Ltd., 1974.

Daiches, David. *The Novel and the Modern World*. London: The Univ. of Chicago Press, 1960.

Guerard, Albert J. *Conrad the Novelist*. Cambridge: Harvard Univ. Press, 1958.

Hewitt, Douglas. *Conrad: A Reassessment*. Cambridge: Bower and Bowes, 1952.

Jean-Aubry, Gerard. *Joseph Conrad: Life and Letters*. Garden City: Doubleday, 1927.

Karl, F. R. *Joseph Conrad: The Three Lives*. New York: Farrar, Straus and Giroux, 1979.

Karl, F. R. & Magalaner, Marvin. *A Reader's Guide to Great Twentieth-Century English Novels*. New York: Octagon Books, 1972.

Levine, George. *The Realistic Imagination*. Chicago: The Univ. of Chicago Press, 1981.

Palmer, John A. *Joseph Conrad's Fiction: A Study in Literature Growth*. Ithaca: Cornell

Univ. Press, 1968.

Panichas, George A. "The Moral Sense in Joseph Conrad's *Lord Jim*," *Humanitas*, Vol. XIII, No. 1, 2000, 10-30.

Roussel, Royal. *The Metaphysics of Darkness*. Baltimore: The Johns Hopkins Press, 1971.

Schneider, Daniel J. *Symbolism: The Manichean Vision*. Lincoln: Univ. of Nebraska Press, 1975.

Tindal, William York. "Apology for Marlow," *From Jane Austen to Joseph Conrad*. Ed., Robert C. Rethburn. Minneapolis: Univ. of Minnesota Press, 1967, 271-90.

Wiley, Paul L. *Conrad's Measure of Man*. Wisconsin: Univ. of Wisconsin Press, 1954.

Wright, Walter. Ed., "From the Letters (1895-1923)," *Joseph Conrad on Fiction*. Lincoln: Univ. of Nebraska Press, 1967, 1-44.

Zabel, Morton D. *The Portable Conrad*. New York: Penguin Books, 1979.

■ 이 글은 『영어영문학연구』 51권 2호(2009)에 실린 글을 수정, 보완한 것이다.

11.

『노스트로모』
- '진보의 역사' 비판으로서의 서사담론

이우학

1. 머리말

콘래드는 헨리 제임스의 글을 언급하면서 "소설은 역사, 인간의 역사이고 아니면 그것은 아무 것도 아니다"라고 주장한다. 그는 허구적 소설을 "형상의 현실과 사회적 현상"에 근거한 담론으로 보는 한편, "역사는 인쇄물과 필사본으로 된 문서 읽기, 즉 이차적인 인상"에 근거한 담론으로 보았다.[1] 여기서 그는 현실을 재현하는 여러 사회적 담론들 가운데 "역사"가 점유하고 있는 특권적 지위를 부인하고 있다. 19세기의 역사가들은 자료에 근거한 역사를 객관적으로 간주하고, 역사는 과거에 무엇이 일어났는가를 알 수 있는 진실한 기록이어야 한다고 생각하였다. 콘래드의 비판은 바로 역사의 객관성과 사료의 이차성에 기인한다. 어떠한 말이든 화자의 주관적 인상과 관점으로부터 자유로울 수 없기 때문이다.

『노스트로모』[2]에서 콘래드는 코스타구아나(Costaguana) 과거를 형상화하려는 여러 역사적 관점들을 서로 충돌시키면서 비판을 가한다. 그는 역사가 과거에 일어난 일들을 기록함에 있어 허구적 이야기인 소설보다 나을 것이 없다는 생각을 견지하고 있다. 역사가 의존하는 일차 자료 역시 왜곡과 변형으로부터 자유롭지 못하다는 사실을 『노스트로모』는 잘 보여주고 있다. 한 나라의 지배적 역사는 변방의 담론과, 전설, 신화 민담 등의 비공식 담론을 배제하면서 역사의 진실과 객관성을 확보하려한다. 코스타구아나에 관한 콘래드의 서사담론은 여타의 사회적 담론에 대하여 지배적 위치를 점유하는 역사담론을 문제시하고 새로운 '역사 쓰기'를 시도했다고 볼 수 있다. 사회적 격변기에 돌출된 다양한 목소리들의 갈등과 투쟁을 그려내면서 단일한 역사적 관점을 배제하고 있다.

이 논문은 『노스트로모』를 통하여 콘래드가 19세기의 지배 이데올로기이며

---

1) 특유의 비결정적인 어투로 콘래드는 자신의 주장을 단정하지 않고 "역사가 역시 예술가이며 소설가는 역사가이다"라고 덧 붙였다(*Notes on Life and Letters II*, 17), 앞으로는 *NLL*로 표시함.

2) Joseph Conrad, *Nostromo*. Oxford: Oxford UP, 1984. 앞으로는 면수만 괄호 속에 표시하겠음. 인용문의 해석은 나영균 역 『노스트로모』. 서울: 한길사, 1983을 참고하였음.

동시에 거대담론의 하나인 진보적 역사를 어떻게 비판하였으며 역사에 대한 다양한 관점들이 그의 서사담론 속에서 어떻게 재현되며 평가되고 있는 지를 살펴보려고 한다.

2. 코스타구아나 역사의 재현과 해석

콘래드는 진보주의를 표방하는 역사를 여러 면으로 비판하고 있다. 첫째로 그는 지배담론으로서의 역사발전론이 동시대의 여타 담론과 어떻게 상충되는 지 보여준다. 둘째로『노스트로모』는 진보의 이념에 사로잡힌 사람들이 자신의 행위를 정당화하기 위하여 어떻게 과거를 재구성하는지 그들의 역사 만들기 과정을 보여준다. 셋째로 콘래드는 부의 증대가 더 나은 사회를 건설한다는 신념에 의거하여 행동하는 사람들의 운명을 추적하여 발전론적 역사관의 허구성을 비판하고 있다.『노스트로모』는 진보의 역사를 만드는데 참여한 이들이 자신들의 물질적 욕망을 허구적 이념으로 어떻게 채색하는 지를 여실히 보여주고 있다.

19세기 지배담론을 비판하는 일은 담론의 전제조건과 사회적 영향을 살펴보는데서 시작해야 할 것이다. 콘래드는 당시 지배담론의 하나인 역사담론이 전제하고 있는 발전과 진보의 신념을 문제시한다.『과거의 형상』(*The Shape of the Past*) 저자 고돈 그레이엄(Gordon Graham)은 이 진보의 역사관은 "역사 선택의 위험, 나중은 나중이기 때문에 더 낫다고 전제하는 위험성"(Graham 11)을 지니고 있다고 지적한다. 그는 5가지의 다른 역사적 관점을 제시한다. 진보(progress), 퇴보(decline), 붕괴(collapse), 반복(recurrence), 섭리(providence)로 분류한다. 이러한 유형분류는『노스트로모』에 제시된 다양한 역사적 관점을 논의하고 진보의 역사를 비판하는데 유용하다. 진보에 대한 믿음은 19세기 유럽에서 절정에 이르렀고 이 사상은 "유럽의 문화와 기독교의 우월성"을 지지하였고 "제국주의를 정당화'하는 방편으로 삼았다(Graham 45). 『노스트로모』의 중심인물들이 이 진보의 믿음에 사로잡혀 있고 콘래드는 이에 대한 회의적 입장을 제시함으로써 "진보의 역사" 비판을 가하고 있다. 진보에 대한 믿음이 절정에 이른 19세기는 종교의 퇴보를 가져왔고 유럽의 기독교적 관점에선 "세속화"를 의미한다 (Graham 86-7).[3]

역사를 반복으로 이해하는 관점은 자연과학에서 체계화된 유기론적 성장 원리에 근거하고 있다.[4] 살아 있는 생명체는 태동과 탄생 그리고 발달하고 소멸한다는 생물학적 원리가 역사에 확대 적용된 것이다. 한 나라나 문화가 이러한 순환 과정을 겪게 된다는 관점이 전제된다. 맥알린돈(McAlindon)은 콘래드의 작품이 칼라일의 유기론적 역사관을 공유한다고 주장한다. 이는 진보의 역사에 회의적 태도를 취한 데쿠드(Decoud) 입장에서 확인되며, 15세기 16세기의 스페인 제국주의 역사와 인물을 직접 간접적으로 삽입하고 19세기 현재에 재현하는 방식으로 반복, 순환적 역사관을 보인다(McAlindon 60).

섭리의 역사관은 과거가 신의 의도와 계획에 의해 형성된다고 보는 관점이다. 신에 대한 믿음과 신의 개념이 역사 과정에 필수적이고 신은 표면적 그림에 나타나지 않지만 인간의 역사에 깊이 간여한다고 보는 관점이다(Graham 167).

아나톨 프랑스의 크랭끄빌(Crainquebille)을 논하면서 콘래드는 그의 역사관에 동조한다.

인간은 마치 원수의 집에서 태어난 것처럼 무지 속에서 태어나며, 수세기에 걸쳐 끊임없이 실수와 열정으로 투쟁하도록 저주받았고, 영원히 유보된 희망을 기대하

---

3) '퇴보'는 '진보'의 상대적 개념으로 이 논문에서는 이 두 역사의 철학적 개념 중 '진보'를 중심으로 논의한다.

4) 토마스 칼라일(Thomas Carlyle)의 역사 이론은 생물학적 특성을 강조한다. 그에게 역사(History)는 항상 대문자 "H"이다. 1830년에 쓴 "역사에 대하여"에서 사건들의 생물학적 관계가 역사발전 과정을 이해하는 단서라고 주장한다. "모든 단일 사건은 한 사건의 결과가 아니라, 이전의 동시대의 다른 모든 사건들의 결과이며, 때가 되면 모든 다른 사건들과 결합하여 새로운 사건을 출산한다"(60).

는 최고의 잔인함만은 면하게 해야 한다고 생각한다. 그는 우리의 최고의 희망은 실현할 수 없다는 것이 인류의 크나큰 불행이라는 사실을 알고 있다 [...].

He feels that men born in ignorance as in the house of an enemy, and condemned to struggle with error and passions through endless centuries, should be spared the supreme cruelty of a hope for ever deferred. He knows that our best hopes are irrealisable; that it is the almost incredible misfortune of mankind [...]. (*NLL*, 33)

크랭끄빌의 이야기를 평한 콘래드의 글에서 인간의 운명과 역사에 대한 비관적 견해를 읽을 수 있다. 인간의 무지 몽매와 우행이 인류 역사의 기본 재료라는 것이다. 콘래드에게 역사란 인간의 무지에 의해 저질러진 우행의 기록일 뿐이다. 역사에 대한 이 회의론적 태도는 19세기 유럽의 지배적 역사해석에 대한 도전이며 역사는 발전한다는 주장을 거부하는 것이다.

콘래드 비평가들은 『노스트로모』가 19세기 유럽의 지배적 역사관과 다른 점을 제시한다고 지적한다. 엘로이스 냅 헤이(Eloise Knapp Hay)는 콘래드가 제시하는 역사관이 "영웅적이고 개선적이기 보다는 반어적이고 암울하다"는 점에서 "현대적"이라고 주장한다(Hay 81). 제레미 호손(Jeremy Hawthorn)은 콘래드가 이 소설에서 제시하는 역사관이 "인간존재의 역사 통제 능력에 대해 낙관적이지 않다"고 보고 있다(Hawthorn 190).

가상의 남미 국가인 코스타구아나는 19세기 유럽을 주도했던 제국주의 역사적 상상력의 시험무대이기도 하다. 따라서 『노스트로모』는 근대 유럽의 발전 모델을 따르지 않는 '타자' 국가의 역사에 대한 재해석이라고 볼 수 있다. 콘래드의 서사담론은 진보의 이념에 사로잡힌 등장인물들이 실천하고 있는 유럽의 발전론적 역사 이식 작업이 성공적이지 못하며 역사의 '주인'(masters)이기보다는 희생자인 점을 부각시키고 있다. 이 소설은 이들의 물질에 대한 개인적 탐욕이 국가의 번영과 발전이라는 허구적 신념으로 채색되는 과정을 잘 보여준다. 젊은 광산업자 굴드(Mr. Gould)는 진보의 화신이다. 그는 "희망, 용기 그리고 자신감"이라는 "마술적 공식"(59)에 의지하여 은광 개발 사업에 착수한다. 이 식민주의 사업가는 스스로 진보의 역사에 대한 확고한 믿음을 부인에게 피력한다.

> 여기서 필요한 것은 법률, 좋은 신앙, 질서, 안보 등이지. 누구든 이것들을 반대할 수 있겠지만 나는 물질적 권익의 중요성을 절대로 믿어요. 물질적 권익이 든든한 기반을 닦아야 비로소 그것들이 존속될 수 있는 조건도 마련할 수 있게 되는 거지요. 그것은 무질서에 대하여서 돈을 버는 행위를 정당화할 수 있는 길이기도 해요. 돈벌이가 정당화될 수 있다는 건 억압받는 민중들과 필요한 안전을 공유하기 때문이오. 보다 나은 정의사회는 모두 그 후의 문제지요. 그것이 일말의 희망이기도 하고

> What is wanted here is law, good faith, order, security. Any one can declaim about these things, but I pin my faith to material interests. Only let the material interests once get a firm footing, and they are bound to impose the conditions on which alone they can continue to exist. That's how your money-making is justified here in the face of lawlessness and disorder. It is justified because the security which it demands must be shared with an oppressed people. A better justice will come afterwards. That's your ray of hope. (84)

굴드의 야심 찬 경제계획은 코스타구아나의 압제받는 자들에게 '정의'와 '안보'를 보장한다는 것이다. 개인의 영리사업이 국가발전에 기여하고 증대된 부로부터 법과 질서 그리고 안전이 보장될 수 있다는 점을 역설한다. 그러나 부의 증대가 정의로운 사회 구현에 이바지할 것이라는 낙관적 발전론에도 불구하고 수단이 궁극적 목표로 전락하게 된다. 굴드의 계획은 그 실천과정에서 도전받게 되고 그의 약속은 실현할 수 없는 공약이라는 점을 보여주고 있다. 산토메 광산의 부를 나누어

갖기를 열망하는 자들은 진보라는 역사적 상상력에 고무된 것이다. 이들이 물질적 권위를 신봉하는 것은 코스타구아나 역사에 대한 또 다른 해석과 대비된다.

미첼 선장의 역사관은 서술자와 다른 등장인물에 의해 여러 차례 부정적으로 평가된다. 동시대의 지배 이데올로기를 무비판적으로 수용하는 그는 상투적 관점으로 '역사'라는 용어를 사용한다. 미첼 선장의 '역사'는 국가 발전에 이바지한 '영웅'들의 이야기로 구성되어 있다. 노스트로모는 미첼의 술라코 역사 속의 주인공이다. 단선적 회고담 속에서 미첼은 술라코에서 벌어진 '역사적' 사건의 목격자임을 자처한다. 역사의 증언자로서의 자신의 역할을 과장하지만 그는 목격한 사건의 정치 사회적 의미를 파악하는 데는 실패한다. 콘래드는 이 소설을 통하여 코스타구아나의 역사를 만드는 주체로 자처한 이들이 실제로는 희생자임을 보여준다.[5]

미첼 선장이 사용하는 '역사'라는 용어의 문제점은 사건의 취사선택에 있다. 그에게 역사는 볼거리의 연속이며 무엇이든 볼만한 것이면 '역사적'인 것으로 간주된다. 이야기 중간 중간에 그가 삽입하는 감탄사는 사건과 인물에 대한 그의 태도를 나타내준다. 주도적 인물만이 역사를 만들 수 있고 역사란 그들이 이룩한 업적에 대한 찬사인 것이다. 돈 빈센트 리비에라(Don Vincente Riviera)가 술라코를 공식방문한 사건 역시 "역사적 행사"(historical occasion)였으며 노스트로모가 그 대통령을 폭도의 수중에서 구해낸 사건 역시 '역사'인 것이다. 이 자랑스러운 향토 '사학자'는 "귀한 승객"(the privileged passenger)에게 그 흥분되었던 순간을 회상하며 말한다. "그건 역사였지요, 역사. 손님! 그리고 내 부하 노스트로모가 바로 거기에 있었습니다. 완벽하게 역사를 만들면서 말입니다, 손님"(130).

미첼 선장의 술라코 역사 속에 사건들은 정치 경제적 의미가 생략된 채 나열

---

5) '작가 노트'에서 콘래드는 노스트로모의 역설적 행동을 지적한다. "그는 개성이 있는 사람이 될 수도, 배우가 될 가능성도 아마 변화무쌍한 혁명의 장에서 희생자였을 것이다"(xlii). 미첼의 회고담에서 노스트로모는 '역사'를 만드는 주역 중 하나이다.

되어 있다. "귀하신 승객"은 늙은 안내자가 "인물, 사건 그리고 건물 등에 부여하는 역사적 중요성"을 공유할 수 없다. 미첼은 자신이 우연히 목격한 사건들을 자의적으로 이해하여 재구성한 것이다. 실제 사건들에 대한 구체적 묘사와 생생한 기억에도 불구하고 그의 이야기는 신빙성 문제를 야기시킨다. "귀하신 승객"은 "여러 광경이며, 소리, 이름들, 사실, 불완전하게 이해된 복잡한 정보들의 갑작스런 범람에 의하여 정신적으로 압도당하며 마치 지친 아이가 옛 이야기를 듣듯 귀를 기울였다"(486-87). 미첼 선장의 영웅 중심적 역사관으로 보면 그가 기억하지 못하는 과거는 시대착오일 뿐이다. 메여 광장 한 귀퉁이에 서 있는 카를로스 4세의 기마상은 현재 실질적 "술라코의 왕" 굴드와 비교할 때 시대착오란 것이다. 선장의 '역사'에서 국가 경제 발전과 관련이 없는 과거사 생략되고 사건들은 경제발전을 주도했던 인물들을 중심으로 재구성한 것이다. 그는 산토메 광산의 번영에 의존하는 지역의 발전론자들의 대변인임을 자처하는 셈이다. 그의 목소리는 술라코가 "세계의 보고"(480)가 된 연유를 설명하는 공식 홍보물의 관점을 닮아 있다. 역사 명소들과 그에 얽힌 사건을 소개하는 관광정보와 별반 다르지 않다.

술라코에서 유행한 진보의 역사관은 과거의 목표와 가치는 보전되어야 하며 보다 나은 사회 건설을 위하여 변형될 수 있다는 입장을 견지한다. 이와 반대 되는 견해는 역사를 일종의 불연속한 존재로 이해하는 것이다. 역사에 대한 후자의 견해는 서술자가 낙관적 발전론자를 묘사하는 방식에 잘 드러나 있다. 이는 붕괴에 대한 믿음이다.

역사를 붕괴의 관점으로 보는 견해는 발전적 관점과 상치한다. 냉소적 회의주의자 데쿠드(Decoud)는 미첼 선장의 통속적 역사관이 지극히 유럽 편향적이고 개인적 친분 관계에 좌우되는 주관적 견해라고 비판한다. 2부 5장에서 데쿠드는 항구로부터 읍내로 들어가는 굴드가의 마차 안에서 굴드 부인(Mrs. Gould)과 돈 호세(Don Hosé) 영감에게 부의 증대라는 명분에 빠진 식민주의자들을 강하게 비난한다.

상상을 해보세요. 갑옷과 투구를 입은 우리의 조상들이 이 문 밖에 정렬하고 일당의 모험가들이 저 부두에서 막 배에서 내린 장면을, 모두 도둑놈들이지요. 투기꾼들이기도 하고요. 그들의 탐험은 하나 같이 영국의 근엄한 고위층 나리들의 투기였거든요. 그게 역사지요. 바보 같은 미첼이 늘 말하듯이.

No, but just imagine our forefathers in morions and corselets drawn up outside this gate, and a band of adventurers just landed from their ships in the harbour there. Thieves, of course. Speculators, too. Their expeditions, each one, were the speculations of grave and reverend persons in England. That is history, as that absurd sailor Mitchell is always saying. (174)

데쿠드는 술라코의 막대한 은을 찾아서 경쟁적으로 이주한 식민주의자들의 과거를 약탈과 투기의 역사로 규정하면서 물질적 욕망을 추구하는 이방인들과 탐욕 때문에 서로를 위해하는 내지인 모두를 비판한다. 그는 모든 인간 행동의 원리와 동기에 대하여 회의적 태도를 취한다. 그는 식민주의자들이 표방하는 발전의 역사를 믿지 않으며, 제국주의의 역사는 인간의 우행과 탐욕에 근거한다고 주장한다. 역사는 진보하지 않으며 단지 인간의 물질욕에 의하여 움직이는 악순환의 연속이라는 것이다. 기존의 체제나 이상주의를 믿지 않는 그는 체제에 대해 낙관적 태도를 지닌 미첼의 견해와 상치하지 않을 수 없다. 술라코는 식민주의자들에 의해 세계의 "보고"(a treasure-house)(174)로 신비화되었고 진보와 문명전파라는 명분에 빠진 식민주의 '모험가'들의 상상력을 자극하였다. 데쿠드는 이들의 정체와 실상을 파악하기를 촉구한다. 그의 몰락의 역사에선 선조들의 과업은 도둑질에 불과하고 현재의 상황은 더 나아진 것이 없다는 주장이다. 그에게 코스타구아나의 역사는 물질적 부를 추구하는 자들의 착취와 탐욕의 역사일 뿐이다. "우린 모두 좋은 사람들이지만 언제나 우리의 운명은 착취당하는 거"라고 역설한다 (174). 이는 자신의 발언이 지니고 있는 정치적 의미를 간과한 결과이다. 데쿠드는 정치적 중립을 표방하지만 그의 발언과 글은 코스타구아나의 정치적 현실에 깊이 개입한다.6) 파리의 인텔리겐차 룸펜 풍의 데쿠드는 식민주의 과거사를 불어로 말한다. 다른 언어로 말함으로써 코스타구아나의 현실을 국외자의 시선으로 보게 한다. 자신을 기존 정치세력으로부터 격리시킨 채 어느 특정 세력의 이념적 입장에도 부정적 견해를 취한다. 그러나 사적인 동기에 의해 그는 돈 호세의 딸 안토니아와 같은 국제주의 입장을 취한다. 후에 그의 사상은 술라코의 분리독립으로 발전하게 된다.

『실정 오십년사』의 저자 돈 호세 아벨라노스는 젊은 기자 데쿠드를 전폭적으로 받아들이게 된다. "서유럽의 입양아"(the adopted child of Western Europe)(156)는 그의 환영사를 들으며 의아해 했다. "모국의 재건에 있어 마틴 같이 우수한 옹호자는 국내 청년들에게 얼마나 좋은 본보기이며 당의 정치 이념의 대변자이지"(156). 그는 유럽에서 술라코로 귀향한 데쿠드의 행위를 정치 참여로 보고 있다. "그의 이름, 대인관계, 전직, 경륜"을 통해 돈 호세는 자신의 역사적 상상력을 같은 계층의 사람들에게 부여한다. 그의 저서에서 돈 호세는 도덕적인 시각으로 역사를 기술했으며 그의 정치적 경륜과 지혜 덕에 코스타구아나의 "양심"으로 불려진다. 그에게 '역사'는 과거의 잘잘못의 기록이며 현재에 주는 교훈인 것이다.

이 전직 대사는 국가의 도덕적 가치를 회복하여 국가간의 상호신뢰와 협약을 강조한다. 코스타구아나의 정치 문제를 "문명화된 국가들"(civilized nations)(140)과 건전한 관계를 유지하면서 외교적으로 해결하여야 한다는 것이다. 이러한 국제주의는 세계 질서와 경제체제로의 편입을 의미한다. 내적 갈등을 완화하기 위하여 국내적으로는 연방주의를 대안으로 제시한다. 5년간 통치로 단명한 리비에라 정권은 '국립 중앙 철도' 건설을 위한 차관을 확보하게 된다. 이는 서술자가 지적하듯이 이 새로운 접근로 건설 사업은 광산을 중심으로 한 "서구인 거주지

---

6) 언술에 관한 바흐찐의 견해에 의하면 "단어나 말의 의미도 말의 실현이라는 독특한 행위를 통하여 역사에 참여하게 되고, 역사 현상이 된다"(Bakhtin/Medvedev, 120).

역의 체계적인 식민지 계획"(117)의 일환인 것이다. "선한 신앙, 질서, 정의, 평화"
는 국가의 덕목으로서 돈 호세의 역사에서 강조된다. 그의 역사는 과거 50년간의
실정에 관한 것뿐만 아니라. 이상적인 정부의 형태, 통치원리에 관한 것이기도 하
다. 비록 출판되지 않았지만 영향력 있는 담론이며 정부의 공식 담론에 지도 이념
을 제공하기도 하였다. 코스타구아나 공화국은 "개혁 위임령"을 입안하였고 이는
산토메 은광에 의존하는 지역경제를 신식민주의 세계경제체제로 편입시키는데
기여하였다. 그러나 이 도덕론적 역사가의 영향력은 술라코의 상류층에 한정되었
고 그의 책은 폭 넓게 읽히지 못하였다.

콘래드는 역사담론이 오용되는 점을 지적하고 있다. 역사를 의식을 지닌 존
재로 보는 돈 호세가 지지하는 정치 체제가 "불어로 된 경박한 역사물을 마구 읽
은"(387) 몬테로의 구테타에 의해 전복된 사실은 아이러니이다. 프랑스 귀족의 화
려한 삶에 대한 동경이야말로 몬테로 형제가 일으킨 "혁명의 직접적 동기 중 하
나"(387)라고 서술자는 의심한다. 돈 호세의 과거사 기술의 목적은 다음 세대에게
교훈을 주는 것으로서 역사는 과거의 잘못된 관행을 고치고 보다 나은 사회 건설
에 기여한다는 것이다. 그의 국제주의 정치노선은 외교적 고립으로 인하여 피폐
해진 코스타구아나 경제 회생의 처방으로 제시되다. 그러나 이 새로운 정책은 민
족주의자 몬테로의 강한 도전에 직면하게 된다. 진화와 발전을 근간으로 한 돈 호
세의 역사의식은 코스타구아나의 정치적 현실과 부합되지 않는 것이다. 콘래드는
충돌하는 다양한 역사 해석을 제시하면서 어느 특정 관점이 주도하지 않는 현실
을 자신의 서술담론 속에 재구성하고 있다.

『노스트로모』에서 발견되는 또 다른 역사관은 '섭리'(Providence)의 역사이
다. 서술자가 기술한 코스타구아나의 역사 다시쓰기는 신적 계시에 의해 결정되
는 비올라(Viola)의 관점을 의문시하고 있다. 서술자는 신에 의해 인도되는 역사
(the History)를 하나의 역사(a history)로 제시한다. 비올라의 역사는 전지전능한
신에 의해 결정된 운명의 역사이며 서사적 신화의 공간이다. 그에게 신의 섭리는

시공의 한계를 넘어서 작용하고 보편적 적용이 가능한 것이다. 이탈리아에서의 역사적 경험이 코스타구아나의 역사를 이해하는데 그대로 적용된다. 그의 역사에선 모든 인간사 뒤에 신의 섭리가 숨겨져 있기 때문이다. 그러나 과거사에 대한 향수어린 회고담이 실제적 영향력을 발휘하지는 못한다.

비올라 노인이 겪은 혁명적 과거사는 선언적 서술(declamatory narrative)로 일관되고 큰 딸을 제외한 나머지 사람들은 쉽게 받아들이지 못한다. 자유라는 이상에 평생을 헌신한 비올라의 무용담은 혁명적 수사로 이루어져 있고 궁극적으로 이상은 실현되리라는 믿음으로 서술된다. 그의 역사는 확고한 과거가 현재와 미래의 운명을 결정하는 것이다. 비올라에게 과거는 변경할 수 없는 신화이며 의로운 전쟁에 참여하라는 소명을 받았다고 확신한다. 콘래드는 그러한 소명의식을 만들고 강화시키는데 담론이 결정적 역할을 한 다고 보았다. "선동적 언어로 된 선언문"(29)에 고무된 비올라와 가리발디 혁명군은 자유라는 이상에 헌신한 것이다. "자유에 대해 변론하고, 자유로 인하여 고통 받고, 자유를 위해 죽은 자"(29)들과 함께 혁명 전선에 나선 것이다. 비올라 영감의 회고담에서 이탈리아 역사는 예정된 궤도를 이탈하였고 이를 바로잡기 위해 일어선 혁명의 영웅들이 전경화되어 있다. 절대적 과거와 전통은 후속 세대를 위해 기억되고 보존되어야 하는 것이다. 그러나 이탈리아 계급투쟁의 시대를 혁명군으로 활동한 가리발디의 영웅적 희생의 정신을 젊은 세대는 그대로 받아들일 수 없었다. 그들은 자기희생적이며 자유라는 추상적 이념을 자신들의 목표로 받아들일 수 없는 것이다. 비올라의 역사에서 영웅은 몰락하고 현실적 이득은 전무한 결과를 보고 그들은 역사적 대의명분과 결정론에 대하여 회의적인 태도를 취하게 된다. 과거에 사로잡힌 비올라는 대부분이 이탈리아 철도 노동자인 그의 청중에게 실질적인 교훈을 전달해 줄 수 없게 된다. 그들은 비올라의 전쟁담을 경청하였지만 그가 결국 고생하여 얻은 것이 무엇인가 자문하게 되는데 그들은 아무런 소득이 없다고 보았다. 이런 젊은 이들에게 비올라는 다시금 호소한다.

"우린 아무 것도 원하지 않았네, 온 인류에 대한 사랑을 위하여 고통을 받았지!" 그는 이따금 열띠게 외쳤고 강한 음성, 이글거리는 두 눈, 흰 머리칼을 흔들면서, 마치 하늘이 증인이라도 되어달라고 요청하듯 위를 향한 힘줄이 굵은 갈색 손등이 그의 청중에게 강한 인상을 남겼다.

They listened to his tales of war readily, but seemed to ask themselves what he had got out of it after all. There was nothing that they could see. "We wanted nothing, we suffered for the love of all humanity!" he cried out furiously sometimes, and the powerful voice, the blazing eyes, the shaking of the white mane, the brown, sinewy hand pointing upwards as if to call heaven to witness, impressed his hearers. (32)

비올라에게 있어 그가 참여한 역사적 과거는 "그들"(사악한 힘에 의해 조종되는 압제자들)과 "우리"(신의 섭리에 의해 인도되는 혁명군)의 대립적 투쟁인 것이다. 비올라 영감의 행동원리는 성서담론의 영향을 발견할 수 있다. 그가 기억하는 정치적 선언문은 종교적 원리를 차용한 것이다. 그는 영웅 가리발디와 기독교 성자와 동일시한다. 그가 추종하는 혁명기도자에게서 "거룩한 신앙의 힘"과 "세상에서 가난하여 고통 받고, 억압당하는 모든 이에게 향한 자비심"(31)을 발견한 것이다. "혁명주의자들이 선언문을 전혀 발표하지 않은 침묵"(30)의 시대에 한 영국인 청년이 건네준 성경을 읽고 묵상하게 된 비올라가 비로소 자신과 가족을 위하여 실제적인 일을 하게 되는 점은 흥미롭다. 전쟁의 명분이 소멸하였을 때 그의 영웅적 이상주의는 가족을 보호하고 딸들을 천주교 전통 하에 양육하는 등의 가족에 대한 의무로 치환된다.

등대지기로서의 비올라의 역할은 어둠 속의 선박에게 안전한 항로를 인도해주는 등대의 관리자이지만 그 역시 광산을 중심으로 한 경제 체제의 일 부분이기도하다. 은괴를 실어 나르는 선박을 인도하는 등대는 광산의 이익을 위하여 봉사하기 때문이다. 한 때 자유라는 역사적 동기에 의해 투쟁했던 퇴역군인 비올라 역시 물질에 기초한 경제체제의 일부분인 것이다.

미첼 선장의 역사적 주인공 노스트로모는 필연적 결과에 의해서라기보다는 실수에 의해 최후를 맞이하게 된다. 물욕 때문에 배신을 선택한 자에게 주는 역사의 심판이라고 보기에는 허망한 결말이다. 콘래드 소설의 등장인물들이 경험하게 되는 현실은 역사적 상상력에 반하여 전개되는 것이다. 즉 등장인물들의 역사인식이 보여 주듯이 각 인물들의 역사 인식과 실천행위를 교차평가함으로써 코스타구아나에 부여하려는 단일한 역사관을 거부하는 것이다.

코스타구아나에 단일한 역사적 상상력을 부과하려는 시도는 끊임없는 저항에 직면하게 되는 점을 보여주고 있다. 또한 확고한 구심점을 선호하여 인종, 계급, 언어의 다양성을 흡수통합하려는 구심적 주체를 비판한다. 『노스트로모』는 역사에 대한 다양한 관점을 제시하고 사회적 투쟁에 참여한 다양한 계층의 사람들의 말을 서술담론 속에 재현시킴으로서 지배담론에서 배제되고 주변화된 목소리들을 소생시켜내고 있다. 이러한 콘래드의 서술전략은 19세기 지배 담론으로서의 발전론적 역사관과 예정론적 역사인식 등의 역사적 상상력에 대해 다시 생각할 기회를 제공한다.

3. 역사 만들기의 주체

콘래드는 역사의 주체로 자처하는 이들을 서로 충돌시킴으로써 그들이 표방하는 가치관을 재평가한다. 그에게 주체는 말하는 주체이며 그들의 말은 청취되고, 전달되고, 평가되고, 해석된다. 그의 소설 속 인물들은 상호 교차 평가의 대상이 된다. 이들의 말은 서로의 충돌을 강화시킨다. 콘래드 소설의 서술자는 교류하고 충돌하는 사회적 담론을 예리한 눈으로 포착하는 관찰자의 역할을 수행한다.[7]

담화행위를 관찰하고 서술하는 행위는 담론의 주체를 재평가하는 일이다. 등장인물들의 말을 서술자의 말로 재현하는 일은 인물들의 이념적 입장을 서술자의 관점으로 재구성하는 과정을 포함한다. 콘래드 소설의 등장인물들은 특정 공동체 내에서 직업, 지위, 기능 등의 사회적 정체성과 함께 소개된다. 예를 들어 굴드는 "행정관", "술라코의 왕", 노스트로모는 "이탈리아인 십장", "만능 일꾼", 데쿠드는 "기자", "게으른 한량"으로 지칭된다. 그러나 주인공에게 부여된 사회적 기능은 고착되지 않고 변화한다. 이 소설이 그리는 세계는 정체성의 전복이 가능한 세계이기도 하다. 주인이 노예가 되고 관리자가 도둑이 되며 애국자는 반역자로 마적이 군인으로 영웅이 악당으로 변할 수 있는 곳이다.

정체성의 반전은 인물의 정체성이 특정계급이나 기능에 고착되는 전통적 인물묘사를 전복하는 콘래드의 서술기법 중 하나이다. 한 인물에 대한 다양한 해석은 정체성의 혼동과 모순으로 이어진다. 이 소설의 중심인물은 다른 인물 또는 서술자의 목소리로 평가된다. 이러한 교차평가는 인물들의 복수적 정체성에 기여하게 된다. 주인공이 사회적 투쟁에 깊이 개입하여 다른 인물들과 충돌하는 과정을 통하여 초기의 입장이 변화한다. 때문에 콘래드 소설의 주인공들은 단일한 기능 또는 한 계층의 대표적인 목소리로 축소되지 않는다.

데쿠드는 정치집단들의 야욕을 간파하는 통찰력을 지닌 특성을 지니고 있지만 그의 관점의 신뢰성은 자신의 말과 행동에 의해 손상된다. 나레이터는 이 회의론자의 불안정한 정체성을 강조한다. 국내정치에 불참하겠다고 선언하고 정치적 방관자의 태도를 정당화한다. 그는 국내정치 무대에서 펼쳐지는 "정치적 소극"(political farce)의 관객을 자처한다. 그러나 혼전을 거듭하는 정치적 상황 속에서 자신의 발언이 지니는 정치적 함의를 인식하지 못한 채 자신의 명확한 입장을 규명하는 데 실패한다. 정치적 부조리극의 무대에 서게 된 것이다.

---

7) 콘래드의 서술자 중 '암흑의 핵심'의 첫 번째 서술자, 『로드 짐』의 말로우, 『서구인의 눈』으로의 어학선생 모두 언어행위의 예리한 관찰자의 역할을 한다.

가장 극적인 반전을 보인 인물은 노스트로모이다. 미첼 선장의 전폭적인 신뢰를 얻은 그는 "만능 일꾼", "유용성의 총아"(44) 등의 찬사를 받는다. 노스트로모가 얻은 대중적 인기와 신뢰는 모니검 의사의 냉소적 평가로 인하여 부정된다. 물론 자신이 당한 고문 때문에 생겨난 "인간에 대한 막대한 불신감"(44)에 의한 것이지만, 모니검의 불신감은 헌신적으로 남을 돕는 노스트로모의 배신을 예고하는 전조로 이해할 수 있다. 대중적 열망을 저버리는 일은 사회적으로 축조되어 부여된 정체성을 파괴하는 것이기도 하다.[8] 소설의 전반부에서 "연안 이야기"(The Tale of the Seaboard) 속 주인공의 모험은 크게 드러나지 않는다. 노스트로모는 미첼 선장의 이야기를 제외하고는 중심주체가 아니기 때문이다. "이야기 속의 사람들의 삶에 영향을 주면서 도덕적이고 물리적 사건의 중심축"(Jean-Aubry, ed. 296)이라는 점에서 콘래드는 주인공이 노스트로모가 아니라 은이라고 주장한다.

낭만적 모험의 전통 파괴는 『로드 짐』에서 보다 분명하고 의도적이다. 짐은 파투산에서 낭만적 이미지를 필사의 노력으로 재확립시키려하지만 술라코의 영웅은 애써 얻은 명성을 은괴에 대한 욕심으로 인하여 져버리고 배신행위를 합리화한다. 신의의 사람을 배신자로 전복시키는 반전이야말로 콘래드가 『노스트로모』에서 작가가 실현하고자하는 역설의 서술논리이다. 주체가 지닌 사회적 위상의 역전은 단순히 역할의 변화만을 의미하지 않는다. 그것은 주체의 일련의 내적, 외적 투쟁의 결과이다. 이 소설에서 주도적 주체일수록 자신들의 위상은 시험받게 된다. 이상적 식민주의자 굴드 역시 예외는 아니다. 서술자는 이 "술라코의 왕"(117)을 가족의 내력과 함께 소개한다. 서술자는 이 사업가 가문을 거창하게 만들지 않는다. 굴드가의 조상은 "해방자, 탐험가, 커피 농장주, 상인, 혁명주의자 등"(48) 다양한 부류의 사람들임을 밝힌다. 술라코의 굴드가의 족보를 조사하는

---

8) "콘래드의 『노스트로모』에 나타난 폭로와 억압"이란 논문에서 키에난 라이안은 모험소설이란 장르를 파괴하면서, 소설 『노스트로모』는 자체의 주체성에 도전한다고 지적한다. 또한 "연안 이야기"의 주인공은 '주인공'이 되지 못하고, 소설의 "주인공을 인정하기를 거부한다"고 주장한다 (Jefferson, Douglas and Martin, Graham ed., 76).

일은 식민주의 시대로 거슬러 올라가 돈벌이가 어디서부터 기원했는가를 추적하는 작업이다. 서술자의 관점에서 굴드가 자신의 돈벌이를 정당화할지라도 그의 조상들이 한 일과 본질적으로는 다르지 않다는 점을 밝히는 것이다. 이러한 계보 조사는 출신과 기원을 은폐하려는 발전론적 역사와 대조된다. 코스타구아나의 지배권력을 대표하는 은광사업의 원천을 추적하는 일은 역사와 경제 발전을 추구한다는 명분을 내세운 사업의 속성을 폭로하는 일이기도 하다. 유럽의 식민주의의 연장선이기도한 이 사업은 은광이 필수불가결한 존재로 인식시키려 한다. 굴드가의 광산은 영리추구의 실체를 넘어서서 히구에로타 산(Mt. Higuerota)과 같은 '자연물'로서 늘 같은 자리를 지키는 존재로 인식한 것이다. 그것은 이 지역의 최고봉보다 더 중요한 지형지물이며 어느 기관보다도 더 술라코의 역사발전에 기여할 것이라는 믿음의 발로인 것이다.

굴드는 스스로를 이상주의자로 정의하고 폐광의 재개발이 단순히 가업의 재건을 넘어선 이상주의의 실천이라 역설한다. 이러한 이상주의를 표방한 영리추구 사업은 식민주의자들의 명분론을 닮아있다. 그의 주장에 의하면 사업가가 아니라 낭만적 모험의 주인공인 셈이다. 그러나 권력투쟁에 깊이 개입함으로써 스스로 규정한 자신의 역할도 유지하기 어렵게 된다. 『노스트로모』의 서술자는 식민주의 사업가 굴드를 또 다른 각도에서 보게 한다. 고통 받는 삶들에 대한 굴드 부인의 관점 역시 남편의 사업을 정당화시킨다. 이윤추구 사업이 광산 노동자들의 보다 나은 복지를 제공할 수 있다는 논리이다. 굴드 부인에게 있어 코스타구아나의 정치 변혁들은 "불쌍한 애들이 열을 올리며 벌이는 듯한 유치한 살인극이나 약탈극에 불과한 연이은 정변"(49)으로 밖에 보이지 않는다. 고통 받는 이들에 대한 동정심에서 굴드 부인은 불법적 잔학행위와 정치적 유린을 경험한 사람들에게 다가간다. 그러나 굴드 부인은 중요한 정치적 이해관계가 얽혀있는 광산에 간여한 대가를 예측하는 데 실패한다.[9]

4. 담론의 투쟁으로서의 코스타구아나 역사

코스타구아나의 역사나 등장인물들의 개별 이야기들의 전개는 발전적 선형 구조와 일치하지 않는다. 콘래드는 갈등하는 목소리들의 충돌과 투쟁 속에서 새로운 구조를 그려낸다. 다양한 목소리들의 끊임없는 권력투쟁은 선형적 발전론을 훼손시킨다. 소설 속 가상의 공화국은 '역사'의 중심부를 점유하려는 여러 세력들의 각축장이다. 콘래드의 서사담론은 원심적 세력과 구심적 세력간이 투쟁이 가장 극심한 순간을 잘 포착하고 있다. 이러한 투쟁은 다양한 사회적 담론을 양산해낸다. 다양한 사회집단들 간의 투쟁과 개인 간의 갈등은 정치노선과 개인의 이념을 실천하기 위하여 일련의 담론들을 생산한다.

콘래드는 진보의 관점에서 역사를 기록하려는 유럽의 역사인식이 남아메리카 국가인 코스타구아나의 사회적 투쟁의 성격을 규명하는 데 무력하다고 보았다. 진보의 담론은 유럽 중심적 역사에 도전하는 변방의 비공식적 담론들을 억압하면서 코스타구아나의 역사를 독점하려 한다. 그러나 콘래드의 과거를 재현하는 방식은 역사가들에 의해 객관성이 없는 사료로 취급되어 주변화된 담론들을 소생시키는 것이다. 소설의 서두부터 금을 찾아 실종된 두 명의 백인에 얽힌 소문과 전설이 소개된다. '비역사적인' 도입부와 관련된 일화를 삽입한 사실을 고려해볼 때 콘래드가 '작가 노트'에서 『노스트로모』가 역사책 "실정 오십년사"의 내용을 충실히 참고했다고 주장하는 것은 이율배반적이다.10)

『노스트로모』에 등장하는 어떠한 목소리도 다른 목소리를 완전히 제압하지 못한다. 코스타구아나의 역사는 다양한 세력들이 중심부를 차지하기 위하여 벌이

---

9) 조이스 캐롤 올스(Joyce Carol Oates)는 "요정과 같은 굴드 부인은 이상적인 여성적 피조물이며, 남성적이며 호전적 이상주의자 굴드에 요긴한 배우자"라고 주장한다(Oates 6).

10) '작가노트'에서 콘래드는 다음과 같이 증언한다. "코스타구아나 역사에 관한 주된 권위는 주로 내가 존경하는 친구이자 영국과 스페인 등등의 궁정 장관을 역임한 고 돈 호세 아벨라노스의 공정하고 유려한 문체의 『실정 오십년사』로부터 온 것입니다"(xliii).

는 투쟁의 기록이며, 담론 전쟁의 기록이다. 이러한 투쟁에서 각 목소리들은 자신들의 이익과 위상을 보호하기 위하여 여타담론에 지배력을 행사한다. 권위적 목소리는 다른 목소리를 침묵시켜 하나의 목소리가 되도록 강요한다. 지배담론은 자신의 목소리를 정당화하고 다른 목소리를 불법화시켜 배제한다.[11]

담론은 코스타구아나의 정치 소용돌이 속에서 효과적인 통제 수단이며 저항의 도구이기도 하다. 경제발전과 부의 증대라는 기대감에 찬 다양한 목소리들이 권력투쟁에 참여한 점에 주목하면서 서술자는 이들 목소리들을 대화적 상황(dialogic conditions)에 배치함으로써 각각의 사회적 위상을 검증하게 된다. 인류 역사를 움직인 원동력은 물욕이라는 주장을 조심스럽게 다루면서 콘래드는 경제발전과 역사의 진보론을 강화시키는 "공식담론"의 논리에 의구심을 두었다. 콘래드는 진보의 역사가 신문, 정부문건, 문헌 등에 의하여 조종되고 왜곡될 수 있다는 점을 간과하지 않았다.

찰스 굴드는 소설의 첫 부분에서 이미 담론의 중요성을 간파하고 이내 담론의 전쟁이 도래하리라 예견하다. 해외자본가가 그의 은광에 투자가능성을 고려할 때 그는 자신의 이익을 증대시키는 데 담론이 아주 중요한 수단이라는 점을 아내에게 피력한다.

> 나는 눈에 보이는 걸 이용하는 것뿐이야. 그 사람 이야기가 운명의 소리이건 혹은 단순히 관심을 끌기 위한 감언이설이건 그게 나에게 뭣이란 말이오? 아메리카 천지엔 이런저런 감언이설이 얼마든지 있어. 아무래도 신세계의 분위기가 연설의 기교에 맞는 모양이지.

---

11) 아론 포겔(Aron Fogel)은 콘래드 작품에 나타난 대화의 강압적 속성을 지적해내며, 화자들 간에 관계는 비자발적이며, 무력적이고 때로는 생산적 속박 관계가 존재한다고 본다(Fogel 9). 이 연구에서 그는 강요된 대화에 주목하며 어느 한 쪽의 대화 참여자가 상대의 답변을 강요하는 가 밝히고 있다.

I make use of what I see. What's it to me whether his talk is the voice of destiny or simply a bit of clap-trap eloquence? There's a good deal of eloquence of one sort or another produced in both Americas. The air of the New World seems favourable to the art of declamation. (83)

굴드는 홀로이드를 설득하여 은광의 경제적 가치와 투자가능성을 보도록 노력하였고 지역신문을 동원하여 "산토메 광산의 위대성"(83)을 홍보케 하였다. 폐쇄된 광산을 재개발하는데 있어 첫 번째 과업은 사업에 필요한 자본을 조달할 수 있는 샌프란시스코 출신 백만장자 홀로이드를 설득하는 일이다. 세계경제의 미래는 가장 위대한 국가인 미국에 의해 결정된다는 홀로이드의 경제적 전망론을 굴드는 "참고서 이론"(81)으로 폄하한다. 영국계 굴드에게 새로운 세계 질서에 관한 미국적 상상력은 받아드리기 어려운 점이다. 미국 중심의 미래 경제관을 모험적 사업가 굴드는 신뢰하지 않았다. 이는 타인과의 의사소통에 있어 굴드의 독백적 경향이 나타난 예이다. 즉 그는 타인의 담론을 자신의 시각만으로 해석한다. 이상주의자 굴드에게 광산에 손대지 말라는 아버지의 경고성 편지가 오히려 역효과를 주었다. 수신인 아들은 아버지의 의사에 반하여 폐광에 자신의 상상력을 투영한 것이다.

"청교도의 기질과 만족을 모르는 정복의 상상력"(76)을 지닌 유럽인의 피가 일부 섞인 미국인 투자가 홀로이드는 "얼핏 보기에 충동적이고 인간적인 근거에 의해 결단"(75)을 내리는 굴드와 기질적으로 다르다. 홀로이드에게 광산투자는 기독교 복음주의 색채를 띤 사업확장의 일환이며 코스타구아나의 국내정치에 개입하여 영향력을 행사할 수 있는 절호의 기회이다. 양 쪽 모두에게 이 새로운 경제계획은 자신들의 경제적 이념을 충족시킬 수 있는 사업이지만 이들은 경제적 이유보다 더 높은 목적을 위해 일한다는 명분을 세우고 있다. 홀로이드는 많은 원주민의 영혼을 구제하기 위해 교회들을 세운다는 종교적 동기를 강조하였다. 굴드는 자신의 사업 성공이 조국의 정치적 안정과 질서를 불러오고 가난한 이들에게 부를 나누어 줄 수 있으리라 믿었다.

정치적 갈등의 원천이 된 산토메 광산은 일종의 구심력을 지니고 있어 역대 여러 정권을 유혹하여 각종의 선언문을 만들게 하였다. 코스타구아나의 혁명시대 에는 정치적 담론들이 무수히 양산되었다. 굴드 부인이 말하는 광산의 역사를 전 하면서 서술자는 구즈멘 벤토(Guzman Bento) 재임 이후의 시기를 "혁명 선언문 으로 오랜 동안 혼란해진 시대"(the long turmoil of pronunciamentos)(52)로 보았 다. 정치적 혼란기에는 선언문, 포고문, 강령 등 권위를 확립하고 행사하려는 담론 들의 시대인 것이다. 콘래드는 이러한 담론들을 "이차적 인상"보다 우월하게 "역 사적 사실"로 사용하는 오류와 이들 담론의 생성을 유발시키는 역사적 상상력을 잘못 이해할 위험이 있다는 사실을 잘 인식하고 있다(Hawthorn 181-90). 일간지 『디아리오 오피시알』에 공포된 광산몰수령을 서술자는 객관적 역사적 사실로 취 급하지 않았으며 정권의 이념적 편향을 노출시키기 위해 제시하였다. 부분적으로 는 발췌 인용된 몰수령은 민족주의의 목소리가 강하게 반영되어 있고 국내 문제 에 대한 외세의 간섭을 저지하려는 목적을 분명하게 표방하고 있다. 혁명을 정당 화하기 위하여 민족주의 정권은 광산을 압제와 착취의 본산으로 치부하였다. 그 러나 광산을 국가재산으로 귀속한다는 결론은 그 권력의 속성을 잘 말해 준다. 혁 명정권은 개인 기업체를 몰수하기 위한 법이 필요한 것이다. 이 공식 담론은 스스 로 제정한 법으로 정치권력을 정당화하고 부와 권력에 대한 탐욕을 은폐한 채 스 스로를 "국제적, 인도적이고 신성한" 정권이라 자처한다.

폐허가 된 광산을 가동하기 위해서 사업의 타당성을 입증하고 투자자를 설 득하는 담론이 필요했다면 다음엔 "돈벌이"(the money making)(84)를 합법화하 는 관련법적 담론이 필요한 것이다. 전직 외교관이자 역사가인 돈 호세는 광산을 국내 핵심사업으로 설정하고 외국채권자들이 지지하는 경제정책과 헌법을 수호 하는 정부수립을 제안했다. 그의 정책담론은 리비에라 정부의 형성과 정책에 큰 역할을 했다. 돈 호세는 국가의 평화와 국제관계 정상화를 위해 "이례적인 권력"을 정부에 부여해야 한다고 주장한다. "신규차관, 새 철도, 거대한 식민지 계획"(144)을 통한 경제회생안은 강력한 정권을 요한다. 그러나 이러한 회생계획은 반대하는 목소리들을 힘으로 제압함으로써 가능하다. "여론을 동요시킬 수 있는 어떠한 것도"(144) "새로운 질서"(145)를 위해서는 제거되어야 한다. 결국 광산은 진보의 믿음을 보호하고 민족주의를 억압하는 정부를 필요로 하는 것이다.

코스타구아나의 민족주의는 "국가의 명예를 걸고 군사적 항거"(145)를 한다는 몬테로에 의해 주도된다. 콘래드는 진보의 담론을 민족주의자의 목소리와 대비하여 경쟁시킨다. 정치적 소용돌이 속에서 야기된 갈등의 담론들은 더욱 격렬히 충돌한다. 담론은 비판의 도구일 뿐 아니라 그 자체가 투쟁의 대상이기도하다. 정부의 공식적 담론은 몬테로가 "국민에게 애국적 망언"(145)을 퍼트린다고 비난한다. 몬테로 편의 신문은 "국토를 장악하려는 유럽 열강들의 흉측한 음모"(145)에 대항하여 봉기할 것을 촉구하면서 리비에라를 "나라의 손발을 묶어 외국 투자기업에게 제물로 바치는 흉계"(146)를 꾸몄다고 비난한다. 몬테로 파의 간행물들이 배포되고 "마을과 평원지대 도시에서 귀족들을 처형해야 한다고 부르짖는 첩자들"(146)을 파견하는 등의 선전선동이 극렬해진다.

민족주의 몬테로파와 리비에라 정부와의 갈등이 심화됨에 따라 담론들의 전쟁도 치열해진다. 이 두 적대적 정치 세력은 여론을 통제하기 위하여 치열한 선동전에 돌입한다. 진보의 역사를 옹호하는 자본주의자들은 "지역의 염원을 들려주고", "몬테로 파의 신문에 의해 확산되는 거짓보도의 영향에 대처하기 위한"(158) 기관으로서의 신문이 필요하다고 생각한다. 돈 호세를 비롯한 발전론자들에게 『흑인 해방지』의 내용은 "거짓말"(이며 인민의 목소리는 시끄러운 "아우성"일 뿐이다. 돈 호세가 민족주의자를 비난하는 부분에서 여론에 미칠 악영향을 고려하여 반대파의 목소리가 심하게 편집되어 있다. 그에게 몬테로의 신문은 전체가 거짓말뿐이다.

중상모략을 일삼으며 국민을 향하여 칼을 들고 일어나 외국인과 결탁하여 국토를 팔아먹고 국민의 노예화를 꾀하는 백인놈들, 고트족의 잔당, 흉측한 괴뢰, 중풍장이 병신 같은 놈들을 당장에 없애버리라고 호소하는 것이었다.

the atrocious calumnies, the appeals to the people calling upon them to rise with their knives in their hands and put an end once for all to the Blancos, to these Gothic remnants, to these sinister mummies, these impotent paraliticos, who plotted with foreigners for the surrender of the lands and the slavery of the people. (158)

여기서 콘래드의 서술자는 등장인물들의 목소리를 의도적으로 융합시키고 있다. 목소리들 간에 분명한 구별이 없다. 따라서 누가 "거짓말"을 하는지 분명치 않다. 몬테로 측의 신문이 "거짓말"을 유포한다면 반대파의 새로운 신문 『포르브니르』 역시 정치적 의도에 의해 사실을 왜곡하여 보도할 수 있는 것이다. 콘래드는 독자에게 역사적 문건들의 사실적 세부내용으로부터 담론이 전달되는 전략과 방식에 유의하도록 촉구하는 셈이다.[12] 서술자는 특정한 참고문헌을 언급하지 않은 채 담론 간의 투쟁을 전달하고 재현하는 방식은 연대표시나 일차적 사료가 중요한 역사기술의 방법과 차이가 있다.[13]

데쿠드의 신문 『포르브니르』는 사회적 담론의 주요 생산자로서 정치적으로 편향되어 주로 서구인의 이익을 옹호한다. 코벨란(Corbelan)신부와의 언쟁에서 데쿠드는 편집노선을 피력한다.

---

12) 제레미 호손(Jeremy Hawthorn)이 지적했듯이 콘래드 소설의 강점은 "경험자와 무경험자가 때로는 상호침투하고 때로는 서로 갈라지는 각기 결정적 세력을 구성하는 방식을 극화시키고 전시해 보이는 능력에서 온다"고 보았다(182).
13) 『노스트로모』의 연대표를 연구한 하틀리 스팻(Hartley Spatt)은 콘래드가 "상대적 시간 척도"를 사용하여 "허구적이면서도 역사학적 시간"을 성공적으로 조정하였다고 주장한다(41).

여전히 몬테로를 '뚱뚱이 돼지'라 부르고 게릴라 대원인 동생을 파렴치한자와 밀고자의 혼종이라고 낙인을 찍고 있지요. 그렇게 효과적인 것이 또 어디 있겠어요? 이 지방의 보도로는 강도 헤르난데즈의 무리를 송두리째 국군으로 징집할 것을 지방 관청에 촉구한다 ― 그 강도는 분명 교회의 보호를 받고 있다 ― 적어도 대신부님의 보호를. 이렇게 양식 있는 짓이 또 어디 있겠습니까?

On the general policy it continues to call Montero a gran' bestia, and stigmatize his brother, the guerrillero, for a combination of lacquey and spy. What could be more effective? In local affairs it urges the Provincial Government to enlist bodily into the national army the band of Hernandez the Robber ― who is apparently the protégé of the Church ― or at least of the Great Vicar. Nothing could be more sound. (198)

데쿠드의 자조적 발언에서 두 가지 담론전략이 드러난다. 첫째로 진보의 이념을 증진하기 위하여 반대파의 목소리를 폄하한다. 정치적 투쟁에 있어 상대방의 약점을 부각시키고 적을 비인간화시키는 흑색선전이 가장 효과적인 투쟁방법 중에 하나인 것이다. 두 번째로 그의 신문이 택한 전략은 지방정부로 하여금 광산업을 보호하는 우호적인 조치를 취하도록 압력을 가하는 것이다. 진보의 목소리를 대변하는 이 신문은 정부가 보다 많은 사람을 징집하여 헤르난데즈가 이끄는 '국군'을 강화하도록 압력을 가한다.

술라코인들은 산토메 은광이라는 강력한 조직과 연관되어 존재한다. 광산의 경영주 굴드, 광산 노동자 지배인 노스트로모, 광산의 방위책임자 돈 페페, 의사 모니검, 탄광 노동자의 복지를 위해 일하는 굴드 부인이 그들이다. 이 막강한 구심적 기관은 사회전체를 재편성하고 은의 생산과 더불어 원심적 세력들을 유혹한다. 광산의 구심력은 정치적 위기의 시대에 다양한 사회조직을 유인하여 목소리들의 통합을 도모한다. 반란세력에 의하여 위협을 느낀 서구인 지역의 구성원들은 자신들의 목소리를 조정하여 물질적 이익 증대와 발전이라는 통합적 목소리로 일치단결한다. 군대를 파병할 때 술라코의 상류층들은 굴드의 저택에 회동한다. 그들에게 굴드는 구심적 힘을 지닌 부의 화신이며 "혁명이라는 유동적 바탕 위에서 성취할 수 있는 확고한 안정의 상징이다"(192). 정치적 소요 속에서 자신들의 이익을 지켜줄 수 있는 유일한 희망인 셈이다. 그들이 한 목소리를 낼 수 있었던 것은 그들이 추구하는 번영과 안정이 광산에 달려 있다고 보았기 때문이다. 그들의 지배력이 외적 세력에 의해 위태로워지자 상류계층은 자발적으로 통합되어 단일한 목소리를 내는 것이다.

찰스 굴드와 그의 은이 지닌 구심력은 술라코 항에서의 은궤 수송 장면에서 재언급 된다. "술라코에 사는 유럽인들 거의가 지금 찰스 굴드를 중심으로 모여 있었다. 마치 광산의 은이 공동목표의 징표요. 최고로 중요한 물질적 권익의 상징이라도 된 듯하였다"(260). 끌어당기는 은의 힘은 사람들을 일치단결시켜 "어떠한 대가를 치루더라도 광산의 신성불가침은 보존되어야 한다고"(112) 한목소리를 내게 하는 것이다. 광산이 위협 받는다면 공동의 이익 역시 위태롭다는 사실에 의견일치를 본 것이다. '반역적' 민족주의 세력들은 광산으로 인하여 증대된 부를 나누자 요구한다. 은광의 사업확장과 점증되는 정치적 영향력은 여러 계층을 자극하여 목소리를 내게 한다. "부를 생산하는 것"(244)으로서 광산은 정치적 투쟁의 중심으로 이동하고 혁명정권과 직면한 찰스 굴드는 광산이 몰수당한다면 폭파하겠다고 위협한다. 광산이 나라 전체에 끼치는 영향력을 강조하여 위협하는 전략을 세운 것이다. 페드로 몬테로에게 광산 몰수 시 일어나게 될 결과를 알려주면서 굴드는 고도의 대화전략을 사용한다. "산토메 광산의 파괴는 다른 사업의 도산, 유럽 자본의 철수, 아마도 외국차관의 불입보류 등을 초래할 것이라고"(403) 경고한다. 광산 경영주의 광산폭파라는 "충격적인 선언"(403)은 효과를 보았다. 몬테로는 권력욕만큼이나 물질에 대한 욕망도 컸다는 사실을 간파한 정치적 도박의 승리인 셈이다.

5. 이념적 변화와 담론

진보의 역사의 대체 담론인『노스트로모』는 결과에 대한 두 가지의 근본적인 질문을 제기한다. '진보의 역사는 어디로 향하는가?' '물질적 이익을 향한 질주가 개인의 삶에 미치는 영향은 무엇인가?'이다. 낙관적 진보론적 관점으로는 역사에 참여한 개인의 궁극적 동기와 인과관계를 추적할 수 없다. 콘래드의 '역사'는 은이라는 구심력에 사로잡힌 개인의 운명을 기록한다. 중심인물인 굴드와 노스트로모는 사회적 투쟁의 과정에서 이념의 변화를 겪게 된다.

사회적 투쟁에 깊이 개입함에 따라 굴드는 자신의 사업이 지닌 정치적 의미를 이해하게 된다. 그는 빠져나올 수 없을 정도로 깊이 코스타구아나의 정치에 간여하게 되고 유럽식의 정치적 안정은 성취할 수 없는 목표라고 인정하게 된다. 정치적 투쟁을 경험함으로써 그는 하나의 단어가 타자의 나라에선 여러 다른 의미를 지닐 수 있다는 사실을 깨우치게 된다. 말의 의미는 사용자와 발화된 상황에 의해 규정된다.

적대적 정치가 난무하는 국가에서 "자유, 민주주의, 애국심, 정부"(408) 같은 이념적 단어들은 사용자의 입장에 따라 아주 다른 의미를 지니게 된다. 굴드는 말의 의미가 지니는 문맥적 상대성을 간과하지 않았다. 그는 "현지"에서 생성된 정치 담론이나 실천행위에 대한 경멸감을 노골적으로 표출한다. 광산을 자주적이고 민족적인 기관으로 확립하려는 초기의 의도와는 달리 그는 코스타 구아나의 정치적 파벌을 배후에서 조종하기에 이른다. 자신의 이상 실현의 도구로서의 물질이 목적으로 전도된 것이다. 그는 자신의 사업을 위해 필요한 것이라면 의도적 타협을 불사한다. "사회 질서"의 원천인 광산의 부를 증대시키기 위하여 적대 세력을 매수하고 자신의 도덕적 원칙을 파괴한다는 점에 굴드의 행위는 모순된다. 굴드의 딜레마는 광산이 구심적 힘을 가지면 가질수록 권력의 분배를 요구하는 "현지" 세력과 결탁해야한다는 사실이다. 서술자는 굴드가 도덕적 "순수성"과 사회적

"유용성"이라는 설립 원칙을 위배하고 있다고 평가한다.

> 이제 광산은 전과 같은 상황에 놓이지 않았는가. 그나마 앞으로는 광산의 재력이
> 자극하는 탐욕뿐 아니라 도의적 부패에 묶였던 처지를 섣불리 벗어나려고 했던 탓
> 에 불러일으킨 노여움마저 감당해야 하게 된 것이다.

> And now the mine was back again in its old path, with the disadvantage that
> henceforth it had to deal not only with the greed provoked by its wealth, but with
> the resentment awakened by the attempt to free itself from its bondage to moral
> corruption. (370)

서술자가 견지하고 있는 진보에 대한 비관적 견해는 모니검 의사의 주장과 일치
한다. 이는 진보주의에 대한 불신과 좌절로 이어진다. 진보라는 역사적 상상물에
대한 콘래드의 심판은 에밀리아 굴드에게 모니검 의사가 마지막으로 전한 말 가
운데 잘 요약되어 있다: "물질적 권익의 발전에는 평화도 휴식도 없습니다. 거기
에도 그 나름의 법과 정의가 있긴 하지요. 허나 그것은 방편을 토대로 하는 것이
기에 비인간적입니다"(511).

　"연안의 이야기"로 명명될 수 있는 소설의 마지막 삽화 역시 역사 담론에
대한 콘래드의 비판의 일부로 볼 수 있다. 이 부분은 개인의 역사적 경험이 민족
의 역사와 결합되는 모습을 상세히 조명한다. 노스트로모의 '사적' 역사를 관찰하
여 보여줌으로써 경제적 요인에 연루된 그의 행동의 '진정한' 동기와 원인이 무엇
인지 규명하고 있다. 한 영웅의 개인사에 민족의 역사는 단지 배경으로 작용한다.
노스트로모의 삶은 선형적 진보의 패턴을 따르지 않고 오히려 좌절된 실패담을
반영한다. 노스트로모의 비극은 "아주에라에 있는 불법화된 부를 정복하기"(526)
위하여 자신들의 목숨을 담보한 두 명의 그링고에 관한 전설을 상기시킨다. 이 전
설은 진보의 담론에 의해 은폐된 물질욕에 사로잡힌 인간의 종말을 잘 예견하고

있다. 그링고의 전설과 "연안 이야기"를 병치함으로써 진보의 역사담론에 대한 콘래드의 비판을 잘 보여준다. 이 두 실패의 담론은 코스타구아나의 역사를 진보의 개념으로 정리하려는 역사담론에 저항하고 있다. 그러나 전설 속 그링고와 노스트로모의 유사성은 주제의 면으로 볼 때 사라진다. 연안의 이야기는 담론들 간의 일련의 투쟁들로 구성되어 있다. 사회적 투쟁은 담론을 통하여 개인의 의식에 이입된다.14)

주인공 노스트로모의 이념의 변화는 타인의 목소리와 접촉을 통하여 이루어진다. 『노스트로모』가 보여주는 이러한 이념적 입장의 변화와 다양한 목소리와의 융합 등은 역사 담론이 반영할 수 없는 부분이다. 대중의 명성을 추구하는 노스트로모는 파투산의 짐과 같이 타인들이 자신에 대해 하나로 통합된 담론을 만들도록 노력한다. 그의 신망과 명성은 그가 보여준 신뢰와 용기 그리고 술라코 공동체에 대한 충성과 봉사에 근거하고 있다. 그러나 이러한 대중의 영웅을 데쿠드는 여동생에게 보낸 편지에서 "삶의 가치가 개인의 명성에 달려 있는"(248) 인물로 소개한다. 테레사 역시 그가 봉사하는 권력의 착취적 성향을 인식하지 못한다고 보았기 때문에 타인의 칭송만을 염원하는 일 자체가 어리석다고 지적한다. 그러나 노스트로모는 그녀가 자신에게 가족을 돌보는 책임을 지우는 것은 이기적 요구라 판단하여 거절한다.

노스트로모의 이념의 변화는 사회로부터 격리된 상황에서 나타난다. 은괴 수송선이 좌초하여 무인도에서 깊은 잠에서 깨어난 노스트로모는 이념의 변화를 처음 경험하게 되는데 이는 사람과의 직접 대면을 통해서가 아니라 이전에 들었던 타인의 목소리와의 대화적 투쟁을 통해서이다. 그가 거부했던 테레사나 비올라 영감 같은 이들의 말이 새롭게 재구성한 자신의 담론과 융합된다. 외딴 섬에 고립되어 은괴에 유혹된 노스트로모는 또 다른 욕망에 갇힌 셈이다. 그의 대중적

---

14) 콘래드는 사회적 투쟁을 대화의 형식을 통해 개인의 의식 내재화하는 주제를 『서구인의 눈으로』에서 심도 있게 다루게 된다.

이미지와 명성은 사람이 없는 무인도에선 무의미한 것이다. 그는 비올라 영감이 민중 혁명에 언급한 내용을 상기한다.

> 전에 조르지오 비올라가 한 말은 너무 옳았다. 왕, 성직자, 귀족, 부자들은 대체로 사람들을 종속시켜 자기들을 위해 싸우고 사냥하는 개를 키우듯 가난 속에서 살게 한다는 것이었다.

> What he had heard Giorgio Viola say once was very true. Kings, ministers, aristocrats, the rich in general, kept the people in poverty and subjection; they kept them as they kept dogs, to fight and hunt for their service. (415)

일련의 내적 독백과 타인의 말을 상기하면서 새로운 이념적 입장을 재구성한다. 대중적 명성을 추구했던 야망을 부에 대한 개인적 욕망으로 치환시킨 것이다. 갈등의 담론이 지닌 이념적 투쟁을 내재화함으로써 노스트로모의 목소리는 새로운 입장을 지지하는 목소리들과 융합된다. 노스트로모는 광산을 처음으로 비판적으로 바라보게 되었으며 자신의 행위를 계급투쟁으로 인식하기 시작했다.

> 가난과 굶주림의 저주를 이기지 않았던가. 그는 혼자 힘으로 그 일을 해냈던 것이다─아니 악마의 도움을 받았는지도 모른다. 그럼 어떤가? 그는 배신을 당했는데도 그 일을 해내지 않았는가. 게다가 가난한 자의 용기와 노력과 충성, 전쟁과 평화, 마을의 노동력, 바다와 평원들 위에 엄청난 재력으로 군림하는 그 지겹게 방대한 산토메 광산도 동시에 구해내지 않았던가?

> He had defeated the spell of poverty and starvation. He had done it all alone—eor perhaps helped by the devil. Who cared? He had done it, betrayed as he was, and saving by the same stroke the San Tomé mine, which appeared to him hateful and immense, lording it by its vast wealth over the valour, the toil, the fidelity

of the poor, over war and peace, over the labours of the town, the sea and the Campo. (502-2)

은괴 소유를 정당화하기 위하여 명성을 추구하던 초기의 신념에 반대했던 사람들의 말에서 오히려 새로운 이념적 동조를 구하고 있다. 광산의 절대적 지배력에 도전하기 위하여 권위에 대항하라는 말들을 기억으로부터 불러내어 새로이 재구성하는 것이다. 노스트로모는 산토메 광산이 코스타구아나 전역에 미치는 거대한 구심적 힘을 행사하고 있다는 사실을 비로소 인식하게 된 것이다. 부의 원천이라 여겨진 광산이 사회적 불평등과 가난한 자의 착취의 주범이 된 셈이다. 노스트로모는 자본주의 기업으로부터 자신을 이념적으로 분리했으나 은이 지니는 구심력을 거부하는 데는 실패한다.

소설의 핵심 인물인 굴드와 노스트로모는 역사의 소용돌이 속에서 자신들의 이념적 변화를 겪게 된 것이다. 작가는 두 인물의 이념의 변화 과정을 보여줌으로써 진보의 역사에 적극적으로 참여한 이들이 자신들의 물질적 욕망을 허구적 이념으로 은폐하고 있다는 점을 지적한다. 『노스트로모』는 주체며 역사를 적극적으로 만들어 보려고 이들이 물질에 의해 지배되는 모습을 그려내고 있다.

6. 맺음말

콘래드의 『노스트로모』는 코스타구아나의 역사가 유럽식의 진보의 역사를 답습하지 않는다는 점을 잘 보여주고 있다. 산토메 광산을 구심점으로 하는 코스타구아나의 정치적 갈등은 진보의 역사관에 대한 저항으로 볼 수 있다. 콘래드는 코스타구아나 사회에 내재된 복수성과 역동성을 단순히 진보의 역사관으로 해석할 수 없다는 점을 명백히 지적하고 있다. 다양한 사회적 목소리의 출현과 투쟁은 코스타구아나 역사의 특성이기도 하다. 콘래드는 근대 유럽의 진보논리가 남미라는 '타자'의 나라에 그대로 적용할 수 없다는 사실을 증명해 보인 것이다. 근대적 발전론적 시각으로 볼 때 혼돈으로 보이는 코스타구아나의 역사야말로 삶의 다양성과 투쟁하는 목소리들이 살아 있는 역동성을 지니고 있다.

『노스트로모』는 사회적 담론의 투쟁의 양상을 점검하여 사회적 갈등의 원인을 추적한다. 다양한 목소리와 투쟁전략을 담고 있는 사회적 담론을 수용하는데 기존의 역사 담론이 한계가 있음을 소설 『노스트로모』는 잘 보여주고 있다. 『노스트로모』에서 콘래드는 사회적 투쟁을 통하여 담론이 축조되는 과정을 노출시킴으로써 이들 담론이 지극히 주관적이고 상대적이란 사실을 지적한다. 따라서 이들 담론이 생성되는 서술 환경을 제시하지 않은 채 역사 자료로 사용하는 것은 위험하다고 경고한다. 사회적 담론이 "이차적 인상"이란 사실과 주관적 입장을 담고 있다는 사실을 무시하고 일차 사료로 쓰고 있는 진보주의 역사담론을 비판하고 있다. 콘래드는 역사의 소용돌이 속에서 구성원들의 이념과 이상이 변화하고 타락하는 과정을 극화시켰다. 『노스트로모』에 등장하는 인물들의 목소리는 서로 경쟁하고 동시에 서술자의 목소리와도 충돌하는 모습을 보여준다. 콘래드가 『노스트로모』를 통하여 구축하고자 한 것은 역동성을 지닌 다양한 갈등의 목소리와 담론을 위하여 "살아 있는" 서술 환경을 만드는 것이다. 콘래드는 이러한 목소리의 주인공인 역사 주체들이 서로 접촉하고 투쟁하여 변모하고 공존하는 살아 있는 환경을 조성한 것이다.

인용 문헌

Bakhtin, M. M. *The Dialogic Imagination*. Austin: Texas UP, 1981.

Bakhtin/Medvedev. *The Formal Method in Literary Scholarship: A Critical Introduction to Sociological Poetics*. Cambridge, Massachusetts: Harvard UP, 1985.

Bloom, Harold. ed. *Joseph Conrad's "Nostromo."* New York: Chelsea House Publishers, 1987.

Conrad, Joseph. *Nostromo*. Oxford: Oxford UP, 1984.

_____. *Notes on Life and Letter II*. London: J.M. Dent & Sons, 1928.

Demory, Pamela. "*Nostromo*: Making History." *Texas Studies in Literature and Language* 35 (1993), 316-46.

Foucault, Michel. *Power/Knowledge*. London: Harvester Wheatsheaf, 1980.

_____. *Archaeology of Knowledge*. London: Routledge, 1989.

Fogel, Aaron. *Coercion to Speak: Conrad's Poetics of Dialogue*. Cambridge, Massachusetts: Harvard UP, 1985.

Graham, Gordon. *The Shape of the Past*. Oxford: Oxford UP, 1997.

Greaney, Michael. *Conrad, Language, and Narrative*. Cambridge: Cambridge UP, 2002.

Hawthorn, Jeremy. *Cunning Passages: New Historicism, Cultural Materialism and Marxism in the Contemporary Literary Debate*. London: Arnold, 1996.

Hay, Eloise Knapp. "*Nostromo*" in Stape, J. H. ed. *The Cambridge Companion to Joseph Conrad*. Cambridge: Cambridge UP, 1996, 81-99.

Jean-Aubry, G. ed. *Joseph Conrad: Life and Letters*. London: Heinemann, 1927.

Jefferson, Douglas and Martin, Graham ed. *The Uses of Fiction*. Milton Keynes: Open U.P, 1982.

McAlindon, T. "*Nostromo*: Conrad's Organicist Philosophy of History." in Bloom. 1987, 57-68.

Oates, Joyce Carol. "'The Immense Indifference of Things': The Tragedy of Conrad's *Nostromo*." *Novel* 9. 1975, 5-22.

Spatt, Hartley S. "*Nostromo*'s Chronology: The Shaping of History." *Conradiana* 8 (1976), 37-46.

Tennyson, G. B. ed. *A Carlyle Reader: Selections from the Writings of Thomas Carlyle*. Cambridge: Cambridge UP, 1984.

White, Hayden. *Metahistory: The Historical Imagination in Nineteenth-Century Europe*. Baltimore, Md.: The Johns Hopkins UP, 1973.

■ 이 글은 『19세기 영어권문학』 9권 2호(2005)에 실린 글을 수정, 보완한 것이다.

12.

『비밀요원』의 멜로드라마 실험

성은애

1. 머리말: 누구의 이야기인가?

콘래드의 『비밀요원』(*The Secret Agent*, 1907)은 "단순한 이야기"(A Simple Tale)라는 부제에도 불구하고 결코 단순하지 않으며, 스파이 스릴러, 정치 소설, 세태 풍자, 가족 멜로드라마의 요소를 두루 갖춘, 복잡하고 혼란스러운 양상을 띠고 있다. 물론 여러 가지 장르들의 관습을 모방하고 혼합하는 양상을 보여주는 것이 비단 『비밀요원』에만 해당되는 것은 아니지만, 『비밀요원』이 기존 장르들에 대한 소설의 '오이디푸스적 복수', 혹은 '반-장르'(anti-genre)적인 성격 (Eagleton, *Novel*, 1; *Grain* 24)을 매우 의식적으로, 또한 뚜렷하게 보여주는 예들 중 하나라고 할 수는 있을 것이다. 따라서 이 작품에 대한 접근은 그 많은 요소들 중 어떤 것을 작품에 접근하는 첫 번째 열쇠로 삼을 것인가에 대한 고민으로부터 출발할 수밖에 없다.

제목과 도입부를 보면 이 소설의 주인공은 러시아 대사관과 영국 경찰청 사이에서 이중첩자 노릇을 하는 벌록(Verloc)인 듯하지만, 벌록의 역할은 러시아 대사관의 블라디미르(Vladimir)의 지시로 폭탄 테러 사건을 벌이다 실패하는 과정에서 거의 소진되어버린다. 테러 준비과정에서 시간적 배경이 느닷없이 테러 불발 이후로 건너 뛰어버린[1] 4장 이후, 이 작품은 그리니치 천문대 폭파 미수 사건을 중심으로 한 스파이 스릴러[2]로 진행되기보다는 이 사건과 관련된 인물들의 심리적 반응과 행보에 초점을 두고 전개된다. 폭파 사건의 전말을 보게 될 것이라 기대되는 바로 그 지점에서 독자들은 사건 자체가 아니라 폭탄 제공자 교수 (Professor)를 만나게 되고, 뒤이어 교수를 눈여겨보고 있는 히트 경감(Inspector Heat)과 그의 상관인 부국장(Assistant Commissioner)을 만나게 된다. 더 나아가

---

1) 이 작품의 시간 전도, 시간의 축소와 확대에 대한 분석은 배종언, Peters 참조.
2) 19세기말에서 20세기 초반에 유행한 스파이 소설, 혹은 테러리스트 소설에 관해서는 Trotter 167-74, Melchiori 34-83 참조.

부국장이 드나드는 클럽에 나오는 고위층 부인 ― 그녀는 우연히도 벌록의 집에 드나드는 무정부주의자 미캘리스(Michaelis)의 후견인이기도 하다 ― 과 국무장관 에셀리드 경(Sir Ethelred)까지 나오면, 이 작품은 어느새 폭파 사건3)의 스펙터클을 중심에 둔 스파이 스릴러가 아니라 영국 사회의 조직 전체가 움직이는 기본 메커니즘을 보여주는 정치 풍자의 영역으로 진입한다.

그런가 하면 다시 시간을 사건 직전으로 되돌린 8장부터, 이야기는 벌록 가족의 몰락과정을 다루는 비극적인 가정 소설로 변신한다. 동생 스티비(Stevie)의 사건 개입과 관련된 히트 경감과 남편 벌록의 대화를 엿들은 위니(Winnie)가 플롯의 중심으로 들어와 11장에서 벌록을 살해함으로써 마지막 두 장을 남겨두고 그나마도 미심쩍은 주인공이었던 '비밀요원' 벌록은 작품에서 완전히 퇴장한다. 작품의 나머지는 불행한 결혼생활을 살인으로 마감한 위니가 오시폰(Ossipon)에게 농락당하는 과정과 그녀의 억울하고 절망적인 자살이 언론에 보도된 장면을 묘사함으로써 불행한 위니에게 온전히 바쳐지는 것이다. 위니의 행적은 억지로 유지되던 '인형의 집'에서 예기치 않게 뛰쳐나오게 되는 과정을 통해서 19세기적 성역할을 비판한 것으로 해석할 수도 있겠고, 당시 유행하던 '나쁜 여자'(Bad Girl)의 가출 이야기(Mayer 575)를 활용한 것으로 볼 수도 있겠다. 한편 위니의 자살을 보도하는 기사를 둘러싼 교수와 오시폰의 대화는 타인의 절망과 불행을 먹잇감으로 삼는 현대 저널리즘과 독자들의 속성을 풍자하는 대목으로 읽을 수도 있을 것이다(Nohrnberg 56; Mallios 156, 165). 이렇듯 여러 가지 이야기를 동시에 보여주는 『비밀요원』은 누구의 이야기이며 무엇에 바쳐진 이야기인가?

그런데 콘래드 자신은 작품을 발표한 지 13년 후에 내놓은 "작가의 말"(Author's Note)에서 이 작품을 '위니(Winnie)의 이야기'라고 언급한다(Conrad 12). 물론 작가의 한 마디가 이 작품에 대한 작가의 핵심적인 의도와 바로 연관된

---

3) 1894년 2월 15일에 있었던 그리니치 천문대 폭파 미수사건과 그에 대한 영국내의 반응에 대해서는 Mulry 44-46 참조.

다고 받아들이기는 힘들다. 『비밀요원』에는 위니의 이야기라고 하기에는 그녀의 삶과 직접적으로 관련되지 않는 요소들이 양적으로나 질적으로 과도하게 포함되어 있기 때문이다. 이 작품이 당시 런던에서 활동하던 무정부주의자들과, 1894년에 있었던 그리니치 천문대 폭파 미수 사건이라는 '폭탄테러'를 플롯의 중심부에 배치했다는 면에서 발표 당시부터 정치적으로 매우 민감하게 받아들여졌고 이러한 '정치적' 반응을 콘래드 자신이 다소 부담스러워했다는 점(Conrad 12)을 고려하면, 이 작품이 '위니의 이야기'라는 작가의 말은 작품의 정치적 의미를 조금이라도 탈색시켜 정치적 논란에서 벗어나려는 의도에서 나온 표현이라고 해석될 수도 있을 것이다.

그러나 '위니의 이야기'라는 언급이 정치적 부담을 덜기위한 작가 측의 회피성 발언이라고만 볼 수도 없다. 실제로 작품의 후반으로 가면 작품의 중심 인물이 벌록 아닌 위니로 전환되어 있으며, 특히 타이틀 롤인 벌록이 사망한 11장 이후에도 상당 분량에 걸쳐 위니의 공포와 방황, 절망의 과정이 상세하게 묘사되어 있고, 바로 위니의 이야기를 다루는 12-13장의 존재 여부가 『비밀요원』의 전체적인 구성에 결정적인 역할을 하기 때문이다. 게다가 콘래드 자신이 연극으로 각색한 1922년작 『비밀요원』은 무대 상연을 위하여 극적인 갈등을 강조하다 보니 결국은 위니의 스토리에 중점을 둘 수밖에 없었다. 물론 암시적인 것들을 파괴해버리는 예술 장르에 대해 회의적이었던(마이어스 557) 콘래드는 이 각색이 원작을 "끔찍하고 지저분한 이야기" 정도로 만들어버린 것이 아닐까 회의를 품기도 했지만 말이다(마이어스 560).[4]

그렇다면 소설 『비밀 요원』은 위니의 이야기인가, 아닌가? 위니의 이야기는 이 작품을 통속화시키는 장치일 뿐인가, 아니면 작품의 전체적인 의미와 긴밀하게 연관되어 있는가? 한 가족의 운명을 다루는 멜로드라마와 영국 사회 전체를

---

4) 『비밀요원』의 연극용 각색과 그 이후 이 작품을 원작으로 한 영화에 관한 포괄적인 논의로는 류춘희(2008) 참조.

움직이는 기본 원리를 문제 삼는 사회 비평의 결합이라는 면에서『비밀 요원』은
『어려운 시절』(*Hard Times*)이나『블리크 하우스』(*Bleak House*)을 비롯한 찰스
디킨즈(Charles Dickens)의 후기 소설들을 연상시키기도 한다.[5] 본문에서는『비
밀요원』의 콘래드를 멜로드라마의 해체와 활용이라는 차원에서 디킨즈의 계승자
로 부를 수 있다는 전제 하에, 원치 않은 결혼과 가정의 파탄을 다룬 멜로드라마
가 디킨즈와 콘래드의 실험을 거쳐 정치 풍자와 사회 비평이라는 영역과 만나는
과정을 검토해보기로 한다.

2. 안전한 삶을 위한 위험한 결혼

콘래드의『비밀 요원』이 '위니의 이야기'라고 말하는 것은 디킨즈의『어려
운 시절』이 '루이자(Louisa)의 이야기'라고 말하는 것, 혹은『블리크 하우스』가
'데들록(Dedlock) 부인의 이야기'라고 말하는 것과 비슷한 의미에서다. 이들의 이
야기는 독자의 흥미를 지속시킬만한 통속적인 스토리 라인을 형성하면서 동시에
당대 사회의 중대한 국면들을 드러내주는 촉매 역할을 한다. 게다가 이 인물들의
성격과 행보는 매우 비슷해서, 콘래드가 디킨즈의 작품에서 받은 영향력을 실감
케 한다. 루이자가 동생 톰(Tom)의 미래에 대한 일종의 보험으로 아버지뻘 되는
자본가 바운더비(Bounderby)와의 결혼을 결심하는 과정이나, 준남작 부인으로 귀
족적인 삶을 영위하고 있는 데들록 부인이 니모(Nemo)와의 은밀한 과거사가 드
러나면서 겪는 갈등은, 가난한 하숙집 딸로 태어나 무능한 어머니와 발달 장애가
있는 동생 스티비(Stevie)의 부양을 책임져줄 남편감으로서 벌록을 선택한 위니의
심리상태와 유사한 점이 많다. 프레드릭 칼(Frederic Karl)은『비밀 요원』을 "콘

---

5) 콘래드와 디킨즈의 연속성을 검토한 논문으로는 Harrington(2004), Lesser(1985), Walton(1969)
   참조

래드판 『블리크 하우스』"라고 언급하기도 했는데(Harrington 53), 두 작품의 유사성은 대도시 런던에 대한 묘사에서 뿐만 아니라, 여성 인물의 심리와 상황을 드러내는 방식에서도 감지된다.

　『어려운 시절』의 루이자나 『블리크 하우스』의 데들록 부인이 복잡하게 요동치는 내면을 드러내지 않으면서 그들의 중대한 결정이 타인의 시선을 통해서 묘사되듯이, 『비밀요원』에서 위니가 벌록과의 결혼을 결심하는 과정은 위니 자신의 내면으로부터 묘사되지 않는다. 루이자의 결혼에는 아버지 그랫그라인드(Gradgrind)의 합리적 계산이 작용했고 데들록 부인의 결혼에는 미모와 지위의 결합이라는 사회적 전략이 자리 잡고 있었듯이, 위니의 결혼 결정에는 부양가족을 고려한 어머니의 판단이 중요하게 작용했다. '안전'(safety)은 위니의 삶을 결정하는 가장 중요한 키워드인데, 문제는 이것이 위니 자신이 아닌 위니의 어머니가 이 결혼에서 가장 만족스럽게 생각하는 요소라는 점이다. 위니의 결혼 과정을 위니 자신이 아닌 어머니의 시선으로 드러내는 서술은 이 결혼이 처음부터 당사자인 위니의 감정과 판단에 의한 것이 아닌, 다른 사람의 욕구에 기초한 것임을 처음부터 뚜렷하게 보여준다.

　위니의 어머니는 위니와 벌록의 살림집이 소호의 누추한 가게라는 데에 실망하지만, 그래도 사위의 너그러움 덕분에 자신과 아들 스티비가 물질적인 걱정에서 벗어날 수 있었다는 데에 안도한다. 사위에 대한 위니 어머니의 안도감은 한 단락 안에서 "물질적인 걱정의 완전한 제거"(a complete relief from material cares), "절대적으로 안전한 느낌"(a sense of absolute safety), "딸의 미래가 아주 확실"(daughter's future was obviously assured), "불안감이 없음"(no anxiety), "벌록 씨의 친절하고 너그러운 품성"(Mr. Veloc's kind and generous disposition), "이 거친 세상에서 아주 안전"(pretty safe in this rough world) 등의 비슷비슷한 구절이 반복되는 것으로도 표현된다(Conrad 17, 이하 작품 인용은 괄호 안에 면수만 표시). 어머니는 딸에게 "얘, 네가 저런 좋은 남편을 만나지 않았더라면 . . .

저 불쌍한 애가 어떻게 되었을지 모르겠구나"(41)라고 수시로 다행스러운 감정을 드러낸다.

어머니에게 의미 있는 유일한 삶의 가치는 '안전'이다. 작품 속에서 그녀의 모든 결정은 이 키워드에 의해 이루어지는데, 남매를 키우면서 평생토록 최소한의 안정을 확보하기 위해 안달해야 하는 삶을 살아온 위니의 어머니는 급기야 자진해서 사설 구빈원으로 이주하는 희생을 치름으로써 아들과 딸의 '안전'을 확보해주려 한다(127).

> 위니의 결혼에 따른 최초의 안정감은 시간이 갈수록 시들해졌고(영원한 것은 없으니까), 벌록 부인의 어머니는 뒷방에 홀로 틀어박혀 과부가 된 여인에게 세상이 새겨주는 경험의 교훈을 되새겼다. 그러나 그녀는 그 가르침을 공허하고 씁쓸한 기분으로 되새기진 않았다. 오히려 그녀의 체념은 거의 위엄의 경지에 달하고 있었으니까. 그녀는 극기주의자처럼 생각했다. 세상 만물은 모두 쇠하고 낡기 마련이라고, 선의를 가진 사람이 쉽게 친절을 베풀 수 있게 되어야 한다고, 그녀의 딸 위니는 정말 헌신적인 누나이며, 확신에 찬 아내라고 [중략] 그녀는 벌록 씨의 친절에 부담을 덜 줄수록 그 효과가 더 오래 지속될 것이라는, 냉정하고도 합리적인 견해를 취했다. 이 훌륭한 남자는 물론 아내를 사랑하지만, 그 감정을 적절하게 보여주기에 적합할 정도로 그녀의 친인척을 되도록 적게 부양하는 것을 더 선호할 것임에 틀림없다. 그 모든 효능이 가엾은 스티비에게 집중된다면 더 좋을 것이다. 그리고 이 영웅적인 노파는 헌신의 행위로서, 그리고 심오한 정책의 조처로서, 그녀의 자녀들로부터 떠나기로 결심했다

> The first sense of security following on Winnie's marriage wore off in time (for nothing lasts), and Mrs Verloc's mother, in the seclusion of the back bedroom, had recalled the teaching of that experience which the world impresses upon a widowed woman. But she had recalled it without vain bitterness; her store of resignation amounted almost to dignity. She reflected stoically that everything decays, wears out, in this world; that the way of kindness should be made easy

to the well disposed; that her daughter Winnie was a most devoted sister, and a very self-confident wife indeed [...] She took the cold and reasonable view that the less strain put on Mr Verloc's kindness the longer its effects were likely to last. That excellent man loved his wife, of course, but he would, do doubt, prefer to keep as few of her relations as was consistent with the proper display of that sentiment. It would be better if its whole effect were concentrated on poor Stevie. And the heroic old woman resolved on going away from her children as an act of devotion and as a move of deep policy. (135)

어머니는 당사자 위니 자신의 감정보다는 결혼으로 확보될 경제적 안정을 더 염두에 둔 결정을 내리고 그것을 딸에게 주입할 뿐만 아니라, 스티비의 생계가 일단 확보된 후에는 그것을 좀 더 안정적으로 지속시키기 위해 자신이 사위에게 부담이 되지 않아야 한다고 판단한다. 문제는 위니 어머니의 헌신과 희생이 남매의 안전을 보장해주지 못했을 뿐만 아니라, 도리어 그들의 삶을 파국으로 몰아갔다는 아이러니이다.

반면, 결혼의 당사자 위니의 태도는 "깊이를 알 수 없는 무심함" (unfathomable indifference 16)이라고 묘사된다. 마치 감정이나 느낌이 아예 없는 사람처럼 기계적으로 남편의 지시에 따르고 남편의 친구들에게 예의를 지키며 주부로서의 역할을 다하는 위니는, 얼핏 보기에는 감정 기복이 심하고 종종 동기를 알 수 없는 기행을 저지르곤 하는 동생 스티비와 정반대의 인물인 것처럼 느껴진다. 이런 위니를 남편은 물론, 그녀의 어머니조차도 이해하지 못한다(Spector 70). 심지어 위니 자신도 스스로의 삶에 대해 깊이 생각하려 하지 않는다. 위니의 침묵과 무심함 때문에 독자들도 이 작품 내에서 상황에 근거한 추측 이상으로 위니의 감정과 판단을 이해할 수 있는 어떤 근거를 발견하기 어렵다.

여전히 어머니의 시선을 자유간접화법에 반영한 2장 결말의 서술에 의하면, 위니는 벌록을 만나기 전에 이미 이웃의 푸줏간 아들과 연인 관계였는데, 별 문제가 없었던, 심지어 꽤 열렬하게 진행되던 그 연애가 갑자기 종결되고 위니는 생기를 잃고 멍해졌으며 뒤이어 벌록이 위니의 집에 하숙을 하게 되면서 더 이상 푸줏간 아들은 아랑곳없이 벌록과 위니의 결혼이 일사천리로 진행되었다는 것이다 (41-42). 이것이 이 작품에서 위니의 결혼 과정을 설명해주는 유일한 대목임을 보면, 이 작품이 결혼과 관련된 위니의 내면을 의도적으로 감추려 한다는 점을 알 수 있다. 이러한 절제는 남성 작가인 콘래드로서는 여성 인물에 대한 어설픈 정형화라는 함정을 회피하는 수법이라고 하겠고, 독자의 입장에서는 동생과 어머니의 안정된 생활을 위해 사랑하지 않는 남자와 결혼한다는 통속적인 스토리 라인의 주인공인 위니를 과도하게 동정하거나 그녀에게 감정이입하지 않도록 막아주는 효과를 낳는다. 위니는 자신의 감정보다는 아이(여기서는 스티비)를 위한 '가장'을 중요시하는 여성인물(마이어스 384)이면서, 매력적인 외모와 냉랭하고 파악할 수 없는 이미지를 유지함으로써 가장인 벌록에게 두려움과 매혹을 느끼게 하는 동시에, 부부 간의 갈등이 좀 더 극적으로 표출되도록 만든다.

위니는 가족을 위해 자신의 욕구와 감정을 억누르는 인물이라는 점에서 가련한 희생자로서 동정심을 유발할 소지가 있지만, 막상 작품 속에 나타난 위니는 풍만하고 부드러운 체형을 지닌 매력적인 젊은 여성으로서, 그녀의 무표정과 과묵함은 가련하기보다는 단호하면서도 신비스러운 느낌을 준다. 게다가 남편 벌록은 그녀의 "철학적인, 거의 경멸조의 무심함"(philosophical, almost disdainful incuriosity 193)으로 인해 그녀의 내면에 쉽사리 접근할 수 없으며, 따라서 벌록은 자신이 가장 노릇을 하는 집에서 마치 "우리에 갇힌 커다란 짐승"(a large animal in a cage 193)같은 느낌으로 그려진다. 그들 사이의 침묵, 혹은 의사소통의 부재는 그들의 결혼 생활을 7년간 유지시켜준 비결이기도 했지만, 사실상 그 결혼 생활을 주도한 것은 위니이지 벌록이 아니다. 벌록은 단지 위니의 침묵을 자신에 대한 호감으로 오해하며 자위할 뿐이다. '깊이를 알 수 없는'(unfathomable)이라는 수식어를 자주 동반하는 그녀의 신비로운 단호함은 "자신의 매력이 가진 힘을 확신하는 여성"(a woman sure of the power of her charms 157)의 특징적인
태도인 것이다. 위니는 상황의 노예가 되어 가족을 부양해줄 남성과 원치 않는 결
혼을 해야 했던 멜로드라마의 여주인공이지만, 자신의 매력이 한 남성을 꼼짝없
이 붙들고 있다는 데에 대한 자신감을 바탕으로 주변 상황과 인물들을 자신의 의
지에 따라 통제하는 팜므 파탈의 느낌도 보여주는 인물이다. 위니는 그런 면에서
대부분의 경우 과도한 감정 이입과 더불어 가련한 피해자, 혹은 희생자로 등장하
곤 하던 19세기 멜로드라마의 여주인공에게 부여된 대중적인 이미지(Guest 635)
를 뒤집고 있다(Wheatley 27-28).

3. 폭력과 일상의 접합

『비밀 요원』의 설정이나 어조는 여러 가지 층위에서 아이러니를 보여주지
만, 그 가운데서도 가장 극적인 아이러니는 무엇보다 삶의 안정성을 중시했고 오
로지 그 기준으로 모든 선택을 해왔던 위니의 가족이 당시의 영국 사회에서 정치
적으로 가장 민감한 부분, 심지어 생명을 위협하는 폭력의 음모와 가장 가까이 있
었다는 점이다. 위니의 어머니의 눈에 그저 너그럽고 돈 많은 신사로만 보였던 벌
록은 알고 보면 러시아 대사관과 영국 경찰에 동시에 봉사하는 이중 첩자였으며,
벌록의 가게는 험한 세상으로부터 가족을 지켜주는 보루이기는커녕 벌록의 신분
을 위장하는 도구이자 무정부주의자들의 회합 장소였다. 벌록에게 처가 식구들이
너무 부담스러울까봐 걱정하며 아들을 위해 희생하고자 했던 위니 어머니의 구빈
원행 결정은 오히려 스티비를 위험스러운 음모에 좀 더 쉽게 가담시키는 계기가
되며, 위니가 자신의 삶 전체를 대가로 치르더라도 보호하고 싶어 했던 스티비는
영국 사회를 뒤흔든 그리니치 천문대 폭파 미수 사건에 동원되어 불의의 사고로
희생된다. 미숙한 스티비가 혹시라도 길을 잃을까봐 위니가 겉옷에 달아준 주소

레이블은 스티비의 신분을 노출하는 증거가 됨으로써 위니가 벌록과 스티비의 죽음 사이의 연관을 감지하여 결국 남편을 살해하도록 만드는 계기가 된다.

『비밀 요원』의 장면 전환들은 남루하고 평범한 소시민의 일상과 사회 전체의 향배를 가르는 정치적 행위들, 관료적인 메커니즘, 공포를 유발하는 테러 행위 등이 생각보다 매우 긴밀하게 연관되어 있음을 분명하게 드러낸다. 이는 1880년대 이래 유럽에서 소형 폭탄을 사용하여 목표물 뿐 아니라 무고한 사람까지 대량으로 살상할 가능성이 있는 현대적인 테러 사건들이 잦아지면서 평범한 시민들도 테러의 희생양이 될 수 있다는 두려움이 만연하게 된 상황과 무관하지 않다 (Melchiori 36-37). 허름한 가게와 둔탁한 외모, 게으른 성품 때문에 벌록은 평범하다 못해 거의 경멸할만한 수준의 인물로 보이지만, 바로 그렇듯 이웃에서 흔히 볼 수 있는 남루한 중년 사내에 불과한 벌록이 러시아 대사관과 영국 경찰 사이의 이중 첩자 노릇을 하고 있었다는 것은, 일반 독자들에게 멀게만 느껴지는 파괴적 음모나 정치 조직, 국제 정치의 문제가 알고 보면 우리의 일상 아주 가까이 다가와 있음을 보여주는 하나의 환유라 할만하다.

모자란 지능과 불안정한 정서를 보이는 스티비, 동생과 어머니의 안정된 생활을 위해 모든 감정과 욕구를 억제하고 살아가는 위니로 이루어진 벌록의 가족과, 얼핏 보기에도 아무 일도 해낼 수 없을 것이 분명해 보이는 무정부주의자들은 어떠한 정서적, 이념적 공통점도 가지고 있지 않지만, 뒷골목의 가게와 러시아 대사관을 오가는 벌록의 이중생활은 이렇듯 이질적인 집단을 연결시키는 기능을 한다. 의외의 연결은 이뿐만이 아니다. 벌록의 무정부주의자 친구들은 모두 이런저런 경로로 자신의 게으름을 상류층, 혹은 약간의 자산을 소유한 여성들로부터의 금전적 후원으로 벌충하고 있는데, 이러한 설정 역시 매섭고 결연하며 극단적인 투쟁도 불사하는 무정부주의자의 이미지와는 거리가 있다. 특히 미캘리스 (Michaelis)를 후원하는 상류층의 어떤 노부인은 부국장의 아내 애니(Annie)와 사교 모임에서 친밀하게 지내는 사이이며, 부국장의 지휘를 받아 사건을 수사하는 히트는 러시아 대사관의 스파이 벌록을 자신의 개인 정보원으로 활용하고 있다. 벌록은 블라디미르의 지시를 이행하기 위해 늘 만나는 무기력하고 쓸모없는 무정부주의자 친구들 대신 가공할 위력의 폭탄을 제조하는 교수와 접촉하여 폭탄을 입수하지만, 교수는 폭탄 테러가 불발에 그쳐 스티비의 육신이 산산조각 난 상황에서도 아무렇지도 않게 유유히 시내를 활보한다. 위험인물로 교수를 주시하던 히트 형사는 교수를 "그냥 내버려 둬야 하는 미친 개"(a mad dog to be left alone 105)라 생각하며 체포하지 않는다. 결국 이 소설에 등장하는 모든 사회 집단들은 도대체 접촉할 여지가 있을까 싶을 정도로 이질적이며 서로 무관하게 살아가는 것처럼 보이지만, 사실은 자신의 이해관계에 따라 그 집단들 사이를 오가는 몇몇 사람들에 의해 매우 긴밀하게 하나의 시스템으로 연결되어 상호 의존하는 모양새를 갖추게 된다.

콘래드는 현대 사회에서 지극히 평범한 사람들이 언제라도 가장 끔찍하고 극단적인 사건에 휘말릴 수 있다는 것을 의식하고 있었으며, 그 상황에서 무기력한 개개인이 어떤 반응을 보이는가를 관찰하는 것이 인간 심성이 지닌 가장 내밀한 어떤 것을 드러내는 방법이라는 것을 잘 알고 있었다. 이 소설에서 가장 순진무구한 존재인 스티비가 사회를 뒤흔든 테러 사건의 주인공이 된다는 것은 폭력과 테러가 현실 속에서는 가장 조용하고 미미한 사람들의 평범한 일상과 아주 가까운 곳에 있다는 현실을 드러내준다.

멜로드라마에 등장하는 사회적·정치적 배경은 주인공의 고난과 불행을 초래하는 계기로서만 의미를 띠지만,『비밀요원』에 등장하는 국제 정치의 메커니즘과 위니의 불행한 가족사는 어느 한쪽이 다른 쪽의 배경이 되기보다는 상호 의존하면서 서로를 부각시키는 양상을 띤다. 즉 콘래드는 위니의 불행이 알 수 없는 어떤 기구한 운명이나 추상적인 의미에서의 '거친 세상'에 의한 것이라기보다, 위니가 전혀 의식하지도 못하고 통제할 수도 없는, 그러나 매우 정교하게 돌아가고 있는 거대한 정치적 메커니즘의 일부로 자기도 모르게 편입됨으로써 발생한 것이라는 점을 강조하고 있는 것이다.『비밀요원』은 현대 사회를 살아가는 그 누구라도 국제 정치에서 동맹이나 경쟁관계에 있는 다양한 국가들과 각 정치 세력들의 이해관계가 얽히면서 촘촘히 짜여가는 약육강식의 그물망에서 자유롭지 못함을, 그리고 결국 이러한 현대적 시스템의 실패는 위니나 스티비처럼 평범하게 살아가는 무명의 약자들이 고스란히 감당해야 한다는 것을 보여준다(Orr 120).

4. 선악의 피안

『비밀요원』의 멜로드라마가 국제 정치의 그물망과 긴밀하게 연관되면서 19세기에 유행하던 보편적인 멜로드라마의 공식과 가장 멀어지게 된 점은, 분명하게 선이 그어지기 마련인 멜로드라마적 선악 구분(Guest 635)이 흐려진다는 것이다. 빅토리아조의 멜로드라마가 기본적으로 사악하고 위험한 세상과 그에 적대하거나 고통 받고 희생되는 선한 주인공(Guest 638)의 대립구도를 근간으로 한 근대적 장르(Daly 14)라면,『비밀요원』의 세계에서는 그 어떤 인물도 이미 세상과 '적대'하고 있지 않다. 세상살이의 속물적인 이치를 가장 재빨리 깨닫고 그것을 실천하는 인물이 '악'으로 등장하고, 이제는 사라져가는, 혹은 이미 찾기 어려워진 덕목을 구현하는 인물이 '선'으로 등장하는 구도가 19세기 멜로드라마의 전형적인 공식이라면,『비밀요원』에는 그런 의미에서의 선한 인물이란 단 한 명도 등장하지 않는다.

물론 스티비와 위니라는 두 명의 '희생자'가 등장하긴 하지만, 이들은 이미 잃어버린 가치를 체현하는 도덕적인 준거(Guest 635)로 기능하기에는 너무 혼란스럽거나 마비된 인물이다. 멜로드라마에 필수적이었던 선량한 주인공 혹은 영웅 대신 들어선 것은 일종의 "부재하는 중심"(absent centre, Eagleton, *Novel*, 239), 혹은 침묵하는 주인공이다(Eagleton, *Grain*, 27).『비밀요원』의 각 구성 요소들은 영국 사회를 뒤흔들 작정이었던 그린위치 천문대 폭파 (미수) 사건을 중심으로 움직이지만, 그 사건의 스펙터클은 작품 속에 부재하며, 또한 사건의 열쇠를 주고 있는 스티비는 독자들에게 어지러운 원들로 이루어진 낙서와 맥락을 짐작하기 어려운 충동적인 발언 이외에는 침묵을 지킬 뿐이다.

자신의 성품을 드러내지 않기로는 위니 역시 마찬가지인데, 가족의 안정을 위해서 억지로 선택한 것이 분명한 결혼 생활에 대해서 아무런 감정적 반응도 보이지 않는 것으로 일관하는 위니의 태도 때문에 벌록은 스티비가 죽은 다음에도 위니의 마음속에 쌓여가는 증오심과 공격 본능을 전혀 예측하지 못한다. 위니는 자신이 겪었던 고통을 단 한 번, 남편에 대한 살인으로 표현하며, 남편 벌록은 자신의 아내가 가지고 있던 감정이 어떤 것이었는지 알아채는 바로 그 순간 아내의 손에 죽고 만다. 독자들은 물론 벌록보다는 위니의 감정에 조금 더 가까이 접근할 수 있기 때문에 벌록이 처한 운명의 아이러니를 느낄 수 있지만, 그런 순간에도 살인 장면의 묘사는 마치 영화의 점프 컷처럼 한순간 칼이 공중에 치켜 들린 장면에서 바로 그 칼날이 벌록의 가슴에 깊이 박힌 장면으로 이동하면서 그 순간 벌록의 마음속에 스쳐지나가는 생각들을 묘사함으로써 정작 가장 중요한 그 순간 독자들은 위니의 감정과 경험으로부터 차단된다.

> 그는 부분적으로는 천정에서, 또 일부는 벽에서 고기 자르는 칼을 꽉 잡고 움직이는 팔의 그림자를 보았다. 그것은 위에서 아래로 번쩍였다. 그 움직임은 여유로웠다. 그 움직임은 벌록 씨가 그 팔과 무기를 알아볼 수 있을 정도로 여유가 있었다. 그 움직임은 그가 그 불길한 징조의 의미를 완전히 알아차릴 정도로, 그리고 목구멍으로부터 끓어오르는 죽음의 맛을 느낄 수 있을 정도로 여유로웠다. 그의 아내는 완전히 미친 것이다, 사람을 죽일 정도로 그 움직임은 처음 그 사실을 알았을 때의 마비된 느낌이 사라지고 이 무장한 미친 여자와 무시무시하게 싸워서 이겨야겠다는 단호한 결심이 생기게 할 정도로 여유로웠다. 그 움직임은 벌록 씨가 테이블 뒤로 뛰어나가 그 여인을 무거운 나무 의자로 쓰러뜨린다는 방어 계획을 세울

정도로 여유로웠다. 그러나 그 움직임은 벌록 씨가 손이나 발을 움직일 시간을 허락할 정도로 여유롭지는 않았다. 칼은 이미 그의 가슴에 꽂혀 있었다.

He saw partly on the ceiling and partly on the wall the moving shadow of an arm with a clenched had holding a carving knife. It flickered up and down. Its movements were leisurely. They were leisurely enough for Mr Verloc to recognize the limb and the weapon.

They were leisurely enough for him to take in the full meaning of the portent, and to taste the flavour of death rising in his gorge. His wife had gone raving mad – murdering mad. They were leisurely enough for the first paralysing effect of this discovery to pass away before a resolute determination to come out victorious from the ghastly struggle with that armed lunatic. They were leisurely enough for Mr Verloc to elaborate a plan of defence, involving a dash behind the table, and the felling of the woman to the ground with a heavy wooden chair. But they were not leisurely enough to allow Mr Verloc the time to move either hand or foot. The knife was already planted in his breast. (212)

살인을 저지른 이후의 위니의 심경은 멜로드라마에서 흔히 보이는 격렬한 동요나 격동을 넘어선 체념이 아닌, "완벽한 자유"(213), "완전한 무책임"과 "무한한 여가"(213)로 표현된다. 이러한 표현은 화자가 살인 이후의 위니를 과도한 감정을 동원하여 동정하거나 비난하는 위치에 서있지 않고, 오히려 매우 냉정하게 거리를 둔 관찰자의 입장에 서있음을 보여준다. 위니는 불행한 삶을 견디다 못해 살인을 저지를 수밖에 없었던 가련한 희생자로 독자의 공감과 동정심을 유발하지도 않고, 그렇다고 남편을 죽인 살인자로 단죄되지도 않는다.

살인 이후 위니는 절박한 심정에 안면이 있는 오시폰에게 매달리고, 가출한 '나쁜 여자'(bad woman)[6] 위니에게 두려움을 느낀 오시폰에게 사기를 당해 가진

---

6) 빅토리아조와 에드워드 시대에 소위 '나쁜 여자' 멜로드라마가 유행한 상황에 관해서는 Mayer 참조.

돈을 모두 **빼앗기고** 마는데, 오갈 데 없는 위니의 절망적인 심정과 뒤이은 자살 역시 위니를 직접 보여주는 대신 신문의 보도 기사와 그것을 읽는 오시폰과 교수의 대화로만 묘사된다(246). 위니의 죽음에 대하여 사실의 전달보다 독자 쪽의 감정적인 반응을 유도하는 것은 오히려 위니의 자살을 "알 수 없는 미스테리"라거나 "광기, 혹은 절망의 행위"라고 설명한 신문기사인데(246), 이에 대해서 교수(Professor)는 이미 세상이 모두 보잘것없이 되어버려 열정, 광기, 절망 같은 것은 아예 없다고 냉소적으로 말하며(248), 오시폰은 위니의 죽음으로 인하여 무감각한 폐인의 상태가 되지만(249), 그것은 일반적인 가련한 여인의 죽음을 그린 멜로드라마에서 기대되는 슬픔과 공감의 감정과는 전혀 다른 허무와 탈진의 반응인 것이다. 이렇듯 콘래드는 멜로드라마의 중심을 이루는 위니와 스티비를 접근 불가능한 신비의 실체로, 그러나 결국엔 텅 빈 어떤 것으로 놓아둠으로써 위니를 중심으로 한 멜로드라마의 설정을 비틀어놓는다.

거친 세상의 음모에 의해 스티비와 위니가 희생된다는 멜로드라마의 틀을 스토리의 근간으로 삼으면서도 콘래드는 선악의 구분이 아니라 한 개인의 내면에서 벌어지는 서로 다른 정체성 간의 충돌에 초점을 맞추고 속임수, 배신, 이중첩자 등의 모티프를 등장시킨다(Eagleton, *Novel*, 234). 콘래드는 거의 모든 등장인물에게 이러한 이중성, 혹은 다중성의 속성을 부여하고 내면의 '어둠'을 강조함으로써 『비밀요원』의 등장인물은 그(녀)가 형사든, 관료든, 혹은 가정주부나 무정부주의자든, 선악의 기준으로 대조를 이루어 분리되기보다는 서로의 거울상(mirror-images)을 이루도록 한다(Eagleton, *Novel*, 235).

갈등하는 세력들과 가정 사이에서 삼중의 정체성을 번갈아 사용하며 생존하는 벌록이나, 범죄 소탕의 임무를 띠고 있으면서도 그 자신이 소탕하고자 하는 범죄자와 그다지 뚜렷하게 구별되지 않는 히트, 현실의 이모저모에 대해 가장 폭넓은 접근성을 누리면서도 선택의 순간에는 늘 자신의 안락을 먼저 고려하는 것에 아무런 회의가 없는 부국장, 자신의 정치적 위치에 대한 계산과 정략에 밝은 에셀리드 경은 각자 다른 수준에서 세상이 돌아가는 원리를 일찌감치 터득하여 영리하게 살아갈 뿐이다. 이들은 정치적 이념과 이해관계의 차이에도 불구하고, 현 상태(status quo)를 그대로 유지하려고 한다는 면에서 일종의 보수주의자라는 공통점을 가진다(Trotter, 255). 부국장이나 에셀리드 경은 사회적 지위나 재력, 혹은 그들의 자기 보존 욕구 등으로 보아서는 멜로드라마의 '악한'(villain)이 될 만하지만, 벌록이 전형적인 악한이 아니듯이 나머지 인물도 선악의 범주와는 다른 차원에서 다루어진다.

물론 그 와중에도 멜로드라마적인 '악한'의 특성을 보여주는 인물들도 있다. 벌록의 집에 모여든 무정주의자들은 썩 매력적이지 못한 외모만큼이나 '선한 인물'과는 거리가 있다. 너무 살이 쪄서 아둔해 보이는 미캘리스, "마지막으로 칼을 찔러 넣기 위해 남은 힘을 다 모으는 빈사상태의 살인자"(43)같은 안간힘을 써야 겨우 거동이 가능한 윤트(Yundt), 붉고 주근깨 많은 얼굴에 납작한 코와 두툼한 입술로 "니그로 타입"(44)의 윤곽을 가진 오시폰은, 과연 그 외모만큼이나 열악한 성품을 지녔다. 외모나 몸짓, 특정한 버릇 등으로 내면의 성품을 드러내는 방식은 골상학(physiognomy)이라는 사이비 과학의 유행을 빌미로 19세기 멜로드라마의 중요한 기법이 되었는데, 『비밀요원』의 무정부주의자들은 외면과 내면의 일치, 혹은 투명성이라는 면에서 전형적인 멜로드라마의 '악한'에 가까운 인물이 될 가능성을 가장 많이 보여준다.

그러나 그들은 진정한 의미에서의 악한이라고 하기 어려운데, 왜냐하면 이들이 하는 일이라고는 그저 벌록의 거실에 모여서 벌이는 실속 없는 사상논쟁 뿐이며, 그들은 다른 사람의 삶에 영향을 미치는 어떠한 행위도 하지 못하며 또한 그러한 행위에 아예 관심이 없기 때문이다. 멜로드라마의 악한이 주로 플롯 내에서 그들이 저지르는 악행, 혹은 다른 사람의 삶에 미치는 영향력에 의해서만 의미를 가지는 데 반해, 이들은 각자 행태의 차이는 있지만 자신이 신봉하는 원칙과 이념을 위해서 "손끝하나 까닥해본 적이 없는"(47-48) 자들이다. 벌록은 자신이 수행해야할 폭탄 테러라는 엄청난 과제 앞에, 자신의 친구들이 아무 소용없음을 실감한다. 행위 능력이 없는 악한이란 멜로드라마에서 무용지물이므로, 이들은 반쯤은 당대 무정부주의자들의 존재를 보여주는 사례로, 나머지 반쯤은 거창한 정치 이념의 무용성을 보여줌(Eagleton, *Grain*, 24-25)으로써 그저 웃음거리가 될 뿐이다.

다시 말해서 이들을 통해서 작가는 폭력적인 수단까지 불사하며 근본적인 사회 혼란을 유발하는 무정부주의자라는 거창한 명칭과 현실적으로 무기력한 게으름뱅이에 기생충에 불과한 이들의 실체 사이의 괴리를 보여주는 데 치중하고 있는 것이다. 이들에 대한 콘래드의 냉소는 물론 일체의 정치 운동에 대해 그가 가지고 있었던 비판적 거리감에 기인하는 것이기도 하지만(Eagleton, *Novel*, 233), 『비밀요원』에서 그러한 태도가 지닌 도덕적, 혹은 정치적 함의가 결정적인 비중을 차지하는 것은 아니다. 오히려 작가의 초점은 위니나 스티비처럼 정치 운동과 무관하게 살아가고자 하는 보통 사람들이 아주 일상적이고 우연한 계기로 엉뚱한 사건에 휘말리거나 희생될 수 있다는 것(Orr, 116)에 있기 때문이다.

이들보다 조금 더 '악한'의 캐릭터에 부합하는 인물은 초반에 등장하는 블라디미르와 폭탄 제조자 교수로서, 이들은 폭력을 사용하여 현실을 근본적으로 변화시키려는 강렬한 정치적 동기를 지닌 인물이다. 그런데 블라디미르의 경우 그의 동기가 결국엔 러시아의 차르 체제를 유지하기 위해서는 런던에 망명한 사회주의자들이나 무정부주의자들에게 영국 정부 당국이 좀 더 강력한 제재를 가해야 한다는 판단에서 나온 것이므로, 그 역시 현 상태의 유지를 바라는 보수주의자의 면모를 좀 더 많이 보여준다고 볼 수 있다. 따라서 블라디미르는 전형적인 악한 캐릭터라기보다는, 폭파 사건의 시발점을 제공하는 플롯상의 장치이자, 무정부주의자와 경찰과 관료, 나아가서는 현대 자본주의 사회의 시스템을 움직여가는 사람들의 위선을 폭로하는 계기(Trotter 255)를 제공할 뿐이다.

블라디미르보다 더 지속적으로 등장하면서 분명한 '악한'의 캐릭터에 가까운 것은 교수인데, 신비로운 카리스마를 지닌 이 인물은 어떠한 무정부주의자들보다도 파괴적이며, 자신이 알고 있는 소위 혁명가들과 범죄자들이 사실은 경찰이나 관료와 마찬가지로 사회적 인습과 제도의 노예에 불과하다고 여긴다. 그가 원하는 것은 "사회의 잔혹한 불의를 감싸고 있는 법적인 구상의 거대한 구조물의 위압적인 정면에 난 최초의 균열을 열어젖힐 수 있는 타격"(72-73)인 것이다. 그는 실제로 그리니치 천문대 폭파 미수 사건에서 스티비가 휴대했던 폭탄을 제조했을 뿐만 아니라, 자신의 주머니 속에 폭탄을 휴대하면서 그것을 언제라도 터뜨릴 수도 있다는 인상을 줌으로써 사람들의 두려움을 자아낸다. 그 자신의 말에 의하면, 세상 사람들은 삶을 유지하기 위해 만들어낸 각종 관습과 체계에 의지하고 있는 반면, 자신은 "죽음에 의지하고 있기에, 제어할 수도 공격할 수도 없다"(63)는 것이다. 그의 행보와 사상은 그 동기가 분명치 않고, 죽음으로 향하는 충동까지 포함함으로써 폭력적인 에너지의 집결 지점으로 작용한다는 면에서, 그는 이 작품에서 "절대적인 악한"(absolute villain, Kucich 62)이다.

그는 사적인 내면을 가진 한 사람의 개인이라기보다 하나의 '정형'(type)으로 설정되어 있으며, 플롯 상 폭발물을 제조하고 테러리스트에게 제공하는 '악행'(evil)을 한다는 면에서만 한 인물로서 의미를 띤다는 면에서 전형적인 멜로드라마의 악한에 가장 가깝다(John 48). 일반적인 멜로드라마의 악한이 그러하듯 교수는 보는 관점에 따라 『비밀요원』에서 가장 흥미로운 인물이라고도 할 수 있는데, 그 이유는 그가 사회의 지배적인 가치와 시스템을 정면으로 거스르면서 자신의 개성(personality)이 지닌 '힘'(force)을 강력하게 주장하고 있기 때문이다. 그가 가진 에너지는 현실 속에서 무기력한 벌록을 비롯한 소위 '무정부주의자'들과 비교할 때 더욱 두드러지며, 심지어 '낭만적 영웅'(Romantic hero)의 그것과 유사한 느낌을 주기도 한다(John 49). 선악의 구분에 따르면 그는 '악한'이지만, 동시에 그러한 선악의 기준을 제시하는 관습 자체를 초월하려는 충동을 보여준다는 점에서 그는 전형적인 멜로드라마의 악한이 지니고 있는 낭만적 영웅, 혹은 바이런적 영웅의 속성을 동시에 지니고 있다고 할 수 있다.

히트는 그를 한마디로 "미친놈"(Lunatic, 85)으로 규정하는데, 히트는 본능적으로 그가 일반적인 악인들, 가령 도둑들과는 전혀 다른 종류의 인간임을 잘 알고 있는 것이다. 그의 생각에 도둑질이란 "순전히 말도 안 되는 짓"(a sheer absurdity, 81)이 아니라, 조금 비뚤어진 것이긴 하지만 도자기 공장에서, 광산에서, 들판에서, 공구 만드는 상점에서 일하는 것과 다를 것이 없다는 것이다 (81-82). 경찰인 그도 도둑질은 증오와 절망에서 비롯된 일이 아니라는 점에서 '정상적인'(normal) 것이라고 여긴다(82). 벌록의 집에 모여드는 무정부주의자들과 비교해보아도 그는 정상적인, 혹은 관습적인 선악의 구분을 스스로 인정하지 않고 그것을 초월해 있다는 점에서 절대악의 모습을 띤다. 독자들은 그에게서 드러나는 완벽한 아웃사이더의 모습에 일말의 매혹을 느낄 수도 있는데, 그것은 그가 사회제도와 도덕률의 판단을 넘어서서 자신의 삶의 에너지를 죽음으로부터 이끌어내는 데까지 나아간 일종의 '낭만적 영웅'으로 보이기 때문이다.

그러나 이러한 교수의 속성은 도리어 그를 전형적인 멜로드라마의 인물에서 벗어나지 못하게 하는 일종의 한계로 작용한다. 작가는 그를 "쇠약하고, 보잘것없고, 남루하고, 비참한"(frail, insignificant, shabby, miserable 249) 존재요, "사람들로 가득한 거리의 해충"(a pest in the street full of men 249)라고 하면서도, 그의 존재가 여전히 치명적(deadly)이며 언제든 자신을 포함한 수많은 사람들을 죽음으로 몰아넣을 의지와 힘이 있음을 끝까지 언급한다. 이렇게 묘사된 교수는 『비밀요원』에서 형상화된 사회제도의 타락상과 불안정성을 전혀 다른 기준에서 볼 수 있는 위치에 있음으로 인해 독자들에게 관습적인 선악 구분을 넘어선 새로운 판단 기준을 제시하기도 하지만, 동시에 현실적인 동기와 근거를 결여한 '절대악', 혹은 '광기와 폭력'으로 그 기능이 규정됨으로 인하여 독자들로 하여금 역사 현실 속에서 그가 지닌 의미에 대한 사유와 판단을 중도에 멈추고 죽음을 향한 그의 에너지에 집중하게 만든다. 즉, 기존 시스템을 통째로 부정하는 교수의 속성은 멜로드라마적인 이분법을 해체하여 인물의 정체성과 선악 구분이 불투명하게 되어버린 이 작품의 나머지 부분을 조망하는 하나의 기준점 역할을 하지만, 동시에 교수가 다른 인물과 구분되어 예외적으로 수행하는 역할이란 선악의 판단 자체를 거부, 혹은 초월해버린 절대적인 악, 혹은 죽음으로 향해가는 멜로드라마적 충동을 체현함으로써만 가능하다는 역설이 성립하는 것이다.

5. 맺음말

소설사의 관점에서 콘래드를 '고전적 리얼리즘의 위기' 국면에 등장한 작가 (Collits 39)로 규정한다면, 좀 더 넓은 맥락에서는 그를 서구 부르주아 문학과 도덕률의 위기 국면에 등장한 작가로 말하는 것도 그리 무리한 일은 아닐 것이다. 그런데 콘래드가 당면한 위기는 '고전적 리얼리즘' 뿐만 아니라, 19세기의 대중들에게 호소력을 지녔던 대중문화 장르가 새로운 전개를 요구하는 국면이기도 했다. 콘래드는 『비밀요원』의 배경을 식민지 같은 이색적인 장소가 아닌 독자들의 일상과 가까운 런던이라는 대도시로 정하면서 그 이전 작품인 『노스트로모』로 인해 형성된 '대중성의 결여'라는 오명을 씻어내고자 당시 유행하기 시작했던 스파이 이야기와 19세기 내내 연극계를 주도했던 멜로드라마를 결합하는 플롯을 구상했고, 그 결과는 오히려 그러한 대중 소설의 하위 장르들을 실험적으로 해체하는 것이 되었다.

콘래드는 『비밀요원』에서 원치 않는 결혼을 한 아름다운 여주인공 위니의 불행이라는 멜로드라마적인 스토리를 작품의 중요한 기초로 삼았지만, 그 멜로드라마는 더 이상 하일만(Robert Heilman)이 말하는 "온전함의 느낌을 주는 감정의 단일성"(the singleness of feeling that gives one the sense of wholeness, John 27에서 재인용)과는 의식적으로 거리를 둔다. 외피와 속내의 구분이 없이 모든 것을 행위와 외양으로 표현하는 멜로드라마의 단순화, 혹은 외면화 기법(John 29-30)은 『비밀 요원』에 오면 인물의 외면과 실상이 어긋나거나 완전히 모순되는 설정으로 바뀌며, 그러한 모순을 작중 인물이, 혹은 독자가 미처 알아채지 못하는 데서 오는 아이러니가 작품의 기조를 이루는 것이다.

위니의 이야기는 애정보다 현실적인 이해관계에 입각한 결혼 생활의 불행과, 그에 따르는 가족의 붕괴와 주인공의 죽음이라는 멜로드라마적 구도에 기초하고 있지만, 이는 당시 사회를 움직이는 관료 시스템과 국제 정치의 흐름, 폭력적인 음모, 정치 이념의 충돌이라는 역사적 현실에 깊이 연루되어 그러한 현실을 드러 내는 계기로 작동한다는 점에서 전형적인 멜로드라마의 범주를 벗어난다. 『비밀 요원』은 대중적인 멜로드라마의 설정을 차용하면서도 그것을 현대적 주체의 불 확정성과 불투명성, 현대 사회 시스템의 작동방식, 관료적 네트워크와 정치적 음 모의 움직임을 탐구하는 장치로 사용하기 위해 19세기적 멜로드라마의 양식을 실 험적으로 해체하고 있다. 그런 면에서 『비밀요원』은 디킨즈 같은 작가에게서 보 이는 19세기 대중 소설의 실험을 계승하여, 그러한 시도들이 부르주아적 이념과 예술 양식의 위기를 목도한 20세기 초반의 문화적 지형에서 어떻게 전유될 수 있 는가를 보여주는 예로 거론될 수 있을 것이다.

인용 문헌

류춘희, 「콘라드 『비밀요원』의 극화」. 『19세기 영어권 문학』. 12.2 (2008) 33-54.

배종언. 「Joseph Conrad의 The Secret Agent의 시간기법」, 『영미어문학』 52 (1998): 121-49.

제프리 마이어스, 『콘라드: 고독한 영혼의 항해사』. 왕철 역. 책세상, 1999.

Collits, Terry. Postcolonial Conrad: Paradoxes of Empire. London: Routledge, 2005.

Conrad, Joseph. The Secret Agent: A Simple Tale. Harmondsworth: Penguin Books, 1981.

Daly, Nicholas. Literature, Technology, and Modernity, 1860-2000. Cambridge: Cambrige

UP, 2004.

Dickens, Charles. *Hard Times*. Ed. George Ford & Silvère Monod. New York: W. W. Norton, 1990.

Eagleton, Terry. "Form, Idelogy and *The Secret Agent*." *Against the Grain: Essays 1975-1985*. London: Verso, 1986.

Eagleton, Terry. *The English Novel*. Oxford: Blackwell, 2005.

Guest, Kristen. "The Subject of Money: Late-Victorian Melodrama's Crisis of Masculinity." *Victorian Studies*. 49.4 (Summer 2007): 635-57.

Harrington, Ellen Burton. "The Anarchist's Wife: Joseph Conrad's Debt to Sensation Fiction in *The Secret Agent*." *Conradiana*. 36.1/2 (Spring 2004): 51-63.

John, Juliet. *Dickens's Villains: Melodrama, Character, Popular Culture*. Oxford: Oxford UP, 2001.

Kucich, John. *Excess and Restraint in the Novels of Charles Dickens*. Athens: U of Georgia P, 1981.

Lesser, Wendy. "From Dickens to Conrad: A Sentimental Journey." *ELH*. 52.1 (1985): 185-208.

Mallios, Peter Lancelot. "Reading *The Secret Agent* Now: The Press, the Police, the Premonition of Simulation." Kaplan, Carola M. et als. eds. *Conrad in the Twenty-First Century: Contemporary Approaches and Perspectives*. New York: Routledge, 2005.

Melchiori, Barbara Arnett. *Terrorism in the Late Victorian Novel*. London: Croom Helm, 1985.

Mayer, David. "*Why Girls Leave Home*: Victorian and Edwardian "Bad-Girl" Melodrama Parodied in Early Film." *Theatre Journal*. 58 (2006): 575-93.

Murly, David. "Popular Accounts of the Greenwich Bombing and Conrad's *The Secret Agent*." *Rocky Mountain Review*. (Fall 2000): 43-64.

Nohrnberg, Peter. "'I Wish He'd Never Been to School': Stevie, Newspapers and the Reader in *The Secret Agent*." *Conradiana*. 35.1/2 (Spring 2003): 49-61.

Orr, John. *Tragic Realism and Modern Society: The Passionate Political in the Novel*. London: Macmillan, 1989.

Peters, John G. "Joseph Conrad's 'Sudden Holes' in Time: The Epistemology of Temporality." *Studies in the Novel.* 32.4 (Winter 2000): 420-41.

Spector, Robert D. "Irony as Theme: Conrad's *The Secret Agent.*" *Nineteenth-Century Fiction.* 13.1 (1958): 69-71.

Trotter, David. *The English Novel in History 1895-1920.* London: Routledge, 1993.

Walton, James. "Conrad, Dickens, and the Detective Novel." *Nineteenth-Century Fiction.* 23.4 (Mar. 1969): 446-62.

Wheatley, Alison E. "A World of Their Own: Subversion of Gender Expectations in Conrad's Plays." *Papers on Language and Literature.* 37.1 (2001): 25-50.

■ 이 글은 『근대영미소설』 16권 1호(2009)에 실린 글을 수정, 보완한 것이다.

13.

탈식민 공동체와 『승리』

이만식

1.

노만 셰리(Norman Sherry)의 『콘래드의 동양 세계』(*Conrad's Eastern World*)는 다음과 같이 시작된다. "1883년과 1888년 사이에 조지프 콘래드는 영국 상선의 선원으로서 동양의 바다에서 한동안 항해를 했다. 그가 글을 쓰기 시작했을 때 영감을 얻기 위해서 특히 뒤돌아본 곳은 동양이었다"(Sherry 1). 콘래드는 1912년 10월과 1914년 5월 사이에 쓴 『승리』(*Victory*)에서 동양의 바다, 특히 네덜란드의 식민지배 하에 있었던 자바 해(the Java Sea)에서의 경험을 다시 뒤돌아본다. "『서구인의 눈으로』(*Under Western Eyes*, 1911년)에 뒤이은 소설, 즉 콘래드의 후기소설에 관해 일반적으로 인정된 견해는 콘래드의 전기소설과 극단적인 단절을 보여준다는 것이다"(Schwarz, *Rereading Conrad* 166). 후기소설이 전기소설과 다른 장르에 속해 있는 것처럼 상징적 이야기나 알레고리로 논의되는 경향이 있다.

『승리』도 일반적으로 다음과 같은 비판의 대상이 된다. "『승리』의 약점 하나는 드러나 있는 중심 플롯의 멜로 드라마적이며 대중적인 성격을 저자가 갖가지 잡다한 요소로 노골적으로 상쇄하려는 것처럼 콘래드가 알레고리적 가능성에 과다하게 무거운 짐을 지운다는 데에 있다는 것이 이미 명백해졌다"(Watts 104). 구네틸레크(Goonetilleke)는 콘래드가 존스(Jones), 리카르도(Ricardo)와 페드로(Pedro) 등 무법자들을 묘사하는 방법이 알레고리적이라기보다 상징적이라고 설명하면서도 "콘래드의 이러한 방향으로의 노력이 실패였기에 M. C. 브래드브룩(Bradbrook)이 존스를 '살아있는 해골, 즉 어둠의 핵심'이라고 생각하는 것은 잘못이며, 범죄자 일당 중 누구도 진정한 상징적 의미를 획득하지 못한다"라고 판단한다(Goonetilleke 44). 무법자들이 『승리』에서 다른 등장인물들보다 더 큰 역할을 하고 결말 부분에서 중요한 역할을 하기 때문에, 그들의 묘사에 있어서 드러난 약점은 다른 어느 것보다 소설을 더 훼손시키게 된다. 에르디나스트-벌칸

(Erdinast-Vulcan)은『승리』에 관한 비평적 평가를 다음과 같이 요약한다. "첫 번째 문제는 1부의 리얼리즘 양식에서 작품의 나머지 부분을 궁극적으로 인계받는 것처럼 보이는 알레고리 양식으로의 속성의 전이다. 정체성의 이러한 양가적 속성은 이 소설에 대한 두 개의 상호배타적인 접근 방법 사이의 대립을 초래해왔다. 휴윗(Hewitt), 모저(Moser)와 게라드(Guerard)는 리얼리즘의 심리적 성격 묘사를 가로막는 끈질긴 알레고리적 특성 때문에 부분적으로 실패하는 리얼리즘 작품으로 이 소설을 보고 있는 반면에 폴 와일리(Paul Wiley), 존 팔머(John Palmer) 등은 이 소설의 알레고리적 특성과 풍부한 상징주의를 찬양한다"(Erdinast-Vulcan 181).

처음에는 숌버그(Schomberg)의 시선에 의해서, 그 다음에는 하이스트(Heyst)의 시선에 의해서 존스, 리카르도와 페드로가 알레고리적으로 묘사된다. 다음은 숌버그의 심리적 성격 묘사다. "유령, 고양이, 유인원. 인간에 불과한 사람이 불만을 말하기에는 대단한 조합이라고 그는 마음속으로 떨면서 생각했다. 실제로는 숌버그가 자신의 상상력에 의해 압도되었으며, 그래서 그의 이성은 그 손님들에 대한 그러한 비현실적인 견해에 반발할 수가 없었다"(*Victory* 140, 이후로는 쪽수만 표기함). 숌버그의 무법자들에 대한 '유령, 고양이, 유인원'이란 알레고리적 표현이 비현실적이며 비이성적인 견해일 뿐이라고 이 소설의 화자가 비판한다. 하이스트의 다음과 같은 묘사는 레나(Lena)에게 하는 대화의 일부로 제시되기 때문에 화자의 비판적인 입장이 뚜렷하게 드러나지 않는다. "여기 그들이 있네요 바깥세상의 사절단이죠. 여기 그들이 당신 앞에 있죠. 사악한 지성, 본능적 야만이 팔짱을 끼고 있네요. 짐승 같은 힘이 뒤에 있고요"(308). 하이스트의 묘사를 듣고 있는 레나는 "더듬거리며 말하는 붉은 얼굴의 숌버그에 의해 어둠침침한 복도의 구석에 몰려 수치, 혐오감과 두려움 때문에 떨면서 그의 삶에서 큰 발로 여자에게 결코 손을 대 본 적이 없는 남자가 추악하게 뱉어내는데 불과한 말 앞에서 의기소침해지고 겁을 냈던 소녀"(273)인 이전의 레나가 아니다. 리카르도의 성적(性的)

공격이란 "소리를 지르기에는 정말로 너무나도 압도적이었던 숨 막힐 정도의 놀라움이 일단 지난 뒤에, 위험의 성격을 결코 의심하지 않았던"(273) 레나의 이성은 하이스트의 알레고리적 묘사가 제시하는 비현실적인 견해에 반발하는데 어려움이 없었을 것이다.

에르디나스트-벌칸은 "자신의 현실에 대한 텍스트적이거나 문학적인 모델을 모색함에 있어서 알레고리를 사실로 가정하는 것이 하이스트 자신이기 때문에 알레고리 양식으로의 전이는 바로 그 조잡함 때문에 효과적인 것 같아 보인다."(Erdinast-Vulcan 183)라고 지적한다. 에르디나스트-벌칸이 지적하는 '조잡함'의 의미를 포괄적으로 이해하기 위해서는 "알레고리 양식과 전지적 화자의 목소리는 세계에 관해 형이상학적으로 통합된 개념에 속한다. 즉 전지적 화자의 목소리가 권위라는 귀중한 관념을 전제로 하는 것처럼 알레고리는 선험적으로 윤곽이 뚜렷한 개념 체계에 자신의 지속성을 의존한다"(Erdinast-Vulcan 182)라는 주장을 받아들여야 한다. 요컨대 일관된 형이상학적 개념 체계의 부재 시에는 알레고리 양식이 정상적으로 기능할 수 없다는 것이다.

『승리』의 알레고리 양식에 관한 논란은『승리』가 알레고리 양식을 정상적으로 기능할 수 있게 하는 일관된 형이상학적 개념 체계를 옹호하고 있는지 여부에 관한 논란이며, 더 나아가서 콘래드가 자신의 전기소설에서 보여주었던 탈식민주의 경향을 계속 견지하고 있는지 여부에 관한 논란이기도 하다.[1]

---

1) 본 논문의 방향성은 리얼리즘이나 알레고리의 입장에서가 아니라 해체론의 입장에서『승리』를 읽는 것이『승리』의 탈식민주의 관점을 보다 뚜렷하게 드러나게 한다는 데에 있다. 기존의 탈식민주의 이론에서는 근대 식민주의의 기반인 이항대립 이데올로기의 파괴 작업을 목표로 하지만 해체론과 콘래드의『승리』에서는 그러한 파괴 작업을 포월(包越)하는 수준을 지향한다는 관점에서, 본 논문에서는 탈식민주의 논리가 표나게 사용되지 않고 있다.

2.

　팔머(Palmer)는 콘래드가 『기회』(*Chance*)와 『승리』에서 도덕적 행동의 전제 조건 자체를 조사하기 시작한다고 쓰면서 "표면적으로는 전기소설의 주제로 돌아가는 동안, 콘래드의 특징적으로 원형적인 도덕적 상황의 철학적 요소에 더욱 면밀하게 초점을 맞추고 서술 형태가 허용하는 한 이야기의 전면에 더 가까이 끌어다 놓는다"(Palmer 167)라고 설명한다. 슈와르츠(Schwarz)는 콘래드의 1910년 이후 소설들에서 『노스트로모』(*Nostromo*), 『비밀요원』(*The Secret Agent*)과 『서구인의 눈으로』 등 정치소설들에서 시작된 경향이 지속되면서도 "역사적이며 사회적인 힘이 사랑과 행위의 가능성들을 어떻게 제한하고 규정짓는지에 초점을 맞춘다"(Schwarz, *Rereading Conrad* 173)라고 설명한다. 슈와르츠의 다음과 같은 비판에 대한 대답이야말로 본 논문의 핵심과정이기 때문에 다소 길지만 인용한다.

> 　『승리』와 『유랑자』(*The Rover*)가 아주 뛰어나지만, 그 소설들조차 이따금씩 후기 소설을 망쳐버리는 네 가지 결함을 공유하고 있다. (1) 종종 콘래드는 화자의 목소리나 다른 주요 등장인물들에게 완전히 몰두하지 못한다. 때때로 전폭적인 심리적 몰입을 자제함으로써 더욱 늘어진 형식이 되게 만든다. (2) 콘래드가 더 큰 독자층을 추구함에 따라 관습적인 연대기를 더 사용하기 시작하고 사건의 충격적인 병치에 의존하는 비연대기적인 움직임을 포기했다. 『기회』이전의 작품에서는 콘래드의 독특한 사건 병치 때문에 중심인물들의 행동을 판단하기 위한 복잡한 도덕적 맥락을 독자에게 제시할 수 있었다. (3) 그의 후기소설은 보다 더 적은 수의 등장인물들과 보다 더 적은 수의 극적 상황들에 초점을 맞추고 있어서 전기소설의 도덕적 밀도를 결여하고 있다. (4) 그는 주인공의 사적 생활을 역사적이거나 사회적인 배경 속으로 통합시키는데 언제나 성공하지는 못하고 있다.
>
> While *Victory* and *The Rover* are quite splendid, even they share four flaws that

occasionally disrupt the later fiction. (1) Often Conrad does not give himself as completely to the narrative voice or to his other major characters; at times, his withholding of the full range of his psychic involvement is responsible for a more flaccid form. (2) As Conrad sought a larger audience, he began to use a more conventional chronology and abandoned the nonchronological movement that depended upon the striking juxtapostion of incidents. In the work before *Chance*, Conrad's unique juxtapostion of events had enabled him to present the reader with a complex moral context for judging the actions of central characters. (3) His later novel focus on fewer characters and fewer dramatic situations and lack the moral density of the prior works. (4) He did not always successufully integrate his protagonist's private life into the historical or social background. (Schwarz, *Rereading Conrad* 178)

슈와르츠는 (1)번에 언급된 '늘어진 형식'을 자신의 다른 책에서 구체적으로 다음과 같이 설명한다. "수다스럽고 종종 늘어진 스타일로 인해 1898년-1900년의 말로우 이야기와 주요 정치소설들의 수준으로 독자의 관심을 끌어들일 만큼 충분한 집중력, 밀도나 판별력을 갖고 있지 못한 느긋하게 전지적인 화자에게 콘래드가 의지한다"(Schwarz, *Conrad: The Later Fiction* 79). 그리고 배철러(Batchelor)는 슈와르츠의 '느긋하게 전지적인 화자'를 보다 자세하게 다음과 같이 분석한다. "『승리』의 서술 관행은 묘하게 '분할되어' 있어서 독자의 마음을 혼미하게 오도하려고 기획된 것처럼 보일 지경이다. 『승리』에는 서로 연관되어 있지 않은 것처럼 보이는 세 명의 지배적인 화자가 있다"(Batchelor 225). 전지적 화자는 다음과 같은 2부 3장의 도입부에서처럼 쉽게 찾을 수 있다. "15년 동안 변함없이 하이스트는 접근할 수 없게 만드는 예의바른 태도로 방랑했고, 그리고 그 결과 일반적으로 '이상한 친구'라고 여겨졌다"(88). 슈와르츠가 '느긋하게 전지적인 화자'라고 정의하는 이유는 다음과 같은 2부 2장의 도입부에서처럼 제한된 시야를 갖고 있는 1인칭 화자가 뚜렷이 인지되기 때문이다. "그건 그렇게 시작되었다. 우리가 알고 있는 바처럼 실제로 끝나게 되었던 것이 정말로 어떻게 해서 그렇게 끝나게 되었는지 정확하게 진술하는 것은 그리 쉽지 않다. 하이스트가 무관심하지 않았던 것은 아주 명백하다. 그건 소녀에 관해서라고 내가 말하지는 않겠지만, 소녀의 운명에 관해서였다"(74). 그리고 세 명의 지배적 화자 중 나머지 한 명은 데이비슨(Davidson)이다.

그런데 이러한 세 명의 지배적 화자가 1부 5장의 끝부분에서 다음과 같이 만나고 있다.

> 그 진술에는 비난이 내포되어 있지 않았고 차라리 유감 같은 것이 있었다. 데이비슨은 본질적으로 이 사건이 곤경에 빠진 인간의 구출이었다는 나의 막연한 느낌에 동참했다. 우리는 세상을 우리의 감정적 색조에 따라 색칠하는 두 명의 낭만주의자가 아니었으며, 우리 둘 다 하이스트가 어떤 사람인지 오래 전에 발견할 만큼 날카로웠기 때문이었다.
>
> "내게는 그런 담력이 없었을 것이에요." 그가 계속해서 말했다. "나는 주변을 전부 있는 그대로 둘러보지요. 그러나 하이스트는 그렇게 하지 않았어요. 그렇게 했더라면 두려워했을 거예요. 사막 같은 정글 속으로 여자를 데리고 가면 조만간 어떤 식으로든 후회하지 않을 수 없지요. 게다가 하이스트가 신사라는 점은 사태를 더욱 악화시킬 뿐이지요."

There was no implied condemnation in the statement, rather something like regret. Davidson shared my suspicion that this was in its essence the rescue of a distressed human being. Not that we were two romantics, tingeing the world to the hue of our temperament, but that both of us had been acute enough to discover a long time ago that Heyst was.

"I shouldn't have had the pluck," he continued. "I see a thing all round, as it were; but Heyst doesn't, or else he would have been scared. You don't take a woman into a desert jungle without being made sorry for it sooner or later, in one way or another; and Heyst being a gentleman only makes it worse." (49)

하이스트가 관현악단 소녀와 도망쳐버린 난처한 사태에 대한 분석이 제시되는데, 숌버그의 비난과 명확하게 구분되는 어조가 사용되고 있다. 1인칭 화자인 '나'에 게서 전지적 어조와 객관적 어조의 공존이 보인다. 게다가 슈와르츠의 '느긋하게 전지적인 화자'나 바첼로의 '세 명의 지배적 화자'를 대치하는 '우리'라는 통합적 관점이 제시될 수 있다.2) 이러한 통합적 관점의 도입은 1부 4장의 도입부에서 "충분히 관심이 있었던 우리 중 몇 명이 자세한 내용을 듣고자 데이비슨에게로 갔다. 많은 숫자는 아니었다"(27)라는 묘사에서도 뚜렷하다. 뒤이어 '우리'의 정의 가 다음과 같이 제시된다. "물론 데이비슨이 나머지 우리보다 더 세련되지는 않았 지만 내 생각에는 데이비슨 자신도 고매한 인품의 소유자(a fellow of fine feeling)였다. 다른 사람들보다 더 나쁘지는 않다고 내가 감히 말할 수 있는 우리 나름대로의 기준을 갖고 있는 우리가 여보게 친구 잘 만났네 하고 지내는 무리였 던 것은 자연스러운 일이다"(28). 더군다나 '우리'가 제시하는 통합적 관점이 책 임 있는 행위자(agent)로서의 사회적 기능을 갖고 있다는 점을 지적하지 않을 수 없다. 예를 들면, "너무 많은 이타주의라는 약점"(9)을 갖고 있던 모리슨 (Morrison)을 '우리'가 다음과 같이 결정적으로 옹호한다. "모리슨이 각각의 마을 전부에 아내를 갖고 있다는 암시도 있었지만, 우리들 대다수는 분개하면서 이러 한 빈정거림에 퇴짜를 놓았다. 그는 진정한 박애주의자였으며 무엇보다도 차라리

---

2) 필자가 제시하는 '우리'라는 개념은 다음과 같은 하르팸(Harpham)의 근대적이며 식민지배적인 연 대 의식(solidarity)과 구별된다. 하르팸은 프레드릭 제임슨(Fredric Jameson)이 『정치적 무의식』 (*The Political Unconscious*)에서 "개인적 관심사란 '윤리'의 가면 뒤에 정치적이며 경제적인 현실 을 숨겨 놓는 '미학적 전략' 또는 '이념적 억제'로 전개되는 예술적 지배력을 콘래드가 구사한다" (Harpham ix-x)라고 지적한 바에 근거하여, 자신의 저서인 『우리 편: 조지프 콘래드의 예술적 지 배력』(*One of Us: The Mastery of Joseph Conrad*)에서 범죄자들(the culpable)과 칸막이가 쳐지 는(demarcate) 평민들(the laudable)의 연대 의식이라는 콘래드 소설의 내부에 나타나는 차이(an internal difference)를 주장한다. 『승리』에도 "모리슨은 '우리 편'(one of us)이었다"(9)라는 문장 이 있지만, 필자는 하르팸의 논리를 정면으로 반박하면서 콘래드 소설의 내부에 나타나는 차이가 탈식민지배적이며 탈근대적인 '우리', 즉 식민 지배체제 내부의 타자 공동체 가능성으로 표현된다 는 점을 주장하려고 한다.

금욕적이었다"(10).

1인칭 화자가 데이비슨과 대화하면서 존재를 추정했던 '우리', 데이비슨에게 자세한 내용을 듣고자 찾아갔던 '우리' 그리고 중상모략에 대해 모리슨을 결정적으로 옹호했던 '우리' 등이 어떻게 구성되는지 확실하게 제시되지는 않지만, 1인칭 화자의 변별적 인식에 동조하는 일단의 무리들이 있다는 것은 확실하다. 모리슨의 옹호에서 드러나듯이 이러한 '우리'는 식민지배의 착취적 양식에 반대하는 소수파의 반성적 경향을 대변한다. 바바(Bhabha)는 소수파의 역사적 의의를 『문화의 위치』(*The Location of Culture*)에서 다음과 같이 설명한다. "소수파의 관점에서 차이를 사회적으로 분명하게 표현한다는 것은 역사적 변환의 순간에 등장하는 문화적 잡종성을 인가하려고 노력하는 현재 진행 중인 복잡한 협상이다. 인가된 힘과 특권의 주변부에서 의미를 부여하는 '권리'는 전통의 지속에 의존하지 않는다. '소수파 안에' 있는 사람들의 삶에 수반되는 우발적이고 모순적인 상황을 통해서 다시 새겨지는 전통의 힘이 자원이 된다"(Bhabha 2). 소수파 안에 있는 우발적이고 모순적인 상황은 '우리'가 모리슨의 중상모략에 대해서는 결정적으로 옹호하지만 숌버그가 "자신의 잘못된 추론, 자신의 증오, 스캔들을 좋아하는 마음 등에 의해 창조해냈으며 스스로 굳게 믿고 있는"(153) 다음과 같은 하이스트의 현실에 대해서는 침묵하는 데에서 드러난다.

"여러분, 저 스웨덴 녀석 같은 남자는 공공의 위협입니다." 그가 말하기 시작했다. "내가 여러 해 동안의 그를 기억합니다. 그가 염탐하고 다니는 것에 대해서는 아무 말도 하지 않겠습니다. 글쎄요. 그는 스스로 자신이 정상에서 벗어난 (out-of-the way) 사실들을 찾고 있는 중이라고 말하곤 하였습니다. 그런데 그게 아니라면 무엇이 염탐이겠습니까? 그는 모든 사람들의 사업을 염탐하고 있었습니다.

"A man like that Swede, gentlemen, is a public danger," he began. "I remember him for years. I won't say anything of his spying — well, he used to say himself he was looking for out-of-the way facts, and what is that if not spying? He was spying into everybody's business. (58)

'우리'가 모리슨의 무책임한 이타주의를 옹호하지만 하이스트에 대한 슘버그의 근거 없는 중상모략에는 침묵하는 이유가 무엇일까. 모리슨의 너무 많은 이타주의는 '우리'의 사업 전반에 큰 영향을 미치지 않았다. "몇 사람이 투덜거렸다. 그가 무역을 망치고 있다고. 글쎄, 아마도 어느 정도까지는 그러했겠지만 많지는 않았다. 그가 거래하던 대부분의 장소는 지리적으로 뿐만 아니라, 허식 없이 입에서 입으로 전달되어 불가사의한 지역적 지식의 재고를 형성하는 무역업자들의 특별한 지식에도 알려져 있지 않았다"(10)라고 보고되어 있다. 반면에 하이스트의 적도지대 석탄회사(The Tropical Belt Coal Company)는 런던과 암스텔담에 사무실이 있는 식민 투기자본에 기반을 두고 있었기 때문에 무역업자들 전부에게 다음과 같이 막대한 영향을 미칠 수 있었다.

한동안 섬에 있는 사람들 모두 적도지대 석탄회사에 관해 이야기하고 있었는데, 혼자서 조용히 미소 짓던 사람들조차 자신의 불안한 마음을 감추고 있었을 뿐이었다. 정말, 그랬다. 드디어 오고야 말았다. 그리고 누구나 그 결과가 어떨 것인지 알 수 있었다. 증기선의 대규모 침공 밑에서 깔아뭉개지는 개인 무역업자의 종말이었다. 우리는 증기선을 살만한 여력이 없었다. 우리는 아니었다. 그리고 하이스트가 경영인이었다.

For a time everybody in the islands was talking of the Tropical Belt Coal, and even those who smiled quietly to themselves were only hiding their uneasiness. Oh, yes; it had come, and anybody could see what would be the consequences—the end of the individual trader, smothered under a great invasion of steamers. We could not afford to buy steamers. Not we. And Heyst was the manager. (22-3)

'우리' 대부분은 평범한 유럽인 남성 화자다. 자신에게 큰 피해를 주지 않는 모리슨에게는 동정적인 시선을 보내지만, 자신의 존립에 위협이 되었던 하이스트의 중상모략에 대해서는 침묵해버린다. '우리'는 도덕적 행위의 주제가 아니라, 차라리 바바가 다음과 같이 설명하는 헤게모니(hegemony) 작업의 대상인 것처럼 보인다.

> 사회의 세력권은 불균질할 뿐만 아니라, 내가 본 바에 의하면 헤게모니라는 작업 자체가 반복과 차별화의 과정이다. 그것은 언제나 나란히 놓인 채 서로 경쟁하면서 산출되는 대안적이거나 적대적인 이미지들의 생산에 의존한다. 이렇게 나란히 놓이게 되는 특성, 이러한 부분적인 현존 또는 적대적인 환유 그리고 효과적인 의미화 과정이야말로 투쟁의 정치학에 (정말로 문자 그대로) 신분 증명 과정들(identifications)의 투쟁과 입장들(positions)의 전쟁이라는 의미를 부여한다. 그러므로 그것이 집단적 의지라는 이미지로 지양되었다고 생각하는 것은 문제적이다.

> Not only is the social bloc heterogeneous, but, as I see it, the work of hegemony is itself the process of iteration and differentiation. It depends on the production of alternative or antagonistic images that are always produced side by side and in competition with each other. It is this side-by-side nature, this partial presence, or metonymy of antagonism, and its effective significations, that give meaning (quite literally) to a politics of struggle *as the struggle of identifications* and the war of positions. It is therefore problematic to think of it as sublated into an image of the collective will. (Bhabha 29)

'우리'는 소수파에 속하기도 하다가 때로는 집단적 의지의 표현으로 해석되기도 한다. 이제 앞부분에 인용되었던 슈와르츠의 비판에 대답할 준비가 되었다. 바첼로에 의해 '세 명의 지배적인 화자'로 번역된 (1)번의 '늘어진 형식'은 전지적 어조와 객관적 어조가 공존하는 1인칭 화자인 '나'와 데이비슨을 통합하는 관점인 '우리'가 인식되지 않았기 때문에 생긴 비판이다. 그리고 슈와르츠는 『승리』가 전기소설과 달리 '복잡한 도덕적 맥락'과 '도덕적 밀도'를 결여하고 있으며 주인공의 사적 생활이 역사적이거나 사회적인 배경 속에 통합되지 못한다고 비판하는데 이는 '우리'가 소설 속에서 어떻게 헤게모니의 대상이 되는지 그리고 도덕적 행위의 주체가 되는지 검토함으로써 반박할 수 있을 것이다.

3.

『승리』의 '우리'가 바바의 설명에서처럼 역사적 변환의 순간에 등장하는 문화적 잡종성을 인가하려고 노력하는 현재 진행 중인 협상 과정에 종사하는 소수파인지 여부가 불명확하다. 그러므로 '우리'를 보다 자세히 분석할 필요가 있다. 데리다(Jacques Derrida)는 『죽음의 선물』(*The Gift of Death*)에서 기술 문명의 개인주의가 역사적 변환의 대상이라고 다음과 같이 설명하면서 '우리'를 구분하는 기준 하나를 제시한다.

> 기술 문명의 개인주의는 유일한 자아에 대한 오해에 정확히 의지하고 있다. 그것은 사람이 아니라 역할과 관련된 개인주의다. 요컨대 변장이나 가면, 즉 사람이 아니라 배역의 개인주의라고 명명될 수 있을 것이다. 페토츠카가 관련 해석들, 특히 부르크하르트의 해석을 우리에게 상기시키는데, 그 해석에 의하면 르네상스 이래 발전되어온 근대의 개인주의는 자신의 비밀이 사회적 변장 뒤에 숨겨져 있는 이러한 유일한 사람이 아니라 차라리 연기되는 역할에 관심을 갖는다.

> The individualism of technological civilization relies precisely on a misunderstanding of the unique self. It is an individualism relating to a *role* and not a *person*. In other words it might be called the individualism of a masque

or *persona*, a character[*personnage*] and not a person. Patocka reminds us of the interpretations—especially that of Burckardt—according to which modern individualism, as it has developed since the Renaissance, concerns itself with the *role that is played* ratehr than with this unique person whose secret remains hidden behind the social mask. (Derrida: *The Gift of Death* 36)

데리다의 설명에 의거하면, 근대 개인주의의 문제점은 사람이 아니라 역할만 중시하는 데에서 기인한다. 예를 들어 숌버그 부인(Mrs. Schomberg)의 문제점은 숌버그가 그녀에게서 사람이 아니라 '부인'이라는 역할만 인정하는 데에서 발생한다. 숌버그 부인은 레나에 대한 남편의 맹목적인 사랑으로 인해 부인이라는 역할에서도 위기를 맞고 있다. 숌버그 부인이 날카로운 기지를 발휘하여 데이비슨에게 무법자들의 행보를 알려준 이유는 "사랑에 홀딱 빠진 그녀의 남편 빌헬름(Wilhelm)의 손에 닿는 곳에 그 소녀를 다시 데려다 놓을지도 모른다는 무서운 공포"(382) 때문이었다. 따라서 숌버그 부인이 레나를 적극적으로 도와준 행위는 하이스트가 정의하는 것처럼 "삶 속에서 자신의 위치를 지키는 임무"(54)라는 존경할만한 임무의 수행이 된다. 데이비슨은 숌버그 부인이 "충동적인 자비심"이 아니라 "충족시켜야 할 그녀 나름의 어떤 이해관계"(43) 때문에 행동했다고 결론짓는다.

왕(Wang)의 행위에 대해서도 이와 유사한 평가를 내릴 수 있다. 중국인 왕은 알퓨로 부족(the Alfuro village) 여인의 남편이 된 다음 자신의 역할에 충실하게 종사한다. 숌버그 부인이 자신의 역할을 수행하기 위해서 수동적인 노력을 한다면 왕은 자신의 역할을 수행하기 위해서 능동적인 노력을 한다. 레나를 지킬 수 없게 된 하이스트는 자신의 부인을 지키기 위한 실행 계획을 갖고 있는 왕을 다음과 같이 부러워한다. "하이스트는 중국인이 자신의 본능에 순종하는 것이, 자신의 존재를 불가사의하게 정확한 사실들 속에서 거의 자동적인 것으로 보이게 만드는 목표의 강력한 단순성이 부러웠다"(171). 그럼에도 불구하고 왕은 하이스트의 역할 모델(role model)이 아니다. 왜냐하면 "이 중국인의 마음은 명료하지만 멀리까지 미치지는 못하며, 낭만적인 명예심이나 민감한 양심 같은 개념들에 의해 방해받지 않고, 자기 보전이란 단순한 감정에 의거할 때 자신에게 떠오르는 것 등 사태의 소박한 추리에 따라 결정한다"(287)는 점 때문이다. "단순하고 저돌적인 야만인"(110) "페드로가 준 강렬한 인상이 왕으로 하여금 연발 권총을 훔치도록 이끈 주요 동기였다"(291)는 점이 왕의 단순성을 전형적으로 드러내 보여준다.

존스와 리카르도는 하이스트와 숌버그에 의해 알레고리의 차원에서 해석될 정도로 무법자라는 자신의 역할에 충실하게 종사한다. 존스와 리카르도는 전지적 시점에 의해서 다음과 같이 정의된다. "하나는 사악한 추방자, 다른 하나는 냉소적으로 멸시하는 정신에 의해서 기운이 난다는 이들 두 사람 사이에는 세상의 온갖 길들여진 피조물들을 당연한 제물이라고 여기는 포식동물이 갖고 있는 공격성이란 정신의 유사성이 있었다"(253). 사람이 아니라 연기되는 역할만 중시하는 근대 개인주의의 대표자는, 숌버그 부인에게 부인으로서의 역할만 강요하는 그녀의 남편인 숌버그다. 콘래드는 「제 1판의 주」("Note to the First Edition")에서 "숌버그의 기괴한 심리(grotesque psychology)를 마침내 완성시켰다"(viii)고 자랑스럽게 보고하고 있다. 숌버그 자신이 주장하는 다음과 같은 연약함은 숌버그의 심리, 즉 근대 개인주의의 심리 상태가 얼마나 기괴한지 잘 보여준다.

> "그런 짓을 하기엔 내가 너무 '길들여진' 편이라고 생각해요." 여러 해 전에 그 불쌍한 여인을 도덕적으로 살해해버렸다는 것을 전혀 알지 못하고 있었다. 숌버그가 그런 범죄 개념을 갖기에는 너무 지력이 모자랐다.

> "I suppose I *am* too tame for that" − quite unware that he had murdered the poor woman morally years ago. He was too unintelligent to have the notuion of such a crime. (114)

콘래드가 르네상스 이래 발전되어온 근대 개인주의를 『승리』에서 비판하고 있는 것은 명백하다. 그리고 이러한 개인주의적 관점이 역사적이거나 사회적인 배경 속으로 통합되면서 식민지배에 대한 비판의 양상을 띠게 된다. 모리슨이 너무 많은 이타주의라는 형태로 착취적 식민지배 체제를 내파(內破)하려 하지만, 실제로는 "식민 정체성이란 그릇된 양피지에 새겨진 자아(Self)의 타자성(otherness)"(Bhabha 44)만 드러내게 된다. 식민지배라는 것이 "자아에 진실하기 위해서 다소 진실하지 않은 법, 즉 문화적 일반화의 의미화 과정에 어긋나는 법을 배워야"(Bhabha 137)하는 상황이기 때문이다. 바바는 식민지배 문화의 일반적 의미화 과정에 어긋나는 대표적인 양상으로 다음과 같이 양가성을 제시한다. "신분 증명 과정의 원칙으로서 타자(Other)가 객관성의 단계를 제공하지만, 그것의 재현이 오이디푸스적 심리 과정이란 법칙의 사회적 과정이라면 결여를 폭로하면서 언제나 양가적이다"(Bhabha 52). 모리슨의 양가성은 이타주의라는 행위로 식민지배의 결여 상태를 폭로하면서도, 식민지배 체제의 원칙이 제공하는 객관적 발전 단계를 부인하지 않고 하이스트의 호의에 보답하기 위해 영국으로 돌아가서 하이스트를 적도지대 석탄회사의 경영자로 만드는 데에서 뚜렷이 드러난다.[3]

티모르(Timor) 섬의 델리(Delli)라는 마을에 있는 포르투갈 당국이 서류에 하자가 있다는 구실로 모리슨에게 부당한 벌금을 부과했다는 사실을 우연히 알게 된 하이스트가 주머니에 있던 돈으로 벌금을 대납해 준 행위는 미덕일 뿐이다. 데리다는 우정의 종류를 세 가지로 구분한다. "그러므로 세 가지 종류의 우정이 있는데, 우리가 기억하는 바에 의하면 각각 (1) 미덕 (이는 초보적 우정이다), (2)

---

[3] 탈식민주의 이론의 입장에서 모리슨의 이타주의가 착취적 식민지배 체제에 대한 정치적 저항의 한 형태로 보기에 너무 미약하고 사적이라고 판단될 수 있다. 모리슨의 이타주의는 착취적 식민지배 체제에 대한 정치적 저항이라기보다 인도주의적인 반응일 뿐이며 이는 모리슨에 대한 중상모략에 대해 결정적으로 옹호하는 평범한 유럽인 남성 화자, 즉 '우리'의 정서적 반응의 대표적인 사례일 뿐이다. 하이스트의 경우도 기존의 탈식민주의 이론에서는 그가 착취적 식민지배 체제에 대한 정치적 저항의 행위를 수행한다고 판단될 수 없다.

유용함(예를 들면, 정치적 우정) 그리고 (3) 즐거움에 기반을 둔다"(Derrida: *Politics of Friendship* 203). 근대 개인주의의 문제점이 사람이 아니라 역할만 중시하는 데에서 기인한다는 주장에 의거하면, 유용함은 역할의 측정 도구가 된다. 데리다의 우정에 관한 설명을 역사적으로 해석하면 근대 이전의 시대에는 미덕에 근거한 우정이 대표적이었고, 근대 개인주의의 시대에는 유용함에 근거한 우정이 대표적이며, 근대 이후 지향해야 할 우정은 즐거움에 기반을 둔 우정이어야 한다. 하이스트의 미덕에 근거한 우정도 근대 이전의 시대에 속하는 것으로 판단된다. 왜냐하면 하이스트의 동정심으로 인한 행위가 개인주의적 판단에 기반을 두었다기보다 다음과 같은 아버지의 충고에서 기인하였기 때문이다. "너는 아마도 살과 피를 믿고 있겠지? 한결같게 몰두하는 경멸이 있다면 그것도 곧 없어질 거야. 그러나 너는 그런 경지에 이르지 못했으니, 소위 동정심이란 형태의 경멸을 개발하라고 충고하겠다. 네가 존재이기에 나머지 사람들처럼 네게도 동정심이 있겠지만 너 자신을 위해서는 어떤 동정심도 결코 기대하지 말아야 한다는 것을 언제나 기억한다면 아마 그리 어렵지 않을 것이다"(164). 하이스트의 미덕에 기반을 둔 우정에 대해 모리슨은 유용함에 기반을 둔 우정으로 보답하려 한다. "모리슨의 석탄 투기사업의 동업 제안이 (자신을 '구세주'로 여길 정도로 까지) 극단적으로 감사하는 마음에서 나온 것임을 알기 때문에, 사려가 깊은 하이스트는 차마 거절하지 못한다. 하이스트는 콘래드가 자신의 1890년 콩고 여행 이후 언제나 경멸해왔던 제국주의와 투기 자본주의의 그물망 속에 얽히게 된다"(Schwarz, *Conrad: The Later Fiction* 68). 하이스트의 양가성은 이해관계를 배제한 단순한 미덕에 의해 모리슨의 부당한 벌금이란 제국주의의 폐해를 극복하려고 노력하면서도, 식민지배 체제의 원칙에 입각한 석탄 투기사업의 동업 제안을 거부하지 않는 데에서 뚜렷이 드러난다.

하이스트와 모리슨의 양가성을 구분하는 유용한 기준의 하나로 다음과 같은 두 개념, 즉 비결정성과 무결정성이 있다.

비결정성(undecidability)은 (예를 들면 의미의, 그리고 또한 행동의) 가능성들 사이에 있는 결정적인(determinate) 망설임이라는 점을 상기시키고 싶다. 이러한 가능성들 자체는 (예를 들면 구문론적이거나 수사학적으로 담론적일 뿐만 아니라 정치적이거나 윤리적인 등) 엄격하게 한정되어 있는(limited) 상황들 속에서 호의적으로 결정된다. 그것들은 실용적으로 결정된다. 내가 비결정성에 바쳐온 분석들은 이러한 결정들과 이러한 정의들에게만 관계하지, 어떤 모호한 '무결정성' (indecidability)에는 결코 아니다. 내가 '무결정성'이 아니라 차라리 '비결정성'이라고 말하는데, 왜냐하면 내가 힘의 관계들, 힘의 차이들, (내가 이 단어에 제공하는 폭넓은 의미에서 정치적인 행위와 일반적인 경험도 포함하는) 글쓰기라는 결정을 통해서 안정시키게 되는 주어진 상황들 속에서의 결정들을 정확하게 허용하는 모든 것에 더 관심이 많기 때문이다.

I want to recall that undecidability is always a *determinate* oscillation between possibilities (for example, of meaning, but also of acts). These possibilities are themselves highly *determined* in strictly *defined* situations (for example, discursive — syntactical or rhetorical — but also political, ethical, etc.) They are *pragmatically* deteremined. The analyses that I have devoted to undecidability concern just these determinations and these definitions, not at all some vague "indeterminacy." I say "undecidability" rather than "indeterminacy" because I am interested more in relations of force, in differences of force, in everything that allows, precisely, determinations in given situations to be stabilized through a decision of writing(in the broad sense I give to this word, which also includes political aciton and experience in general). (Derrida: *Limited Inc* 148)

하이스트와 모리슨의 결정적인 차이점은 하이스트가 사태를 정확하게 파악하고 있다는 것이다. 와츠(Watts)는 "타인의 삶에 호의적으로 개입하는 사람이 자신의 개입에 재난이 뒤따른다는 점을 실제로 알고 있다는 것"(Watts 99)이 플롯의 아이러니라고 명명하며 하이스트의 의식을 설명한다. 모리슨이 모호한 무결정성 속에서 식민지배를 비판하고 있다면, 하이스트는 비결정성 속에서 식민지배를 비판하고 있다. 모리슨에게는 삶의 중요한 결정을 내릴 수 있을 만큼의 분석 작업이 결여되어 있었다. 따라서 모리슨이 제안한 적도지대 석탄회사의 운명은 파산과 청산일 뿐이었다. 하이스트의 경우는 사정이 전혀 다르다. 하이스트는 가능성들 사이에서 결정적으로 망설이고 있었을 뿐이다. 하이스트가 알퓨로 부족의 장벽 앞에서 레나에게 다음과 같이 설명하는 것처럼, 제국주의와 투기 자본주의의 문제점을 정확하게 알고 있었다. "이것은 문명의 행진에 대한 장벽이지요. 몇 사람들이 잘못된 신념을 갖고 그렇게 이름 지어 부르곤 했던 것처럼 위대한 전진의 발자국이었던 나의 회사의 형태로 그들에게 나타났을 때, 저 너머에 있는 불쌍한 종족은 그것을 좋아하지 않았어요"(302). 하이스트가 모리슨의 동업 제안을 받아들였지만 이는 문명의 행진이 위대한 전진 행위라는 점을 믿고 있었기 때문이 아니라 모리슨의 우정을 거부할 수 없었기 때문이었다. 하이스트는 모리슨을 역할이 아니라 자신의 비밀이 사회적 변장 뒤에 숨겨져 있는 이러한 유일한 사람으로 대하고 있었기 때문이었다. 하이스트는 제국주의 체제 속에서의 행동은 진보의 환상에 기반을 두지 않을 수 없다는 점을 다음과 같이 정확하게 인식하고 있다. "행동, 즉 지상에서의 첫 번째 생각 또는 아마도 첫 번째 충동! 셀 수 없이 많은 세대들을 빛이 없는 공간에서 끌어낸 진보의 환상이란 미끼가 달려 있는 가시 달린 갈고리! '그런데 나는 아버지의 아들인데도 그들 중 가장 어리석은 물고기처럼 잡혀버렸군!' 그는 혼잣말을 했다. 그는 괴로웠다. 무관심의 위대한 업적이었어야만 했던 자신의 삶의 모습에 가슴이 아팠다"(164). 하이스트는 모리슨과의 우정 때문에 진보의 환상에 근거한 투기 자본주의 사업에 어쩔 수 없이 동참했었다.

『승리』의 '우리'가 역사적 변환의 순간에 등장하는 문화적 잡종성을 인가하려고 노력하는 현재 진행 중인 협상 과정에 종사하는 소수파인지 여부가 불명확하기 때문에 '우리'를 보다 자세히 분석하기 위해서 '우리'를 구분하는 기준 하나로 역할과 사람의 개념을 검토하였다. 데리다의 설명에 의거하면, 근대 개인주의의 문제점은 사람이 아니라 역할만 중시하는 데에서 기인한다. '우리'가 식민지배 속에서 역사적 변환을 지향하는 소수파 집단이라면 역할이 아니라 사람을 중시할 것이다. 역할과 사람의 이분법이 숌버그 부인, 왕, 존스, 리카르도, 숌버그 등의 등장인물들을 분석하는데 유용한 도구이기는 하지만 '우리'를 형성해내지는 못했다. 『승리』에서 르네상스 이래 발전되어온 근대 개인주의가 비판되고 있는데, 이러한 개인주의적 관점이 역사적이거나 사회적인 배경 속으로 통합되면서 식민지배에 대한 비판의 양상을 띠게 된다. 이러한 비판적 양상을 모리슨과 하이스트 등의 등장인물들 속에서 분명한 논리가 아니라 양가성의 양상으로만 읽어낼 수 있었다. 요컨대 '우리'라는 집단이 소설 속에서 어떻게 헤게모니의 대상이 되는지 그리고 도덕적 행위의 주체가 되는지 검토하는데 있어서 등장인물의 성격 분석은 부적절한 도구였던 것이다.

대부분의 '우리'가 평범한 유럽인 남성 화자이기 때문에, '우리'라는 화자의 시선에서 객관성이 보장되지 않는다. '우리'는 모리슨에게 동정적 시선을 보내지만, 하이스트에 대한 숌버그의 중상모략에 대해서는 침묵한다. 주인공 하이스트에 관한 화자의 다음과 같은 묘사는 애매모호하다.

어떤 식으로든 그 자신을 위한 부에 관한 비전이 그에게 있었는지 여부를 우리는 의심한다. 그가 주로 관심을 보이는 것처럼 보였던 것은 그가 표현한 것처럼 우주의 전반적 조직 내에서 '앞으로 나아가는 것'이었음은 명확하다. 백 명이 넘는 섬사람들이 '이 지역을 위해 위대하게 앞으로 나아간다는 것'에 관해 이야기하는 것을 들은 바 있다.

We doubted whether he had any visions of wealth — for himself, at any rate. What he seemed mostly concerned for was the "stride forward," as he expressed it, in the general organisation of the universe, apparently. He was heard by more than a hundredd persons in the islands talking of a "great stride forward for these regions." (5-6)

하이스트가 레나와 자기 자신에게 고백할 때 틀림없이 진보의 환상을 거부하고 있었다. 화자는 하이스트의 진심을 알지 못하고 있다. 이런 인식의 천박함에도 불구하고 '우리'는 모리슨을 결정적으로 옹호하고 데이비슨의 이야기를 듣기 위해 모이면서, 역사적 변환의 순간에 등장하는 문화적 잡종성을 인가하려고 노력하는 현재 진행 중인 협상 과정에 종사하는 소수파처럼 행동한다.『승리』에서 근대 개인주의가 비판되고 있으며 이러한 개인주의적 관점이 역사적이거나 사회적인 배경 속으로 통합되어 식민지배에 대한 비판의 양상을 띠고 있는지 여부를 증명하기 위해서, '우리'라는 집단적 양상을 분석하는 방법론이 검토되어야 한다.

4.

필자는 식민지배라는 역사적이고 사회적인 배경 속에서 진행되는 근대 개인주의에 대한 비판이 역사적 변환의 순간에 속한다고, 그리고 콘래드가『승리』에서 그러한 역사적 변환의 순간을 기록했다고 생각한다. 그리하여 소수파가 식민지배 체제의 내부에서 탈식민 공동체를 형성한다고 생각한다. 와츠는『승리』를 "트로이의 헬렌의 탈취 전설의 패로디적 개작"(Watts 101)이라고 지적한다. 그리스라는 서양이 트로이라는 오리엔트를 침공하는 전설을 기반으로 하지만,『승리』는 서구 세력권의 내부에서 행해진 침공의 소문이라는 점에서 탈근대적 패로디로 읽을 수 있다.

바바는 탈식민 근대성의 증인이 되는 인물의 특징을 다음과 같이 설명한다. "우리와 다른 지혜, 즉 진부한 일상의 햇빛 속에서 인종주의와 억압의 악몽을 보았던 사람들에게서 나오는 지혜를 갖게 된다. 그들은 절망의 허무주의나 진보의 유토피아보다 더 복잡한 행동과 행동자(行動者)라는 사상을 대변한다. 그들이 저항의 순간, 슬픔의 순간, 구원의 순간을 구성하는 생존과 협상의 현실을 이야기하지만, 영웅주의나 역사의 공포 속에서는 거의 이야기하지 않는다"(Bhabha 254-55). 근대성의 증인이 되는 인물들은 영웅주의나 역사의 공포라는 관점에서 이야기하며 긍정적 상황에서는 진보의 유토피아로, 부정적 상황에서는 절망의 허무주의로 채색된 행동을 묘사한다. 탈식민 근대성의 증인이 되는 인물들은 근대성의 증인들과 다른 지혜를 갖고 있다. 근대성의 시대가 아직 종료되지 않은 상황이기 때문에 탈식민 근대성의 증인이 되는 인물들의 행동은 보다 더 복잡한 양상을 띠게 된다. 화자의 관점에서 다시 설명하자면 근대성의 증인이 되는 인물들의 영웅주의와 달리 탈식민 근대성의 증인이 되는 인물들의 이야기는 불규칙일 수밖에 없다. "어떠한 정치적 혁명도 가능한 것과 실제적인 것에 관한 개념에 있어서 극단적인 전환이 없다면 가능하지 않기" 때문에 "때때로 이러한 전환은 명확한 이론화에 선행하는 특정한 종류의 실천의 결과로 오게 되며, 우리의 기본적인 범주들에 대한 재고를 촉진한다"(Butler 100). 버틀러(Butler)가 "젠더란 무엇이며, 젠더는 어떻게 생산되며 재생산되는가, 무엇이 젠더의 가능성들인가?"(Butler 100)라고 질문한다. 버틀러는 근대성의 개념인 젠더를 탈근대적 관점에서 재고하는 것이 무엇을 의미하는지 설명하고 있다. 탈근대성은 정치적 혁명을 요구하는데 이를 위해서는 극단적인 전환이 있어야 한다. 이러한 전환이 근대성에 기반을 둔 명확한 이론화를 포기하고 근대성의 기본적인 범주들에 대해 재고하는 실천의 과정 속에서 이루어진다는 것이다.

　　바바는 식민지배에 저항하는 탈근대성, 즉 탈식민 근대성의 역사적 전환을 다음과 같이 설명한다. "식민 담론의 읽기를 통해서 개입의 지점이 이미지를 긍정적이거나 부정적인 것으로 신속하게 인식하는 것에서부터 인습적 담론을 통해서 가능해지면서 (그럴듯하게 된) 주체 형성(subjectification)의 과정에 관한 이해로 전환되어야 한다고 제안하게 되었다"(Bhabha 67). 숌버그 등이 만들어내는 소문과 중상모략은 모리스나 하이스트의 이미지를 긍정적이거나 부정적인 것으로 신속하게 인식하는 과정이다. 그런데 탈식민 근대성의 식민 담론 읽기에서는 근대의 인습적 담론을 적극적으로 사용하면서도 모리스나 하이스트의 주체 형성의 과정을 이해하려고 한다. 그리하여 모리스와 하이스트의 양가성이 제시되었던 것이다. 예를 들면 모리스가 '진정한 박애주의자'였다고 긍정적으로 정의하고 만족해 버리는 대신, 이타주의라는 행위로 식민지배의 결여 상태를 폭로하면서도 식민지배 체제의 원칙이 제공하는 객관적 발전 단계를 부인하지 않고 하이스트의 호의에 보답하기 위해 영국으로 돌아가서 하이스트를 적도지대 석탄회사의 경영자로 만드는 데에서 뚜렷이 드러나는 모리슨의 양가성으로 읽어내는 과정이 요구된다는 것이다. 하이스트의 경우에도 소설의 앞부분에서 긍정적인 측면에서는 '매혹된 하이스트'나 '견고한 사실'로, 부정적인 측면에서는 '거미' 등의 별명으로 신속하게 인식되었지만, 『승리』의 텍스트가 탈식민 근대성의 식민 담론 읽기를 점차적으로 허용하면서 더욱 복잡한 내용을 지닌 소설로 발전한다.

데리다가 다음과 같이 소개하는 '다가올 민주주의'라는 개념은 탈근대 공동체의 정의에 있어서 중요한 요소가 된다. "현재 내게 있어서 민주주의는 (예를 들면 불충분한 민주주의, 유럽의 민주주의, 미국식 또는 프랑스식 민주주의 등) 현재 존재하거나 드러나 있는 세력들의 장과 '다가올 민주주의'(democracy to come) 사이에 있는 협상이나 타협의 장소다"(Derrida: *Negotiations* 180). 루시(Lucy)는 '다가올 민주주의'를 『데리다 사전』(*A Derrida Dictionary*)에서 다음과 같이 해설한다. "(또한 민주주의에 관한 계몽적 개념의 극단적 확장이며 그래서 절대적이거나 본래적인 의미에서 '새롭다'고 할 수는 없는) 다가올 민주주의라는 '새로운' 개념은 결코 어떤 국가의 정치적-행정적 체제에 속하지 않으며 그저 우리 모두가 각각 유령적 공동체(spectral community)의 일원이 될 수 있을 것이다"(Lucy 21). 데리다의 탈근대 공동체인 '다가올 민주주의'는 기존의 국가적 정치체제에 소속될 수 없기 때문에 지금 이 자리에서는 실체가 드러나지 않는 '유령적 공동체'일 수밖에 없다. 루시는 유령적 공동체의 '근거 없는 근거'(groundless ground)를 다음과 같이 설명한다.

소위 진정한 공동체라고 불릴 수 있을지도 모르는 것은 약속에 토대를 둔다. 그 기원은 (하이데거의 경우처럼) 공통의 정신 속에서 통합된 존재들의 집회 혹은 문화적, 정치적, 종교적이거나 무언가 다른 공유된 일체성에 참여하는 사람들의 집회가 아니라 차라리 타자에 대한 관계를 계속 열어 놓겠다는 단순한 약속이다. 그렇게 최소한도의 조건으로 축소된 공동체라는 개념 자체가 더 이상 적절한 것 같아 보이지 않는다. 내가 다른 사람에게 '그래요'라고 말할 때, 그것은 불시에 혹은 내가 예측할 수 없었을지도 모르는 형태로 올 수 있는 타자들에게 무엇이 오든 간에 내가 계속 열어 놓겠다는 약속을 개시하는 것이다. 내 국가의 법이나 내 문화의 전통이 아니라 이것이야말로 나로 하여금 '공동체'라는 의미와 (아주 느슨하게) 관계하게 하는 것인데, 그 공동체는 정체성이란 개념 주위에서 조직되는 것이 아니라 (차이는 언제나 복수적이기 때문에) 차이들의 주변에서 조직되지 않은 채 조직된다.

We might see here a sort of groundless ground of community. A genuine community, as it might be called, is founded on a promise; its origin is not (à la Heidegger) a gatehering of beings united in their common spirit, or a grouping of those who participate in a cultural, political, religious or some other shared identity, but rather a simple promise to open and maintain a relation to others. Reduced to such a minimal condition the very concept of community no longer seems appropriate. When I say 'yes' to another, that is, I inaugurate a promise to remain open to whatever might come, to others who may come unexpectedly or in forms I may not have been able to predict. It is this, and not my nation's laws or my culture's traditions, that puts me in touch (very loosely) with a sense of 'community' — one which is not organized around a notion of identity but which is organized without being organized without being organized around differences (becuase difference is always plural). (Lucy 162-63)

탈근대적 세계관의 관점에서 보면 근대적 공동체의 개념 자체가 부적절해 보일 수 있다. 탈근대 공동체는 근대적 정체성이란 개념, 즉 문화적, 정치적이거나 종교적인 일체성 등을 중심으로 조직될 수 없다. 현재 탈근대 공동체는 공동체를 구성하는 최소한도의 조건만을 갖추고 있다. 이제 태동 단계에 있는 탈근대 공동체라는 개념은 새로운 약속, 즉 타자와의 새로운 관계 가능성을 개방하고 유지하겠다는 단순한 약속의 수준에 머물러 있다. 탈근대 공동체는 조직원의 차이들을 인정하기 때문에 조직되지 않은 채 느슨하게 조직되어 있다고 말할 수 있을 것이다.

근대 개인주의가 비판되고 이러한 관점이 역사적이거나 사회적인 배경 속으로 통합되어 식민지배에 대한 비판의 양상을 띠고 있기 때문에 『승리』에서 확인되는 탈근대 공동체는 탈식민 공동체의 특징을 지닌다. 숌버그 부인이나 왕은 근대 개인주의의 역할에 충실하려고 노력하지만 상황이 허락하는 한 자신의 비밀이 사회적 변장 뒤에 숨겨져 있는 사람으로서 하이스트의 탈식민적 노력을 간접적으로 지원한다. 바바는 탈식민 근대성의 특징 중 하나로 "노예화된 주인, 주인화된 노예의 문제만 있을 뿐이다"(Bhabha 131)라는 점을 지적한다. 레나를 구해야 하는 절박한 상황이 되자 하이스트와 왕은 노예화된 주인과 주인화된 노예의 관계를 형성한다. 왕은 더 이상 하이스트의 명령에 순종하는 노예가 아니다. 왕은 레나를 맡아달라는 하이스트의 제안을 거절한다. 왕은 다른 방법으로, 즉 자신의 부족에게 해가 되지 않는 방법으로 하이스트를 돕기 위해 자발적으로 나선다. 왕은 하이스트의 연발 권총으로 페드로를 사살하게 된다. 존스와 리카르도의 관계는 식민 공동체에 속한다. 그래서 그들은 주인과 노예의 관계를 벗어나지 못한다. 리카르도가 다음과 같이 주인과 노예의 관계를 벗어나려고 하자마자 파국이 초래된다. "존스에 대한 리카르도의 태도는 본인이 아직 충분히 알지 못하고 있지만 정신적인 변화를 겪고 있었다"(311). 숌버그 부인은 숌버그의 부인이라는 역할을 고수하겠다는 목적에서만 레나의 출분을 돕고 있지 않다. 레나, 하이스트와 데이비슨을 돕는 과정 속에서 숌버그 부인은 숌버그에 대해 주인화된 노예가 되어간다. 탈식민 공동체는 식민 공동체의 주인과 노예의 관계 속에 노예화된 주인과 주인화된 노예라는 차연적(差延的) 관계를 도입함으로써 식민 공동체를 내파한다. 이런 점에서 숌버그 부인이나 왕은 조직되지 않은 채 느슨하게 조직되어 있는 탈식민 공동체의 일원이라고 평가될 수 있다. 너무 많은 이타주의라는 약점을 갖고 있는 모리슨이나 중국인 선주에게서 하이스트를 위해 왕복 여행 중에 10마일을 우회하겠다는 허락을 받아내는 데이비슨은 숌버그 부인이나 왕보다 탈식민 공동체에 보다 덜 느슨하게 조직되어 있다고 평가될 수 있을 것이다.

5.

『승리』는 탈식민 공동체의 형성에 관한 논문이 아니라 콘래드의 소설이다. 소설 양식이라는 점은 일관된 형이상학적 개념 체계를 옹호하는 근대 공동체, 즉 식민 공동체 및 식민 담론에 대한 비판을 실용적으로 수행할 수 있게 하며 부적절해졌지만 대체할 수 있는 개념이 아직 마련되지 않은 근대 공동체의 대안인 탈식민 공동체를 위한 탈식민 담론을 구체적으로 제시할 수 있게 한다.

"식민 담론의 중요한 특징은 타자성의 이념적 구축에 있어서 '고정성'의 개념에 의지한다"(Bhabha 66)는 것이다. 리카르도는 레나와 하이스트가 어떤 인간인지 안다고 확신한다. 리카르도는 "레나가 대단할 리 없다. 그런 류의 여자를 알고 있다!"(264)라고 생각하고 하이스트의 남성성 부족을 비판하며 "봤죠? 하이스트는 쓸모가 없어요. 당신 타입의 남자가 아니오!"(344)라고 레나에게 단정하여 말한다. "타자가 자기 자신이 되지 못하게 하는 것, 타자에게 여지를 남겨주지 않는 것을 폭력이라고 불러야 한다"(Derrida and Ferraris 92)라는 폭력의 정의에 동의한다면, 리카르도가 레나에게 하는 주장은 폭력적 행위다. 리카르도의 사랑은 레나를 겁탈하려다 실패한 직후 레나의 길들여지지 않은(untamed) 성품을 느끼면서 "유대관계(bond)"가 형성되었다고 일방적으로 판단하는 데에서 시작된다(276 참조). 숌버그의 레나에 대한 사랑도 이와 유사하게 레나에게 판단의 여지를 남겨주지 않고 레나 자신의 마음을 고려하지 않는다는 점에서 사랑이 아니라 '폭력'이라고 불러야 한다. 레나도 리카르도가 어떤 인간인지 안다고 확신한다. "아마도 인류의 쓰레기 속에 있었던 비천한 기원이 유사했기 때문인지 레나는 리카르도를 완전히 이해하였다"(288)라는 설명이 보여주는 전지적 시점은『승리』의 화자 및 콘래드가 리카르도보다 레나의 판단을 옹호한다는 것, 즉 식민 담론에 비판적이라는 것을 증명한다.

"전략은 언제나 내기, 즉 알지 못하는 것, 계산될 수 없는 것에 굴복해야하는 특정한 방식을 내포하며", "맥락이 절대적으로 결정될 수 없기 때문에 전략적 내기가 있고" "맥락이 있지만 그것이 남김없이 분석될 수는 없다"(Derrida and Ferraris 13)라는 논리가 탈식민 담론의 중요한 특징이다. 폭력의 화신들인 존스, 리카르도와 페드로 같은 무법자들이 무기력한 하이스트와 연약한 레나를 상대하여 전멸해버리는 이유는 '계산될 수 없는 것'을 고려하지 않았고 게다가 고려할 능력도 없었기 때문이다. 삼뷰란(Samburan)에 도착하자마자 리카르도는 하이스트라는 인물의 맥락이 남김없이 분석되고 절대적으로 결정될 수 없다는 것을 다음과 같이 깨닫는다. "리카르도는 하이스트가 이럴 것이라고는 기대하지 않았다. 리카르도는 도움이 될 만한 약점을 갖고 있는 것이 드러나리라는 생각을 혼자서 했었다. 이런 고독한 남자들은 종종 술고래였다. 그러나 아니다! 이건 술꾼의 얼굴이 아니다. 경악해하는 약한 모습이나 놀라하는 약한 모습조차 이 표정에서, 이 안정된 눈빛 속에서 간파해낼 수 없었다"(221).『승리』의 탈식민 담론은 무법자들의 식민 담론에 전략적 내기가 결여되어 있다는 결정적인 약점을 폭로해낸다.

바바는 탈식민 상황에 대한 여성적 글쓰기의 특징으로 "성적 차이의 고정성을 향한 관음증적 욕망과 인습적 인종주의를 향한 물신적 욕망을 좌절시키며" "권력의 행사를 규정하는 자아/타자 등 단순한 양극성이나 이항 대립주의를 뒤흔들고 성적 차이를 분명하게 표현하는 유추적 차원을 말소시키는"(Bhabha 53) 부분적 시선(partial eyes)을 제시한다. 이러한 차이의 구조가 탈식민 담론 속에서 인종과 성의 잡종성을 산출해내기 때문이다. 따라서 다음과 같은 레나의 이중성은 탈식민 담론에 기여하는 도덕적 행위(agency)가 된다.

이중성은 약한 자와 비겁한 자의 피난처이지만 또한 무장 해체된 자의 피난처이기도 하다! 존재의 매혹적인 꿈과 잔혹한 파국 사이에 그녀의 이중성 외에 아무것도 없다. 저기 그녀 앞에 앉아 있는 남자는 피할 수 없는 존재인데 그녀의 삶 내내 같이 있었던 것 같아 보였다. 리카르도는 세상의 악의 체현이었다. 그녀는 자신의 이중성을 부끄러워하지 않았다. 자신의 힘에 대해서만 다소 의심을 하면서 망설임 없이 그곳으로 몸을 던졌다. 그녀는 자신의 상황에 실색을 했지만, 하이스트가 그녀를 사랑하는지 여부에 관계없이 그녀가 그를 사랑한다는 것을 이해하고 그리고 자신이 그에게 이런 사태를 초래했다는 것을 느끼고 자신의 모든 여성성을 이미 동원하여 자기 자신의 것을 방어하기 위해서 열정적인 소망을 품고 위험에 맞섰다.

Duplicity — the refuge of the weak and the cowardly, but of the disarmed, too! Nothing stood between the enchanted dream of her existence and a cruel catastrophe but her duplicity. It seemed to her that the man sitting there before her was an unavoidable presence, which had attened all her lif. He was the embodied evil of the world. She was not ashamed of her duplicity. With a woman's frank courage, as soon as she saw that opening she threw herself into it without reserve, with only one doubt — that of her own strength. She was appalled by the situation; but already all her aroused femininity, understanding that whether Heyst loved her or not she loved him, and feeling that she had brought this on his head, faced the danger with a passionate desire to defend her own. (278-79)

리카르도는 피할 수 없는 시대에 속해 있는 식민 담론의 폭력이 체현된 존재다. 레나는 자신의 삶이 내내 이런 식민 담론 속에서 진행되었다는 사실을 깨닫는다. 이런 인식은 레나로 하여금 결국 자신의 존재 이유에 대해 더 이상 의심하지 않을 수 있게 한다. 레나의 이중성은 전략적 내기의 성격을 갖고 있으며 맥락이 절대적으로 결정될 수 없는 탈식민 담론의 전망이 있기 때문에 승산이 있다. 이러한 승리의 예감은 무모한 희망이 아니라 다음과 같이 용기 있는 판단력에서 나온다.

이 새로운 적의 공격은 단순하고 직선적인 폭력이었다. 레나의 마음을 쇠약하게 하고 그녀의 박해자들이 너무 많다고 외로움 속에서 생각하게 만들었던 것 같이 그녀를 노예처럼 넘겨주려는 비열하고 음흉한 전략이 아니었다. 그녀는 이제 세상 속에서 더 이상 혼자가 아니었다. 그녀는 한 순간도 머뭇거리지 않고 저항했다. 왜냐하면 그녀에게는 더 이상 도덕적 지지가 박탈되어 있지 않았고 그녀는 가치 있는 사람이었고 그녀는 더 이상 자신만을 위해서 자신을 방어하고 있지 않았기 때문이었다. 그녀의 속에서 태어난 신앙, 즉 자신의 운명의 남자 그리고 아마도 자신의 길을 가로지르도록 놀랍게도 그렇게 그를 보내주셨던 하늘에 대한 신앙 때문이었다.

This ne enemy's attack was simple, straightforward violence. It was not the slimy, underhand plotting to deliver her up like a slave, which had sickened her heart and made her feel in her loneliness that her oppressors were too many for her. She was no longer alone in the wolrd now. She resisted without a moment of faltering, because she was no longer deprived of moral support; because she was a human being who counted; because she was no longer defending herself for herself alone; because of the faith that had been born in her—the faith in the man of her destiny, and perhaps in the Heaven which had sent him so wonderfully to cross her path. (273)

레나가 식민 담론 속에서는 약한 자였을지 모른다. 그러나 이제 그녀는 자신의 여성성만으로 식민 담론의 단순하고 직선적인 폭력에 성공적으로 저항할 수 있다는 사실을 깨닫는 탈식민 공동체의 선구자이며 주인공이다. 레나에 대한 이런 긍정적 인식의 결여가 다음과 같은 혹독한 평가의 원인이다. "하이스트가 책 속에 있는 유일한 삼차원적인 등장인물이다. 레나에게는 전혀 차원이 없다. 그녀는 그림자이며 콘래드의 중요한 여성들 중에서 가장 납득이 가지 않는다. 그녀는 그저 상황이 요구하는 바에 따라 반응할 뿐이고 그녀의 말이나 행동에 결코 어떤 개성도 없다"(Baines 253)라는 베인즈(Baines)의 판단은 성적 차이의 고정성을 향한 관음증적 욕망과 권력의 행사를 규정하는 자아/타자 등 단순한 양극성이나 이항 대립주의, 즉 식민 담론에 근거한다. 남성/여성의 대립 쌍에 있어서 여성적인 것에 종속적인 의미를 부가해야 한다는 논리는 여성적인 것을 배제하게 되는 동시에, 그러한 논리가 작동되기 위해 배제되어야 하는 것으로서의 여성적인 것을 산출해낸다.

레나에 대한 혹독한 평가는 베인즈 혼자만의 책임이 아니다. 왜냐하면 베인즈는 콘래드의 여성 등장인물에 대한 일반적인 평가를 따르고 있을 뿐이며, 현시대 담론의 공통적인 평가에 기반을 두고 있기 때문이다. 데리다는 남성/여성의 대립 쌍에 있어서 여성적인 것에 종속적인 의미를 부가해야 한다는 근대의 논리가 전면적으로 배척될 수는 없는 현실을 "일반적으로 그리고 특히 전시 중에 조종하는 배나 비행기의 앞머리, 즉 기수에서, 자신의 앞서 나가 있는 위치에서 방향을 결정하는 것은 여성에 의해서가 아니라 바로 '남성'이다"(Derrida: *The Other Heading* 14)라고 설명한다. 데리다는 양자택일에 기반을 둔 근대성을 전면적으로 배척할 수 없다는 것을 확실하게 인식하고 다음과 같이 대리보충의 개념을 소개한다.

필연적이며 적법한 '양자택일'의 논리이고 '양자택일'의 논리가 없다면 하나의 개념의 구분과 한계를 설정할 기회도 없게 되는 이러한 대립논리에 대해, 나는 어떤 것에도, 특히 근사치, 즉 정도의 차이라는 단순한 경험주의에 반대하지 않는다. 차라리 나는 다른 개념들, 그런 개념을 넘어서는 다른 사상들 그리고 '일반 이론'의 다른 형태 혹은 차라리 또 다른 담론, 그러한 '일반 이론'을 결론짓는 것이 불가능함을 설명하는 또 다른 '논리'를 요구하는 대리보충적인 분규 상태를 덧붙인다.

To this oppositional logic, which is necessarily, legitimately, a logic of "all or nothing" and without which the distinction and the limits of a concept would have no chance, I oppose nothing, least of all a logic of *approximation*[*à peu près*], a simple empiricism of difference in degree; rather I add a supplementary complication that calls for other concepts, for other thoughts beyond the concept and another form of "general theory," or rather another discourse, another "logic" that accounts for the impossibility of concluding such a "general theory." (Derrida: *Limited Inc* 117)

남성/여성이란 대립 쌍은 근대 세계의 필연적이고 적법한 양자택일의 논리다. 그리고 이러한 양자택일의 논리가 없다면 남성이나 여성이라는 개념의 구분과 한계를 설정할 기회도 없게 된다. 그럼에도 불구하고 남성/여성이란 대립 쌍은 단순한 경험주의에 기반을 둔 정도의 차이를 근거로 한다는 점이 지적되어야 한다. 즉 남성이나 여성이란 개념이 절대치가 아닌 근사치라는 것이다. 근대 세계 속에서 확정될 수 없는 탈근대 논리를 모색하기 위해서 근대 세계의 기반이 되는 일반 논리, 예를 들어 남성/여성이란 대립 쌍의 논리에 결론짓는 것이 불가능함을 증명할 수는 있는 상황이다. 요컨대 현재의 탈근대 상황은 남성이나 여성이란 개념이 더 이상 홀로 절대적으로 존재할 수 없으며 다른 무엇인가가 대리하거나 보충해야 하는 분규 상태가 빈발하는 시대라는 것이다.

남성(male)/여성(female)의 양자택일을 결론짓는 것이 불가능해져서 또 다른 논리가 요구되는 대리보충적 분규 상태는 남성과 여성에게서 공히 남성성(masculinity)과 여성성(femininity)이 발견되기 때문에 발생한다. 레나의 행위에서 여성성은 물론이고 남성성도 읽어낼 수 있다. 하이스트를 처음 만났을 때 레나는 다음과 같이 하이스트의 도움이 절대적으로 필요한 여성성의 화신이었다. "당신이 뭔가 하세요! 당신은 신사예요. 당신에게 처음 말을 건 게 나는 아니었어요, 그렇죠? 내가 시작하지 않았어요, 그렇죠? 내가 저기 서 있을 때 다가와서 말을 건 건 당신이었어요. 무엇 때문에 말을 걸고 싶어 했었죠? 그게 무엇인지 관심 없어요. 하지만 당신이 뭔가 해야만 해요"(77). 그런데 "악단에서 연주하던 불쌍한 런던 소녀가 굴욕적 상태, 비참한 생존의 비열한 위험에서부터 간신히 구출되었는데 이 세상에 둘도 없는, 둘이 있을 리 없을 것 같은 남자에 의해서였던 것이다"(204)라는 사실을 인식하고 자신감을 회복한 레나는 하이스트보다 더 힘찬 남성성을 다음과 같이 보여준다.

> "당신은 나를 사랑하려고 노력해야 해요!" 레나가 말했다.
> 하이스트가 놀라는 태도를 보였다.
> "노력하라고!" 그가 중얼거렸다. "그러나 그건 내게 좀. . . ." 그가 말을 끊었다. 만약 그가 그녀를 사랑한다면 그는 그렇게 많은 말로 그녀에게 결코 그렇게 말하지는 않았을 것이라고 혼잣말을 했다. 단순한 말! 그것들은 그의 입 속에서 죽어버렸다.

> "You should try to love me!" she said.
> He made a movement of astonishment.
> "Try!" he muttered. "But it seems to me—" He broke off, saying to himself that if he loved her, he had never told her so in so many worlds. Simple words! They died on his lips. (208)

루시는 남성/여성의 양자택일이라는 근대성에 대한 대리보충적 상황을 "여성에게 남근이 결여되어 있는 것이 아니라 남성에게 처녀막이 결여되어 있다. (주체성 자체를 말하자면) 남성의 주체성은 자아-차이를 가능하게 하는 힘이라고 불릴 수 있을지 모르는 것을 인정하는 작업을 결여하거나 억압한다"(Lucy 49)라는 식으로 설명한다. 레나가 자신을 사랑하려고 노력하라고 요구하자 하이스트가 놀란다. 왜냐하면 사랑의 노력을 요구하는 자는 근대의 전통 속에서 남성이었기 때문이다. 여성은 사랑의 노력을 요구할 자격이 없었기 때문이다. 여성에게는 발언권이 없었기 때문이다. 여성은 남성과 차이를 보이는 자아로 존재하지 않았기 때문이다. 남성은 주인, 여성은 노예라는 이항 대립주의야말로 근대성의 기반이었기 때문이다. 그런데 레나에게서 사랑의 노력을 요구하는 남성성이 발현된다면 근대성의 논리를 대리하거나 보충하는 논리가 필요해지는 복잡한 상황이 된다. 하이스트가 레나에게 사랑의 노력을 요구하기 위해서는 단순한 논리가 필요하겠지만, 레나가 하이스트에게 사랑의 노력을 요구하는 『승리』의 상황은 남성/여성의 이항 대립주의가 절대치가 아니라 근사치, 즉 정도의 차이일 뿐이라는 점을 백일하에 드러내는 복잡한 논리를 요구하는 탈근대적 사건이다.

　　전지적 화자는 "글로 쓰인 것이 문맹에게 그러한 것처럼 하이스트에게는 우아하게 조용히 의자에 앉아 있는 저 소녀가 알 수 없는 언어로 된, 더 간단히 말해서 신비롭기까지 한 대본이었다"(209)라고 설명하면서 하이스트의 근대적 "방어 체제가 이제 모두 무너졌다"(209)라고 지적한다. 그럼에도 불구하고 레나의 공격성은 타자에게 자신이 되지 못하게 하도록 여지를 남겨주지 않는 폭력의 성격을 띠지 않는다. 하이스트에 대한 비억압적 적극성은 상대에게 폭력을 가하는 것이 아니라 사랑을 주는 막달레나(Magdalene)의 승리다. 콘래드는 「저자의 주」("Author's Note")에서 레나를 다음과 같이 옹호한다. "나는 그녀가 위험하고 불확실한 미래의 온갖 요구 사항에 영웅적으로 대처할 수 있을 것이라고 여겼다. 내가 그걸 아주 확신했기 때문에 그녀가 하이스트와 같이 떠나는 것을 허락했던 것이며, 비통한 마음이 없이 그러나 확실히 불길한 예감이 없이 말할 수 없을 것이다. 그리고 그녀의 승리에 찬 결말의 관점에서 볼 때, 그녀의 갱생과 그녀의 행복을 위해서 내가 무엇을 더 했을 수 있었겠는가?"(xvi)

　　레나는 자신의 여성성으로 식민 담론의 폭력에 성공적으로 저항하는 탈식민 공동체의 선구자다. 레나의 영웅적 대처는 하이스트에게 새로운 세계의 건설 행위를 의탁하는 행위로 다음과 같이 결론지어진다.

> "내가 당신을 구했어요! 왜 나를 당신의 팔에 안고 이 외로운 장소에서 데리고 나가지 않나요?"
> 하이스트가 레나에게 몸을 구부리면서 지나치게 결벽한 자신의 영혼을 저주했는데, 그런 순간에조차 모든 삶에 대한 악마 같은 불신 속에 있는 자신의 입술에서 나오는 진정한 사랑의 외침을 막고 있었다. 하이스트는 레나를 감히 만질 수가 없었다. 레나에게는 하이스트의 목에 팔을 두를만한 힘이 더 이상 남아 있지 않았다.

> "I've saved you! Why don't you take me into your arms and carry me out of this lonely place?"
> Heyst bent low over her, cursing his fastidious soul, which even at that moment kept the true cry of love from his lips in its infernal mistrust of all life. He dared not touch her, and she had no longer the strength to throw her arms about his neck. (380)

레나의 영웅적 행위는 하이스트의 생명을 구한다는 목적에 국한되어 있다. 레나의 행위는 사적 범주에 국한되어 있다. 탈식민 공동체의 구축을 위한 공적 담론의 형성 과정을 이해하기 위해서는 하이스트를 읽어야 한다.

6.

근대 공동체를 전면적으로 거부하기 위해서는 탈근대 공동체의 설립이 선행되어야 한다. 데리다가 근대성의 대리보충 논리를 제시하는 이유는 근대성의 대안이 아직 확정되지 않았기 때문이다. "아, 데이비슨, 젊은 시절에 희망을 품고 사랑을 하고 그리고 삶을 신뢰하는 법을 배우지 못했던 마음을 가진 남자에게는 재앙이 있는 법이라네!"(383)라는 하이스트의 고백을 근대성에 대한 향수(nostalgia)나 유토피아(utopia)적 희망의 표현으로 해석하기 쉽다. 그러나 콘래드가 「저자의 주」에서 "나는 조금이라도 악셀 하이스트를 조롱한다고 의심받지 않을 것이다"(xi)라고 주장하는 것처럼, 하이스트의 분신은 하이스트의 삶을 조롱하는 절망의 방식이 아니라 하이스트의 삶을 존경하는 아이러니한 희망의 방식이다.

필자는 하이스트가 탈근대 공동체의 담론을 위한 근대성의 대리보충으로 기능한다고 생각한다. 아직도 세계는 근대성의 필연적이고 적법한 논리에 기반을 두고 개념의 구분과 한계를 설정하고 있다. 그럼에도 불구하고 근대성의 논리가 단순한 경험주의에 기반을 둔 정도의 차이를 근거로 한다는 점이 지적되어야 한다. 근대적 체계의 개념이 절대치가 아닌 근사치라는 것이다. 근대 세계 속에서 확정될 수 없는 탈근대 담론을 모색하기 위해서 근대성의 기반이 되는 일반 논리에서 결론짓는 것이 불가능함을 증명할 수는 있기 때문이다. 요컨대 탈근대 상황은 근대적 개념이 더 이상 홀로 절대적으로 존재할 수 없으며 다른 무엇인가가 대리하거나 보충해야 하는 분규 상태가 빈발하는 시대다. 필자는 하이스트가 근대성의 대리보충, 즉 분규 상태를 체현하며 그의 분신이 결론적 행위라고 생각한다.

필자는 하이스트가 탈근대 담론의 실용적 추구, 즉 탈식민 공동체의 구축을 위해 노력하고 있기 때문에 『승리』의 주인공이 된다고 생각한다. 하이스트의 심리적 도덕적 발전은 "타자에게 윤리적으로 양보하는 '나'는 없으며, 차라리 그 속에 있는 타자성에 의해 구축된 '나', 그 자체로 자기 해체, 즉 전위(轉位)의 상태에 있는 '나'가 있을 뿐이다"(Derrida and Ferraris 84)라는 인식을 획득하는 과정이다. 하이스트의 고백에 언급된 희망, 사랑과 삶에 대한 신뢰가 근대성의 필연적이고 적법한 논리이지만, 이러한 논리의 학습을 통해서 근대적 개인의 자아가 해체되고 전위되어 자아의 내부에서 타자성이 구축되는 계기가 형성되기 때문이다. 하이스트의 경우 말의 내용(內容)보다 장난기 있는(playful)이라는 어조가 더욱 중요한 분석의 요소가 된다. 왜냐하면 말의 내용은 근대적 개념 체계에 기반을 두지만 어조가 근대적 논리의 완결성을 결정적으로 비판하고 있기 때문이다.

　　"그녀가 당신의 팔을 아주 잔인하게 꼬집었다고 확신해요." 하이스트는 이제 자신이 하는 짓에 다소 당황스러워하면서 중얼거렸다.
　　레나가 다음과 같이 말하는 것을 들으니 크게 안심이 되었다.
　　"처음이 아니었는걸요. 그런데 그녀가 그랬다 하더라도 그에 대해 어떻게 하실 작정이신가요?"
　　"모르겠소." 그가 말했는데 어조에 최근에는 들을 수 없었던 장난기가 희미하고 미미하게 있었고, 그녀의 귀에도 기분 좋게 들리는 것 같았다. "모르겠다고 말하려니 마음이 아프군요. 하지만 내가 할 수 있는 게 있을까요? 내가 뭘 하길 바라세요? 명령만 하세요."
　　그녀의 얼굴에 대단히 놀라는 빛이 다시 보였다. 그가 방안에 있는 다른 남자들과 얼마나 다른지 이제 알아차렸기 때문이었다. 그녀가 여성 관현악단의 다른 단원들과 다른 것처럼 그도 그들과 달랐다.

　　"I am sure she pinched your arm most cruelly," he murmured, rather disconcerted now at what he had done.
　　It was a great comfort to hear her say:
　　"It wouldn't have been the first time. And suppose she did─what are you doing to do about it?"
　　"I don't know," he said with a faint, remote playfulness in his tone which had not been heard in it lately, and which seemed to catch her ear pleasantly. "I am grieved to say that I don't know. But can I do anything? What would you wish me to do? Pray command me."
　　Again the greatest astonishment became visible in her face: for she now perceived how different he was from the other men in the room. He was as different from them as she was different from the other members of the ladies' orchestra. (70)

하이스트가 근대적 식민 공동체에 속할 수 없는 남자인 것처럼, 레나도 근대적 식민 공동체에 속할 수 없는 사람이기 때문에 두 사람이 만날 수 있었다. 요컨대 그들은 탈식민 공동체의 일원이었기 때문에 진지한 인간관계를 본격적으로 시작할 수 있었다.

일정한 특징이 터무니없이 과장되는 풍자만화 기법이 사용되어 존스, 리카르도와 페드로가 흡혈귀, 고양이와 곰 등의 명사로 고정되면서 알레고리로까지 해석될 수 있게 된다. 이는 절대치가 아닌 근사치에 일반 논리의 기반을 두는 근대적 체제의 개념적 특징을 반영한다. 그런데 탈근대 공동체에 속하는 등장인물들은 명사로 고정되지 않는다. 하이스트의 경우 소설의 초반부에서 '매혹당한 하이스트' 등의 별명으로 고정될 가능성이 제시되지만, 결국 심리적 깊이가 있는 삼차원적 인물로 발전하여 소설의 주인공이 된다. 탈식민 공동체의 회원들에게는 명사 대신 형용사가 대표적으로 부과되는 경향이 있다. 예를 들어 탈식민 공동체의 형성에 참여하는 경우의 숌버그 부인을 위해서는 시치미 떼기(dissimulation)나 위선(hypocrisy) 그리고 데이비슨을 위해서는 다음과 같은 차분함(placidness)이 그의 대표적인 형용사가 된다. "생각에 잠겼던 데이비슨이 문제의 경중을 마음속에서 재어보는듯 하더니 슬픈 어조로 차분하게 중얼거렸다. '아무것도요(Nothing)!'" (384) 하이스트의 경우에는 환멸(disenchantment)과 초연함(detachment)에서 동정심(sympatheticality)과 장난끼(playfulness)로 변한다.

존스가 다음과 같이 설명하는 것처럼 어쩔 수 없이 방랑자가 되었다면 하이스트는 자발적인 방랑자라는 점에서 그와 대척점에 서 있다. "특정의 통상적인 관례에 순응하기를 거부하였기 때문에 자신에게 어울리는 사회적 지위에서 쫓겨났고 현재 방랑자가 되어 지구를 오르락내리락 한다고 존스가 말했다"(297). 존스를 포함한 다른 사람들이 음주, 악이나 성격적 연약함으로 인해서 추방자가 되는 것과 달리 하이스트는 다른 가치 있는 대안이 있을 수 없다는 신념으로 인해서 방랑자가 된다. 하이스트는 아버지가 제시한 근대적 식민 체제 속에서 "고통 없이 그리고 세상에 신경 쓸 사람이 거의 하나도 없이 삶을 살아가는 방법이 도피적이기 때문에 상처를 입을 수 없었다는 것을 깨닫기"(87) 시작하면서 방랑자이기를 중단한다. 루이스(Lewis)는 "사실상 불신이 진실과 교류를 향한 충동에게 자리를 넘겨주는 순간의 하이스트가 소설에서 포착된다"(Lewis 79)라고 설명한다.

리비스(Leavis)는 "하이스트가 납득할만한 인물이지만 인간적 가능성에 대한 일종의 도덕극 같은 재현이 되는 것으로 제시된 극단적인 사례를 실질적으로 재현한다. 그리하여 (레나에게는 '그가 세상의 악의 체현이었다'라고 리카르도에 대해 이야기되는 것처럼) 하이스트는 적절하게도 이러한 반-가능성(counter-possibilities)들의 체현체(體現體)들에 반대되는 것으로 발전되게 된다"(Leavis 238)라고 설명하는데, 하이스트가 재현하는 인간적 가능성에 대한 도덕극은 아이러니하게도 다음과 같은 상실(喪失)의 절차를 밟으며 진행된다.

가. 평정의 상실: "예전에 고독과 침묵 속에 있을 때 하이스트는 명확하게 때로는 심오하게까지 생각하곤 하였고 영원히 계속되는 희망, 관습적인 자기기만, 언제나 기대하는 행복 등 허황한 희망을 품게 하는 시각적 망상 밖에서 삶을 보았다. 그러나 이제 그는 불안해하고 있다. 자신의 정신적 비전 앞에 아직 불명확하고 혼란스럽지만 알지 못하는 여인을 향한 온정(溫情)의 깨달음이란 가벼운 장막이 내려져 있는 것 같았다"(79).

나. 완전성의 상실: "레나의 내맡겨진 손을 잡고 있는 동안 하이스트는 그들이 이전에 성취했던 것보다 더 가까운 교감을 발견했다. 그러나 그러한 때에조차 여전히 그의 속에서는 완전히 극복되지 않은 불완전하다는 느낌이 좀체 없어지지 않았다. 어떤 것도 그걸, 삶의 온갖 선물들이 결정적으로 불완전하다는 걸 극복하지 못할 것 같았는데, 그래서 그것들을 착각과 올가미로 만든다"(200-1).

다. 무관심의 상실: "하이스트가 시도하는 행동 하나 하나에 다 있었던 영혼의 비밀스런 적립금 같은 회의적인 무관심이 그에게서 떨어져나갔다. 그는 더 이상 자신에게만 속해 있지 않았다. 훨씬 더 긴급하고 존경할만한 소명이 있었다"(231).

라. 남성다움의 상실: "레나의 손의 온기는 하이스트에게 그녀의 인물 전체라는 이상하고도 친밀한 정서를 불러일으켰다. 하이스트는 자신의 남성다움을 거의 상실하게 만드는 이런 새로운 정서를 억제해야만 했다"(349).

분신이란 극단적 수준으로까지 진행되는 상실의 절차가 성장의 과정이라는 것은 아이러니가 아닐 수 없다. 이는 하이스트가 근대적 식민 공동체 속에서 분규 상태로 인한 대리보충의 역할을 하는 탈식민 공동체를 구축하려는 주인공이라는 점에서 기인한다.

7.

콘래드가 「제1판의 주」에서 1914년 5월 소설을 완성하면서 소설의 마지막 단어인 '무'(Nothing)를 제목으로 했다가 1차 세계대전과 겹치는 출판의 시기를 고려하여 사려 깊게 제목을 '승리'로 변경했다고 고백한다. 동일한 소설의 제목을 극단적 부정의 단어인 '무'에서 극단적 긍정의 단어인 '승리'로 바꿀 수 있다고 판단하고 게다가 그러한 판단을 독자에게 알리는 콘래드의 의도는 무엇일까. 근대성의 세계 속에서 탈식민 공동체를 구축하려는 실용적인 노력은 하이스트의 분신이 상징하는 것처럼 '무'로 결론지어질 가능성이 높다. 그럼에도 불구하고 하이스트가 레나로 인해 근대성의 분규 상태를 체현하면서 탈근대 세계의 전망을 증언하는 대리보충이 된다. 하이스트와 레나가 새로운 형태의 공동체, 데리다의 용어를 사용하면 '다가올 민주주의'가 탄생할 가능성, 즉 탈근대 공동체의 아담과 이브가 될 가능성을 구체적으로 보여주었다는 점에서 '승리'라고 해석될 수도 있기 때문이다.

콘래드가 『승리』에서 19세기말 동양 바다에서의 경험을 다시 돌이켜본 이유는 『노스트로모』, 『비밀요원』과 『서구인의 눈으로』 등의 정치소설들에서 성공적으로 제시한 제국주의와 투기 자본주의에 대한 비판을 넘어서서 새로운 형태의 탈식민 공동체를 구체적으로 재현할 수 있을 가능성을 발견했기 때문이다.

인용 문헌

Baines, Jocelyn. *Joseph Conrad*. London: Weidenfeld, 1960.

Batchelor, John. *The Life of Joseph Conrad*. Oxford: Blackwell, 1994.

Bhabha, Homi K. *The Location of Culture*. London and New York: Routledge, 1994.

Butler, Judith. *The Judith Butler Reader*. Eds. Sara Salih and Judith Butler. Malden, MA: Blackwell, 2004.

Conrad, Joseph. *Victory*. New York: Random House, 1921.

Derrida, Jacques. *The Gift of Death*. Tr. David Wills. Chicago: The U of Chicago P, 1995.

_____. *Limited Inc*. Evanston, Il: Northwestern UP, 1997.

_____. *Negotiations: Interventions and Interviews 1971-2001*. Tr. Elizabeth Rottenberg. Stanford: Stanford UP, 2002.

_____. *The Other Heading: Reflections on Today's Europe*. Tr. Pascale-Anne Brault and Michael B. Nass. Bloomington and Indianapolis: Indiana UP, 1992.

_____. *Politics of Friendship*. Tr. George Collins. London: Verso, 1997.

Derrida, Jacques and Maurizio Ferraris. *A Taster for the Secret*. Tr. Giacomo Donis. Cambridge: Polity, 2001.

Erdinast-Vulcan, Daphna. *Joseph Conrad and the Modern Temper*. Oxford: Clarendon Press, 1991.

Goonetilleke, D. C. R. A. "Conrad's Malayan Novels: Problems of Authenticity." Ed. Robert D. Hamner. *Joseph Conrad: Third World Perspectives*. Washington D. C.: Three Continents Press, 1990. 39-58.

Harpham, Geoffrey Galt. *One of Us: The Mastery of Joseph Conrad*. Chicago: The U of Chicago P, 1996.

Leavis, F. R. *The Great Tradition*. Harmondsworth: Penguin Books, 1948.

Lewis, R. W. B. "The Current of Conrad's *Victory*." Ed. Harold Bloom. *Joseph Conrad*.

New York: Chelsea House Publishers, 1986. 63-81.

Lucy, Niall. *A Derrida Dictionary*. Maiden, MA: Blackwell, 2004.

Palmer, John H. *Joseph Conrad's Fiction: A Study in Literary Growth*. Ithaca, New York: Cornell UP, 1968.

Schwarz, Daniel R. *Conrad: The Later Fiction*. London: Macmillan, 1982.

_____. *Rereading Conrad*. Columbia and London: U of Missouri P, 2001.

Sherry, Norman. *Conrad's Eastern World*. Cambridge: Cambridge UP, 1966.

Watts, Cedric. *The Deceptive Text: An Introduction to Covert Plots*. Sussex: The Harvester Press, 1984.

■ 이 글은 『19세기 영어권문학』 11권 2호(2007)에 실린 글을 수정, 보완한 것이다.

콘래드 연보

1857년 12월 3일	아폴로 코제니오프스키와 에바 보브로프스카의 외아들로 우크라이나에서 태어남.
1861년	아버지가 지하 활동 때문에 러시아 당국에 체포됨.
1862년	부모가 러시아로 귀양갈 때 동행.
1865년	어머니가 폐결핵으로 사망.
1868년	중병에 걸린 아버지와 함께 러시아를 떠남.
1869년	아버지가 크라쿠브에서 죽음.
1874년	폴란드를 떠나 마르세이유로 향함.
1878년	마르세유에서 자살 시도. 4월, 외삼촌이 모든 빚을 갚아 줌.
1878년	최초의 영국 배인 바다의 스키머 호에 승선.
1879년	서덜랜드 백작 호를 타고 시드니 도착.
1880년	2등 항해사 자격 취득.
1882년	팔레스타인 호를 타고 방콕 도착.
1884년	1등 항해사 자격 취득.
1886년	영국 시민권 취득.
1886년	영국 상선 선장자격 취득.
1887년 – 1888년	보르네오 호를 타고 보르네오로 네 차례 항해.
1888년	선장으로서 오타고 호를 지휘. 방콕에서부터 싱가포르, 시드니, 멜보른, 모리셔스, 아델라이데로 항해.

1889년	런던에서 첫 소설『올메이어의 어리석음』(*Almayer's Folly*)의 집필 시작.
1890년 6월 – 12월	벨기에 식민지 콩고에서 근무.
1891년 – 1893년	토렌스 호의 항해사로서 런던에서 오스트레일리아까지 두 차례에 걸쳐 왕복 항해.
1893년	미래의 부인 제시 조지를 만남.
1894년	보호자의 역할을 했던 외삼촌이 죽음.『올메이어의 어리석음』이 완성되어 피셔 언원에서 출간 예정.
1895년	『올메이어의 어리석음』이 런던에서 출간됨. 필명으로 "조지프 콘래드"를 사용함.
1896년	『섬의 낙오자』(*An Outcast of the Islands*) 출간.
1896년	스물세 살인 제시 조지와 결혼.
1897년	헨리 제임스, 스티븐 크레인, 커닝엄 그레이엄을 만남.『나르시스호의 검둥이』(*The Nigger of the Narcissus*) 출간.
1898년	첫 아들 보리스가 태어남. 켄트의 알딩톤 부근의 펜트 농원으로 이사. 포드 매덕스 포드와 공동 저술 시작.『불안의 이야기들』(*Tales of Unrest*) 출간됨.
1899년	제임스 핑커가 문학 대리인이 됨.「암흑의 심장」(*Heart of Darkness*)이 연재됨.
1900년	『로드 짐』(*Lord Jim*) 출간.
1901년	포드와 공동 집필한『후계자들』(*Inheritors*) 출간.
1902년	『청춘』(*Youth: A Narrative; and Two Other Stories*) 출간.
1903년	『태풍』(*Typhoon and Other Stories*) 출간.
1903년	포드와 공동 집필한『로맨스』(*Romance*) 출간.
1904년	『노스트로모』(*Nostromo*) 출간.
1905년	에세이 "독재와 전쟁"(Autocracy and War) 완성.
1906년	둘째 아들 존이 태어남.『바다의 거울』(*The Mirror of the Sea*) 출간.
1907년	베드포드셔의 소머리즈로 이사함.『비밀요원』(*The Secret Agent*) 출간.

1908년	『여섯 편의 세트』(*A Set of Six*) 출
1909년	켄트의 알딩톤으로 이사.
1910년	『서구인의 눈으로』(*Under Western*
	약증에 걸림. 켄트의 애쉬포드 근처
1911년	『서구인의 눈으로』 출간.
1912년	『개인적인 기록』(*A Personal Record*
1912년	『바다와 육지 사이』(*'Twixt Land an*
1913년	『기회』(*Chance*) 출간.
1914년 7월 25일 – 11월 3일	가족과 함께 폴란드 방문.
1915년	『조류 안에서』(*Within the Tides*) 출
1915년	『승리』(*Victory*) 출간.
1917년	『섀도우 라인』(*The Shadow Line*) 출
1918년	"분할의 범죄"(The Crime of Partitic
1919년	『황금 화살』(*The Arrow of Gold*) 출
1920년	1896년에 쓰기 시작했던 『구조』(*The*
1921년	『삶과 문학에 관한 노트』(*Notes on*
1921년	폴란드어로 된 브루노 비나버의 『욥
	Book of Job) 번역.
1923년	미국 방문.
1923년	『유랑자』(*The Rover*) 출간.
1924년 8월 3일	캔터베리 근처의 집에서 심장마비로
1925년	『소문』(*Tales of Hearsay*)과 『서스펜
1926년	『마지막 에세이』(*Last Essays*) 출간.
1928년	미완성 소설인 『자매들』(*The Sisters*)

필자 소개

전수용 ... 이화여대 영어영문학과 교수. Joseph Conrad에 관한 다수의 논문과 주요 공저서로 『신화적 상상력과 문화』, 역서로 『결정론과 문학』이 있다.

길혜령 ... 영남대학교 영어영문학과 조교수. 주요 논문으로 「Conrad's 'Undying Hope' of the Polish Nation: Western Ideal and Eastern Reality」, 「Soap Advertisements and *Ulysses*: The Brooke's Monkey Brand Ad and the Capital Couple」 등이 있다.

배종언 ... 경북대학교 영어교육과 교수. 주요 저서 및 논문으로 「조셉 콘라드의 문학세계」, "J. D. 샐린저의 글래스 사가와 선(禪)", "인문학 지향의 영어교육" 등이 있다.

원유경 ... 세명대학교 영어학과 교수. 주요 공저서로 『페미니즘, 어제와 오늘』, 『영국소설 명장면 모음집』, 『영국소설과 서술기법』 등이 있다.

신문수 ... 서울대학교 영어교육과 교수. 주요 저서로 『타자의 초상: 인종주의와 문학』, 『시간의 노상에서 1, 2』, 『모비딕 읽기의 즐거움』 등이 있고, 편서로 『미국 흑인문학의 이해』, 『미국의 자연관 변천과 생태의식』이 있다.

박상기 ... 서강대학교 영어영문학과 교수. 주요 논문으로 「타자의 역사성: 『위대한 유산』에 나타난 계급, 성, 인종의 담론」, 「호미 바바의 포스트모더니즘 비판」 등이 있다.

이석구 ... 연세대학교 영어영문학과 교수. 주요 공저서로『제국과 민족국가 사이에서』,『에드워드 사이드 다시 읽기』,『탈식민주의: 이론과 쟁점』 등이 있다.

왕은철 ... 전북대학교 영어영문학과 교수. 주요 저서로『J.M. 쿳시의 대화적 소설』,『문학의 거장들』,『애도예찬』, 주요 역서로『비밀요원』, 마이어스의『콘라드 전기』 등이 있다.

김종석 ... 인하대학교 영어영문학과 교수. 주요 논문으로「제인 오스틴과 미국 대중문화」,「텔레비전 스크린의 <오만과 편견>: '헤리티지 영화'와 '다아시매니아'」,「"우리는 과거를 어떻게 포착하는가?": 줄리언 반즈의『플로베르의 앵무새』」 등이 있다.

박선화 ... 건국대학교 글로컬캠퍼스 교양학부 교수. 주요 공저서로『도리스 레싱의 작품과 분석심리학의 접목』,『영국소설 명장면 모음집』 등과 역서로『위대한 어머니 신화』 등이 있다.

이우학 ... 건국대학교 글로컬 캠퍼스 영어영문학과 교수. 주요논문으로「미국 아동문학과 검열」과「레슬리 마몬 실코의 이야기꾼: 이야기꾼의 역할」 등이 있다.

성은애 ... 단국대학교 영어영문학과 교수. 주요 공저서로『지구화 시대의 영문학』,『영국소설 명장면』, 주요 역서로『젊은 예술가의 초상』,『기나긴 혁명』 등이 있다.

이만식 ... 가천대학교 영어영문학과 교수. 주요 저서로『T. S. 엘리엇과 쟈크 데리다』,『영문학과 해체비평』,『해체론의 시대』 등이 있다.

조지프 콘래드

초판 1쇄 발행일 2012. 6. 20

지은이   왕은철 편
펴낸곳   도서출판 동인
펴낸이   이성모
주 소   서울시 종로구 명륜동 아남주상복합빌딩 118호
전 화   (02)765-7145, 55
팩 스   (02)765-7165
HomePage   www.donginbook.co.kr
E-mail   dongin60@chol.com

등록번호   제 1-1599호
ISBN   978-89-5506-505-3
정 가   28,000원